波士顿人

[美] 亨利·詹姆斯 著

代显梅 译

黑龙江人民出版社

图书在版编目（CIP）数据

波士顿人／（美）亨利·詹姆斯著；代显梅译. ——哈尔滨：黑龙江人民出版社，2016.8（2021.3重印）
ISBN 978-7-207-10808-1

Ⅰ.①波… Ⅱ.①亨… ②代… Ⅲ.①长篇小说—美国—近代 Ⅳ.①I712.44

中国版本图书馆CIP数据核字（2016）第215954号

责任编辑：崔　冉
封面设计：鲲　鹏

波士顿人

[美] 亨利·詹姆斯　著
代显梅　译

出版发行	黑龙江人民出版社
地　　址	哈尔滨市南岗区宣庆小区1号楼
邮　　编	150008
网　　址	www.longpress.com
电子邮箱	hljrmcbs@yeah.net
印　　刷	三河市华东印刷有限公司
开　　本	787×1092　1/16
印　　张	22.25
字　　数	360千字
版　　次	2016年8月第1版　2021年3月第2次印刷
书　　号	ISBN 978-7-207-10808-1
定　　价	54.50元

版权所有　侵权必究
法律顾问：北京市大成律师事务所哈尔滨分所律师赵学利、赵景波

一部没有英雄的小说

（译本序）

英国文学大师萨克雷写于一八四八年的现实主义长篇小说《名利场》，讽刺性地刻画了维多利亚时代英国社会的众生相，这个故事的副标题是"一部没有英雄的小说（a novel without a hero）"。亨利·詹姆斯在萨克雷的小说问世二十年之后，也同样写了一个"具有我们的社会状况特征的故事"[①]，对美国内战后商业意识侵害人际关系进行了辛辣的嘲讽，所以我们不妨借萨克雷小说的副标题对《波士顿人》中的主要人物做一个概括性的介绍，以期帮助读者更好地理解小说主题和人物性格特征。

精致的利己主义者：奥利夫·钱塞勒与巴兹尔·兰塞姆

奥利夫·钱塞勒与巴兹尔·兰塞姆是远房表兄妹关系，女权主义运动的活跃分子奥利夫出身于波士顿世家，有着雄厚的经济实力和诸多社会机遇；兰塞姆来自衰败的南方，是昔日庄园主的后代。他们都受过良好的家庭教育，都有很好的书本知识积累，对自己所处的时代问题都有清醒的批判认识，而且对解决这些问题都有自己独到的见解。在传统的现实主义小说中，他们本应该成为正面人物，成为引导读者走出生活泥潭的英雄人物，然而由于受个人利益的驱使，最终他们都自觉不自觉地堕入商业时代的大潮，成为他们所蔑视和痛恨的市侩价值观的帮凶，这才是个人与社会的真正悲哀与损失。

作为土生土长的波士顿人，奥利夫·钱塞勒继承了这个城市自独立战争以来的改革热情，有着清教徒狂热的济世情怀。她对置身其中的社会感到不满，"这个时代对她而言似乎太随意，太寡廉鲜耻"。作为一个在改革城市长大的新女性，承接十九世纪四五十年代风起云涌的美国女权运动的影响，奥

[①] Leon Edel and Lyall H. Powers eds., Entry of April 8, 1883, in, eds., *The Complete Notebooks of Henry James*, p. 18. New York: Oxford University Press, 1987, p. 19.

波士顿人
The Bostonians

利夫自然把社会进步与女性解放联系起来，"她希望在里面注入伟大的女性成分，使其感觉更加敏锐，言谈更加清晰。"（第十六章）然而，奥利夫的改革理想因为自己没有演讲口才，只能借助于另一位波士顿姑娘、演讲天才维里纳·塔兰特去实现。于是故事便围绕奥利夫如何培养维里纳，如何与各种竞争对手争夺维里纳展开，最终以奥利夫失去维里纳而结束。在这一系列名利争夺战中，个人失去自由，家庭伦理和社会关系遭到极大扭曲和破坏，美国的政治信仰——自由与平等，在具体的社会生活中荡然无存。

从美国第一代宗教界领袖乔纳森·爱德华兹和开国元勋之一本杰明·富兰克林，到第二代文化巨擘爱默生，再到美国内战中的林肯总统，在美国的社会和政治生活中，演讲一向是最快捷、最有效地向大众传播思想的途径，美国内战后仍然如此。波士顿女孩维里纳·塔兰特的母亲就是"靠嘴皮子为生"的格林斯特里特家的后代。维里纳自然也有演讲天赋，尤其是善于在众人面前沉着冷静地表达"新真理"。奥利夫先是用金钱把她从她父母那里收买过来，然后对她进行全方位的思想训练，从生活、思想和精神上对她实行全面监控，完全把她变成了自己意志的执行者。在这两个女孩子近两年的合作关系中，奥利夫为了独占维里纳，与周围的社会力量展开斗争，她最强大的对手便是其表兄巴兹尔·兰塞姆。奥利夫以金钱贿赂维里纳的父母，以女权事业吸引维里纳；巴兹尔以爱情吸引维里纳，以无情揭穿女权运动的谎言颠覆维里纳的理想。

我们称奥利夫与巴兹尔是精致的利己主义者，主要是因为他们都有良好的知识修养、独立的判断能力和治病救人的济世情怀，在他们不遗余力捞取个人利益的时刻，他们与身边其他人物最大的不同就在于，他们都相信自己动机纯洁、行为合理，他们的高尚思想和自私行为之间的罅隙有时候甚至连他们自己都没有意识到。比如，奥利夫对维里纳说："你必须安全，维里纳——你必须得到解救。但是你的安全一定不是来自你捆绑着自己的双手，一定是来自你判断力的提高；来自你带着信念认真地亲自观察事物，就像我观察事物那样；来自你觉得，对你的工作而言，你的自由是最重要的，除非你绝不做人们总要求你做的事，否则你和我就都没有自由可言——我就从来不做！"（第十七章）

然而，奥利夫的理论与实践完全脱节，就在她提醒对方自由与独立的重要性时，她却紧接着威胁维里纳说："不要辜负我，不要辜负我，否则我会死的！"维里纳如何在实践奥利夫的自由劝导与遵从奥利夫的个人意志之间做出选择，恐怕连奥利夫自己都无法给出切实可行的建议。

奥利夫的利己主义的另一种表现就是，她虽然自诩为一个献身女权运动的殉道者，但她却深谙世故，对功名利禄有着世俗的贪欲和追求，她信心十足地一定要"在生活中取得巨大成功"，她的成功箴言就是，"为了不默默无闻，一定要伟大；为了不一无是处，一定要有权。"（第十八章）奥利夫痛恨她的时代庸俗，但她的处世之道一点也不比她的时代高明。为了占有维里纳，她不断以开支票的方式对付塔兰特夫妇，与新闻记者帕顿先生展开意志较量，与来自纽约的伯雷奇母子尤其是伯雷奇夫人唇枪舌剑，明争暗斗，她对女权运动领导人法林达夫人的感情在短短一年之内从友好崇敬演变为竞争敌视。在这一切不友好行为的背后，除了她敏锐犀利的观察批判意识之外，更重要的是她强烈的个人利益诉求，她要在一切竞争中占绝对优势。

奥利夫的利己主义还体现在，她为了达到自己的目的不择手段。为了避免兰塞姆抢走维里纳，她曾经希望自己的姐姐卢纳夫人能把兰塞姆骗进婚姻，在发现姐姐没有这个魅力之后，又渴望伯雷奇母子能把维里纳从兰塞姆那里抢走，"如果维里纳认为伯雷奇家这么重视自己并且受到诱惑，那么巴兹尔·兰塞姆控制她的危险就不会迫在眉睫了……目前，她发现这不是一个维里纳奉献自己的问题，而是一个主动馈赠的问题，或者至少是一个交易的问题，在这笔交易中，这些条款的开价会非常慷慨。"（第三十二章）当奥利夫这样煞费苦心地盘算着的时候，她的注意力早已偏离了妇女的解放事业，偏离了她挂在口头上的维里纳的自由，她全神贯注的只是如何坐享渔人之利。奥利夫的姐姐卢纳夫人虽然浅薄自私，但在揭穿奥利夫自欺欺人的谎言这一方面却独有高见，"如果奥利夫和她的朋友们掌管政府，她们会比历史上最有名的暴君还要糟糕"。（第十九章）

小说给读者的希望在于，精致的利己主义者必然没有好下场，奥利夫自食恶果，生活最终给了她沉重的打击和惩罚，就像她事先对老前辈伯宰小姐预言的那样，"除了羞耻和毁灭，我什么也不会看到！"（第三十七章）她呕心沥血培养的女权事业的喉舌维里纳是如何回报这位女恩人苦心孤诣的栽培的呢？"在奥利夫私下的苦思冥想中，对于培养滔滔不绝的口才的后果，她会说些什么。她是不是可以说，维里纳现在正在努力用她自己的措辞窒息她？她是不是沮丧地看到了对一切都要努力给出答案的致命后果？"（第三十七章）这不由让我们想起了莎士比亚的《暴风雨》，想起了土著人凯里班是如何用普洛斯皮罗父女教给他的语言咒骂攻击他的老师。奥利夫的这些沉思反省

波士顿人
The Bostonians

的时刻让《波士顿人》突然具有了某种后殖民意识。

与羞涩敏感、情绪化的奥利夫相比，巴兹尔·兰塞姆更多一分思想者的冷静。正如维里纳对兰塞姆所说，"我觉得在这个国家，你是唯一在行动的时候有感觉的人。"对此，兰塞姆也很自负地承认，"不仅是唯一有感觉的人，而且很可能是唯一会思考的人。"（第三十四章）他的思想主要表现在他对人类处境的洞察，对所处时代的批判，尤其是对妇女解放运动的厌恶。在小说的前半部分，兰塞姆多处表现出思想的光辉，"他对改革也有自己的看法，但是改革的首要原则就是要首先对那些改革者们来一番改造。"（第三章）他对维里纳说，"妇女的遭遇也是全人类的遭遇……你难道认为任何运动可以消除——或者从现在到世界末日的一切演讲可以消除这些不幸吗？我们生来就是受苦——忍耐，像体面人那样忍耐，他讨厌一切有关自由的现代行话，对那些想要更多自由的人们毫不同情……为了这个世界好，人们需要更好地利用他们所拥有的自由。"（第二十四章）这些观点都超越了十九世纪进步主义思想家的改革狂热，透出古圣先贤的洞察力。

巴兹尔对他的时代最深刻的批判莫过于它的女性化，"整个一代人都女性化了，阳刚之气正从这个世界上消失"。巴兹尔认为，救治时代疾病的最佳途径是"男子汉气概"，他把这种气质界定为，"敢于承担和忍受的能力，理解却不怕现实的能力，敢于直面世界——世界是一种非常奇怪甚至还有些卑劣的混合物——并接受它本来面目的能力"。兰塞姆把女权运动称作"现代恶性传染病"，认为它对妇女的举止、人品、本质都"产生了有害的影响"。（第三十四章）作为妇女运动的坚决反对者，兰塞姆对维里纳说，"一个真正可爱的女人其用途就是让某个诚实的男人幸福！"（第二十五章）"他认为它——女人和男人平等的全部想法全是废话。"（第三十三章）显然，这种激烈、激进的男权思想只是要把女性化的时代拉回到男权社会的老路上，他想恢复的是另一种不平等。

像奥利夫一样，巴兹尔对自己时代的不满与个人的理想抱负最后的突破口也锁定在维里纳身上，也是从希望拯救维里纳开始，"她是被那些别有用心的人利用了，巴兹尔·兰塞姆觉得这简直就是疯狂……拯救的念头与之相连；那种气质使他自己确信她的魅力是她本人的，她的谬误和荒唐只是不幸处境的反映，这使他努力要在他最不忍心想起她的境况中看到她。"（第二十六章）然而，对于一个南方庄园主的后代，一个因为内战丧失了所有特权机遇的失意者，他的英雄救美人行为多大程度上是为维里纳自身的自由和幸福考虑？

多大程度上是在捍卫自己的利益和生存尊严？这些问题值得读者思考判断。所以，小说的最后，我们才看到维里纳"由于她要进入的这种结合远非尽如人意，在她注定要流的眼泪中，这些眼泪恐怕不是最后的"。

寡廉鲜耻的道学家：塞拉·塔兰特夫妇与马赛厄斯·帕顿

在奥利夫·钱塞勒和巴兹尔·兰塞姆的眼中，塞拉·塔兰特夫妇和马赛厄斯·帕顿便是他们所痛恨的那个庸俗时代的典型代表，通过他们两个人最犀利、挑剔、冷酷的眼睛，这三个人的无耻形象得以清晰地刻画出来，他们的共同特点就是没有任何道德意识，却竭力要为自己的无耻行为找最高尚的理由。巴兹尔第一次见到催眠治疗师塞拉·塔兰特便有这样的印象，"从他开口说话的那一刻起，兰塞姆就很讨厌他；他看起来很眼熟——也就是说，他这一类人看起来很眼熟；他只是那种让人讨厌的冒险家。他虚伪、狡猾、庸俗、卑鄙，是最低贱的那种人。"（第八章）在奥利夫的眼中，他是一位"寡廉鲜耻的道学家。"（第十四章）塞拉·塔兰特的无耻主要表现在三个方面：一是他用招魂术、催眠术的伎俩骗人。二是他出卖女儿。三是他因为想出名而对报刊媒体的痴迷，尤其是他对报刊媒体的迷恋最生动地表现了大众文化急功近利的心理：

在他的眼里，报纸就是他的世界，是人生最丰富的表达。对他而言，如果世界有神圣的一天，那么日报上大量的广告便会带来这一天。他盼望这样的时刻，维里纳能被推荐在"人物专栏"，对他而言，世界上最幸福的人（有很多这样的人）就是那些一年到头新闻里每天都提及的人。再没有比这更让塞拉·塔兰特满意的了。"他理想的极乐就是经常成为报纸不可或缺的组成部分，就像标题和日期，或者火灾的目录，或者西部笑话的专栏。对这种公共性的认识让他夜不能寐，他愿意为此牺牲家庭的神圣义务。事实上，人的存在对于他就是一种巨大的宣传，其中唯一的瑕疵就是这种宣传有时候不够奏效。"（第十三章）

小说中对塔兰特夫人的描写和对她丈夫的描写一样，无处不用讥讽挖苦的语气，"像大多数这种素质的美国妇女一样，塔兰特夫人极度崇尚家这个概念。她真诚地相信，在过去二十年的所有兴衰变迁中，自己保留了这个机构的精神。"（第十三章）事实是，维里纳说她的母亲，"为了爱，她可以做出

波士顿人
The Bostonians

一切牺牲。"（第二十四章）这种牺牲当然包括出卖自己的女儿，把维里纳作为捞取名利的工具。如果塔兰特夫妇代表没有家庭责任感和个人隐私感的盲众，那么新闻记者马赛厄斯·帕顿就代表了詹姆斯对粗制滥造、侵犯个人隐私权的新闻媒体的全部反感与揭露[①]。

> 对这样一个足智多谋的时代国民而言，这个人与艺术家之间的一切区别已经不复存在。作家是个体的，而这个人供养着报童们，每件事、每个人都是其他人的事。与他相关的一切事都依赖出版，出版只是意味着对和他一样的市民进行无穷报道，一种快速通知，必要时可以骂人，甚至不必要时也可以骂人。他用世界上最优美的良知侮辱和攻击他们的私生活，攻击他们的个人形象……他把人类在地球上的使命看作电报的不断展开；对他而言，什么东西都一样，他对比利和质量没有什么感觉；在他的心目中，最新的东西就是最能激起尊敬情感的东西。"他是塞拉·塔兰特最崇拜的对象，后者相信他掌握了一切成功的秘诀。"（第十六章）

作为一位媒体人，帕顿先生却满脑子只有生意经，第一次登门拜访奥利夫就是为了和她平分利益，一起经营维里纳，当奥利夫问他指望从中赚多少万美元的时候，他"只犹豫片刻"就回答说："哦，你让我赚多少我就能赚多少！"叙述人专门对他的回答方式给予了评价，"他的笑声里包含着一切，甚至更多，美国新闻媒体的幽默诙谐。"（第十七章）帕顿先生的道德无意识在此可见一斑。

小说接近尾声的时候，帕顿先生走进奥利夫的家中采访卢纳夫人，他在无法得知奥利夫与维里纳这两位要在音乐厅演讲的女主角下落的情况下，希望从卢纳夫人那里挖掘一点花边新闻以取悦观众，比如演讲人穿什么，吃什么。这个时刻，叙述人不仅着重表现了帕顿先生的无聊琐碎，而且再次讥讽他的无耻。当巴兹尔不堪忍受这一场闹剧而伺机离开时，一向对兰塞姆单相思的卢纳夫人瞥了兰塞姆一眼，叙述人说，"这眼神除了《威斯帕晚报》的记者外，足以让任何一个旁观者难为情。"（第四十章）

总之，小说对这三个人物的书写没有任何含混模糊之词，他们属于 E.

[①] 詹姆斯在他的创作笔记中写道，"有一类报纸人一定不能少——这个人的理想是成为精力充沛的记者。我想嘲笑（bafouer）它的庸俗和可恶——对隐私肆无忌惮地侵犯—— 一切隐私感的消失，等等。" Entry of April 8, 1883, in, eds. , *The Complete Notebooks of Henry James*, p. 18. Leon Edel and Lyall H. Powers eds. , New York: Oxford University Press, 1987, pp. 19—20.

M. 福斯特所说的"扁平人物",一味地无耻、低劣与市侩,是恶俗加身的乌合之众,他们从思想意识到言谈举止都是巴兹尔痛斥的时代顽疾之病灶。

名利场中的老手:法林达夫人与伯雷奇夫人

法林达夫人是女权运动的权威,她激进高傲,善弄权术,"她的奋斗目标是让这个国家的每一个女性都获得选举权,把斟满酒的杯子从每一个男人手里夺过来。"(第四章)小说的开始,在伯宰小姐家的晚会上,法林达夫人的第一次出现就俨然是一副大人物的派头,"这是一个体态丰腴、打扮入时的女人,成功的氛围抹去了她的棱角;一身衣服(显然,她对品位很有见地)窸窣作响,浓密的黑发富有光泽,双臂交叉,整个架势好像都在说,像她这种职业生涯的人,休息尽量越少越好,人们对休息规律性的需要真是可怕。"(第四章)在这个场合,法林达夫人不顾众人的期盼与督促,迟迟不发表讲话,她的城府可谓很深;继而她又居高临下地吩咐诚惶诚恐的奥利夫去富人区动员那些阔太太们参加女权运动;最后,在塔兰特一家准备趁势扬名的情况下,她冷静沉着,只把维里纳看作"江湖骗子",表现出久经沙场、见多识广的老练机智与圆滑。

令人困惑的是,这位女权运动的领导人,对妇女的苦难史既不了解也没有兴趣了解,法林达夫人作为女权运动领导人的不称职被她的年轻对手奥利夫看得最清楚:"法林达夫人显然是想把这场运动控制在自己手里——并不信任奥利夫和维里纳心似乎正在努力引进的某些浪漫、美学的成分。例如她们非常强调历史上妇女的不幸,但法林达夫人好像并不关心这一点,或者实际上她似乎对历史还不大了解。她似乎只从当下开始,不管她们是不是幸福,她都为她们要求权力。"(第十九章)女权在法林达夫人这里已经与妇女的实际需要相脱节,仅仅成了她的社会活动的一个幌子。

如果涉世不深的奥利夫还能在善待老一辈改革者伯宰小姐的具体行动中表现出同行相惜的真诚,那么法林达夫人这位职业革命家就只是把女权事业当作她捞取个人功名的借口,她自己从中出尽了风头,赚足了名利,但她并没有给身边的任何女性带来任何有利的影响。相反,对年轻一代的女权主义者,她充满了警惕与嫉妒,她拒绝给维里纳写推荐信,正如她拒绝给奥利夫切实可行的建议。甚至在小说的最后,当奥利夫不得不孤独、绝望地去面对音乐厅数千人的斥责与侮辱时,法林达夫人给予这位同行的也只有粗暴的挖苦与嘲讽:"倘若这就是你打算解放我们性别的方式!"

波士顿人
The Bostonians

在这个名利场中，可以与法琳达夫人相媲美的是纽约人伯雷奇夫人，这位笑里藏刀、惯用伎俩的交际花。小说对她有很生动细致的刻画。

> 她是一个社交圈里的女人，长篇大论，侃侃而谈，面容姣好，表情常怀敌意，她看起来好像说话应该是缓慢而滞重的，不过实际讲话却又快又俏皮，总让人始料不及，她的笑声简短、爽朗而及时，她好像总是这么处理（笑话）（不管它是什么），这种气质像是在表明，她立即就明白了她所见所闻的一切。显然，如果不让她太久地等待细节和插入语，她习惯讲话，甚至习惯倾听；她说话虽不连贯但总是在说，你可以看出她好像讨厌解释，尽管她不应该害怕任何解释。她偏爱笼统而不是具体；她对每个人都很客气，但绝不可亲可爱；绝对友好，但绝对不相信任何人，就像波士顿的人们（在兴奋的时刻）想说他们并不怀疑。"她的全部举止都好像在告诉奥利夫，她所属的那个世界要比奥利夫的大得多……"（第十八章）

伯雷奇夫人的精明世故和老谋深算在她与维里纳和奥利夫打交道的过程中最精彩地表现出来。伯雷奇夫人第一次在波士顿见到儿子喜欢的这个女孩子，她的反应是，"她善意且明智地称维里纳为名人，但是绝没有长辈的慈祥或者任何表示她们之间年龄悬殊的东西"。伯雷奇夫人与奥利夫关于维里纳的真正较量是在纽约的晚会之后，当这两个意志坚强的女人棋逢对手时，显然伯雷奇夫人因为年龄和阅历的优势而更胜一筹，"她的态度轻松，聪明，自然，用几句话就跨越了千山万水。"（第三十二章）当奥利夫希望用维里纳父母的粗俗打击伯雷奇夫人时，这位名利场老手反过来暗示自己也可以像奥利夫一样用金钱摆脱塔兰特夫妇的纠缠，这就给奥利夫双倍的回击：既讽刺了奥利夫的庸俗手段，又截断了她独占维里纳的退路，她甚至在自己的家中也丝毫不让奥利夫在语言上获得一点优势，"伯雷奇夫人一直控制着话语权；奥利夫只是偶尔插入一个问题，提出一个抗议，做一点更正，突然喊出一句激动的反讽。这些丝毫没有阻止或者转移她女主人的话题"。这样圆滑世故的女人就连奥利夫也不得不佩服对手的手段高明，"伯雷奇夫人这类人靠咒骂、中伤、偏见和优先权过活，靠过去僵死的残酷时尚为生并飞黄腾达。然而，必须补充一点，如果她的女主人是个骗子，那么她也是最不让奥利夫生气的那种骗子；她是这样一个聪明、和蔼、风雅之人，非常鲁莽地背信弃义，如果

她欺骗不了你,她就会心甘情愿地贿赂你。"(第三十二章)

法林达夫人与伯雷奇夫人一起构成美国内战后上流社会金碧辉煌的名利场,她们是一切机遇与成功的直接受益人,她们用自己的机智老练把社会资源悉数收进自己的腰包,享尽世间荣耀,她们参与社会的改革运动与伯宰小姐的慈善动机完全不同,她们只是借时髦的运动给自己锦上添花,这些社会丛林中的猎手最懂得如何战胜奥利夫这种初来乍到的新人,如何捕猎维里纳·塔兰特这种无力自保的牺牲品。

美中不足的新女性:伯宰小姐与普兰斯医生

在《波士顿人》中,詹姆斯也描写了两位公正无私的新女性,她们是老一代废奴主义者伯宰小姐和她的私人护理普兰斯医生。伯宰小姐作为一位职业改革家,生活简朴、大公无私,"她除了道德需要之外别无他求,她的全部历史就是一部同情史。"(第四章)而普兰斯医生作为伯宰小姐的私人医生,虽然身处激进的女权主义者圈子里,她却头脑冷静、精神独立,是一个务实求真的职业女性。在一个女权被强调到极致的年代,普兰斯医生却认为"男女都一样……我看不出有什么区别。这两个性别都需要提高。任何一方都没有达到标准"。当兰塞姆问她这个标准是什么时,她说:"哦,他们都应该生活得更好些,这才是他们应该做的。"(第六章)所以同样反对女权的兰塞姆对普兰斯医生的独立思想大加赞赏,"可以肯定的是,不管这个运动的结果如何,普兰斯医生的这一场小小的革命就是一次胜利"。(第六章)

在这个虚荣浮躁的名利场中,这两位中产阶级的美国女性因为其广泛的社会参与度可以被看作十九世纪在美国兴起的新女性[①]代表,虽然她们的风格各异,但她们的行动都迥异于其他人那种只为一己之私争权夺利的侵略行为。然而,这两位正直无私的女性却被极大地边缘化了:伯宰小姐因为其过时的价值观和年迈体衰不得不大部分时间里退居这个名利场之外,而普兰斯医生则是主动明智地悄然撤退,就像她在马米恩的大部分时间选择去划船或者钓鱼而不是参与奥利夫她们的女权讨论一样。这两位相对优秀的女性在这个名利场中的边缘化本身也说明美国内战后的社会主流价值观已经让位给商业竞争意识。

同时不能否认的是,在伯宰小姐的无私品德和普兰斯医生的独立精神被

---

① 关于19世纪美国的新女性,更多参考资料可见《哥伦比亚美国文学史》第三部分中的女作家和新女性,四川辞书出版社1994年版,第481—495页。

充分肯定和称赞的同时，我们却分明看出她们并非叙述人和詹姆斯理想的新女性：伯宰小姐因为缺乏分辨力，普兰斯医生因为其过分的理性思维，她们从思想到气质都远非叙述人和作者的理想女性——伯宰小姐不算是一位理想的改革者，而普兰斯医生则缺少理智与情感的完美结合。另外，她们都是单身女性，不仅没有健全的生活，而且身上严重缺少女性的优雅、细腻和敏感特质，小说中很多细节可以为我们提供这方面的佐证。伯宰小姐缺乏审美辨别力和道德敏感性的不足主要是通过奥利夫和兰塞姆的视角呈现给读者。兰塞姆第一次见到伯宰小姐就发现，"她很善良，容易上当受骗"，"事实上，她对生活中的优美风景和造型艺术一窍不通。"（第四章）在奥利夫的眼中，"人们从来没有指望她，这个可怜的人，对现实哪怕有一点了解。伯宰小姐勇敢、高尚，整个波士顿的道德史都写在她歪戴的眼镜上。"（第五章）奥利夫对伯宰小姐的感情与其说是尊敬不如说是可怜和讥讽：

> 钱塞勒小姐（尤其是）感到这位衣着邋遢的小传教士是一个传统的最后纽带，当她去世的时候，新英格兰生活的英雄时代——那个朴素生活、高尚思考的时代，那个理想纯洁、真诚努力的时代，那个道德热忱、高尚实验的时代——将会真正结束。"……伯宰小姐带着八十岁的天真和没有分辨力的眼镜四处走动，问她的朋友们是不是很棒；她自己根本就不理解这个演讲，只是把它看作维里纳才华的精彩呈现。"（第二十章）

奥利夫的这些心思是哀叹？是敬仰？是鄙视？也许都有，但就在这些矛盾复杂的情感中，伯宰小姐的正面悲剧形象变得模糊起来。在对这两位女性的外表和举止的描写中，她们的女性不足在保守的巴兹尔看来更觉扎眼，兰塞姆认为"可怜的伯宰小姐根本就没有一点女性的轮廓。"（第三十八章）"普兰斯医生是一位相貌平常、单薄瘦小的年轻女士，"（第四章）"瘦小、单调、严厉、没有曲线……除了一双智慧的眼睛，她没有任何可资谈起的特征。"（第六章）

甚至即便是普兰斯医生的心智在巴兹尔看来也并不健全，这位"只处理事实"的女医生缺少敏感细腻的观察能力，尤其是置身于兰塞姆和奥利夫在马米恩激烈的权力角逐中心，普兰斯医生却表现出对人情世故违背常情的冷漠迟钝，"这位干巴巴的小夫人……如果兰塞姆对她抱怨嗓子疼，她会认真询问他的症状，但是她不会用社会关系来问他任何问题……显然，让普兰斯医生对一个诡计开处方并不容易,就像让她给她的那位德高望重的病人开处方一样难。"(第三十五章)"在这个世界上,不可能有什么事情让她眨眨眼睛。她永远也不会害怕或者吃惊;她认为一切不正常的事情都是理所当然;对兰塞姆的奇怪处境似乎毫无察觉;没有说任何话以表示她注意到钱塞勒小姐处于狂怒中或者维里纳每天都在约会。"(第三十八章)

简言之,尽管伯宰小姐和普兰斯医生的个人品德和无私行为无可挑剔,然而她们对复杂的人性、丰富的人生却视而不见,她们没有轮廓的外表,缺少敏感细腻的女性特质,她们为了追求女性的社会价值选择单身独居,这些欠缺不能不说是新女性的一大缺失。晚年的詹姆斯在一篇题目为"美国妇女"的演讲(1906)中,略带讽刺地表达了他对美国女性的看法,并指出美国民主社会对女性的纵容,也道出了他本人略显保守的妇女观,"世界对美国妇女没有提出这一类要求——她应该对责任、行动、影响有明确的概念;她应该尽可能地优雅,可爱,具有讨好和抚慰的力量,最重要的是,她应该具有榜样的力量。"[①]由此可见,即便用詹姆斯自己的理想女性尺度去衡量,伯宰小姐与普兰斯医生也显得美中不足。

名利场中的猎物:维里纳·塔兰特

如果该小说是一场名利争夺战,那么众生喧哗骚动的目标便是女主人公维里纳·塔兰特。这位天真活泼、单纯善良,有一头红头发的漂亮女孩子因为其天生的演讲才能在这个名利场中成为一笔有利可图的社会资源。维里纳第一次出现在伯宰小姐的晚会上,帕顿先生就凭直觉明白,"有人会在那个女孩子身上赚到钱。"(第八章)帕顿先生追求维里纳,不过他的爱情属于典型的商业社会的爱情,"帕顿先生的印象是,他本人爱上了维里纳,不过他不嫉妒,他的感情有一种了不起的成分,那就是他可以和美国人共享他所爱的对象。"(第十六章)

维里纳的父母更是把她作为一个摇钱树加以利用,无耻地出卖她以满足自己贪图享受的欲望。奥利夫假借女权事业的名义用金钱贿赂塔兰特夫妇,然后把维里纳独霸在自己身边,利用她容易顺从的本性从生活、精神、思想、意志等方面全面侵占她的自由,把自己的极端病态的女权思想强加给她,希望用她的口才帮助自己成为像法林达夫人那样有威望的女权运动领导人。

---

① Henry James, "Speech of American Woman", *Henry James on Culture: Collected Essays on Politics and the American Social Scene*, ed. Pierre A. Walker, Lincoln: the University of Nebraska Press, 1999, p. 62.

波士顿人
The Bostonians

　　奥利夫与维里纳的关系，一个意志坚定，咄咄逼人，另一个快乐随和，不以为意；一个占有欲很强，另一个甘愿服从，这样的社会交往必然滋生强权与奴隶，"现在，维里纳的同伴在维里纳周围编织出一张精美的权威之网、依赖之网，这网就像一套金制的盔甲一样密集。"（第二十章）这种不平等交往关系用现代社会心理学家艾利希·弗洛姆的概念来概括就是"共生性关系"，是弗洛姆在《逃避自由》和《爱的艺术》两本书中竭力批判的病态人际关系，这种关系轻则导致人际关系的危机，重则滋生政治极权。

　　与奥利夫一样，兰塞姆也看出这个女孩子性格柔顺的特点，对她的善良大加利用，在表面上带着南方骑士精神"拯救"维里纳的幌子下，他只希望把维里纳据为己有，把她变成自己飞黄腾达的一笔社会资源，实现他报复奥利夫、扬名政界的双重野心。维里纳同样成为伯雷奇母子猎奇的对象，伯雷奇夫人希望利用维里纳讨好自己的儿子，同时让维里纳成为她在纽约社交圈里的一个重要筹码。伯雷奇夫人的儿子亨利·伯雷奇作为维里纳的追求者之一，他的爱情开始的时候表现为上层阔少对下层女孩的好奇心，也表现为"他主要喜欢的是让她和其他女孩子们之间相互制约，"（第二十章）"到目前为止，他最过分的行为只是告诉她，他喜欢她就像他喜欢古老的搪瓷和刺绣一样；当她说自己看不出她和这些东西有什么相似之处时，他回答说，这是因为她非常独特，非常精致。"（第十八章）伯雷奇先生感情的物化与帕顿先生感情的商品化并没有本质的区别，正如巴兹尔对维里纳的爱情，除了被她的漂亮和她所代表的潜在社会资源所吸引，这三个人对维里纳的爱情似乎都与相爱之人精神的契合无关。

　　在刻画维里纳这个人物形象时，小说的成功之处在于，很多时候读者像奥利夫一样面对轻松愉快的维里纳，总是拿不准她到底是单纯幼稚还是有意装傻，她是像她父亲一样寡廉鲜耻还是自尊自爱。她对奥利夫的顺从多大程度上是出于同情与讨好的本能，又在多大程度上是为生活所迫，意识到自己的牺牲可以换来父母生活的安逸。她对巴兹尔的顺从多大程度上出于诚挚的爱情，又在多大程度上是因为对方强硬的态度与意志难以抗拒。在这些问题上，小说似乎并不打算给读者清晰简单的答案。有时候我们似乎见到一个浅薄庸俗的无知少女，甚至卢纳夫人都会成为她羡慕的对象，"当初如果她能选择的话，维里纳倒愿意像卢纳夫人。"（第十四章）有时候，她的缺少辨别力与孝顺善良难分伯仲：

塔兰特是一个恬不知耻的道学家——这一点奥利夫在听他女儿讲青少年时代的经历时就明白了。维里纳在讲这些事的时候说得特别自然，特别生动。这种叙述极大地吸引了钱塞勒小姐，让她尽可能地感到——促使她问自己，这个女孩子是否没有辨别是非的洞察力。"不，维里纳只是非常单纯；她并不理解，她既不阐释也不明白她所描述的东西的重要性；她根本就不知道如何评价她的父母。"（第十四章）

然而，有时候我们又分明看到一个具有独立思想和分辨力的维里纳，沉默与顺从只是她的一种自卫方式，"她对这件事有自己的想法，跟母亲的想法不同，如果她听凭自己随这位夫人漫无边际的想法，那是因为这样可以最好地保持自己的思想。"（第十四章）很多时候，我们不得不承认她对父母和奥利夫以及自己的处境一点也不缺少正确的判断，"维里纳自己并不认为她母亲在宇宙中的位置举足轻重，钱塞勒小姐更不把这个人放在眼里。""维里纳也不能随便就说（当然，她现在在家里没有以前坦诚了，而且这种怀疑也只是刚刚才对她变得清晰起来），奥利夫想把她从她父母那里彻底带走，所以才不愿意显得要和他们套近乎。"（第十四章）

相比之下，反而是那些轻视她的判断力和感知力的人们被她的沉默和顺从欺骗了。比如，我们很难从下面这句话判断维里纳的顺从多大程度上出于无奈的屈从，又在多大程度上出于慷慨的施舍。"如我已经暗示过的，在这样的时刻，维里纳总是很善于随机应变；在发誓永远冷落贝肯街的时候，维里纳的心里很不是滋味；不过她现在完全控制在奥利夫手里，为了证明她的女恩人不是轻浮之辈，她没有什么不愿意牺牲的。"（第十九章）奥利夫的困惑和叙述人的不置可否把读者带入判断的迷雾中，"奥利夫有没有问过自己，她的同伴这几个月是不是最无意识又最成功地在欺骗她？这里我必须再次声明我没有能力回答。"（第三十九章）叙述人的含混让维里纳的形象变得更加复杂。

小说的喜剧效果与艺术成功之处在于，虽然维里纳明显是这个社会丛林中众人捕猎的对象，但是猎手与猎物到底谁更技高一筹？一直到小说的最后我们都很难有一个明确的答案，我们就像奥利夫与兰塞姆一样对维里纳感到困惑，在单纯与世故、轻浮与纯洁、无耻与自尊、利用与被利用、顺从与抗争之间，维里纳成为一个难解之谜，成为奥利夫和巴兹尔，也成为读者琢磨不透的惊叹，维里纳复杂含混的形象恰如自然规律和生活本身的复杂，一直

波士顿人
The Bostonians

都在与企图把握她的人进行智力角逐，并嘲笑自负者认识能力的局限，维里纳的塑造构成该小说的艺术成就之一。

亨利·詹姆斯理想的社会生活

虽然詹姆斯的初衷是写一个"美国本土的"故事，把"女性的处境，性别意识的下降，以及代表她们的骚动不安"当作这个时代美国的社会状况特征[1]，但是整个故事看下来，我们却发现小说远远超出这样一个单纯的女性主题，小说已经从女权运动延伸到一个更严峻的政治、社会主题，那就是，詹姆斯在文学创作前十年的欧美主题小说中大加赞赏的美国精神，也是美国民族赖以自豪的政治信仰——自由与平等的民主思想，已经在美国内战后的社会生活中没有了立锥之地。美国人从上层（以伯雷奇母子为代表）到下层（以塔兰特夫妇为代表），从南方（以巴兹尔为代表）到北方（以奥利夫为代表）都浸染在商业文化的竞争意识和交换价值中，像伯宰小姐与普兰斯医生那样公正无私的好人已经被极大地边缘化了，处于舞台中心的人物都整齐划一地奉行商业价值观，一切关系都是病态扭曲的，传统意义上的亲情、爱情、友情的信念丧失殆尽，表面的团结合作之下，我们看到的是每一个孤军奋战的个体失去了自由与安宁，成为焦虑不安的牺牲品。

然而，虽然这是一部没有英雄的小说，虽然故事的结局也预示着男女主人公可能有的不幸结合，但是我们还是可以在白驹过隙的一瞥中见到詹姆斯关于理想的社会生活和两性关系的启示。詹姆斯一贯相信艺术审美可以陶冶人的性情，可以帮助人恢复被扭曲异化的本性。小说中有一段描写亨利·伯雷奇先生在给奥利夫与维里纳演奏舒伯特与门德尔松的音乐时这两位女权主义者的心理变化：

"在这种氛围中，奥利夫有半小时任凭自己欣赏音乐，承认伯雷奇先生的演奏技艺精湛，好像感觉到一种停战的和平局面。她紧张的神经平静下来，她的问题——这一会儿——消失了。在这样一种影响下，在这样一种氛围中，文明似乎完成了它的任务；和谐主宰着这个场面；人的生活不再是一场战争。她甚至问自己为什么还要跟它过不去；男女之间的关系在这个具体的人群中没有任何互相残杀的样子。"（第十八章）

---

[1] Leon Edel and Lyall H. Powers, eds. *The Complete Notebooks of Henry James.* New York: Oxford University Press, 1987, pp. 19–20.

显然，奥利夫难得的安详与平静时刻是舒伯特与门德尔松的音乐带给她放松与反思，小说再借维里纳之口把这种艺术审美效果清楚地表达出来：

要是总这样就好了——只把男人看成是他们本来的样子，不是非想他们的坏处不可。要是没有这么多问题就好了，只想着这些问题都已经得到了满意的回答，这样人们就可以坐在古老的西班牙皮椅子里，放下窗帘，把寒冷、黑暗以及这个可怕、残酷的世界挡在外面——坐在那里一直听着舒伯特和门德尔松。他们根本就不在乎女人的遭遇！今天我根本就没有想什么选票，你呢？"（第十八章）

如果这个场景暗示了两性冲突和敌视情绪可以在音乐艺术的审美体验中化解，那么在哈佛纪念堂，巴兹尔面对昔日战场上敌人的纪念碑却能欣赏这些哈佛学子战死疆场的奉献精神与悲壮情怀而不再纠结于自己作为战败者的私仇，我们认识到同样是一种审美的情怀化解了地域和党派的积怨：

这个地方的外观异常雄伟庄严，不可能不心情激昂地感受它。它矗立在那里，代表着职责与荣誉，诉说着牺牲与榜样，好像一座奉献给青春、勇气和慷慨的圣殿。他们中的大部分人都很年轻，所有的人都正值青春年华，他们全都倒下了；这个单纯的想法萦绕在这个参观者的脑海里，使他怀着同情阅读每一个名字和每一个地点——这些名字通常没有其他历史和那些被遗忘的南方战役。对兰塞姆而言，这些东西既不是挑战也不是嘲笑，而是深深触动他的敬意和美感。他可以成为一名慷慨的敌人，他现在完全忘记了派别纷争。"昔日战时的单纯感情回到了他的记忆中，身边的纪念碑似乎就是这种记忆的体现，这种感情远在敌人和朋友之上，远在战败的牺牲品以及胜利者之上。"（第二十五章）

巴兹尔的这个审美反思的时刻就像奥利夫在倾听舒伯特与门德尔松时内心的宁静与反省，是小说中非常罕见的祥和治愈时刻，这时候，他们的内心不再有讨伐和复仇的情绪，超越了性别、帮派的偏见，他们两个人都有智力和品位能触及这样的神圣时刻。遗憾的是，这一刻之后他们又立即卷入时代的大潮中，跌进那个名利场的污泥浊水中，可见主流价值观的强势，美好心愿与理智觉察的脆弱易失。然而，正是在这样的时刻，读者在这个空气污浊的名利场中突然呼吸到一口清新洁净的空气，获得了启示与灵感去甄别故事中的是非曲直，在没有希望和出路的故事中瞥见了一缕希望之光，这足以告慰读者，弥补本故事因为英雄人物的欠缺而造成的沉闷压抑氛围。

代显梅
二〇一六年六月六日于北京西三旗金榜园家中

目　录

第一章	（1）
第二章	（6）
第三章	（10）
第四章	（18）
第五章	（23）
第六章	（27）
第七章	（34）
第八章	（40）
第九章	（45）
第十章	（48）
第十一章	（54）
第十二章	（61）
第十三章	（69）
第十四章	（75）
第十五章	（80）
第十六章	（86）
第十七章	（95）
第十八章	（102）
第十九章	（111）
第二十章	（117）
第二十一章	（129）

第二十二章	(137)
第二十三章	(147)
第二十四章	(156)
第二十五章	(166)
第二十六章	(174)
第二十七章	(180)
第二十八章	(186)
第二十九章	(196)
第三十章	(201)
第三十一章	(208)
第三十二章	(214)
第三十三章	(224)
第三十四章	(233)
第三十五章	(243)
第三十六章	(252)
第三十七章	(264)
第三十八章	(271)
第三十九章	(282)
第四十章	(292)
第四十一章	(301)
第四十二章	(310)
附录：论亨利·詹姆斯的《波士顿人》中的商品意识与交往伦理	(319)
参考文献	(332)
后记	(334)

第一章

"奥利夫大约十分钟后下来,她是这么让我给你说的。大约十分钟,奥利夫就是这样。不是五分钟,不是十五分钟,也不是刚好十分钟,而是九分钟或者十一分钟。她没有让我说她很高兴见到你,因为她不知道自己是不是高兴,她从来不让自己撒谎。她非常诚实,奥利夫·钱塞勒就是这样,一身正气。在波士顿,没有人撒谎。我不知道为什么会这样。哦,总之,见到你很高兴。"

一位皮肤白皙、体态丰满、面带微笑的女士一进来就很健谈地说了这一番话。在一间狭窄的客厅里,一位来访者等了几分钟之后已经在专注地看一本书了。这位绅士还没有等坐下来就对这本书产生了兴趣:显然他一进来就从桌子上拿起了这本书,扫视了一眼这个房间之后就站在那里忘情于书页之间了。卢纳夫人一进来他就放下书,笑着和她握手,回应她最后一句话:"你的意思是说自己就在撒谎,也许这就是一个谎言吧。"

"噢,不是的。当我跟你说,我在这个不撒谎的城市已经待了长长的三周时间,"卢纳夫人回答说,"我很高兴见到你就是很自然的事了。"

"这听起来不像在恭维我啊,"年轻人说,"我自认为不撒谎。"

"哎呀,做南方人有什么好的?"这位夫人问道,"奥利夫让我告诉你,她希望你留下来吃晚饭。如果她这么说,她就真的这么想。她愿意冒这个险。"

"就像我一样愿意冒险吗?"来访者问,表现出自己日常的一面。卢纳夫人把他从头到脚打量了一番,微笑着叹了口气,似乎他的个子太高了。的确,巴兹尔·兰塞姆个子很高,他甚至看起来像一列数字,有点古板,令人气馁,尽管他友好地低头看着他的女主人的代理人,消瘦的脸上轮廓分明,嘴角带着早熟的皱纹。他又高又瘦,一身黑色装束,衬衫领子又低又宽,一枚镶有红宝石的饰针把一块三角形的亚麻布有点发皱地别在马甲的敞开处。尽管有这等装束,这个年轻人看上去仍然很穷——就像一个大脑聪明、眼睛漂亮的年轻人看起来那样。巴兹尔·兰塞姆的眼睛深邃忧郁,炯炯有神;他的头有一种庄严的气质,正好与他的身材相匹配,无论是在人群中还是在法庭上或者在政治演讲台上,甚

· 1 ·

波士顿人
The Bostonians

至在一枚铜制奖章上,这个头一眼就可以认出来。他的前额又高又阔,浓密的黑发像狮子的棕毛般又直又亮,中间没有分界线,径直向后面梳过去,特别是他那双炯炯有神的眼睛似乎表明他要成为伟大的美国政治家;或者可以说,这双眼睛可能只是他来自卡罗莱纳或者阿拉巴马的证明。事实上,他来自密西西比,他说话也明显带着这个地方的口音。我没有能力生动再现这种具有魅力的方言;不过有创造力的读者不难想起这种声音,在目前的场合,这种方言与任何庸俗或虚荣的东西都不沾边。这位瘦高苍白、面带菜色、寒酸出众的年轻人,他那高傲的头颅、端坐的姿势、聪明而严峻的表情、矜持的热情、那明显的外省人①的仪表,他是我的故事中最重要的男性代表,从某种程度上讲,他在我讲的这个故事中扮演着一个非常积极主动的角色。然而,喜欢完美形象的读者,希望带着辨别力和理性进行阅读的读者,我请求你们不要忘记他拖长的辅音、吞没的元音,他的元音省略和发音窜改都让人始料不及,他的话总是充满激烈、壮阔的东西,一种听起来几乎像非洲人说话时的那种丰富、轻松的语气,让人联想到密集的棉花田。卢纳夫人看着这一切,不过只看到了其中的一部分,否则她就不会用嘲弄的方式回答他的提问了:"难道你不是这样吗?"卢纳夫人很随便——让人难以忍受地随便。

巴兹尔·兰塞姆有些脸红。他说:"哦,是啊,我出门吃饭的时候总带一只六发式左轮手枪和一把长猎刀。"他茫然地拿起帽子—— 一顶浅黑色的帽子,低低的帽顶,宽直的帽檐。卢纳夫人想知道他要干什么。她让他坐下,向他保证她妹妹非常想见他,如果他没留下来吃饭的话——因为不管怎么说她是一个宿命论者——她会像对待其他事情一样感到很过意不去。真是天大的遗憾——她本人正要出门,在波士顿,你必须欣然接受邀请。奥利夫吃完饭也要去一个地方,但是他不必介意,也许他愿意跟她一起去。不是晚会——奥利夫不参加晚会,而是奥利夫非常喜欢的那种奇怪的聚会。

"你指的是哪种聚会?你好像是说《布鲁克林》②中的女巫聚会吧。"

---

① 英文 provincial 有外省人或者乡下人的意思,暗含没有见过世面、跟不上潮流、视野狭隘等意思。小说中几处都用到这个词,在奥利夫的眼中,兰塞姆、法林达夫人(第二章)和伯宰小姐(第五章)这三个人物身上都或多或少带着这种缺陷,在第三章中,当奥利夫说"不是波士顿——而是人性"时,我们可以知道她是比较讨厌这种拘泥于一隅的气质的。当然,在第三十二章,伯雷奇夫人眼中的奥利夫也同样是"乡气的"。

② The Brocken: 德国神话,讲的是华尔帕吉斯之夜(Walpurgis Night 即 4 月 30 日到 5 月 1 日之夜),女巫聚在传统指定的地点,会见她们的首领魔鬼(the Devil),最有名的聚会地点是 the Brocken,这是德国哈尔茨山脉的最高峰。这里的仪式指的是歌德的诗剧《浮士德》第一部分和第二部分中的魔鬼聚会仪式。

"哦,就是。他们全都是女巫,男巫,灵媒,击桌巫师,还有那些咆哮的激进分子。"

巴兹尔·兰塞姆瞪大了眼睛。他的褐色眼睛发出的黄光加深了。"你是说你妹妹是一个咆哮的激进分子吗?"

"一个激进分子?她是一个女雅各宾①——她是一个虚无主义者。凡存在,皆有错②。如果你打算跟她一起吃饭,你最好知道这一点。"

"噢,天哪!"年轻人交叉着双臂坐回椅子里,含糊地喃喃自语。他用智者怀疑的眼光看着卢纳夫人。她相当漂亮。她的一缕缕卷发像一串串葡萄,她的紧身上衣似乎要被她的活力撑破,一只小胖脚穿着一只生硬的高跟鞋,从衬裙的硬褶子下面伸出来。她姿色迷人,说话鲁莽,尤其是后者。他似乎觉得她跟他说的事真是一大遗憾,不过他陷入了沉思,或者至少半天没有说话,他的眼睛打量着卢纳夫人,他也许在纳闷:她代表哪个教义呢,她可能和她妹妹的秉性脾气不大一样。对巴兹尔·兰塞姆而言,许多事都很奇怪,波士顿尤其充满了出其不意的事情,他是那种喜欢了解的人。卢纳夫人正在戴手套,兰塞姆从没有见过这么长的手套;它们让他想到了长筒袜,他纳闷她肘部以上不用吊袜带怎么能系得住。"哦,我想我应该知道的。"他终于接话了。

"应该知道什么?"

"哦,知道钱塞勒小姐完全像你所说的那样。她在这个改革的城市里长大。"

"噢,跟这个城市没有关系,这只是奥利夫·钱塞勒。如果她能掌管太阳系,她会对它也进行改造的。如果你不小心,她就会改造你。我从欧洲回来就发现她是这个样子。"

"你去过欧洲吗?"兰塞姆问。

"哎呀,当然了!难道你没有吗?"

"没有,我哪儿也没去过。你妹妹也去过吧?"

"对,不过她只待了一两个小时。她不喜欢欧洲,她更不愿意提起它。你难道不知道我去过欧洲吗?"卢纳夫人接着说,语气是女人在发现自己的名气不大

---

① Jacobin:雅各宾,法国大革命时期参加雅各宾俱乐部的激进分子,主要领导人有马克西米里安·罗伯斯庇尔(Maximilien Roberspierre, 1758—1794)和让·保罗·马拉(Jean Paul Marat, 1743—1793),后来一般喻指极端左翼的政治改革者。

② Whatever is, is wrong 这是对18世纪英国诗人亚历山大·蒲柏(Alexander Pope, 1688—1744)的哲理长诗《论人》中的一句"凡存在的,皆是合理的"(Whatever is, is right)的戏仿。蒲柏的原诗是:"And, spite of Pride, in erring Reason's spite,/ One truth is clear: whatever Is, is Right."

波 士 顿 人
The Bostonians

时所感到的那种委屈。

兰塞姆想,他也许应该回答她说,五分钟之前他还不知道世界上有她这么个人,不过他知道南方绅士不该用这种方式跟女士说话,他让自己满足于说她一定得宽恕他乡下人的孤陋寡闻①(他喜欢优雅的短语);他住的那个地方人们不怎么想起欧洲,他一直以为她住在纽约。他最后说的这句话有些冒险,因为他实际上并没有对卢纳夫人做过任何猜想。然而,他的不诚实只能让他更下不来台。

"既然你知道我住在纽约,你到底为什么不来看我?"这位女士问。

"哦,你知道,除了出庭,我不常出门。"

"你是指法庭吗?这里每个人都有一份工作!你很有抱负吗?你看起来好像有。"

"有,非常大。"巴兹尔·兰塞姆微笑着回答,这位南方绅士用那种奇妙的女性温柔清楚地说出了那个副词。

卢纳夫人解释说,她在欧洲住过几年——自从她丈夫去世后——不过一个月之前回家来了,她和她的小儿子——这个世界上她唯一的所有——一起回家来了,正在拜访她的妹妹,除了儿子,妹妹当然算是她最近的亲属了。"不过,这不一样,"她说,"奥利夫和我的意见分歧很大。"

"你和你的小男孩没有分歧吧。"年轻人说。

"噢,没有,我和牛顿从来没有什么分歧!"卢纳夫人补充说,她现在回来了可是不知道应该做点什么。这是回来最糟糕的事,就好像重新活了一次,一个人在这样的年纪——不得不重新开始生活。甚至都不知道回来干什么来了。有些人想让你留在波士顿过冬;不过她受不了这里的冬天——至少她知道自己回来不是为了过冬。也许她该在华盛顿找一栋房子。他听说过那个小地方吗?她不在的时候,人们发明了那个地方②。另外,奥利夫不想让她留在波士顿,也不明说。这就是奥利夫的自在之处,她从来不明说。

---

① 乡下人的孤陋寡闻(Boeotian ignorance):Boeotia 是古希腊的一个内陆农业区,雅典人通常认为这个地方的人都很愚笨、粗朴。在小说的第二章结束处,奥利夫也的确把兰塞姆看作思想狭隘、见识粗浅之人,"她压根儿也没指望他会同意:一个密西西比人怎么会同意呢"?

② 她不在的时候,人们发明了那个地方(They had invented it while she was away):尽管马里兰州和弗吉尼亚州之间的波托马克河(the Potomac River)上的哥伦比亚区在 1790 年被国会指定为国家首都的所在地,很多年之后,华盛顿才在美国公民心目中树立起首都的形象。事实上,这个城市在 1812 年的英美战争中被英国军队洗劫之后,1814 年曾经被暂时废弃过。在内战中,这个城市不断受到南方军队的威胁,构成它历经沧桑、无可争议的成长历程。在内战后的岁月里,这个城市不断涌现出的公共建筑和纪念碑让它的声名不断壮大,卢纳夫人这里的轻薄之词便是这个意思。

第一章

卢纳夫人刚说完最后一句话,巴兹尔·兰塞姆就站起身来。因为一位年轻女士悄然走进来,似乎刚听到最后一句话就收住了脚步。她站在那里有意识地、相当严肃地看着兰塞姆先生,嘴角挂着一抹不易觉察的微笑——这微笑只照亮了她脸上天然的严肃,也许可以被比作一缕月光照在监狱的墙上。

"既然这样,"她说,"我就不用说,很抱歉让你久等了。"

她的声音低沉悦耳—— 一种有教养的声音——她向她的来访者伸出了一只细长的白手。她的来访者带着几分庄严(他为参与卢纳夫人轻率的谈话感到有些内疚)说,他非常高兴认识她。他发现钱塞勒小姐的手又冷又无力,她只是把手放在他的手上,根本没用力去握。卢纳夫人对她妹妹解释说,因为他是亲戚,所以她才说话随便些——尽管他对她们的了解好像真的很有限。她不相信他曾经听说过她,卢纳夫人,尽管他以南方人的侠义风范谎称听说过。她现在必须出去吃饭了,她看见四轮马车等在那里,她不在的时候,奥利夫说她的什么坏话都有可能。

"我已经对他说过你是一个激进分子,如果你愿意,你也可以告诉他,我是一个虚伪、化妆的放荡女人①。试着改造他吧,从密西西比来的人肯定浑身都是毛病。我会回来得很晚,我们打算去剧院,所以才这么早吃饭。再见,兰塞姆先生,"卢纳夫人继续说,将一条给她平添了几分姿色的雪白毛围巾往一起拢了拢,"我希望你会待一段时间,这样你就可以亲自对我们做出判断了。我也想让你见见牛顿,他本质善良,我需要一些教育他的建议。你只能待到明天吗?哎呀,这有什么用?哦,你一定要来纽约看我,冬天我肯定会在那里住一段时间。我会给你寄张明信片,我不会让你溜掉的。别出来,我妹妹有优先权。奥利夫,你为什么不把他带到你的妇女大会上去呢?"卢纳夫人的随便甚至延伸到她妹妹那里,她对钱塞勒小姐说,她看起来好像要准备出海航行。"很高兴我没有那些条条框框来约束我晚上穿什么衣服!"她在门口说。"这些人在考虑着装时害怕显得轻浮!"

---

① 化妆的放荡女人(a painted Jezebel):据《圣经:列王记上》16:31,21—5—15 记载,叶泽贝尔(Jezebel)是以色列王亚哈(Ahab)的王后,挑唆丈夫杀了耶和华的人,霸占耶和华赐予的葡萄园。上帝降罪于亚哈和他的臣民,王后因而得此污名。叶泽贝尔的化妆震惊了清教的英格兰。

第二章

不管对服装考虑得多还是少,钱塞勒小姐肯定是不会招致这种指责的。她习惯穿一身简朴的黑衣服,不加任何修饰,她那柔软没有光泽的头发精心盘束在一起,正像她姐姐的头发精心披散下来一样。她很快便坐了下来,卢纳夫人说话的时候,她的眼睛一直盯着地面,甚至都不抬眼看一下这个多嘴多舌的女人,更不用说看巴兹尔·兰塞姆了。因此,这个年轻人可以自由自在地看她。他看得出来,她焦虑不安而且在努力掩饰自己的不安。他不明白她为什么要这样,没想到她的天性像惊涛骇浪中的一叶扁舟,对这一点他注定后来会发现的。甚至在她姐姐出门之后,她仍然坐在那里看着别处,好像中了魔法一样抬不起眼睛。在我们的故事进程中,我也许有必要向读者透露许多秘密信息,奥利夫·钱塞勒小姐总是不时地表现出悲剧性的羞涩,每当这样的时候,她甚至都不能在镜中正视自己的眼睛。此刻,这样的羞涩没有任何原因地袭来,尽管卢纳夫人一下子就表现得这么自来熟确实让她更难为情。在这个世界上,恐怕再没有比卢纳夫人更自来熟的人了;如果她不控制自己把这种激动情绪对准单个人的话,她妹妹可能会对她怀恨在心。尽管巴兹尔·兰塞姆是那种绝顶聪明的年轻人,但他也意识到了自己经验有限。他生怕自己太快对事情下笼统的结论,不过他最后也有两三种推测,这对一位后来被纽约法庭所接受、四处寻找委托人的绅士而言意义重大。这种笼统的好处之一就是把人简单地分为两类:一类人对事情过于认真,而另一类人对事情则漫不经心。他很快认定钱塞勒小姐属于前一类。这一点非常深刻地写在她优雅的脸上,以至于他们还没有交谈几句话他就对她产生了模糊的同情。从本性上讲,他自己属于对事情不太在意的那一类;如果他近来对事情看得认真,那也是在经过反思之后,因为环境迫使他不得不这么做。不过这位面色苍白、长着一双浅绿色眼睛、面部轮廓分明、举止忐忑不安的女孩子分明是病态的,她的病态显而易见。可怜的兰塞姆在确认了这个事实之后,好像有了一个重大发现;不过,实际上,他从来没有比这个时刻更"无知"的了。就钱塞勒小姐而言,说她是病态的证明无关紧要;对她任何充分的阐述都会与其背后的事实大相径庭。为什么她是病态的,为什么她的病态是独特的?如果兰塞姆能追溯得足够远去解释那个秘密,他也许会欢欣鼓舞。迄今为止,他认识的女人大多和他本人一样性情温和,就他所知,卢纳夫人的妹妹身上表现出来的这种特点(奇怪地令人哀婉)并不常见。他为此很喜欢她们——不要想太多,也不要为世界上的这个政府负任何责任,他相信钱塞勒小姐对政府负有责任。如果她们只是私密而被动的,除此之外什么都不想,如果她们把抛头露面的事情留给厚脸皮、坚强威武的另一个性别去做,那该多好啊!兰塞姆为这个万全之策沾沾自喜。必须重申一下,他非常狭隘。

  我在这里清楚地描写的这些念头,兰塞姆并没有确切地意识到。他表妹的身影在他的大脑中唤起一种朦胧的怜惜之情。然而他明白自己并不想对她有更多了解,就像她长着这样一副面孔就必须超凡脱俗一样,这是不言而喻的。他对她充满了同情,不过他很快就明白没有人可以帮助她:这便是她的悲剧所在。在碰运气的时候,衰败的南方压在他的心头,他从那里走出来并不是为了寻找悲剧,至少他不想在潘恩街他的办公室之外看到悲剧。这时候,他发现自己以来自衰败地区的人常用的谦恭说话方式,打破了卢纳夫人离去后的沉默,正轻松地和他的女主人攀谈着。尽管他心里明白没有人可以帮助她,但是他说话的语气效果却驱散了她的羞涩。她的突出优点就是(对她打算献身的事业而言)在某些场合她会突然变得勇敢起来。在发现她的来访者独具一格时,她感到很安慰;他讲话的方式告诉她,毫无疑问他曾经为南方而战。她还从来没遇见过这么异乎寻常的人,在任何陌生事物面前,她总是显得越发从容不迫。生活中的事总是这样平淡无奇,这让她心中充满不言的愤怒;她认为凡是平淡无奇的都是邪恶的,这是再自然不过的事了。她现在可以毫不费力地问他是不是要留下来吃饭——她希望阿德利娜已经给他捎到了她的口信。事实上,她与阿德利娜一起待在楼上的时候,他的名片被送上来,一种突然不合常规的灵感给了他这个(对她而言)事实上最大的恩惠。就她平时的习惯而言,再没有任何事比让她单独招待一位从未晤面的绅士就餐更过分的了。

  也正是出于同一种冲动,春天,她偶然听说巴兹尔·兰塞姆来到了北方,准备在纽约开始自己的职业生涯,就写信给他。她的天性就是寻找责任,向良知吁求苦差事。在认真运用了这个细心体贴的器官之后,她发现他是昔日拥有奴隶的寡头统治者的后代,他们让这个国家沦入血泪深渊,她对此记忆犹新。他因为与这些令人讨厌的事情紧密相连,也就不值得成为一个有两位兄长——她仅有的两位兄长都为了北方的事业献出了自己的生命——的人的赞助对象。

波士顿人
The Bostonians

然而这从另一方面提醒她,他也失去了很多,即使没有牺牲生命,他也曾参加过战斗,也曾抛头颅洒热血。她情不自禁地怀着深深的敬意——一种温柔的嫉妒——对任何有此机遇、有此荣幸之人的敬意。她本性中最隐秘、最神圣的希望就是,有一天她也有这样一次机会,可以做一名殉道者,为某件事做出牺牲。巴兹尔·兰塞姆活了下来,不过她认为他活下来见证了痛苦的时刻。他的家被毁了,他们失去了奴隶,财产,亲朋好友和家园,他们饱尝了一切战败的残酷。有一段时间,他自己曾试着继续经营种植园,但却债台高筑,深陷困境,他渴望有份工作把他带到男人们常去的地方。对他而言,密西西比州似乎是绝望之州,因此他把祖产留给母亲和妹妹们,在将近而立之年,穿着南方人的服装,兜里揣着五十美元,心里怀着强烈的渴望,第一次来到纽约。

这件事让这个年轻人明白,他对很多事还懵懂无知——然而,也只是在最初的愤怒脸红之后,他便对自己说他要在这里加入一场游戏,而且他要在这里赢得这场游戏——奥利夫是不会知道这么多的;他已经重整旗鼓,对她而言这已经足够了,如法国人所说,接受既成的事实,承认南方和北方是一个统一的、不可分割的政治有机体。他们的表兄妹关系——钱塞勒和兰塞姆的——并不是很近,它是那种如果高兴可以捡起来也可以放下的关系。它属于"母系",像兰塞姆在给她的回信中用心良苦、文采飞扬地写的那样。他说话的口气好像他们是皇亲国戚似的。她母亲想续亲,只是因为担心这样做好像在资助不幸之人,才使她没有往密西西比写信。如果有可能给兰塞姆夫人寄点钱或者衣服,她本来是很高兴这样做的;但是,她没办法弄清楚到底寄多少才能被接受。巴兹尔来北方的时候——事实上,他在求发展——钱塞勒夫人已经过世了,所以在查尔斯街这栋小房子里也只有奥利夫(阿德利娜当时正在欧洲)来定夺了。

奥利夫知道母亲会怎么做,这有助于她做决定,因为她母亲总是采取积极措施。奥利夫什么都怕,不过她最怕的还是担心。她特别渴望慷慨大方,如果一个人不冒险又怎么能算慷慨大方呢?她把这当作行为准则,不管何时遇到危险都要冲上去;事后却发现自己安然无恙,她为此总是感到非常羞愧。在她写信给巴兹尔·兰塞姆之后,仍然感到毫发无损。事实上,很难看出他会对她做些什么,除了感谢(他只是有些过分夸张)她的来信,向她保证他一旦有机会到波士顿出差(他开始有些事做),第一件事便是去看她。现在他来了,兑现了自己感恩的承诺,甚至这也没有让钱塞勒小姐觉得自己已经招惹了危险。她发现(她有一次在看他的时候)他不会对事情做出世俗的判断,而她出于一种本能也是自己一贯的原则,总是对这样的判断予以反驳。他太单纯了——太像个密西西比人了——所以不会那么看问题,她几乎有些失望。当然,奥利夫本来并没有指望能让他觉得,她在给他提一些女人不该提的建议(钱塞勒小姐不喜欢这样的措辞,几乎就像她不喜欢它相反的措辞一样);不过她还是有种预感:他的脾气可能太好,或者接近太好的脾气。在这个世界上,她最喜欢的就是争论(因为争论总让她流泪,头疼,在床上待上一两天,尽管很难想象为什么情感如此激烈),巴兹尔·兰塞姆可能并不在意争论。当人们与你意见不一致的时候,最让人不愉快的事就是他们既不同意又不争论的冷漠。她压根儿也没指望他会同意,一个密西西比人怎么会同意呢?如果她觉得他会同意,她就不会给他写信了。

波士顿人
The Bostonians

第三章

　　兰塞姆对奥利夫说,如果她能以他本来的样子看待他,他会很高兴和她一起进餐的。她先行告辞,到餐厅吩咐去了。这个年轻人独自留下来观察这间会客厅——两个狭长的会客厅相连,明显构成了一个房间——他徘徊到后窗那里,看见窗外有一条风景河。钱塞勒小姐真有福气,能住在查尔斯街的那一边,这所房子的后面朝向这条街,下午斜阳的红光照在木制的尖塔顶上,照在孤寂的小船桅杆和肮脏的"工厂"烟囱上,这些建筑设施把地平线分割成锯齿状,整个地区散发出一种奇怪的、令人恶心的苦咸味道,这个地方说是河有些大,说是海湾太小①。对他而言,这种景观似乎太不一般了,尽管在暮色渐浓时很少能看清楚东西,除了西边天空露出的一抹清冷的黄光,一排排房屋俯瞰着同一个湖左侧用石头胡乱堆砌起来的长堤岸,屋里透出的点点灯光倒映在波光粼粼的褐色水面上,那种极富现代特色的风格给兰塞姆留下了深刻的印象,让他觉得一座城市住宅能有这等视野也算是浪漫的了。他从窗户那里回转身(现在屋里亮着灯,这是他刚才在窗户那里观景时客厅女仆放在桌子上的),室内更是温暖宜人,趣味盎然。兰塞姆的艺术感觉没有得到很好地开发,他也没有(尽管他早年是一位富人的儿子)关于物质享受的固定概念;对他而言,物质享受大致包括很多雪茄、白兰地、水、报纸和用藤条编制、倾斜适度的扶手椅,他可以坐在里面把腿伸开来。而且他似乎觉得从来没见过像他刚找到的这位女亲戚家这种走廊似的奇怪客厅,他自己从来没见过这么装修的私人住宅和这么多东西,(它们)表达着习惯和品位。到目前为止,他认识的大多数人都没有什么品位,他们有一些习惯,但是这些习惯并不需要很多室内装潢。在纽约,至今他还没有走进很多住宅,也没见过这么多附属品。这个地方给他的总体印象是有波士顿特色,事实上,这正是他想象的波士顿应该有的样子。他常听人说波士顿是一座

---

　　① "说是河太大,说是海湾太小"(Too big for a river and too small for a bay):后湾(Back Bay)是波士顿查尔斯河的延伸。奥利夫住的这所房子后面就是查尔斯街——这个城市中最古老、最体面的街道之一——西临后湾,西北跨越查尔斯河,面向剑桥,也就是哈佛大学(和塔兰特家的房子)的所在地,小说第二十章对这个地区的冬天也有描写。

文化城市,现在钱塞勒小姐的桌子上,沙发上,到处放着的书,像托座(好像一本书就是一座雕塑)一样的小书架,墙上挂着的照片和水彩画,门口的窗帘古板的装饰,这一切都散发着文化气息。他看了看其中的一些书,发现他表妹读的是德文书。他对这一点(作为一种优越性的表示)重要性的印象并没有因他自己也懂得这种语言而减弱(他知道这种语言包含大量的法学作品),在那个漫长、空虚、死寂的暑假里,他在种植园里掌握了这门语言。它奇怪地证明了,在兰塞姆内心有某种不加掩饰的谦虚使他在看到表妹的德语书籍之后主要想起北方人的自然活力。他以前也常常注意到这种自然活力,总是告诉自己必须与之匹配。只有在经历了很多之后,他才发现在北方人的心灵深处,很少有人能像他那样精神饱满。以前也有不少人发现这一点。他对钱塞勒小姐几乎一无所知,他来看她只是因为她给他写了信。兰塞姆从来没有想过要仰视她,因为他那时候在纽约不认识任何人,没法打听她的事。所以他只能猜想她是一个富有的年轻女子,这样一幢房子,以这样一种方式居住着一位安静的未婚女子,财力一定很雄厚。多少? 他问自己。一年五千,一万,一万五? 这其中最小的数字对我们这位气喘吁吁的年轻人来说都算是富裕的了。他不是那种财迷心窍的人,但是他特别渴望成功,他不止一次地想,一笔适当的资金会有助于一个人取得成功。在他更年轻一点的岁月里,他目睹了一次历史无法忘记的最大失败,一次巨大的民族惨败①,这次失败使他对无能深恶痛绝。在等待他的女主人再次出现的间歇,他一直想着她没有结婚而且富有,她和蔼可亲(她的信可以作证)而且是单身;有那么一会儿,他甚至想入非非,想成为这家生意兴隆的公司的合伙人。当兰塞姆想到人的命运的这些反差时,他有些咬牙切齿;这个布置精美的女性安乐窝更让他觉得自己无家可归,食不果腹。不过,这种情绪只持续了一会儿,因为事实上他意识到了一种查尔斯街的一切文化都无法满足的更大欲望。

后来他表妹回来,他们一起下楼吃饭。他们坐在一张小桌旁用餐,桌子上摆着鲜花,他面对她坐着,他从这个位置可以看到另一番景象,透过这扇根据她的旨意没有拉开窗帘的窗子(她让他注意——这是为了他好),他看到那条黑黝黝、寂静的河流,点点灯光点缀其中——在这个时刻,我说,他很容易对自己说不会有什么事能诱惑他爱上这一类东西。几个月之后,在纽约,在与卢纳夫人——这个他注定要多次见面的人——的谈话中,他偶然提起这顿饭,提到她妹妹安置他在桌边就座的方式,也提到她向他指出,他的座位优越。

---

① *Fiasco*:法语,惨败。

波士顿人
The Bostonians

"在波士顿,这就是所谓的'体贴',"卢纳夫人说,"让你看后湾(难道你不讨厌这个名字吗),然后洋洋自得。"

然而这都是后话,兰塞姆真正看到的是钱塞勒小姐是个单身老姑娘。这才是她的本质,她的命运,再没有什么比这更清楚地写在她的脸上了。有些女人是偶然原因没结婚,有些女人是故意不结婚;不过奥利夫·钱塞勒不结婚,却是因为她的存在的一切暗示。她是一个老姑娘就像雪莱是一位抒情诗人,或八月的天气是酷热的一样自然。她的独身在所难免,兰塞姆发现他把她看成一个老人,尽管他看得出她(像他自己承认的)的年龄明显还没有他大。他也不是不喜欢她,她一直都非常友好;只是她渐渐地让他感到很不安——这是当你和一个很较真的人在一起时永远也不会自在的那种感觉。他认为她是因为对事情认真才要结识他,一直都因为她认真执着而不是和蔼亲切;在她的眼中——这是多么奇异的一双眼睛啊!——蕴含的不是快乐而是责任。她有可能指望他也报以认真执着,不过,他做不到——在私人生活中他做不到;对巴兹尔·兰塞姆而言,隐私完全存在于他所谓的"不打扰"中。她留给他的第一印象是相貌平平,不过待进一步熟悉她之后,他就不会这么想了,甚至这个年轻的密西西比人有足够的文化看出她彬彬有礼。她白皙的皮肤因为面部紧张而有一种奇怪的表情,但是她的相貌虽然严厉而且不齐整,却算得上优雅,体现着良好的修养。这种相貌的轮廓虽然不合常规却并不乏味。她那好奇的眼神熠熠生辉,当她用这种眼神盯着你的时候,你会隐约想到绿冰的寒光。她的身材绝对不能算好,只是给人一种冷冰冰的感觉。虽然如此,她的外表还是给人一种非常现代、非常文明的感觉。她有那种敏感人的优点和缺点。她不住地对她的客人微笑,他自认为他的有些话还是相当有趣的,但她一顿饭自始至终都没有笑出过一声。后来他发现她是一个笑不出声的女人,即使在兴高采烈的时候她也面无表情。在他与她后来的交往中,只有一次她笑出了声,不过这笑声成了兰塞姆听到过的最奇怪的声音[①]。

她问了他许多问题,而对他的回答却置若罔闻,这就意味着她又提出了新的问题。她的羞涩已完全离开了她,并且没有再回来;她有足够的信心希望他能看到,她对他很感兴趣。她为何要对他感兴趣呢?他纳闷。他相信自己不属于她那一类人,他意识到自己放荡不羁的生活——在纽约,他喝酒窖里的啤酒,不认识什么淑女,却与"各种各样"的女演员混得很熟。当然,当她对他有更多

---

① 只有一次……(Once only…did it find a voice):见第三十九章的结尾处,奥利夫在战胜巴兹尔·兰塞姆的时刻那种阴险的笑声。

的了解时,她不会赞成他的,尽管他相信自己永远也不会提及这些女演员,甚至如果需要的话也不会提起地窖里的那些啤酒。兰塞姆对邪恶的理解纯粹是很多具体的情况,一系列可以解释的事件。不是因为他在乎。如果波士顿人的特点之一就是爱问长问短的话,他始终是一个最有礼貌的密西西比人。她想知道多少密西西比,他就告诉她多少;他并不在意跟她说,在南方,人们把旧观念执行到底。奥利夫对他的了解无非就是这一点,但她不会知道因为这个认识很狭隘,她根本无法触及他本人的思想;她姐姐向他透露的关于奥利夫对"改革"的狂热在他嘴里留下了不快的余味;总而言之,他感到如果她信奉人道宗教——巴兹尔·兰塞姆读过孔德①,他什么都读过——她就永远不会理解他。他对改革也有自己的看法,但是改革的首要原则就是要首先对那些改革者们来一番改造。抛开一切潜在的意见分歧不说,这顿饭还是吃得很圆满。快吃完饭的时候,她对他说,饭后她不得不离开他,除非他愿意陪她去。她要到一位朋友家里参加一个小型聚会,她的朋友邀请了几位"对新思想感兴趣"的人去见法林达夫人。

"噢,谢谢你,"巴兹尔·兰塞姆说,"是晚会吗?自从密西西比州脱离联邦②之后,我还从没参加过晚会呢。"

"不是,伯宰小姐是不举办晚会的。她是一个禁欲主义者。"

"哦,好吧,我们已经吃完饭了。"兰塞姆笑着说。

他的女主人静静地坐了一会儿,眼睛看着地面;这样的时刻,她看起来好像有很多话要说却犹豫不定,好像这些事都非常重要,她实在难以抉择。

"我想你可能会感兴趣,"她这会儿说道。"如果你对讨论感兴趣,你会听到很多讨论。也许你会不同意。"她补充说,很奇怪地看着他。

"也许我会不同意——我对什么都不同意。"他晃着腿,微笑着说。

---

① 奥古斯丁·孔德(Auguste Comte,1798—1857):法国哲学家,实证主义哲学和现代社会学的奠基人之一,素以"人道宗教"(the religion of humanity)和"利他主义"(ultrism)而闻名。受亨利·圣西门(Henri Saint-Simon,1760—1825)乌托邦社会主义思想的影响,孔德希望用实证哲学医治法国大革命造成的社会疾病。孔德认为,理想的社会是可能的,人类进化的动力是差异性。个人无法改变历史,社会大于个人,语言、宗教、所有制、人数与财富都在传承、支撑着社会。分工对社会有利有弊,社会现象之间彼此联系。孔德的思想是19世纪的进步思潮之一,对卡尔·马克思、约翰·斯图亚特·穆勒和乔治·爱略特都有很大影响,但孔德的进步思想显然不合兰塞姆的口味。

② 自从密西西比州脱离联邦之后(Since Mississippi seceded):19世纪早期美国的宪政史很多都是新英格兰的联邦州(缅因、新罕布尔什、佛蒙特、麻省、罗德岛和康涅狄格州)和南方各州有关"州权"的争论,特别是关于奴隶制的争议。随着林肯总统的当选,1861年,美国南方十一州脱离联邦,美国内战拉开序幕。1861年1月,密西西比、佛罗里达、阿拉巴马、佐治亚、路易斯安那州脱离联邦。同年4月,内战开始。从经济和社会生活两方面看,密西西比州一直都是比较落后的一个州,这里的人们在内战中深受其苦,到1865年,这里的经济更是一落千丈了。

波士顿人
The Bostonians

"你关心人类进步吗?"钱塞勒小姐继续问。

"我不知道——我从来没有见过什么进步。你打算给我看一些吗?"

"我可以让你看一看人们对这项事业的真诚努力。这是人们最能把握的事。不过我不知道你是不是有资格。"

"是很有波士顿特色的事情吗? 我愿意看看。"巴兹尔·兰塞姆说。

"其他城市也有各种运动。法林达夫人什么地方都去,今晚她可能会演讲。"

"法林达夫人,那位著名的——?"

"是的,她是名人,伟大的妇女解放事业的倡导者。她是伯宰小姐了不起的朋友。"

"谁是伯宰小姐?"

"她是我们这里的一位名人。在我看来,在这个世界上,她是为了每一项有见识的改革付出最多的女人。我觉得我应该告诉你,"钱塞勒小姐紧接着往下说,"她是昔日最早也是最热情的废奴主义者之一。"

她的确认为应该告诉他这一点,这样做让她激动得有些发抖。不过,如果她担心他听到这个消息后会表现出生气的样子,那么她就会对他那一声亲切的惊呼大失所望:

"哎呀,可怜的老夫人——她一定很成熟吧!"

所以她带着几分严厉回答:

"她永远也不会老。她是我所知道的精神最年轻的人。不过,如果你不赞成,也许你最好不要去。"她接着说。

"亲爱的女士,赞成什么?"巴兹尔·兰塞姆问,在她看来,他仍然对她严肃认真的语气不得要领,"像你所说的,如果有一场争论,一定会有不同意见,一个人不可能赞成双方的观点。"

"是的,不过每个人以他的——或她的——方式为那些新真理进行辩护。如果你对它们漠不关心,你就不会同意我们的观点。"

"我对你说过,我对这些新真理一无所知! 在这个世界上,除了那些古老的真理之外——就像太阳和月亮一样古老,我还从来没见过真理。我怎么会知道呢? 不过,一定带上我,这可是一个见识波士顿的好机会。"

"不是波士顿——而是人性!"说这句话的时候,钱塞勒小姐从椅子上站了起来,她的动作似乎表示她同意了。不过在离开她的亲戚去做准备之前,她对他说,她敢肯定他明白她的意思,他只是假装不知道。

"哦,也许吧,毕竟我还没有明确的看法,"他坦率地承认,"不过你难道没有发现这种聚会能给我提供一个得出结论的好机会吗?"

她犹豫片刻,神色焦虑。"法林达夫人会下结论的!"她说着便出去准备了。

这位可怜的年轻女士,她的天性就是心事重重地预见事情的后果。十分钟后,她戴着帽子回来了,显然她认为伯宰小姐是一个禁欲主义者,所以才这样做。她站在那里戴手套的时候——她的来访者为了让自己抵御法林达夫人又喝了一杯酒——她说自己很后悔提议让他去,某种感觉告诉她,他会是一个不利因素。

"哎呀,不是一个精神聚会①吧?"巴兹尔·兰塞姆问。

"哦,我在伯宰小姐家听过鼓舞人心的演说。"奥利夫·钱塞勒决心在说这句话的时候直视着他。她认为这种方式可以让他感到,这是一个无法反驳却不算威慑的理由。

"呃,奥利夫小姐,你这是有意冲我来的啊!"这个密西西比年轻人神采奕奕地拍着手大声说。他说话的时候,她觉得他很帅气,不过她也想到,令人遗憾的是,男人们都不关心真理,特别是新真理,空有一副好面孔。不过她却有一种经常可以求助的道德资源,无论如何,这对她都是一种安慰,当她感情激烈的时候,她总是把男人当作一个阶级去恨。"我非常想见昔日的废奴主义者,我还从来没有仔细端详过一位呢。"巴兹尔·兰塞姆补充说。

"在南方,你当然是一个也见不到了;你们太害怕他们了,所以不敢让他们到那里去!"她现在尽量想办法说些惹他不高兴的话,这样他就不会再坚持陪她去了。因为奇怪的是——对一个情感强烈的人来说,如果有什么事比这更奇怪的话——在接下来的几分钟里,当她再次想到让他不要去的时候,他的在场似乎有一种莫名的恐惧效果。"也许伯宰小姐不会喜欢你的。"他们在等马车的时候,她继续说。

"不知道,我想她会的。"巴兹尔·兰塞姆不温不火地说。显然他并不打算放弃自己的机会。

这时候,他们从餐厅的窗户里听到马车来了。伯宰小姐住在南城②,距离相当远,而钱塞勒小姐要的是一辆出租马车,这也是住在查尔斯街的好处之一,可以就近乘车。她的行为逻辑根本就不清楚,因为如果她单独去,她会乘市内有

---

① *Séance*:法语,聚会。
② 南城(The South End):与查尔斯街相比,波士顿南城是比较落后的地区,在奥利夫的住处之外南两英里处。

波士顿人
The Bostonians

轨电车到达目的地。不是从经济方面考虑（因为她有足够的财富，不必那么节俭地乘电车），也不是因为她喜欢夜间在波士顿到处溜达（她最不喜欢这样抛头露面了），而是出于她虔诚信奉的一套理论，这理论让她免除了招人嫉妒的与众不同，融入普通生活。她常常步行到普林斯顿街，在那里乘公共交通工具（她在内心深处讨厌这么做）到南城。波士顿有的是穷苦女孩子，她们不得不在夜间到处游荡，挤在臭气熏天的马拉的有轨电车里。她自己为什么要比她们高人一等呢？奥利夫·钱塞勒出于一种高尚的原则才端正自己的行为，这就是为什么今晚为了和一位绅士的保护打成平手，她才叫了一辆四轮马车。如果他们按照通常的方式一起去，她就会觉得欠他的情，她应该勇敢才是，他属于那个她不愿亏欠的性别。几个月前，当她写信给他时，她就有这种感觉，宁可让他亏欠她。马车向南城行驶，假如他们的车轮子安装在铁轨上，马车在上面行驶无非也就这么颠簸。他们肩并肩坐在一起，好一阵子的沉默之后，两个人都向窗外的路两边看去，一排排红房子在灯光下模糊不清，只能看到通往这些房子正面的石阶。在途中，钱塞勒小姐刻意要反驳他，以此惩罚他把她带入（她说不清为什么）这样一种战栗中，她带着这些汹涌的思绪对她的同伴说："你难道不相信美好的日子会到来吗？——它的到来可能是对人类有益的。"

可怜的兰塞姆感到了这种挑衅，他颇为困惑；他不知道自己已经遇到的是什么人，她到底在跟他玩什么把戏。如果她想这样让他不舒服，那么她又何必接近他呢？然而，他擅长一切游戏——这一类和另一类——他发现自己"注定要经历"某种东西，他一直想清楚地知道这东西是什么。"哦，奥利夫小姐，"他回答，再次戴上一直放在膝上的大帽子，"我印象最深的是，人类不得不承受苦难。"

"男人对女人总这么说，让她们在他们为她们安排的位置上耐心地待着。"

"哦，女人的位置！"巴兹尔·兰塞姆大声说，"女人的位置就是让男人受到愚弄。我倒愿意哪一天跟你们换换位置。"他继续说，"这就是我坐在你讲究的家里时对自己所说的。"

马车里光线昏暗，他没察觉她一下子红了脸，他也不知道她不喜欢有些东西被人提及。对她而言，这些东西是对女性不幸命运的慰藉。但是，一分钟之后，她情绪激动、声音颤抖地回答他，这回答足以让他对她变得温柔起来。

"你是不是在指责我刚好有点钱？在我心中，我最真诚的愿望就是用这点钱为别人做点事——为那些受苦的人们。"

巴兹尔·兰塞姆也许应该对这个声明抱以应有的同情，也许应该对他女亲戚的这种崇高愿望给予称赞。但是他只是觉得,在一两个小时之前,这次谈话还完全进展顺利,现在却突然变成一种奇怪的猛烈攻击了,他又一次忍不住大笑起来。这让他的同伴强烈地感到自己根本不是在开玩笑。"我不知道为什么要在乎你怎么想。"奥利夫说。

"别在意——别在意。这有什么关系呢?无关紧要。"

他可以这么说,但这不是真的,她知道自己有理由在乎。她把他带进自己的生活中,就应该为此付出代价。但是她希望立即知道最坏的结果。"你反对我们的解放吗?"她问,在街灯瞬间的照射下,她转过头,脸色苍白地看着他。

"你是说你们的选举、演讲和所有那一类东西吗?"他这样问,但看到她这么严肃地对待他的回答,他几乎有些害怕了,变得犹豫不决。"我听了法林达夫人的讲话之后会告诉你的。"

马车戛然而止,他们到了钱塞勒小姐给车夫的那个地址。巴兹尔·兰塞姆走下来,站在车门口,伸出手帮助这位年轻女士。但她似乎犹豫了,带着奇怪的表情站在那里。"你不赞成我们的解放!"她说,声音压得很低。

"伯宰小姐会教化我的。"兰塞姆故意这么说,因为他已经变得很好奇,他现在唯恐钱塞勒小姐在最后时刻不让他进门。她不要他的帮助就(从车上)跳了下来,他跟在她的后边,踏上了通往伯宰小姐家住宅的高高台阶。在他所有想知道的事情中,他最好奇的就是,这个喜怒无常的老姑娘为什么要给他写信。

波士顿人
The Bostonians

第四章

出发前,她对他说,他们要早点来,她希望在其他人还没到之前单独见到伯宰小姐。就是为了见她而开心——这是一个机会,她总是被其他人包围着。伯宰小姐在大厅里接待了钱塞勒小姐。这栋房子门前突出,门上方的玻璃罩里镶着巨大的镀金数字——756,底层的一个窗户里挂出一个镀锡的牌子,上面写着一位女医生的名字(玛丽·J·普兰斯),看起来很奇怪,又新又有些褪色——一种现代的疲劳——就像商店里陈列久了只能降价出售的商品。过厅很窄,一个很大的衣帽架占去大部分空间,上面已经挂了几件大衣和围巾,其余的空间用来摆放伯宰小姐另外的一些东西。她在这些来访者中间侧身而行,最后绕过去为他们打开一扇通往内室的门,不巧里面反锁着。她是一位小个子老太太,脑袋很大,这是兰塞姆首先注意到的——开阔、整齐、隆起、舒展、未经修饰的眉毛长在一双优雅和善,看起来有些疲倦的眼睛上方,头上戴一顶似乎要掉下来的帽子。如果伯宰小姐在谈话时突然意识到这一点,她会不时地把帽子向前拉拉,不过总不见效。她有一张悲苦、温柔、苍白的脸(这是她整个头部的效果),好像被某种慢性溶剂浸泡过,变得模糊不清了。长期的慈善活动并没有在她的脸上留下什么特征,而是抹去了它的变迁,它的意义。同情和热心的浪潮在她脸上留下了痕迹,就像古老的大理石雕塑的表面因天长日久渐渐被岁月的浪潮磨去了棱角和纹路。在她那张开阔的脸上很少能看到真正的微笑,只是一抹笑意,就像分期付款,或者记账付款,似乎在说如果有时间,她会多一些微笑,不过即便没有微笑,你也可以看出她很善良,容易上当受骗。

她的着装总遵循着一种样式:一件宽松的黑夹克,上面有两个大口袋,装满了纸,记满了大量的通信地址。在夹克衫下面是一身短套装。这种简单的穿着是伯宰小姐的一种策略,她用它来暗示她是一个大忙人,希望行动自由。她自然是属于短衫社①,因为她属于所有那些为各种名目而设立的组织。这并没有

---

① 短衫社(The Short - Skirts League):"短衫"是1849年由阿米莉亚·布卢默(Amelia Bloomer, 1818—1894,美国女权与禁酒运动的发起人之一)引介到美国社会的一种妇女服装,短衫配土耳其长裤,曾在美国有短期的流行,也称"布卢默套装"(Bloomer suit)。

妨碍她成为一个糊涂、混乱、散漫、自相矛盾的老太太,她的博爱从家庭开始无限延伸,她的轻信与之匹敌。如果可能,在经历了五十年慈善事业的热情之后,她对人类的了解还没有最初参加这个阵营反抗大多数不公平的安排的时候多。巴兹尔·兰塞姆对她这种人的生活知之甚少,不过他觉得她代表了一个阶级,一大批社会主义者,他听说过他们的名字和事迹。她看起来似乎把整个生命都用在了讲台上,用在听众中间、会议上、法伦斯泰尔组织①以及各种*集会*②上。她苍老的面孔映衬着演讲大厅里丑陋的灯光。由于她的头总是习惯性地向上保持一定角度,好像在面对一个公共演说家,在那种经常谈论社会改革的混浊空气里用力呼吸着。她不停地说话,声音听起来好像是弹簧断裂或电铃拉索被过度拉扯而发出的刺耳声。钱塞勒小姐解释说,兰塞姆先生想见法林达夫人,所以她就把他带来了,这时候伯宰小姐民主地向这个年轻人伸出了一只柔软、没洗干净的小手,和蔼可亲地看着他。她是不由自主地这么做,却丝毫没有发现其他人可能并没有到这种有趣场所的殊荣(这也许就包含着不公平)。兰塞姆对她的印象是,她很穷,不过这也只是他后来才知道的,她在生活中一直都是一文不名。没有人知道她何以为生,无论何时,她只要一有钱就把它分给黑人或者难民。她是那种最无可厚非的女人,但总体上讲,她还是比较偏爱这两类人。内战以来,她的大部分工作已经结束。因为在战前,她把大好时光都用来幻想自己正在帮助南方黑人逃走。要是问一问在她内心深处,单是为了激动人心的缘故,她是否真的不愿意黑人重返牢笼,那会是一个很耐人寻味的问题。许多欧洲专制政治的缓和让她备受其苦,因为前几年她生活中的大多数浪漫故事都是帮助被驱逐的阴谋家渡过难关。她的那些难民对她而言弥足珍贵,她总在努力为那些脸色苍白的波兰人筹集款项,为那些衣不遮体的意大利人争取学习机会。曾经有这么一个传说,一个匈牙利人曾经获得过她的芳心,最后把她

---

① 法伦斯泰尔组织(Phalansteries):法国乌托邦社会主义者查尔斯·傅立叶(Charles Fourier, 1772—1837)幻想建立以法伦斯泰尔为基层单位的社会主义社会。每一个基层组织的人数不超过一千六百人,按照需要分配给人们食物和住所。在这里,个人利益和集体利益是一致的,傅立叶提倡消除体力劳动和脑力劳动的差别,认为妇女解放的程度是人类彻底解放的程度。1834 年,第一个法伦斯泰尔组织在法国建立,但很快就解体了。但是这种空想社会主义思想在美国,尤其是在新英格兰产生了广泛的影响。距离波士顿九英里的罗克斯伯里(Roxbury,法林达夫人生活的地方)的布鲁克农场(Brook Farm)就是基于这种理想建立的社会实验改革组织,从 1841 持续到 1847 年。这个乌托邦社会主义的实验基地由前一神教牧师乔治·里利(George Ripley)和他的妻子索菲亚·里普利(Sophia Ripley)建立,部分受超验主义思想的启发,超验主义的代表人物拉尔夫·爱默生(Ralph Emerson,1803—1882)曾经参观了这个地方,美国作家霍桑(Nathaniel Hawthorne, 1804—1863)曾经在这个组织投资,不过很快对这项改革失望,他的小说《福谷传奇》(The Blithedale Romance, 1852)就是专门书写社会改革的,布鲁克农场也成为《波士顿人》的艺术和思想源泉。

② *Séances*:法语,聚会,集会。

波士顿人
The Bostonians

抢了个精光,溜之大吉。然而,这是不足凭信的,因为她从来就不曾拥有过什么,所以她是否有可能具有这种个人情愫就很值得怀疑。即使在那些日子里,她也只对各种事业充满爱,只为各种解放而憔悴。不过那是最幸福的时光,因为当这些事业体现在外国人(非洲人还能是别的什么呢?)身上的时候就更有吸引力了。

伯宰小姐刚从楼上下来,要见普兰斯医生——看她是否愿意到楼上去。不过这位医生却不在她的房间里,伯宰小姐猜她可能到两个街区之外的包饭处吃饭去了。伯宰小姐希望钱塞勒小姐吃过饭了,因为还没有人来,她就有足够的时间吃饭。她不知道人们怎么都来得这么晚。兰塞姆发现挂在那一排衣帽钩上的衣服表明,伯宰小姐的朋友还没有到齐。如果再继续往里走一点,他就会发现,这所房子的大厅里挂满了各种不可思议的服装用品,伯宰小姐的来访者、普兰斯医生的来访者以及其他房客的来访者——因为 756 号是几个人合住的,她们没有严格的分界线——以前这些人常把东西落下,等着被叫回来取。他们中的很多人都带着小提包或小拎包到处走动,总是在找地方存包。这所房子最有内部特色的还是伯宰小姐的房间,这会儿她的客人们正在往里走,加入这个老好人的社交圈子。的确,如果这个办公地点算是提供给这个原本就不修边幅的老太太的话,那也真算是她的全部家当了:大致是一堆干草。不过她那宽敞、空旷的客厅(其形状像钱塞勒小姐的客厅)说明她除了道德需要之外别无他求,她的全部历史就是一部同情史。一盏煤气灯散发着炫目的光,照耀着整个房间,让这里看起来苍白,平淡,没有任何特色,给巴兹尔·兰塞姆一种单调乏味的印象。他对自己说,他的表妹一定是神经不正常了才喜欢上这样的房子。那时他不知道,他永远也不会知道,其实她是非常不喜欢这所房子的。在这样一种职业里,她总是不断让自己面对伤害和烦恼,她最深刻的痛苦就是品位受到伤害。她曾努力要消除这种神经质,让自己相信品位只是一种在知识掩盖下的轻浮。不过,她不断鲜活起来的敏感总难免让她怀疑:难道横七竖八、胡乱扔东西就一定是人道热忱不可或缺的一部分吗?伯宰小姐总在努力为穷困的外国艺术家争取绘画和画像订单的就业机会,并毫无保留地承认他们伟大的天才。不过,事实上,她对生活中的优美风景和造型艺术却一窍不通。

将近九点钟的时候,嘶嘶燃着的煤气灯照射在威严的法林达夫人身上,她也许会对钱塞勒小姐的问题给予否定的回答。这是一个体态丰腴、打扮入时的女人,成功的氛围抹去了她的棱角。一身衣服(显然,她对品位很有见地)窸窣作响,浓密的黑发富有光泽,双臂交叉,整个架势好像在说,在她的这种职业生涯中,休息尽量越少越好,人们对休息规律性的需要真是可怕。我之所以这样描写她那张漂亮、温和的面具,是因为她似乎让你面对一个已经准备好了答案的问题,似乎在问你,她的一切都这么恰当得体,你还需要问候她吗?她的面部修饰得这么完美,难道还不能给你一种耳目一新的感觉吗?你既不能对她的雍容华贵产生怀疑,也不能对她的尺寸比例提出异议,你不得不感到这就是法林达夫人自身散发的威力。她浑身有着平版印刷的光滑,是一个集美国主妇与社会名流于一身的人物。她的眼光总有一种面对公众的神情,开放、冷漠而镇静。这双眼睛带着不加掩饰的矜持,习惯于从演讲台上俯瞰万头攒动的人海,而它伟大的主人这时候正听着一位听众召集者颂扬她。法林达夫人几乎每一次都被人用几句话介绍一番。她的讲话慢条斯理,铿锵有力,显然带着一种高度的责任感。她把每一个字的每一个音都发出来,力求清晰无误。在与她的交谈中,假如你想对一切都想当然,或跳过一两步,她就会停下来,冷静而耐心地看着你,仿佛知道你的花招,然后又按照她斟酌好的节奏继续说下去。她的奋斗目标是让这个国家的每一个女性都获得选举权,把斟满酒的杯子从每一个男人的手里夺过来。她的举止非常得体,体现了家庭的美德和客厅里的优雅。简言之,对女性而言,她是一个光辉的榜样,证明了论坛与家庭之间并非势不两立。她有一个丈夫,他的名字叫阿马利亚[①]。

  普兰斯医生已经吃过晚饭回来了,在伯宰小姐的再三邀请下到楼上来了。伯宰小姐轻快的声音从楼上大厅里传下来,在楼梯的扶手上回荡。普兰斯医生是一位相貌平常、单薄瘦小的年轻女士,留短发,戴眼镜。她用近视眼挑剔的眼神环顾四周,似乎希望千万别指望她来归纳什么,或者让她上来不只是为了看一看伯宰小姐这一次想要什么,而是还有其他方面的社会公干。九点钟,其他二十个人都已经到齐了,他们坐在狭长而空旷的房间两侧摆放的椅子上,让人想起一辆巨大的市内有轨电车。在这间房子里除了这些椅子之外别无他物,很多椅子好像都是借来的,表明上面的卧室也不会有什么装饰;一两张褪色的大理石面的桌子,几本书,墙角堆放着一摞报纸。兰塞姆看得出来,这原本不是什么节日场合;缺少欢娱活动,甚至多数来访者彼此都不认识。他们坐在那里似乎在等待什么,他们在悄悄地斜视法林达夫人,显然相信他们幸亏不是来寻欢作乐的。他们中的大多数女士都像钱塞勒小姐一样戴着帽子,男士们穿着劳动

---

  ① 他的名字叫阿马利亚(His Name was Amariah):在这本小说中,詹姆斯有意给这个波士顿改革阵营中的两位人物取了《圣经》中的名字,法林达夫人丈夫的名字和年轻记者马赛厄斯·帕顿的名字,以暗示小说的清教背景。

波士顿人
The Bostonians

服,大多数人穿着皱皱巴巴的大衣。有两三个人穿着套鞋,你走近他们的时候能闻见一股橡胶味。不过,伯宰小姐永远也不会发现这类东西,她既不知道自己闻到的是什么味道,也不知道自己吃的是什么食物。她的大多数朋友的眼神都是焦虑而憔悴的,不过也有例外——有五六张平静、红润的面孔。巴兹尔·兰塞姆不知道他们是谁,他们大概是一些新闻媒体的记者、共产主义者和素食主义者。伯宰小姐在他们中间来回走动,不断地嘘寒问暖,轮流坐在大多数人的身边,一边含混亲切地说"是,是",应答他们对她说的话,一边在她宽大的马甲口袋里找纸,把帽子重新戴好,摘掉眼镜,她最纳闷的是自己怎么会想到召集这么多人。她后来想起来了,这与法林达夫人有关,这位善于辞令的夫人答应要给这些人回忆一下她上次活动的事,甚至还会说一说她在来年冬季的活动安排。奥利夫·钱塞勒就是来听这个的,这也可能是吸引她带那位目光深邃的年轻人来的原因(他看起来像个天才)。法林达夫人正在亲切而专注地与钱塞勒小姐交谈,后者为了坐得靠近她一点,缩在一个很小的地方。相比之下,法林达夫人的举止大方自如。伯宰小姐向这位伟大的女演说家走过去,然而这位女主人却在半道被新来的朝圣者们拦住了。伯宰小姐不记得自己跟这么多人说起过这次聚会——可以说,她只记得自己已经忘记了的那些人们——这当然就证明了人们对法林达夫人的工作多么感兴趣了。塔兰特医生夫妇和他们的女儿维里纳刚到。塔兰特先生是催眠师,他的妻子是昔日废奴主义者的后代。伯宰小姐第一次见到他们的女儿,对她生疏、客气地微笑着,仿佛觉得这孩子将来可能是一个了不起的天才,她的出身暗示了这一点。对伯宰小姐而言,每一丛灌木中都埋伏着一个天才。塞拉·塔兰特医术高明,她认识很多人——他们只需跟他验证一下就知道了。他的妻子是亚伯拉罕·格林斯特里特①的后代,她曾在自己的房间里收留过一个逃亡奴隶达三十天之久。这是前些年的事了,那时候这个女孩子肯定还是个小孩。不过这难道没有在她的摇篮上方投下一道彩虹吗?她难道不会有某种自然的禀赋吗?这个女孩子很漂亮,虽然她有一头红头发②。

---

① 亚伯拉罕·格林斯特里特(Abraham Greenstreet):这是一个虚构的废奴主义者(美国内战前发动废奴运动的人)的名字,他们也有可能卷入其他的社会改革运动,比如女权运动。第七章中的伊莱扎·莫斯利(Eliza P. Moseley)也是这样一个虚构人物。
② 红头发在西方人眼中总是与轻浮、俗气、下等人联系在一起。

第五章

　　法林达夫人这时候并不急于在这次集会上发言。她微笑着对奥利夫·钱塞勒承认,人们也许不会对匆忙中出现的临时小差错太苛求。她已经在很多次集会上讲过话,所以今天想听一听其他人有什么要说的。钱塞勒小姐本人对这个至关重要的问题想了这么多,难道她不能说几句,谈一谈自己的感受吗?贝肯街①的女士们对选票有什么想法?也许她该为她们而不是为其他人代言。这是问题的一个方面,也许领导人们对这方面还没有掌握足够的情况;不过他们想了解一切,钱塞勒小姐为什么不能把那个地方当成她自己的阵地呢?法林达夫人用一种见多识广的口气说话,当你还没有事先明白过来她是怎么绕弯子的时候,她的观点几乎显得浮夸,她意识到的那个领域远远超出了你的想象。她督促她的同伴在现实世界里努力工作,似乎要帮助她熟悉那个神秘的领域,并想知道她为什么不能煽动住在磨坊水坝②那边的朋友们。

　　奥利夫·钱塞勒接受了这个请求,不过心里很不是滋味。由于她对改革抱有极大的同情,她发现自己总是经常希望改革者们有些与众不同。法林达夫人就很了不起,跟她在一起让人升华;不过,当法林达夫人跟她的年轻朋友谈起贝肯街的女士们时,她的表达有些不妥。奥利夫讨厌人们提起那条街,好像它是个多么了不起的地方,住在那里就证明是一种世间荣耀。住在那里的人都是低劣之辈,住在洛克斯伯里③的法林达夫人这么聪明不应该不分青红皂白。当然,为这样一些错误而烦恼是很痛苦的。不过钱塞勒小姐并不是第一次发现,镇定自若本身并非拥抱新真理的一个理由。奥利夫明白自己在波士顿这个等级社

---

① 贝肯街(Beacon Street):这条街穿过贝肯山,是波士顿最高档的住宅区,住着波士顿的上层社会人士。下面奥利夫有意强调自己属于波士顿的资产阶级,也是希望与这里的人们划清界限,突出自己改革者的决心。贝肯街与查尔斯街交叉,在波士顿公园(Boston Common)的北边。因为奥利夫希望帮助穷苦的女孩子,感觉到富人区无所作为,所以她不喜欢法林达夫人让她去贝肯街活动的建议,她认为那里的人们"低人一等"也是指这些人没有改革的觉悟。
② 磨坊水坝(Mill-dam):后湾(Back Bay)旁边的堤岸。
③ 洛克斯伯里(Roxbury):这里曾经是19世纪上半叶布鲁克农场(Brook Farm)的实验基地,法林达夫人来自这个地方,暗示了她改革者的身份。

波士顿人
The Bostonians

会里的位置法林达夫人并不知情。法林达夫人跟她说话的时候好像她是贵族阶层的代表,这是缺乏见识。再没有什么比这个看法更站不住脚了。奥利夫很清楚(在美国)人们不能过分认真对待"贵族"这个词。不过它也可能代表一种现实,如果有人要那么说的话,为了区别,钱塞勒家族属于*资产阶级*①——最古老、最优秀的资产阶级。他们也许在乎这种地位或者不在乎(刚好他们引以为豪),不过你看他们居然让法林达夫人显得很狭隘(毕竟她的发型也有些小家子气),不明白其中的微妙所在。伯宰小姐讲话的方式好像在暗示有人是"社会领导"似的,奥利夫原谅了她那种讨厌的表达,因为人们从来没有指望她,这个可怜的人,对现实哪怕有一点点的了解。伯宰小姐勇敢,高尚,整个波士顿的道德史都写在她歪戴的眼镜上;不过,她的一个特点就是既狭隘又可爱。奥利夫·钱塞勒似乎不但有足够的特权加入一个组织,而且还受到一些小型晚会的邀请,那才是真正的考验,她在良心上没有额外的负罪感对她就算是幸运的了。法林达夫人所说的那些女士们(可以认为她是特指某些人)可以为自己代言。奥利夫希望在别的领域里做点事。很久以来,奥利夫都很痴迷人们的罗曼司,非常渴望能结识某个非常穷的女孩子,这似乎是通向快乐的最佳途径之一。然而她似乎发现事实并非如此。她认识两三个脸色苍白的女店员,但她们似乎都很害怕奥利夫,所以她只能徒劳一场。她觉得她们很不幸,但她们自己并没有这么想。她们不明白奥利夫究竟想让她们干什么,最后她们都可恨地和查理混在一起。查理是一个穿白大褂、戴纸领子的年轻人。分析结果表明,她们最在乎的就是这个人。在查理和选票之间,她们更重视前者。奥利夫·钱塞勒不知道法林达夫人怎么看待这个具体问题。在奥利夫对这个城市的年轻妇女的调查中,她发现这个冒失的年轻人总是挡住她的去路,所以她最终对他极其反感。一想到查理是他的那些牺牲品们的幸福不可或缺的一部分,奥利夫就义愤填膺(她知道不管她们说什么,话题总是离不开查理,而且查理是她们唯一的话题)。长期以来,奥利夫总是梦想着建立一个夜晚俱乐部,主要是为了举荐这些疲惫不堪、工资偏低的姐妹们。从某种程度上讲,这是拆他的台——她清楚地预感到查理可能就等在门口。当一时思想误入歧途的法林达夫人还在一心想着磨坊水坝,回头来指责她时,奥利夫简直不知道该对她说什么。

"我们在那个领域需要劳动者,尽管我认识两三个可爱的妇女——可爱的家庭主妇——她们深入那些主要是封杀新思想的领域,尽自己所能协助这场战

---

① 中产阶级(*Bourgeoisie*):法语,资产阶级。

斗。有几个名字我说出来会让你大吃一惊的,这些名字在州街①众所周知。不过我们不能有太多新手,尤其是在那些人所共知的优雅人士中间。如果需要,我们准备采取措施,赢得那些畏缩不前的人们。我们的运动是为所有人——这吸引了那些最纤弱的女士们。在她们中间树立标准,帮助我赢得成百上千的人。我认识几位我想认识的人。我引领大潮也关注细节。"法林达夫人用解释的口吻补充说,这样一位夫人本该有这种口气,她那亲切的微笑让她的听者激动不已。

"我没法跟那些人说话,我不能!"奥利夫·钱塞勒说,脸上似乎露出恳请赦免责任的要求。"我想把自己奉献给其他人。我想知道那些看不见的或者未被发现的一切,您难道不知道吗?我想深入到那些孤独、可怜的妇女们的生活中去。我想接近她们——帮助她们。我想做点事——哦,我要是演讲就好了!②"

"如果你现在能说上几句,我们会很高兴的。"法林达夫人说,俨然一副领导人的精准派头。

"噢,哎呀,不,我不会讲话,我根本就没有这种能力,我没有自制力,没有口才,我连三个单词都连不到一块儿。不过我确实想有所贡献。"

"那你有什么呢?"法林达夫人问,用一种生意人的眼光冷冷地上下打量着她的对话者。"你有钱吗?"

这时候奥利夫被唤起了希望,这个伟大女性能同意奥利夫在资金方面助一臂之力,这让她立即明白法林达夫人也许出于好意在暗示,奥利夫还有其他方面的才能。不过奥利夫承认自己有点资金,法林达夫人用低沉的语气对她说:"那么就把它贡献出来吧!"她竟然这么好心地想到这个主意,让钱塞勒小姐发挥作用,为一项基金慷慨捐款,这笔基金用于在美国妇女中宣传她们的公私权利——她的顾问最近创立的一项基金——进一步加深她们的权利意识。这个大胆、匆忙的筹划最清楚地表明这位演讲人公关努力的成功。这个提议简直让奥利夫有些陶醉,她几乎感到欢欣鼓舞了。如果奥利夫的生活给人——尤其是像法林达夫人这种见多识广的女性——这种印象,那么她肯定会有用武之地的。她自己选择是一回事,现在这位女性解放(从各种束缚中解放出来)的伟

---

① 州街(State Street):波士顿的一条街,也是波士顿的商业中心,是美国道富银行(State Street Corp)的总部所在地。

② "哦,我要是能演说就好了!"(Oh, I shoule like so to speak!):参考霍桑的社会改革主题小说《福谷传奇》中的女权主义者泽诺比亚(Zenobia)的话:"迄今为止,世界上还没有妇女说出她们的心里话和全部想法。"(*The Blithedale Romance*, ed. Tony Tanner and John Dugdale, Oxford University Press, 1991, p. 120.)

代表为她做出了选择,这就非同寻常了。

　　在奥利夫热切的眼睛里,这间单调、被煤气灯照亮的房间变得越来越丰富多彩了,它似乎在向外延伸,在向人类伟大的生命开放。这些严肃、疲惫的人们戴着帽子,穿着大衣,开始变得像一群英雄般容光焕发了。是的,奥利夫·钱塞勒对自己说,她要做些事情。她要做些事以照亮那个总是出现在她眼前的可怕形象所形成的黑暗。为了对抗这黑暗,她有时似乎觉得自己生来就是为了领导一场圣战——妇女不幸的形象。妇女的不幸!她总是听到她们默默忍受苦难的声音。创世以来,她们流的眼泪汇成了大海,这眼泪的海水似乎涌入她自己的眼睛。几个世纪的压迫在她们身上滚动,难以计数的妇女活着只是为了受折磨、遭痛苦。她们是她的姐妹,她们是她的亲人,她们被解放的日子已经到来。这是唯一神圣的事业,这是伟大、正义的革命。这场革命一定能清除一切障碍,一定能取得胜利;必须迫使另一群人,那一群残酷无情、双手沾满鲜血、掠夺成性的人彻底赎罪!这将是史无前例的大变革,对人类家庭而言会是一个新纪元,那些帮忙带路、领导千军万马的人们的名字将在荣誉的史册上跃居榜首。这些名字将会是那些脆弱的、被侮辱、被损害的妇女们的名字,她们为妇女事业贡献了毕生心血,她们为这项事业死而后已,别无他求。至于说需要这个有趣的女孩子用什么方式做出牺牲(像最后这场战斗),她还不清楚,不过她透过旭日的薄雾把这件事的危险看得和它的成功一样美好。当伯宰小姐走过来的时候,奥利夫的这种想法美化了她熟悉而滑稽的身材,让这位可怜的小慈善家看起来已经像一位殉道者了。奥利夫·钱塞勒充满爱意地看着她,想着在伯宰小姐长长的没有回报、疲惫不堪的一生中,她从来没有为自己打算过什么。同情的情感消耗了她的生命,她像一只光滑、膨胀的旧手套,已经被挤压得满是褶皱了。人们讥笑她,但她从来不知道;人们讨厌她,但她从来不放在心上。在这个世界上,除了身上穿的衣服之外,她一无所有。当她进入坟墓时,她留在身后的除了那个奇怪、平凡、可怜的、不起眼的名字之外,将不会有任何其他东西。然而人们却说女人虚荣自私,一切从利益出发!伯宰小姐站在那里,问法林达夫人是不是不打算讲话了,奥利夫·钱塞勒温柔地帮她系紧领子上的一枚半脱落的小旧饰针。

第六章

"噢,谢谢你,"伯宰小姐说,"我可不能把它丢了,这还是米兰德拉送给我的呢!"米兰德拉是她从前救助过的一个难民,熟悉伯宰小姐的两三个朋友都纳闷,米兰德拉囊中羞涩,怎么会有这种小玩意儿。在与塔兰特医生和夫人寒暄之后,伯宰小姐又停下来把钱塞勒小姐带来的那个肤色黝黑的高个子年轻人介绍给普兰斯医生。她注意到兰塞姆模糊的身影在门边靠墙站着。他独自站在那里,对伯宰小姐感觉很有用的这些机会感到很陌生。的确,这些机会是外地人来波士顿所盼望的。伯宰小姐不曾想到问一下自己,钱塞勒小姐为什么不和兰塞姆说话,因为是她把他带来的。伯宰小姐是想不到这类事情的。事实上,在法林达夫人用一个字把她带到一个更高的层次上之前,奥利夫一直都很清楚她亲戚的孤单。奥利夫从房间的这一头看着兰塞姆,发现他可能有些无聊。不过,奥利夫不让自己去在意,毕竟她跟他说过,让他不要来。那么他也不比其他人的处境更糟,跟其他人一样,他只是在等着;他们在离开之前,奥利夫会把他介绍给法林达夫人的。她会先告诉那位夫人他是谁,并不是每个人都想认识这样一个不忠诚的南方角色。我们这位年轻女士一心想着,她在寻找这个远亲时实际上做了一件出乎意料的棘手之事。他在马车里带给她的那种突如其来的不安还没有消失,尽管她现在跟其他人在一起的时候感觉没有那么强烈了,尤其是在法林达夫人身边,后者简直就是力量的源泉。不管怎么说,如果兰塞姆感觉无聊,他可以和人说话;他身边有很优秀的人,即便他们是热心的改革者。他可以和那个刚进来的漂亮姑娘说话——那个红头发的姑娘——如果他愿意的话。南方人就应该这么勇敢才是!

伯宰小姐没有想那么多,没有主动把他介绍给维里纳·塔兰特,这个女孩子显然正在被她的父母介绍给房间另一头的一群朋友。伯宰小姐想起来了,维里纳一定是离开了很长一段时间——几乎一年。她去拜访西部的朋友了,所以波士顿圈子里的多数人自然都不认识她。普兰斯医生正在看她——看伯宰小姐——用一双有神的小眼睛专注地看她。这个老好人不知道普兰斯医生是不

波士顿人
The Bostonians

是因为被劝上楼来在生气。她总的感觉是真正的天才脾气都很大，普兰斯医生现在的情况就是这样。伯宰小姐想对她说，如果她愿意可以再下楼去；不过即使伯宰小姐这么简单的大脑也觉得，这不像是一句恰当的打发客人的套话。伯宰小姐努力要把这个南方青年介绍给社交界。她对兰塞姆说，她相信他们不久就会有娱乐——法林达夫人努力的时候会很有趣！于是伯宰小姐觉得她应该把兰塞姆介绍给普兰斯医生，这或许可以算是把她叫上楼来的一个理由吧。另外，让普兰斯医生不时地中断工作对她也是有好处的，她搞医学研究常常到深夜，伯宰小姐总不睡觉（玛丽·普兰斯正想医治她的这个毛病）。在凌晨寂静的时刻，常常可以从她敞开的窗子里听到她在小小的生理学实验室里（她脑子里有新鲜空气）擦磨（伯宰小姐有些相信她在解剖）储藏在内室里的器械。如果她不是医生，甚至也许没有解剖，这间屋子可能就是她的"闺房"，伯宰小姐竟然不知道！她把她的年轻朋友们介绍给彼此，可能有点语无伦次，然后就去鼓动法林达夫人了。

巴兹尔·兰塞姆已经注意到普兰斯医生，他并没有感到很无聊，他观察了这间屋子里的每一个人，并获得各种初步的印象。这位小巧的医学界女士给他的印象是一个标准的"北方妇女"的样板——在南方棉花州的孩子们顽固的想象里，这身材是由新英格兰的教育体制、清教礼节、恶劣天气和缺少骑士精神塑造出来的。瘦小、单调、严厉、没有曲线，在生活的战场上，她似乎不会要求任何照顾，也不准备给别人提供任何照顾。不过，兰塞姆看得出来她不是一个狂热分子，在他接触了表妹的狂热之后，对他而言，这是一种很大的放松。她看起来像个男孩子，甚至不是一个乖男孩。显然，如果她真是一个男孩子，她可能会"中断"学业，私自去做机械实验，或做博物学方面的研究。的确，如果她是个男孩子，她会和女孩子们保持某种关系，而普兰斯医生似乎没有任何这种关系。除了一双智慧的眼睛，她没有任何可资谈起的特征。兰塞姆问她是否熟悉这位女名流，她拿眼瞪着他没有回答，他解释说，他指的是著名的法林达夫人。

"哦，我不知道，尽管我应该说我熟悉她；不过我听过她在讲台上的演讲，还付过半美元呢。"这位医生有些严厉地补充说。

"哦，她说服你了吗？"兰塞姆问。

"先生，说服什么？"

"女人比男人更优秀。"

"噢，哎呀！"普兰斯医生说，有些不耐烦地叹了口气，"我猜我比她更了解女人。"

"我希望这不是你的观点。"兰塞姆笑着说。

"对我而言,男女都一样。"普兰斯医生说,"我看不出有什么区别。两个性别都有待提高。任何一方都没有达到标准。"当兰塞姆问她,她觉得这个标准是什么时,她说:"哦,他们应该生活得更好些,这才是他们应该做的。"她继续说,她觉得他们都说得太多了。兰塞姆长期以来就是这么想的,所以他很同情普兰斯医生,他用密西西比人的方式向她的智慧致敬——他这么慷慨地恭维她,让她不由自主地把那双犀利、质疑的眼睛转向了他。这让他收住了话头。普兰斯医生可能认为他说得太多了——显然,她本人平时不这么说话。无论如何,他觉得自己不是没有理由相信,法林达夫人马上要给他们做报告了——他不知道她为什么还不开始。"是啊,"普兰斯医生干巴巴地说,"我猜伯宰小姐叫我上楼来就是为了这个。她似乎认为我不想错过这个演讲。"

"而且我猜你即使错过了也会心安理得的。"兰塞姆说。

"哦,我有工作。我不想让别人来教导我女人能干什么!"普兰斯医生说,"如果她努力,她会找到事情做。另外,我知道法林达夫人的那一套,我完全知道她要说什么。"

"噢,那她为什么还要继续保持沉默?"

"哦,这只是女人想找到最佳时机的把戏。这就是最终要达到的效果。这个不用她说我也知道。"

"你难道不同情这样一种热情吗?"

"哦,我不懂得培养情感方面的东西,"普兰斯医生说,"即便没有我的同情,同情也已经够多的了。如果她们想要更好的生活,我想这是很自然的,我认为男人也这么想。不过我并不知道这对我有什么吸引力——为此做出牺牲。这样的时候并不好——牺牲你能有的最好东西!"

这个小女人坚忍而专业,她显然不关心重大运动。对兰塞姆而言,她变得越来越有趣了,兰塞姆恐怕是非常愤世嫉俗。他问她是否认识他的表妹奥利夫·钱塞勒,他示意就是站在法林达夫人身边的那一位。刚好相反,她相信美好的日子(她认为这样的日子正在到来);她有强烈的同情心,他相信在需要的时候她愿意赴汤蹈火。

普兰斯医生从屋子的这一头看了她一会儿,然后说不认识,不过觉得自己认识其他像她那样的人——她们生病的时候,她给她们看过病。"她正在悄悄给自己演讲呢。"兰塞姆说。这时候,普兰斯医生插话说:"噢,我猜她得为此付出代价!"她似乎为自己的那半美元感到惋惜,对自己性别的这种行为隐约感到

波士顿人
The Bostonians

不耐烦。兰塞姆很清楚这一点,认为如果他再继续谈论妇女的事业就会显得很鲁莽,因此为了转移话题,他努力让他的同伴谈一谈在场的男士们的情况。因为她不会主动谈起这个话题,所以他就给她这个机会;不过他看得出来,普兰斯医生除了自己的科研(今天晚上她从这种工作中被拉开)之外没有什么爱好,也不会向他提出什么个人问题。她认识这里的两三位绅士,她以前在伯宰小姐家见过他们。当然她认识的大多数人都是妇女,男人们请女医生看病的日子还没有到来,她希望永远也不要来,尽管有些人似乎觉得这是女医生工作的目的。她认识帕顿先生,就是那个长着"两撮小胡子"、白头发的年轻人;他是编辑,也写作,"用真名"①——也许兰塞姆读过他的作品;虽然他头发白,不过还不到三十岁。在报刊圈子里他可是个名人。她相信他一定很聪明——但是她没有读过这些东西。她不怎么读书——不为消遣而读书,只读《波士顿晚报》②。她相信帕顿先生有时也为这份晚报写文章。哦,她觉得他是很聪明的。她认识的另一位男士——她只是不了解他(她猜巴兹尔一定认为这很奇怪)——是一位个子高大、面色苍白的绅士,蓄着黑胡子,戴着眼镜。普兰斯医生认识他是因为她在社交场合见过他,不过她不很了解他——因为她不想了解。如果他过来跟普兰斯医生说话——他看起来好像打算这么做——她只会冷冷地跟他说"是,先生"或者"不,先生"。如果他真的感觉她乏味,那她也没有办法;要是他再乏味一点,也许会对他更好。他是怎么回事?噢,她觉得自己已经说过了,他是一位催眠治疗师,他有奇迹般的治疗术。她说不上相信不相信他那一套,反正不是这个就是那个;她只知道他给那些女士们治疗的时候,叫她去观看,她发现他浪费了她们不少宝贵的时间。他跟她们交谈——哦,他好像不知道自己在说什么。普兰斯医生猜他对病理学一窍不通,不过她认为他不应该到处跑着承担责任。普兰斯医生不想狭隘,不过她认为一个人应该懂点事。她猜想巴兹尔会觉得她很有文化,不过她会说他已经给她提出了这个问题。她能说的就是,她不想让他把手放在她的任何一位病人的头上,这一切都是用手完成的——而不是靠说话!巴兹尔可以看出普兰斯医生生气了。对她而言,这么开诚布公地提到她的朋友也许是不常有的事;作为社会的一员,一般来讲,随便表达激烈的观点会招致无声的浪花。不过兰塞姆欣赏她的愤怒,这对他很有启发意义。为了从

---

① "用真名"('over his signature'):那个时候报刊上的很多评论文章都是匿名发表,帕顿先生的文章都用真名也暗示他的名利心很强。

② 《波士顿晚报》('The Transcript'):这份报纸发行于 1830—1941 年,思想比较保守。T. S. 爱略特曾经用同一个名字命名自己的一首短诗('The Boston Evening Transcript'),幽默地把它与波士顿人的沉闷与保守主义联系在一起。

第六章

中进一步受益,他问她那个红头发的年轻女士是谁——那个漂亮姑娘,他是在最后十分钟才注意到她的。她是塔兰特小姐,是那个治疗师的女儿。难道她没有提到他的名字吗?塞拉·塔兰特,如果他想打发人去叫他的话。普兰斯医生听说塔兰特小姐有某种才能——她不记得是什么才能了,不过除了知道她是催眠师唯一的孩子之外并不了解她。噢,如果她是他的女儿,她一定有某种才能——如果只是那种才……才能——哦,她不是有意那么说的;不过,是一种讲话的天分。也许她能死而复生。既然好像没有人打算做什么,也许她会给他们展示一下自己的才华。是的,她确实很好看,只是有点贫血的迹象,如果她没有吃糖过多,普兰斯医生才感到奇怪呢。巴兹尔认为她有迷人的外表,他个人觉得,他无疑带着"地域的"偏见,她是他在波士顿见到的最漂亮的女孩子。塔兰特小姐正在跟房子另一头的几位女士说话,手里拿着大红扇子不停地摇着。她不是个安静女孩,说话的时候坐立不安,似乎是这样一种人,不管她正在干什么,总想着去干别的事。如果人们多看她一眼,她就会回应他们的注视,她那迷人的眼睛几次都和巴兹尔·兰塞姆的眼睛相遇。不过它们主要徘徊在法林达夫人那个方向——徘徊在那个伟大、严厉而稳健的女演讲人身上。一看便知,这个女孩子很佩服这位女慈善家,觉得能在她身边简直是一种殊荣。显然,她很为自己在这个圈子里感到兴奋。最近一段时期在西部的流放(我们有所耳闻)可以用来解释她目前的兴奋状态,现在这种场合对她似乎是智力生活的回归了。兰塞姆暗自希望他的表妹——因为命运在波士顿为他安排了一个表妹——要是能这样就好了。

这时候,明显有一种不安,有几位女士对这种一味拖延有些不耐烦,离开座位亲自去求法林达夫人了,后者此刻正在被一些支持她的劝谏者们包围着。伯宰小姐不再劝她了,对伯宰小姐而言,这已经足够了,法林达夫人本来应该就大家普遍期待的主题发表演讲,伯宰小姐督促她(假如她的女主人,裹在松垮衣服里的伯宰小姐能够督促的话),但法林达夫人只给自己认为有敌意的听众演讲。这里没有敌意,这里的人们唯有支持。"我不需要赞同,"她说,对奥利夫·钱塞勒平静地微笑着,"我只是我自己,当我发现偏见,当我看到顽固不化,当我看到不公平,当我感到保守主义像一支大军涌现在我的面前,我才应付自如。这样我才感到——我的感觉就像拿破仑·波拿巴在一次重大胜利前夕的那种感觉,我必须遇到不友好的因素——我喜欢把这些敌对情绪争取过来。"

奥利夫想到巴兹尔·兰塞姆,不知道他是不是会成为一种不友好的因素。她对法林达夫人提起他,后者真诚地希望如果他反对其他人十分珍视的原则,

波士顿人
The Bostonians

那么他可以坚持自己的观点,并据理力争。"我会很高兴回答他,"法林达夫人非常温柔地说,"无论如何,我会很高兴和他交流意见的。"想到一场公开的争论将发生在这两个精力充沛的人之间(她看得出兰塞姆精力旺盛),奥利夫深感震惊,不是因为她怀疑这件开心事,而是由于她带来了这个唐突的年轻人而使自己处于错误的境地,她最怕的就是站错队列。伯宰小姐不会不高兴,她邀请了四十个人来听法林达夫人的演说,现在法林达夫人什么也不说,却有这么漂亮的借口!她的托词有种军人的英雄气概,而且还特点鲜明,轻松随意,伯宰小姐也就很宽慰地走开了,呆呆地看着其他客人,好像辨不清他们,当她冒险向他们提起让他们失望的借口时,显然很自信他们会同意,这就好。"不过,我们不能仅仅为了让她演讲就假装站在另一边,对吧?"她问塔兰特先生,这个人坐在他妻子身边,有意与其他人拉开距离,但这样做绝对不是自鸣得意。

"哦,我不知道——我猜我们在这里的人态度都很坚决。"这位绅士回答,故意微笑着慢慢扫视周围,这微笑让他的嘴显得很大,嘴角两边的皱纹像蝙蝠的翅膀那么长,嘴里露出一排很大,甚至可以说是食肉的牙齿。

"塞拉,"他的妻子说,把手放在他的雨衣袖子上,"不知道伯宰小姐是否有兴趣听一听维里纳的讲话。"

"哦,如果你指的是她唱歌,很遗憾我没有钢琴。"伯宰小姐自告奋勇地呼应,想起这个女孩有一种天分。

"她不需要钢琴——她什么都不需要。"塞拉说,没有明显表示在意妻子。他的部分人生态度就是,在接受提议时永远不显得欠别人的,永远不显得很吃惊或者没有准备。

"哦,我不知道大家都这么喜欢唱歌。"伯宰小姐说,根本没想到用她久已生疏的娱乐做替换放松一下。

"不是唱歌,您会明白的。"塔兰特夫人说。

"那是什么呢?"

塔兰特先生舒展皱纹,露出大牙。"是灵感。"

伯宰小姐发出轻微、模糊、毫不怀疑的笑声。"噢,如果你能确保——"

"我想人们会接受的。"塔兰特夫人说,亲切地伸出一只戴着半截手套的手拉伯宰小姐坐下,这一对夫妇轮番向她解释他们的孩子能做什么。

与此同时,巴兹尔·兰塞姆坦率地对普兰斯医生说,无论如何他颇为失望。他对一项活动有更多的期待,他想听一听新真理。正如他所说的,法林达夫人仍然不出山,他不仅希望看到这些杰出人物,而且还想听听他们的讲话。

第六章

"哦,我可没有失望,"这位坚强的小女医生说,"如果能够提出什么问题的话,我想我也会留下来的。"

"可是我觉得你并没有打算撤退。"

"哦,有时候我得做研究。我不想让那些男医生超过我。"

"噢,我敢肯定没有人能超过你。那个年轻漂亮的姑娘正过去跟法林达夫人说话呢。她打算征得她的同意做一次演讲——法林达夫人不会拒绝。"

"哦,那么我要在她开始讲话之前悄悄走开。晚安,先生。"普兰斯医生说。这时候兰塞姆开始觉得她显得更容易驯化了,就像森林中的动物,一只野猫或一只骚动的雌兔,在你敲打它的时候,它会安静地站着或者甚至伸出一只爪子。她给别人提供健康,她本人就很健康;哪怕他的表妹能像这种人,巴兹尔也会觉得自己很幸运了。

"晚安,医生。"他说,"不过你还没有告诉我,你对这些夫人们的能力有什么看法。"

"什么能力?"普兰斯医生问,"她们的能力就是浪费别人的时间。我只知道我不想让任何人告诉我一个女人能干什么!"她轻轻地从他身边走开,好像正经过一间病房,此刻他看到她走到门口,门一直开着,这时候新进来一批人。她在那里站了一会儿,看了一眼在场的所有人,像巡夜人手电筒的亮光一扫而过,便很快走了出去。兰塞姆看得出来,她对这个重大问题没有什么耐心,不喜欢被提醒她是女人,即使为了她本人的权力——她习惯忽略的一个细节,只要她有时间,她有的是权力。可以肯定的是,不管这个运动的结果如何,普兰斯医生的这一场小小的革命就是一种胜利。

波士顿人
The Bostonians

第七章

　　普兰斯医生刚一离开兰塞姆,奥利夫·钱塞勒就向他走过来,眼睛似乎在说:"我并不在乎你这会儿是不是在这里——我完全正确吧!"不过她说出来的话要优雅得多,她问他,她是否可以荣幸地把他介绍给法林达夫人。兰塞姆同意了,脸上掠过一丝南方人的红晕,这位女士很快就从包围着她的人群中站起来接待了他。对法林达夫人而言,这是一个机会,可以用优雅的举止证明自己的名声,必须公正地说,她给兰塞姆的印象是,她在交谈中有一种尊严,高贵的风度带着命令,这种风度,即便是一个女孩子——他自己的那个圈子里最有成就、最显赫世家的女儿——也难望其项背。法林达夫人似乎已经知道他并不急于看到她倡导的那些变化,她想向他表明,特别是对一位战败沙场的南方人,她的性别是宽宏大量的。她对他的秘而不宣的异端思想的了解似乎让他觉得,也是当着其他女士的面,她们谨慎的目光(因为他还没有被介绍给她们呢),她们对他的异端思想是同情而不是把它看作耻辱。他意识到了所有这些中年女性的目光,意识到了软塌塌的无檐帽下面那些松软的卷发,意识到了那些向前伸着的,已经习惯了等待和倾听的脑袋,意识到了人们并不聪明,也不快乐——除了他之前注意到的那个女孩子,至少没有人有聪明的大脑,那个女孩子现在正徘徊在这个秘密集会的外围。兰塞姆再一次与塔兰特小姐的目光相遇,她也正在看他。他在想,他的表妹可能对法林达夫人出卖了他或者错怪了他,法林达夫人可能会向他挑战,他不知道自己是否有足够的勇气(他非常尴尬)接受这个殊荣,迎接挑战。法林达夫人要是对他突然甩出那个戒酒的问题,他似乎就得面对它;因为一想到那一条多管闲事的禁酒令,他就很生气;他很喜欢喝一口,他坚信假如文明落入一帮吵吵闹闹的女人手里,让她们阻挠一位绅士端起酒杯,那会是很危险的(我只是在报道他的气话)。事实证明,法林达夫人并没有急于让兰塞姆感觉他是一个不安全因素。她问他是否愿意给这里的人们讲一讲南方的社会和政治状况。兰塞姆恳请原谅,同时表示这种要求真是让他觉得三生有幸,而对他即席演讲这个想法却暗自好笑。甚至他在怀疑钱塞勒小姐看他那一眼的含义时仍然在微笑着:"哦,你毕竟没什么好说的!"给那些人讲南方——要是他们能猜到他对此毫无兴趣该有多好!他对自己的故乡满怀深情,这种亲近感让他觉得把一屋子北方狂热分子当作知心人,就像对他们大声阅读他母亲或者情人的来信,这是绝对不可能的。对南方的土地保持沉默,不要用庸俗的手去碰触她,把她的伤痛和记忆留给她自己,不要滥用她的烦恼或者希望,而是像男人一样等待时间的缓慢流失,明智的仁慈——这才是兰塞姆心中的愿望,他也明白谈南方并不能给伯宰小姐的客人们提供什么娱乐。

"我们对南方的女士们知之甚少,她们沉默寡言,"法林达夫人说,"我们能对她们指望什么呢?她们有多少人能符合我们的标准呢?已经有人建议让我不要到南方的城市去演讲。"

"啊,夫人,这建议真是残酷啊——对我们而言!"巴兹尔·兰塞姆殷勤地大声说。

"去年春天,我在圣路易斯曾有过一群了不起的听众。"一个年轻的新声音掠过这群集会者的头顶宣布道——巴兹尔像大家一样,听到这个声音的时候转过身去寻找它的来处,似乎是那个漂亮的红头发女孩子说的。她好像因为要努力说出这句话脸稍微有些泛红,她站在那里,微笑着看着她的听众。

尽管这个女孩子明显出人意料,但法林达夫人还是和蔼可亲地看着她。"噢,的确。亲爱的年轻女士,你讲的是什么主题啊?"

"我们这个性别过往的历史,当前的形势,还有未来的前景。"

"噢,哦,圣路易斯——那也算不上南方。"一位女士说。

"我敢说这位年轻女士要是在查里斯顿或者新奥尔良也会一样成功的。"巴兹尔·兰塞姆插话。

"啊,我本来想走远一点,"这个女孩子接着说,"不过我不认识人。我在圣路易斯有朋友。"

"你在哪里都不会缺少朋友的,"法林达夫人说,这会儿她的举止完全解释了她的威望,"我了解圣路易斯的忠诚。"

"啊,这样一来,您一定得让我给您介绍一下塔兰特小姐,她非常想认识您,法林达夫人。"这些话是从一位男士嘴里说出来的,就是那位白头发的年轻人。普兰斯医生给兰塞姆说过,他是一位知名的杂志撰稿人。这之前,他也一直在人群的外围徘徊,不过这会儿他轻轻地分开人群(几位女士为他让路),带着催眠师的女儿走上前来。

塔兰特小姐笑着,脸上仍然带着红晕——这红晕是最浅的粉红色。她看起

波士顿人
The Bostonians

来非常年轻,苗条,漂亮,法林达夫人把奥利夫·钱塞勒刚坐过的沙发让给她。"我一直都想见您,我非常仰慕您,我本来指望您今晚讲话的。法林达夫人,见到您真是太好了。"她这么表白自己,这群人再次用一种茫然的神情看着这个会面。"您当然不知道我是谁了,我只是一个女孩子,想对您为我们所做的一切表示感谢。因为您一直在为我们女孩子说话,就像——就像——"她现在有些犹豫了,用热情的目光看着众人,再一次和巴兹尔·兰塞姆的目光相遇了。

"就像为那些年长的妇女们说的话一样多。"法林达夫人亲切地说,"你似乎很会为自己说话啊。"

"她讲话非常好听——假如她能做一次简短的演讲就好了。"这个介绍她的年轻人说。"这是新风尚,非常原创。"他补充道。他站在那里,双臂交叉,微笑地低头看着他的安排——两位女士的会面。巴兹尔·兰塞姆想起普兰斯医生给他说的话,在纽约他也观察过报纸汲取营养的一些资源并得到启示,很快便相信自己在这微笑中看到了一个段落的素材。

"亲爱的孩子,假如你要发言,我就叫大家安静下来。"法林达夫人说。

这个女孩子异常真诚、自信地看着法林达夫人。"但愿我先听听您的讲话——只是给我营造一点气氛。"

"我就不需要气氛,我周围很少有风和日丽的宜人气候①!我讨论的是事实——铁的事实。"法林达夫人回答说,"你听过我的演讲吗?如果听过,你就会知道我是多么简明扼要。"

"听过您的演讲吗?我简直就是靠您活着!见到您对我简直是太重要了。问一问母亲看是不是这样!"她表白着自己,第一句话迅速而准确地脱口而出,让人觉得这是事先排练好的一堂课。然而,奇怪的是,她的举止浑然天成,其热情和纯洁都不加修饰。如果她装模作样,自然就不真实了。她怀着满腔热情微笑地看着法林达夫人。这位夫人一直是被人拥戴的对象,她明白她那个性别对她的拥护;不过,面对这突如其来的感激和口才,她显然是困惑了,她的眼睛带着某种矜持在这个女孩子身上停留了很久。与此同时,在她明显的公事公办的态度深处,她问自己,塔兰特小姐到底是一个优秀的年轻女子还是一个轻佻女子。她找到一种回答与这两个观点都没有关系,她只是说:"我们需要年轻人——我们当然需要年轻人了!"

---

① 风和日丽的宜人气候:在加拿大与美国的交界处,魁北克和安大略南边,有一种很特别的天气现象,在冬天来临之前天气突然回暖,就像回到了温暖的夏天,人们常把这种天气叫"印第安夏天"(Indian summer),这里泛指宜人气候。

"那个迷人的小东西是谁啊?"巴兹尔·兰塞姆听到他的表妹用一种严肃而低沉的声音问马赛厄斯·帕顿,那个带塔兰特小姐来的年轻人。他不知道是钱塞勒小姐认识他,还是她的好奇心让她这么冒昧地问。兰塞姆站在这两个人身边,得以听到帕顿先生的回答。

"催眠师塔兰特医生的女儿——维里纳小姐。她是个优秀的演说家。"

"什么意思?"奥利夫问。"她做公共演说吗?"

"噢,是的,她在西部取得了很大成功。去年春天,我在托皮卡①听过她的演说。他们说那是灵感,我不知道是什么——简直是赏心悦目,很新鲜,非常富有诗意。她得靠父亲的启动。似乎灵感进入了她的身体。"帕顿先生喜欢用一个手势来强调这段话的重要性。

奥利夫·钱塞勒没有说什么,只是不耐烦地轻轻叹了口气。她把注意力转移到那个女孩子身上,塔兰特小姐这时候正双手紧握法林达夫人的手,恳求她稍微做一个引子。"我想有个开始——我想知道自己在哪里。"她说,"只要您说出两三点您那伟大而成熟的思想就够了。"

巴兹尔向他的表妹走近些,他对她说维里纳小姐很漂亮。她立即转过身来瞟了他一眼说:"你这么想吗?"旋即又补充道:"哎呀,你一定讨厌这个地方吧!"

"噢,现在不讨厌了,我们要有好玩的东西了。"兰塞姆心情愉快地回答,这样说虽然有点粗鲁但也有一定道理,因为这个时候伯宰小姐再次出现了,身后跟着催眠治疗师和他的妻子。

"啊,哦,看得出来你正在启发她讲话。"伯宰小姐对法林达夫人说。想到这个过程已是必要,巴兹尔·兰塞姆发出一声压抑的欢呼,这个声音表明他认为这种乐趣已经开始了,惹得钱塞勒小姐又严厉地看了他一眼。对他而言,维里纳像一个年轻女子那样"遥远"。"这是她父亲,塔兰特医生——他有让人称奇的天分——她的母亲——她是亚伯拉罕·格林斯特里特的后代。"伯宰小姐介绍着她的朋友们,她相信法林达夫人会感兴趣;她不想错失良机,即使这些情况对她本人没有什么好处。伯宰小姐很轻松地对大家说,让人群站开一些以便尽可能把分散的客人们聚拢起来。她显然觉得当更伟大的人物已经表现出天才的随心所欲时,屋子里碰巧有一位悄悄拥有灵感的女士真让人松一口气。可能部分因为这种随心所欲,法林达夫人——读者会发现很难跟上她的变幻莫测——现在似乎已经决定要讲一讲她的一些看法了,这样她的女主人才能对那

---

① 托皮卡(Topeka):美国堪萨斯州的首府。

波士顿人
The Bostonians

种想知道新老两派意见的说法有个交代。

"哦,也许您会对维里纳失望的。"塔兰特夫人说,似乎对任何事都悲观屈从,拢着围巾坐在一把椅子的边沿,不管谁会不停地讲话,至少她是准备好了。

"不是我,母亲。"维里纳温柔却坚定地说,这时候已和法林达夫人保持相当远的距离,坐在那里眼睛若有所思地盯着地面。为了表示对塔兰特夫人的尊重,我们稍微多说几句也无妨,因为迄今为止,那位年轻女士已经得到了介绍。伯宰小姐感到了这一点,但是她也对此无能为力,她用自己一贯的随和环绕着每一个人,每一件事,讲了一个曲折愉快的故事。在这个故事里,亚伯拉罕·格林斯特里特一再出现,塔兰特医生的神奇疗法得到强调,不过缺少事实根据。这个故事也提到了维里纳在西部的成功,伯宰小姐一点也没有沉溺于这个故事,既没有强调也没有夸张,而是把它们看成已经被接受和承认了的奇迹,在一个充满新启示的时代,这是很自然的事。她也只是在十分钟之前才从这个女孩子的父母那里听说这类事情,不过她那仁慈的心灵只需要一会儿就将其吞食并消化了。假如她对他们的介绍不是很清楚,那也是情有可原的,除非听维里纳·塔兰特的演讲,否则就无法了解她,所以也就更不可能给别人去讲明白。可以看出,法林达夫人有些不高兴。在最初的犹豫之后,她似乎已经断定塔兰特一家异想天开,中庸无道。她冷冷地看着塞拉和他的妻子——也许她觉得他们全是江湖骗子。

"站起来跟我说说,你要讲什么。"法林达夫人有些严厉地对维里纳说,后者现在只是默默地对她抬起了眼睛,仍然甜甜地看着她,接着又去看自己的父亲。这位绅士似乎在回应一个无法抵御的请求。他环顾左右,咧着大嘴说,这些奉承的介绍并没有什么难为情的,也许对其他情况会如此,因为他和他女儿取得的成功是有目共睹的:他坚持用那个词。他们刚听她说"不是我,妈妈",他、塔兰特夫人和这个女孩子本人就知道不是维里纳。这是某种外在的力量——这力量似乎在她身上流动。他不能妄称他能解释为什么是他的女儿而不是别人被征召,但是似乎就是她被征召了。当他把手放在她的头上让她平静下来时,好像那种力量就来了。在西部这样做的时候她便会滔滔不绝。当然,她会很容易对有教养、情操高尚的人演讲。长期以来,她总是富于同情地参与这场把她的女同胞们从各种束缚中解放出来的运动,这是她从小的主要兴趣所在(他也许可以提一下,在她九岁的时候,为了纪念他们都尊敬的一位先驱,维里纳给她最喜欢的玩具伊莱扎·P·莫斯利施洗礼)。现在这种灵感,如果他可以这样称呼它的话,似乎正注入这个渠道。她嘴里发出的声音似乎要呈现那种形式,好像不会以其他方式出现。她只是让它按照本来的样子表现出来——她并没有假装能控制它。他们可以自己判断整个事情是不是很神奇。这就是为什么他愿意在一次绅士、淑女聚会的场合这样谈论自己的孩子，因为他们不信——他们觉得那是一种外部力量。那天晚上，如果维里纳打算接受灵感，他相信他们会感兴趣的。他只需要让她在倾听这个声音的时候安静一会儿。

有几位女士说，她们会很高兴——她们希望塔兰特小姐的状态良好；于是其他人就可以纠正她们了，这些人提醒她们不是她——她和这种力量没有关系——所以她的状态无关紧要；一个男子补充说，他猜在场的很多人一定都与伊莱扎·P·莫斯利交谈过。这时候，维里纳越来越退回到自我中，丝毫不受大家讨论她的神秘功能的影响，而是再一次优雅地转向法林达夫人，问她是否可以先开个头——只是为了给她点勇气。这时候，法林达夫人处在一种令人不安的阴郁状态。面对她的漂亮求情人，她皱起朱诺的眉头①，根本不同意塔兰特医生无关紧要的讲话，越来越不愿意跟一个奇迹贩子扯在一起。亚伯拉罕·格林斯特里特不错，不过亚伯拉罕·格林斯特里特已经寿终正寝了，毕竟伊莱扎·P·莫斯利也大势已去。巴兹尔·兰塞姆不明白，是厚颜无耻还是天真无邪让塔兰特小姐能这样驾轻就熟地应付这位女性长辈的冷漠。这之后，他听见奥利夫·钱塞勒在他身边用激动得有些发抖的声音突然喊道："开始吧，开始吧！我们想听到的是声音，是人的声音。"

"我会在你之后讲话，如果你是个骗子，我会揭穿你的！"法林达夫人说。与其说她是幽默，不如说是威严。

"我相信我们都像塔兰特医生说的那样立场坚定。我猜大家都想安静下来。"伯宰小姐说。

---

① 朱诺的皱眉（The frown of Juno）：朱诺是希腊神话中宙斯之妻赫拉的罗马名字，司妇女责任与婚姻的女神。她对诸神的婚外恋非常头疼，尤其是对自己丈夫宙斯的婚外恋情无可奈何，除了嫉妒与报复。事实上，由于嫉妒成性，她获得"牛眼"这个绰号。

波士顿人
The Bostonians

第八章

维里纳·塔兰特站起来,走到屋子中央她父亲那里。奥利夫·钱塞勒穿过房间,重新坐回法林达夫人的身边,坐在那个女孩子刚才离开的沙发上。接下来,伯宰小姐的来访者们都专心致志地坐在椅子上或斜靠在光秃的阳台边。维里纳站在她父亲面前,拿起他的手握了一会儿,不过并没有看他,而是看着大家。过了一会儿,她母亲站起来,有趣地呻吟着,把她一直坐着的椅子推到前面。塔兰特夫人又被安置了另外一个座位,维里纳松开她父亲的手,坐在她父亲为她安排好的椅子上。她坐在那里,双目紧闭,她父亲现在把那一双瘦长的手放在她的头上。巴兹尔·兰塞姆饶有兴趣地看着这一切,这个女孩子把他逗乐了。她比那里的任何人都靓丽,伯宰小姐黯淡无光的形象所缺乏的一切亮丽都可以在这个迷人却令人费解的年轻人身上找到。顺便说一句,她的搭档并没什么费解之处。从他开口说话的那一刻起,兰塞姆就很讨厌他。他非常眼熟——也就是说,他这一类人很常见,他只是令人讨厌的冒险家。他虚伪,狡猾,庸俗,卑鄙,是人类最低贱的那一种,但他却是一位优雅、漂亮,显然也很聪明的姑娘的父亲,不管她有没有天分,这是一个让人恼火、令人尴尬的事实。那位高额头,苍白、浮肿的母亲站在角落里,看起来更像一位夫人;不过,如果她是一位夫人,与这样一个无赖结合就更丢人。兰塞姆自语,像他通常做的那样,用更古老的英语文学中摘录出来的骂人话自言自语。以前他常见塔兰特或塔兰特之流的人。如他所相信的,在重建的可怕时期①,在破败的南方城镇的政治会议上,他曾一次又一次引起争议地"鞭笞"过这种人。如果法林达夫人把维里纳·塔兰特看成江湖骗子,那也是情有可原的,因为这个女孩子正给巴兹尔·兰塞姆留下这种印象。他从来没有见过这么多奇怪的因素混合在一起。她有一张最甜美、最超凡脱俗的脸,然而她的脸上却带着表演的神情,她属于一个生

---

① 重建的可怕时期(The horrible period of Reconstruction):这个阶段指的是1865年内战结束到1877年北方军队最后撤出南方各州。这一阶段对很多南方人而言是一段非常屈辱和绝望的岁月,其象征和体现就是所谓的"投机政客"(carpet-bagger,美国内战后利用南方不安定的局面牟利)。

活在煤气灯下的团体,这种表情甚至体现在她衣服的细节上。很明显,她努力装扮成演戏的时髦相。如果她拿出一对响板或者一个铃鼓,他觉得这些道具可能也很合适。

小普兰斯医生以她清醒、健全的神智发现维里纳贫血,并说她是个骗子。她演出的价值有待证明,不过维里纳的确很苍白,像那些红头发女人一样苍白。她们的血看起来像是渗进了头发里。然而,在这位白皙的年轻女士身上却有一种高贵的东西;她刚强大方,她的嘴唇、眼睛和盘根错节的发辫都有颜色,似乎随着她明快的个性一起发出光来。她那水汪汪的、炯炯有神的大眼睛闪烁着好奇(它们的微笑是一种反射,就像宝石的闪光),尽管她个子不高,但是她高昂的头颅似乎要茁壮向上长。兰塞姆也许认为她看起来像个东方人,如果东方人肤色不深的话;如果她身边有一只山羊,她可能会像埃丝美哈尔达①,尽管他只是模糊地记得谁是埃丝美哈尔达。她穿着浅褐色衣服,他觉得样式很古怪,一件黄色衬裙,一条深红色的宽腰带系在旁边。她的脖子周围,在她年轻平坦的胸前低低地挂着两串琥珀珠子。必须补充一下,尽管她有通俗闹剧般的外表,但是不管她表演什么都没有一点闹剧人物的特征。这时候她很安静,至少(她合起了大扇子)她父亲继续神秘兮兮地在让她安静下来。兰塞姆不知道他会不会把她弄睡着了,有几分钟的时间,她的眼睛一直紧闭着。他听见身边显然对这个阶层的这些现象十分熟悉的一位女士说她要走了,因为这种表演没什么激动人心之处,尽管眼前站着这样一位漂亮迷人的女孩子的确是件赏心悦目的事,就像观赏一尊打动人心的雕塑。塔兰特医生在敲击、安抚女儿时旁若无人,他的眼睛扫视着这间屋子,仰着头,露齿而笑,似乎置身于一间想象中的画廊。"安静——安静",他不时地低声说,"会来的,我的孩子,会来的。让它发挥作用吧——让它汇集起来吧。这是灵感,你知道,灵感来的时候你得让它表现出来。"他的雨衣很长,两只袖子垂下来盖住了他的双手,他不时地举起双臂露出手来。巴兹尔·兰塞姆注意到这一点,也注意到他表妹坐在对面沙发上那张期待的脸,她目不转睛地盯着这个女预言家紧闭的双眼。最后他变得越来越不耐烦了,不是对这个启迪的声音被推迟不耐烦(尽管时间已经过去了一会儿),而是对塔兰特可怕的操控感到不耐烦,兰塞姆对此非常厌恶,好像自己亲身感受到那些操控的碰触,这种行为对那个顺从的姑娘来说似乎是不光彩的。它们让他不安,使他愤怒,只是后来他才问自己这跟他有什么关系,甚至他问自己一个

---

① 埃丝美哈尔达(Esmeralda):法国浪漫主义作家维克托·雨果的小说《巴黎圣母院》(1831)中的牧羊女。英语国家一般把这本小说叫作《圣母院里的驼背人》。

波士顿人
The Bostonians

冒险家①是否有权对他的女儿为所欲为。维里纳从椅子上站起来的时候,他才松了口气。塔兰特随着维里纳站起来的动作退居幕后,他似乎已经演完了自己的角色。她站在那里,神情平静,旁若无人。稍许的拖延之后,她开始讲话了。

刚开始,她语无伦次,几乎听不清,好像在梦呓。兰塞姆听不懂她在说什么。他觉得很奇怪,不知道普兰斯医生会怎么说。"她正在整理思想,努力把它们说出来。她会顺利的。"他听见那位催眠治疗师轻轻地说。"保持链接"显然是塔兰特对 *en rapport*② 的翻译。他的预言被证实了,维里纳确实很快就开口说话了。她讲得很美——效果非常奇特。她缓慢、谨慎地进行着,似乎在听提词,一个接一个地捕捉幕后很远的地方有人对她耳语的某些短语。接着,记忆或者说灵感回到了她身上,现在她把握住了自己的角色。她表演得极其单纯优雅,十分钟之后,兰塞姆开始注意到所有的听众——法林达夫人、钱塞勒小姐以及密西西比来的那个难以对付的家伙——都倾倒在她的魅力之下了。我说十分钟并没有讲实话,因为这个年轻人已经完全没有时间概念了。他后来纳闷,不知道她讲了多久。他后来认为,她那种奇怪、甜美、淳朴、荒谬、令人迷醉的演讲一定持续了半个小时。她说了什么并不重要,他对此漠不关心,几乎不知道她在说什么;他只知道她讲的都是女人如何优雅和美好,在历史的许多个世纪里,她们如何被践踏在男人的铁蹄之下。她讲的是她们的平等——甚至也许是(他听得不是很准确)她们的优越,她们的日子终会到来以及全世界的女性友爱,她们对自己以及相互之间应负的责任。巴兹尔·兰塞姆高兴地看到,即便是这类事情也没有破坏她的讲话内容。不是她讲了什么所产生的效果,尽管她讲了这些冠冕堂皇的话;而是这个少女美丽的装束和身材(她现在又摇起了红扇子),这个小小的动作产生了明显的效果,新颖而纯洁。她获得自信后就睁开双眼,她演讲的成功一般都归功于这双眼睛温柔的秋波。她的讲话充满女学生的短语和烂熟于心的雄辩之词,充满孩子气的逻辑错误和驰骋的幻想,这些的确能在托皮卡那个地方取得成功。不过,兰塞姆认为即使这个讲话再糟一些也一样好,因为辩论和教条与她的讲话绝对没有关系。这只是纯粹的个人展示,表演的人恰好很迷人。她也许不合某些人的口味——兰塞姆可以想象,波士顿其他圈子里的人可能会认为她粗鲁无礼;不过对他本人而言,他所能感觉到的是,对于他未被满足过的感官而言,她有难以抵御的魅力。他是最顽固的保守派,他的大脑对她讲的这些愚昧言辞坚决抵制——女人的权力和委屈,男女平等,传

---

① 冒险家(carpet bagger):<美>(贬)特指美国内战后到南方投机的北方政客(或冒险家)。
② *en rapport*:法语,保持联系。

统的歇斯底里发作以及更加荒谬的选举权,应征女兵在国会的前途。这没有什么两样,她并不这么想,她不知道自己在说什么,她只是被父亲塞进了这些垃圾,她愿意讲这些跟她愿意讲其他东西没有什么两样;因为她的本性不需要她去规劝人们献身于一项荒唐的事业,而是用她的声音发出迷人的音符,以自由年轻的姿态站在那里,摇晃辫着的卷发,像个从水波中升起的水仙,给走近她的每一个人带来快乐,并为让人快乐而开心。我不知道兰塞姆是否注意到对塔兰特小姐这种解释的定位,这种定位赋予她奇怪、空洞的个性。他乐于让自己相信她单纯可爱,让自己满足于把她看作一位天赋很高的歌唱家却注定要演唱糟糕的歌曲。事实上,她让这糟糕的歌曲发出多么美妙的声音啊!

"当然,我只给妇女们演讲——给我亲爱的姐妹们演讲;我不讲给男人们听,因为我不指望他们喜欢我讲的东西。他们假装很尊敬我们,不过我宁愿他们对我们少一点尊敬,多一点信任。我不知道我们曾经做了什么让他们凡事都把我们拒之门外。我们太信任他们了,我觉得现在该是审判他们的时候了,我们并不认为他们把我们拒之门外就做得对。当我环顾周围的世界,看着男人们造成的这种状况,我对自己承认,'哦,如果女人这么做,我想知道他们会怎么想'!当我看到人类的灾难,想到每时每刻世界都充满着不幸,我说如果他们只能这么做的话,他们最好让我们也进来一下,看看我们能做些什么。我们不可能把事情弄得更糟,对吧?如果我们只做了这么一点,我们不应该为此感到骄傲。贫穷、无知与犯罪;疾病、邪恶与战争!战争,总是更多的战争,总是越来越多的战争。流血,流血——世界弥漫着鲜血!互相残杀,用各种最昂贵、最完美的工具相互残杀,这就是他们所能发明的最辉煌的东西。我似乎觉得,我们应该让这种局面结束了,我们也许能够发明更好的东西。残酷——残酷,这么多,这么多啊!为什么不能融入温柔呢?为什么我们女人的心充满温柔却被完全荒废,变得枯萎。与此同时,军队监狱和孤弱的不幸却越来越多?我只是一个女孩子,一个单纯的美国女子,当然我没有多少见识,生活中我还有很多不知道的东西。但是有些事情我感觉到了——我似乎觉得,我生来就是为了体会它们的。寂静的夜晚,它们在我的耳边回响;黑暗中,它们呈现在我的眼前。这就是伟大的妇女团体可能要做的,如果她们联合起来,将她们的声音置于这个世界野蛮的喧嚣之上,在这个世界上,同情与正义如此难以存活,而软弱和不幸的呻吟却到处可闻。我们应该消灭这呻吟,我们应该平息这声音,从我们嘴里发出的声音将会是全世界和平的声音!为此我们必须彼此信任,我们必须真诚、优雅而善良。我们必须记住,这个世界也是我们的,我们的——我们却不得不对什么事都保持缄默——这个世界究竟将会是一个不公正的地方,还是一个充满

波士顿人
The Bostonians

爱的地方,这个问题还没有最后定论呢!"

这位年轻女士用这句话结束了她的演讲,她并没有疲惫不堪地坐到椅子上或表现出任何故意达到高潮的迹象。她只是朝母亲慢慢转过身去,从她的肩膀上方朝整个屋子微笑着,似乎这房间是一个人的,她苍白的脸上没有红晕,也不需要深吸一口气。显然,表演对她而言轻而易举,她做了一次演讲,如此强有力地震撼了每一个人,而她却不费吹灰之力,也许她的表情中还有一种无礼。兰塞姆发出亲切的笑声,不过由于这个乳臭未干的黄毛丫头竟然在一群中年人面前用她刚才结束讲话时的那种语调对他们谈论"爱",这种可爱、怪异的行为很快使兰塞姆抑制住了笑声。这是整个事情的最迷人之处,最有力地证明了她的天真无邪。她取得了巨大成功,塔兰特夫人把她揽进怀里时一定能感到听众没有失望。他们被极大地感动了,他们发出感叹和低语。塞拉·塔兰特继续炫耀似的跟周围的人们交谈着,慢慢地转动他那长长的大拇指,再次抬头看着天花板和墙之间装饰性的嵌线,似乎她女儿的举止再了不起也不会出乎他的意料,他听过她的比这更精彩的演说,而且记得这种事是多么不受个人情感的影响。伯宰小姐环视四周,感到一阵模糊的欢欣。她开阔而柔和的脸上闪着没有擦去的泪花。兰塞姆听到年轻的帕顿先生用更低的声音说,他认识一些团体,如果他们在场,为了冬季的运动,他们会高价聘请维里纳小姐的。兰塞姆听他补充说:"有人会在那个女孩子身上赚到钱。你看她会不会连续演讲!"说到我们这位密西西比人,他只是保持自己的好心情,不知道是否应该让伯宰小姐把他本人介绍给这个晚会的女主角。当然,不能马上这么做,因为这个南方年轻人的高傲中还掺杂着羞涩,这羞涩总给人一种谦恭的感觉。兰塞姆发现自己在这个屋子里是怎样的一位旁观者啊,他准备等待那令人垂涎的满足,直到其他人团结一致向她确保赞同,她自然更重视他们的赞许,而不是他能对她说的任何话。这个插曲给集会带来了生机。某种欢快,甚至表现为一种更高声的谈话,似乎飘浮在热烈的氛围中。人们更加自由自在地聚拢在一起,这时候维里纳·塔兰特被她新结识的朋友们紧紧地层层包围着,兰塞姆看不见她。"啊,我从来没有听过用那种方式演讲的!"兰塞姆听到这些夫人中有一位说。对此,另一位回答说她们怀疑她们中有人可能以前连想都没想过用那种方式。"啊,这是一种才能,没错啊。""啊,他们爱叫它什么就叫它什么吧,反正听着就是一种愉快"——这些亲切的赞扬是从两位深思着的男士嘴里说出来的。兰塞姆清楚地听他们说,如果再有几次这样的演讲,那么这件事不久就会定下来。还说他们不能指望有很多——这种方式很奇怪。大家都承认这种方式奇怪,不过塔兰特小姐的奇怪解释了她的成功。

第九章

兰塞姆再次走近法林达夫人的时候,她仍然和奥利夫·钱塞勒坐在沙发上。当她向他转过脸来时,他发现她已经觉察到了那种普遍的感染,她敏锐的眼睛闪着光,庄重的面颊飞起了红晕,显然她已经拿定主意要采取什么策略了。奥利夫·钱塞勒一动不动地坐着。在紧张胆怯的时刻,她的表情严肃而惊慌,眼睛紧盯着地板。她没有表现出任何发现她的亲戚走近的迹象。他对法林达夫人说了几句话,不过这些话并没有完全表达他对维里纳小姐的敬慕之情。这位女士很有风度地回答说,毫无疑问,这个女孩子讲得还不错——在这样一项美好的事业中,她的演讲还算可以。"她很优雅,语言运用得体。她父亲说这是自然禀赋。"兰塞姆发现他根本没有听出法林达夫人的真实想法,她的掩饰更让兰塞姆感觉她是一个讲策略的女人。她在内心深处把维里纳看成一只鹦鹉还是一个天才,这与他无关。看得出来,法林达夫人觉得维里纳能发挥作用,会对这项事业有所帮助。有一会儿,当他对自己说,法林达夫人会接纳她,毁掉她,控制她说话的内容,并使之变成尖叫,他站在那里几乎震惊了。不过他很快就避开了这个想法,机械地求助于他的表妹,问她是否喜欢维里纳。奥利夫既没有回答,也没有回头,那双冷静的眼睛把地毯都要看穿了。法林达夫人疑惑地看着她,接着严厉地对兰塞姆说:"你赞美你们南方女士的高雅,不过你到北方来却在人群中看到了一只小羚羊。塔兰特小姐属于波士顿最优秀的家系——我所说的最优秀的!"

"我敢说就我所看到的波士顿女士而言,再优雅的表现也不会让我吃惊的。"兰塞姆应答着,微笑地看着他的表妹。

"她深受感动。"法林达夫人解释说,轻轻地压低了声音,奥利夫显然充耳不闻。

这时候,伯宰小姐走过来。她想知道法林达夫人是否打算代表听众对塔兰特小姐带给他们的真正激励表示谢意。法林达夫人说:"噢,是的,她现在很高兴讲话,只是她必须先来杯水。"伯宰小姐说马上就来,已经有一位夫人要过了,帕顿先生刚下去取了。巴兹尔利用这个间歇问伯宰小姐是否能给他这个荣幸,

波士顿人
The Bostonians

把他介绍给维里纳小姐。"法林达夫人要代表大家感谢她,"他笑着说,"不过她不会为我感谢她的。"

伯宰小姐表示非常愿意帮忙,她很高兴他听进去了。她正要带他向塔兰特小姐走过去的时候,奥利夫·钱塞勒突然从椅子上站起来,用一个制止的动作拉住了她女主人的胳膊。她对伯宰小姐解释说她必须走了,她不舒服,她的马车就等在那里;还说如果她的要求不过分的话,她希望伯宰小姐能送她到门口。

"哦,你也有印象啊,"伯宰小姐说,镇静地看着她,"我似乎觉得无一幸免。"

兰塞姆很失望,他明白自己要被带走了,便不由自主地发出一声惊叫——他能想到的也许可以阻止他表妹撤退的第一声惊叫:"啊,奥利夫小姐,你不打算听法林达夫人讲话了吗?"

听到这句话,奥利夫小姐看着他,脸色非同寻常,这脸色让他莫名其妙,更难解其意。奥利夫小姐双眼圆瞪,面颊绯红,一脸的肃杀之气使他感到凶多吉少,她的整个面部表情似乎在向他提出一个严厉而突如其来的问题,向他提出一个巨大的挑战。面对这个突如其来的眼神,他只能目瞪口呆,再次纳闷他的北方亲戚要对他要什么花招。也有印象?他应该觉得自己的印象深刻啊!法林达夫人,那个显然是公众人物的女人过来要帮他,或者帮钱塞勒小姐,说她非常希望奥利夫不要留下——她对这些事情的感触太多了。"如果你留下,我就不讲话了,"她补充说,"我会让你坐立不安的。"接着她继续温柔地说,因为女人的聪明本质压倒一切,"当女人像你这么想的时候,我怎么会怀疑我们要大功告成了呢?"

"噢,我想我们会大功告成的。"伯宰小姐轻声说。

"不过,你必须记住贝肯街,"法林达夫人插话,"你必须利用你所在的地方优势——你必须唤醒后湾!"

"我讨厌后湾!"奥利夫·钱塞勒愤怒地说,她和伯宰小姐朝门口走去,没有跟任何人道别。她这么激动显然顾不上自己的礼貌了,兰塞姆别无选择,只好跟她出来。然而走到门口的时候,他突然因为两位女士停了下来:奥利夫站在那里犹豫不决。她环视屋子,审视着维里纳,维里纳正和母亲坐在心满意足的人群中。接着她下决心似的把头往后一甩穿过屋子向维里纳走过去。兰塞姆对自己说,也许现在他的机会来了,他很快陪钱塞勒小姐走了过去。钱塞勒小姐走过去的时候,一小撮改革者们都看着她,对她的社会地位满脸疑虑且夹杂着良心上的不安,不知道是否应该承认这种地位。维里纳·塔兰特发现自己成了众人瞩目的对象,于是就站起来迎接这位女士,既然她的到来这么重要。不过，兰塞姆看出或者认为他看出维里纳什么也没有明白，她对社会地位没有任何戒心。她微笑着，神采飞扬，从钱塞勒小姐那里看着他。维里纳微笑究竟是因为她喜欢微笑，喜欢讨好人，喜欢体验自己的成功——还是因为她完全是一个小演员，这是她受过训练的一部分？维里纳握住了奥利夫向她伸过来的手，其他人坐在自己的椅子上，相当严肃地抬头看着她们。

"你不认识我，不过我想认识你，"奥利夫说，"我现在不能感谢你。你能来看我吗？"

"啊，好啊。你住在哪里？"维里纳回答，用一种对一个女孩子而言邀请（她缺少邀请）终归是邀请的语气说。

钱塞勒小姐给她拼写了她的住址，塔兰特夫人微笑着走上前来："钱塞勒小姐，我听说过您。我猜您父亲认识我父亲——格林斯特里特先生。维里纳会很高兴拜访您的。我们会很高兴在我们家里欢迎您。"

这位母亲在说话的时候，巴兹尔·兰塞姆想对她的女儿说点什么，她站得离他这么近，不过他想不起什么合适的话；有些话，他的那些密西西比措辞似乎有些傲慢而且沉闷。另外，他不想对她的谈话表示赞同，只想告诉她，她很可爱，不过很难说清两者的区别。所以他只是对她默默地微笑，而她也对他微笑——他似乎觉得这微笑只是冲他个人来的。

"你住在哪里？"奥利夫问。塔兰特夫人回答说他们住在剑桥，马车刚好从他们门口经过。奥利夫还在那里坚持问："你很快就能来吗？"维里纳带着孩子气的好意说，噢，能，她很快就会来的，并重复着查尔斯街的门牌号，表明她已经记住了这个地址。兰塞姆看得出来，她会答应任何一个用那种方式邀请她的人，有那么一会儿他后悔自己不是一位波士顿女士，不然他也可以向她发出这样的邀请。奥利夫·钱塞勒把她的手多握了一会儿，临别时看着她，然后说："走吧，兰塞姆先生。"便把他拉出了房间。他们在大厅里碰到帕顿先生提着一罐水和杯子从下面走上来。钱塞勒小姐的出租马车就在那里，当巴兹尔把她扶上车时，她对他说，不用麻烦他和她一起乘车了——他住的旅馆不在查尔斯街附近。他根本不愿坐在她身边——他想抽烟——直到马车离开之后，他才回味她的冷漠，问自己她到底为什么要把他从屋里带走。他的这位波士顿表妹是一位古怪的表妹。他在那里站了一会儿，看着伯宰小姐家窗户里的灯光，很想再回到屋里去，他现在可以跟那个女孩说话了。不过他满足于记住她的微笑，并且感到口渴难耐（身体和精神的反应不一致），意识到这一点觉得自己很庸俗。在离开的时候他如释重负，毕竟他摆脱了这样一群疯子。

波士顿人
The Bostonians

第十章

　　第二天,维里纳·塔兰特就从剑桥来到了查尔斯街,波士顿的这个地方直接连着大学区。不过对可怜的维里纳而言,也许并不直接,在那辆拥挤不堪、令人窒息的市内有轨电车里,她不得不一路站着,半吊在一根从玻璃车顶垂下来的皮带上,就像一束怒放的鲜花悬挂在温室里,这辆车最终停在钱塞勒小姐的家门口。不过,她习惯了这样站着旅行,尽管如我们所见,毫无疑问,她并不打算接受自己时代的这种社会安排,但是她从来没有想到去批评国家的交通系统。她这么快就拜访奥利夫·钱塞勒是她母亲的主意,这位夫人住在剑桥与世隔绝的小屋里,而塞拉·塔兰特像人们所说的跟他的病人们在"外面",维里纳瞪大眼睛听着她母亲为她描绘的行动计划。这个女孩子唯命是从,不谙世故,她聆听母亲对她详述和钱塞勒亲近的一切好处,好像听任何别的童话故事一样。这位狂热的家长亲手给维里纳戴上有羽毛的漂亮帽子,扣上小外套的扣子(扣子很大,是镀金的),给了她两块钱当车费,这也像是童话的一部分。

　　即使维里纳是这样一个孝顺的孩子,可以说在家里远没有在公共场所那么能争辩,但她也无法事先知道塔兰特夫人对一件事的看法,也觉得母亲很奇怪。塔兰特夫人的确奇怪——一个没有活力、自由散漫、不健康、异想天开的女人却有着坚韧不拔的毅力。她坚持的是"社交",一个隐秘的声音在她耳边说,她在这个世界上从未有过位置;一个更加清晰的声音提醒她,她有失去这个位置的危险。保住这个位置,找回它,重新为它献身是她心中的宏愿,这就是上天觉得她值得拥有这样一个神奇孩子的众多理由之一。维里纳生来不仅是为了解除女性的枷锁,而且也是为了重建一个更完善的访友录,昔日的这个访友录在很多地方都有问题,该有的人没有在名单上,不该有的人却很多,就像农村裁制的衣服有的地方鼓囊,有的地方皱缩,很不合体。作为亚伯拉罕·格林斯特里特的后代,塔兰特夫人的青年时代是在第一批废奴主义者的圈子里度过的,她明白这个前途是如何与一位青年男子结合之后就蒙上了阴云。这个年轻人以流动贩卖铅笔为生(他就是在兜售铅笔的时候来到格林斯特里特家门口的)开始其职业生涯,后来成了著名的卡尤加社区①的一名成员,那里没有妻子,没有丈夫或诸如此类的东西(塔兰特夫人从来也记不住),再后来(尽管是在开发这种医术之前)他就在招灵界出了名。(他是一个很有天赋的媒介,只是因为塔兰特夫人有意见才不得不罢休)即使在一个没有偏见的社会里,仍然有一些潜在的傲慢对这位多才多艺之人不利。实际上,他并不缺少讨好格林斯特里特小姐的技巧,她和他的眼睛都完全盯着未来。这对年轻夫妇(他比她大得多)一起凝视着未来,直到他们发现过去已经完全抛弃了他们,现在只给他们提供了一块可怜的立锥之地。也就是说,塔兰特夫人对这个家不满,这种感觉折磨着她,她让丈夫知道,既然他们渴望摆脱奴隶的镣铐,就有很多砸碎锁链的办法。他们认为这些办法在卡尤加很盛行,他们自然觉得他没有必要说在那里的居住(对他而言,这个社区仍然存在)只是一个短暂的插曲,只要人们对精神野餐和素食野营聚会有需求,这一对失宠的夫妇现在就能从中找到安慰。

到目前为止,这便是人们的缺乏见识,你觉得他们能接纳一切有益的新生事物,他们却面临一次真正的考验,正如塔兰特夫人所感受到的那样。她丈夫的品位抹平了她柔软、潮湿的道德表面,这一对夫妇生活在新生事物的氛围中,有时候这位善于适应新环境的妻子在生活短缺的时候便有这种新鲜感。毕竟她父亲去世的时候并没有留下什么钱财,他把不多的财产都花在了黑人身上。塞拉·塔兰特和他的伴侣有过奇异的冒险,塔兰特夫人发现自己完全卷入了那帮生活不规律的江湖骗子的大军中,栖身在一群放荡不羁的人群里。它像一个社会沼泽一样使她深陷其中,她每一天都陷得更深,并且没有测量下降的深度。她现在站在那里只有下巴露在外面,也许可以这么说,她已经碰到了底部。在伯宰小姐家,她似乎又重新进入社交。接纳她的大门跟接纳其他人(她永远不会忘记法林达夫人翘起的鼻子)的大门不同,这扇高高的大门一直半开着,昭示着可能的前景。她曾经与长头发的男人和短头发的女人都生活过,对很多社会改革试验运动贡献过可变通的信仰和不可弥补的资金匮乏;她曾经获得过一百种宗教的安慰,追随过无数饮食改革,主要是一些禁律;曾经像吃晚饭一样有规律地去参加各种晚上的集会或者听讲座。她丈夫总有讲座的门票,在他们的事

---

① 著名的卡尤加社区(The celebrated Cayuga community):指的是 the Oneida community,1848—1881年之间纽约州的一个空想社会主义法伦斯泰尔社区。查尔斯·诺德霍夫(Charles Nordhoff)的《美国的共产主义社会,个人的观察与参阅》(1875),作者在这本书中描写了 Oneida 社区的一夫多妻制和一妻多夫制。亨利·詹姆斯看了这本书,对这种改革现象评价道:"它的产业成绩无疑是不错的,但是道德和社会影响却非常恶劣。"(Henry James. Literary Criticism, ed. Leon Edel, 2vols, New York: Library of American,1984, pp.560—567)Oneida 社区主要因为其农耕和金属制品的商业成功,相对比大部分其他社区持续的时间都长。

波士顿人
The Bostonians

业不能一帆风顺的恼人时刻,她对他说,他也就只有这一点本事了。冬夜里,他们蹚着泥浆(这些票,哎呀!可不能当车票用)去听阿达·T·B·伏特夫人关于"夏季乐园"的演讲①,所有这些回忆都带着苦涩一齐向她涌来。有一阵子,塞拉对伏特夫人很热情,在卡尤加,他妻子相信他已经和她有"关系"了(这就是塞拉关于这些插曲的表达)。这个可怜的女人在婚姻上可有的受了,有时候,需要她拿出所有的天才和信仰来支撑自己。她知道他很有魅力(实际上,那正是他的天才所在),她感到正是他的魅力才把她吸引住。他带她经历的那些事,她根本不知道怎么去想,有时候她怀疑自己已经失去了格林斯特里特家赖以闻名的那种强烈的道德感。

当然,一个品位差到嫁给塞拉·塔兰特的女人无论在什么情况下都不可能拥有正确的判断。不过这位可怜的夫人无疑已经变得很柔顺了。她惊讶过,妥协过,推诿过。她问自己,无论如何,在他充当媒介的那些激动人心的日子里,有时候桌子不能从地上升起,沙发不会在空中漂浮,失去的被爱之人柔软的手没有该有的那么敏感来造访这个圈子,她想帮助丈夫的念头再自然不过了。就最具有超自然的效果而言,塔兰特夫人的手够柔软的了,这样的时刻,她想到自己相信永恒,良心上就得到了安慰。不知道为什么,为了维里纳的缘故,她很高兴他们曾经有过精神交流②的阶段。她对女儿的夙愿是另外一种形式,而不是希望她也信奉永恒。在塔兰特夫人五花八门的记忆里,对那个昏暗房间的记忆,那等待的人群,轻击桌子和墙的声音,轻拍脸颊和跺脚声,空中的音乐,如雨的鲜花,心头掠过的某种神秘感觉都让人倍觉珍惜。她恨丈夫迷惑了她,让她答应某些事,甚至还干了那些事,今天想到这些还让她的脸突然有些发烫;正如她所感觉的,她恨他让她降低社会格调的方式。然而,她同时又佩服他的厚颜无耻,最终(在屈辱、揭发、失败和一切朝不保夕的苦难面前)不得不认为那是一种立于不败之地的万全之策。她知道他是一个可鄙的骗子,而她的了解又很不全面,人们想起他这么做的那些机会,而他却从不承认——这真是一个很不简单的事实。他从不允许人家说他不正直,这一对夫妇经常坐在祭坛后面两个

---

① 伏特夫人"关于夏季乐园"的演讲(Mrs. Ada T. P. Foat…the 'Summer - land):"夏季乐园"是一个唯灵论术语,指人死后精神的归宿,也可能是一个虚构的空想社会主义社区的名字。伏特夫人的名字虽然是一个虚构的名字,但与那个时候美国的一位唯灵论者 Mrs Ada Hoyt Foye(见 Howard Kerr, Mediums, Spirit - Rapppers, and Roaring Radicals: Spiritualism in American Literature, 1850—1900, Urbana: University of Illinois Press, 1972)的名字惊人地相似。

② 精神交流或灵魂对话(Spirit - intercourse):通常指唯灵论,相信精神独立于身体而存在。伦敦心理研究所始建于1882年,亨利·詹姆斯的哥哥威廉·詹姆斯(William James, 1841—1914)曾经是其早期的会员。

第十章

预言家的位置上,而他却从不瞥她一眼,整个圈子里的人可能并没有看出这一点。即使在家里的交谈中,他对事情的处理也是振振有词,他寻找借口,做出解释,采取各种策略,她感觉如果这些都只是针对她本人,这样做也未免太庄严了,就像塞拉的本性定了调,他的这些做法完全被固定在公共生活的基调上。

因此,在她膨胀、混乱的良心里发生了这种事,在她的生活中,一切她所鄙视的东西以及一切她所喜欢的东西,在为她丈夫的无力谋生伤心劳神和惧怕他的顽固不化(他认为他们过得很开心)之间发生了这样的事,我说,现在她对他唯一的明确批评就是他不懂如何演讲。那才是症结所在——那才是塞拉的没用之处。他不能吸引观众的注意力,作为演讲人,他得不到认可。他有许多思想,但是他不能使它们彼此切合恰当。公共演说一直是格林斯特里特家的一个传统,如果问塔兰特夫人年轻时是否想过要嫁给一个催眠治疗师,她肯定会说:"哦,我从没想过要嫁给一位在讲台上沉默寡言的绅士!"这是她最大的屈辱,它包括并超越了其他屈辱。作为替代——作为一名催眠治疗师,不说其他,他的事业可以作证——塞拉的雄辩表现在手上,但这也无济于事。格林斯特里特家从不注重体力活动,他们相信嘴皮子的影响。因此可以想象,随着时间的推移,当塔兰特夫人发现自己是一个有灵感、口若悬河的年轻女子的母亲时,她怀着怎样的狂喜啊!格林斯特里特家的传统不会失传了,也许她枯燥乏味的生活将会承受丰沛的雨露了。必须补充的是,最近这些沙漠的表面已经用另一种资源适度地灌溉了。由于塞拉醉心于催眠术的神秘,他们的家已经更像一个格林斯特里特家的人应有的家了。他有相当多的"病人",他每一次做法都收两块钱,而且有一些最令人满意的治疗。剑桥的一位夫人非常感激他,最近她还劝他们租住她家附近的房子呢,这样塔兰特医生便可以随时光临了。他承蒙这种方便——他们租过那么多房子,再多一所大概也没关系——塔兰特夫人开始觉得他们似乎真的"遇到"什么了。

如我们所知,甚至维里纳也觉得她母亲没有头绪,也让人搞不懂。这个女孩子还没有机会弄明白那些让她母亲软弱的东西怎么会让她突然变得坚强起来了。当她脑海里升腾起社会抱负的时候,当她伸出一只胳膊,被压皱的睡衣从胳膊上飘下来要抓住稍纵即逝的机会时,就出现了这种现象。于是,塔兰特夫人有关交往责任的滔滔不绝的劝导,还有她显然对上流社会的秘密了如指掌,这些都让她的女儿大为吃惊。特别是她的那种令人深信不疑的解释方法——为了生动,她经常做最怪异的鬼脸——你必须承认那种解释有时候具有你所见过的最优秀人物的举止和高贵尊严。这些使维里纳纳闷,她母亲怎么会

波士顿人
The Bostonians

有这些秘密的信息来源呢。维里纳现在还对生活保持着单纯的看法,她并不知道社会状况会有这么多差异。她知道有人富,有人穷,她父亲的屋里从来没有这么多人拜访过,这不由使人自问,在一个充满被剥夺了继承权之人的世界里,沉溺于奢华是否对头。不过,她母亲对她本人从来看不出的某种冷落感到不满或者幻想一个似乎已经失去的机会,这会让维里纳稍微有些目眩;除此之外,维里纳并没有明显地意识到自己不如别人,因为在时尚的级别中,真正吸引她想象力的权威还没有确定催眠治疗师的地位。不可能事先知道塔兰特夫人如何看事情。有时她冷漠得不近人情,有时她认为谁要是看她一眼就是想伤害她。有时候,她对塞拉医治的那些女人们(她们大多数是女人)满腹狐疑;于是,她又开始显得除了她的拖鞋和晚报(从这份出版物中,她获得了无限安慰)之外什么都放弃了,在这种情况下,即使伏特夫人亲自从避暑胜地回来(她前些日子乘飞机去那里了),她也不会打扰塔兰特夫人的那种几乎是愤世嫉俗的镇静。

然而,塔兰特夫人比女儿强的地方就是她的社会洞察力。只有当她发现他们遇到的那些人身上那种巨大的,虽然只是潜在的渴望时,这个女孩子才意识到她本人要学的东西还很多。她最渴望的就是学习,必须补充一点,她对母亲怀着最深刻的信任,把她看作一位了不起的老师。有时候,母亲的世故让她困惑。无论如何,这种世故并非那种更高级生活的一部分,住在像他们这样的房子里的每个人一定都非常想过那种高级生活;这种世故并不存在于大家正在齐心协力创造的正义领域,这样一种严谨的解释不应该受到冷落。对维里纳而言,她父亲好像在这个高度活动得更游刃有余一些;尽管他看不起传统标准,但他一直以来对更美好日子的祈祷并没有让她相信,男人比女人更无私。她母亲这么热情地对钱塞勒小姐做出反应,用一种见多识广的口气对维里纳说,她们要做的就是**立即**去见她,难道是利益驱使她这么做吗?没有任何斜体字①能表达塔兰特夫人要强调的迫切心情。她为什么不能像以前那样说,如果人们想见他们,他们可以到他们的家里来。在这个世界上,她还不至于低贱到连留张名片的礼节都不懂吧?当塔兰特夫人开始思考礼节的问题时,她可能走得太远了。不过,在现在这种情况下,她对这些都不介意了。她更相信钱塞勒小姐很高雅,是一位最受欢迎的朋友,她受维里纳口若悬河的感染比任何人都深;她会在波士顿为她举办最好的沙龙;当她说"快点来"的时候,她指的就是第二天,无论如何这就是理解那句话的方式(人们必须知道什么时候该体面地前进)。总

---

① 英语语言中,经常用斜体字表示强调,本小说也是如此,为了符合汉语语言的强调习惯,我们把斜体都翻译成黑体下加点,以表示强调。

之,她,塔兰特夫人明白钱塞勒小姐说的是什么意思。

维里纳把她母亲说的话全部接受了下来,因为年轻,所以她很喜欢坐马车旅行,而且对这个世界总怀着好奇心;她只是稍微有些不理解,她母亲只看了钱塞勒小姐一眼,怎么就对她了解那么多呢。前天晚上,当这位年轻女士朝她走来的时候,维里纳在她身上看到的是,她的穿着相当阴郁,她看起来似乎一直在哭(维里纳很快就看出了那种脸色,她见过很多这样的脸色),她正急着要离开。不过,如果钱塞勒小姐像母亲说的那样了不起,人们很快就会看出来的;而且这个女孩子很少想到自己,没有意识到自己有多重要,没有什么东西让她一定要苦心孤诣地去冒险犯错误。她对自己没有什么特别的感觉,迄今为止,她只在乎外在的东西。甚至她的"天才"的发展也没有让她觉得只拿自己做实验太屈才了。她既不沮丧,也不虚荣。尽管你会觉得塞拉·塔兰特和他妻子生的女儿是一位充满灵感的演说家,这是天经地义的事,但是你要是多了解一点维里纳,就会非常奇怪她怎么会是这样一对夫妇所生的女儿呢。她关于快乐的想法很简单,她喜欢戴新帽子,帽子上配着长长的羽毛,两块钱对她来说就是一个大数目了。

波士顿人
The Bostonians

第十一章

"我敢肯定你会来的——我一整天都这么想——我有预感!"奥利夫·钱塞勒用这些话问候她年轻的来访者,从窗子那边很快向她走过来,她也许正在那里等维里纳的到来呢。几周之后,奥利夫对维里纳解释说,她本人对这种预感多么有把握,如何一天到晚坐立不安,这种感觉强烈得让她痛苦。她告诉维里纳,这样的预感是她的特异功能,她也不知道怎么理解这种能力,所以就只能接受了。奥利夫举了一个例子,提到前天晚上她提议让兰塞姆跟她到伯宰小姐家去的时候,她坐在马车里的那种担心。这种感觉就像本能一样奇怪,当然这种奇怪也肯定影响了兰塞姆先生;因为是她提议让他去的,可是,她又突然不由自主地改变了主意;她的心颤抖着,相信如果他跨过那个门槛,某种危害就会冲她而来。奥利夫当时没有阻止他,不过现在也不要紧了,因为正如她所说的,她对维里纳感兴趣,这使她对一切危险都不在乎了,把一切普通的快乐都看淡了。到目前为止,维里纳已经知道她的朋友多奇怪,多紧张严肃,多有个性,多孤傲,多有意志,对目标多么专心致志了。从这个短语的字面意思看,奥利夫就像一只空中飞鸟张开巨大的翅膀把她抓起来,带她进入令人目眩的浩瀚太空。维里纳对绝大多数东西都很喜欢,喜欢自己不费吹灰之力就升腾起来,从这个高度俯瞰一切创造,一切历史。从第一次见面,她就感觉自己被吸引住了,她放弃了自我,只是稍稍眨了眨眼睛,就像每当我们绝对信任一个人时,就愿意让他把我们带入某种感觉。

"我想认识你。"在这个场合,奥利夫说,"昨天晚上,我一看见你就觉得必须认识你。我感觉你很棒,不知道如何理解你。我觉得我们应该成为朋友,所以我就叫你马上到我这里来,不用做任何准备,而且我也相信你会来的。你来就对了,这证明我是多么正确啊。"这些话一股脑儿从钱塞勒嘴里说出来,她松了口气,声音里带着即使在最不激动的时候也常有的颤抖。同时,她让维里纳坐到自己身边的沙发上,把她浑身上下打量了一番,她这样做让这个女孩子因为自己穿了那件有镀金扣子的夹克衫而感到很开心。正是这一瞥拉开了序幕,正

第十一章

是这种无一漏网的快速审视让奥利夫掌控了她。"你很了不起,我不知道你是否明白有多了不起!"她接着说,喃喃自语,就像迷失了自我,因为崇拜而变得有些心不在焉了。

维里纳坐在那里笑容可掬,没有不好意思,只是带着单纯、快乐的表情,这种表情让人无法反对。"噢,我没什么了不起,你知道,是某种外部的力量!"她轻而易举地说出这些话,就像很习惯这么说。奥利夫不知道这是真诚的否认或者只是口头敷衍之词。虽然这个女孩子有一大堆流利的时髦话,但是奥利夫对她并没有批评,可能对她很满意,不会少一点喜欢她,就像维里纳喜欢她一样。维里纳如此神奇,与众不同,和她通常见到的那些女孩子们都不一样,似乎属于某个神奇的吉卜赛天地或者令人费解的波希米亚[①]。从那一身艳丽俗气的打扮和出众的长相来看,维里纳可能是一个走钢索的演员或者算命女郎。奥利夫觉得这一点意义重大,似乎让她属于这些"人民",把她投入神秘民主的社会幽暗中;钱塞勒小姐认为那些幸运阶层对此知之甚少,(也许在不久的将来)他们得信任并指望这种社会幽暗呢。另外,这个女孩子感动了奥利夫,而她以前从未被感动过,不管这种感动的力量来自何处,人们都必须欣赏它。奥利夫的情绪仍然很激动,不管她对她的来访者说多少话,似乎发生的一切对她都顺理成章;最重要的是,奥利夫觉得自己找到了长期以来寻觅的东西——一位同性别的朋友,她可以与之实现心灵的结合,这让她无法平静。友谊需要双方认可,而这位具有深切同情心的姑娘是不可能拒绝的。奥利夫很快就发现维里纳是一个无限慷慨之人。我不知道钱塞勒小姐的其他预感会有多大的真实性,不过在这方面,她对维里纳的判断无疑是正确的。她最需要的就是这个,其他事情都不重要了;塔兰特小姐可以从头到脚佩戴着镀金扣子,但她的心灵是不会庸俗的。

"母亲告诉我,我最好马上来。"维里纳说,这时候她环顾房间,很高兴发现自己在这样一个宜人的地方,看到了很多她还想进一步看个究竟的东西。

"你母亲知道我是心口如一的,并不是每个人都能看出来,她发现我被彻底震撼了。我只能说三个字[②]——我不能再说更多!多么了不起的力量啊——多

[①] 吉卜赛人或者波希米亚(gipsy land or Bohemia):吉卜赛人(Gipsy)又称罗姆人(Rom,"男人"之意),深色皮肤的高加索人,原住在印度北部,现在遍布世界各地,以欧洲为主,大多数吉卜赛人讲吉卜赛语(Romany)。吉普赛人的生活方式是四海为家,擅长歌舞,法国人推测他们可能来自波希米亚。后来各国学者通过对吉卜赛人语言的研究得出结论,认为吉卜赛人的语言源于印度,吉卜赛人的发源地在印度。波希米亚(Bohemia)指放荡不羁之人,或者放荡不羁的文化人的聚居地。

[②] 这三个英文单词是 What a power! 翻译成汉语没法用三个字表达,只好译为:多么了不起的力量啊!

波士顿人
The Bostonians

么了不起的力量啊,塔兰特小姐!"

"对,我想这是一种力量。如果不是,那就跟我没有什么关系了!"

"你这么单纯——单纯得像个孩子。"奥利夫说。这是真的,她想说出这个事实,因为这种单纯让她们一见如故,不拘形式,不转弯抹角。奥利夫希望实话实说,她是如此心急火燎,以至于这个女孩子到她屋里还不到五分钟,她就匆忙深入问题的实质了——打断自己的话,打断一切,问她:"你肯永远,永远做我的朋友,我最亲密的朋友,超过任何人、任何事吗?"她的脸上满是热切和温柔。

维里纳高兴得发出清脆的笑声,丝毫没有任何难为情或者困惑:"也许你太喜欢我了呢。"

"我当然是太喜欢你了! 我喜欢的时候,就喜欢得太多。不过,当然了,你喜欢我是另外一回事。"奥利夫·钱塞勒补充说,"我们必须等待——我们必须等待。当我在乎什么的时候,我就会很有耐心。"她向维里纳伸出手,这个动作自信而动人,这个女孩子本能地把自己的手放了进去。这两个年轻女子坐在那里,相互看着,手握在一起几分钟。"我有太多东西想问你了。"奥利夫说。

"哦,除非父亲对我施法,否则我说不了多少。"维里纳天真无邪地说,相比之下,谦卑会显得很做作。

"我根本不在乎你父亲。"奥利夫·钱塞勒严厉地说,蛮有把握的神态。

"他很不错,"维里纳说得很直率,"他非常有魅力。"

"不是你父亲,不是你母亲;我想的不是他们,我需要的不是他们。我需要的只是你——就是你这个样子。"

维里纳低头看着她的衣服前襟。"就她这个样子"对她似乎确实很合适。

"你想让我放弃——?"她微笑着问。

奥利夫·钱塞勒瞬间倒吸了一口气,好像处在痛苦中的动物,她用苦恼的声音颤抖着说:"啊,我怎么能让你放弃呢? 我要放弃——我要放弃一切!"

维里纳满眼都是她的女主人令人愉快的室内装饰,满脑子都装着她母亲告诉她的关于钱塞勒小姐的财富和她在波士顿的社会地位的话。她转移了注意力,带着新鲜感仔细审视周围的物品,不明白这种放弃的打算有什么必要。哦,不,她希望奥利夫不要放弃——至少不要在她,维里纳,还没有机会看一眼之前就放弃。然而,她感觉目前自己还得不到答案,只是迫于急性子的钱塞勒小姐的压力,似乎在紧张狂喜的预感中,强烈的情绪让她突然大声说:"不过,我们必须等待! 我们为什么要谈这个呢? 我们必须等待! 一切都会好起来的。"她更

第十一章

加冷静地补充说,非常开心。

维里纳后来纳闷,为什么她没有更害怕她——甚至,为什么她不转身冲出房间,拯救自己。但是这个年轻女子的本性既不懦弱也不谨慎,不过她还得熟悉这种害怕的感觉,她对世界的了解太少了,不知道去怀疑突如其来的热情,即便有怀疑也可能是(根据一般世俗的常识)一种错误的疑虑——害怕这种奇怪的喜爱之情会自行消失。她不可能有那种疑虑,因为钱塞勒小姐动人的脸上似乎有一种光在说,对她而言,一种情感要么会耗尽它所爱的对象,要么会耗尽钱塞勒小姐本人,不过这种情感永远也不会自行消失。到目前为止,维里纳还没有被烤灼的感觉,她只是被温暖着,感觉很舒服。她也一直梦想一种友谊,尽管这不是她最想要的那种友谊,她感觉这是一种可以不断带来好运的友谊。她从来不会犹豫不决。

"只有你一个人住在这里吗?"她问奥利夫。

"如果你来跟我住的话,就不是一个人了!"

即使这么热烈的回答也没有让维里纳退缩,她觉得在富人阶层里,人们很可能都这样随意相互提议。这就是财富的一部分浪漫和奢侈。这是一个充满邀约的世界,她在其中没有份。不过当她想到剑桥那个小屋时,门廊台阶上的那些松动的楼板几乎像是一种嘲讽。

"我必须跟父母住在一起。"她说,"而且你知道,我还得工作。我现在必须这么生活。"

"你的工作?"奥利夫重复这句话,不太明白。

"我的天赋。"维里纳微笑着说。

"哦,对,你必须发挥它的作用。我正是这个意思,你必须用它去感动全世界,这是神圣的。"

奥利夫非常认真,一夜没合眼,躺在床上都在想这件事。她思考的根本便是,她要是能把这个女孩子从被庸俗利用的危险中拯救出来就好了,如果她能当她的保护人和奉献者就好了,她们两人可能会创造伟大的业绩。维里纳的天才是个谜,而且可能一直是个谜。人们不可能知道这个单纯、迷人、精力充沛的人,这么年轻、优雅而单纯,是如何获得这些不同寻常的思考力的。当她没有运用自己的天赋时,她根本就不显得深思熟虑,比如就像她现在坐在那里的样子,你永远也不会想到她曾拥有过生动的启示。奥利夫暂时不得不满足于说,她那宝贵的天赋就像她的美丽和出众(对奥利夫而言,她充分拥有那种素质)一样打

波士顿人
The Bostonians

动了她;她直接来自天堂,没有经过父母的加工,钱塞勒小姐根本就不喜欢她的父母。即便在改革者中间,她也明辨是非,她认为所有智慧的人都想有重大变革,不过变革的热心支持者不一定都是智慧的。最后一句话说完之后她沉默了一会儿,然后又把最后一句话重复了一遍,好像这是一切问题的解决方案,好像这绝对能代表未来某种巨大的幸福——"我们必须等待,我们必须等待!"维里纳非常愿意等待,尽管她不是很明白她们要等待的是什么,她的脸上散发出渴望表示赞同的坦诚之光,似乎抚慰了她们彼此的凝视。奥利夫问了她不计其数的问题,她想深入她的生活。这是人们后来记起的一次谈话,每个字都在这次谈话中得到了表达和领会。她们在这次谈话中看到了后来被证明是一种开始的种种迹象。奥利夫越了解她的来访者的生活,就越想进入这种生活,也就越身不由己。她一直都知道,在美国,人们过着这样一些奇怪的生活;只不过这比她想象的一切都奇怪,最奇怪的就是这个女孩子本人似乎并不觉得奇怪。她在昏暗的房间里被养育,在演出的环境里长大;如她所说,因为母亲找不到人在家看管她,在她还是个婴儿的时候就开始"参加演出"了。她坐在梦游者的膝盖上,在表演阴魂附体的人们的手里传来传去;她熟悉各种各样的"疗法",在一帮提倡新宗教的报纸女编辑和不赞成婚姻纽带的人们中间长大。维里纳谈论婚姻纽带时就像在谈论一部最近的小说——似乎她经常听人谈论这个话题。有时候听着维里纳对她的问题所做的回答,奥利夫·钱塞勒闭上眼睛的表情就像一个人在等待一阵眩晕过去。她的年轻朋友的这些观点确实让她头晕目眩,它们让她觉得,很有必要把维里纳从这一切东西中拯救出来。维里纳完全没有被玷污,邪恶永远不要触碰她;不过,除了为自己的原因她会讨厌婚姻纽带之外,奥利夫对它并没有什么看法——她不打算去考虑那个具体的改革——她不喜欢那些质疑这些制度的圈子里的"氛围"。她现在不想去考察那项具体的改革,不过为了弄清楚,她只需要问一下维里纳是否不赞成婚姻纽带就可以了。

"哦,我必须说,"塔兰特小姐说,"我更喜欢那些自由的结合。"

奥利夫一下子屏住了呼吸,她很不喜欢这种想法。不过作为一种回答,她犹豫不定地咕哝着说:"我希望你能让我帮助你!"但是,维里纳似乎并不需要什么帮助,因为她越来越清楚,当她那样站在一屋子人面前时,实际上她的雄辩就是她的灵感。她厚道地回答了她的朋友提出的问题,显然没有费劲就让事情合情合理了,一种愿意效劳而非讨好的努力;不过,她毕竟不能解释自己。当奥利夫问她是在哪里"深刻地意识到"妇女的不幸时,这一点就更清楚了;因为她在

第十一章

伯宰小姐家的演讲表明,她也是(就像奥利夫本人一样)在夜深人静、辗转不眠的时候产生的这种想法。维里纳想了一会儿,好像理解了她的同伴指的是什么,然后她问,总是微笑着,圣女·贞德是在哪里知道了法国的苦难。她说得这么好,奥利夫情不自禁地想吻她;在这个时刻,她看起来就像贞德①,圣人们也许已经造访过她。当然,奥利夫后来想起来,这个问题实际上并没有得到解答。她也寻思那种使这个问题看起来更加困难的东西——这个事实就是,这个女孩子是在女医生,女媒介,女编辑,女传道士和女催眠师中间长大的。这些女人把自己从被动的生活中解救出来,只能片面地、一般性地说明这个性别的苦难。的确是这样,她们可以用自己的谈话和"经历"以及她们对更年轻一点的姐妹所说的话去说明这种苦难;但是,奥利夫相信,维里纳的预言天赋还没有被女人们的唠叨声所惊动(钱塞勒小姐和其他人一样懂得那种声音);即使她们沉默,这种痛苦也在加深。奥利夫对她的来访者说,不管是不是那些带着闪闪发光头盔的天使们附了她的体,维里纳给她的印象是,她是奥利夫遇到的唯一的一个跟她一样对女人有怜悯之心的人。伯宰小姐有这种美德,不过伯宰小姐缺乏热情,缺少敏锐,只能做软弱的让步。当然,法林达夫人不软弱,她给这件事带来智慧;但是,她这个人说话不够具体——她讲得太笼统。维里纳不笼统,她似乎一直生活在幻想中。维里纳说,她的确想过,如果不是自己有丰富的想象力,她就不可能在讲台上这么有感染力了。奥利夫再次拉起她的手对她说,她想让她向她保证这一点——这是她在这个世界上唯一在乎的东西,女人的救赎,她想让维里纳对天发誓这是她唯一为之奉献生命的东西。维里纳对这个请求有点脸红,她第一个兴奋的表示就是眼睛里闪烁着更深切的光芒。"哦,好吧——我会奉献我的生命!"她声音颤抖着大声说。接着,她庄严地补充说:"我想干一番伟大的事业!"

"我会的,你会的,我们都会的!"奥利夫·钱塞勒大声说,欣喜若狂。但是,过了一会儿她就说:"我不知道你是否明白你说的意思,你这么年轻可爱——奉献你的生命!"

维里纳若有所思地低下头一会儿。

"哦,"她回答,"我猜我想的远比我看起来要多。"

---

① 圣女贞德(Joan of Arch):法国民族女英雄(1412—1431),在英法百年战争(1337—1453)中,她带领法国军队取得一个又一个反抗外族侵略者的胜利。1431年,贞德被逮捕,以"异端罪"遭火刑处死。在父亲的农场劳动时,贞德就听到"很多声音",从而获得"关于法国人受苦"的思想启示。

波士顿人
The Bostonians

"你懂德语吗?你知道《浮士德》吗?"奥利夫说,"'*Entsagen Sollstdu, sollst entsagen* ①'。"

"我不懂德语,我很想学习,我想知道一切。"

"我们会一起学习的——我们会学习一切的。"奥利夫在说话的时候几乎有些气喘吁吁,她的眼前出现了一幅灯下宁静祥和的冬夜图,外面下着大雪,小桌上放着茶水,与一位挑选来的伙伴一起阅读优秀的歌德译著。歌德是她唯一在乎的外国作家,她不喜欢法国作品,尽管它们很重视女性。这种观点是她自己所能提供的最大奢侈,她只是隔很长一段时间才会有这种想法。维里纳似乎对此也有所领会,因为她的面孔更加生动,她说自己会非常喜欢的。同时她问那句德语是什么意思。

"你应该弃绝,节制,禁欲!贝亚德·泰勒是这么翻译的。"奥利夫回答。

"噢,哦,我猜我能禁欲!"维里纳笑着说。她很快站了起来,好像要用告辞来证明一下她的意思。奥利夫伸出双手要拉她,此刻房间的一个*门帘*②被推到一边,奥利夫小姐的客厅女仆带着一位先生走了进来。

---

① *Entsagen Sollstdu, sollst entsagen*:德语,意思是你应该弃绝,节制,禁欲!奥利夫误引了歌德在《浮士德》第一部分的这句话:"*Entbehren sollst entbehren.*"(*Entsagen* 的意思是"放弃""松手";Entbehren 的意思是"被剥夺""欠缺""缺少")奥利夫引用的是美国诗人、小说家贝亚德·泰勒(Bayard Taylor 1825—1878)的自由体译文(波士顿,1870—1871)(Taylor 的译文是"Thou shalt abstrain, renounce, refrain",即"你要弃绝,放弃,节制")。浮士德在这里说的是:一方面,他的世俗欲望与理想之间发生了冲突;另一方面,失去、剥夺和"白手起家"成为最大的考验。随着故事情节的展开,这也是维里纳将要面临的冲突。值得注意的是,在整个小说中,奥利夫与德国文化联系在一起——歌德、贝多芬、瓦格纳、《德国月报》(*Deutsche Rundschau*,创刊于 1874 年)——而与之相对的是法国文化,这与 19 世纪中后期美国的"进步"思想是一致的。

② *portieres*:法语,用以挡风的门帘。

第十二章

　　维里纳认出了他，前天晚上，她在伯宰小姐家见过他，她对她的女主人说："我现在必须走了——你有另外一位来访者！"维里纳相信，在这个时髦的世界（她认为像法林达夫人一样，钱塞勒小姐也属于这个时髦的世界——她站在那里的时候，觉得自己也置身其中）里——在最高的社会阶层里，当一个朋友来访，按照习惯，前边的那一位就应该离开。以前在人家门口，如果有这样的情况，如果有人告诉她房子的女主人有来访者不能接待她，她总是带着敬畏而不是受伤害的感情退出来。虽然这些大门并非时尚的入口，但是她相信它们在这方面已经赶上了一些时尚堡垒。她相信奥利夫·钱塞勒像个标准的淑女那样问候巴兹尔·兰塞姆。但几个月之后，当这个年轻人对卢纳夫人描述奥利夫接待他的情形时，却把这说成是怒目而视，他认为自己没有必要在乎卢纳夫人的敏感（她也不把他的敏感放在心上）。奥利夫想，如果兰塞姆要离开波士顿，他可能那天会来；尽管她很清楚这一点，但是在他们道别的时候她没有给他任何鼓励。如果他不来，她就会生气；如果他来了，她又会恼火。她也充分意识到了这一点，不过她有种预感，在这两种苦情之间，她很少能碰到好运。她唯一感到幸运的就是，他对她的信给予了答复——一种理由很不充分的抱怨。总而言之，如果他来，他很有可能午饭前不久来，在昨天的同一个时间。他现在对这个时间胸有成竹，奥利夫似乎觉得他在卑鄙地利用她，刺探她的隐私。她感到惊讶，窘迫，但是我说过，她绝对像个淑女。她决定不再像对待他去伯宰小姐家那件事一样异想天开了。与此相关的是，她深信自己明确感觉到了那种奇怪的担心。她不知道他会对她做什么，虽然他在那里，但他并没有马上妨碍她的好事之一——维里纳这一次又快又明确的来访。他只是在最后一分钟才进来，维里纳现在必须离开，奥利夫挽留的手马上就松开了。

　　让人担心的是，兰塞姆那种不加掩饰的得意，他发现自己再次与前天晚上与之交换无言微笑的这个魅力四射的人儿面对面地站着。他很高兴见到她，比见到一位老朋友还开心，因为他似乎感觉她突然变成了一个新朋友。"令人愉

波士顿人
The Bostonians

快的女孩子,"他自言自语,"她对我微笑好像喜欢我!"他真傻,竟不知道她对谁都这么微笑,她初次见到人都似乎把他们当成熟人。而且为了尊重他,她没有再坐下来,她给人的感觉是要马上离开。由于奥利夫·钱塞勒平生第一次决定对她屋里遇到的这两个人不做介绍,这三个人就一起站在狭长独特的房间里。她不喜欢欧洲,不过如果需要,她可以做个欧洲人。她的两个同伴谁也不知道,奥利夫在让他们愣是面对面地(美国人的担心①)站着时,竟然有这么一个充分的理由。此刻,巴兹尔·兰塞姆觉得自己并不在乎是否被介绍,因为只要事后补救得法,就不怕恶行强大。

"如果我认出塔兰特小姐,她不会感到意外吧——假如我冒昧跟她打招呼的话。她是个公众人物,就得为自己的名声付出代价。"他仗着胆子用最勇敢的南方人的方式对这个女孩子说了这些话,同时对自己说,她比在灯光下还要漂亮。

"噢,很多绅士都跟我打招呼,"维里纳说,"在托皮卡有很多——"她看了奥利夫一眼,立即就不说了,好像不知道她出了什么事。

"恐怕现在我一来你就要走了,"兰塞姆接着说,"你知道这对我太残忍了吗?我了解你的思想——昨晚你用那么多好听的话把它们表达出来,当然你说服了我。我为自己是个男人而感到惭愧,不过我是个男人,这也是没办法的事,我会尽力按你的命令去赎罪。奥利夫小姐,她一定得走吗?"他问自己的表妹,"你打算在具体的男性面前逃走吗?"他又转向维里纳。

这位年轻女士的笑声像液体融合而成的语言:"噢,不,我喜欢具体的男性!"

兰塞姆觉得奥利夫作为一个"运动"的体现越来越奇怪了,他不明白维里纳何以这么快就被关在他的女亲戚的密室里,只是在几小时之前她还完全是一个陌生人。不过这无疑是女人们通常的做法吧。兰塞姆恳请维里纳再坐下来,他相信钱塞勒小姐会很遗憾和维里纳分开的。维里纳坐回椅子里,看着她的朋友,不是为了得到允许,而是为了得到同情。兰塞姆等着看到钱塞勒小姐也坐下来。过一会儿,奥利夫满足了他的要求,因为她不想因为拒绝他而显得要伤害维里纳;不过这时候奥利夫很为难,完全乱了阵脚。她从来没有见过任何人

---

① 美国人的担心(the terror of the American heart):这是欧洲人与美国人的不同风俗:美国人通常对自己面前不认识的两个人做介绍,而欧洲人在没有得到正式介绍时不能对另一个陌生人讲话。所以奥利夫虽然不喜欢欧洲风俗,但因为她不想让巴兹尔与维里纳说话,就宁肯像欧洲人那样故意对他们不做介绍。当然,巴兹尔在这里也不在乎欧洲人的风俗,而是只管给维里纳说话。"美国人的担心"显然指的是美国人很害怕和一个陌生人离得很近却得不到介绍,不能和这个人说话。

第十二章

像这个大张旗鼓的南方人这样,在她自己的客厅里这么举止随便。并且对这个人,她还很鲁莽地给予了支持,他在她的眼皮子底下向她的客人发出邀请。他让维里纳做什么,维里纳就去做,这是明显不懂"家庭文化"(钱塞勒小姐对这种素质的欠缺用的就是这个词)的表现,她从来没有指望这个女孩子有这种知识,好则查尔斯街会给她提供这方面的大量知识。(当然,奥利夫认为这种家庭文化与最普遍的解放是完全一致的)维里纳完全是出于好意才答应了巴兹尔·兰塞姆的请求,不过她很快就感觉到,她的朋友并不高兴。维里纳不知道是什么让奥利夫这么烦恼,不过同时她分明看出了奥利夫的各种焦虑(比如,这种突如其来、难以名状的更糟糕的感觉),也许与钱塞勒小姐关系密切之后维里纳就能明白这种感觉了。

"喂,我想让你告诉我,"巴兹尔·兰塞姆说,双手放在膝盖上,朝维里纳前倾着身子,完全无视他的女主人,"你真的相信昨天晚上你说的那些美妙的空想吗?我本来能多听你讲一个小时的,不过这是我听到的最可怕的观点。我必须抗议——作为一名遭到诽谤和曲解的男人,我必须抗议。老实说,你是不是有意用*反证法*①——去讽刺法林达夫人?"他轻松愉快地说,用的是南方人亲切、友好、抑扬顿挫的语调。

维里纳睁大眼睛看着他:"哎呀,你不会是说你不相信我们的事业吧?"

"噢,没有用——没有用!"兰塞姆继续笑着说,"你的方针完全错了。你真的相信你的性别一直没有影响吗?影响?哎呀,现在你们已经完全在牵着我们的鼻子走了!不管我们在哪里,你们都在那儿。你们是一切事情的起因②。"

"噢,是啊,我们想在上面。"维里纳说。

"哦,还是在下面比较好,在下面你们可以撼动全人类!另外,你们也在上面;你们无处不在,你们无所不是。我相信那个历史人物——他是个国王吧?——他认为所有事情的背后都有一个女子。不管是什么,他认为,你只要找她③,就总能找到她,一切都可以从她那里得到解释。哦,我总在寻找,也总能

---

① *Reductio ad absurdum*:拉丁语,英语的意思是 reduction to absurd,一种反驳的方法,说明某一命题的反面是不可能或者荒谬,以证明该命题是正确的。

② 你们是一切事情的起因(you are at the bottom of everything):英语双关语,字面意思是"你们在一切东西的底部",引申意思是"你们是一切事情的起因"。兰塞姆在这里用的是引申意思,而维里纳理解的是字面意思,所以才有维里纳下面的回答:"我们想在上面"(we want to be at the top),这句英语还有它的引申意思,即"掌管一切"。

③ 你只要找她(You have only to look for her):法国人的忠告,最先出现在亚历山大·仲马(*Alexandre Dumas*,1824—1895,也称大仲马)的最后一部小说《巴黎的莫西干人》(*Les Mohicans de Paris*,1864)第二部第三章中。

63

波士顿人
The Bostonians

找到她。当然,我总是乐此不疲地这么做,不过这证明她是一切的起因。现在你不想拒绝那种力量,那种让男人行动起来的力量吧。你们是一切战争的起因。"

"哦,我跟法林达夫人一样,我喜欢反对意见。"维里纳大声说,幸福地微笑着。

"如我所说,那证明尽管你谈到恐惧,你还是很喜欢战争的震荡。你怎么解释特洛伊的海伦①和那场由她引起的可怕大屠杀?大家都知道法国皇后②对那个国家的最近那场战争负有责任。至于我们那四年可怕的屠杀,你当然不会否认女士们是巨大的推动力。废奴主义者们引起了战争,那些废奴主义者们难道主要不是女性吗?昨晚提到的那位名人是谁?——伊莱扎·P·莫斯利。我把伊莱扎看作不会被历史遗忘的最大的战争起因。"

看起来维里纳很喜欢巴兹尔·兰塞姆的幽默,所以他也就更喜欢自己的幽默了。在这次小小的激烈演说的最后,她对他的那种眼神做出反应:"哎呀,先生,你也应该上讲台,我们可以像毒药和解毒剂一样一起对决!"——这使他感到自己这时候说服了她,他也应该说服她,这很重要。不过在维里纳的脸上,这只持续了一会儿——一会儿之后,她瞥了奥利夫·钱塞勒一眼,后者的眼睛专注地盯着地面(她将会很熟悉这种眼神),表情很奇怪。这个女孩子慢慢地站了起来,感到自己必须走了。她认为钱塞勒小姐不喜欢这个帅气的打趣者(巴兹尔·兰塞姆给她留下这种印象),维里纳的印象是(她觉得很"及时")她的新朋友对妇女问题甚至比她还认真,迄今为止维里纳相信自己已经够认真的了。

"我会非常高兴能再见到你,"兰塞姆继续说,"我想我应该能从一个新的角度给你解释一下历史。"

"哦,我会很高兴在我家里见到你。"这些话不加任何掩饰地从维里纳的嘴里说出来(她母亲告诉她,一般情况下,当人们表达这种愿望的时候,这样说比较合适,她绝不能让人们感到她想先到他们那里去)——她刚一说出这种好客的话就感觉她的女主人搭在她胳膊上的手,意识到奥利夫眼睛里有一种强烈的恳求。

"你该去赶到查尔斯街去的车了。"这个年轻女子低声说,带着压抑不住的

---

① 特洛伊的海伦(Helen of Troy):又称斯巴达的海伦(Helen of Sparta),在希腊神话中,海伦是宙斯与莱达(Zeus and Leda)的女儿,是世界上最美的女人,嫁给国王米涅罗斯(Menelaus),后被特洛伊的王子帕里斯(Paris)诱拐,从而引起了持续十年的特洛伊战争。

② 法国皇后(The Empress of France):欧仁妮(Eugenie),拿破仑三世的妻子,被怀疑在普法战争(1870—1874)的爆发中扮演了一个政治角色,给她的国家带来了一场灾难。

第十二章

快乐。

维里纳不能明白得再多一点,只是觉得自己早就应该离开了;对这个要求最简单的反应就是去吻钱塞勒小姐,她简单地做了这个动作。巴兹尔·兰塞姆更不知道,这对他的那个争论——男人并不亚于女性——是一个令人气馁的注解,无论这次见面多么匆忙地结束,他粗心大意酿成的大错必定加剧了自己已经犯下的那些错误。他已经受到这个小女预言家的邀请,而他还从来没有被邀请过;不过,他并没有接受,因为他第二天必须离开波士顿,另外,钱塞勒小姐也似乎对此有话要说。不过他还是向维里纳伸出手来说:"再见,塔兰特小姐。难道我们就不能荣幸听你在纽约演讲吗?恐怕我们有些过于不求上进了。"

"我当然愿意在最大的城市里发出自己的声音了。"这个女孩子回答。

"噢,那就试着过来吧。我不会反驳你的。毕竟,假如我们总知道女人要说什么,世界未免就太愚蠢了。"

维里纳意识到去查尔斯街的车过来了,也意识到钱塞勒小姐很痛苦这个事实;不过,她还在那里拖延,说她能看出他的思想很保守——他把女人看成男人的玩物。

"不要说是玩物——而要说是快乐①!"兰塞姆大声说,"我要冒昧地再表达一个看法,我很喜欢你,就像你们彼此很喜欢对方一样!"

"他知道得真不少!"维里纳说,微笑着用眼角的余光去看奥利夫·钱塞勒。

奥利夫觉得这种微笑使她比以前更美了。在这种华丽的格言警句中,没有任何自鸣得意的迹象,她转身对兰塞姆先生说:"女人们对彼此而言可能是什么,或者可能不是什么,我现在不想试着去说什么;不过对一个人的心灵而言,真理可能是什么,我想甚至连一个女人也会有所怀疑!"

"真理?亲爱的表妹,你的真理是很没用的东西!"

"天哪!"维里纳发出这一声简单的感叹,声音里带有快乐的颤抖,这是兰塞姆听到她的最后声音。钱塞勒小姐把她迅速拉出房间,留下那个年轻人去品赏她在说"甚至连一个女人"的时候话中所带的那种妙不可言的反讽意味。一般情况下,这可以被理解成她会再次出现,不过她转过身时看他的那一眼却一点也没有表示这么着急。他站在那里琢磨了一会儿,接下来,他的困惑消失在书页间,按照平时的习惯,他机械地拿起了那本书,很快就对它产生了兴趣。他用一种不舒服的看书姿势阅读了五分钟,完全忘记自己被抛弃了。卢纳夫人打扮

---

① 英语中的 toy(玩具)与 joy(快乐)押尾韵,除了意思的比衬之外,还有很好的音乐效果,体现着兰塞姆语言的机智幽默。

波士顿人
The Bostonians

得像是要出门,又在戴手套——她好像总在戴手套,她进来让他再次面对这个事实。卢纳夫人想知道他一个人究竟在那里做什么——是不是已经通知她的妹妹了。

"啊,是啊,"兰塞姆说,"她刚才还和我在一起呢,不过她下楼去了,跟塔兰特小姐在一起。"

"究竟谁是塔兰特小姐?"

兰塞姆奇怪,卢纳夫人竟然不知道这两位年轻女士的亲密关系,尽管她们相识不久,但已经是很亲热了。不过,奥利夫小姐显然并没有说起她的新朋友。"哦,她是一位有灵感的演说家——世界上最迷人的女孩子!"

卢纳夫人蛮有把握地停顿了一下,惊讶而快乐地凝视着他,整个屋子回响着她的笑声。

"你不是说你已经改变信仰了吧?"

"皈依了塔兰特小姐,那是肯定的。"

"你不会属于什么塔兰特小姐的,你将属于我。"卢纳夫人说,在这二十四小时里,她一直在想着她的南方亲戚,认为对一个单身女人来说,他是一个不错的认识对象。于是她补充道:"你是来这里看她的——看那位有灵感的演说家吗?"

"不,我是来跟你妹妹道别的。"

"你真的要走吗?我想的那些事还有一半没让你承诺呢。不过,我们可以在纽约搞定。你和奥利夫·钱塞勒处得怎么样?"卢纳夫人接着说,就像她常做的那样,急切地要达到目的,尽管她的丰满和酒窝到目前为止还没有使她因那个恶习而受到指责。她习惯称呼妹妹的全名,从她通常提到奥利夫的那种方式看,你会觉得奥利夫要大得多,而不是比阿德利娜还晚十年出生。卢纳夫人用一切办法表明她们之间分歧的鸿沟,不过当她问巴兹尔·兰塞姆"她是个不错的老东西吧?"时,她稍稍架起了这座桥梁。

他发现这座桥并不能承载他的重量。对他而言,卢纳夫人的问题与其说出于理智还不如说出于鲁莽。她为什么要这么虚伪呢?她该知道这样描述钱塞勒小姐不会被一个男人接受的,奥利夫并不老——她很年轻;尽管他刚才看到那个小小的女预言家吻她,她会成为任何人的"亲爱的",但这对他还是有些不可思议。她绝不是什么"东西",她是一个激烈的、令人害怕的人。他犹豫了一下接着说:"她是一个很了不起的女人。"

"小心——不要大意!"卢纳夫人大声说,"你觉得她很可怕吗?"

第十二章

"别说我表妹的坏话。"巴兹尔说。这时候钱塞勒小姐回到屋子里。她咕哝着什么请求,请他原谅她的缺席。不过她姐姐打断了她的话,询问塔兰特小姐的情况。

"兰塞姆先生认为她很迷人。你为何不让我见一见?难道你想把她全部占为已有吗?"

有几分钟,奥利夫看着卢纳夫人什么也没说。接着她说:"阿德利娜,你的面纱戴歪了。"

"我看起来像个鬼——显然,你就是这个意思!"卢纳夫人大声说,走到镜子那里把掉下来的面纱重新戴好。

钱塞勒小姐没有再让兰塞姆就座,她似乎想当然地认为他现在应该离开她。然而,他不仅没有走,而且回到了维里纳这个话题上;他问她是否觉得那个女孩子会出现在公共场所,会像法林达夫人那样到处活动。

"出现在公共场所!"奥利夫重复道,"在公共场所吗?哎呀,你不会是想让那个纯洁的声音要被平息吧?"

"噢,被平息,不!它太令人愉快了,绝对不能被平息。不会变成一种尖叫,不被强制,不被撕裂,不被毁灭。她不应该变得像其他人一样。她应该保持距离。"

"保持距离——保持距离?"钱塞勒小姐说,"在我们期待她,聚在她的周围,为她祈祷的时候!"她声音中有一种极度的嘲讽,"如果我能帮助她,她会成为一种巨大的正能量。"

"一种巨大的骗人力量吧,亲爱的奥利夫小姐!"尽管他刚刚发誓不说任何"激怒"女主人的话,但是这句话还是从巴兹尔·兰塞姆那里脱口而出,奥利夫处在一种不难被发现的紧张状态中。不过他又把语调降低成一种友好的请求,刚才那句令人讨厌的话被他的微笑缓解了。

好像是他推了她一把,她的身体向后仰了一下。"啊,哦,你鲁莽了吧。"卢纳夫人说,在镜子前把丝带拉了出来。

"我觉得,假如你知道自己对我们有多不了解,你就不会多管闲事了。"钱塞勒小姐对兰塞姆说。

"你所谓的'我们'指的是谁——你们那令人愉快的整个性别吗?我不明白你,奥利夫小姐。"

"跟我走吧,我们走的时候,我会对她做出解释的。"卢纳夫人接着说,已经打扮好了。

· 67 ·

波士顿人
The Bostonians

兰塞姆伸出手和他的女主人道别,不过奥利夫觉得除了不理会他的这个动作之外,她不可能做别的。她不会让他碰她的。"哦,如果你要把她展示给公众,那就把她带到纽约来吧。"他说,仍然在努力对付奥利夫的怠慢。

"在纽约你有我呢——你不需要其他人!"突然卢纳夫人卖弄风情似的大声说,"我现在已经决定在那里过冬了。"

奥利夫·钱塞勒轮番看着她的两个亲戚,一个近亲,一个远亲,不过每个人都对她这么缺乏同情,她觉得如果让他们联合起来,让他们纠缠在一起,也许对她会起到一种保护作用。以前她从来没有想过这件事,这个突如其来的心计本来应该作为暂时的护身符,帮助她理解自己目前的紧张情绪。

"如果我能带她去纽约,我就会带她走得更远。"奥利夫说,希望自己显得高深莫测。

"你说的'带'她,好像你是一位演讲经纪人。你打算进入那个行业吗?"卢纳夫人问。

兰塞姆不由发现,钱塞勒小姐不跟他握手,他的总体感觉是受到很大的伤害。离开房间之前,他停了一下——站在那里,手放在门把上。"请问奥利夫小姐,为什么你写信给我,让我来见你呢?"他这么问的时候,脸上并不缺少愉快,不过他的眼睛发出那种黄光——瞬间怒火中烧的眼光——这种光已经被提到过。卢纳夫人要下楼去,她的同伴们面对面地站着。

"问我姐姐吧——我想她会告诉你的。"奥利夫说,转身离开他朝窗户走去。她站在那里,看着外面。她听到房门关上,看到这两个人一起穿过街道。当他们消失在她的视野中时,她的手指在窗框上轻轻地弹奏一段小曲,似乎觉得自己有一种灵感。

与此同时,巴兹尔·兰塞姆向卢纳夫人提出这个问题:"如果她不打算喜欢我,她到底为什么给我写信呢?"

"因为她想让你认识我——她认为我会喜欢你的!"显然她没有错,因为当他们走到贝肯街的时候,卢纳夫人绝不听他说要离开她,让她一个人走,根本不接受他的托词,说他在波士顿只有一两个小时(为了节约,他打算坐船旅行),他必须把时间用在生意上。她诉诸他南方人的骑士风度,而且没有白费力气;事实上,他至少承认女人的权力。

第十三章

可以想见,塔兰特夫人对女儿关于钱塞勒小姐房内的描述以及这个女孩子在那里受到的款待很满意;接下来的一个月,维里纳经常去查尔斯街。"就像你知道的那样善待她,好好地对待她。"塔兰特夫人对她说。她一想到女儿确实知道那么做就有些自鸣得意——维里纳知道怎么做那种事。并非维里纳受过指导,在塔兰特小姐的教育必修课中,年轻女士们的"举止和行为"并没有被明确地列为首选课。的确有人告诉过她,绝对不能撒谎或者偷窃,不过除此之外,很少有人告诉她举止表现的事。总之,她唯一了不起的优势就是父母的榜样。不过,她母亲愿意觉得她灵敏而优雅,并且不厌其烦地问她这个有趣的插曲的进展情况,她母亲不明白为什么这不该成为维里纳的一个永远的"依靠"。当塔兰特夫人考虑这个女孩子的前途时,她从来没有把一桩好姻缘看作对努力的一种酬报;如果她努力为自己的孩子抓住一个有钱的丈夫,她会觉得很不道德。事实上,对命运的这些代理,她并没有明确的感觉;她见过的有钱男人都已经有了妻子,而那些没结婚的人通常都很年轻,从他们的收入情况看,都参差不齐。她认为有一天维里纳会嫁给某个人,她希望这个人与公共生活有联系——也就是说,对塔兰特夫人而言,他的名字应该见之于灯光下,在彩色公告中,在特里蒙教堂①的入口处。不过她并不急于看到这个前景,因为婚姻比较复杂,大多都没有光明——这意味着一台熔炉调温器散发着温热的气息,上面坐着一个疲倦的妇女,怀里抱着一个孩子。与一个年轻女子真正令人愉快的友谊,像塔兰特夫人所说的,在维里纳遭遇更严峻的命运之前,这位女士的"财产"会很好地填补这一空白;在维里纳希望有所变化的时候,这会是她遇到的一个不错的地方,她所能知道的只是女儿最终可能会有两个家。像大多数这种素质的美国妇女一样,塔兰特夫人极度崇尚家这个概念。她真诚地相信,在过去二十年的所有兴

---

① 特里蒙特教堂(Tremont Temple):波士顿中部特里蒙特街的特里蒙特教堂建于1839年,是第一个浸信教堂(the First Baptist Church),也给未分离的教堂会众提供场地,比如,它长期与废奴主义和其他进步事业有联系,并经常用于公共集会。

波士顿人
The Bostonians

衰变迁中,她自己保留了这个机构的精神。如果维里纳有两个家,这个女孩子一定会获益匪浅的。

然而,与这个事实相比,所有这一切都不足挂齿了,那就是钱塞勒小姐似乎认为她的年轻朋友的才能是灵感,或者至少像塞拉常说的那样,独一无二。塔兰特夫人没法通过维里纳弄明白奥利夫是怎么想的,不过,如果钱塞勒小姐吸引她的方式没有表明她相信维里纳能唤醒大众,那么塔兰特夫人就不知道这种举动还能说明什么了。她很满意,维里纳显然应对自如;她并不在乎车票的花费,事实上,塔兰特夫人告诉女儿,钱塞勒小姐想把车票装满她的口袋。当初维里纳进去是因为她母亲高兴她那么做,不过现在,她去显然是因为自己被吸引了。维里纳对新朋友表现出最高的敬慕,她说自己需要一点时间去了解奥利夫,但是既然已经了解她了,哦,奥利夫真是太棒了。当维里纳想崇拜的时候,她比任何人都做得过火,看到维里纳受到查尔斯街这位年轻女士的激励是令人愉快的。她们彼此都把对方看作一切——这很清楚,你很难说哪种想法最多。每个人都觉得另一个人很高尚,塔兰特夫人相信她们两人之间的合作将唤醒全人类。维里纳想的是有个人能知道怎样掌控她本人(到目前为止,她父亲除了治疗术,还没有真正成功地掌控过什么),也许钱塞勒小姐会比任何人都更胜任这份工作。

"她激励人说话的方式很棒,"维里纳对她母亲说,"有种东西很犀利,我第一次拜访她的时候,就让我有了关于审判日的想法。不过,她表现得似乎也把自己内心的所有想法都说出来了,于是你看这有多好啊。她的生活和人品都非常纯洁,当你了解她的时候,你就会知道她是不是这样。她自己这么高尚,似乎也让你感到不能逊色。除了让我们的性别进步之外她什么都不关心,如果她能为这件事做点什么,那是她唯一的要求。我可以告诉你,她激起了我的热情。真的,妈妈,她照亮了我。她根本不在乎自己穿什么——只有一个雅致的会客厅。哦,她已经有了那个客厅,那是一个坐着像梦一样亲切的地方。她打算下周在里面放一棵树,她说想看着我坐在树下。我相信这是东方人的想法,最近被引进巴黎。她一般不喜欢法国思想,不过她说这比大部分东西都接近自然。她自己已经有很多了,我想她不需要再去借了。我会坐在一片森林里听她讲其中的一些想法。"维里纳不断地说着,带着特有的活泼劲,"她在描述我们性别的遭遇时浑身发抖。听着我一直感觉到的东西真好玩。如果她不是害怕面对公众,她会远远超过我的。但是她自己不想讲话,她只想把我推出去。妈妈,如果她没有引起我的注意,那就再没有什么能引起我的注意了。她说我有表达的才

· 70 ·

能——不管来自何处都没有关系。她说如果一场运动有一个聪明的年轻人来体现,那会是很有利的。哦,当然,我年轻,我感到自己一旦被调动起了积极性就会非常聪明。她说我在成百上千双眼睛的注视下那份平静本身就是一种资质。事实上,她似乎认为我的镇静是上帝赋予的。她自己并没有多少这方面的素质,她是我目前遇到的最情绪化的女人。她想知道如果我没有感觉到,我怎么能用那种方式讲话呢;当然,我对她说如果我意识到,我就会有那种感觉。她似乎一直都很清醒,我从来没有见过任何人这么坐立不安。她说我应该干大事,她让我觉得我好像也应该这么做。她说如果我能让公众听我的,我就会产生广泛的影响;我对她说,如果我能产生广泛的影响,那也全是她的启发。"

在这一点上,塞拉·塔兰特比妻子要站得高,看得远,至少可以从他越来越严肃的表情推断他在这方面的高度。女儿被运动中的一位刚好有钱的女监护人选中,他对这个想法并没有盲目乐观,他只是从她可能对人类有所贡献这个角度去看待自己的孩子。把她的理想指向正确的方向,引导和激励她的道德生活——对一位像他这样与启示和灵丹妙药紧密相连的家长来说,比起看到她建立有利可图的世俗关系,这是一种更加迫切的责任。另外,很久以来,他大多数时间都在"外面"游荡,是不会在乎她的进进出出的,他表现得好像只是隐约知道妻子现在无限崇拜的对象——这位钱塞勒小姐可能是谁。他把维里纳在伯宰小姐家的表演看成在波士顿的第一次出道,是一次巨大的成功。如我所说,这种想法强化了他一贯像祭祀的表达。他看起来像一个宗教神甫穿过奇迹舞台,他的责任表现在他夸张的表情和手势上(现在他的手时常伸在空中,好像正在摆姿势照相),表现在他拖长的单词和句子上,表现在他的微笑中,他的微笑就像获得专利的铰链一样没有噪音,表现在他永远都穿在身上的那件雨衣的褶皱里。即使最简单的情况,他也不能立即给出答案或者意见,他的语调随着话题的琐碎程度或者家庭话题故意提高。如果在吃饭的时候,他妻子问他土豆是不是好吃,他就回答说不错(他过去常说报纸"不错"——他把这个字用到完全不同的东西上),并开始像普鲁塔克①那样进行比较,他把它们和同一种蔬菜的其他品种进行对比。他让人感觉或者说愿意让人感觉他用超然的态度看待一切,只注重长远利益,不看重眼前的一切。事实上,他有一种最强烈的愿望——渴望在报纸上发表文章,他本人是文章的主题;不过,他现在可以和女儿平分主

---

① 普鲁塔克(Plutarch, 46—120):用希腊文写作的罗马历史学家、传记作家和散文家,最有名的著作是《希腊罗马名人传》(*Parallel Lives*)和《掌故清谈录》(*Moralia*)。《希腊罗马名人传》一共有二十三个著名的希腊人物和二十三个著名的罗马人物,普鲁塔克对他们进行了对比。

波士顿人
The Bostonians

题的秋色了。在他的眼里，报纸就是他的世界，是人生最丰富的表达；对他而言，如果地球上有神圣的日子，那么日报上大量的广告便会带来这一天。他盼望着这样的时刻，维里纳能被推荐在"人物专栏"；对他而言，世界上最幸福的人（有很多这样的人），就是那些一年到头新闻里每天都提到的人。再没有比这更让塞拉·塔兰特满意的了，他理想的极乐就是经常成为报纸不可或缺的组成部分，就像标题和日期，或火灾清单，或西部笑话专栏。对这种公共性的想象让他寝食不安，他愿意为此牺牲家庭最神圣的东西。事实上，人的存在对他而言就是一种巨大的宣传，其中唯一的错误就是这种宣传有时候不够奏效。过去他常常向一家旧招魂术报纸投稿，不过他本人并不相信通过这个媒体他会受到大众瞩目。另外，这家报纸如他所说也太过时了。只要他女儿的*形象*①，关于她签约的流言没有出现在那些被大量复印的"杂记"中，成功就不能算是成功。

关于她在西部所取得的成绩的报道，并没有让他们很快到达他盼望的海滨；他认为原因是她发表的那几次演说不是演讲，事先预告，票卖出去了，不过突然发生了变故，某些聚会中的表演者更有名气。这些演说没有带来钱，这些演说只是为了这项事业的利益才做的。如果人们知道她的讲演不收费，可能她会获得更强烈的反响；唯一的麻烦就是她的义讲不能提醒他，他有一个有利可图的女儿。塞拉·塔兰特觉得，这不是出人头地的办法，因为有很多人知道如何像她那样尽可能少收费。演讲——这是那种大多数人不愿收费的事情，这不是一种容易显得引人注目的无私职业。无私也不能与收入相提并论，根据塞拉·塔兰特自己的说法，他追求的正是收入。他希望能实现这样的日子，收入会源源不断地流进腰包。读者也许看到他自言自语时的手势与这种心理活动相辅相成。

目前，他似乎觉得富有成效的时刻已为时不远，伯宰小姐家的那个幸运的夜晚已经让这个令人愉快的机会更接近了。如果能劝说法林达夫人给维里纳写一封"公开信"，那会比任何事情都有效果。塞拉并没有什么了不起的敏锐洞察力，不过，他知道，他对自己生活于其中的这个世界的了解足以让他明白，像他们以前常说的那样，法林达夫人很可能是在他开始贩卖铅笔之前所居住的宾夕法尼亚州崛起的。法林达夫人不会总像你期待的那样做事情，如果她不想公开称赞维里纳，塔兰特聪明的大脑也不知道如何说服她。如果这是一个要有法林达夫人支持的问题，你也只能等了，就像你只能等待温度计的温度上升一样。他告诉伯宰小姐他想要什么，她似乎认为从他们这位名人朋友被感染的方式

---

① *physique*：法语，形象。

第十三章

看,这个主意有一天会使法林达夫人让公众知道她的所有感受。她现在不在这里(从那天晚上开始),不过伯宰小姐认为,如果她回到洛克斯伯里,她会派人请维里纳过去,并给予她一些提携。总而言之,塞拉相信他有一张牌①,他感到自己很快就发财了。可能已经说过有来自查尔斯街的收入,那位富有、古怪的年轻女子似乎想慷慨解囊。如我所说,他假装没注意到这一点;不过当他的眼睛盯在这个房檐门口的时候,他从来没有发现有这么多东西。他毫不怀疑,如果某个夜晚他决定租一个礼堂,奥利夫会告诉他账单送到哪里。他现在就正在寻思自己是不是最好马上要一个礼堂,这样维里纳就可以一举成名了,或者等她在私下里多露几次面,她便可以激起好奇心了。

这些沉思伴随着他在新英格兰首府的大街小巷和市郊到处漫游。我也提到过,他几小时地缺席——在这么长的时间里,塔兰特夫人用一个煮熟的硬鸡蛋和炸面饼圈维持生计,不知道他到底用什么充饥。他进来的时候,除了一块馅饼,不想再要别的,他唯一的一件过于讲究的事就是要预备热的。她私下里相信,他在他的女病人家里吃过便餐了;在这二十四年的每一个时辰,她把这个词用在每一次插曲性的就餐上。只是要公平地补充一点,那就是一旦她表示怀疑,塞拉就会说,他唯一想要的爽心之事就是感觉他正在做好事。他的努力表现为很多形式,其中有的形式是总在街上溜达闲荡,常坐马车,常去火车站,常逛"廉价售物"商店。不过最熟悉他的地方还是报社的办公室和旅馆的大厅——大理石铺成的用于非正式聚会的大房间面朝大街,透过高高的玻璃板,你可以看到这位美国公民在那里踯躅。在这里,在成堆的行李中间,在近便的痰盂和摩肩接踵的闲荡者中间,在那些孤独愁闷的"客人们"中间,在好斗的爱尔兰搬运工中间,在那些戴着奇怪帽子、毛发蓬松的男人们中间,塞拉·塔兰特很多次沉思着停下来,在一张堆满广告的桌子边写信。他没法告诉你在每一个特定的时刻自己在干什么,他只是有一种总体印象,觉得这些地方是民族神经的枢纽,人们越往里看就越会"在现场"。不过日报的密室②甚至更有吸引力,它们比较难进,他在这里发现了横在他路上的障碍,这个事实只能增加他挤进去的渴望。他有很多借口,有时候他甚至还能带来一些稿子;他不屈不挠,投机钻营,被认为是不可遏制的塔兰特。他到处闲荡,坐的时间过长,占用忙人的时间,他从办公室被赶出来就又溜进印刷间,跟排字工人交谈,直到他们错把他的

---

① 《韦氏英文词典》对 card 的解释是,to have the cards in one's hand: to be in possession of the means for successful accomplishment in any manner; to be the master of the situation,也就是胜券在握。

② *Penetralia*:拉丁语,指一座建筑物的内室,比喻神秘或者秘密。

波士顿人
The Bostonians

话排进版面里。当排字工人不理他的时候,他就跟报童交谈。他总是在努力获悉什么正在被排印"进去",他本来是愿意自己被排印进去的;此举不成,他就希望免费插入一些广告。他内心强烈的愿望就是他可能会被采访,这让他逗留在编辑们周围。有一次,他认为自己已经被采访了,有五六个内容深刻的标题在他眼前晃动几天,只是从来没有见诸报端。他期待维里纳一举成名的日子,那时候他就可以报仇雪恨了,他看见自己会如何对待那些要追踪他女儿的记者们。

第十四章

"我们应该有人去见一见她,"塔兰特夫人说,"我猜她不会愿意出来只为见我们。""她"这段时间在母女之间指的只能是奥利夫·钱塞勒。在剑桥的这间小屋里,她不断地从每一个角度被谈论着,不过从来都不是维里纳开的头,因为她已经对这个话题感到厌倦了;她对这件事有自己的想法,跟母亲的想法不同,如果她听凭自己随这位夫人漫无边际的想法,那是因为这样做可以最好地保持自己的思想。

塔兰特夫人认为她(塔兰特夫人)喜欢研究人,她现在就在研究钱塞勒小姐。这研究带她走了很远,在不经意的时候她带着她的研究成果出来,目的就是要把这个世界解释给她女儿天真的大脑。她充满信心地解读着钱塞勒小姐,根本不顾只见过她一次面这个事实,而维里纳几乎天天都有见到钱塞勒小姐的方便。维里纳觉得这会儿她很了解奥利夫了,她母亲对动机和气质的那些复杂的解释(塔兰特夫人总在谈论人们的气质,却对这个术语的意思知之甚少)并不能公平地对待查尔斯街的这些现象,而现在她有在那里观察这些现象的优先权。塔兰特夫人相信奥利夫很了不起,不过奥利夫远比塔兰特夫人猜疑的要好。奥利夫让维里纳大开眼界,让这个女孩子相信她有一种神圣的使命,正如我们所看到的,给了她关于生活意义的一个新标准。这些要比在奥利夫的屋子里见到社会领导人的可能性重要多了。除了卢纳夫人,维里纳还没有见过其他人,她的新朋友似乎只想把她据为己有。这也是迄今为止塔兰特夫人对这位新朋友的唯一不满。她母亲很失望,维里纳没有在这个时髦圈子里增长更多的见识。奥利夫最根本的信念之一就是,这个上流社会的圈子空虚而邪恶,而且维里纳告诉她母亲,钱塞勒小姐对这个圈子既讨厌又鄙视。塔兰特夫人没法告诉你,她女儿会在那里受益(因为那些女士们从新真理那里退缩的方式很不名誉);不过她有些生气,维里纳无法把贝肯街更多的芳香带回她这里。在这个世界上,如果这个女孩子自己不是最顺从的人,那也是最感兴趣的人;她接受了给她的一切东西并心存感激,而且那些没有给她的东西,她一样也没有错过,她很

波士顿人
The Bostonians

不简单地把急切和顺从结合在一起。塔兰特夫人把气质上升到理论的高度,她爱女儿;不过她只是模糊地感到这个事实,那就是,她这里有世界上开得最芳香的气质之花(就像人们会说的)。她为维里纳的聪明感到骄傲,为她的特殊才能感到自豪;她自己相貌平常,但并没有影响到这个女孩子的美质。因此,她认为如果维里纳在生活中能认识几个野心勃勃的人,这会增加她成功的机会,要是能胜过他们就更好了;好像什么事都能增加维里纳的成功,就像生她一样,最大的成功并不单是需要去争取的。

塔兰特夫人进城拜访钱塞勒小姐,她是斟酌再三才下决心独自处理维里纳的事的。塔兰特夫人认为自己有托词,她的自尊需要有一个借口,因为她目前感到格林斯特里特昔日的骄傲就在她的好奇心中。塔兰特夫人想再见钱塞勒小姐一面,在她迷人的财产中见一见她,维里纳对此有过详细的描述。她最珍视的借口可能就是—— 一开始是想让奥利夫到剑桥来拜访,所以她只好抓住仅次于最好的——她不得不对自己说,她的责任就是要看一下应该如何看待她女儿在那里度过很多时光的地方。对于钱塞勒小姐而言,塔兰特夫人会显得是要出来感谢她的好客;她事先只知道自己应该怎么摆谱(或者她想象自己知道——塔兰特夫人的装腔作势并不总是她所想的那样),只是她语气的*细微差别*①(印象中,她也懂一点法语)。几周之后,奥利夫还没有露面的迹象,塔兰特夫人严厉地训斥了维里纳,说她没能让奥利夫感觉这是她朋友的母亲的旨意。维里纳几乎没法跟塔兰特夫人说,她觉得钱塞勒小姐对她母亲这个人根本不在乎,正如这个女孩子对这个严峻的事实所了解的那样,这是真的,她明白奥利夫对关键问题有非凡的理解力。维里纳自己并不认为她母亲在宇宙中的位置举足轻重,钱塞勒小姐更不把这个人放在眼里。维里纳也不能随便就说(当然,她现在在家里没有以前坦诚了,而且这种怀疑也只是刚刚才对她变得清晰起来),奥利夫想把她从她父母那里彻底带走,所以才不愿意显得要和他们套近乎。我也许可以提一下,塔兰特夫人有一个更深刻的动机:她迫切渴望见到卢纳夫人。这种情况也许可以证明她的生活多么无聊,如果有那种愿望,我就不能否认它。她见过所有去听演讲的人,不过有时候为了有所变化,她也想见一些没有去的人。从维里纳对卢纳夫人的描述看,这个人浓缩了这个古怪阶级的所有特征。

维里纳很重视奥利夫那位才华横溢的姐姐,维里纳现在对她的朋友无话不谈——除了一个小秘密,这就是,当初如果她能选择的话,维里纳倒愿意像卢纳夫人。这位女士令维里纳着迷,把她的想象力带入陌生的领域;她真想和卢纳

---

① *nuance*:法语,细微差别。

第十四章

夫人单独待上一个长长的晚上,那样她就可以问她一万个问题了。不过,她从来没有单独见过她,一直以来都只是扫一眼。阿德利娜飘来飘去,穿戴整齐奔赴宴会和音乐会,总对剑桥来的这个年轻女子说些俗气话,对奥利夫讲话随便,维里纳本人也许永远都做不到这样(维里纳这一方缺少先见之明),不过钱塞勒小姐从来不挽留她,从来不让维里纳有机会见到她,似乎从来都不会想象维里纳会对这样一个人有丝毫的兴趣;只是在阿德利娜离开她们之后,奥利夫才重新捡起这个话题——当然这个话题总是千篇一律,她们应该一起为她们受难的性别做些事情。维里纳并没有因此对这个话题失去兴趣——天哪,怎么会呢,在和奥利夫的那些美妙的交谈中,这个话题以最鼓舞人心的方式在她面前展开;不过当其他娱乐干扰了她们的道路,她就会左冲右撞,她的同伴带着她进行智力舞蹈,她的脚——也就是她的头——有很多次让她由于疲倦而力不从心。塔兰特夫人发现钱塞勒小姐在家,不过,她连瞥一眼卢纳夫人的机会也没有;维里纳打心眼儿里觉得(她自言自语)这样比较幸运,如果她母亲从查尔斯街回来,开始神采奕奕地给她讲解钱塞勒小姐,好像她(维里纳)从来没有见过她似的,而现在她们母女关于卢纳夫人还没有什么可说的,即使她母亲与阿德利娜有一次碰面,她们在这方面大概也不会有什么(同一类)进展吧?

当维里纳最终对她的朋友说,她认为奥利夫应该到剑桥去——维里纳不明白她为什么不去——奥利夫很坦率地解释了原因。她承认自己嫉妒,不愿意想到这个女孩子属于任何人,除非属于她本人。塔兰特先生和夫人有家长的权力,可能会提出反对意见,她不想见他们,不愿想到他们的存在。就此而言,这是真的,不过奥利夫不能把一切都告诉维里纳——奥利夫不能对她说自己讨厌剑桥那一对可恶的夫妇。如我们所知,从个人角度说,她不允许自己有这种强烈的感情,她自认为把塔兰特夫人看作一类人,可悲的那一类;就公众角度讲,这个阶层让新真理遭到质疑。奥利夫已经和伯宰小姐谈起过他们(现在奥利夫总是照顾伯宰小姐,给她东西——这段时间里,这个老好人总是戴着漂亮的帽子,披着漂亮的披肩——因为奥利夫觉得自己对她感激不尽),普兰斯医生的同屋憎恨狷獗的罪恶,最喜欢找(尽管是最不正当的)借口,即使伯宰小姐这样的人也不得不承认,如果你考察塞拉的过去,这个可怜的人并没有多少名副其实。他无关紧要,奥利夫在让维里纳说话之后就明白了,因为这个女孩子总是大肆谈论她的父母——并没有注意到她给钱塞勒小姐留下了什么印象。塔兰特是一个恬不知耻的道学家——这一点奥利夫在听他女儿讲她青少年时代的经历时就明白了。维里纳在讲这些事的时候说得特别自然,特别生动。这种叙述极

波士顿人
The Bostonians

大地吸引了钱塞勒小姐,让她有各种各样的感觉——促使她问自己,这个女孩子是否也缺乏辨别是非的能力。不,维里纳只是非常单纯,她并不理解,她既不解释也不明白她所描述的东西的*重要性*①,她根本就不知道如何评价她的父母。奥利夫希望"创造"这样的条件,她的了不起的年轻朋友(奥利夫每天都觉得她更了不起了)可以在其中得到发展。为了实现这个目标,如我所说,奥利夫提示她不断地讨论。不过现在她满意了,这个理想实现了,但愿她能施加影响,让这个女孩子与她的过去一刀两断。她并不是很讨厌这个过去,因为它的价值在于让维里纳(和她的女赞助人,经由她的中介)进入人们的不幸和神秘中。奥利夫认为,维里纳(尽管她有格林斯特里特家族的血统,毕竟这些人算老几?)是伟大的民主之花,不可能比塔兰特本人的出身还不好。他出生在宾夕法尼亚某个无名之地,难以名状地低贱,如果没有这个瑕疵,奥利夫会很失望的。她喜欢去想维里纳几乎在小时候就体验到了赤贫的滋味,这种想法有种残忍的快乐。她感到,有这样的时刻,这个娇弱的人儿实际上已经接近(如果这种压力再持续稍长一段时间的话)食不果腹的状态了。这些东西增加了维里纳对奥利夫的价值,让这位年轻女士觉得她们共同的事业最终将会更加重要。人们总认为革命者都得到了激励,如果维里纳没有过去的这些幸福的灾祸,这种激励就远远不够。当她传达母亲的要求,让她到剑桥去参加一个特殊的活动,奥利夫明白自己现在必须做出巨大努力了。巨大努力对于她并不陌生——从根本上讲,活着就需要巨大努力——但是这种努力对她却格外残酷。不过,她还是决定去做,她对自己发誓,这是她对塔兰特夫人的第一次拜访,也是最后一次。她唯一的安慰就是希望感受强烈的痛苦,因为从精神上讲,她口袋里有很多钱,这总让她预感到痛苦。安排奥利夫去参加一个茶会(塞拉把这顿饭当成他的晚餐),正如我们所看到的,塔兰特夫人希望再邀请一位客人以向她表示敬意。在经过多次审议那位女士和维里纳之间的关系之后,这位客人被挑选了出来。在剑桥的这间小会客室里,奥利夫看到的第一个人就是一个年轻人,头发是那种未发育成熟的颜色,或者说像人们感觉到的,应该是一种早熟的白色,她有一种模糊的印象,在哪里见过他,介绍时说他是马赛厄斯·帕顿先生。

她并没有想象的受那么多罪——她满脑子想的都是维里纳的内在品质。一切都和她希望看到的一样糟,希望看到是为了感觉(把她带出这样一个*环境*②)她有权把她完全拉到自己身边来。奥利夫越来越希望从她那里得到一个明确的

---

① *portee*:法语,要义,重要性。
② *milieu*:法语,背景,氛围,社会环境。

第十四章

誓言,她说不上这个誓言最好是什么,只是感到必须是某种对维里纳绝对神圣的东西,让她们终生结合在一起。在这种情况下,这个东西似乎在她的脑子里自动成形了,她开始看到它应该是什么。尽管她也明白也许自己还得等上一阵子。现在,塔兰特夫人在自己的屋里也变成了一个十足的人物,毫无疑问,她俗不可耐。奥利夫·钱塞勒蔑视庸俗,在自己家里也能嗅出它的存在;所以,经常让她感到脸红的是,甚至在阿德利娜身上也发现了这种污点。的确,每个人似乎都有俗气的时候,每个人(除伯宰小姐之外,她与此无缘——她是个古董)以及那些最贫穷、最低贱的人。只有辛劳者、纺纱工和无名之辈才免于庸俗。如果钱塞勒小姐感兴趣的这些运动只由她喜欢的那些人参加,如果革命不总得从自身做起——从内心情感的突然发作、各种牺牲和身体力行开始,她会更开心一些。不幸的是,无论具体结果有多好,最终社会团体都是由人组成的。

奥利夫觉得,塔兰特夫人有些虚胖,看起来漂白而且胆怯;她的肤色发出萎谢的暗光;她的头发稀少,像*中国人*①一样没有遮盖住前额;她没有眉毛,眼睛像蜡人的眼睛一样直瞪着。每当她在说话中想坚持自己的观点时总是固执己见,满脸的皱纹扭曲着,努力表达无法表达的东西,最终还是什么也没说出来。她有一种令人悲哀的优雅,努力表现得很体己,为了问一问她的来访者要不要冒险吃油炸苹果,她压低声音像要达成一个秘密共识。她披一件飘逸下垂的披风,像她丈夫的雨衣一样——每当她转向女儿或者说起女儿时,这件衣服可以被看成一件充满母爱的女传教士的长袍。塔兰特夫人努力把谈话控制在这样一个航道里,自己可以在其中问奥利夫一些不相干的问题,主要是她是否认识那些重要的女士们(塔兰特夫人的说法),不仅在波士顿,而且在其他那些她本人在漂泊不定的生活中游历过的城市。奥利夫认识一些这样的人,另一些人她听都没听说过;尽管她的问题显然都很单纯,很简单,但奥利夫很生气,这些问题不知所云,不涉及任何新真理,所以奥利夫假装一无所知(奥利夫发现自己从来没有撒过这么多谎),这让她的女主人感到困惑不解。

---

① *A la Chinoise*:法语,中国人的风格。

波士顿人
The Bostonians

第十五章

然而塔兰特在这方面却很用心,他对钱塞勒小姐庄重而礼貌,一遍又一遍地把桌子上的菜递给她,仗着胆子称油炸苹果很好吃;不过除了这一点,再不提什么更琐碎的事,只讲人类的复兴,还有他特别希望伯宰小姐再举办一次那种令人愉快的聚会。关于后一点,他解释说,他并不是为了把女儿再介绍到这个圈子里去,只是因为在这种场合,有希望的思想可以进行有意义的交流,这是一种智性交往。如果维里纳对这个社会问题有某种具有启发性的贡献,机会是会有的——这是他们的信念。他们不能投机钻营,自己伸着手去要。如果需要他们,他们会一鸣惊人的;如果不需要,他们只用保持安静,让其他那些好像被召唤的人们奋力前进;如果他们被召唤,他们会知道的;如果他们没有被召唤,他们只会相互鼓励,坚持下去,就像他们一直以来所做的那样。塔兰特很喜欢各种选择,他提到了好几个其他的选择。如果听他说话的人没有觉得他无私,那可不是他的错。钱塞勒小姐看得出,他们并没有多少选择。她可以从他们的生活方式看出他们并没有发财,不过他们相信,不管一个人大声疾呼还是默默无闻地继续工作,主要困难都会自行消失。他们对重大问题也很有经验。塔兰特讲话好像作为一个家庭,在适当的条件下,他们准备对这些问题负起责任来。在跟奥利夫说话的时候,他总是用"夫人",而且对奥利夫而言,空气中还从来没有这么充满对她自己名字的称呼。除了塔兰特夫人和维里纳用拖长的语调说一些机智聪明的题外话,这个名字的发音在她耳边不绝如缕;这仍然是为了她好,不过这个代词也足够他们用的了。她希望对塔兰特医生(并非因为她相信有了这个头衔他就变得诚实了)做出判断,想对他有个定论。她现在已经做完了这些事,已经明白他是哪一类人了;她觉得如果给他一万美元,要他完全放弃维里纳的监护权,从此——他和他的妻子——和她永远断绝关系,他可能会带着令人害怕的微笑说:"两万,现款支付,我会干的。"那天晚上,在一些道德的关键处,作为一种可能的未来,这桩交易的某个意象在奥利夫的心中自行现出一个轮廓。这个意象似乎体现在这个地方的每一个角落,在塔兰特暂住的这个

第十五章

单调空旷的巢穴里,这个小木屋加上一个简陋的前院,一个光秃秃的小广场,看起来与其说是起保护作用,不如说是裸露在外面没有铺的路边,人行道上铺着长条木板。这些木板由于天气的瞬息万变,要么被埋在冰里,要么被埋在结冻的液体中,走在上面的行人怀着走钢索者的忐忑不安。屋子里没有什么好说的,对奥利夫的感觉而言,什么也没有,除了一股煤油味;尽管她感觉好像坐在别的地方——她坐着的东西在她身子下面摇晃着,咔嚓作响——喝茶的桌子上铺着一块鲜艳的桌布。

就她与塞拉的这笔金钱交易而言,奇怪的是,凭她的信念,奥利夫本来应该明白,维里纳永远也不会放弃她的父母。奥利夫相信她永远也不会背弃他们,会永远和他们患难与共的。如果她觉得维里纳没有这么做,她肯定会看不起她;不过困扰奥利夫的是,她不明白为什么父母们会这么没用,而自然规律却运转不止。这样一个问题把奥利夫带到她永远无法明白的东西中去,那种她已经在大脑里揣摩了几小时的神秘现象——她不明白为什么这种人偏偏成了维里纳的长辈。就像我们解释所有例外事情一样,她把这看成是奇迹的一部分,如法国人所说。她开始把这个女孩子看成最大的奇迹,认为不管人类的起源在表面上显得多么恰当,都不足以解释她;她出现在塞拉和他的妻子之间,是造物主的突发奇想;在这种情况下,这种无法解释的东西多少有点阴影也无妨大局。众所周知,伟大的美,伟大的天才,伟大的人物都是不慌不忙地来到这个世界上,各安其位,让瞠目结舌的观众"有时间接纳"他们,他们来自遥远的祖先,或者甚至也许直接来自神圣的慷慨行为,而不是来自他们丑陋或愚昧的长辈。这些都是难以预料的现象,无论如何塞拉都会这么说。对奥利夫而言,维里纳恰好就是这种类型,是"天才人物"的典范;她的才华不是能买到的,不是付了钱就可以得到的;这些才能像耀眼的生日礼物,被一位不知名的使者留在门口,作为一份永不枯竭的遗产永远令人愉快,由于来历不明而令人永远愉悦。到目前为止,这些才能还非常粗糙——对奥利夫而言,这是令人愉快的事。如我们所知,她决心培养完善它们——但是它们像水果和鲜花一样真实,像火的红光或者水的泼溅一样真实。对她细心的朋友而言,维里纳具有艺术家的气质,一切优美的形式都轻而易举、自然天成地作用于这种精神。首先,需要努力想象一个没有教育或者被教育坏了的、没有经验的艺术家;接下来还需要努力想象像老塔兰特夫妇这样的人,或者想象她的那种充满丑陋东西的生活。只有一个高雅之人,只有一个具有自然灵光,具有极好品位的女孩子才能抵御这些关系。有些人就是这样,从万能的上帝之手脱颖而出;他们远非平常之辈,但是他们的存在

波士顿人
The Bostonians

却是既无可厚非又仁慈有益的。

塔兰特关于他女儿的谈话,关于她的前程,关于她的热情的谈话对奥利夫而言是极其令人痛苦的;这又使她想起他把手放在维里纳的头上,让她讲话时自己所忍受的那种折磨。在她实践自己的天才时,他处处都要插手,这是对这项事业极大的伤害。奥利夫已经决定,维里纳将来无须再与他合作。实际上,这个女孩子已经承认,只是因为让他这么做他高兴,任何其他的东西也一样可行,在她开始"释放"之前能让她平静的任何东西都可以。奥利夫自己觉得她能让她平静,尽管她当然从来没有对任何人有过那种影响。如果需要,她可以和维里纳一起登上讲台,把手放在她的头上。到底为什么违背常理的命运要注定塔兰特对妇女的事业感兴趣呢?——就好像她需要他的帮助才能达到自己的目的。一个贫穷、瘦弱、寒酸的江湖骗子,没有幽默、才智和声誉,而这些东西有时候是可以掩盖浅薄的。显然,帕顿先生也对妇女事业感兴趣,他面部表情中的某种东西好像在说他的同情不会有什么危险。在塔兰特家的屋檐下,他显然很从容,奥利夫想,尽管维里纳给她讲过他的很多事,但她并没有让自己觉得他有这么熟。维里纳说的主要是他有时候带她去剧院。从某种程度上讲,奥利夫能理解,她自己有一个时期(她父亲去世后的一段时间——她母亲已经先他而去——她在查尔斯街买了这桩小房子开始独自生活的时候),这段时间里,她陪男士们去一些高雅的娱乐场所。因此,她并没有因为维里纳这样的冒险而震惊,凭她自己的经验判断,实际上再没有比这更安全的了。她对这些出行的回忆既严肃又有教化作用——她想起她的同伴对她的幸福所表现出的热心和兴趣(那个年轻的波士顿人似乎没有机会表现得更好),想起坐在附近的其他朋友们的舒适,这些人肯定知道她跟谁在一起,想起他们有关戏中人物行为的幕间严肃讨论,想起他们最后说的话,那个年轻人把她送到家门口,离开她的时候,她答谢他的礼貌——"为了这个愉快的晚上,我非常感谢你"。她总觉得她那样做太拘谨了,她说话的时候很不自然。不过整个事情都是拘谨的,即使奥利夫的幽默感有限,她也能辨得出来。这并不像去国王教堂①做晚祷时那样具有宗教意义,不过也差不多是这样。当然,不是所有女孩子都这么做,有些家庭不赞成这种风俗。不过这是那一类轻快活泼的女孩子,人们知道有些事她们绝对不能去做。另外,通常这种实践仅限于端庄得体的事情,这是文化和安静品位的一种标志。所有这些都让维里纳觉得很单纯,她的生活让她暴露在更大的危险

---

① 国王教堂(King's Chapel):建于1754年的波士顿最古老的圣公会教堂,于美国独立战争(1775—1783)后不久(1785年),成为美国第一个一神教教堂。

第十五章

面前;不过在奥利夫心中,涉及危险的任何东西都会留下永久的阴影——在一次出行中,这个女孩子可能会跟某个聪明的年轻人混在一起,这种关系可能会延续不止一个晚上。总之,她很不安,担心维里纳会结婚,她根本没准备撒手让她承受那种命运,这使她带着怀疑看待所有她认识的男性。

她认识的人不止帕顿先生一个,她可以举出其他人的例子,两个哈佛大学学法律的年轻学生便是这个例子,在用完茶之后他们也出现在这个场所。他们坐在那里的时候,奥利夫不知道维里纳是不是有事瞒着她,或者她是否是(像其他很多剑桥的女孩子一样)一位大学"美女",一个经常被在校生追求的对象。在一所著名学府旁边,自然应该有这样的女孩子,许多学生都围着她们转,不过她不希望维里纳是其中的一员。有些人接受了三、四年级的学生,另外一些能让一、二年级的学生接近。有些年轻女士对专业学生情有独钟,甚至有些人对坐在圣路①尽头的那间简陋奇怪的小屋里读唯一神教牧师职位的那些年轻人也非常好。新的来访者的到来让塔兰特夫人很活跃,她让每个人都跟另外一个同伴调换了两三次位置,慢慢围成一个圆圈,这个圆圈又不时被她丈夫的往来打破,她丈夫因为对任何一个话题都无话可说,只好不断改变听讲姿势,慢慢上下点着头,专注得有些不可思议地盯着地毯。塔兰特夫人询问这些来自法学院的年轻人的学习情况,问他们是不是打算认真钻研法律;她觉得有些法律非常不公正,她希望他们努力修正这些法律。她自己在父亲去世的时候就深受法律之苦,如果法律不同的话,她本该得到那份财产,而她得到的还不到一半。她认为法律应该为公事服务,而不是为人们的私事服务;她总感觉如果你处在下层,它就永远压迫你,用困难限制你。有时候她想,真不知道她是怎么在那么多困难面前成长起来的;不过这也证明了自由无处不在,只要你懂得如何去寻找它。

两个年轻人都很幽默,他们轻松活泼,妙语连珠,尽管表现得很礼貌,但奥利夫也绝对不是看不出其用意所在。他们自然跟维里纳说的话要比跟她母亲说的话多。当他们非常投入的时候,塔兰特夫人跟她解释他们是谁,其中一个,那个矮个子,穿戴不很整齐的那一位带来了另一个,他的特殊朋友,并把他介绍给他们。这位朋友,伯雷奇先生来自纽约,他很时髦,到过波士顿的很多地方("我不怀疑你知道一些这种地方。"塔兰特夫人说),他的家庭很富有。

"哦,他很了解那种生活,"塔兰特夫人继续说,"不过他并不感到满足。他

---

① 哈佛大学神学院(Queer little barrack at the end of Divinity Evenue):从1819年建立开始,哈佛大学神学院就与一神教有关系。哈佛大学的这个自由、务实、理性的基督教分支力量的壮大是美国一些开国元勋们相对于清教加尔文教的胜利,也是新英格兰道德战胜加尔文教的标志。这个神学院对超验主义运动和小说中提到的其他很多进步事业都产生过重要的影响。

波士顿人
The Bostonians

并不认识像我们这样的人。他告诉格雷西先生(就是那个小个子),感觉好像自己必须认识,好像再也不能拖延了。所以我们就让格雷西先生一定把他带来。噢,我希望他能从我们这里得到点什么,我相信。据说他已经跟温克沃思小姐订婚了,我并不怀疑你知道我指的是谁。不过格雷西先生说,他还没看过她两眼呢。我猜谣言就是这样满天飞。哦,令人高兴的是不管我们在哪里,我们倒不在其中!格雷西先生就很不同了,他相貌平平,不过我相信他很有学问。你不觉得他相貌平平吗?哦,你不知道吗?噢,我看你是不在乎,你一定是见多不怪了。但是我必须说,如果一个年轻人看起来是那个样子,我就觉得他的相貌非常一般。我听塔兰特医生刚才在这里的时候这么说。虽然我说长相最一般的人就是最好的人。哦,我邀请您的时候并不知道我们会有一个晚会。我不知道维里纳是否应该把蛋糕拿过来,我们总觉得这些学生们很喜欢吃蛋糕。"

  这个房间最终交托给塞拉,很长时间的缺席之后,他又端着一盘精致的美味佳肴出现了,依次分发给在座的每一个人。奥利夫看到,维里纳对格雷西先生和伯雷奇先生慷慨地微笑着;最生动的关系已经建立起来了,尤其是第二位年轻人的微笑更有魅力。只要看一下这帮人便可以想象得到,维里纳的使命就是微笑,与向她弯下腰来的年轻男子们说话;也就是,一个没有奥利夫那么自信,跟她的想法完全相反的人可以想象得到;而奥利夫有理由相信,一个"有天赋的人"是为另外的目的被派到这个世界上来的,如果你恰好有干一番事业的才能,你就没有义务去考虑让自负的年轻人愉快地打发时光。奥利夫努力让自己高兴起来,因为尽管她的朋友有女人优雅的魅力,但并没有任何潜藏的动机,她认为维里纳绝对不是轻浮之辈,她只是很迷人,对谁都很友好,这种性格让她面带甜蜜的微笑,这微笑不偏不倚地对每一个人,男人和女人。也许奥利夫是对的,不过应该让读者知道的是,事实上,单凭奥利夫自己的感觉,她是不可能知道维里纳到底是不是轻浮之辈的。这个年轻女子不可能告诉她(即使维里纳本人知道,奥利夫也不会明白),而奥利夫又没有轻浮的素质,不可能知道另一个人微妙乖巧的女性愿望。她能看出格雷西先生和伯雷奇先生的不同,但她不喜欢塔兰特夫人努力把这种不同给说出来,这也许就证明了她本人已经看出这种不同。她热衷于她的性别的复兴真是一件怪事,也许总的说来,她最了解男人的事情。伯雷奇先生是一个很帅气的年轻人,一张笑容可掬的聪明面孔,衣着讲究,举止属于"不务正业之流"—— 一个聪明早慧、好脾气、精于世故的人,对新感觉很好奇,也许还有*业余爱好者*[①]的潜力。毫无疑问,由于有点抱负,伯

[①] *dilettante*:法语,闹着玩的人,半吊子,业余爱好者。

· 84 ·

第十五章

雷奇先生喜欢自以为是,觉得自己能欣赏下等人的价值,让自己和一个真正的新英格兰后代搅在一起,这个人比他更粗鲁,更精明,意志比他更坚定,其实幽默显得更愤世嫉俗。由于格雷西先生以前就认识塔兰特一家,这家人负责给他提供一些让人好奇的本乡本土的东西,这些东西也许还很吸引人呢。格雷西先生矮个子,大脑袋,戴一副眼镜,看起来很邋遢,几乎可以说是粗俗,一张丑陋的嘴讲着好听话。对相当多的话,维里纳都给予应答,维里纳说话的时候脸上总泛起漂亮的红晕。奥利夫可以看出她的表现很好,就像一个年轻人对另一个人预言的那样。钱塞勒小姐清楚,他们之间交流了什么,清楚得就像她已经听见了似的;格雷西先生保证要带她继续前进,她应该证明他的描述是对的,证明自己是她这个阶层中最活泼的人。他们在抽着雪茄离开的时候会对她一笑置之,随后的很多天,他们会引用这个"谈女权的女孩子"说过的话,把这些话当作谈资笑料。

奇怪的是,男人究竟有多少种方式让人讨厌啊;这两个人就和巴兹尔·兰塞姆很不一样,他俩之间也不一样,不过每个人的举止都是对女性气质的伤害。最糟糕的是,维里纳肯定察觉不出这种伤害——所以也不会不喜欢他们。有很多东西她还没有学会不喜欢,虽然她的朋友在认真教她。维里纳清楚地知道(这是令人称奇的事)男人的残忍,他们无法追忆的不公正;不过这种想法一直都很抽象,还停留在理论的层面上,她并没有因此不喜欢男人。如果维里纳不打算将这种想法落到实处,如果她打算表现得像一个胆怯传统的年轻女子那样,那么她有关这个性别的历史的那种敏锐的、有启发的观点有什么用呢?(正如她本人所说,完全像圣女·贞德对法兰西这个国家的了解,完全是神奇的知识)。维里纳第一天就说自己要放弃,这很好,那么她是不是这时候看起来像一个已经放弃了的年轻女子呢?假如这个容光焕发、笑声不断的年轻人,这个戴着表链、戒指,穿着铮亮皮鞋的伯雷奇爱上了她,并且努力贿赂她,用巨大的财富让她实施另一种放弃——放弃她的神圣工作,跟他去纽约,作为他的妻子生活在那里,用独特的伯雷奇方式,对她半是欺负半是娇惯怎么办呢?奥利夫没有感到什么安慰,就像维里纳脱口而出,说她比较喜欢"自由的结合"时,她的总体感觉很惊恐一样。这只是未婚女孩子的轻率之举,她根本不知道自己在说什么。尽管她在一群把渎职看作理所当然之事的人中间长大,她仍然保持着美国女孩子完美无缺的单纯,这种单纯是最重要的,因为它跨越了一切障碍;在维里纳表现这种品质的各种讲话中,这种令人吃惊的观察当然把这种品质表现得淋漓尽致了。无论如何,这意味着她赞成这样或那样的结合,在寻找各种感觉时,并不排除和年轻男子相遇的危险。

波士顿人
The Bostonians

第十六章

　　正如奥利夫所注意到的,帕顿先生有一点置身事外,不过他不是那种允许自己沮丧的人。他走过来坐在钱塞勒小姐身边,谈起文学的话题,他问她是否关注目前杂志上的"连载"。当奥利夫告诉他自己从来不关心那一类东西的时候,他为这种连载的方法辩护,奥利夫马上提醒他,她并没有攻击这种方法。这个反驳并没有让他灰心丧气,而是让他把话题优雅地转移到山沙岛①的问题上。有关这样或那样主题的谈话显然是他本性的需要。他讲话很快,很轻,用的单词甚至句子都不完整;他的语气平静而亲切,并且多用感叹句——"哎呀!""我的天哪!"——这在那个倾向于用粗俗语言亵渎神灵的性别中使用得并不多。他的脸型很小,但很好看,很整洁,一双漂亮的眼睛和他抚弄着的小胡子,不成熟的气质和灰白的头发很不相称,随意说起他很向往新闻记者这个职业。他的朋友们知道,尽管他圆滑世故,东拉西扯,但是他是他们所谓精力旺盛的人;他的外表与一项写作事业的大头衔完全一致。应该这么解释,塞拉·塔兰特和其他人也多半这么想——他与报纸关系密切,具有公共宣传的伟大艺术修养。对这样一个足智多谋的时代国民而言,普通人和艺术家之间的一切区别已经不复存在了;作家是个体的,而这个人却供养着报童们,每件事、每个人都是每个人的事。与他相关的一切事都依赖出版,出版只是意味着对和他住在同一个城市里的人的无穷报道,一种快速通知,必要时可以骂人,甚至不必要时也可以骂人。他用世界上最优美的良知大肆侮辱和攻击他们的私生活,攻击他们的个人形象。他的信念也是塞拉·塔兰特的信念——上报纸是一种狂喜的状态,谁要是怀疑这个特权就是无中生有。如法国人所说,他是*子承父业*②。他在十四岁的时候就开始其生涯,在旅馆跟踪采访,从大理石柜台上油腻的大登记簿中挑选名人;他可以恭维自己说,他代表警惕的公众舆论,代表一个民主国家的自

---

　　① 山沙岛(Mount Desert):也称 Mount Desert Island,芒特迪瑟特岛,在19世纪中叶成为一个旅游度假胜地。
　　② *enfant de la balle*:法语,字面意思是网球场的"球孩",也就是网球场管理人员的孩子,他们从小就活动在球场,所以一般指任何从小时候就开始接受职业训练(童子功)的人。

豪,他为阻止美国公民试图进行私人旅行这个伟大的目标做出了自己应有的贡献。从那个时候开始,他在这同一架梯子上开始了新的攀登,在波士顿的出版业中,他是最聪明的年轻记者。他尤其擅长让女士们说出实情,他把自己时代里很多最有名望的女性压缩成速写——有些出名的女士很健谈——他应该是用一种非常殷勤的方式在那些*女明星*①和女演员到达的当天上午,或者有时候在她们的行李正在往上搬的当天晚上就去拜访她们。他只有二十八岁,头发灰白,完全是一个现代青年,他想利用一切现代便利。他把人类在地球上的使命看作电报的不断展开,对他而言,什么东西都一样,他对得体或者品质没有什么感觉;不过在他的心目中,最新的东西就是最能激起尊敬情感的东西。他是塞拉·塔兰特最崇拜的对象,后者相信他掌握了一切成功的秘诀,当塔兰特夫人说(她不止一次这么做)帕顿先生好像真的在追求维里纳时,塞拉·塔兰特就声称,如果是这样,那么帕顿先生就是塔兰特希望看到的有这种关系的几个年轻人之一,那几个他允许驾驭他女儿的年轻人。塔兰特相信,如果马赛厄斯·帕顿向维里纳求婚,她就有望被引见给公众;这个女孩子会有优势,她有一个做新闻记者的丈夫,兼记者、采访人、经理、经纪人,他掌管着那些重要"日报",他会把她写得魅力四射,可以说,会科学地开发她——这一切的吸引力太显而易见了,所以不用强调。马赛厄斯对塔兰特的看法却很刻薄,认为他很平庸,信奉那些过时的事业。帕顿先生的印象是,他本人爱上了维里纳,不过他并不嫉妒,他的感情有一种了不起的成分,那就是他可以和美国人共享他所爱的对象。

　　帕顿先生给奥利夫讲了一会儿山沙岛,告诉她,他在文章中描写过住在不同宾馆里的这一类客人。不过他说,目前记者在与"女作家"的竞争中深受其苦,她们写的文章有时更容易被报纸杂志所接受。他认为奥利夫会很高兴听到这个—— 他知道她很希望妇女有一块自由领地。她和那些女作家肯定保持着可爱的书信往来。你还没转过身,她们就写出了新鲜活泼的东西;你很少能避开她们;如果你想在和她们的竞争中取胜,那你就必须写得生动活泼。当然,她们自然是更喜欢唠叨,这似乎也是目前文学的主要风格,她们只写一些女人爱读的东西。当然,他知道有千百万女性读者,不过他表示他本人并不只给闺阁②写文章,他努力在文章中加进可以吸引所有读者的东西。如果你读一位女士的文字,你会事先知道自己将看到什么。现在他努力的是让你猝不及防,他总是写一些让你跳起来的东西。帕顿先生至少自负得还算得体,当青春与成功联手

---

① *Prime donne*:意大利语,指剧团里的"第一夫人们"。
② 闺阁(Gynecaeum):Gynecaeum 指古希腊房子的内室,女性的居所,这里代指女性读者。

波士顿人
The Bostonians

时,他自然就不会知道奥利夫是怀着怎样的心情在听他说话了。由于意识到她是一位有文化的女性,他只想向她提供她所希望的精神食粮。她觉得他很低劣,以前她听说他很聪明,不过也许消息有误,一个把伟大的思潮只看作流言蜚语的大脑不可能对维里纳形成任何威胁。此外,她相信他相当没有教养,或者至少她希望他没有教养,现在维里纳正在接受教育(在她的指导下),这种教育会让她亲自发现这一点。奥利夫对时下浮夸和不疼不痒的批评一直都很不满,对她而言,大多数观点似乎都低劣到愚蠢的地步,人们对所有标准和原则视而不见,纵容虚夸,喜欢被愚弄。这个时代对她而言似乎随随便便,寡廉鲜耻,我相信,她希望在里面注入伟大的女性成分,使其感觉更加敏锐,言谈更加清晰。

"哦,听你们俩谈话真是一种殊荣,"塔兰特夫人对奥利夫说,"这就是我所说的真正交谈。我们不常有这么新鲜的东西,这让我感觉好像自己也想加入进来。我几乎不知道听谁的,维里纳好像正在跟那些年轻人们享受这样的时刻。我先听明白了一件事,然后又听明白了另一件,我好像不能把它们全部消化了。也许我应该多关注伯雷奇先生,我不想让他觉得我们没有纽约人热情。"

塔兰特夫人决定到房间另一头的三个人那里去,因为她已经发现(正如她真诚地希望钱塞勒小姐没有发现)维里纳正在努力说服她的两个同伴之一去跟她的朋友说话,而这些肆无忌惮的年轻人扭头瞥了奥利夫一眼似乎在请求赦免,表示他们来访的目的并非如此。塞拉想起了蛋糕,又溜达出去了。帕顿先生开始跟奥利夫谈论维里纳,他认为就奥利夫对维里纳表现出来的兴趣而言,他好像没法说出所有的感受。奥利夫无法想象为何请他来说点什么或者感觉什么,她只给他简短的回答;由于没意识到自己的厄运,这个可怜的年轻人说他不希望奥利夫施加影响,去阻止塔兰特小姐取得本该属于她的成功。他觉得她们这样做太有点畏缩不前了,他想看到维里纳站在听众面前,他想看到她的名字出现在最大的广告上,看到她的肖像出现在各大商场的橱窗里。维里纳有天分,这是毋庸置疑的,她会进入一个全新的行业。维里纳有魅力,与新思想相关的魅力目前都很抢手。很多人由于缺乏这种魅力而销声匿迹。维里纳应该被引领着勇往直前,她应该直奔成功的巅峰。她们缺乏勇敢的行动,他不明白她们在等什么。他猜她们不会等到她五十岁吧,这个领域里的老人够多的了。他知道钱塞勒小姐很欣赏维里纳的青春优势,因为维里纳小姐已经对他说过了。她的父亲非常懒散,而这个冬天在慢慢过去。帕顿先生竟然说,如果塔兰特医生不知道怎么做,他觉得自己应该插手。同时他也表示,希望奥利夫不要想着去影响维里纳小姐,让她止步不前,而且希望她不要认为他多管闲事。他知道

第十六章

这是人们对记者的指责——记者们太容易越俎代庖了。他只是担心,因为他认为,毫无疑问,那些接近维里纳小姐的人没有他希望的有活力。他知道自从那天晚上在伯宰小姐家以来,她已经出现在两三个客厅里,他已经听说在钱塞勒小姐家那次愉快的活动,在那里很多一流的家庭应邀来见她。(这是指奥利夫举办的一次小型午餐会,维里纳面对十二个主妇和老姑娘发表演讲,这些人经过她的女主人周全的考虑和再三的思想斗争被挑选出来。一篇关于这件事的报道可能出自年轻的马赛厄斯之手,这个人自然没有到场,一家晚报的文章显得特别简短。)就报道而言,还算不错,不过他想要另一种规模的东西,一种大到人们要想过去就必须绕道而行的东西。于是他压低声音说出了那是什么:音乐厅①的一次演讲,一张票5毛钱,不要她父亲参加,只靠她自己。在先弄清楚塞拉还没有回来,塔兰特夫人正在问伯雷奇先生他是否经常去参观后湾这个时髦的新区②之后,帕顿先生把声音压得更低了,向钱塞勒小姐袒露他最隐秘的心思。事实上,维里纳小姐想完全"摆脱"她父亲,她不想在开始前让他在她头上乱摸,这根本就无助于增加演讲的吸引力。帕顿先生表示,他相信钱塞勒小姐在这方面会同意他的看法;这对奥利夫而言确实不容易,她根本不想和帕顿先生在行动上有什么呼应配合,也不想对自己承认她同意他的说法。她问他,带着高傲的冷漠——现在他并没有让她觉得害羞,一点也没有——他是否对提高妇女的地位怀有极大兴趣。这个问题似乎让这个年轻人感到很突兀,而且也不相干,这个问题从一个他还不习惯应付的高度向他压了下来。不过他习惯了随机应变,只一瞬间明显的茫然之后,他就回答说:

"噢,为了女士们,我即使赴汤蹈火也在所不辞。只要给我一个机会,你就等着瞧吧。"

奥利夫沉默了一会儿:"我的意思是——你的同情是对我们性别的普遍同情呢,还是只对塔兰特小姐的个别兴趣?"

"哦,同情就是同情——这是我能说的一切。对维里纳小姐和其他所有人的同情——除了那些女记者之外。"年轻人诙谐地补充道,他现在意识到这种诙谐在维里纳的朋友身上是徒劳的。当他继续说"也包括对你,钱塞勒小姐!"效果并没有更好。

奥利夫犹豫着站了起来,她想离开,但是她又不能容忍维里纳被利用;因为

---

① 音乐厅(the Music Hall):波士顿重要的礼堂,始建于1852年。奥利夫·钱塞勒租用了这个地方,准备让维里纳的第一次公共演说在这里举行,这也是小说的结束和高潮。

② 新区(the new land):指的是时髦的后湾地区,这个地区建在新开发的土地上。

波士顿人
The Bostonians

她感到自己离开后,维里纳肯定会被利用。事实上,她已经被那些讨厌的年轻人利用了。在过去的半小时里,她还有种奇怪的感觉,那就是她的朋友已经无视她的存在,并没有想到她,在她们之间设置了障碍——一道由男人的虎背熊腰、近乎粗俗的笑声,以及那些掠过房间针对奥利夫的微笑形成的屏障,这屏障似乎要把奥利夫与那一边正在发生的事情隔开,而不是邀她加入。如果维里纳发现,这些爱开玩笑的年轻人控制着局面,钱塞勒小姐像她父亲说的那样没有得到重视,那么这个发现并不意味着她有什么了不起的洞察力;不过,这个可怜的女孩子也许会进一步想,无论是别人想当然地认为她不适合这一帮人,还是她被硬拉进这个小圈子,奥利夫都会不高兴的。现在,塔兰特夫人大声请奥利夫不要走,这就更加证明了这个年轻女子最糟糕的忧虑,因为伯雷奇先生和格雷西先生正在努力说服维里纳,让她给他们稍稍示范一下灵感演说。塔兰特夫人相信,如果钱塞勒小姐让维里纳安静下来,她女儿一定会马上照办的。他们不得不承认,钱塞勒小姐比任何人对她的影响都大;不过格雷西先生和伯雷奇先生已经让她很激动了,恐怕她的努力不会成功。所有人都站了起来,维里纳伸出双手向奥利夫走过来,快活的脸上没有任何恶意的表示。

"我知道你们很想让我讲话——如果你们想让我讲,我就会尝试着讲一点。不过恐怕人数不够多,听众少了我就讲不了多少。"

"真希望我们多邀请一些朋友来——如果我们给他们这个机会,他们一定会非常高兴来的,"伯雷奇先生说,"整个大学里的人都很想听你演讲,再没有比哈佛大学的观众更有同情心的了。格雷西和我只是其中的两位,不过格雷西是自己的主人,我相信他会说我也是一样。"这个年轻人轻松愉快地说出这些话,对维里纳微笑着,甚至也有点对奥利夫微笑着,带着一个人因为懂得聪明的"打趣"而常有的那种神气。

"伯雷奇先生很会说话,不过他更善于倾听。"他的同伴大声说,"你知道,我们在听讲座的时候都习惯于专心致志。听你演讲会是极大的荣幸,我们深陷在无知和偏见中难以自拔。"

"啊,我的偏见,"伯雷奇先生继续说,"要是你能看见它们就好了——我可以向你保证,它们简直是太可怕了!"

"经常把这些无知偏见浸入水中,让它们难受一下。"马赛厄斯·帕顿大声说,"如果你想有机会对哈佛学院施加影响,现在就是你的机会。这些年轻人会把这则新闻传播出去,这可是千载难逢的好机会。"

"我不知道你们想让我讲什么。"维里纳说,仍然看着奥利夫的眼睛。

第十六章

"我相信钱塞勒小姐会喜欢这里的一切。"塔兰特夫人说,带着极大的自信。

塞拉这会儿又出现了,他崇高、沉思的身影出现在门口:"想试一下灵感吗?"他用鼓舞人心的变音问,扫视着这一群人。

"我一个人做,如果你愿意的话。"维里纳安慰她的朋友说,"没有父亲的努力,对我可能是个好机会。"

"你不是说不要帮助了吧?"塔兰特夫人沮丧地问。

"哦,我求你了,把整个节目都给我们看看吧——千万别省略任何一个重要特色!"听得见伯雷奇先生在恳求。

"我的唯一兴趣就是让她说出来。"塞拉说,为自己的正直辩解,"如果我像是不能激发她的活力,我就会立即撤退的。我并不想让人家注意到我自己可怜的才能。"这个声明似乎是说给钱塞勒小姐听的。

"哦,如果你不碰她,她可能会更有灵感,"马赛厄斯·帕顿对他说,"它似乎会直接来自于——哦,来自于它所来的地方。"

"是啊,我们说的都是真的。"塔兰特夫人咕哝着说。

这次小小的讨论让奥利夫脸红,她感到在场的每一个人都在看她——尤其是维里纳——这是一个更全面地控制这个女孩子的时机。这样的机会令人不安,而且在任何情况下她都不喜欢这么显眼。不过他们所说的一切都是愚昧庸俗的,这个地方弥漫着龌龊的空气,让她想把维里纳从中解救出来。他们把她当成一种消遣,一种社会资源,这两个来自哈佛学院的年轻人无耻地嘲笑她。她不是为此而生的,奥利夫要拯救她。维里纳这么单纯,她本人是不明白的;在这群丑恶的人中间,她是唯一纯洁的。

"我想让你对那些有资格听演讲的听众演讲——去说服那些严肃认真的人们。"奥利夫说话的时候能听到自己声音中的激烈颤抖,"你的使命不是表演自己供私人消遣,而是去打动社会团体和国家民族的心。"

"亲爱的女士,我肯定塔兰特小姐会打动我的心!"伯雷奇先生勇敢地说。

"哦,我只知道她对你们这些年轻人的评价是有道理的。"塔兰特夫人叹了口气说。

维里纳从和她的朋友的恳谈中转移注意力,对伯雷奇先生微笑着说:"我不相信你有心,即使你有,我也不在乎!"

"你不知道,你这么说更让我想听你的演讲了呢。"

"悉听尊便,亲爱的。"奥利夫说,声音几乎听不见,"我的马车一定在那里——无论如何我得走了。"

波士顿人
The Bostonians

"我能看出你并不想走,"维里纳说,有些纳闷,"如果你想留下就留下吧,好吗?"

"我不知道能做什么。跟我出来!①"奥利夫几乎是带着狂怒说。

"哦,你要把他们打发走还不如让他们来好呢。"马赛厄斯·帕顿说。

"我想你最好改天晚上再来。"塞拉温和地说,不过奥利夫已经听出其中的含义了。

格雷西先生好像要坚决反抗:"听着,塔兰特小姐,你想不想挽救哈佛学院?"他皱着眉头,幽默地问。

"我并不知道原来你就是哈佛学院啊!"维里纳也同样幽默地回答。

"如果你指望从我们的思想中获得一些见解,恐怕你会对这个晚上失望的。"塔兰特夫人说,对格雷西先生充满无奈的同情。

"好吧,晚安,钱塞勒小姐。"她继续说,"我希望您穿暖和些。我想您会觉得您在这屋子里的讲话让我们受益匪浅。噢,大家都没有异议。门廊上有个小洞,塔兰特医生好像总记不住找人修。恐怕您会觉得我们太沉醉于所有这些新希望了。哦,我们很高兴在家里见到您,这提起了我们对社交的兴趣。您是坐出租马车来的吗?我自己受不了雪橇,它让我头晕恶心。"

当三位女士一块儿继续往门口走的时候,钱塞勒小姐的女主人说了这些话,这是塔兰特夫人对钱塞勒小姐速决的告别所做出的反应。奥利夫跌跌撞撞地冲出了小门廊,没有跟其他人明确地道别。她在平静的时候举止非常得体,不过激动的时候就会出各种小差错;许多个不眠之夜,每一个小差错都在她的心中放大,有时候引起愧疚,有时候让她得意,在后一种情况下,她感到自己不会有这么正当的残忍报复心。塔兰特希望把她送下台阶,送出这个小院子,送到她的马车那里;他提醒她说,他们故意把灰烬撒在木板上。不过奥利夫让他别管她,她几乎把他推了回去;奥利夫把维里纳拉出来,并把门在身后关上。灿烂的夜空泛着深蓝和银白色的光——寒冷的苍穹中,星星像无数个冰点在闪耀。空气宁静而刺骨,朦胧的雪景看上去很冷酷。奥利夫现在明白了她想要维里纳发什么誓,不过天太冷了,她只能让她没有戴帽子在那里站一小会儿。与此同时,塔兰特夫人在前廊上说,奥利夫好像并不放心把维里纳交给她的父母;塞拉则暗示,一般来讲,只要有适当的邀请,他女儿会很高兴给哈佛学院做报告。伯雷奇先生和格雷西先生说,他们会以这所大学的名义立即邀请她;马赛

---

① "跟我出来!"(Come out with me!):巴兹尔·兰塞姆在第三十三章开始也说了同样一句话,足见他们两个人对维里纳的霸道心理是很相似的。

第十六章

厄斯·帕顿高兴地想(并且断言),这将是最新的消息。不过他补充说,他们要首先和钱塞勒小姐处好关系,显然大家也都这么认为。

"我可以看出你在为什么事生气,"当她俩站在星光下的时候,维里纳对奥利夫说,"希望不是我。我做错什么了吗?"

"我没有生气——我是焦虑。我很害怕会失去你。维里纳,不要辜负我——不要辜负我!"奥利夫声音很低,情绪很激动。

"辜负你?我怎么会辜负呢?"

"你不会,你当然不会。你是吉星高照啊。不过千万别听他们的。"

"奥利夫,你指的是谁?我父母吗?"

"哦,不,不是你父母。"奥利夫回答,语气很尖刻。稍停之后她接着说:"我不在乎你父母,以前我就跟你说过。不过既然我已经见过他们——如他们所希望的,如你所希望的,而我并不希望——我不在乎他们,我必须重申这一点,维里纳。如果我让你觉得我在乎他们,那我就是不诚实。"

"哎呀,奥利夫·钱塞勒!"维里纳咕哝着说,不顾这声明引起的恶劣心情,好像在努力公正地对待她朋友的不偏不倚。

"是的,我很强硬,也许我还无情;不过,如果我们想成功,就必须强硬。当年轻人想嘲笑你,对你胡搅蛮缠的时候,不要听他们的。他们并不在乎你,他们并不在乎我们。他们只在乎自己的快乐,只在乎他们所相信的强者的权力。强者?我才不相信呢!"

"他们中有些人很关心——让人觉得过于关心——我们了。"维里纳说,带着在黑暗中看不清楚的微笑。

"是的,如果我们要放弃一切的话。以前我要求过你——你准备放弃吗?"

"你的意思是,我准备放弃你吗?"

"不,放弃我们所有可怜的姐妹们——我们的一切希望和目标——我们觉得神圣和值得为之活着的一切!"

"哦,她们并不想要这些东西,奥利夫,"维里纳的笑声变得更加清晰了,她补充说,"她们并不想要这么多!"

"哦,那么进去给他们演讲吧——为他们歌唱吧——给他们跳舞吧!"

"奥利夫,你太残忍了!"

"是的,我残忍。不过答应我一件事,我会——噢,我会很温柔的!"

"在多么奇怪的地方发誓啊。"维里纳说,打了个寒战,看看周围的夜色。

"是的,我让人畏惧,我知道这一点。不过发誓吧。"

波士顿人
The Bostonians

奥利夫把这个女孩子又拉近了一些,用一只手把罩在自己瘦弱身体上的宽斗篷猛地拉过来遮盖在维里纳的身上,用另外一只手拉住她,看着她,半犹豫半恳求地重复说:"发誓吧!"

"很可怕吗?"

"永远不要听他们任何人的,永远不要被收买——"

这时候房门又打开了,大厅里的灯光照到小广场上。马赛厄斯·帕顿站在门口,塔兰特和他的妻子以及另外两名来访者好像也走上前来看是什么耽搁了维里纳。

"你好像在外面开始演讲了,"帕顿先生说,"你们这些女士要当心,否则你们会一块儿冻僵的!"

维里纳的母亲提醒她说她会死的,尽管声音很低,但她已经清楚地听见奥利夫最后说的五个字。奥利夫现在突然松开了她,迅速穿过门廊向等着她的马车走去。塔兰特吱吱嘎嘎地追了上来,要帮助钱塞勒小姐,其他人把维里纳拉进屋里。"答应我不要结婚!"①——这几个字回响在她受到惊吓的脑海里,当伯雷奇先生又抱怨,问她能不能至少安排一个晚上让他们可以听她演讲时,这些字仍在她脑海里回响。她明白奥利夫的禁令不应该让她吃惊,她已经在空气中感到了这一点;如果要求她做出这个保证,任何时候她都可以允诺,她认为钱塞勒小姐不想让她结婚。不过这个想法由她的朋友说出来就具有一种新的严肃性,那种快速、强烈的效果会让她焦虑,烦恼,她好像突然瞥见了未来的前景,即使这个前景代表着人们喜欢的命运也很可怕。

当两位来自哈佛学院的年轻人进一步恳求时,她用一种让他们吃惊的大笑问他们是否想"嘲笑和骚扰"她。他们临走表示同意塔兰特夫人最后说的那句话:"恐怕你们会感觉你们还不太了解我们。"马赛厄斯·帕顿留了下来,维里纳的父母表示绝对相信他会原谅他们的,然后就上床睡觉去了,留下他坐在那里。他又待了好一会儿,几乎是一个小时,说的话让维里纳觉得他也许想跟她结婚。不过她在听他讲话的时候比平时更心不在焉,她心里想,就帕顿先生而言,她不会觉得向奥利夫做保证有什么困难。他很讨人喜欢,他对什么事都知道得很多,或者甚至对什么人都很熟悉,他要直接把她带进生活中。但是她仍然不想嫁给他,在他走后,她想自己一旦想到这一点就不想跟任何人结婚了。所以向奥利夫做那个保证毕竟是一件容易的事,而且奥利夫会为这个保证很开心的!

---

① 英语的五个字是"Promise me not to marry!"翻译成汉语是七个字。

第十七章

维里纳再次见到奥利夫的时候就对她说,她准备兑现那天晚上她要求的承诺;不过让维里纳吃惊的是,这位年轻女士用一个问题作为答复,旨在阻止这种鲁莽行为。钱塞勒小姐伸出一个手指表示警示,她的这个劝阻动作跟以前的施压行为一样严肃。她激烈的烦恼似乎让位给另外的考虑,她已经决定为一种更周全的考虑让步了。在这种情况下,一个年轻女子在开拓一种伟大信仰的光明前途时,其身上所体现出来的苦涩也许是可以得到谅解的。

"你现在不想要保证了吗?"维里纳问,"哎呀,奥利夫,你变得好快呀!"

"亲爱的孩子,你这么年轻——这么不可思议地年轻。我却有一千岁了,我经历了很多时代——很多世纪。我本人知道的东西都是亲身体验的,而你只是凭空想象。你这个人清新靓丽,所以才这样。我总是忘记我们之间的差别——你只是个孩子,尽管是一个注定要成大器的孩子。那天晚上我忘了这一点,不过从那时候起我就记住了。你必须经历一个阶段,我试图压制这一点,这是不对的。现在一切都明白了,我觉得那恰好说明了我的嫉妒——我不安而贪婪的嫉妒。我的这种情绪太强烈了,我不应该让任何人有权说这就是女人的特点。我不想要你的签字画押,我只想要你的信心——我只想要从这种信心中萌发的东西。我的整个心灵都希望你不要结婚,但是如果你不结婚,这绝不是因为你答应了我。你明白我想的是什么——那就是,要做高尚的事情,人们就必须做出巨大的牺牲。神父——如果他们是真正意义上的神父的话——就从不结婚,你和我梦想着要做的事情需要我们具备祭司的奉献精神。当世界上的友谊、信仰、慈善和最有意思的职业——当这样的结合似乎不足以让人为之生活时——我觉得这种结合就毫无意义。我见过的男人没有一个真正关心我们正在努力完成的事业。他们憎恨它,蔑视它,并尽一切努力消灭它。哦,是的,我知道有些男人假装关心;不过他们不是真正的男人,我甚至对这些人也没有信心!事实上,只要你看他一眼,你就会知道这是我们和他之间的一场鏖战。我并不是说有些男人不愿意给我们一点赞助,拍拍我们的背,提出几点温和的妥协退让

波士顿人
The Bostonians

策略,认为社会在两三个小点上对我们不太公平。不过正如你和我所理解的,任何自称出于自愿而不是被迫完全接受我们事业的男人——这样的人只是企图出卖我们。有很多男人会很高兴吻着你的嘴不让你说话!如果有一天你对他们的自私造成威胁,对他们的既得利益和他们的道德败坏构成威胁——正如我每天向上天祈祷的那样,我亲爱的朋友,你会的!——如果他能说服你他爱你,那对他们中的任何人都会是一件大事。那时候,你将看到他会怎么对待你,他的爱能带他走多远!如果你要相信这种东西,那对你,对我,对我们大家都将是一个悲哀的日子。你看我现在就很冷静,我已经完全想通了。"

维里纳睁着一双大眼睛认真地听着。"啊,奥利夫,你本人就是一个很好的演说家啊!"她大声说,"如果你让自己放松些,你会远远超过我的。"

钱塞勒小姐悲哀地摇了摇头,这种悲哀不无温柔:"我可以在你面前说话,但是那证明不了什么。街上的石头——大自然里一切无声的东西——都会找到一种声音跟你交流。我不敏捷,我笨拙,害羞而且说话干巴巴的。"这位年轻女士在经过一番狂风暴雨般的激烈情感挣扎之后,进入了某种通情达理的平静小溪,表现出最优雅的一面。她的语气温柔而充满同情,一种文雅的尊严,一种智慧的安详,这一点肯定会让熟悉、喜欢她的人很欣赏她,这一点也总让维里纳感到某种几乎是令人敬畏的东西。然而,这样的情绪一般不常在公众面前表露,只属于钱塞勒小姐的私生活。现在,这样的情绪就左右着她,她用同样平静、清晰的语言继续解释着让她的朋友困惑不已的前后矛盾,公正无误,一个女人的自省和她的差错一样敏锐。

"如果我说即使没有誓言我还是愿意相信你,你不要以为我反复无常。在你母亲家里,由于我的鲁莽和激烈,我应该向你,向每一个人道歉。我突然情绪爆发——看到那些年轻人——你多么暴露无遗啊,这个念头让我(在那一刻)抓狂。我现在仍然觉得你有危险,不过我也看到了其他东西,我恢复了自己的平衡。你必须安全,维里纳——你必须得到解救。但是你的安全一定不是来自你捆绑着自己的双手,一定是来自你判断力的提高;来自你带着信念认真地亲自观察事物,就像我观察事物那样;来自你觉得,对你的工作而言,你的自由是最重要的,除非你绝不做人们总要求你做的事,否则你和我就都没有自由可言——我就从来不!"钱塞勒小姐最后的这些话说得自豪有力,不无悲怆之意。"不要发誓,不要发誓!"她接着说,"我宁愿你不要发誓。不过,不要辜负我——不要辜负我,否则我会死掉的!"

她完全是用女性的方式在弥补自己的自相矛盾:她想得到一个肯定,同时

第十七章

又要取消誓言。既然自由对维里纳那么重要,奥利夫本来是很高兴让维里纳享有自由的,但是她却阻止维里纳在一件具体的事情上运用自由。这个女孩子现在完全处在她的影响下,她把潜在的好奇心和娱乐——留给自己,她并不是总想着女人的不幸;不过奥利夫的语气对维里纳的触动像是施了魔法,维里纳在她同伴的广博知识和高尚思想中发现了某种东西,至少她的一部分本性急切地转向了这种东西。钱塞勒小姐通晓历史和哲学,或者无论如何,在维里纳眼里,她看起来是这样。维里纳觉得,通过这种关系,一个人可能最终会从智力上把握生活的全部。维里纳有一种更单纯的本能,希望讨好她,但愿只是因为她很害怕惹她不高兴才要讨好她。奥利夫的不快,失望,反对都是悲剧性的,让人真正难忘。在这种情绪下,她面色苍白,一般来讲,不怎么流泪,像个下等女人(她在愤怒的时候而不是在受伤害的时候哭),不过她在道德上却是举步维艰,气喘吁吁,好像自己承受的伤痛足以让她携带终生。另一方面,她的赞扬,她的满意就像西风一样温柔,她有种最罕见的慷慨,当感恩的义务不是由男人强加给她的时候,她喜欢感恩戴德。事实上,她很少承认感激的义务。她认为男人对女人普遍欠债太多,所以任何一个女人都是永远的借贷方,也许她不能透支这笔普遍的女性赊账。在关于维里纳易受婚姻错误的影响这个话题上,奥利夫出其不意而克制的谈话对这个女孩子而言似乎有一种古典美,一种剔除世俗因素的智慧,使维里纳记起她相信只有伊莱克特拉或者安提戈涅[①]才有的气质。这就使她更想做点事让奥利夫满意,尽管她朋友劝阻,但维里纳还是说自己愿意发誓。"无论如何,我发誓不和屋子里的那些男人结婚。"她说,"那些人似乎就是你主要担心的对象吧。"

"你发誓不和你不喜欢的任何人结婚,"奥利夫说,"这会是个很大的安慰!"

"不过,我确实喜欢伯雷奇先生和格雷西先生。"

"马赛厄斯·帕顿先生呢?多了不起的名字啊!"

"哦,他知道如何讨人喜欢。你想知道什么,他就会说什么。"

"你是说你不想知道什么,他就说什么吧!哦,如果你谁都喜欢,我绝不反对。我宁愿只看到令人戒备的警示。我根本不担心你会嫁给一个令人讨厌的男人,你的危险将会来自一个有魅力的男人。"

---

① 伊莱克特拉或者安提戈涅(Electra or Antigone):古希腊悲剧中头脑单纯的女主人公。伊莱克特拉是古希腊戏剧家欧里皮德斯(Euripides)的悲剧女主人公,在得知他们的母亲杀死了他们的父亲之后,她鼓励哥哥欧瑞斯蒂斯(Orestes)杀了他们的母亲;安提戈涅是索福克勒斯的悲剧女主人公,在她违背舅舅的命令埋葬了哥哥的尸体之后,被判处死刑。

波士顿人
The Bostonians

"我真高兴听到你承认有些人还是有魅力的!"维里纳说,轻轻地笑着,她对奥利夫的尊敬并没有消失,"有时候好像再没有能让你喜欢的人了!"

"我可以想象自己很喜欢的一个男人。"过了一会儿奥利夫回答说,"不过我不喜欢我见过的那些人。在我看来,他们好像都很卑鄙。"的确,关于他们,她最大的感觉就是冷嘲热讽,她认为他们多数都是一些讨价还价、争论不休的暴徒。这次谈话的结果是维里纳,由于她一贯温顺,同意她同伴乐观的论点,说这是一个"阶段",喜欢大学生和新闻记者晚上的电话,这个阶段最终会以思想成熟而告终,维里纳说男人的不公正可能是偶然的事或者是他们本性的一部分,不过无论如何在她想结婚之前,自己应该会有很大变化。

大约在十二月中旬,钱塞勒小姐接受了马赛厄斯·帕顿的来访,他来问她打算如何安排维里纳。她从没邀请他来拜访,一位绅士想来看她的愿望难以阻挡,在她的事业中省去这样一个前奏不是常有的事,所以她无法镇静自若。她认为帕顿先生来访是他的自由,不过如果她想用拒绝让他就座来表达这个意思,那她就大错特错了,因为他先发制人地让自己给她让了一把椅子。他的举动对他们两个人都足够表示款待了,她不得不听着,坐在沙发边上(她至少可以喜欢坐在哪里就坐哪里吧)听他不同寻常的询问。当然,她不必回答,实际上她也几乎不理解他的质问。他解释说,主要是因为他受自己对维里纳小姐强烈兴趣的驱使;不过这也并没有让这个问题更容易理解一些,这样一种感觉(在他这一方)夹杂着好奇心。他那种粉饰出来的好心情说明粗俗就是他的职业,他要求披露他的牺牲品们的*私生活*[①],带着医生询问病人症状时常有的温和自信。他想知道钱塞勒小姐想做什么,因为假如她不想行动的话,他倒有一个主意——他就不向她隐瞒了——这就是他要亲自介入这项事业。"瞧,我想知道的就是:你认为她是属于你呢,还是属于人民? 如果她属于你,你为什么不把她带出来呢?"

他没有什么目的,也没有意识到自己的傲慢无礼,他只想就这件事跟钱塞勒小姐进行一番社交性的磋商。当然,他预感到她不会友好,不过任何预测也不能阻拦他去表现一个他相信需要打磨才能发光的表面,总有一种更大的预测支持他的洞察力和"那些伟大的日报"的庄严。的确,他把很多东西都看作理所当然之事,所以奥利夫在掂量这些东西的时候一直沉默不语,他利用自己认为是幸运的这个开场白表现得很坦率。他提醒她说,他远比她认识维里纳要早。一年冬天,他外出旅行到剑桥(他有一个空闲之夜),气温在零下十度。他一直

---

① *Vie intime*:法语,隐私,私生活。

第十七章

觉得她很有吸引力,不过也只是在这个冬天他的眼睛才完全睁开。她的才华已经成熟,现在他毫不犹豫地说她是光芒四射。钱塞勒小姐可以想象,作为一个老朋友,他是否可以冷眼旁观这样一朵美丽鲜花的绽放。她会引人注目,正像她吸引了她(钱塞勒小姐),也许可以让他本人也加入进来。事实是,她是一张王牌,应该有人把它打出去。从来没有一个比她更吸引人的演说家站在美国的公众面前。她会直接超过法林达夫人的,法林达夫人知道这一点。无疑两人都有发展空间,不过她们的风格却迥然不同;无论如何,他想说的是,维里纳小姐有发展空间。她不需要再调弦定音,而是直接发出声音来。另外,他感到任何带领她走向成功的绅士都会赢得她的尊敬,他也许会更吸引她——谁知道呢?如果钱塞勒小姐想永远扣押她,她就应该直接把她向前推进。根据维里纳跟他说的,他认为钱塞勒小姐想让她再多花点时间调研这个题目——学习一些课程。哦,现在他可以向她保证,再没有比看着成千上万的人付了钱站在你面前让你告诉他们点什么更好的准备了。维里纳小姐生来就是个天才,他很希望钱塞勒小姐不是打算要把这份天才从她身上磨灭了。她可以一边行动一边调研嘛,不过她具备你根本学不到的了不起的才华,一种神圣的灵感,像古人常说的那样,她最好从这一点开始。他不否认自己也有毛病,他确实被这种魅力所迷惑,他的敬慕使他想看看她能干点什么。他不应该这么在乎她怎么到达那里,不过如果他能把她带到她的成功地点,他会很高兴的。所以钱塞勒小姐是不是可以直接告诉他:她指望把维里纳隐藏多久?她打算让他这样一位谦卑的爱慕者等待多久?当然,他并不是来盘问她的,有一件事他相信自己总是避免去做;在他轻率的时候,他想知道自己的轻率。他带着自己的建议而来,希望他的来访会显得有充分的理由。钱塞勒小姐愿意把一个——那个——哦,他也许可以把它叫作责任的东西分开来吗?他们能不能一起开发维里纳小姐呢?这样做大家都会满意的。她会作为维里纳的陪伴随她到处旅行,而他将会看到美国人正在走上前来。如果钱塞勒小姐能对她松手,他会负责其余的事情。他们机会均等,他不想有任何照顾,他一周只需要她三四个晚上,每次一个半小时。

在这个请求的过程中,他提议他们联合起来从维里纳身上盈利。奥利夫有足够的时间让自己冷静下来,她问自己,对这样一个异乎寻常的年轻人,她能说些什么才能让他觉得自己的提议是卑鄙无耻的。不幸的是,作为一种回应,她能想到的最具嘲讽意味的提问也是最显而易见的提问,结果当她问他指望赚多少万美元的时候,他只犹豫了一下就回答:

"为维里纳小姐吗?那要看时间了。她至少可以十年。等得到所有州的消

波士顿人
The Bostonians

息后我才能算出来。"他微笑着说。

"我不是说为塔兰特小姐,我是说为你。"奥利夫回答,感到自己正在直视着他。

"哦,你让我赚多少,我就能赚多少!"马赛厄斯·帕顿回答说,笑声里包含着一切,甚至更多,美国新闻媒体的幽默诙谐。"说真的,"他补充说,"我从来没有想过从中赚钱。"

"那你想干什么?"

"哦,我想创造历史!我想帮助女性。"

"女性?"奥利夫咕哝着说,"你对女性有多少了解?"她正要再说的时候,他很快拦住了她。

"全世界妇女的情况我都了解。我想为她们的解放而奋斗。我把这看作伟大的现代问题。"

钱塞勒小姐现在站了起来,这有些太过分了。最终她是否能成功地实现她的努力,阅读她经历的读者会做出判断,不过此刻她并不愿意让自己的成功依赖任何别人提供的帮助。这就是一个爱挑剔、孤傲、不妥协之人要付出的代价,看问题既不简单也不敏锐,却把各种反常的关系错综复杂地纠缠在一起。对我们这位年轻的女士而言,再没有什么事比把她的解放归功于像马赛厄斯·帕顿这样一类人更让人觉得无聊乏味的了;奇怪的是,他的那些品质和维里纳相似,在奥利夫看来,维里纳的这些素质既浪漫又感人——她从这样的"人民"中来,熟悉贫穷,熟悉勉强糊口的成长以及污浊生活的体验——这根本无助于安抚钱塞勒小姐。我认为这是因为他是个男人。她告诉他,对他的提议她非常感谢,不过他显然不了解维里纳和她本人。不,尽管他认识塔兰特小姐这么长时间了,他甚至也不了解她。她们并不想出名,她们只想有用。她们无意赚钱,塔兰特小姐一直都有足够多的钱。当然,她会走到公众面前,世界也会为她喝彩,渴望她的讲话;但是,粗制滥造的鲁莽行动是她们两人都不希望有的。改变女性的可怕处境不仅是今天的问题,或者明天的问题,而是未来很多年的问题,需要考虑和安排的事情还很多。她们有把握的一件事就是——男人们不应该用浅薄来伤害她们。当维里纳该露面的时候,她的露面会全副武装,就像圣女·贞德(这个类比一直存在于奥利夫的想象中),她应该有准确的资料,她应该在男人们熟悉的领域里对付他们。"我们要做什么就要把它做好。"钱塞勒小姐对她的来访者说,语气相当严厉,让他尽可能运用自己的想象力去领会她的意思。

这个声明并没有给他安慰,他感到困惑并且灰心——确实很沮丧。难道听

第十七章

她说这个乏味的准备过程不让人沮丧吗?——好像谁如果关心这件事就要知道维里纳是不是准备好了似的!难道钱塞勒小姐对她的青春没有信心吗?难道她不知道这将是一张什么样的王牌吗?这是奥利夫最不愿意给他机会提出的问题。她对他说,他们的谈话永远也不会达成一致——他们的观点相去甚远。另外,这是一个女人的问题,她们只想为女人做点事,而且这件事应该由女人来做。年轻的马赛厄斯曾经不止一次被人送到门口,不过撤退之路似乎从来没有这么让人不愉快。他当然是很亲切了,不过到目前为止,还没有什么事让他觉得自己不是——也不会是——现代历史的代理人:这里有一个贪得无厌的女性,她声称自己要独占这个有利环境。他让她知道,她简直是太自私了,如果她选择一个漂亮女孩子为自己那远远落后于时代的理论和她对权力的热衷做出牺牲,一家警惕性很高的日报——其任务就是暴露错误行为——会要求她做出解释。她回答说,如果这家报纸存心要伤害她,那是他们的事,在她身上对她这个性别多一次暴行并没有什么了不起。他离开她之后,她似乎看到了即将到来的胜利曙光;战斗已经开始了,她有一种殉道者的狂喜。

第十八章

　　一周之后,维里纳告诉她,她应该说帕顿先生非常想让她嫁给他;维里纳补充说,自己显然很高兴能给奥利夫提供这样一则令人愉快的消息,她已经谢绝说这一类事情了。现在她认为至少奥利夫必须相信她,因为这个求婚要比钱塞勒小姐所能理解的吸引人得多。"他确实把这件事置于诱人的光辉里。"维里纳说,"他说如果我成为他的妻子,我会被一种我现在还不知道的令人兴奋的力量直接向前推进。如果我和他结婚,我会一觉醒来家喻户晓,我只需要释放感情,他会负责其余的事。他说我的青春每一个小时对我都是宝贵的,我们应该愉快地周游全国。我觉得你应该承认那是非常让人眼花缭乱的——因为我当然没有你那么专心致志了!"

　　"他许诺你成功。你觉得成功是什么呢?"奥利夫问,用一种必要的冷淡眼神看着她的朋友——暂时没有同情——维里纳现在对这一点很熟悉(尽管她觉得跟开始时也差不多),这让赞许到来的时候显得更亲切。

　　维里纳想了一会儿,接着充满信心地微笑着回答:"施加一种不可抗拒的压力,让国会和国家立法机关废除某些法律,制定另外的法律。"她重复着这些话,就像它们是烂熟于心的部分教义问答①,尽管奥利夫发现那种机械的腔调带着玩笑性质,但她自己却无法否认。她们以前经常谈起成功的概念,钱塞勒小姐就经常不失时机地提醒她什么是真正的成功。当然,现在很容易向她证明帕顿先生闪闪发光的诱饵是很不一样的东西;只是一个陷阱和诱饵,收买虚荣心和浮躁,一种让她丧失自我的手段——更不用说她这么做的时候还可以塞满他的腰包。奥利夫太清楚这个女孩子没有常性了,她以前也见过,有时候维里纳非常认真,接着又顽固地,甚至有些天真地琐碎起来——就像现在这样,维里纳似乎想把她们最神圣的一个计划变成一句玩笑话。然而,她已经发现,即使维里纳是现在这个样子也不要紧,她本人是一个整体,而维里纳却是由很多部分组成的,当这些部分组合在一起的时候,有些变幻莫测的小漏洞,有时可以看到嘲

---

① 教义问答(catechism):关于基督教教义的提问与回答。

第十八章

讽之光在其中闪烁。维里纳不像她的地方就是,她会觉得帕顿先生给她的那个永远激动人心的承诺是多么辉煌的一件事,她会真的带着宽容看待帕顿先生。不过,奥利夫再一次努力把这些过失当作年轻人的一个阶段和郊区文化加以体谅;即使她做出了这么大的努力,维里纳还是变本加厉地责备她——用无可救药的温柔责备她——说她不够宽容。奥利夫似乎不能理解,当马赛厄斯·帕顿在描述那一番景象并努力去握维里纳的手(这个意象真令人遗憾)时,维里纳朝他打开的那扇门里投去了深长而专注的渴望目光,注视着这个世界的华丽喧嚣。后来,她只是为了朋友的缘故,才转过身来面对一个更严峻的考验和一种更纯洁的努力;仅仅是为了朋友的缘故,也就是说,为了所有被奴役的姐妹们。无论如何,事实一直都是,维里纳已经做出了牺牲。这种想法很快就让奥利夫觉得更安全了。未来几乎像是安排好了,因为虽然奥利夫知道这个年轻记者不会善罢甘休,但她相信维里纳永远也不会任他摆布。

这倒是真的,伯雷奇先生最近常常到剑桥这间小屋里来,维里纳跟她说过这个,给她讲了很多,好像把一切都告诉她了。他现在来的时候不带格雷西先生了,他自己能找到路,似乎也不希望有其他人。他这么讨好她的妈妈,这位母亲几乎总是不在房间里,这就最好地证明了塔兰特夫人喜欢一位"男性来访者"。现在她们了解了他的一切,他父亲去世了,他母亲很时髦,很有名气,他自己拥有一笔可观的遗产,母亲和这份遗产在纽约经常牵挂着他。他收藏美的东西,书画和古董以及他专门从欧洲订购来的东西,很多都放在他剑桥的住处。他有凹雕、西班牙圣坛的罩布以及大师们的画作。他跟其他人不一样,他好像很喜欢享受生活,认为如果你放松自己的话,就很容易做到。当然——从他拥有的东西看——他似乎认为你需要拥有很多东西才能让自己精神焕发。接着,维里纳告诉奥利夫——她可以看出稍微有些耽搁——他想让维里纳去他住的地方看看他的宝物。他想给她展示一下,他相信她一定会很喜欢的。维里纳也这么想,不过她不想单独去,她想和奥利夫一起去。她们可以喝茶,还会有其他女士在场,奥利夫可以告诉她,她该如何看待这样一种充满精美物品的生活。钱塞勒小姐对此通盘考虑了一下,她的第一个想法就是很高兴目前可以决定接受这些意外事件,因为如若不然,她现在应该是最警觉的时候吧?她非常希望那些自负的年轻人随着时间的推移能对维里纳放手,不过他们显然是不会的,她最大的安全就是看到他们尽可能多地出现。如果这类人能频繁出现,维里纳很快就能学会判断了。如果奥利夫不这么严厉,她便会微笑着允许这个女孩子自己坦率地接受这一理论。维里纳急切地解释说,伯雷奇先生似乎根本就没想

波士顿人
The Bostonians

可怜的帕顿先生想的那些事,他比帕顿先生强得多,他让维里纳表达自己的观点,却不表露任何要做她的丈夫或演讲经纪人的迹象。到目前为止,他最过分的行为只是告诉她,他喜欢她就像他喜欢古老的搪瓷和刺绣一样;当她说自己看不出她和这些东西有什么相似之处时,他回答说,这是因为她非常独特,非常精致。她可能很独特,但她反对说她精致,她最不愿意人们这么看她。奥利夫可以从这一点看出,维里纳对他说的一切有多大程度的不同意。当钱塞勒小姐问她是否尊敬伯雷奇先生时(到现在她才明白,奥利夫把这个字说得多严肃啊),她回答说,笑声甜美而自负,显然信心十足,她尊敬不尊敬并不要紧,因为整个事情不就只是一个阶段——她们以前讨论过的那个阶段吗?她越早一点经历就越好,不是吗?——维里纳好像觉得到伯雷奇先生的住处拜访会大大加快自己的转变。正如我所说,维里纳高兴地认为这个阶段不可避免,她不止一次对奥利夫说,如果她们要和男人进行斗争,那么越早了解他们就越好。钱塞勒小姐问,为什么她母亲不能陪她去看那些古玩,因为维里纳说它们的拥有者并没有忽略邀请塔兰特夫人。维里纳说,这当然很简单了——只因为她母亲不能像奥利夫那么好地告诉她是否应该尊重伯雷奇先生。有关伯雷奇先生是否应该受到尊重的这个决定,在这两位不简单的年轻女性的生活中被定在这么高的一个道德基调上,这变成了一件举足轻重的大事。起初,奥利夫不愿意面对它——事实上,不是这个决定——因为我们知道,任何一位异性成员是否应该受到尊重,她本人早已有了定论——而是这件事本身,如果伯雷奇先生进一步激怒她,那就会让她面临危险,让她对维里纳显得要对他不公平。奥利夫觉得他玩的游戏比年轻的马赛厄斯玩的游戏更加深奥,她很愿意看他玩;不过,她认为谨慎的做法就是不要努力提前缩短这个阶段(她接受这种划分)——如果她要"闭关",她很快便会招致非难,就像维里纳谈到这个年轻鉴赏家的时候所说的那样。

所以,最后定下来,塔兰特夫人和她的女儿接受伯雷奇先生的邀请。几天后,这些女士们就参观了他的住处。当然,维里纳因此也有了很多话题,不过她详述了母亲而不是自己的印象。塔兰特夫人带走的东西够她度过整个冬季。当时有一些纽约女士们也"在场",她跟她们在一起进行了充分的情感交流。塔兰特夫人告诉她们,自己会很高兴在家里接待她们,不过她们还没有走上那个前院的那些小木板。总之,伯雷奇先生非常可爱,他以最有趣的方式谈论那些精美的收藏品。维里纳倾向于认为他应该受到尊敬。实际上,他承认自己根本就没在学法律,他到剑桥只是为了形式上的需要,不过她不明白为什么一个人

第十八章

让自己那么讨人喜欢还不满足。她甚至问奥利夫,品位和艺术是否算不了什么,她的朋友可以看出,她一定是深深卷入这个阶段了。钱塞勒小姐当然有现成的答案。如果品位和艺术能让人心胸开阔,那么它们就是好东西,但如果让人变得狭隘,那就不好了。维里纳同意这个观点,说它们对伯雷奇先生产生的影响还有待观察——这句话让奥利夫担心,如果是这样,许多东西还尚难预料,特别是后来维里纳说还要计划去参观这个年轻人的房间时,这一次奥利夫就必须出马了,他已经表达过这个最迫切的愿望,奥利夫本人更希望她们能一起去看看他的那些漂亮的物件。

在这之后的一两天,亨利·伯雷奇先生在钱塞勒小姐的家门口留下一张名片,上面写着他希望哪天和她一起用茶,他希望自己的母亲作陪。奥利夫和维里纳一起接受了这个邀请,不过她这么做的时候,觉得自己的处境有些奇怪,不明白自己在干什么。她觉得奇怪的是,维里纳恳请她迈出这一步,而维里纳完全可以没有她自由前往,这就证明了两件事:首先,她对亨利·伯雷奇先生很感兴趣;其次,她的本质很好。事实上,在她看来这么好的调情机会,而维里纳却淡然处之,还有什么比这样的事更需要悄悄进行呢?维里纳很想了解真理,现在她显然相信奥利夫·钱塞勒掌握着绝大部分真理。所以维里纳的坚持首先证明了,她在意朋友对亨利·伯雷奇的看法胜过她在意自己对他的看法——当然,这提醒奥利夫,她已经承担起塑造这个慷慨的年轻头脑的责任,并让她知道,现在她在这个头脑中占据的崇高地位。这些新发现本来是应该令人满意的,如果情况不完全是这样的话,那也只是因为这个大一点的这个女孩子感到有些遗憾,因为她要评价的对象不是一个恶贯满盈的年轻人。像这两位年轻女士所说的,她在塔兰特夫人家见到他的那天晚上,亨利·伯雷奇就已经让钱塞勒小姐"紧张不安"了;不过奥利夫还是不由自主地觉得他是一位绅士,一个好小伙子。

这一点在她们去参观他的房间时就令人苦恼地显而易见了。他脾气那么好,那么风趣,那么友好体贴,对钱塞勒小姐那么周到,在他这个单身贵族的小巢里如此优雅地尽主人之宜。部分时间里,奥利夫默默地坐在那里良心摇摆不定,就像摇动停走的手表,希望它告诉她更好的理由,她为什么不应该喜欢他。她发现不喜欢他母亲并不难,但是不幸的是,那几乎不能达到她的目的。伯雷奇夫人过来在儿子的附近住几天,她住在波士顿的一家旅馆里。这自然让奥利夫觉得,这次招待会之后拜访她会是一种礼貌的行为;不过她可以按照波士顿人的脾性赦免自己不去打扰她,这至少是一种安慰。事实上,伯雷奇夫人是一

波 士 顿 人
The Bostonians

个十足的纽约人,不会特别注意到一个波士顿人是否来访过,这稍稍让人有些恼火。不过我觉得甚至在最亲切的报复中也会有美中不足。她是个社交圈子里的女人,见多识广,侃侃而谈,(面容)姣好,常怀敌意,她看起来好像说话应该是缓慢而严肃的,不过实际讲话又快又俏皮,总让人始料不及,她的笑声简短、爽朗而且及时,她好像总是这么处理笑话(不管它是什么),显得即刻就明白了自己所见所闻的一切。她显然习惯了讲话,甚至习惯了倾听,如果不让她太久地等待细节和插入语的话;她讲话虽然没有连续不断却总是在说,从某种程度上,你可以看出她不喜欢解释,尽管这不能被看作她有什么害怕解释的。她偏爱笼统,而不是具体;她对每个人都很客气,但绝不可亲;绝对友好,但也绝对不相信任何人,就像在波士顿人们(在兴奋的时刻)想强调自己并不怀疑似的。她的全部举止都好像在告诉奥利夫,她所属的那个世界要比她的大得多;我们的年轻女士很生气,因为她没有听到伯雷奇夫人说她在欧洲生活过很多年,否则她就可以把伯雷奇夫人归入堕落的一类人了。她几乎是带着受伤的感觉了解到,这一对母子和她本人一样都没有到过大海那边;如果要把他们看成玩世不恭之人,那也得区别对待。如果认为伯雷奇夫人很喜欢波士顿,喜欢哈佛学院以及她儿子的室内布置,喜欢这个茶杯(是老塞弗尔牌子①),这个杯子还没有她预料的一半糟,喜欢他邀请来欢迎她的这一帮人(有三四位绅士,格雷西先生就在其中),最后同样重要的是,喜欢维里纳·塔兰特,这种看法是否有助于做出判断呢?她善意而且明智地称维里纳为名人,但是绝没有长辈的慈祥或者表示她们之间有任何年龄的悬殊。伯雷奇夫人跟维里纳讲话就好像是,她们在年龄上不相上下,好像维里纳的天才和名声会填补这个悬殊,好像这个女孩子不需要任何鼓励和监护。然而,她并不直接说出自己的具体观点,对维里纳的"天赋"也不提任何问题——这种省略让维里纳感到很奇怪,她后来带着最好奇的坦率跟奥利夫说起这件事。伯雷奇夫人似乎暗示,在场的每一个人都有某种长处和才能,他们是一群好朋友。她的举止表明,她并不因为自己儿子的原因而害怕维里纳;她看起来一点都不像是愿意儿子娶催眠师的女儿,然而她好像认为有这样一个年轻女子来增添她在剑桥时光的兴致也不错。可怜的奥利夫当然就陷入矛盾中,她害怕维里纳嫁给伯雷奇先生的想法,不过看到他母亲居高临下,好像这个红头发女孩子带着她喜欢的鲜活却不会成为一大危险,奥利夫又很生气。奥利夫从自己模糊的羞涩中,从自己这时候深陷其中的焦虑和沉默中看出了这一切。因此可以想象,如果她能把这种局面看得简单一点,她的观

---

① 老塞弗尔牌子(Old Sevres):一种稀缺贵重的茶罐品牌。

第十八章

点该是多么敏锐啊。她这么聪明,即便是为了自卫也没必要病态。

然而,我必须补充一点,有一会儿她几乎高兴了——或者感觉如果自己高兴不起来,至少是一种遗憾。伯雷奇太太让她儿子弹奏"一首小曲",他坐在钢琴前表现出来的才华也许极大地满足了那位夫人的自尊。奥利夫对音乐非常敏感,不被这个年轻人精湛的艺术抚慰和打动是不可能的。一首"小曲"接着一首,他选择的都是很欢快的(曲子)。他的客人们分散地坐在红红的火光里,静静地,以舒服的姿势倾听着;燃烧的干柴散发出淡淡的幽香,与舒伯特和门德尔松①的芬芳交织在一起;罩着的灯四处散发着红色的光辉,在壁橱和壁灯的深色阴影里,一些珍贵的东西熠熠生辉——某种象牙雕刻或者一个十六世纪的意大利杯子。在这种氛围中,奥利夫有半小时任凭自己欣赏音乐,承认伯雷奇先生的演奏技艺精湛,好像感觉到一种停战的和平局面。她紧张的神经平静下来,她的问题——这会儿——消失了。在这样一种影响下,在这样一种氛围中,文明似乎完成了它的任务,和谐主宰着这个场面,人的生活不再是一场战争。她甚至问自己为什么还要跟它过不去,男女之间的关系在这个具体的人群中没有任何互相残杀的迹象。总之,她得到了意想不到的休息,在这段时间里她主要把眼睛盯在维里纳身上,后者坐在伯雷奇先生身边,显然比奥利夫更放松。对她而言,音乐也是一种娱乐,她的脸庞在倾听音乐时无意识地转向房间里的不同地方,她的眼光朦胧地停留在火光中闪现的*小古玩*②上面。有时候,伯雷奇太太低头看着她,亲切地、随意地微笑着;于是,维里纳也对她报以微笑,她的表情似乎在说,哦,是的,她正在放弃一切东西,一切原则,一切计划。甚至还没有离开这里奥利夫就感到她俩已经(维里纳和她)道德败坏了,她只是鼓起勇气才把她的同伴带走,这时候她听到伯雷奇夫人提议让维里纳到纽约住两周。于是,奥利夫暗自惊诧:这是一个阴谋吗?到底他们为什么不放过她呢?而且准备把披风像以前所做的那样拉过来罩住她的朋友。维里纳稍微有些冒失地回答说,她会很高兴拜访伯雷奇夫人的,接着瞥了奥利夫一眼,突然停止了自己的鲁莽,维里纳补充说也许这位夫人不会问她是否知道她在妇女解放这个问题上所采取的坚定立场吧。伯雷奇夫人看着自己的儿子笑了起来,她说她非常清楚

---

① 舒伯特和门德尔松(Schubert and Mendelssohn:Franz Schubert,1797—1828);Felix Mendelssohn,1809—1847)浪漫主义运动中音乐界著名的作曲家。舒伯特以自己的钢琴曲闻名。詹姆斯让奥利夫欣赏Johann Sebastian Back(1685—1750)和Ludwig Van Beethoven(1770—1827),而让布雷奇先生喜欢舒伯特与门德尔松,以使他们的品位形成鲜明对比。巴赫与贝多芬比起前面两位音乐家来更加古典,少一些多愁善感(见第二十章),多一些宏阔铿锵,适合表达激进昂扬的思想。

② *Bibelots*:法语,奇怪的小饰物,贵重的小物品。

波士顿人
The Bostonians

维里纳的立场,要她不赞成她们就像要她不赞成自己一样是不可能的。她对妇女的解放怀着极大的兴趣,她认为要做的事还很多。在这个重大的问题上,这是她们仅有的谈话;关于维里纳给哈佛学生做报告的事,亨利·伯雷奇或者他的朋友格雷西都没有再跟她说什么。维里纳告诉过她父亲,奥利夫不允许她这么做,塔兰特已经对这些年轻人说了,钱塞勒小姐好像打算用自己的方式处理这件事。我们知道他觉得这种做法太绕弯子了,不过钱塞勒小姐让他感到她是认真的,这种想法吓退了他的抵抗——这种合作关系真是可怕。他见过的那些非常认真的人多半是男性委员会的成员,十年前他们考察精神"物质化"的现象,并将这种科学方法的强光投射到他身上。对奥利夫而言,伯雷奇先生和格雷西先生已经不再打趣了,不过这并没有让他们少一点玩世不恭。维里纳走的时候,亨利·伯雷奇对她说,他希望她能认真考虑一下他母亲的邀请;维里纳回答说,她不知道将来是否有很多时间分给那些同意她观点的人;她希望多与那些和她持不同意见的人打交道。

"这么说你的工作计划没有休闲娱乐吗?"这个年轻人问,他的目光中流露出真正的担心。

像通常那样,维里纳在这件事上总是带着聪明慷慨的敬意求助于她的同伴。"你说——我们的工作计划包括休闲娱乐吗?"

"今天下午我们获得的娱乐一定会让我们在很长时间里难以忘怀。"奥利夫说,她的话一点也不刺耳,但是非常严肃。

"哦,现在要尊敬他吗?"当这两位女士穿着冬天的长袍,像就任神职的妇女肩并肩静悄悄地漫步在黄昏的薄暮中时,维里纳问道。

奥利夫想了一会儿:"对,相当受人尊敬——作为一个钢琴家!"

维里纳坐着马车和她一起进了城——她要在查尔斯街住几天——那天晚上她让奥利夫很吃惊,维里纳突然有了一种想法,这很像她们在伯雷奇先生漂亮的房间里的时候,维里纳本人所感到的那种异想天开的动摇,不过她现在的反应却很强烈。

"要是总这样就好了——只把男人看成他们本来的样子,不要非想他们的坏处不可。要是没有这么多问题就好了,只要想着这些问题都已经得到了满意的解决,这样人们就可以坐在古老的西班牙皮椅子里,放下窗帘,把寒冷、黑暗以及这个可怕、残酷的世界挡在外面——坐在那里一直听着舒伯特和门德尔松。他们根本就不在乎女人的遭遇!今天我根本就没有想什么选票,你呢?"维里纳问,正如她一贯用这几个推断结束谈话并求助于奥利夫那样。

第十八章

　　这位年轻女士认为,有必要给她一个非常明确的答复。"我总能感觉到它——无论何处——日日夜夜。我这里感觉得到。"奥利夫严肃地把手放在胸口,"我认为这是一个深刻、难忘的错误。我的感觉就像一个人感觉到自己的荣誉受到玷污一样。"

　　维里纳发出爽朗的笑声,接着轻轻叹了一口气说:"你知道吗,奥利夫,有时候我就纳闷,如果不是为了你,我还会不会这么心心念念!"

　　"我的朋友,"奥利夫回答,"你从来没有这么清楚地表明我们的结合如此亲密,如此圣洁。"

　　"你确实让我不甘落后,"维里纳继续说,"你是我的良心啊。"

　　"我想说你是我的外形——我的皮囊。不过你这么漂亮,实在太屈才了!"奥利夫用这种方式答谢她朋友的恭维。后来她说,当然放弃一切要容易得多,只需要拉上窗帘,在人为的氛围中伴着玫瑰色的灯光度过一生。放弃斗争,把全世界所有不幸的妇女都继续留在她们自古以来的悲惨境遇里;放下自己的负担,对整个阴暗面闭上眼睛。总之,停止一切行动,这样做要容易得多。对此,维里纳反驳说,根本就不可能让她停止,这种想法比世界上任何东西都悲观阴暗;她还没有深入接触生活呢,并不想让责任毁了自己。于是,这两位年轻女士在结束谈话的时候,就像她们以前在结束谈话时那样,发现她们两人的意见完全一致,她们的确信心十足地要在生活中取得巨大成功。为了不默默无闻,就要伟大;为了不一无是处,就要有权。奥利夫以前经常说,她对生活的理解就是要么伟大崇高,要么无关紧要。这个世界充满了邪恶,但是她很高兴在邪恶被清除之前出生,这样她就可以面对它,就有事可做,并得到酬报了。如果伟大的改革大功告成,公正的日子已经到来,生活不就变得太单调乏味了吗?她从来就没有假装要否认,她最强大的动力之一就是要出名,要获得最高荣誉。她相信,反对妇女被束缚最有效的办法就是这个性别的单个成员变得出类拔萃。若有人无意听见这两个人也许有些想入非非的交谈,一定会被她们深谙世俗荣耀的念头所触动。这个想法不是维里纳发明的,但是她急切地从她朋友那里把它吸收了过来,而且兴致勃勃地做出了回应。对奥利夫而言,她们两个大脑的合作关系似乎——每一个大脑都缺少很多重要的东西——形成一个有机的整体,对目前手头正从事的工作有非常好的效果。维里纳总是远没有奥利夫希望看到的那样心有灵犀;不过她的性格中令人愉快的东西就是,经过与这个神圣思想的短暂接触之后——奥利夫总是努力把这种神圣的思想投射到她身上,就像一颗珠宝在没有合上盖子的首饰盒里——维里纳激动起来,灵感爆发,从她朋

波士顿人
The Bostonians

友不那么有说服力的嘴里把这些话接过来,让自己变成一个有魔力的声音,再次成为年轻纯洁的西比尔①。奥利夫发现,如果没有维里纳温柔的音符,自己的改革运动就会极其缺少甜蜜,也就是天主教徒所说的涂油膏②;另一方面,如果没有她自己殿后,维里纳就会在统计和逻辑方面显得非常没有底气。总之,在一起,她们会珠联璧合,她们会拥有一切;在一起,她们会战无不胜。

---

① 西比尔(sibyl):古希腊、罗马神话中的女预言家。
② 天主教称作涂油膏(The Catholics call unction):也称"涂油礼",是基督教中极为神圣的一种仪式,曾被作为信徒入教的基本宗教礼仪,后来变为一种赋予少数人以特殊政治身份和权利的典礼。在教界,它成为教皇、主教的圣职就任礼,以显示上帝对其宗教神权的授予。天主教神父往往给临终的人或病人施行涂油礼(有时称为终傅),油代表圣灵。在涂油之前,为临终的人或病人祷告,求主赦免其罪,接受临终的人的灵魂安详进天堂,医治病人之疾病。然后用油涂其前额,口念:"我用油涂你,因圣父、圣子及圣神之名,阿门。"

第十九章

这个关于她们的胜利的想法,一个迄今终极而遥远的胜利,首先需要虔诚的努力,这种努力从来就不缺乏热忱,两位朋友已经对此非常熟悉了,尤其是奥利夫,十九世纪七十年代①的冬天迎来了钱塞勒小姐人生最重要的阶段。圣诞节前后她采取的一项措施大大促进了这些事情,根据她的理解,这项措施让这些事情按部就班地进行了。这要归功于维里纳到查尔斯街跟她住,按照奥利夫和塔兰特·塞拉与他的妻子之间达成的协议,维里纳可以在这里住几个月。前进的道路上现在已经完全没了障碍,法林达夫人已经开始了她一年一度的巡回演讲,从缅因州到德克萨斯,她在煽动人们;马赛厄斯·帕顿(据推测)至少暂时安静下来了;卢纳夫人定居纽约,她在那里租了一年的房子,并从那里给她妹妹写信,说她要雇巴兹尔·兰塞姆(她就是为这件事与这个人保持联系的)帮她处理法律事务。奥利夫不知道阿德利娜有什么法律事务,希望姐姐跟她的房东或者是帽商发生纠葛,这样她姐姐就会不断地需要见到兰塞姆先生了。卢纳夫人很快就让妹妹知道这些会面开始了,这个密西西比年轻人过来和她一起用餐,她可以看出,他还没有什么业务,她甚至担心他并不是每天都有饭吃。不过他现在戴着一顶大礼帽,像个北方绅士,阿德利娜说自己发现他确实很有魅力。他对牛顿一向很好,给他讲那场战争的全部经过(当然纯粹是南方人的说法,不过卢纳夫人并不关心美国政治,她想让儿子知道这方面的意见)。牛顿嘴里说的都是他,称他为"兰尼",模仿他对某些单词的发音。阿德利娜随后写道,她决定把自己的事务委托给他(当奥利夫想到姐姐的"事务"时,她宽容地叹了口气)。卢纳夫人后来还提到自己正在认真考虑让他做牛顿的家庭教师。她想让这个可爱的孩子在家里接受教育,用这种关系拥有一个已经是家庭成员的人会更令人愉快。卢纳夫人写得好像他已经准备好放弃自己的事业来看管她的儿子了,奥利夫相当肯定,这只是她的一种冠冕堂皇,是她订契约的习惯,尤其是

---

① 1870年代的冬天(The winter of 187—):这是小说中唯一的真实时间点,意味着内战后的美国社会。

波士顿人
The Bostonians

自欧洲生活以来,说得好像在什么情况下她都需要特殊安排似的。

虽然她们有年龄上的悬殊,奥利夫早就对姐姐有了定见,在她眼里,阿德利娜缺少一个有趣之人所需的一切气质。她富有(或者说足够富有)、保守而且胆小,特别喜欢引起男人们的注意(据说她和他们在一起很大胆,不过奥利夫蔑视这种大胆),沉溺于一种仅仅是个人的、自我中心的、本能的生活中,由于不知道这个时代的潮流,不了解未来的报仇雪耻,没有意识到新真理和伟大的社会问题,她好像只是个衣服架子,她也几乎就是这样。可以清楚地看出她没有良知,看到一个女人靠这种方式活着却可以免去很多麻烦真让奥利夫恼火。阿德利娜的"事务",如我所说,她的社会关系,她对牛顿教育的看法,她的实践和理论(因为她有很多,如此而已,不足为怪!),她时不时想再婚的念头,甚至她在危险面前很傻气的退缩(因为她甚至没有勇气轻浮),对奥利夫而言,这些都是这个姐姐在回美国之后让她悲观、牵挂的主要心事。她悲观的倒不是卢纳夫人会给她造成什么具体伤害(因为她甚至对奥利夫还有好处呢,也就是说,通过嘲笑她让她感到很荣幸),但是在这场演出本身,在这个由命运之手导演的戏剧中,一些卑鄙的小场景非常有逻辑地自行展现。**结局**[①]当然是一致的,只能是卢纳夫人的精神死亡,最终她根本听不懂奥利夫讲的公共话语,陷入纯粹的世俗堕落,陷入极端的自鸣得意,陷入琐碎的、上流社会保守主义的极度愚蠢。说到牛顿,他现在就已经够讨厌的了,如果他将来有可能长大只会更讨厌;事实上,如果他母亲继续迷醉于培养他的那套方法,他永远也长不大,只会缩小。他的早熟和自私令人难以忍受,在不惜任何代价培养他文明优雅的借口下,阿德利娜悉心照料他,爱抚他,把他呵护在自己身边,当他假装耳朵疼的时候就免除他的功课,把他拉入谈话中,当奥利夫对他稍加调教时,阿德里娜便允许他带着超出年龄的无礼跟她顶嘴。在奥利夫的眼中,这个地方就像公立学校,在这里,人民的孩子们会教育他不要自大,如果需要的话,会不时借助于棒打给他教训。卢纳夫人离开波士顿之前,这两位女士就这一点进行过重要的磋商——这个场面最后以阿德利娜把难以约束的牛顿拉到怀里而告终(他这时候进来了),让他发誓他将为母亲的纪律而生死。卢纳夫人声称,如果她一定要遭到蹂躏的话——很可能这就是她的命运!——她宁愿让男人而不是女人蹂躏,如果奥利夫和她的朋友们掌管政府,她们会比历史上最有名的暴君还要糟糕。牛顿发了一个幼稚的誓,说他永远也不会成为一个毁灭性的、邪恶的激进分子。奥利夫感到从此以后自己再也不用为姐姐操心了,她只是把这一切都归结于她的命运。那种命

[①] *denouement*:法语,小说或者戏剧等的结局。

运简直就是要嫁给北方的敌人,一个无疑希望用鞭笞和手铐对待女人的男人,就像他和他的人民以前对待那个可怜的有色人种一样。如果她很喜欢过去那些古老优秀的制度,他会给她提供很多;如果她想很保守,她可以先试试看自己是多么喜欢做一个保守分子的妻子。如果奥利夫为阿德利娜烦恼还不算多,那么她为巴兹尔·兰塞姆可就大伤脑筋了;她对自己说因为他恨那些尊重自己(而且相互尊重)的女人,命运恰好会把阿德利娜这类人拴在他的脖子上消耗他。那对他将是理想的惩罚方式——当我们的偏见脱离常规时,法律就是这样惩罚我们的。奥利夫考虑了这一切,就像她努力从一个高度考虑任何事情一样,最后相信她并不是为了任何神经质的个人安全才想看到她的两个亲戚在纽约纠缠在一起的。如果他们结婚这件事会让她觉得合情合理,那也只是作为某些法律的例证。由于哲学家的气质,奥利夫非常喜欢法律例证。

  然而,当奥利夫意识到(现在这是一个很大的安慰源泉)法林达夫人把这场战争带到了遥远的疆土,将会准时返回波士顿主持一次声势浩大的妇女会议①,广告已经说这次会议六月份在波士顿举行,我几乎不知道这是源自她意识的什么例证了。她很高兴这个威严的女人会离开,这块领地会更自由,气氛会更轻松,它意味着没有来自官方的批评。我没有占用篇幅说起这些女士们最近交往的某些插曲,一定是满足于悄悄追踪她们的交往效果。这些无疑可以用一句司空见惯的话来概括,常言道,两个霸道的女人比两个霸道的男人更不可能合得来。因为伯宰小姐家的那个晚会对奥利夫产生的影响非常之大,让她有机会更接近法林达夫人,法林达夫人的那些提议让她认识到妇女革命的伟大领导人是一个比她本人更专注、更意志坚强的人(在世界上的那个地方)。钱塞勒小姐的雄心壮志最近受到了很大鼓舞,她已经开始相信自己内心的曲调比她以前听过的任何曲调都更轻快了;她现在发现,当精神与精神相遇,其结果要么是相互吸引,要么是相互激烈地冲撞。她一直都明白自己将不得不对付整个世界的顽固,不过她现在发现还要对付妇女阵营里的某些因素。这就让问题复杂化了,这种复杂自然不会让法林达夫人显得更容易消化。如果奥利夫的本性高尚,法琳达夫人的本性也一样,错不在她们双方;这只是一种告诫,一山不容二虎,她们不可能在一个地方树起两座界标。如果这些看法像男人之间的相互看法一样微妙,那就无须提醒读者,在本质更优雅的性别身上这些看法的表现形式会

---

① 一次声势浩大的妇女会议(A grand Female Convention):1848 年美国纽约的塞内加·福尔斯(Seneca Falls)召开重要的妇女选举权大会,1850 年麻省的沃赛斯特(Worcester)再次召开全国妇女大会,1852 年纽约的塞拉库斯(Syracuse)又召开类似的会议,1866 年波士顿召开女权大会。

波士顿人
The Bostonians

更复杂一些。奥利夫在三个月中就是这样从尊敬阶段过渡到竞争阶段,这个过程因维里纳被介绍进这个队伍而加速了。关于维里纳,法林达夫人的表现最是不可思议。开始,法林达夫人被触动了,后来她又无动于衷。她先是好像要吸收她进来,接着就明白无误地避开她——对奥利夫说那种人已经太多了。的确是,关于"那种人"——这个短语在钱塞勒小姐愤恨的心里振荡着。她是不是有可能不知道维里纳这种人,把她错当成臭名昭著、胸怀庸俗野心的人了呢?奥利夫最初的愿望是想让自己的*被保护人*[①]获得法林达夫人的认可,她希望维里纳从这位总司令那里获得一纸委任状。带着这个想法,这两位年轻女士不止一次到罗克斯伯里朝圣,其中有一次那种女预言家的情绪(以最有魅力的方式)降临到维里纳身上。她自然而大方地进入了这种情绪,在讲话的过程中口若悬河,甚至比她在伯宰小姐家的那次正式讲话更打动人心。法林达夫人相当冷漠地看待这件事。当然,这跟她本人的演讲方式不同,非常出色而且有说服力。最大的问题是,如果她给纽约《论坛报》[②]写一封推荐信,其效果会让塔兰特小姐一举成名;但是这种善意的书信从未出现,现在奥利夫发现她们并没有从罗克斯伯里这位女预言家那里得到什么帮助。她之所以不写举荐信,是因为她的一本正经、过分谨慎和心胸狭隘的矜持。如果奥利夫没有马上说法林达夫人是在嫉妒维里纳更有魅力的演讲方式,那也只是因为这个声明稍后肯定会产生很大效果。她真正说出来的话是,法林达夫人显然是想把这场运动控制在自己手里——并不信任奥利夫和维里纳似乎正在努力引进的某些浪漫、美学的成分。例如她们非常强调历史上妇女的不幸,但法林达夫人好像并不关心这一点,或者实际上她似乎对历史还不大了解。她似乎只从当下开始,不管她们是不是幸福,她都为她们要求权力。其结果便是,奥利夫完全依赖维里纳发动一场半是屈辱、半是狂喜的运动;她声言她们必须在没有任何人帮助的情况下打一仗,不过这样做毕竟更好一些。如果她们完全属于彼此,那么她们还缺少什么呢?她们会被孤立,不过她们也将自由,对形势的这种认识让她感到她们几乎已经开始形成一种力量了。事实上,并非奥利夫的不满逐渐消失了;因为她不仅感觉到,无疑非常冒昧,法林达夫人是附近唯一能评价她的有声望之人(这本身就是一个充分的对抗理由,因为如果我们喜欢比我们强的人的表扬,那么我们就更喜欢另一类人的批评),而且奥利夫在她们早期的交往中对法琳达夫人还充满

---

① *Protetee*:法语,被保护人。
② 纽约《论坛报》(The New York 'Tribune'):1841 年创立的一家日报,支持劳工、女权、废奴等进步思潮。

敬意,而现在却不经意间流露出来这种敌视,这让奥利夫时不时有些脸红。但愿她永远不要变得这么自私,这么狭隘。她轻浮,世故,一个新手,一个不务正业的人,一个贝肯街的常客;她霸占着维里纳·塔兰特,只是一种老式的给布娃娃穿衣服的举动,荒唐可笑。钱塞勒小姐有理由相信,法林达夫人现在就是这样看她的!幸亏这种歪曲也许非常粗俗,然而,每当奥利夫想到强加在她头上的这个具体的罪名时,悲愤的泪水就不止一次在她的眼眶里打转。轻浮,世故,贝肯街!她恳请维里纳分享她的誓言,这个世界会在适当的时候知道她身上究竟有多少那一类东西。如我已经暗示过的,在这样的时刻,维里纳总是很善于随机应变。在发誓永远冷落贝肯街的时候,维里纳的心里很不是滋味;不过,她现在完全被控制在奥利夫手里,为了证明她的女恩人不是轻浮之辈,她没有什么不愿意牺牲的。

维里纳在查尔斯街住这么久,这件事是在塞拉·塔兰特受钱塞勒小姐之邀去那里的一次拜访中安排的。这次有些稀奇古怪的会面值得描述,不过我只能提一提最明显的特征。奥利夫希望跟他达成谅解,希望情况明朗,所以尽管接待他很不愉快,但她还是请他来待了一个小时——在这一个小时里,她计划让维里纳离开那所房子。她没有把这件事告诉这个女孩子,严肃地想这是她第一次欺骗(对奥利夫而言自己的缄默就是欺骗)她的朋友,不知道维里纳将来是否也会情非所愿地欺骗她的朋友。奥利夫当即下定决心,如果需要她还会继续欺骗。她告诉塔兰特,她要让维里纳长住一段日子,塔兰特说看到维里纳被安置得这么好当然是一件令人愉快的事了。不过,他也暗示自己想知道钱塞勒小姐打算拿她怎么办。这个暗示的语气让奥利夫觉得她对这次会面会带有商业性质的预见非常正确。当她走到书桌边给塔兰特先生开一张数额不菲的支票时,形势就更加明朗了。"别管我们——千万别管—— 一年,到时候我会再给你开一张。"她这样说着,递给他那张意义重大的支票,这样做的时候,她相信法林达夫人本人也不会比她做得更在行了。塞拉看了一眼这张支票,看了一眼钱塞勒小姐,又看了一眼这张支票,看了看屋顶、地板和钟表,又看了看他的女主人,然后这个支票就消失在他的雨衣褶皱里了,她看见这个怪人把它放进身上某个奇怪的地方。"哦,如果我以前不相信你打算帮助她。"他说,他停了下来,手继续在看不见的地方摸索着,对奥利夫夸张而悲哀地微笑着。她向他保证,让他不必担心维里纳的发展,这是她在这个世界上最感兴趣的事情,维里纳应该利用一切机会自由发展。"是啊,这才是大事呢,"塞拉说,"这比吸引一群人更重要。我们就要求你做到这一点:让她全面发展她的天性吧。难道人类的一切麻烦不都是因为我们的天性被压制吗？不要盖上盖子，钱塞勒小姐，让她溢出来吧！"塔兰特再次解释他的要求，他的隐喻，他的下颚奇怪地向两边悄悄地活动着。他这会儿补充说，他认为自己必须和塔兰特夫人商量这件事；不过奥利夫并没有搭理他，奥利夫只是看着他，以一种想必不会有什么事让他再拖延下去的表情。她知道他已经跟塔兰特夫人商量好了，奥利夫也已经跟维里纳说过这件事，维里纳告诉她，她母亲为了女儿的最大利益情愿把她牺牲掉。她有理由相信(当然不是通过维里纳)塔兰特夫人已经温柔地接受了这个金钱补偿的主意，不用担心塔兰特口袋里装着一张支票回家的时候她会大闹一场。"哦，我相信她会茁壮成长的，你也会完成你想完成的事业，我们似乎很快就要有进展了。"这个值得尊敬的人起身离开时说道。

"不是很快，而是很慢。"奥利夫很严厉地回答。

塔兰特站在门口，他犹豫了一下，被她的严厉弄得很尴尬，因为他自己总是倾向于对进步和真理的进展持乐观态度。他从来没有遇到过像这位有主见而且刻板的年轻女子如此认真的人，而这个人又出乎意料地对他的女儿感兴趣。她渴望新日子却如此悲观执拗，在某件事发生的时候，她似乎有一种诚实而深刻的洞察力，她愿意用自己的银行里最高额的汇票让他作为一个父亲堕落。他几乎不知道用什么话与她交谈，一些最聪明的人都认为这个运动很有希望，而这个女子却用那种严厉的口气说话，似乎没有什么足以令人安慰的东西。"噢，哦，我猜有某种神秘的规律……"他几乎有些胆怯地咕哝着说，就这样，他消失在奥利夫的视野里。

第二十章

奥利夫希望不用很快再见到他,似乎也没有理由很快再见到他,如果他们的交往要用支票的方式进行的话。当然,关于维里纳的这个谅解已经达成,维里纳已经答应只要她的朋友需要,她就和她待在一起。她一开始说自己不会放弃母亲,但是奥利夫已经让她明白没有放弃的问题。她会像空气一样来去自由,每当塔兰特夫人需要她的关心时,她可以跟母亲待很多个小时,很多天。奥利夫对她的全部要求就是,目前她应该把查尔斯街当成她自己的家。她们在这个问题上没有异议,简单的原因是,到目前为止关键问题是维里纳完全处在这种魅力之下。奥利夫的魅力,这个词也许会让读者见笑;不过我用这个词并不是用它的引申意思,而是用它的字面意思。现在,维里纳艰苦卓绝的同伴在她的周围编织了一张精密的权威之网,依赖之网,这张网就像一套金制的盔甲一样精密。维里纳对她们的伟大事业完全有了兴趣,她带着积极、热情的信念看待这项事业。她父亲渴望让她得到的好处现在已经有了保障,她在最自由开明的条件下茁壮成长。奥利夫看出了这种不同,你可以想象她为此感到多么高兴,她从未体验过这么多快乐。维里纳以前的态度只是少女的服从,一种感激、好奇的同情心。她已经在年轻快乐的诧异中献出了自己,因为奥利夫更坚强的意志以及她为达目标所制订的那套完整程序吸引了她。另外,她也被好客、对社会的新认识、对新事物的感觉以及对变化的热爱所吸引。不过这个女孩子现在无私地喜欢上了她们要一起干的这些伟大的事情。她看重这些事本身,热烈地相信它们,脑子里一直装着它们。在两个年轻女子的联合中,维里纳的这一方已经不再被动,而是完全同意也充满激情,这带来一种令人愉快的活力。如果奥利夫想让维里纳接受训练,她可以洋洋自得地说这个过程已经开始了,她的战友和她一样喜欢它。因此,奥利夫可以问心无愧地对自己说,维里纳离开她母亲是为了高尚、神圣的益处。实际上,她并没有真正离开母亲,她花上几个小时,忍受叮当作响、痛苦拥挤的车程,来往于查尔斯街和那个散发着霉味的郊区小屋之间。塔兰特夫人唉声叹气,表情痛苦,比任何时候都更多地把自己裹

波士顿人
The Bostonians

在披风里,说她不知道维里纳不在家的时候自己能不能独自对付,她一半时间都没有勇气开门。她当然不能忽视这样一个装腔作势的机会,就像一个人在呕心沥血带领人类的进步。不过维里纳心里想(她现在第一次对母亲有了一点判断),如果把她母亲的话当真并照着去做,她母亲就会很难过,塔兰特夫人在依赖女儿的慷慨上是很有把握的。塔兰特夫人无法不让自己去想——甚至连卢纳夫人都悄无声息地走掉了,在这个不常出门的冬天,这两个年轻女子被四面灰墙包围着——她不能放弃这个想法,那就是,住在查尔斯街至少一定和那些杰出的阶层要有接触。她对自己的女儿不去参加聚会很生气,对钱塞勒小姐不提供这样的晚会很恼火。不过运用耐心对她而言并不新鲜,她至少觉得伯雷奇先生来城里看这个孩子很方便,他的一半时间都消磨在这里,他总是住在帕克斯酒店①。

事实上,这个幸运的年轻人经常打电话,每当维里纳在家,她就在奥利夫的完全允许下跟他见面。现在她们之间完全达成了共识,在这个最佳阶段,不设置任何人为的障碍。当这种见面继续进行的时候,奥利夫有对不安硬起心来的真正英雄主义精神;另外,她似乎也应该做出某些让步,如果维里纳做出巨大牺牲,放弃孝顺的责任来和她同住(当然这应该是长期不变的——她会一年又一年买通塔兰特夫妇),她绝不会招致这样的责难,说她(如果那样的话,世界会残酷地指责她)不让维里纳有正常的社会关系。根据新英格兰纯洁的道德法规,一个年轻男子和一个年轻女子的友谊是一种正常的社会关系。随着时间的流逝,钱塞勒小姐看不出有什么理由为自己的鲁莽感到后悔。维里纳并没有恋爱,奥利夫感到自己应该知道这一点,应该立即猜到。维里纳喜欢人际交往,她在本质上是一个社会动物,她喜欢出风头,微笑,讲话,倾听。就亨利·伯雷奇而言,他给这种现在因为伟大的公民目标而变得非常呆板的生活注入了一股轻松恰当的活力(奥利夫非常愿意拥有这种素质)。但是,救赎这个女孩子只需要不受打扰地培养她对那些计划的兴趣就可以了。从现在开始,不需要给她施加压力了;维里纳自己的原动力正在发挥作用,她带着这种火焰,从体内发热。她将神圣地、愉快地保持独身,她唯一的婚礼将是在一项伟大事业的祭坛上。奥利夫总是在伯雷奇先生到来的时候借故缺席,当维里纳后来努力描述他的谈话

---

① 帕克斯酒店(Parker's):当时波士顿一家有名的豪华酒店。亨利·伯雷奇住在这样的酒店,足见其经济实力雄厚。相比之下,巴兹尔·兰塞姆无论是在纽约还是外出,所住的地方都显得比较寒酸、破落。

时,奥利夫就制止她,说自己宁愿什么也不知道——这一切都说得非常庄重,非常温柔。这使奥利夫感觉自己真是很优越,很高尚。她现在明确地知道了(我说不出为什么,因为维里纳不会给她汇报)伯雷奇先生是哪一类年轻人:他稍稍有些自命不凡,略微有点独到见解,有素养的怪癖,在保护下的进步,喜欢拥有秘密,喜欢遵守突然的约会和拜访无名之辈,喜欢过双重生活的氛围,喜欢躬身于一个人们不认识或者至少没见过的女孩子。当然,他喜欢维里纳留给他的印象,不过他主要喜欢的是让她和其他女孩子们之间相互制约,那些时髦女郎,他和她们在帕潘蒂斯学校跳舞①。这便是萦绕在奥利夫丰富的道德意识中的意象。"哦,他对我们的运动很感兴趣。"维里纳有一次试着这样说,不过这些话让钱塞勒小姐很生气。如我们所知,在这个巨大的男性阴谋中,她并不愿意考虑那些偶然的例外。

三月份,维里纳告诉她,伯雷奇先生在求婚——非常恳切地请求她至少等一等,想一想再给他最后的答复。维里纳显然很高兴能对奥利夫说,她明确地告诉他,她不能考虑,如果他指望这个,那他就最好不要再来了。他继续来,所以可以认为他已经不再期待她的妥协了。他现在真正不想要的就是奥利夫的意见。她有一种理论,也就是他几乎向每一个女孩子求婚,人家都不可能接受他——这样做是因为他确实在收集这样的插曲——一个由发誓、脸红、犹豫、拒绝组成的精神选集,只是缺少被接受的内容,就像他收集搪瓷和克里莫纳小提琴②一样。事实上,他对自己和塔兰特家有牵连感到很懊悔;不过这种顾虑并没有阻止他去想,一个有品位的男人鼓励出身低下却漂亮的女孩子是合适的,因为人们寻找特殊情况,其理由(甚至最底下的人也可能有理由)是要看看他们为何不能"发迹"。"我给你说过我不会跟他结婚,现在还是这样。"维里纳高兴地对她的朋友说,她的语调表示,她执行誓言的方式应该受到某种称赞。"我从来没想过你会结婚,如果你不想结的话。"奥利夫回答。维里纳没能说什么,不过眼中充满欢乐,她不能说自己曾经想过。然而,当维里纳说自己很同情伯雷奇先生的败北时,她们进行了一次小小的讨论,奥利夫反驳说,他自私,自负,娇生

---

① 帕潘蒂斯学校(Papanti's):19世纪晚期为波士顿上流社会专开的一所舞蹈学校,开有舞蹈课与芭蕾舞课。
② 搪瓷和克里莫纳小提琴(Enamels and Cremona violins):16—18世纪在意大利北部城市克雷莫纳(Cremona)制造的名牌优质小提琴,尤其是那些斯特拉迪瓦里斯(Stradivarius,1644—1737)制作的小提琴。亨利·伯雷奇表现出很高的艺术品位,也是很奢侈的艺术品位,尤其是当我们在第十八章看到他的茶罐是法国稀缺的"old Sevres"时,就更加证明了这一点。

波士顿人
The Bostonians

惯养,不真诚,活该现在自食恶果。钱塞勒小姐现在一点儿也不感到自责,因为六个月前她给了维里纳这样一次机会,如果有人曾经问她这样做是不是因为害怕承担太多责任,奥利夫一定会很生气。另外,她会说她没有妨碍任何人,即使她不在那里,维里纳也绝不会认真考虑一个大难临头之际还歌舞升平的轻浮小男人①。这并没有阻止奥利夫决定,她们最好春天去欧洲。在地球的那一边住上一年会让维里纳非常高兴,甚至可能有助于发展她的天才。钱塞勒小姐好不容易才承认,那个古老的世界仍然保留着美德,对像她朋友和她本人这么好的两个美国人而言,也许会有重要的训谕;不过她的这个假设不见得都是真心实意,只是适合她当时的心情而已。去欧洲还有这样的考虑,可以让她的同伴离开这个地方——离开这个过分殷勤的男性公民们所待的地方——直到维里纳能够完全站稳脚步。去欧洲也能给她们自己的长篇大论增加强烈的效果。在那个到处都是陌生人的大陆,她们会更加紧密地团结在一起。当然,要在这个不可避免的"阶段"到来之前尽快走开,而不是面对它。不过奥利夫认定,如果她们到推迟的期限(7月1日)还没有受到伤害,她本应该以最大的公正和慷慨去面对它。我也可以马上说,在这个阶段的大部分时间里,奥利夫并没有遭到更严重的惊吓,甚至还有很多充满幸福和希望的小激动。

她和维里纳目前的合作关系的好兆头没有遭到什么事情的破坏。她们埋头学习,她们从波士顿图书馆②借来很多大部头的书,消耗午夜的灯油。亨利·伯雷奇,在维里纳甜美而悲伤地拒绝他之后,返回纽约悄无声息了,她们只听说他在母亲竖起来的翅膀下避难。(奥利夫至少想当然地认为这个翅膀是竖起来的。她可以想象伯雷奇夫人得知她儿子被一位催眠师的女儿拒绝是多么震惊,几乎就像她知道他被接受一样愤怒。)马赛厄斯·帕顿还没有在报纸上进行报复,也许他正在酝酿他的霹雳呢③;不管怎么说,现在歌剧的旺季已经开始了,他忙着采访重要歌星,他在一家最重要的日报上把其中一位歌星描写成(至少奥

---

① 大难临头之际还歌舞升平的小男人(Little man who fiddled while Rome was buring):字面意思是"罗马失火时还在拉小提琴的小男人"。据记载,罗马皇帝尼禄(Nero, 37—68)自己把罗马城给烧了。

② 波士顿图书馆(The Athenaeum):Athenaeum 这个词本身是"雅典娜神庙"的意思,在这里指波士顿私立图书馆,建于1807年,由波士顿图书馆文学俱乐部(the Boston Athenaeum literary club)建立。詹姆斯很喜欢这个地方,但是在他1904年重访这个地方时,见到这个图书馆被冷漠无情的新建筑所包围,心有戚戚焉,在《美国的风景》第七章中,他写道:"从校园街来到贝肯街就到了图书馆——记忆中,这是一座精美的建筑,很喜欢它朝气蓬勃的全盛时期。然而,走进图书馆却只是发现它像突然中毒死去一样没有一点生机,除了表明冰冷可怕的变化之外,尤其是这变化非常可怕,还能说明什么呢?"

③ 他正在酝酿他的霹雳呢(nuring his thuderbolts):这里作者使用了与宙斯这位诸神之父相关的一个反讽引语,宙斯用雷电显示自己的威风,惩罚那些反抗他的人。

利夫相信,只有他才会那么写)"一个可爱的小女人,长着婴儿般的酒窝,小猫似的举止"。由于从他们古怪的女保护人那里获得了更多的收入,塔兰特一家显然满足于一定程度的物质享乐,迄今为止,他们对这些享受还不太熟悉。塔兰特夫人现在对来自"一个女孩子"的帮助感到很高兴。部分是她的骄傲(至少她故意这么说),她的家里很多年都没有这种享受——双方都这么低贱——雇佣劳动了。她写信给奥利夫(她现在不断地给她写信,不过奥利夫从来不回复),说她意识到已经跌落到一个更低的水平了,不过她承认,塞拉不在的时候,能有个人跟她交流,这对她荒芜的精神而言也是一种支撑。维里纳当然感觉到了自己家庭生活的变化,她父亲突然增多的出诊(她父亲的出诊从来没有这么多)并不能充分解释这种变化,她最终猜到了真正原因——这个发现丝毫没有扰乱她的平静。她接受了这种想法,她父母应该接受她在二十出头遇到的这位不寻常的朋友的金钱,就像她自己接受这位朋友不可抗拒的好客一样。她没有世俗的傲慢,没有独立的习惯,不知道已经做了什么,什么还没有做;不过只有一个原因可以解释对别人帮助的心安理得——也就是说,她根深蒂固的习惯就是她并没要求它们。奥利夫已经明白,如果维里纳知道她们现在能在一起追求她们事业的那些条件,她会感到脸红的。不过维里纳从来都是面不改色,生养她的人竟然可以被收买,他们的嘴可以用钱封住,他们被当作没有被看管好跑出来找麻烦的下等人对待,她对这些要么觉得不新鲜,要么并不觉得不愉快。所以,她的朋友在这之后有了一种认识,那就是,维里纳无论如何都不会生气。她太没有积怨了,太远离传统标准了,私下里太没有自我意识了。说她宽恕伤害有些过分,因为她并没有意识到伤害;宽恕中有某种她无法胜任的骄傲自大,她的聪明温柔在生活给我们的坚韧所设置的陷阱之上滑行。奥利夫一直觉得骄傲对个性是必需的,不过维里纳无论多奇特都不能让她的精神少一点纯洁。甚至借助于添置的那些奢侈品,剑桥的那个小家也仍然是一种劳役的生存状态,这使奥利夫再次感到,在她来拯救维里纳之前,那个房子里的女儿曾经穿越过一片荒凉的沙漠。维里纳做饭,洗衣,拖地,缝纫,她比奥利夫的任何仆人都干得多。这些事情在她的人品和思想上没有留下任何痕迹,每一件新鲜、公平的事情都无比清楚地再现在她的脑海里,每一件丑恶、讨厌的事情一触碰到她就蒸发了。不过奥利夫相信,像她这样的人应该得到巨大补偿。在未来,她应该拥有极大的豪华和舒适,钱塞勒小姐毫不费力就说服了自己,她们这些做高级智力工作和道德工作的人,就像查尔斯街这两位年轻女士现在为之献身的工作,不管是

波士顿人
The Bostonians

为她们自己还是为那些呻吟着的姐妹们,她们都应该拥有最好的物质条件。她自己一点也不是骄奢淫逸之人,在联合慈善机构①服务的时候,她参观过波士顿的小巷和贫民窟,这证明没有什么疾病的恶臭或者悲惨是她不敢正视的;不过她的家总是管理精当,她非常喜欢干净,而且是一个精明的女生意人。然而,她现在把美味佳肴提升到宗教的高度。她的室内因为过多的摩擦、规矩和冬天的玫瑰而熠熠生辉。在这些温柔的氛围里,维里纳本人像鲜花一样绽放,在波士顿达到完美的程度。奥利夫总是对她的女同胞们的优雅,她们潜在的"适应能力",她们很快适应变化了的环境的能力评价很高;但是,她的同伴随着周围文明程度而崛起的方式,她吸纳一切优雅和传统的方式却让这个友好的看法滞后了。冬天,查尔斯街室内的日子是平静的,冬季的夜晚没有被打扰的危险。我们的这两位年轻女士有很多责任,但是奥利夫从来不喜欢跑进跑出的习惯。关于社会和改革的话题在她的家里讨论过很多,奥利夫接待她的同事们——她属于二十个组织和委员会——只在事先约好的时间接待他们,她期待这些人严格守时。在这些活动的记录中,维里纳对她的那一部分责任不够主动;她在这些人的上方盘旋,微笑,倾听,不时丢下一句尽管怪异却绝不会没有效果的话,就好像为了好兆头而放在那里的一个栩栩如生的雕像。这可以被理解为,她的角色是在幕前,而不是在幕后;她不是个鼓动者,而是(至少可能是)一个"最受喜爱和欢迎的人",钱塞勒小姐这么有效地主持工作,就是为她的伙伴以后将要进行最引人注目的表演所做的全面的舞台准备。

奥利夫的客厅西窗俯瞰着水面,吸纳着冬季落日的余晖。那座长而低的桥跨越查尔斯河,架在摇摇晃晃的柱基上,一块又一块冰雪随意点缀在水面上。这个季节的严酷使郊区的地平线显得荒凉光秃,完全是一派寒冷肃杀的空旷景象。在查尔斯敦和剑桥,能看到的景象就是几个烟囱和教堂尖塔,工厂和发动机厂的垂直、肮脏的管道,新英格兰的礼拜堂简陋朝天的尖顶。在这一番贫穷的景象中,在很多卑贱的细节中有某种无情、可耻的东西,总的感觉是木板和锡铁,结冰的地面,木棚和正在腐烂的桥柱,铁路径直穿过泥泞的大道,四通八达的劣质马车小道弯弯曲曲地穿过这条危险的小路,松动的篱笆,空旷的场地,垃圾堆,扔满铁管的庭院,电线杆和很多房屋光秃秃的木制墙面。黄昏时分,这种丑陋的景色染上一层清冷的玫瑰色,维里纳认为这种景色很明媚,她这样想不

---

① 联合慈善机构(The Associated Charities):这是波士顿真实的慈善机构,详情参见内森·哈金斯(Nathan Huggins)所著的书《新教徒反对贫困:波士顿的慈善团体1870—1900》(*Protestants against Poverty: Boston's Charities*, 1870—1900. Westport, Conn.: Greenwood Press, 1971.)

第二十章

无道理。空气无风而料峭,像水晶一样发出叮当声,辨得出音符在空气中最微弱的变化,西边的色彩变得浓重而柔和,在黄昏的朦胧中一切都加倍清晰。雪上有粉红色的光,坚硬的沼泽地上泛着细碎的"微"光,车铃的声音听起来不再俗气,几乎像银铃般地悦耳,在那座长桥上,远处朦胧的波浪形起伏在逐渐消失的光辉衬托下显出孤寂的轮廓。这些令人愉快的效果总是照亮客厅的那个角落,掌灯前,奥利夫和她的同伴常常坐在窗前。她们一起观赏落日,为投射在客厅墙上的红光感到高兴;她们追随着渐渐暗淡的景致,沉浸在奇异的幻想中。她们观察着点点繁星最终出现在更加寒冷的天际,寒冷让她们有些颤抖,于是她们携手转过身去,感觉冬天的夜晚甚至比男人的暴虐更残酷——拉上窗帘,回到更加明亮的火光里,回到闪闪发光的茶盘上,她们的话题越来越多地集中在妇女长期以来遭受的磨难上,奥利夫对这个话题乐此不疲,实际上,这是她最感兴趣的话题。有几个晚上,雪下得很大,查尔斯街银装素裹,门铃注定是静悄悄的,这里似乎成了一些灯火辉煌、视野开阔、风景优美的小岛。她们一起阅读大量的历史,总是带着同样的想法阅读历史——也就是说,在历史中发现这种思想的证据,证明她们的性别所遭受的折磨数不胜数,在整个世态人情的进程中,如果女人做主的话,世界的状况远没有这么可怕(对她们而言,历史似乎在各方面都是可怕的)。维里纳有很多建议,这有助于她们讨论;还是维里纳最经常地看到这样的事实:在过去很多年里,妇女们被委以重任却总是滥用职权,她们中产生了很多邪恶的女王和国王们那些放荡的情妇。这两个女孩子很容易就处理了这些女性的不端行为,血腥玛丽①的那些公开罪恶,纯洁的马科斯·奥勒利乌斯②的妻子福斯蒂娜的个人不端行为,这些罪行都令人满意地被归了类。在过去,如果女人的影响解释了男人碰巧取得的善举,那也只是让这件事刚好持平,也就是说,另一个性别偶尔的不端行为应该由男人的影响来解释。奥利夫可以看出,从维里纳手中经过的书是多么寥寥无几,塔兰特家是一个多么缺乏阅读的家庭,不过这个女孩子现在迈着她特有的轻松步伐穿过文学的原野。她正在干着的一切事都变成了对这种敏捷的阐释,奥利夫很缺少这种"才华",所以她从来都没有停止过惊奇和珍惜。没有什么东西吓倒维里纳,她总是微笑

---

① 血腥玛丽(Bloody Mary):即英格兰与爱尔兰女王玛丽一世(1553—1558),因为她在执政期间寻求重建天主教在英格兰的权威地位,而对新教徒实施血腥镇压,故而得名血腥玛丽。
② 福斯蒂娜(Faustina):婚姻不忠的代名词,福斯蒂娜是受人尊重的罗马"帝王哲学家"和斯多葛派哲学家马科斯·奥勒利乌斯(也称马克·奥勒留,Maucus Aurelius, 121—180)的妻子。Aurelius是著名的以希腊文写成的与自己心灵的对话录《沉思录》的作者,《沉思录》表明他是一个渴望宁静乡村生活的人。令人遗憾的是,奥勒利乌斯多年征战沙场,其妻风流放荡,贞守不严,儿子们也都是无能之辈。

面对,她可以做自己努力做的一切。正像她知道怎么去做其他事情,她知道如何学习,她阅读神速,过目不忘,在很多天之后还能重复她似乎只是瞥一眼的一些段落。当然,奥利夫越来越高兴地想,她们的事业应该得到这样一位稀世之才的帮助。

毫无疑问,所有这一切听起来都很乏味,所以我赶快补充说,我们的朋友们并不总是被关在钱塞勒小姐那个艰苦奋斗的客厅里。尽管奥利夫希望把她心爱的同住者据为己有,把她的注意力集中在她们共同的学习上,尽管她不断地提醒维里纳,这个冬天将全部用于训练,但那些令人满意却冥顽不化的陈词滥调却对她没有什么帮助。总之,尽管我们这两位年轻女士有认真、持久的双重性,但是绝不能认为她们的生活就没有很多个人的融合和支流。钱塞勒小姐是大家公认的有个性、有独立见解的人,然而,她也是一个典型的波士顿人。作为一个典型的波士顿人,从某种程度上讲,她不会不属于一"批"人。有关她的说法是,她置身其中又不属此列;不过她不时地走进其他房子或者在她自己的屋里接待这些房子的主人,这些方面她足以称得上是他们中的一员了。她相信自己用好客之匙把茶壶注满,让很多精挑细选出来的精英们觉得在方便的时候自己在她的家中是受欢迎的。她偏爱那些她所谓的真正的人,有几个人的真实性她用自己所熟悉的方式已经检验过。这个小团体相当狭隘,而且兴趣不一;从那些从早到晚四处匆忙奔走的女士们精心保护在皮手筒里从图书馆借来的书中,从她们带给彼此作为礼物的精致的小花束中可以看出,这些女士们富有创造力。奥利夫不跟她在一起的时候,维里纳总是坐在窗前陷入无边遐思,看着这些女士们在经过查尔斯街这所房子的时候总显得有些慌张,似乎她们感到什么事有些太迟了。由于她羡慕她们的全神贯注,她总是希望能有机会和她们一起去冒险。很多时候,在她给母亲描述她们的时候,塔兰特夫人不知道这些人是谁,甚至有些日子(塔兰特夫人总是很沮丧),她似乎不想知道。只要她们不是别人,似乎她们是自己也没用;不管她们是谁,她们肯定会有缺点。甚至在她母亲所有的刨根问底之后,维里纳也不是很明白她到底愿意她们是哪种人;只是当这个女孩子谈到那些音乐会以及奥利夫给所有这些音乐会的捐款,并带着她形影不离的朋友时,塔兰特夫人似乎才稍微有点觉得她女儿正在到达他们剑桥的家为她设定的目标。众所周知,在波士顿听好音乐的机会又多又好,钱塞勒小姐长期以来的习惯就是培养最好的品位。她喜欢最好的节目,那个高大、朦胧、庄严的音乐厅在当时回响着很多雄辩和美妙的音乐,其中的比例和色彩似乎在培养尊重和专注,被照亮的飞檐在这个冬天保护着这两位年轻女士向上扬起的最智慧的面孔。她们总是感觉,任何音乐无非都是以各种不同的形式重复演奏的贝多芬和巴赫①。交响乐与赋格曲②只能鼓励她们的信念,激励她们的革命热情,将她们的想象力带向总是很急迫的方向,她们对此总是无限神往。这音乐把她们提高到一个不可估量的高度,她们坐在那里,看着邪一架华丽的浅黑色风琴和悬置其上的贝多芬铜像,感到这是跟她们有共同信仰的信徒们能膜拜的唯一神殿。

然而,音乐并不是她们最大的快乐,因为她们至少正在同样热心地培养另外两样东西,其中之一就是与老伯宰小姐的交往,这个冬天,奥利夫比任何时候都更多地陪伴她。已经很清楚,伯宰小姐漫长而美好的事业正在走向终点,她真诚而不懈的工作正在告一段落,她的老式武器破烂而钝拙。奥利夫宁愿把它们当作一次艰苦卓绝的战斗令人尊敬的纪念品挂起来,这似乎就是她在让这位可怜的老夫人讲述她的战斗经历时所做的——从来没有辉煌过,而是默默无闻,徒有英雄气概——回忆她的那些武装起来的同伴们的人数,展示她的奖章和伤疤。伯宰小姐知道自己没用了,她可能还在假装从事过时的事业,可能在自己陈旧的小背包里摸索纸张,认为自己有重要约会,会签署请愿书,参加会议,告诉普兰斯医生,如果能让她睡个好觉,她还能活着看到很多进步。她浑身疼痛,疲倦不堪,无论是回顾过去(对伯宰小姐而言,这是非常违背常规的),还是展望未来,都几乎同样让她高兴。现在她让自己被年轻一代精心照料着,有些日子她似乎什么也不想,只想坐在奥利夫的火炉边,带着朦胧、舒服的感觉很开心地漫谈昔日的战斗——伯宰小姐对感官快乐并不敏感——不用湿着脚,不用为很多会议写草案,不用一个人去挤那些到达时常常超载的有轨电车,如果这样她便觉得很舒服了。她的快乐还在于,并不是她一开始就是这些比她起点高的年轻人们的榜样,而是她在某种程度上是一种鼓励,因为她帮助她们衡量新真理前进的速度——能告诉她们事情的不同状况,她年轻的时候住在康涅狄格州③,是一位有才华的教师的女儿(事实上,这位教师的母亲也是一位教师)。奥利夫觉得,她总给人一种受难的感觉,她那被磨损、无回报、没有抚恤金的晚年让钱塞勒小姐眼里充满愤怒的泪水,这眼泪源于被损害的理论深处。对维里

---

① 贝多芬和巴赫(Beethoven and Bach):这两位音乐家的音乐高亢激昂,比较符合表达进步革命的思想,所以奥利夫喜欢听这样的音乐是很自然的事。
② 赋格曲(fugue):赋格曲是复调乐曲的一种形式。"赋格"为拉丁文"fuga"的译音,原词为"遁走"之意,赋格曲是从16—17世纪的经文歌和器乐里切尔卡演变而成,作为一种独立的曲式在18世纪巴赫的音乐创作中才得到了充分的发展。巴赫丰富了赋格曲的内容,力求加强主题的个性,扩大了和声手法的应用,并创造了展开部与再现部的调性布局,使赋格曲达到相当完美的境地。
③ 康涅狄格州(Connecticut):新英格兰的一个州。

波士顿人
The Bostonians

纳而言,她也是一个生动的人道主义者。从童年起,维里纳一直都习惯于见到殉道者,不过她从未见过像伯宰小姐拥有这么多回忆的人,或者这种几乎是被刑火烧焦的人。在废奴主义运动的早期,她曾逃避过,令人惊奇的是,她在讲这些事情的时候几乎没有暗示她的勇敢表现。她游历过南方的某些地方,把《圣经》带给奴隶们;在这些征途中,她的同伴不止一人被浑身涂上柏油,粘上羽毛①。在一个季节,她本人还在左治亚监狱蹲了一个月②。她在爱尔兰人的圈子里宣传禁酒,这里的人们用导弹对待禁酒令③;她干预那些妻子和她们烂醉的丈夫之间的关系;她把从街上拣来的脏孩子带到她自己寒酸的房间里,脱去他们身上致疫的烂衣服,用光滑的小手擦洗他们病痛发炎的身体。对奥利夫和维里纳来说,她本人似乎就是人类受难的代表,她们对她的同情是对一切最软弱者的同情的一部分;钱塞勒小姐(尤其是)感到这位衣着邋遢的小传教士是一个传统的最后纽带,当她去世时,新英格兰生活的英雄时代——那个朴素生活、高尚思考的时代④,那个理想纯洁、真诚努力的时代,那个道德热忱、崇高实验的时代——将会真正结束。伯宰小姐的信念长盛不衰,这一点感染了这些现代女子,她那无法遏制的超验主义火焰,她无视错误、欺骗和花样翻新的改革仍然表现出来的单纯思想使上一代人的改革措施看起来像她们的帽子一样滑稽可笑。对她而言,唯一还真实的东西就是通过阅读爱默生⑤和经常去特里蒙特教堂提高人类。多年以来,奥利夫在城市慈善事业方面一直都很活跃,她也给脏孩子

---

① 涂上柏油,粘上羽毛:这是美国南方旧有的一种惩罚坏人的方式,马克·吐温在《哈克·贝利芬历险记》中也写到那两个骗子公爵和国王因为坏事败露被涂上柏油,粘上羽毛游街。

② 在佐治亚监狱蹲了一个月(Spent a month in a Georgian jail):詹姆斯也许是想以伯宰小姐的这些经历把她与美国作家霍桑的妻姐伊丽莎白·皮博迪(Elizabeth Peabody, 1804—1894)分开。《波士顿人》刚出版的时候,包括詹姆斯的哥哥威廉在内,很多波士顿人都认为詹姆斯有意用伯宰小姐影射这位波士顿女改革家,讽刺嘲笑她的人道主义思想。不过,尽管皮博迪与很多改革进步运动有密切联系,但是她并没有提倡废除奴隶制,也没有去过南方。

③ 禁酒(Temperance):也称禁酒运动(the temperance movement),19世纪早期(大约在1820年代)的社会改革运动。"美国禁酒协会"(The American Temperance Society)成立于1826年,后英国也陆续建立禁酒组织。为了防止道德堕落和家暴,禁酒组织呼吁停止销售威士忌等烈酒,这项运动得到宗教界的热烈响应。

④ 完整的短语是"plain living and high thinking are no more",出自英国诗人华兹华斯的十四行诗《噢,朋友,我不知道我必须朝哪个方向看》(O Friend! I Know Not Which Way I Must Look)。

⑤ 拉尔夫·爱默生(Ralph Emerson, 1803—1882):美国著名的散文家、诗人、哲学家,超验主义运动(1836—1860)的代表人物。爱默生的超验主义强调个人主义与理想主义,夹杂有浪漫主义的神秘主义,深受德国浪漫主义哲学的影响,也有东方儒家思想(Confucianism)和苏菲主义(Sufism)的影响,希望把一神论、人道主义、对自然现象的崇拜(naturism)融合成一个核心信仰,那就是,从根本上讲,人的心灵与宇宙中无处不在的上帝是一致的。这个运动对19世纪中后期的美国产生了深远的影响,不过本故事中的巴兹尔·兰塞姆并没有提到这个运动或者爱默生,这让我们知道,他根本就不赞成这样的思想。在第二十四章中,他对维里纳说:"女人的遭遇是所有人的遭遇,你觉得什么运动——或者从现在到末日审判的所有那些演讲就能把它消灭了吗?我们天生就是受苦的——天生就得忍耐,像体面人那样承受。"

第二十章

们洗过澡,而且在肮脏的公寓里,她也曾走进家庭氛围很紧张的房间,这里的噪音使邻居们感到惊恐。不过她想,在这些辛苦之后,她有一所漂亮的房子,一个摆满鲜花的客厅,一个壁炉,她可以朝壁炉里扔进去一些松果,让它们在里面发出噼啪之声,一套进口茶具,一架奇克林钢琴和一本德国杂志①,她在这里可以得到休整;而伯宰小姐只有一间空荡荡的俗气房间,一块让人讨厌的有花地毯(就像是牙医的地毯),一个冰冷的炉子,一份晚报和普兰斯医生。冬天结束之前,奥利夫和维里纳参加了伯宰小姐的另一次聚会,这次聚会和这个故事开始的时候我们描述的情况差不多,不同的是法林达夫人并没有在那里用她的伟大让那些人感到压抑,维里纳在没有父亲合作的情况下发了言。这位年轻女士甚至比以前发挥得更好,奥利夫可以看出,自从查尔斯街的培训过程开始以来,在自信和引经据典方面,维里纳取得了很大进步。现在,她的*主题*②对伯宰小姐而言是一份即兴礼物,是这种场合和这个由更年轻的成员组成的圈子的果盘,这些人毫无异议的亲切态度让她心甘情愿做一个鼓手。维里纳描述伯宰小姐辛苦的事业,她早年的同事们(维里纳讲的时候并没有忘记伊莱扎·P·莫斯利),她的困难、危险和成功,她对这么多人产生的人道主义影响,她宁静而光荣的老年——总之,正如这些女士们中的一位所说的,她刚好把她们想说的都表达出来了。维里纳面露喜色,说话的时候喜气洋洋,但是她却让很多人热泪盈眶。奥利夫的看法是,再没有比这种演讲更优雅动人的了,她发现这一次的印象比以前那个晚上的印象更深刻。伯宰小姐带着八十岁的天真和没有分辨力的眼镜四处走动,问她的朋友们是不是非常精彩;她自己根本就不理解这个演讲,只是把它看作维里纳才华的精彩呈现。奥利夫后来想,假如能当场收钱,这位好夫人后半生会好过些;于是奥利夫想起来,伯宰小姐的大多数客人和她本人一样都很穷。

我已经提到过,我们的年轻朋友们有一种让人振奋的情感源泉,这和她们在听贝多芬或巴赫的时候,或者在听伯宰小姐描述康科德③过去的情况时是不一样的。这在于她们从女性极度痛苦的历史中所获得的了不起的洞察(力)。她们不断热情地仔细阅读那一章,从中获得她们的使命中最纯洁的部分。奥利

---

① 一架奇克林钢琴和那本德国杂志(A Chickering piano, and the Deutsche Rundschau):前者是波士顿这一时期一个真实的钢琴生产厂家,后者是德国一家月刊杂志,创刊于1874年,发表小说、文学批评和哲学文章,基调是自由民族主义。

② *motif*:法语,(文艺作品)主题,中心思想;中心人物(或事件、情景)。

③ 康科德(Concord):距波士顿车程半小时的康科德曾经是超验主义的基地,受到来自世界各地心怀改革社会理想的青年人的朝圣,是爱默生和梭罗居住的小镇,霍桑也曾经和新婚妻子在这里居住过四年(1843—1847)。康科德的瓦尔登湖因为梭罗的散文集《瓦尔登湖》而闻名世界。

波士顿人
The Bostonians

夫这么长时间、这么认真地研究女性历史,所以她现在完全掌握了这个主题,她认为这是她在生活中真正有把握的一件事。她能最准确、最权威地把它指给维里纳,带她上上下下,出出进进,穿越最阴暗、最复杂的段落。我们知道,她对自己的口才没有任何信心,不过当她提醒维里纳女人的异常软弱无法保护她们,只能让她们遭受粗鄙的男人所造成的剧烈痛苦时,她却很雄辩。她们可恨的配偶自古以来就在伤害她们,她们的温柔和克制给他们以可乘之机。所有受虐待的妻子们,被殴打的母亲们,那些失去名誉、被抛弃的少女们,她们生活在这个世界上,只想一死了之,这些人的形象一遍又一遍地在她的眼前经过,那个无边无际的模糊队列似乎向她伸出了无数只手。当她们颤抖着熬夜时,她就坐在她们身边,倾听她们的脚步和声音,她们脸色苍白,面带病容,奥利夫和她们一起蹚过洗刷悲惨和耻辱的黑水,甚至当这种想法变得强烈时,她和她们一起进行最后一次令人发抖的跳跃。她对她们的敏感、她们的温柔分析得异常精细,她知道(或者她以为她知道)焦虑、不安和恐惧的所有折磨,她认定,最终女人为一切付出代价。最终,人类命运的全部重担都压在她们身上,命运不可承受的负担压在她们而不是别人身上。她们被捆绑着坐在那里,被链条拴着承受命运;她们一直坐着,承受一切伤害。牺牲,流血,眼泪,恐惧是她们的。她们的机体本身就是对苦难的一种挑战,而男人却无限鲁莽地利用她们的身体。由于她们是最软弱的,所以大多数人勒索她们;由于她们最慷慨,所以她们就被最狠毒地欺骗。如果需要,奥利夫·钱塞勒会为她的案例提供一切事实,她简单而综合的论点是,那种罕见的悲惨,女性命运最根本的内核是人为的、可怕的强迫接受,它大声呼喊着要求纠正。她愿意承认女人也可能坏,世界上有许多人虚伪,缺德,邪恶。不过她们的错误相对于她们的遭遇而言算不了什么,如果需要,她们事先已经为未来的不端行为做了补偿。奥利夫对她的倾听并响应的朋友一股脑儿地说出了这些观点,她一次又一次地描述它们,任何光明都似乎让她们因为真理而激动不已。维里纳被极大地感染了,一丝微弱的亮光照进她的心灵;她并不像奥利夫那么渴望复仇,不过在她们去欧洲前夕(我就不占用地方描述她们投入这个计划的方式了),维里纳非常同意她同伴的看法,这么多年的错误之后(这也是在欧洲之行之后),必须轮到他们男人了,男人必须还债!

第二十一章

巴兹尔·兰塞姆住在纽约,距曼哈顿东部相当远,在这座城市的北边;在紧邻第二大道①的拐角处一所有些破落的房子里,他租住两个破旧的小房间。一个重要的食品杂货商在拐角处盖了一个店铺,兰塞姆以及和他一起租房的客人都不可能谎称周边环境优雅舒适。房子的外观是红颜色,锈迹斑斑,褪了色的绿色百叶窗板条弯曲,无法彼此契合。一张脏兮兮的卡片挂在一个低层的窗子里,上面写着"包伙食",字母是用不同颜色的彩纸(不太干净)剪出来的,周围镀了一层金边。商店的两边有一个巨大的斜顶棚做保护,这个大棚突出到一条邋遢的人行道上,由固定在路边石上的木桩支撑着。棚子下面,在那些对接不齐的石板上随便分组摆放着桶和篮子;过路人可能会停下脚步,深情地凝视着橱窗里陈列的美味商品,一个地窖的入口在人们的脚下敞开着;一股强烈的熏鱼味夹杂着糖浆的香味弥散在空气里;面向排水沟的人行道旁放着肮脏的背篓,堆着土豆、胡萝卜和洋葱;一辆漂亮、鲜艳的四轮运货车停在难看的路边(在路面上有一英尺深的坑洼和车辙,以及长年累月的淤泥滞水),马已经从车辕上解了下来,给一种否则可能就是粗鄙的文明场景增添了闲散乡居的田园气息。纽约人都知道这种设施是一家荷兰杂货店,你可以看到红脸、黄发,赤裸着双臂的摊贩在门口闲荡。我提到这一点并不是因为它对巴兹尔·兰塞姆的生活或思想产生了什么特别的影响,而是因为老相识的缘故和熟悉的当地特色;此外,如果人物没有环境就不能算人物,我们的年轻人每天来来往往,走在我简单提到的这些东西中间,真正是漠不关心,视而不见。他的一个房间就在这所房子临街大门的正上方,这样一间小宿舍,按纽约的说法叫"走廊尽头隔成的狭小寝室"。旁边的客厅也大不了多少,这两个房间俯瞰的一排公寓和兰塞姆自己的住所一样低劣——建于四十年前的房子已经衰朽过时了。这些房子也漆成红

---

① 第二大道(Second Avenue):纽约的第二大道,亨利·詹姆斯1875年冬天在这里住过,对这个地方非常熟悉,不过他把巴兹尔·兰塞姆的住处安置在距他自己曾经住过的地方两个街区之外的一个不利于身心健康的环境中。

波士顿人
The Bostonians

色,白线让红砖显得很醒目,一楼的阳台覆盖着小锡铁顶,各色条纹和精心制作的铁格子看起来像压抑的笼子,像在偷窥街道的小盒子,有一种东方城镇的特色。这些观察站眺望着拐角处的杂货铺,俯瞰着那条松散杂乱的巷道,偶尔有一个炉灰桶,或者悬垂下来的煤气灯会让这条巷道充满生机;西边,在这个被截断的狭长街景的尽头,在高架铁路①怪诞的骨架尽头,这条铁路从那条纵横交叉的街道上方经过,像一个古老的恶魔,恶魔的无边脊柱和无数魔爪遮蔽着这条街的光线,让它喘不过气来。如果机会允许,我倒是想描述一下巴兹尔·兰塞姆的室内,描述一下男男女女中某些奇特之人,大部分时间里他们得不到命运的青睐,在那里找一个昏暗的避难所;一周2.5美元的*破烂小旅馆*②,连带着屋顶低矮的地下室,在那里所有的东西都是黏糊糊的,由两个黑女人照管着,客人谈话的时候她俩总是插话,听到滑稽可笑的事就轻声神秘地咯咯地笑着。不过严格说来,我们无须细想就会有这样的印象,这位年轻的密西西比人甚至在他到波士顿拜访一年半之后还没有在他的工作中赚到钱。

他一直都勤勤恳恳,雄心勃勃,但没有成功。在我们又见到他的那一刻之前的几周,他甚至开始对他在尘世的命运完全失去了信心。成功是否以任何形式出现,对他已大成问题;一个饥饿的密西西比年轻人,没有收入,没有朋友,在精力最旺盛的时候也没有蛇③的智慧,既没有个人技能也没有民族威望,他是否能在纽约赢得生活的游戏已经大成问题。他正要打算放弃事业,回到祖先的家园,听母亲说那里仍然有足够的热玉米发糕可以维持生机。他从来不相信自己会有什么好运,不过去年遭受的变故却是雪上加霜,甚至让他这位不断遭受命运摧残的冷静沉重的牺牲品也有些吃惊。他没有更多业务联系,不过也没有丢掉一年前让他为之自负的小生意。他只有微不足道的工作,并且不只把一种工作干得一团糟。这些事故对他的名声都没有什么好影响,他能感到这朵美丽的鲜花几乎在寂寂无闻的稚嫩期就可能被掐掉。他和一位似乎可以弥补他自己很多不足的人合伙——从罗得岛州④来的一位年轻人,据这个人自己说,他熟悉

---

① 高架铁路(The Elevated Railway):也称"EL",1871年开通,当时是蒸汽火车,后来变成电气化火车。
② *table d'hote*:法语,破烂小旅馆。
③ 蛇(the serpent):在《圣经》中,蛇是魔鬼撒旦的代称,这里指不择手段取得成功的智慧。
④ 罗得岛州(Rhode Island):罗得岛州,全名罗得岛与普洛威顿斯庄园州(The State of Rhode Island and Providence Plantations)。由于名称过长,一般简称为罗得岛,这是美国最小的一个州,也是美国州名最长的一个州。罗得(Rhode)的发音与Road相同,此州属于美国东北部新英格兰的一部分,也是美国独立战争中早期十三州联盟之一。由于罗得岛州的名字上有个"岛"字,许多人误认为本州是个独立岛屿,事实上罗得岛州也有相当大一部分在陆地上。

内圈跑道。不过,结果证明这位绅士自己本来应该更擅长重整旗鼓,归根结底,兰塞姆缺的主要是现金,当他的同事突然不做任何解释从银行提走了公司那笔微薄的积蓄远走欧洲之后,他就更感觉资金的匮乏了。兰塞姆几个小时地坐在办公室里等待那些要么不来,要么即使来了也好像并不觉得他有什么指望的顾客,通常他们在离开他的时候总是说他们会考虑一下怎么办。他们没有想出任何结果,很少再出现,所以他最终开始怀疑,他们是不是对他的南方面孔存有偏见。也许他们不喜欢他说话的方式。如果他们能告诉他一种更好的方式,他愿意采纳;但是纽约的举止难以效仿,格言与榜样都无济于事。他不知道自己是不是愚蠢笨拙,他最终不得不承认自己不够现实。

承认这一点本身就证明了一个事实,因为没有比以这种方式结束这种沉思默想更没用的了。他完全明白自己很重视理论,他的来访者们也这么觉得,他们在找到他的时候,发现他一定是一条长腿盘在另一条长腿上正读着德·托克维尔①的一本书。他就喜欢阅读这一类书籍,有关社会和经济的问题,政府的形式和人类的幸福他想过很多。他相信并不是这些事情与久远而受人尊敬的事实优雅地搅在一起,一个年轻律师在寻找生意时习惯于想当然;不过他不得不考虑,这些信条也许在密西西比并不比在纽约更有助于他取得成功。的确,他很少觉得这些信念在这个国家对他特别有利。他觉得他的观点比较死板,相比之下,他的努力却马马虎虎,所以他开始怀疑他是否能靠自己的思想吃饭。他总渴望公共生活,一个人的思想体现在国家行动中对他似乎是人生最快乐的方式。不过在他寂寞的研究中,绝少有公共的东西,他问自己有个办公室到底有什么用。他为什么不能在阿斯特图书馆②干自己的工作,他可以在空闲时和偶然的假日里在那里大量阅读给人以启迪的东西。他抄笔记,记备忘录,这些东西有时候自行构成很好的文章,其质量可以向杂志的编辑们举荐。如果他招揽不来顾客,也许能吸引读者;因此,他费了九牛二虎之力写出了六篇文章,写完的时候感觉最想表达的观点好像都没有说出来,他把它们寄给周刊和月刊的权

---

① 德·托克维尔(De Tocqueville):全名亚历克西·德·托克维尔(Alexis de Tocqueville,1805—1859),法国自由主义政治家、历史学家和政治思想家,《旧制度与大革命》(1856)和《论美国的民主》(1835 和 1840)的作者,后一本书是第一本从政治和社会学角度全面分析现代民主国家的著作。托克维尔希望能提醒法国统治阶级(他所属的那个阶级),法国革命及其后果就像民主的传播一样是历史发展的必然。同时,他也对失控的平等主义(egalitarianism)和盲目的"进步"表示担心,这方面,他的警告是很严肃,也是很深刻的。

② 阿斯特图书馆(The Astor Library):与波士顿的私立图书馆 the Athenaeum 不同,阿斯特图书馆(在拉法叶特广场,于 1855 年竣工)是一个免费图书馆,对公众开放,后来它的藏书成为纽约市公立图书馆的主要资料来源。约翰·雅格·阿斯特(1763—1848)是德裔美国皮毛商和资本家,是他那个时代美国最富有的人。

波士顿人
The Bostonians

威们。这些文章被婉言谢绝了,如果不是针对他的一篇有关少数民族权利的文章的一个稍微清楚一点的神谕提示,他就会被迫相信他的那种慢吞吞的方言无论是书面形式还是口头形式都极少能给他带来好运。这位绅士指出,兰塞姆的信念是关于这个时代之前的三百年,无疑十六世纪的某个杂志会很高兴发表它们。这解释了他自己的怀疑,从根本上讲,他喜欢的只能是那些不受欢迎的事业。这位令人不快的编辑说他落伍是对的,他只是把时间弄错了。他提前到了几个世纪,他不是太落伍而是过于先锋了。然而,假如有别的办法代表选民而不是被选举,这种印象本不会阻止他进入政界。如果人们在密西西比投他的票,他们会被认为偏执古怪,但与此同时,他能在哪里找到二十美元让他可以偶尔寄给他的女亲眷们呢?她们一直都只能吃淀粉食物。他强烈地意识到,他的思想与利益并不矛盾,这种令人愉快的假设的消失让他感觉就像在海上一只敞开的小船里,他只需要扔掉最后一片帆布。

  我不打算把兰塞姆运气不佳的观点都写出来,因为我相信读者往下看自会明断,这些观点以一种聪明戏谑的方式闪现在这个年轻人的谈话中。我可以很公平地讲,他本质上是一个禁欲主义者,由于有很多知识经验,他在社会和政治事务中是一个保守分子。我觉得他很自负,因为他非常醉心于评判他的时代。他觉得这个时代夸夸其谈,牢骚满腹,歇斯底里,感情脆弱,充满错误的思想、不健康的病菌和奢侈腐化的习惯,为此一种伟大的思想即将诞生。他非常敬慕已故的托马斯·卡莱尔①,很怀疑现代民主的侵蚀。我并不真正了解这种奇怪的异端邪说是怎么自行扎根的,不过他有一份略长的家谱(这个家族与英国的皇室成员和骑士们共兴隆),有时候他好像被一个强大却狭隘的祖先某种传导的灵魂附体;这个脸庞宽大,戴假发或者佩剑的祖先对人的理解似乎没有我们的现代气质所要求的那么复杂,对人类幸福的计划也不像我们的现代气质所需要的那么多样化。他喜欢他的家系,他尊敬他的先辈们,他甚至同情那些晚他而生的人。然而,这样说的时候我有点出卖他,因为他从来没有说起过这些情感。尽管他觉得这个时代过于夸夸其谈,像我已经暗示过的,但是他也像其他人一

---

① 托马斯·卡莱尔(Thomas Carlyle, 1795—1881):卡莱尔生于苏格兰,是英国的历史学家、传记作家和社会思想家。他像托克维尔一样,是维多利亚时代伟大的思想家和社会批评家。兰塞姆对他的思想很感兴趣,主要是因为他对自己的时代所信奉的物质文明不满,称它为"机械时代",这个时代流行的思潮是自由资本主义(Mammonism 拜金主义)、经验主义、功利主义和无神论等。当然,如果卡莱尔听到女权主义的宣言,他一定也会把这个运动看作"机械时代"的表现,卡莱尔的两部著作《宪章运动》(1839)和《过去与现在》(1843)就是这种思想的充分表达。尽管卡莱尔的表达有时候在逻辑和思想上有极端主义的倾向,但是他对19世纪工业社会的分析与托克维尔都不愧是他们那个时代乃至后世的思想精英。卡莱尔与爱默生的通信集交流探讨了他们对自己所处时代英美社会的深刻认识和担心。

第二十一章

样喜欢高谈阔论;不过如果沉默更能表达他的想法,他可以管住自己的嘴巴,当他的困惑达到极点时,他经常会这么做。有好几个夜晚,他一直坐在酒窖里吸着烟斗,沉思默想。保持这种姿态代表一种危机——那种对他个人境遇的透彻敏锐的意识。他知道这是度过一个夜晚最省钱的办法。在这个独特的住宅里,*啤酒杯很大*①,啤酒很好;因为酒店老板和大部分客人都是德国人,他听不懂他们的交谈,没有人让他浪费口舌说很多话。他若有所思地看着自己的香烟,想得很专注,最终似乎觉得自己已经穷尽了所有能加以考虑的东西。在这种夹杂着放松和沮丧的时刻(在我们提到的最后那些晚上),他走到第三大道,回到自己简陋的住处。有一小段时间,在这样的时刻和心情下,他曾经有一点消遣:一个没有名气的杂耍女演员住在这栋房子里,他和她保持着最友好的关系。这个女演员在昏暗拥挤的食堂里正在用晚餐(每天晚上剧院散场后,她在某个地方吃晚餐)的时候,他常常光临跟她说话。不过她近来结婚了,他觉得很好玩的是,她丈夫带她去蜜月旅行的时间正好和演出同时。这时候,他迈着相当沉重的步伐走进房间,在那里(在客厅那张东倒西歪的写字台上),他发现卢纳夫人的信。我无须更详细地描述他对此会有什么乐观的想法。卢纳夫人责备他冷落她,想知道他怎么样了,他这样一个只关心重大社会问题的人是不是变得过于时髦了。卢纳夫人抱怨说他变了,问他冷漠的原因。如果要他说一说她是怎么得罪了他是不是太过分了?她常想,他们有那么多共同点——他在任何事情上都说出了她本人的想法。她喜欢智性的友谊,而她现在还没有。她很希望他会来看她——就像他六个月前常做的那样——第二天晚上;不管她可能犯过什么错误,或者他会有多大变化,至少她还是他亲爱的表姐阿德利娜。

"她现在到底想让我怎么样?"就是带着这种有些无礼的疑问,他把表姐阿德利娜的信扔在一边。这个手势可能表示他不想理她;不过,只过了一天,他就站在她面前了。他知道她以前想要什么——也就是一年前,她想让他照管她的财产,给她儿子当家庭教师。他慷慨地让自己满足了这个愿望——如此信任真让他感动——不过这个试验很快就泡汤了。卢纳夫人的事务由委托人们管理,这些人全权负责,兰塞姆很快就发现,他的作用只是插手那些与自己无关的事情。她轻率地把他暴露在这些合法的监护她的财产的人们的嘲弄之下,让他看清了表兄妹关系的危险;然而,他对自己说,他会每天给她的小孩教一两个小时的课,诚实地赚取每一个便士。不过这也证明是一个短暂的幻想。兰塞姆的时间只能是下午,他五点下班,跟他的年轻亲戚待到晚饭时间。几周之后,他发

---

① 玻璃啤酒杯(*Schoppen*):德国能盛半升啤酒的玻璃杯。

133

波士顿人
The Bostonians

现自己安然无恙地撤退下来实在算是幸运。牛顿的本质不错,这一点他母亲一直坚信不疑;不过兰塞姆发现,他没有一点让老师喜欢一个学生的素质,这一点倒是很不简单。事实上,他是一个让人难以忍受的孩子,对拉丁语怀着个人天然的仇恨,这种仇视表现为勃然大怒。在这些情绪的突然发作时刻,他愤怒地踢每一个人、每一样东西——踢可怜的"兰尼",踢他母亲,踢梅尔斯·安德鲁斯和斯托达德先生①,踢罗马杰出的人物,踢整个宇宙。他躺在地毯上,对他们翘起一双极其灵活的小鞋跟。卢纳夫人有办法在他上课的时候出现,在这种我已经描述过的时刻,这种时刻迟早会来,她为自己过分劳累的宝贝求情,提醒兰塞姆这是聪明的标志,恳求他让这个孩子休息一会儿,她用剩下的时间和老师交谈。他似乎很快就明白了自己并没有在赚钱,此外,她无法掩饰自己喜欢让他接受她的恩惠,跟这样一位女士有金钱关系是让人讨厌的。他辞去了家教的工作,长长地松了一口气,隐约觉得自己已经逃脱了一种危险。他无法确切地告诉你这危险是什么,而他对女人有种多情的、外省人的尊敬,这甚至使他难以命名自己思想中的那种感觉。他醉心于用传统的称呼和殷勤与这些女士们相处,他认为她们优雅脆弱,令人愉快,上天将她们置于这个有胡子性别的保护之下。他不无幽默地想,不管南方男人有什么缺点,无论如何他们在骑士精神方面都很不简单。在这个俚语时代,他仍然能用一副非常严肃的面孔读出那个词②的发音。

这种勇敢并没有妨碍他去想,女人从根本上不如男人,当她们拒绝接受男人为她们安排的命运时,她们永远都是讨厌的。他对她们在自然和社会中的位置有最明确的看法,根本不担心这种地位是否会让她们受到适当的尊重。这个具有骑士精神的男人乐意为此付出代价。他承认她们的权力,这些权力在于她们一直都在要求那个更强壮的性别的慷慨与温柔。运用慷慨与温柔这些情感对两个性别都有好处,当然了,如果女人既优雅又知道感恩,那么这些感情就会畅通无阻。可以说,他对文雅的看法比多数希望女性立法者出现的人都高明。当我已经补充说,他讨厌女人激进而且爱争论,认为她们的温柔与顺从是男人(最大)的灵感和机会时,我本应该勾勒出一种想法,这是一种无疑会让读者大吃一惊,令人讨厌的粗鲁想法。无论如何,在逐渐发现卢纳夫人在向他求爱时,这种粗鲁的想法,就像法国人所说的,并没有让巴兹尔·兰塞姆变得小心谨慎

---

① 安德鲁斯与斯托达德先生(Messrs. Andrews and Stoddard):这是一本词典 *A Copious and Critical Latin - English Lexicon* 的两位作者的名字。如书名所提示的,词典是牛顿这么大的孩子们最讨厌的读物。
② 兰塞姆能读出发音的这个词指的是"骑士精神"(chivalry)。

第二十一章

起来①。这个过程持续了很长一段时间,不过他并没有觉察到。他很快就发现,卢纳夫人是一个非常熟不拘礼的小女人——她比他想的更快把一种非常亲近的关系视作当然。不过,对他而言,她既不新鲜也不漂亮,所以他自己也说不清楚她为什么会想着要嫁给(他绝对不怀疑她想结婚)一个身无分文、默默无闻而且有女眷需要供养的密西西比人。他没有想到自己符合卢纳夫人的某种秘密理想,她热爱有土地的绅士,甚至没有土地的绅士她也一样喜欢,她无论如何都尊敬南方人,认为她的亲戚是那种优秀的、有阳刚之气、忧郁无私之人,她相信自己对公共事务的观点,对这个时代的这些问题的认识,对现代生活的庸俗特征的想法将会在他的大脑里赢得完全的共鸣。她能从他讲话的方式中看出他是一个保守分子,这是题写在她自己的丝绸旗帜上的座右铭。她抱有这种冷门思想,一方面是由于气质,另一方面也是因为她对妹妹那些"极端的"观点的反应,还有奥利夫因为这些观点而结识的那些可怕的人。事实上,奥利夫很优秀,很有辨别力,而阿德利娜却是个头脑糊涂、容易上当受骗的人,把更坏的东西错当成更好的东西。她对兰塞姆讲共和国的弊端,讲她在国外的美国使馆见到的那些让人痛心的人,这个国家的奴隶们和店主们的恶劣行径,她希望"那些古老优秀的家族"能做出榜样;但是,他从不怀疑她努力谈论这些话题(她对它们的看法让他觉得很滑稽)是为了跟他结婚,为了伪装这个意图。他万万没有想到她会不在意他的没有收入——这一点他对她是不公平的。因为考虑到这样的事实,他一直都很穷,这在那个开店铺的年代证明是一种优雅,让她高兴地想到由于牛顿的一小份财产定下来给儿子(有保护条款,这说明可怜的牛顿先生多么深谋远虑,也多么宽宏大量,因为他并没有留给她令人不快的处境,比如永远的悲伤)——如我所说,牛顿喜欢经济独立,这符合他的性格,她自己的收入甚至足够两个人用,她也许可以让自己奢侈一下,找一位经济上不如她的丈夫。巴兹尔·兰塞姆没有预测到这一切,不过他想到了卢纳夫人不会无缘无故地每隔一天就给他写一封信,提议在不合常情的时间开车带他去公园。当他说他有生意要照管的时候,她回答说:"啊,你那该死的生意!我讨厌那个字眼——人们在美国就听不到别的东西了吗。没有生意也有许多活法,你只需要试一下!"他很少给她回信,尽管她喜欢形式和秩序,他极其不喜欢在锁了门之后,一个人还要努力从窗户里爬进来的样子。所以,他开始大大拉开了拜访的间隔,最终

---

① 小心谨慎(Putting the dots on his i's, as the French say):如法国人所说,在"i"上加点,指小心谨慎,不出差错。法国人说的是"mettre les points sur les i",詹姆斯很喜欢这个表达,在1880年12月5日给朋友威廉·迪恩·豪威尔斯(William Dean Howells)的信中,詹姆斯写道:"我会小心在我的i上增加一些点。"也就是小心不出差错。

这种拜访就变得很稀少了。当我在想他对女性几乎是迷信的这些礼貌习惯时，我突然觉得他冷落自己友好的——简直是有些过于友好的表姐，一定有很强烈的动机。然而，当他收到卢纳夫人指责他的来信（在这封信有时间发挥一点作用之后），他对自己说，他也许有些不公平，甚至残忍，既然他很容易被这种懊悔所打动，他就捡起了这根断了的线。

第二十二章

在他和卢纳夫人坐在她后面的小客厅里的灯光下的时候,他感到比以往更能忍受她不由自主加在他身上的那种压力了。几个月过去了,他并没有更接近自己希望的那种成功。他隐约感到有另一种相当明确的成功对他开放,虽然的确是不够高尚也不够男子汉气,但也许他毕竟可以在这个基础上做出符合自己荣誉的撤退。卢纳夫人令人鼓舞,因为她终于在生活中收住了话头。她并没有跟他大吵大闹一场,没有需要解释的问题;她带着神秘的忧伤意味接待他,好像他前一天还在那里。她可能认定自己已经失去了他,正如她曾经希望得到他,不过努力拥有他这样一位朋友总比孤独要好。她好像希望让他看到现在她是多么努力。她很温柔,安慰他,款待他,把挡住火的一个屏风移开,说他看起来很累,打铃给他要茶。她不过问他的事情,根本不问他是不是很忙,运气好不好;这种缄默让他感到意外的优雅和谨慎,好像她凭着女性细腻的本能已经猜出了他的事业没有什么值得炫耀的。他有一种单纯的好奇,想知道她是不是已经进步了。灯光柔和,火苗宜人地噼啪作响,他周围的一切都体现着一位女性的品位和格调;这个地方装饰得尽善尽美,全装上了软垫,令人愉快地隐秘,私人化,一幅布置完美的家庭图景。卢纳夫人抱怨在美国安顿下来的困难,不过兰塞姆记得在她妹妹波士顿的房子里,他得到相似的印象,觉得这些女士们有让自己舒适的技巧,这是一种家庭品质。冬天的夜晚,在这里要比在一个德国啤酒窖里好(卢纳夫人的茶很好喝),他的女主人自己今晚几乎像一个杂技演员一样令人愉快。一小时之后,我不能说他感觉几乎可以结婚了,但可以说他几乎已经结过婚了。各种休闲的情景出现在他的眼前,在这种休闲中,他看到自己在大页的稿纸上写满了关于好几个主题的观点,写满了南方人雄辩有力的证据。如果编辑们不出版一个人苦心经营的著作,这个人能自费出版它们也是一种安慰,这一点总算对他变得清楚起来了。

有一会儿,他几乎完全处在幻觉中。卢纳夫人拿起了她的钩针,坐在火炉另一边他的对面。她白皙的手在编织的时候轻轻地颤动着,她的戒指在壁炉的

波士顿人
The Bostonians

火光里熠熠生辉。她的头稍稍偏向一边,露出丰满的下巴和脖子,她低垂的眼睛(这给了她一点谦虚的神态)静静地看着她的活计。他们的交谈出现了几分钟的沉默,阿德利娜——肯定已经进步了——也好像感觉到了其中的美妙,而且不希望中止这美妙。巴兹尔·兰塞姆注意到了这一切,同时陷入了一种朦胧的沉思。如果一个人能从中得到时间,得到空闲,那本身不就是一种高尚的动机吗?他对这个自己最关心的问题进行了全面的斟酌——难道这样的机会不是一个令人非常渴望的好处吗?在那把椅子里,他似乎看到了自己,感觉到自己在未来的那些夜晚,在安静的灯光下,正读着一本必读书——卢纳夫人知道如何制造出这种非常柔和的色调。那样的话,他不就能对他所处时代的公共舆论产生影响,阻止某些倾向,指出某些危险,专心从事许多有益的批评了吗?为了这样的行动,难道一个人的责任不就是把自己置于最好的环境中吗?当这种沉默继续下去的时候,他几乎陷入了对他的责任的冥想中,几乎让自己相信道德的法律要求他跟卢纳夫人结婚。这会儿,她从活计上抬起头来,四目相对,她微笑了。他可能知道她猜出了他正在想什么。这个想法吓了他一跳,让他有些警觉,所以当卢纳夫人和蔼可亲地说,"再没有比冬天的夜晚,两个人温馨地*单独*①坐在火炉旁更让我喜欢的了。就像德比和琼这一对幸福的老夫妻②,水壶已经停止了歌唱,多可惜呀!"当她说出这些拐弯抹角的话时,兰塞姆打了一个不易觉察的激灵,不过这激灵足以打破那种魔咒,他很快就用一种冷淡、温和的好奇语气直截了当地问她,她最近有没有收到她妹妹的来信,钱塞勒小姐打算在欧洲待多久。"哦,你一直都待在你的小窝里!"卢纳夫人说,"奥利夫六周前就回来了。你想让她在那里忍受多久啊?"

"我当然不知道了,我从来没有去过那里。"兰塞姆回答。

"对,这就是我喜欢你的地方。"卢纳夫人甜甜地说,"如果一个男人没有去过那里就很优秀,这种变化才叫人喜欢呢。"

这个年轻人吃了一惊,接着很自然地笑了起来:"天哪,话不能这么说嘛!"

"哦,我这么说因为我有把握。我也不在乎告诉其他人。"

"假如有一天我也去的话,我很高兴你有个人可以依靠,"兰塞姆继续说,"我原以为你很在乎欧洲呢。"

---

① tete-a-tete:法语,英语的意思是 head-to-head,头对头的意思,指两个人亲密单独相处的状态。

② 德比和琼(Derby and Joan):这一短语出自英国18世纪的一首民谣,亨利·伍德福尔(Henry Woodfall)在他的民谣《一对幸福的老夫妻》中赞美了老德比和妻子琼的相亲相爱、形影不离,渐渐地,它就成为恩爱夫妻的代名词。

第二十二章

"我现在也很在乎欧洲,不过还不止这些。"卢纳夫人镇静地说。"你最好和我一起去。"她补充说,有些前言不搭后语。

"跟一位魅力难挡的夫人在一起,一个人愿意到天涯海角!"兰塞姆说,语气已经变成了一种卢纳夫人总觉得不满意的腔调。这是他南方骑士风度的一部分——当他说这类话的时候,总有明显的南方口音——他这样说并没有让自己特别承诺什么。她不止一次有理由希望他不要这么让人不愉快地过分礼貌,像她过去常常在英格兰听人说那样。她回答说,她不关心天涯海角,她只在乎开始;不过他并没有接应这个声明,而是回到奥利夫的话题上,想知道她在那边干了些什么,是不是对他们产生了很大影响。

"哦,当然,她迷倒了每一个人。"卢纳夫人说,"以她的优雅和美丽,她的整体风格,她怎么能做不到呢?"

"不过,她说服他们了吗?有没有鼓动起她的东道主准备在她麾下前进?"

"我猜她见过很多意志坚强的人,很多穷凶极恶的老姑娘、狂热分子和老顽固。不过我根本不知道她干了些什么——也不知道他们所谓的'奇迹'是什么。"

"她回来后你见过她吗?"巴兹尔·兰塞姆问。

"我怎么能看到她呢?我能看很远,但也不至于一路看到波士顿去。"于是,在解释说她妹妹是在这个港口上岸的时候,卢纳夫人进一步问他,能否想象奥利夫干什么事都用一流的方法,假如有二流方法的话。"当然,她喜欢糟糕的船——波士顿汽船——就像她喜欢平庸之人,喜欢红头发的野丫头和那些乖戾的信条一样。"

兰塞姆沉默了一会儿:"你是说那个——啊——一年前,去年十月我在波士顿见过的那个相当出众的年轻女孩子吗?她的名字叫什么来着?——塔兰特小姐?钱塞勒小姐还一如既往地喜欢她吗?"

"哎呀!你难道不知道奥利夫带她去欧洲了吗?奥利夫到那里就是为了培养她的思想。难道去年夏天我没有给你说过吗?那时候你常来看我。"

"哦,对,我想起来了,"兰塞姆相当令人愉快地说,"奥利夫把她带回来了吗?"

"天哪,你不是以为奥利夫把她留在那里了吧!奥利夫认为她天生就是来改造这个世界的。"

"我记得你也对我说过这一点。我想起来了。哦,她的思想培养好了吗?"

"我还没看见,我不能告诉你。"

"你不打算去那里看看——"

"去看看塔兰特小姐的思想是不是培养好了吗?"卢纳夫人插话,"如果你想让我去,我就去。我记得你见到她的那一次很兴奋。你难道不记得了吗?"

兰塞姆犹豫了一下:"我不能说记得。时间太久了。"

"对,我不怀疑你对女人就这么多变!可怜的塔兰特小姐,要是她知道自己给你留下了印象该多好!"

"她不会想到这种事的,如果你妹妹培养了她的思想。"兰塞姆说,"我现在确实想起来了,我记得你对我说过她们的亲密关系。她们是不是打算永远住在一起?"

"我想是的——除非有人想到要娶维里纳。"

"维里纳——这是她的名字吗?"兰塞姆问。

卢纳夫人手里的钩针停了下来,看着他:"哦!连这个你也忘了吗?你跟我一块儿到小山上散步的时候是你亲自对我说的,你在这方面动过不少脑筋呢,那次在波士顿。"兰塞姆大声说他记得那次散步,但是不记得他跟她说的任何事情了;她非常嘲讽地提议说,也许他自己想娶维里纳——他看起来对她很有兴趣。兰塞姆悲哀地摇着头说恐怕他不适合结婚,所以,卢纳夫人问他是什么意思——他的意思(犹豫了一下)是不是说他太穷了?

"绝对不是——我有钱,我的收入很可观!"这个年轻人大声说,从他的语气和隐约掠过脸庞的一阵愤怒的红晕看,卢纳夫人很快就明白自己过分了。她记得(她以前应该记得)他从来没有信任过她,从而把自己的事情告诉她。这不是南方人做事的方式,他虽然穷但很骄傲。她的推测是对的,如果巴兹尔·兰塞姆对一个女人坦率承认自己无力为生,他会瞧不起自己的。这些问题跟她们无关(她们的营生就是被供养,表现家庭美德,可爱地表示感激)。他觉得谈论这些问题几乎是不体面的事。当卢纳夫人发现他不让自己得到宝贵的同情(也就是她的同情)时,她觉得加倍对不起他,她的嘴角掠过不易察觉、含义复杂的表情,当她再次拿起钩针的时候,这些表情显得非常无助。她说自己当然知道他很聪明——他可以做任何想做的事。有一会儿,巴兹尔·兰塞姆纳闷,如果她直截了当地让他跟她结婚,拒绝她是否符合南方绅士的高雅礼貌。如果她成了他的妻子,他当然就可以向她承认自己太穷了不能结婚,因为在那种关系中,有时候甚至最高调的南方绅士也必须放松一下。但是兰塞姆绝对不希望有这种安排,他知道对她的推测最相关的反应就是拿起帽子走开。

然而,只过了五分钟他就不再想这么做了,就像他不想跟她结婚一样。他想多听一听跟奥利夫·钱塞勒住在一起的那个女孩子的事。当他了解到她已经回到美国时,他心中的某种东西——一种昔日的好奇心,一个多半模糊的形象——复活了。几乎在一年前,卢纳夫人讲的有关她妹妹去欧洲访问这件事,他误以为那会是很长一段时间的离开,钱塞勒小姐也许想把这个小女预言家带离她的父母,甚至也许带离某种爱情的纠葛。她们无疑是想用欧洲提供的设施调查妇女问题。他对欧洲没有多少了解,不过他认为那是一个了不起的、提供设施的地方。兰塞姆这一方在得知钱塞勒小姐由她的年轻同伴陪同离开后,他的某种闲散却又令人愉快的回忆习惯也就被中止了。总而言之,他的生活一直都平淡无奇,他对自己那位聪明古怪、反复无常的表妹的拜访,在伯宰小姐家的那天晚上,后来又瞥见那个年轻、奇怪、漂亮、滑稽的红头发的*即兴演说者*①,这一切就像一页有趣的小说自动呈现在他的记忆里。不过,当他听说这两个女子已经永远去了那些陌生的国度,这页纸似乎就褪了色,这个消息把她们带出了他的世界,糟蹋了那个前景,缩小了她们的现实性。因此,几个月过去了,随着他对自己的事情越来越焦虑,他的精神状态的消沉,他根本就没有想过维里纳·塔兰特。她又回到了波士顿,这个事实似乎表示波士顿和纽约之间有某种联系。现在,这个事实本身显得既重要又令人愉快。他意识到这很反常,他的意识让他并且已经让他变得稍稍有些虚情假意了。他没有拿起帽子走开,而是坐在椅子上,在卢纳夫人可能给他的文雅举止所增加的负担中碰运气。他记得自己还没有热心问候一下牛顿的情况,这个孩子最近已经屈从于唯一的影响,也就是驯服不可驯服之物的影响,如果不是在天真无邪中睡大觉的话,那就是在童年时代里正睡大觉。兰塞姆用一种引出他女主人最冗长回答的方式弥补了这个疏忽。这个孩子自从被兰塞姆放弃之后有过很多家庭教师,不能说他的教育被荒废了。卢纳夫人自豪地讲着他对付那些老师们的办法,如果他没有掌握他的功课,那么他掌握了他的老师们,她高兴地相信自己给了儿子每一个优点。兰塞姆的拖延是有策略的,刚过十分钟,他就回到了波士顿的那两位年轻女士身上。他问既然她们有激进的佳话,为什么他还没有听到塔兰特小姐雄辩的回音?为什么塔兰特小姐雄辩的回音还没有到达他的耳朵?难道她还没有走向公众吗?她会不会到纽约来煽动他们?他希望她没有出什么差错。

"去年夏天她在妇女大会上可不像出差错的样子,"卢纳夫人回答,"难道你也忘记了那个不成?我不是告诉过你,她在那里引起的轰动以及我从波士顿那里听到的情况吗?你的意思是我没有给你那一份《波士顿晚报》,没有向你汇报

---

① *improvisatrice*:法语和意大利语,即兴作诗或作曲的人。

波士顿人
The Bostonians

她伟大的演说吗?那是在她们刚要去欢洲之前,在鞭炮的光焰中,她很成功地离开了。"兰塞姆抗议说,现在他刚听说这件事,于是他们对照日期后才发现,这件事发生在他最后一次拜访卢纳夫人之后。当然,这使她有理由说,他对待她甚至比她想的还要糟糕;无论如何,她的印象是他们一直在一起谈论维里纳的一举成名。她显然把他和另一个人混淆了,那也有可能;他并不觉得自己在她心目中举足轻重,尤其是她可能死过二十次,他都没有来到她的身边。兰塞姆对塔兰特小姐出名的说法提出异议,如果她出名了,她不就会出现在纽约的报纸上了吗?他并没有在那里看见她,他不记得那时(去年六月,是吧?)看到过任何有关她在妇女大会上的功绩的报道。无疑,她在当地很有名。不过那是一年半以前的事了,那时候人们期待她成为顶尖的民族荣耀。他愿意相信她在波士顿已经引起了轰动,不过只有当人们开始在商店里看到她的照片时,他才能对此加以重视。当然,人们必须给她时间,不过他认为钱塞勒小姐打算让她更快地得到承认。

如果他为了套出卢纳夫人的话故意用一种矛盾语气,那么他可能并没有得到他更想得到的消息。去年六月,他可能真的没有看到维里纳演出的信息,有些时候,他似乎觉得报纸很愚蠢,所以连续几周都不看报。他从卢纳夫人那里了解到,并不是奥利夫寄给她的《波士顿晚报》对那次大会的活动情况私下里进行额外的大书特书,从而证明那一页报纸的可亲可爱;她应该感谢一位"男性朋友",那个人把波士顿发生的一切,人们每天的正餐吃什么都写信告诉了她。并不是必须知道这些才会让人开心,而是她所说的那位绅士不知道发明什么东西才能讨她的欢心。一个波士顿人不能想象人家不想知道,那是他们让自己心满意足的主意,或者无论如何那是他的主意,可怜的人。奥利夫永远不会这么详细地谈论维里纳。奥利夫把她姐姐看成一个俗人,知道阿德利娜不会明白她为什么在需要一位知心朋友的时候非要在社会最可怕的阶层里费尽周折去挑选。维里纳是一个十足的小冒险家,而且在这桩交易中是一个相当低劣的货色;不过她当然是很漂亮了,如果人们喜欢胭脂红头发的话。至于她的那一帮人,他们非常可怕,简直就像她——卢纳夫人跟她的手足病医生的女儿建立了一种很亲密的关系。也就是奥利夫能做出这么可怕的事,还认为自己这么做的时候是在为人类做出伟大的贡献呢;尽管她想把一切都颠倒过来,把最低的变成最高的,当事情真正变得混淆不清的时候,她也只能傲慢,让人反感,似乎她是什么了不起的老公爵夫人。卢纳夫人必须公正地说,奥利夫不喜欢塔兰特夫妇,那个父亲和母亲;不过她仍然让维里纳来往于查尔斯街和他们居住的那个可怕的小窝之间。从那位事无巨细给她写信的先生那里,阿德利娜知道那个女孩子偶尔在剑桥待上一周。她的母亲病了几周,想让她睡在那里。通过她的通信者,卢纳夫人还知道维里纳得到了——或者在这个冬天之前就已经得到了——男士们的很多关注。卢纳夫人不明白,维里纳怎么会产生这样的想法,认为女人可以自力更生;不过卢纳夫人有理由说,这就是奥利夫带她出国的原因。她害怕维里纳会向某个男人让步,她想截断这种联系。当然,对任何男人的让步都会让一位年轻女子很尴尬,她在讲台上尖叫着说老姑娘们是最文明的人。阿德利娜认为奥利夫现在完全控制着她,除非她实际上是在用到剑桥的短途旅行做掩护去见男人。她是一个狡猾的轻佻女子,她关心妇女权力,就像她关心巴拿马运河①一样;她想要的唯一女权就是爬到某个东西的顶端,在那里男人们可以看见她。只要能达到目的,她会一直与奥利夫住下去,因为奥利夫那么体面,有社会地位,可以提携她,对抗她的那些低贱亲属的影响,更不用说负责她的一切开销,带她去欧洲旅行了。"不过,请注意我的话。"卢纳夫人说,"她会给奥利夫造成平生最深刻的伤害。她会跟某个驯兽师跑掉的,她会嫁给一个杂技演员!"卢纳夫人补充说,奥利夫·钱塞勒活该如此。不过她会受不了的,看她到时候怎么发脾气吧!

当他的女主人用一种随便又强调的方式说出这些相当讨厌的话时,巴兹尔·兰塞姆的感情很奇怪。他全都听进去了,觉得她的话代表某些很有意思的事实;不过,与此同时,他发现卢纳夫人并不知道自己在说什么。他平生只见过维里纳·塔兰特两次面,跟他说她是一个女冒险家是没有用的——当然尽管她很有可能会以伤害钱塞勒小姐的方式而告终。当这种意象从他的眼前掠过时,他有些表情严肃地笑了笑,他应该报仇雪恨(因为知道这一点就会替他雪恨),在那个邀请他来看她却只是为了扇他脸的反复无常的年轻女子身上报仇雪恨,这个想法并没有让人不愉快。不过他有一种奇怪的感觉,对另一个女孩子出现在妇女大会上一无所知,这让他若有所失——他隐约地感觉他被欺骗和玩弄了。这种抱怨是没有用的,因为他本来就不可能去波士顿听她演讲;但是,那对他意味着在一件与她息息相关的事情上,他没有份,甚至连遥远模糊的份也没有。他为什么应该有份,那些与她密切相关的事情跟他毫无关系,还有什么比

---

① 巴拿马运河(The Panama Canal):连接大西洋和太平洋的一条人工运河。开凿运河的初次努力开始于1879年的一项国际决议。1881年,这项工程在法国工程师费迪南·德·雷思普(Ferdinandde Lesseps, 1805—1894)的指导下正式动工,后又搁置。巴拿马运河最终由美国建成,于1914年通航,到1979年一直由美国独自掌控,之后转入巴拿马运河委员会。这是世界上最具有战略意义的两条人工水道之一,另一条是苏伊士运河。这里提到巴拿马运河,暗示了小说的时代背景。

波士顿人
The Bostonians

这更自然的呢？这个问题只是在那天晚上他步行回家的时候才被暂时搁置起来,这样他就可以去自由感受自己想象力的贫乏了,竟然不知道她又在他身边(相对而言)这个事实。她在模糊的地平线上(不再是在地球的另一边),而他却没有发现。这种个人损失的感觉,像我说的,使他进一步感到他有东西需要弥补,需要恢复。他几乎不可能告诉你他要怎么做,不过这种想法尽管还不成形,却把他带到一个和他在一刻钟之前一直遵循的那个方向很不相同的方向。他看着这个方向在眼前舞动,又一次陷入了沉默。这期间,卢纳夫人再次对他神秘地微笑着。这微笑的效果让他站了起来,他的整个大脑突然被照亮了。毫无疑问,为了有办法从事自己的研究,他的责任不是娶卢纳夫人。他猛地往后退了一步,好像自己正要娶她似的。

"你该不是要走了吧？我想说的话还没有说一半呢!"她惊呼。

他瞥了一眼钟表发现时间还不晚,就在屋子里转了一圈,然后又坐在一个不同的地方。在这期间,她的眼睛一直跟着他,不知道他怎么了。兰塞姆很小心不去问她还想说什么,也许是为了不让她告诉他,他现在开始自由快速地用一种全新的语气说话。他又待了半小时,让自己很讨人喜欢。这会儿,卢纳夫人似乎觉得他的确具备一个真正有魅力的男人的各种优点(她知道他优点最多)。他不断地说话,直到最后急切地拿起帽子。他说到南方的状况,它的社会特色,战争造成的毁灭,那些衰败的贵族们,那些乖僻落伍的吞火魔术师,他们衣衫褴褛,桀骜不驯,以及南方所有的悲喜剧,让她一会儿哭,一会儿笑,整个过程她都在对自己说,什么时候他才能想到,谁也不会像他那样能让一个女人晚上过得这么开心。只是后来她才问自己他为什么直到最后才想到,这么快。她喜欢那些落魄的贵族们,她的品位跟她妹妹的截然相反,她妹妹只对比较低下的阶层感兴趣,因为这个阶层挣扎着要上来;阿德利娜关心的是那些失势的贵族(好像贵族们到处都在失势),巴兹尔·兰塞姆不就是一个例子吗？难道他不像一位大革命后的法国*乡绅*吗？或者一位侨居国外的朗格多克老国王①吗？那些被掠夺的贵族阶级,我说,他们的举止高尚动人,人们小心翼翼地对他们实施爱心,因为他们敏感而高傲。在卢纳夫人自己的全部想象中,她的谨慎是一

---

① 法国乡绅(A French *gentilhomme de province* after the Revolution? Or an old monarchical émigré from the Languedoc):*gentilhomme de province* 法语,乡绅的意思;Languedoc 是法国的一个农村省份,法国大革命(1789—1799)后,很多法国贵族撤退到他们在乡村的宅邸中。法国大革命是人类历史上一次重要的政治事件,它极大地推进了民主与共和的政治理念,使自由主义、激进主义、国家民族主义、社会主义、世俗主义、女权主义等人权理念深入人心,是后来的废奴主义与妇女的普遍选举权的开路先锋。在这个故事中,奥利夫这位女权思想的代表是崇尚法国大革命的,而来自南方的巴兹尔·兰塞姆显然是站在这些激进人权思想的对立面。

· 144 ·

第二十二章

流的。"你是不是打算十年后再来?"巴兹尔·兰塞姆向她道别的时候她问,"你必须让我知道,在你这次拜访和下次拜访之间,我是否有时间到欧洲打个来回。我会务必提前一天赶回来的。"

兰塞姆没有回应这句俏皮话,而是说:"最近你不打算去波士顿吗?你不要再去看看你妹妹吗?"

卢纳夫人双目圆瞪。"你到底安的什么好心?原谅我的愚蠢,"她补充说,"我当然不想。太谢谢你了!"

"我不想让你离开,不过我想多听听有关奥利夫小姐的事。"

"到底为什么?你知道自己并不喜欢她!"还没等兰塞姆回答,卢纳夫人又抢先说,"我真的认为,你说奥利夫小姐,其实指的是维里纳小姐!"有一会儿,她的眼神谴责着他不正当的意图,接着她大声说:"巴兹尔·兰塞姆,你是爱上那个小东西了吧?"

他非常自然地大笑起来,并没有为了试探卢纳夫人而表示抱歉求饶,只是说情况并没有那么复杂。"怎么可能呢?我平生只见过她两次面。"

"如果你见多了,我就不用担心了!真想不到你竟然想打发我去波士顿!"他的女主人继续说,"我并不急于和奥利夫再次团聚,另外那个女孩子占着整个房子呢。你最好自己去。"

"我再高兴不过了。"兰塞姆说。

"也许你想让我请维里纳来和我住一个月——这可能是吸引你来这所房子的一个办法。"阿德利娜接着说,语气中充满挑衅。

兰塞姆正要回答说这比其他办法都奏效时,他却及时控制住了自己。即使在开玩笑,他也永远不会这么粗鲁、这么残忍地跟一位女士说话。"请你相信,在这个世界上,我为别的女人做的所有事我也同样可以为你做。"他说,最后一次向卢纳夫人丰满的手弯下腰去。

"我会记住这一点的,而且会让你一直这么做!"他走的时候,她在他身后大声说。不过即使有这么热烈的誓言交流,他仍然感到自己相当容易就逃脱了。在冬天皎洁的月光下,他穿过阿德利娜家的十字街口,拐进第五大道①,在那里慢慢地踱着步。他在每一个拐弯处都停一会儿,若有所思地徘徊着,同时发出一声温柔模糊的叹息。这是一种无意识的、不自觉的放松表示,这种叹息就像

---

① 第五大道(the Fifth Avenue):纽约的第五大道,那个时候这里还是一条居民区街道,一条非常高级时髦的街道,与兰塞姆居住的东区形成鲜明对比。因为这里是一个完全不同的天地,他也许会心事重重,浮想联翩,所以才"慢慢地"往回走。

波士顿人
The Bostonians

一个男人看到自己正要被(车辆)碾过却发现自己完好无损时可能会发出的叹息。他不用费力去问是什么救了他,不管什么反正奏效了,他深为自己最近这么放松警惕而感到羞愧。在到达住处的时候,他的雄心、他的决心都重新振作起来。他记得以前他觉得自己是一个有能力的人,没有发生什么特别的事让他怀疑这一点(证据只是否定的而不是肯定的),无论如何,他很年轻,完全可以再做一次尝试。那天晚上他是吹着口哨上床的。

第二十三章

　　三周之后，兰塞姆站在奥利夫·钱塞勒的房子前，犹豫不决地上下打量着这条街。他告诉卢纳夫人，他最喜欢的事情莫过于再去一趟波士顿，这不只是因为他想来就来了。我正要说，一个愉快的机会眷顾了他，不过我认为当人们朝思暮想机会的时候，就没有义务用漂亮话去奉承机会。总之，这是黎明前的黑暗。我描写的那个令人抑郁的夜晚，兰塞姆待在德国啤酒窖里，面前一个玻璃杯不久就空了，他用一种没有得到酬报的眼神凝视着未来，几天之后他发现这个世界好像还需要他。那"一帮人"，他会这么说（我不能假装说他的用词太夸张了），很多个月之前，他就是为这些人来波士顿出差的，而他们那时候对他的服务并不满意（律师和他的当事人之间判断有分歧），显然发现他的服务比期望的更有成效才重新开始合作，目前让兰塞姆又一次来到这个姊妹城。他的差事比以前需要的时间多，三天之内他得全神贯注。第四天，他发现仍然不能脱身，他得等到晚上——要准备一些重要材料。他决定利用这个空闲休假，他不知道人们在波士顿做什么才能让自己的早晨有一种喜庆的气氛。天气晴朗得足以让人浮想联翩，他在大道上溜达领略着这一切。他在音乐厅和特里蒙特教堂前停了下来，看着门廊里的广告。难道钱塞勒小姐的小朋友不会刚好这时候在里面给她的市民同胞们做演讲吗？不过没有看见她的名字，这种消遣似乎在嘲笑他。在这个地方，他除了奥利夫·钱塞勒之外谁也不认识，因此毫无疑问要做一次拜访。他曾下定决心永远不再走近她，她无疑是一个很优秀的人，但对他却非常粗鲁，让他不想再接近她。礼貌，甚至一种广义上的"骑士风度"他都已经尽最大努力做到了；一年前，他离开她没有对她说她是个泼妇，这种缄默足够骑士风度了。当然还有维里纳·塔兰特，当他对自己念叨她的时候，他没有理由掩饰自己的愉快，很想再见到她。对他而言，她很可能不再是同一个人了。她给他的印象来自某种偶然的情绪或者氛围。无论如何，她当时表现出来的魅力可能已经被粗俗的宣传效果以及他女亲戚的主要影响抹杀了。看得出来，在巴兹尔·兰塞姆的推理中，这种印象被轻易接受了，目前仍然有这种印象。这种吸引力可能已经消失,正如他对自己说的,但是他脑海里的情境仍然历历在目。更令人遗憾的是,如果不拜访奥利夫,他就不可能拜访维里纳(他在心中呼唤她的名字,多么漂亮的名字啊),奥利夫让他没法努力见到维里纳真是讨厌。兰塞姆还有另一种考虑,显然这个人就爱瞎琢磨,他相信在那几个小时里钱塞勒小姐也发现,她的行为带来了这么荒谬的后果,在竭尽全力结识他之后却很不喜欢他,在她家里再次见到他会让她很反感;他会觉得如果事先没有获准她的邀请(在她见到他之前)硬去见她是很鲁莽的,他有理由相信时间的推移并没有使她减少对这种会面的反感。她没有以女人们常有的小伎俩给他任何原谅或者后悔的表示——通过她姐姐捎个口信,或者甚至寄一本书,一张照片,一张圣诞卡,或者寄一张报纸。总之,他觉得不能随便按响她的门铃,他不知道她见到这个慢吞吞的密西西比人会是怎样的一阵发作。他的一贯做法就是,如果他见到一位年轻女士不温柔,他会很希望去宽恕她的情绪。在特殊情况下,他总是愿意去轻易原谅女人,他坚信一般来讲这个性别需要关照。

然而,半个小时之后,他发现自己就站在了查尔斯街这个对他唯一有意义的地方。他想,如果他不拜访奥利夫就不能拜访维里纳,那么他拜访塔兰特夫人就可避免这种情况。事实上,不是这位母亲,而是那个女孩子本人邀请了他。作为一个公正坦率的美国年轻人,他意识到母亲通常比女儿更难接近,比女儿更多受社会偏见的支配。但是,他处在一种可以勉强说得过去的情况,他朝他所知道的剑桥所在的方向走去,记得塔兰特小姐的请柬提到那个区,卢纳夫人也给他提供过进一步的证据。难道她没有说过维里纳经常回去住几天——她母亲生病的时候她给予她很多照顾吗?那个时辰(马上就一点钟了)她正在做一次这样的探险绝不是没有可能——没有什么事是不可能的,他也许有机会在剑桥找到她。无论如何值得一试。另外,剑桥也值得一看,这也是他度假的另一个好办法。事实上,他想到剑桥是个大地方,而他没有具体的地址。他刚要到奥利夫的住处时就有了这个想法,说也奇怪,在去那个神秘郊区的路上,他不得不经过这里。这就是他停在那里的部分原因。有一会儿,他问自己他为什么不按响门铃,从仆人那里得到他需要的消息,他们肯定会给他的。他正打算取消这个没有品位的做法时就听到房门打开了,这两扇大门镶在查尔斯街的斜面墙深处,大门里面有一段楼梯,楼梯底部是第二道门,第二道门的上半部分镶有两块玻璃。只一分钟,他就看见有人从里面走了出来,在这一分钟里他有时间走开又回来,而且不知道这两个居住者中谁会露脸,他是否应该两个都不见或者两个都见。

第二十三章

从这所房子里出来的那个人慢慢地走下台阶,好像故意给他时间逃走。当两扇玻璃门最终被打开的时候,出现了一位小个子老太太。兰塞姆失望了,这个出现根本不能满足他的需要。不过他的情绪很快就又高涨起来,因为他肯定以前见过这个小老太太。她在人行道上停下来,茫然地看着周围,好像在等公共汽车或者市内有轨电车;她的外表邋遢,衣着松垮,好像衣服已经穿破了很多年,现在仍然在凑合着穿;一张慈祥的大脸盘几乎被眼镜全遮住了,一个生锈的鼓鼓囊囊的小背包低低地挂在身边,好像背起来很累。这给了兰塞姆时间去辨认她。他知道,在波士顿,除了伯宰小姐之外再没有这样一个人。她的晚会,她的这个人,钱塞勒小姐有关她的高尚的描述在他的脑海里都保留着清晰的印象。当她谨慎地站在黑暗里,就像一个老朋友回到了他身边。他的需要使她唤起的那些记忆显得很重要,他很快就想到她会告诉自己维里纳·塔兰特哪个时间在哪里,如果需要还能告诉他,她的父母住在哪里。她的眼睛停在他身上,发现他在看她,她并没有按照礼节(她和所有的传统都决裂了)把眼睛从他身上移开。显然,对她而言,他只是代表一位有感情的市民在享受自己的权力,包括凝视她的权力。伯宰小姐的谦虚一直都经得起公众的检验。在这个世界上,有这么多聪明的新动机,新思想,甚至看着她也是有原因的。当兰塞姆走近她,微笑着向她举起帽子说,"伯宰小姐,要我帮您把这辆车叫住吗?"她只是更加茫然地看着他,完全不知道也许只是名声的缘故。她在波士顿的街上奔走了五十年,从来没有在黑眼睛的年轻人那里接受过这么多关注。她用一种没有偏见的方式瞥了一眼那辆正从剑桥路开过来的叮当作响的彩色大客车。"哦,如果它能拉我回家,我就上去,"她回答,"这是一辆开往南城去的车吗?"

司机看见伯宰小姐就把车停了下来,显然认出她是一位常客。不过并没有跟她履行任何确认的程序,只是说:"您就在这里上车吧——快。"司机站在那里,用一种吓人的方式举手去拉电铃的绳子。

"您一定得给我这个荣幸送您回家,夫人,我会告诉您我是谁。"巴兹尔·兰塞姆说,很快动着脑筋。他帮她上了车,那个司机把手像兄弟一样放在她的背上,这个年轻人很快就坐在她的身旁,叮当声继续。在一天的这个时辰,车里几乎是空荡荡的,实际上车上只有他们两个人。

"哦,我知道你是一个熟人,我觉得你不是本地人。"在他们往前走的时候,伯宰小姐说。

"我曾经去过您家—— 一次非常有趣的聚会上。您还记得一年前,去年十月您办的那个晚会吗?那一次钱塞勒小姐来了,另一位年轻女士做了精彩的演讲。"

"噢,对!塔兰特小姐把我们大家都感动得不得了!那一次有很多人,我记不全了。"

"我就是其中的一位,"巴兹尔·兰塞姆说,"我和钱塞勒小姐一起来的,她是我的一个亲戚,您对我很好。"

"我做了什么?"伯宰小姐坦率地问。他还没来得及回答她,她就认出了他。"现在我想起你来了,奥利夫带你来的!你是南方来的——她后来对我提到过你。你不赞成我们伟大的斗争——你想让我们受压迫。"这位老夫人非常温柔地说,好像很久以前她就剔除了激情和仇恨。接着她补充道:"哦,我相信我们不可能得到所有人的赞成。"

"难道我专门进车里来陪您—— 一位重要的鼓动者回家不像是对你们的赞成吗?"兰塞姆笑着问。

"你是专门进来的吗?"

"我用心良苦啊。我并没有钱塞勒小姐想的那么坏。"

"噢,我猜你有你的想法,"伯宰小姐说,"当然,南方人的观点很奇怪。我觉得他们比人们想的还要缄默。我希望你不要坐过站了——我对波士顿的路很熟。"

"请不要反对我,或者觉得我多管闲事,"兰塞姆回答,"我想问您点事。"

伯宰小姐再次看着他:"噢,对,我现在把你对上号了,你跟普兰斯医生交谈过。"

"我获益匪浅啊!"兰塞姆大声说,"我希望普兰斯医生身体健康。"

"她照管每个人的健康,就是不管自己的身体,"伯宰小姐微笑着说,"我提醒她的时候,她就说自己没什么需要小心的。她说,她是波士顿唯一不需要医生的女性。她决心不做病人,好像不当病人的唯一办法就是当医生。她在努力让我安睡,那是她的主要工作。"

"您不睡觉,这可能吗?"兰塞姆几乎是温柔地问。

"哦,只睡一点点。不过我刚一入睡就得起床。我要想活着就不能睡觉。"

"您应该到南方来,"年轻人提议。"那里的空气让人倦怠,您会打个香甜的盹!"

"哦,我不想懒洋洋的。"伯宰小姐说,"另外,我以前去过南方,我不能说他们让我睡很多觉,他们总是跟在我的左右!"

"您是说由于黑人的缘故吗?"

"对,那时候我能想到的就只有这件事。我给他们带去了《圣经》。"

有一会儿,兰塞姆沉默不语。接着,他用一种显然是谨慎体贴的口气说:"我真想听到这一切!"

"哦,所幸现在不需要我们了,另外的事业需要我们。"伯宰小姐看着他,带着一种含混试探性的幽默,好像他会明白她指的是什么。

"您是指为别的奴隶们吧!"他笑着大声说,"您可以把您想带的所有《圣经》都带给她们。"

"我想给她们带去法典,这一定是我们现在的《圣经》。"

兰塞姆发现自己很喜欢伯宰小姐,他很真诚地说,语气中没有明显的地方口音:"无论您走到哪里,夫人,您带什么并不重要,您会永远带着您的善良。"

有一会儿,她没有回答。接着她自言自语地说:"这就是奥利夫·钱塞勒跟我说的你的讲话方式。"

"恐怕她没有跟您说过我什么好话吧。"

"哦,我相信她认为自己是正确的。"

"认为?"兰塞姆说,"哎呀,她知道,她绝对相信!顺便说一句,我希望她一切都好。"

伯宰小姐又瞪起了眼,"难道你没有见到她吗?你不是在拜访她吗?"

"噢,没有,我并没有去拜访!实际上我遇到您的时候正经过她的房子。"

"也许你就住在这里,"伯宰小姐说。当他纠正这种印象时,她补充说,语气表明他现在让她觉得很有信心:"难道你不能最好去顺道拜访一下吗?"

"这不会让钱塞勒小姐高兴的,"巴兹尔·兰塞姆插话,"她把我当成军营里的敌人。"

"哦,她很勇敢。"

"绝对勇敢,而我却很胆小。"

"你难道没打过仗吗?"

"打过,不过那是一项伟大的事业!"

兰塞姆指的是那次伟大的脱离联邦运动[①],他的态度(甚至这也可能是值得称赞的)诙谐而不失尊严;不过伯宰小姐却相当严肃,坐在那里好一阵子沉默寡言,好像表示她现在前进了这么远,已经不能再讨论之前的反叛是非了。这个年轻人觉得自己让她沉默很抱歉,面对没有保护的女性,因为他非常尊重南方人无私的态度,他进车里来和她坐在一起完全是为了让她说话。他希望得到维

---

① 那次伟大的脱离联邦运动(The great Secession):指美国内战。

波士顿人
The Bostonians

里纳·塔兰特的消息,这是他打算让伯宰小姐说出来的主要内容。他宁愿自己不要引起讨论,他等了片刻,为的是再一次开始讲话。最后,当他正要暴露自己直接问她(他想无论如何这次暴露不能离题太远)的时候,她却抢在他的前面说,这说明她还在想着那件事:"我很想知道塔兰特小姐那天晚上没有影响到你吧!"

"啊,不过她的确影响我了呢!"兰塞姆欣然说道,"我觉得她很迷人!"

"你不觉得她很有道理吗?"

"但愿不会有这样的事,夫人!我认为女人没必要有道理。"

他的同伴慢慢地、温和地转身看着他,在她教训人的时候,两个镜片都闪烁着泪光:"那么你只是把我们看作可爱的小摆设吗?"

这个问题由于是伯宰小姐提出来的,效果就更明显了,从某种程度上讲,它指的是她本人受人尊敬的身份,这不由让他想笑。不过他很快就控制住了自己,真诚地说:"我把您看作生活中最宝贵的东西,让人觉得生活值得去过!"

"值得去过,对——你们!而不是对我们吧?"伯宰小姐暗示。

"对任何受尊敬的妇女而言都是值得的,就像我尊敬您一样。正像您所说的,塔兰特小姐,就是我们提到的这个人对我产生了影响,这样——如果可能的话,我仍然觉得女性中有这么一位令人愉快的年轻人真是不简单。"

"哦,在这里,我们想的都是她的事,"伯宰小姐说,"这似乎是一个真正的天才。"

"她经常演说吗——我现在有没有机会去听一听?"

"她在附近很有声望——比如在弗拉明翰和比勒里卡①。好像她正在积蓄力量,只为了像海浪一样席卷波士顿。事实上,她去年夏天真的这么做了。自从那次会议以来,她的力量越来越大。"

"啊!她在那次大会上很成功吧?"兰塞姆问,声音带着谨慎。

伯宰小姐犹豫片刻,为的是用适当的标准来衡量她的影响。"哦,"她说,带着长长的温柔的回忆,"自从最后一次听伊莱扎·P·莫斯利的演讲以来,我还从来没有听过这么好的演讲呢。"

"真遗憾她今天晚上不在什么地方演讲!"兰塞姆说。

"噢,今晚她去剑桥。奥利夫·钱塞勒说的。"

"她要在那里演讲吗?"

"不,她去探亲。"

---

① 弗拉明翰和比勒里卡(Framingham and Billerica):波士顿附近的小镇。

第二十三章

"我还以为她的家在查尔斯街呢?"

"哦,不,那是她的住处——她的主要住处——自从她和你表妹密切联合以来,她就住在那里。钱塞勒小姐不是你的表妹吗?"

"咱们不强调这层关系。"兰塞姆微笑着说,"这两位年轻女士,她们的联合很密切吧?"

"如果在维里纳口若悬河的时候你看到钱塞勒小姐,你会这么说的。就像弦绷在她自己心上一样,她似乎对每一个单词都激动共鸣。这是一种非常亲密美好的关系,我们这里的人都这么想。她们在一起工作会取得巨大成就的!"

"希望如此,"兰塞姆说,"尽管如此,塔兰特小姐还抽空跟她父母在一起。"

"是的,她似乎对每个人都很体贴。如果你在家里看到她,你会觉得她是一个非常孝顺的女儿。她过得很幸福!"伯宰小姐说。

"在家里见到她?我正想这么做呢!"兰塞姆回答,心想如果能知道这个消息,当初自己就不需要有这些顾虑了,"我还没有忘记上次见到她的时候,她邀请了我。"

"噢,当然,她吸引了很多来访者。"伯宰小姐说,她的鼓励仅限于这个说法。

"是啊,她一定习惯了崇拜者。她剑桥的家在哪里呢?"

"噢,在一条好像没有什么名字的小街上。但是他们的确叫它——他们的确叫它——"她的沉思似乎听得见。

司机的报站声突然打断了这个思考过程:"我猜您在这里转车去您的地方。您需要一辆蓝色车。"

这位好夫人再次回到眼前的情境,兰塞姆帮助她下了车,像以前一样,司机也帮着推了她一把。她的线路向右拐,她必须在街角等车,这时候还没有能叫到的蓝色车。街角很安静,天气让人很容易有耐心——一个阳光灿烂、令人放松的日子,似乎需要戴上手套才能触摸凛冽的冷空气,街上薄薄的融雪呈现出丰富的色彩。兰塞姆当然是陪着他的人道主义同伴,尽管她现在更不愿意接受这种想法,那就是从南方来的一位绅士自称要向一位老废奴主义者讲解波士顿的秘密。他答应把她送上那辆蓝色车之后就离开她。这时候,他们站在太阳下,背对着药店的窗户,在他的提议下,她再次试着回忆塔兰特医生住的那条街名。"我猜如果你问塔兰特医生的名字,谁都会告诉你的。"她说,接着她突然想起了那个名字——这位催眠治疗师的住址在莫纳德诺克。

"不过你得问一下,看是否有重名的。"她接着说。之后她带着更私人化的友好补充说:"难道你不打算也去看看你的表妹吗?"

波士顿人
The Bostonians

"我尽可能不去!"

伯宰小姐无奈地轻叹了一口气:"哦,我想每个人都必须实现自己的理想。这就是奥利夫·钱塞勒所做的,她本性高尚。"

"哦,是啊,本性极好。"

"你知道她们的意见完全一致——她和维里纳的观点,"伯宰小姐心平气和地继续说,"你为什么还要加以区别呢?"

"亲爱的夫人,"兰塞姆说,"难道一个女人除了自己的观点之外就没有别的东西了吗?首先,我更喜欢维里纳可爱的脸蛋。"

"哦,她是很好看。"伯宰小姐又叹了一口气,好像她有一种可供自己支配的理论——有关一位女士的观点的那一种理论——对于这个理论背后隐藏的所有陌生和奇怪,她实在是太老了不能予以深究。也许这是她第一次意识到自己的年龄。"蓝色车来了。"她说,语气温和而放松。

"离车来还有几分钟。另外,我不相信那些观点是塔兰特小姐本人的。"兰塞姆补充道。

"你绝对不能认为她没有牢固地掌握这些观点,"他的同伴更加轻快地大声说,"如果你认为她不太真诚,那你就大错特错了。那些观点刚好就是她的生活。"

"哦,她也许能说服我。"兰塞姆微笑着说。

伯宰小姐一直密切注意着她的蓝色车,这时候车临时停了下来,伯宰小姐向他转过头来,透过镜片严肃地看着他说:"哦,我不怀疑她有这个能力!是的,那会是一件好事。我看不出你怎么能不受她的很大影响。她已经影响了那么多人。"

"我明白了,毫无疑问,她会影响我的。"接着兰塞姆想起来补充道:"顺便说一句,伯宰小姐,如果您再见到我的表妹,也许您能好心不把我们的见面告诉她。我不见她完全是出于一番好意,但是我不想让她感觉我在全城声张自己有意轻视她。我不想得罪她,她最好不知道我来过波士顿。如果您不告诉她,没有其他人会告诉她的。"

"你是希望我隐瞒——?"伯宰小姐咕哝着说,有点气喘吁吁。

"不,我不想让您隐瞒任何事。我只是让您放过这件事——闭口不提。"

"哦,我从来没有干过这种事。"

"哪一种?"兰塞姆对她不能考虑他的观点半是生气半是感动,她的抗拒让他更加坚持自己的观点,"我对您的要求很简单。您没有任何义务把发生在您身上的任何事都告诉钱塞勒小姐,对吧?"

这位可怜的老夫人是个坦率人,他的要求似乎让她很吃惊。"哦,我经常见她,我们有很多交谈。那么——维里纳不会告诉她吗?"

"我想过——不过我希望她不会。"

"她把大多数事情都对她说。她们的联合很密切。"

"维里纳不会想让她受到伤害的。"兰塞姆机智地说。

"哦,你很体贴嘛。"伯宰小姐继续凝视着他,"真遗憾你不能赞同。"

"就像我对您说的,也许塔兰特小姐会说服我的。可能会有一个皈依者出现在您面前。"兰塞姆继续说,我担心的是,他根本就并没有祈求上苍原谅他的不真诚。

"我会很高兴地想——在我这么悄悄地把她的住址告诉了你之后。"一种无限的温柔洋溢在伯宰小姐的脸上,她补充道:"哦,我猜那会是你的命运。她已经影响了那么多人。假如我想到这一点,我就会闭口不提的。是的,她会说服你的。"

"如果她做到了,我会尽快让您知道的。"兰塞姆说,"您的车终于来了。"

"哦,我相信真理的胜利。我会闭口不提的。"她劳驾这个年轻人把她送到这会儿停在街角的车那里。

"我真希望能再见到您。"他在道别的时候说。

"哦,我总在波士顿的大街上。"他又提又推又帮忙才把她塞进那辆长方形的容器里,她稍稍转过身来重申自己的观点:"她会影响你的!如果那是你的秘密,我会保守的。"兰塞姆听她补充说,他举起帽子向她挥着道别。不过她并没有看见他,她正蹲在车里,发现这一次车上全是人,已经没有她的座位了。不过他对自己说,车里的任何人都一定会把自己的座位让给这样一位单纯可爱的老太太的。

波士顿人
The Bostonians

第二十四章

　　一小时刚过,他就站在塔兰特医生在莫纳德诺克郊区住宅的客厅里。他热烈地恳请一位年轻的女侍者让屋里的女士们知道他在那里。这个女仆去了好一会儿才回来说,塔兰特小姐很快就会下来见他。根据他一贯的做法,他拿起了最近的一本书(它放在桌子上,上面还有一本杂志,一个装着塔兰特的职业名片的日本漆盘——名片上写着催眠治疗师),并用十分钟时间把它浏览了一遍。这是阿德·伏特夫人①——一位著名的阴魂附体演说家的传记,配有这位女士的一幅表情惊讶、满头小辫子的肖像。兰塞姆读了几页之后暗自嗟叹,南方文学中有很多嘲弄的成分;不过,假如这是北方文学的一个漂亮标本呢!——他用很鄙夷的动作把它扔回桌子上,好像他在北方生活这么久还没有完全了解情况并非如此,同时他想知道这是不是就是塔兰特小姐赖以成长的东西。没有看见别的书,他记得已经读过这本杂志了,所以,当房子的主人们还没有出现的时候,他只好注视着面前这间明亮、空旷、普通的小房间。这里很热,他想打开一扇窗子,一道没有被窗帘挡住的丑陋的交叉光线似乎要当仁不让地来表现这种穷困。如我已经提到过的,兰塞姆对安逸没有很高的标准,通常也不是很注意人们的房子是如何装饰的——只有当它们很漂亮的时候他才注意到;不过他在塔兰特医生家看到的东西让他对自己说,无疑维里纳更喜欢跟奥利夫·钱塞勒住在一起。他甚至开始纳闷,是不是就因为这种优越和舒适的缘故,她才博得了钱塞勒小姐的欢心,是不是卢纳夫人说得对,她唯利是图,不可信任。所以在她没有出现的很长一段时间里,他有工夫想起他实在是不知道相反的情况,觉得他来剑桥看她实在无聊(当一个人真这么想的时候,这种感觉是很强烈的),他在波士顿只待几个小时,一年半之前,她只是随便邀请了他。无论如何,她并没有拒绝接待他;如果她不愿意,她有自由拒绝。而且不仅如此,她显然正在努力表现以向他表示尊敬,因为他听到急促的脚步声在头顶来回移动,还有抽屉、衣柜的开关声音,甚至在莫纳德诺克这个地方人们在楼上也这么轻手轻脚地行

---

① 伏特夫人(Mrs. Ada T. P. Foat):这是一个虚构人物。

第二十四章

动。像他们在密西西比所说的,有人正在"飞来飞去"。终于,脚步轻踩在楼梯上嘎吱作响,接着一位鲜亮的人儿就进了房间。

他对她的记忆一直都是很美丽的,不过她现在进步了,成熟了,这位女预言家更加美丽动人了。她的秀发似乎闪闪发光,她的脸颊和下巴形成一条优雅的曲线,让他印象深刻,她的眼睛和嘴唇满含微笑和问候。他以前觉得她很鲜亮,不过她现在就照亮了这个地方,她光芒四射,让周围的东西全都显得无关紧要了。她在那张简陋的沙发上落座却产生了迷人的效果,好像一个仙女降落在一张豹皮上,声音有着天然的美妙,让他不得不一直听着她把话说完。他很快就发现这种附带的光辉简直就是成功,她仍然年轻温柔,不过很多听众的欢呼声响在她的耳边,让她有一种飘飘然。然而她的目光纯洁而直率,她浑身上下焕发的美丽出众让他想起了过去,想起非人间的地方——他不记得是在哪里——修道院的生活或者阿卡迪亚的溪谷①。上次她穿的衣服花里胡哨,打扮俗丽,总让人觉得她穿的是戏装,只有现在她的衣服才更加丰富,更加收敛。这是她的职业,她的境况,她的一部分表现。如果在伯宰小姐家以及后来在查尔斯街,她可能只是一个走钢索者,那么今天她就让莫纳德诺克这个地方的这间陋室"场面"壮观了,这样一种场面就像歌剧中的女歌手使胡乱涂鸦的画布和布满灰尘的木板大放光彩。她跟巴兹尔·兰塞姆说话,好像前几周才见过他,她对他的是非功过一无所知,她坐在那里对他微笑着,让他以自己相当讲究的方式解释何以这么略微相识就贸然前来拜访—— 一个她自己完全有可能忘到九霄云外的邀请。他的解释尽管很圆满,很令人满意,但也没有什么用,再没有比他只想见她更让人感动的理由了。她以阿卡迪亚的方式微笑着倾听,可以说非常单纯,但似乎在嘲讽这个昭然若揭的动机,好像在谴责他没有勇气说出自己真正的来意。他特别提到那一次在钱塞勒小姐家他们的见面,在那里,她告诉他,她会很高兴在家里接待他。

"哦,对,我完全记得。我也清楚地记得前一天晚上在伯宰小姐家见过你。我做了一次演讲——你记得吗?真开心。"

"的确很开心。"巴兹尔·兰塞姆说。

"我不是指我的演讲,我是说整个晚会。就是在那个时候我认识了钱塞勒小姐。我不知道你是否知道我们是怎么合作的。她为我做了很多。"

---

① 阿卡迪亚的溪谷(Vales of Arcady):世外桃源,是古希腊神话传说中的一个地方,是自然神潘(Pan)和他的信奉者的故乡。英国浪漫主义诗人约翰·济慈(John Keats, 1795—1821)的抒情诗《希腊古瓮颂》('Ode on a Grecian Urn', 1819)的第一诗节中提到"阿卡迪亚的山谷"('dales of Arcady')。

波士顿人
The Bostonians

"你还演讲吗?"兰塞姆问,刚说出口就意识到不该问这样的问题。

"还演讲吗?哎呀,我应该这么想啊,这是我的全部价值所在!这是我的生活——或者说将来会是的。也是钱塞勒小姐的生活。我们下定决心要干点事。"

"她也演讲吗?"

"哦,她让我演讲——或者说我的演讲最精彩的部分都得益于她。她告诉我说什么——那些真正的东西,那些有说服力的东西。钱塞勒小姐和我做的一样多!"这个奇特的女孩子很是自鸣得意地说,多半也是荒唐可笑。

"我真想再听一听你的演讲。"巴兹尔·兰塞姆回答。

"哦,改天晚上你一定要来。你会有很多机会的。我们正在取得一个又一个胜利。"

她的聪明,她的镇定,她那种公众人物似的风度,那种女孩子气和理解力的混合让她的来访者又惊讶又困惑,让他觉得如果自己来是为了满足好奇心,那么他在离开的时候不是得到了满足而是更加好奇。她带着快乐、友好、信任的口气—— 一种能说会道的快乐口气,在黄金时代,带着花冠的幸福少女可能会用这种口气跟晒黑的青年男子说话——补充道:"我对你的名字很熟悉,钱塞勒小姐把你的一切都告诉了我。"

"我的一切?"兰塞姆扬起了黑色的眉毛,"她怎么能那么做呢?她根本就对我一无所知嘛!"

"哦,她告诉我,你是我们运动的一大敌人。不是吗?那天我在她的房子里见到你,我认为你表达了一些反对的观点。"

"如果你把我看成一个敌人却接待了我,那你真是太好了。"

"噢,很多男士来访,"维里纳冷静而聪明地说,"有些人来访只是为了咨询,有些人来访是因为他们听说了我,或者在某个场所被我感动了。每个人都兴致盎然。"

"你们在欧洲待过。"兰塞姆旋即说道。

"哦,是的,我们去看看他们是不是走在前面。我们在那里的生活卓有成效——我们见到了所有的领导人。"

"领导人?"兰塞姆重复道。

"那些解放我们性别的领导人。有男的也有女的。奥利夫在每个国家都有很多介绍信,我们跟所有真诚的人们交谈,听到很多具有启发性的东西。至于欧洲嘛!"——这位年轻女士停住了,对他微笑着,愉快地叹了口气作为结束,好像在这个话题上她还有很多要说的,而不是只做这么一个简短的介绍。

"我想一定非常引人入胜吧。"兰塞姆鼓励地说。

"简直是一场梦!"

"你发现他们走在前面吗?"

"哦,钱塞勒小姐觉得他们走在前面。她对我们看到的一些事情感到很吃惊,并且觉得也许自己对欧洲有失公允——她的心胸多么宽广啊,像大海一样!——而我总的来说则倾向于认为我们表现得更好一些。那里的运动情况反映了他们的整体文化,他们的总体文化要比我们的高(我指的是最广义的文化);另一方面,那些具体的情况——道德方面的,社会方面的,单个人的——在这个国家,我们这个性别对我而言似乎更优越一些,我指有关——好像是有关——一般来讲,有关社会状况。我必须补充说,在那边我们确实见到了一些高尚的榜样。在英格兰,我们见到一些可爱的妇女,她们具有很高的修养和很强的组织能力。在法国,我们见到一些很有感染力的代表人物,我们和著名的玛丽·韦尔纳①度过了一个令人愉快的晚上。你知道,几年前她刚从监狱里释放出来。我们总的印象是这只是一个时间问题——未来是我们的。不过我们到处都能听到一种呼唤——"多久,噢,主啊,还要多久?"②

塔兰特小姐不动脑筋的谈话滔滔不绝,巴兹尔·兰塞姆听着这种口若悬河的表达,他的感觉由欢闹变得沉静,生怕失去了什么东西。看到这个女孩子坐在那里,为了回答这个随意而礼貌的提问,不知不觉就演讲起来了,这的确是一件可爱而滑稽的事。她难道忘记自己在哪里了吗?难道她把他当成一屋子听众了吗?她好像站在讲台上,用同样的转折和抑扬顿挫的语气,几乎是同样的手势;奇怪的是,这种举动并没有使她让人讨厌。她没有让人讨厌而是令人愉快,她不是古板而是亲切。无疑,假如她的演说像小鸟在歌唱,那么她就是成功的!兰塞姆也可以从她容易出现的失误中看出,经过培养,通过联想,她是多么熟悉这种演讲的语调啊。他不知道该怎么理解她,她是一种令人震惊的新现象。他又想起那一次她是如何站在伯宰小姐的家中,他觉得这一次缺少一个要

---

① 玛丽·韦尔纳(Marie Verneuil):这个人物查不到,可能只是一个虚构人物,不过在巴尔扎克的小说《朱安党人》(Les Chouans,1829,这部小说描述了1800年法国布列塔尼在保皇党煽动下发生的反对共和国政府的暴动)中,有一个人物名叫玛丽·德·韦尔纳(Marie de Verneuil)。也许詹姆斯只是做一个玩笑似的引语提示,因为深谙巴尔扎克作品的詹姆斯不会不知道这部小说的这个人物。

② "多久,噢,主啊,还要多久?"('How long, O Lord, how long'):在《旧约》中,信徒们很多次向上帝提出这个问题,以至于变成了一句抱怨的话:见《赞歌》6:3,13:1("哦,上帝,你要把我遗忘多久?永远吗?你要对我隐藏你的面孔多久?")79:5,80:4,89:46;以赛亚 6:11("于是,我说,主啊,还要等多久?他回答,直到这些城市废弃无人居住,直到这些房子里都没有人,直到这片土地完全荒凉。")

波士顿人
The Bostonians

素。她停止讲话几分钟之后，他才意识到自己显而易见在咧着嘴笑。他变换了一下姿势，说出最先想到的一句话："我猜你现在演讲不需要你父亲的帮助了吧。"

"不需要我父亲的帮助？"

"启发你讲话，就像我上次听你演说时他做的那样。"

"噢，我明白了，原来你以为我开始演讲了！"她非常幽默地大笑起来，"他们告诉我，我说话就像在演讲，所以我猜我演讲也像在说话。不过你一定不要以为我讲的是在欧洲的所见所闻。顺便说一句，这是我正在准备的演讲题目。是的，我不再依赖我父亲了。"她继续说，她对这件事的完全不在意让兰塞姆更觉得自己说了句嘲讽的话。"无论如何，他发现自己的病人走得差不多了。不过我的一切都归功于他，如果不是他，没有人知道我有天才——甚至连我自己也不知道。他一劳永逸地启发了我，从此我便能独立行动了。"

"你行动得很不错嘛。"兰塞姆说，想说点让人高兴的事，甚至对她恭敬而温柔起来，但是事实却是，他只能说些听起来很像是打趣的话。不过她并没有什么不满，因为她立即对他说，好像是一想起来就马上说了出来，用那种一个人不经意就容易忽略的方式说了出来："你真好，这么远道而来。"

对兰塞姆说这种话永远也不会安全，很难说会导致什么后果。"你是说，当旅行成为这么大的一个快乐问题时，它还会很难，让人疲惫不堪吗？"在这种情况下，这样说简直糟糕透了。

"哦，人们已经从其他城市来了。"维里纳回答，并没有假装谦卑，而是带着装出来的骄傲，"你了解剑桥吗？"

"我第一次来这里。"

"哦，我猜你听说过这所大学吧，它很有名气。"

"是的——甚至在密西西比也很有名气。我觉得这是一所很好的大学。"

"我想是的，"维里纳说，"不过你不能指望我带着极大的尊敬谈起一所把我们这个性别拒之门外的学校。"

"这么说你提倡一种共同接受教育的体制了？"

"我提倡权利平等，机会平等，特权平等。钱塞勒小姐也一样。"维里纳补充说，显而易见她的神态是认为自己的宣言需要支持。

"噢，我还以为她要的只是另一种不平等——只是把男人全都赶出去。"兰塞姆说。

"哦，她认为我们需要追回欠账。有时候我确实对她说，她的愿望不仅是正

第二十四章

义而且是报复。我觉得她承认这一点。"维里纳有些严肃地继续说。不过这个话题只留住了她一会儿,兰塞姆还没有来得及做出评价,她就用一种不同的语调接着说:"你不是说你现在住在密西西比吧?钱塞勒小姐告诉我,你上次来波士顿的时候住在纽约。"她坚持谈他本人,因为当他同意说他住在纽约的时候,她问他是否完全放弃了南方。

"放弃它——贫穷、亲切、荒凉的旧南方吗?但愿不会有这种事吧!"巴兹尔·兰塞姆大声说。

她越发温柔地看了他一会儿:"我觉得你爱你的家是正常的。不过恐怕你认为我不太爱我的家,我在家里——很久以来——很少在家。钱塞勒小姐吸引了我——这一点毫无疑问。但是遗憾的是,今天我没有跟她在一起。"兰塞姆没有理会这一点,他不能对塔兰特小姐说,假如她跟奥利夫在一起,他就不会拜访她了。的确,他并非不会伪善,因为当她问他前一天晚上是否见过他的表妹时,他回答说他根本没有见过她,她惊讶地喊道,坦率得马上自己就脸红了:"啊,你不是说你还没有原谅她吧?"——这之后他以一种足以摆脱这种盘问的无辜表情问:"原谅她什么?"

维里纳为自己说话的声音感到脸红:"哦,我能看出她的感受很强烈,那次在她家里。"

"她的感受?"巴兹尔·兰塞姆问,带着男人天然的惹人恼火。

我不知道维里纳是否被惹恼了,不过她回答说:"哦,你知道自己的确非常蔑视我们,非常。我可以看出这让奥利夫很生气。你根本不打算去看她吗?"

"哦,我会考虑的。我在这里只有三四天时间。"兰塞姆说,男人在让人很不满意的时候都那样微笑。

也许维里纳没有生气,一般来讲,她不可能生气,因为她很快就有些故意地回答说:"哦,也许你不应该去,如果你根本没有变化的话。"

"我根本就没有变化。"年轻人仍然微笑着说,双肘放在椅子上,肩稍微向上耸了耸,他那双褐色的瘦手交叉在胸前。

"我有一些完全持反对意见的来访者!"维里纳说,好像这个消息不可能让她吃惊。接着她补充道:"那么你是怎么知道我出来在这里的?"

"伯宰小姐告诉我的。"

"哦,我真高兴你去看她。"这个女孩再一次用刚才那种急躁的口气大声说。

"我没有去看她。我是在街上碰见她的,她刚要离开钱塞勒小姐家的大门。我跟她说话,陪她走了一段路。我经过那条街,因为我知道那是直接到剑桥的

161

波士顿人
The Bostonians

路——从波士顿公园①——我正要来看你——碰碰运气。"

"碰运气?"维里纳重复道。

"对啊,在纽约,卢纳夫人告诉我说,你有时候在这里,无论如何我想试着找到你。"

可能读者会觉得,维里纳的来访者做这一次艰辛的朝圣(因为她很清楚,在波士顿,人们是如何看待冬天到这个大学郊区的出行的)得到回报的前景却只有一半,她知道这一点会很高兴的;但是她的快乐还掺杂着其他感情,或者至少意识到整个情况并不像她一直以来的生活内容那么简单。兰塞姆先生突然在与他有血缘关系的奥利夫·钱塞勒和与他毫无关系的她本人之间做出了一种会招致怨恨的区分,这便是混乱的根源。现在她对奥利夫的了解足以让她不情愿把这件事告诉她,不过把兰塞姆在波士顿期间匆忙的拜访,与她在一起待一个小时这件事向奥利夫隐瞒也是第一次。维里纳跟其他男人在一起几个小时,奥利夫没有看见;不过那不一样,因为她的朋友知道她那么做而且并不介意,对那些人——不介意,也就是说,就像在这种情况下她会介意一样。维里纳清楚这件事奥利夫会介意的。她以前说起伯雷奇先生和帕顿先生,甚至欧洲的一些绅士,但没有(在接下来的几天,一年半之前)提到过兰塞姆先生。

然而,维里纳很清楚,她有理由希望他要么去看奥利夫,要么避开她本人。但他并没有避开她,为这个事实保密的责任似乎就更大了,也许根据这另外的一个事实,只是把兰塞姆先生来看她视作——哎呀,她挺喜欢这样做呢。自从他们前两次见面之后,她对他记忆犹新,尽管这种会面很平常。她在想到他的时候会好奇,如果自己对他多一点了解会不会喜欢他呢。现在,二十分钟之后,她确实更加了解他了。她发现他的举止有些奇怪,不过还算令人愉快。无论如何他来了,她不希望让他的来访被某种不舒服的暗示破坏了。所以一提起卢纳夫人的名字,她就赶快转移话题,这似乎提供了某种安慰。"哦,是的,卢纳夫人——她是不是很迷人啊?"

兰塞姆犹豫了一下:"哦 不,我并不这么想。"

"你应该喜欢她——她讨厌我们的运动!"关于这位光彩照人的卢纳夫人,维里纳又问了很多问题:他是否经常见到她,她是否经常外出,她在纽约是否得到称赞,他是否觉得她很漂亮。他尽可能地回答,不过他很快就发现自己到莫纳德诺克这个地方来不是来谈卢纳夫人的。为了改变话题(也为了让自己摆脱

---

① 波士顿公园(the Common):是波士顿市中心的一个中央公园,有时候被误称为波士顿卡门公园(Boston Common),始建于1634年,是美国最古老的城市公园。

一种社会责任),他开始谈起维里纳的父母,对塔兰特夫人的病表示遗憾,说恐怕自己没有见到她的荣幸了。"她好多了,"维里纳说,"但是仍然躺着,她没有别的事的时候就总是躺着。妈妈很怪,"她马上补充道,"她感觉舒服、愉快的时候就躺着,病了反而到处走——满屋子走动。如果你总听见她在楼梯上走动,你会相信她病得不轻。你离开后,她会很有兴趣听有关你的事。"

兰塞姆瞥了一眼他的手表:"我希望没有待得时间过长——没有把你从她身边拉开。"

"噢,没有,她喜欢来访者,即使她没有看见他们。如果她起床不是需要很长时间,这会儿她就会在楼下。我猜你认为她已经想我了,因为我这么一心没二用。哦,她是这样,不过她知道这是为了我好。为了爱,她可以牺牲一切。"

兰塞姆突然异想天开地对这一点做出了回应:"你呢?你也会牺牲一切吗?"

维里纳愉快而自然地瞪了他一眼:"为爱做出一切牺牲吗?"她想了一会儿说:"我认为我没有权力说,因为从来没有人问过我这个问题。我不记得做出过牺牲——重要的牺牲——。"

"天哪!你的生活一定很幸福!"

"我很幸运,我知道。当我想到一些妇女——大多数妇女——如何遭罪时,我不知道自己该做些什么。不过我不能说这个,"她继续说,微笑又回到她的脸上,"如果你反对我们的运动,你便不想听到有关妇女的遭遇!"

"妇女的遭遇也是全人类的遭遇,"兰塞姆回答,"你难道认为任何运动可以消除——或者从现在到世界末日的一切演说可以消除这些不幸吗?我们生来就是受苦——忍耐,像体面人那样忍耐。"

"噢,我崇尚英雄主义!"维里纳插话。

"就妇女而言,"兰塞姆接着说,"她们的一个幸福源泉是对我们关闭的——意识到下面有她们在场,我们的痛苦负担就减轻了一半。"

维里纳认为这样说很得体,不过她不能肯定这是不是一种诡辩,她宁愿让奥利夫对此做出评价。由于目前办不到,她就放弃了这个问题(因为知道兰塞姆先生绕过奥利夫来看她,她很是坐立不安),于是便不相干地问这位年轻人,他是否在剑桥还认识其他人。

"一个人也不认识,像我对你说的,我以前从未来过这里。只是你的形象吸引了我,从今往后,这次令人愉快的会面将会是我和这个地方的唯一联系。"

"真遗憾你没有再多啊。"维里纳沉思着说。

波士顿人
The Bostonians

"再多几次见面吗？我会偷着乐呢！"

"再多几个熟人。你来的时候看见那些学院了吗？"

"我扫了一眼那一道大围墙，里面有一些高楼。也许我返回波士顿的时候会好好看看它们的。"

"噢，对，你应该看看它们——它们最近有很大改进。当然，室内的东西才是最有趣的，不过建筑也不错，如果你不熟悉欧洲的话。"她停了一会儿，看着他，眼睛似乎一亮，很快便接着说，好像一个人攒足了劲准备小小一跃，"如果你想稍稍转一转，我会很高兴给你带路的。"

"转一转——让你带路？"兰塞姆重复道，"亲爱的塔兰特小姐，那会是我平生最大的优待，最大的幸福。多么让人愉快的主意啊——多么理想的一位导游啊！"

维里纳站起来，她要去戴帽子，他得等一会儿。她的提议坦率而友好，给他一种新感觉，他不会知道她一提出来（尽管她也犹豫了，认真想了一会儿）就感觉自己奇怪，好像有些鲁莽了。冲动驱使着她，她大睁两眼遵从了这种冲动。她的感觉就像一个女孩子第一次有意识地草率行事那样。她以前做过很多人会觉得很鲁莽的事，不过她认为这件事的性质与那些事情都不一样，她做那些事的时候非常有信心，而且也没有很不安。和兰塞姆先生逛大学，这个表面上看起来很天真的提议确实让她再一次感到脸红心跳，由于我现在要提到的一种预感，这预感加深了她暧昧的处境。如果奥利夫不知道她见过他，他们这次会面的延长会加剧她的秘密。然而，她看到这个秘密在升级——这个可怕的小秘密——她不会因为跟奥利夫的表兄出去而感到内疚。就像我已经说过的，她变得紧张起来。她去戴帽子，但在门口停了下来，转身看着她的来访者，双颊即刻泛起两朵小小的红晕。"我这样提议是因为我觉得自己应该为你做点什么——作为答谢。"她说，"仅仅和我坐在这里算不了什么。我们没有别的东西好招待你。这是我们唯一好客的方式。天气似乎也不错。"

这个小小的解释谦虚而甜蜜，带着亲切的愿望，几乎是一种恳求，希望她的做法能得体，似乎也很得体，在她离开后的空气中留下了一缕芳香。兰塞姆在房间里双手插在口袋里来回踱步，在这种影响下，甚至没有再看一眼那本关于伏特夫人的书。这段时间里他一直在问自己，是什么样的不幸命运才让这样一个迷人的女孩子在讲台上激昂陈词，生活在奥利夫·钱塞勒的掌控之中，或者说一个豪言壮语的人和马屁精怎么可能会这么有吸引力呢？而且她还这么令人意乱情迷地漂亮。当她为他们的散步准备好下楼来的时候，她的漂亮也没有稍显逊色。他们离开房子往前走的时候,他想起那天早上醒来的时候曾经问自己,他该如何向这样一个从容不迫与飘逸柔情的结合体表达敬意——这种柔情似乎正是他自己的自由呼吸。现在这个问题有了答案,此时此刻,恭敬不如从命。

波士顿人
The Bostonians

第二十五章

他们经过两三条又窄又短的街道,街上有小木屋,还有更多带木门的院子,看起来好像是住在最近的木匠和他的儿子建造的——一个默默无闻、悄无声息、间隔起来的落后地区——来到一条很长的大街上,街道两边新盖起的别墅充满信任地向公众敞开自己,红砖铺成的人行道干净整洁,开阔明亮。正方形的独栋别墅新刷的油漆在透明的空气中在远远地闪着光,屋顶上有阁楼和观景台,屋前有柱廊,冬季室内的生活让外面显得有些光秃秃的,房子两边有一两扇凸肚窗,到处装点着扇形边,壁架,飞檐,木制花饰。这些房子多半盖在隆起的高地上,俯瞰着茂密的树篱或围篱,带着常有的心安理得赫然矗立在世界面前。兰塞姆看见(以前他和奥利夫一起穿过波士顿,到伯宰小姐住的那个地区的时候也注意到过同样的装饰)一个银色的编号钉在门上方的玻璃上,数字很大,人们坐在不时驶过街道中间的马车里都能看得见。马路两旁的房子因为这些闪闪发光的标志格外清晰可见。一辆马车这时候在笔直宽阔的马路上正驶向远方,兰塞姆对这辆马车的印象很深,它高大整洁,暗示着所有不在场者严格的商业习惯。他和维里纳继续往前走,他向她打听前年妇女大会的事,这次大会是否卓有成效,她是不是喜欢这次大会。

"对它的成就,你关心些什么呢?"这个女孩子说,"你对这毫无兴趣。"

"你错怪我的态度了。我不喜欢它,不过我却很害怕它。"

维里纳无拘无束地大笑起来,算是对这句话的回应:"我不相信你很害怕!"

"最勇敢的男人一直都很害怕女人。你难道就不能告诉我,你喜不喜欢这次大会吗?据说你在那里引起了轰动——一举成名了。"

维里纳从不避讳提及她的能力和口才。她一本正经地对待这件事,既没有不安,也没有反对,即使是谈起女神密涅瓦①,她的态度也不过如此:"我相信我赢得了很大的关注,当然这正是奥利夫想要的——这为将来的工作铺平了道

---

① 密涅瓦(Minerva):罗马神话中司智慧、艺术、发明和武艺的女神,相当于希腊神话中的雅典娜(Athena)。

第二十五章

路。我不怀疑我争取到了很多人,这些人本来是难以争取到的。他们认为这是我的价值所在——可以说我赢得了那些局外人,赢得了那些持有偏见者或没有想法的人,或者那些除娱乐之外什么也不关心的人。我唤醒了大家的注意力。"

"我就是属于这个阶层的人。"兰塞姆说,"难道我不是个局外人吗?假如我在那里的话,我不知道你是不是会影响到我——或者吸引我的注意力!"

他们走着,有一会儿维里纳沉默不语。他可以听见她的靴子在光滑的砖面上清脆的咔嗒声。接着——"我觉得我已经唤醒了一点点。"她回答,径直看着前方。

"毫无疑问!你已经让我非常想反驳你了。"

"哦,这是一个好现象。"

"我认为那一定很激动人心——你们的大会。"过了一会儿,兰塞姆继续说,"假如你回到旧日的生活方式中①,你会很怀念这种东西的。"

"古老的羊栏,你说得很好,妇女在那里像羊一样被宰杀!噢,去年六月整整一周,我们都在发抖!代表团来自每个州,每座城市,我们生活在人群和思想中,酷暑盛夏,天气极好,伟大的思想和精彩的言论像飞舞的萤火虫一样飘动。奥利夫让六位有名望、思想高尚的妇女住在她的房子里——两人一间。夏日的夜晚,我们坐在她的客厅里,透过敞开的窗子眺望外面的海湾,灯光在水中闪烁,我们讨论着上午的活动、演讲、事件和这项事业的新贡献。我们有一些非常真诚的讨论,如果你或者任何认为文明不能取得最大成就的人听到我们的谈话,那会对你们大有裨益的。后来我们用了些茶点——我们吃了很多冰激凌!"维里纳说,欢快的语调与热切得几乎是洋洋得意的语气交织在一起,在巴兹尔·兰塞姆看来,这种行为绝对迷人,绝对有创意。"那些夜晚真的不错!"她在大笑和叹息之间补充道。

她的描述把大会的场面栩栩如生地呈现在他眼前,他似乎看到了那个拥挤、沸腾的大厅,他相信那里挤满了南北战争之后到南方投机牟利的北方人,他仿佛听到那些满脸通红、帽带松散的妇女们硬是把她们微弱的声音弄成虚荣的尖叫。这让他很恼火,气得越发弄不清身边这个迷人的女孩子为什么要跟这些东西搅和在一起,被他们推搡,加入她们的竞争,很不雅观地雄辩,鼓掌,吵嚷,夸夸其谈地赘述一些没用的蠢话。最糟的是想到她竟然还以为自己给所有这些庸俗的群众做报告,本来就应该把这样一群人说得很受欢迎,她作为这种场

---

① 旧日的生活方式(the ancient fold):英语 fold 在这里用的是双关语,兰塞姆用 fold 指的是"生活方式或者价值观念相同的人们",而维里纳对 fold 的理解则取其"羊栏"之意,所以才有下面她的回答。

波士顿人
The Bostonians

合的女王本来就应该受到嗓音嘶哑的欢呼、鼓掌和鼓励。他后来在想,既然塔兰特小姐愿意怎么使用她的精力跟他没有关系,自己那么生气真是奇怪,没有缘由;另外,对她本来也不能有别的期待。不过他现在可没有这么想,他只看到了这样一个事实,这就是他的同伴被可恶地滥用了。"哦,塔兰特小姐,"他说,声音更加严肃了,"我不得不痛苦地总结说,你简直被毁了。"

"被毁了?你自己才被毁了呢!"

"噢,我了解钱塞勒小姐留宿的那种女人,当你们看着外面的后湾时,你们一定组成了一群了不起的人!想到这一点,我就感到很压抑。"

"我们组成了可爱有趣的一群人,假如有时间的话,我们也许还会拍照呢。"维里纳说。

这让他问她是不是这么做了,她回答说自欧洲回来以来,一个摄影师一直都对她就紧追不放,她坐着让他拍照,波士顿有几家商店可以买到她的肖像。她简单地给他提供了这一消息,并没有假装不清楚,很恭敬地说起这件事,好像真的很重要。当他说一回城就去买一张这样的小照时,她很满意地回答说:"哦,你一定要挑一张好的!"他并非完全没有期待她会送给他一张,把名字签在下面,他会很喜欢这种索求方式;不过她显然没有想到这一点,他们继续往前走的时候,她脑子里正想着别的事。一阵沉默之后,她前言不搭后语的话证明了这一点:"这证明我大有用武之地!"他双目圆瞪,纳闷不知道她在说什么,她解释说她指的是自己在大会上的精彩表演。"这证明我大有用处,"她重复说,"我关心的正是这个!"

"一个真正可爱的女人,她的用途就是让一个诚实的男人幸福!"兰塞姆说,他完全能意识到自己话中的说教。

说教的确很明显,所以她突然在宽阔的马路中间停了下来,一双明亮的眼睛看着他。"听着,兰塞姆先生,你知道什么让我大吃一惊吗?"她说,"你对我的兴趣真的无可争辩——一点也不。这种兴趣很私人化!"她真是一个非同寻常的女孩子,竟然能说出这种话,脸上却没有任何别的表情,没有任何可以说是卖弄风情的企图或者挑战这个年轻人让他多说点什么的明显意图。

"我对你的兴趣——我对你的兴趣,"他开始犹犹豫豫地说,突然停了下来,"你的发现肯定不会减少这种兴趣!"

"哦,那就更好,"她接着说,"因为我们无须争辩。"

他笑话她这种达成协议的方式,这会儿他们来到各种各样的建筑物不规则的组合前——教堂,宿舍,图书馆,礼堂——这些建筑分散在小树林中间,只用低矮简朴的篱笆围起来的空间很开阔(因为哈佛大学既不知道嫉妒,也不知道高墙和门卫的威严),构成了麻省这所伟大的学府。有几条笔直的小路穿过这个院子或大学区,一天的某几个时辰,路上走着一千个大学生,腋下夹着书本,脚步充满生机,轻快地从一个学院走到另一个学院。维里纳·塔兰特熟悉周围的路,正像她对她的同伴说的,她并非第一次带着心怀敬意的来访者参观这里的纪念碑。巴兹尔·兰塞姆随她从一个地方走到另一个地方,对一切都心怀敬意,认为好几个地方都古色古香,令人尊敬。这些红砖砌成的长方形古老建筑让他觉得格外赏心悦目,下午黄色的光线照在这些建筑物简朴的表面,从窗户里可以瞥见花盆和鲜艳的窗帘,对这个密西西比的年轻人而言,它们都沐浴在学术的静谧中,渗透着一种传统,一种古风。"我本来应该来这个地方学习的,"他对迷人的向导说,"如果我在这里学习,我一定会得很好。"

"没错,我觉得你会被任何一个积存古老偏见的地方所吸引,"她不无调皮地回答,"根据你对我们事业的态度,我就知道你和那些老学究们的迷信观念是一样的。你应该去一下我们在欧洲那边看到的那些真正中世纪的高等学府,在牛津,或哥廷根①,或者帕多瓦②。你会完全赞同这些大学的精神。"

"哦,对人们常去的那些古老地方我知之不多,"兰塞姆回答说,"我觉得这里对我就已经足够好了。你的住处离这里不远,这也是有利条件。"

"噢,我猜就是在我的住处我们也不会常常见到你!因为你住在纽约,所以你才来,假如你住在这里,你就不会来了,情况总是这样。"维里纳用这种轻巧的逻辑把话题转移到图书馆上,用一个人对这个地方很熟悉的神态把她的同伴介绍进去。这座建筑是一所更伟大的大学的国王学院的教堂③缩小了的仿制品,是一座丰富的、让人印象深刻的建筑物。他站在那里,古老印刷品和古装帧的气味似乎弥散在明亮而令人兴奋的安静中。他仰望高大明亮的拱顶,拱顶下面是装满书籍的一排排安静的走廊,凹室、书桌,玻璃器皿里放着更罕见的宝藏,在捐赠人的半身塑像和杰出人物的肖像上方发出更朦胧的光辉。学生们正在低头学习,过往的服务人员脚步声很轻——他心领神会地环顾四周,体会到这个地方的丰富与智慧,他比任何时候都更加感到失去机会的痛楚,不过他并没有说出这种痛苦(至深难言)。过了一会儿,维里纳把他介绍给一位年轻女士,

---

① 哥廷根(Gottingen):德意志联邦共和国东部城市。
② 帕多瓦(Padua):意大利东北部的城市。
③ 国王学院的教堂(The chapel of King's College, at the greater Cambridge):英国大学的国王学院教堂,建于1448—1515年,一所没有通道的砂岩建筑教堂,天花板是非常精美的扇拱形状,是英国流传下来最好的有花窗玻璃的建筑。

波士顿人
The Bostonians

她的一位朋友。按照她的解释,这位女士正在编目录,一进图书馆,维里纳就向坐在桌子边的另一位年轻女士打听她。卡钦小姐,那位编目录的年轻女士动作敏捷,用低低的悦耳声音问候了维里纳,接着答应给兰塞姆解释这目录的种种奥秘,包括无数按字母顺序排列在巨大抽屉里的小卡片。兰塞姆深感兴趣,他与维里纳跟卡钦小姐一起四处转转(她真不错,让他们看了这座建筑物内的所有地方),他仔细端详着这位年轻女士漂亮的卷发,优雅热切的表达,心想这肯定是一个典型的新英格兰人。维里纳找了个机会告诉他,卡钦小姐也加入了她们的事业,有一会儿,他担心他的同伴会供出他是这项事业的诽谤者;不过在卡钦小姐的举止中(在这座庄严大厅的影响下)有一种反对大声打趣的东西,而且她好像在说,即使告诉她这个事实,她也不知道把它归在哪个字母下。

"现在有一个地方可能不适合接待一位密西西比人,"这个小插曲之后,维里纳说,"我是指那个最高处的伟大建筑——那座有美丽小尖塔的建筑物,你从任何一个地方都可以看见它。"不过巴兹尔·兰塞姆已经听说过这座伟大的纪念堂①,他知道它缅怀的是怎样的记忆,他可能会在这里遭受最大的痛苦。这座装饰华丽、居高临下的建筑物是他所见过的最精美的建筑,而且在最后半小时里激起了他更大的好奇心。他觉得砖用得太多了,不过这座建筑是用扶壁加固的,很隐蔽,有角塔,有题词,有题名,这些东西他以前从没见过,虽然看起来并不古老,却意义非凡。它占地很广,在冬天的空气中跃动着一种庄严感。这座纪念堂与大学的其余部分隔开,独自矗立在绿草茵茵的三角地带。他们走近时,维里纳突然停了下来推卸责任:"现在,请注意,假如你不喜欢里面的东西,那可不是我的错。"

他微笑着看了她一会儿:"有对密西西比不利的东西吗?"

"哦,没有,我觉得没有提到密西西比。不过我们参战的年轻人却得到了极大的颂扬。"

"我猜说的是他们的勇敢吧。"

"对,用拉丁语。"

"哦,他们很勇敢——我对此有所了解。"巴兹尔·兰塞姆说,"我必须勇敢地面对他们——这又不是第一次了。"他们踏上低矮的台阶,穿过高大的门厅。哈佛纪念堂共有三部分:一部分是礼堂,用来举行学术典礼;另一部分是巨大的

---

① 伟大的纪念堂(The great Memorial Hall):建于1870—1878年,维多利亚哥特式风格的建筑物,纪念哈佛大学在美国内战中为北方参战并死于战场上的在校生和毕业生,不过那些为南方作战且战死疆场的哈佛大学学生(据统计,哈佛大学一共有二百人战死,其中六十人为南方战死)并不包括在内。

第二十五章

餐厅,木制屋顶,墙上挂了一些肖像,脏乎乎的窗户给它些许的亮光,像牛津大学的那些学院的大厅;第三部分,也是最有趣的一部分,是一间会议厅,高大,昏暗,肃穆,祭献给这所大学在那次漫长的内战中倒下的孩子们。兰塞姆和他的同伴从这所建筑物的一边溜达到另一边,在好几个印象比较深刻的地方停下来。每一座分了类的白色纪念碑的骄傲和悲怆都清晰可辨。然而,他们却在那座刻着学生——士兵名字的纪念碑前逗留的时间最长。这个地方的外观异常雄伟庄严,不可能不心情激昂地去感受它。它矗立在那里,代表着职责与荣誉,诉说着牺牲与榜样,好像一座祭奠青春、勇气和慷慨的圣殿。他们中的大部分人都很年轻,所有的人都正值青春年华,他们全都倒下了。这个单纯的想法萦绕在这个参观者的脑海里,使他怀着同情阅读每一个名字和地点——那些通常还没有其他履历的名字和那些被遗忘的南方战役。对兰塞姆而言,这些东西既不是挑战也不是嘲笑,而是深深触动他的敬意和美感。他可以成为一名慷慨的敌人,他现在完全忘记了派别纷争。昔日战时的单纯感情回到了他的记忆中,身边的纪念碑似乎就是这种记忆的体现,这种感情远在敌人和朋友之上,远在战败的牺牲品和胜利者之上。

"很美——但是我觉得很可怕!"维里纳的这句话把他带回眼前的现实,"盖起这样一座建筑物只是为了颂扬众多的杀戮,真是罪过。如果不是这么雄伟,我宁愿人们把它拆掉。"

"这真是可爱的女性逻辑!"兰塞姆回答,"假如女人处理事务,她们会既打仗又讲道理,当然我们也得为她们建造纪念碑。"

维里纳反驳说她们会以理服人,所以仗也就无须打了——她们会实施和平统治。"不过这里也很安静。"她看着周围补充说,维里纳在一个低一点的石板上坐下来,像是要欣赏这情景带给她的影响。有十分钟,兰塞姆让她独自待着,他想再看一眼这些刻有名字的纪念碑,再读一读那些不同战役的名字,有几次战役他也是当事者。当他走回她的身边时,她突然用一个跟这个庄严地点毫不相干的问题跟他打招呼:"如果伯宰小姐知道你出来看我,她会不会轻易告诉奥利夫?奥利夫会不会让她觉得你忽视了她本人?"

"我不管她怎么想。不管怎么样,我让伯宰小姐帮忙别告诉她见过我。"兰塞姆说。维里纳有一会儿没说话。"你的逻辑和女人的一样好。现在最好还是改变主意去看看她吧,"她继续说,"你去查尔斯街的时候,也许她会在家。如果以前她对你有点乖戾,有点傲慢(我知道她就是那样),今天一切都会不一样的。"

波士顿人
The Bostonians

"为什么会有所不同呢?"

"噢,她会更宽容,更友好,更温柔。"

"我不相信。"兰塞姆说,他的怀疑好像仍然很彻底,因为他说得轻松而且是微笑着说。

"她现在幸福多了——她可以做到不在乎你。"

"不在乎我?对要去看一位女士的先生而言,这真是一个不错的动机嘛!"

"哦,她会更优雅,因为她现在觉得自己更成功了。"

"你是说因为她让你出名了吗?噢,我不怀疑那已经大大为她消除了误解,你让她的形象得到了很大的提高。不过我在外面已经获得了一个好印象,不想把另一个——可能不好的印象,你随便安排的——加在这个印象上面。"

"哦,无论如何,她肯定会知道你来过这里。"维里纳说。

"你不告诉她,她怎么会知道呢?"

"我什么都跟她说。"这个女孩子说,她刚一说完,脸马上就红了。他站在她面前,用他的手杖在拼花的小道上画着图案,意识到他们这么快就很亲近了。他们在谈论自己的事情,与周围这些勇敢的标志毫无关系,不过他们的事情突然变得很严肃,他们为这个目的逗留在这里并非不得体。他的来访需要保密,这个暗示让他们俩都觉得有些非同寻常。虽然兰塞姆似乎可以自由地让她保守这个秘密,但是他并不是很在乎;不过如果她更喜欢这样做,那么这种偏爱只能让他更加觉得他的探险是成功的。

"噢,那么你可以把这告诉她!"过了一会儿,他说。

"如果我不说,这会是第一次——"维里纳欲言又止。

"你一定要凭良心办事。"兰塞姆笑着继续说。

他们走出纪念堂,走下台阶,从这个三角洲走出来,人们这样称呼这个高校区的那一部分。下午的时光在消失,不过空气中弥漫着粉红色的光,有一种凉爽纯净的气息,一种模糊的春天的气息。

"哦,如果我不告诉奥利夫,你就必须在这里离开我。"维里纳说,站在路上伸出一只手来与他道别。

"我不明白。那跟这有什么关系?另外,我还以为你会说你一定要告诉她呢。"兰塞姆补充道。在以这种方式把玩这个话题、欣赏她显而易见的犹豫时,他略微感到一个男人的残忍——为一种想检验她的好脾气的动机所驱使,她的脾气好像无限好。她回答的时候没有任何烦恼的迹象:

"哦,我想自由地——去做我认为是最好的事情。如果有可能让我隐瞒这

第二十五章

件事,那一定不会有任何事比这更——真的,兰塞姆先生,一定不会有。"

"任何事比这更什么?哎呀,你担心会发生什么事呢——假如我只是和你一起回家?"

"我必须一个人走,我得尽快回到母亲那里。"她说,算是全部的回答。她再次伸出他刚才没有握的手。

当然,他现在握住了这只手,甚至还握了一会儿。他不喜欢被拒绝,正想着拖延的借口。"伯宰小姐说你会让我改变立场的,不过你还没有做到呢。"他想出这句话来说。

"你可不能这么说,要有点耐心。我的影响是奇怪的,有时候很长时间才见效!"这句话在维里纳这一方面是敷衍塞责,她对自己的高度评价是开玩笑的。她很快就严肃起来继续往下说:"你是说伯宰小姐答应你了吗?"

"噢,是的。说到影响!你应该看到我对她施加的影响。"

"哦,如果我打算告诉奥利夫你的来访,那有什么用呢?"

"哦,你瞧,她不希望你说。她相信你是打算私下里让我皈依的——这样一来,我就会作为首屈一指的改宗者在密西西比的黑暗中突然光芒四射:非常有效而且非常神速。"

巴兹尔·兰塞姆觉得维里纳一直都很单纯,不过有时候他也会觉得她的坦率似乎不可思议。"如果我觉得这会有效果,那我也许就破纪录了。"她说,好像这样的结果真有可能似的。

"噢,塔兰特小姐,无论如何,你足以改变我的看法。"年轻人说。

"足以?你说足以是什么意思?"

"足以让我很不愉快。"

她看了他一会儿,显然不明白;不过她随便反驳了他一下,就转身离开他,向她家的方向走去。这个反驳是,如果他不愉快,那是他罪有应得——她说话的方式表示,她不承担任何责任。他回到波士顿的时候才明白自己有多么好奇,他很想知道她是不是已经出卖了他,也就是说,把这件事告诉了钱塞勒小姐。他可以从卢纳夫人那里了解到,这几乎可以让他再去看她。奥利夫在写给她姐姐的信中会提及这件事,阿德利娜又会抱怨,甚至她本人还会为此跟他大闹一场。对他而言,这便是他对维里纳·塔兰特所预言的那一部分不愉快。

波士顿人
The Bostonians

第二十六章

"3月26日，星期三晚上9：30，亨利·伯雷奇夫人家。"因为收到一张写有以上内容的请柬，巴兹尔·兰塞姆在指定的这天晚上出现在他以前从未听说过的一位女士家里。然而，如果我没有进一步提到写在请柬左下角的字，这里的因果关系就会不全面："维里纳·塔兰特小姐做报告"。他感觉（这种想法多半是从这张写字的请柬的外观，甚至是从它的气味中产生的）伯雷奇夫人是这个时髦圈子里的成员，他很吃惊地发现自己在这样一个适宜的环境里。他不知道是什么让这样一位仪态高雅的居民给他发出邀请，接着便对自己说，这显然只是维里纳·塔兰特提出的要求。亨利·伯雷奇夫人，不管她是谁，问维里纳是不是喜欢有自己的朋友到场，她就说，噢，是的，于是就在那幸福的人群里提到了他。她可以给伯雷奇夫人他的地址，因为他一回到波士顿就给莫纳德诺克这个地方发了一封短信，写上了自己的地址，在信中他再次感谢她在剑桥让他度过的那个愉快时辰，这难道不就是地址的由来吗？她当时并没有给他回信，不过伯雷奇夫人的邀请函就是最好的答复。这样一个邀请函值得回应。作为回应，他在三月二十六日晚坐进了有轨电车，在伯雷奇夫人住宅附近的一个拐角处下车。他几乎从来没有参加过晚会（他几乎不认识举办晚会的人，尽管卢纳夫人稍稍打破了他的这种封闭生活），他相信这种场合气氛欢愉，与伯宰小姐家的夜"生活"会完全不同。不过，为了看到讲台上的维里纳·塔兰特，他可以让自己忍受任何社交的不自在。显然，这个讲台——私人讲台，如果不是公共讲台的话——一个人因为一张发出如果不是卖出的票而被接纳。他把自己的票放进口袋里，准备好在门口出示。如果我在这里向读者解释这个矛盾就会需要时间，不过巴兹尔·兰塞姆希望参加维里纳的一场定期的演讲，这个愿望并没有被这个事实所削弱，这个事实便是他讨厌她的观点，认为整个这件事是一种可怜的堕落。现在他很了解她（自从他到剑桥拜访以来），他知道她诚实，朴实，她的气质中有一种奇怪而且有害的演讲血液，还有小女孩子要发起运动的那种可笑的错误念头；不过她的热情是最纯洁的，她的幻想有一种芬芳，就那种要亲

第二十六章

自表现自己的狂热而言,她是被那些别有用心的人利用了,这种狂热是别人灌输给她的,巴兹尔·兰塞姆觉得这些人的目的简直是疯狂。她是一个动人的、天真无邪的牺牲品,并不知道那些让她快速走向毁灭的邪恶力量。想到毁灭,这个年轻人的头脑中就已经有了另外一个念头——非常模糊不清——拯救的想法与之相连;那种气质使他自己确信她的魅力是她本人的,而她的谬误和荒唐只是不幸处境的反映,这使他努力要在他最不忍心想起她的境况中看到她。只需要这样瞥她一眼就向他证明了,她是他可以抛洒无限柔情的一个人。他期待受苦——美妙地受苦。

踏进伯雷奇夫人家的大门,无论他脑子里想的是什么,他毫不怀疑自己已经在那个时髦圈子里了。那位年过半百、结实、丑陋、衣着艳丽、珠光宝气、袒胸露脯的夫人就清楚地代表了这个圈子。她站在第一道门口,从他面前经过的人们和她一一握手。兰塞姆此刻向她鞠了一个密西西比人的躬,她说很高兴见到他,这时候后面的人把他往前推搡着。他听凭这种推力,发现自己在一个巨大的沙龙里,周围是灯光和鲜花,人群密集,更多珠光宝气、颔首微笑的女士们袒胸露脯。这当然是一个时髦的圈子了,因为这里的人们他从来没有见过。屋子里的墙上挂着照片——天花板粉刷过并镶有边线,人们轻轻地相互簇拥着,缓缓地移动着,有进有退,他们用辨认的目光互相打量着——有时候和蔼可亲,视而不见,有时候却是严厉地凝视,有点冷酷,兰塞姆觉得是这样;有时突然点头做鬼脸,含混不清的低语伴随着一个快速反应,一阵黯然神伤。他被一再往前推着,看到他进来的这间屋子尽头还有另外一个房间,里面有一个小讲台,上面铺着红布,很多椅子一排一排整齐地摆放着。他意识到人们在看他,也在互相看着,实际上更多是在互相看着,他不知道自己的长相是否很惹眼,他的在场是否是一个例外。他不知道自己比其他人高出多少,或者他的褐色皮肤,黑色眼睛,黑色直发,还有我在前面提到过的那种狮子般的跌落在多大程度上使他在这个最好的社交圈里从容淡定,这种淡定使人具有主动挑起话题的很大优势。不过有两位女士,她们之间只言片语的交谈也证明了还有另外一些话题。他站在那里很想知道维里纳·塔兰特会在哪里,这时候他听见她们的交谈。

"你是一名会员吗?"一位女士问另一位,"我不知道你也加入了。"

"噢,我还没有呢,什么也不能诱惑我。"

"这不公平,你享尽快乐却不负责。"

"噢,快乐——快乐!"第二位大声说。

"你不要侮辱我们,否则我就再不邀请你了。"第一位说。

波士顿人
The Bostonians

"哦,我还以为这是要进步呢,我就是这个意思,对思想有所帮助。喂,今晚的这个女子,她是从波士顿来的吗?"

"是的,我相信他们让她出现正是为了这个。"

"哦,如果你不得不到波士顿去寻找乐子,那你一定会很失望的。"

"哦,那里有一个类似的团体,我从来没听说他们派人到纽约来了。"

"当然不会派,他们认为自己什么都有了。不过考虑到你可能拥有的东西,这对你的生活会不会造成负担呢?"

"噢,亲爱的,不会的。我打算邀请高根海姆教授①——完全是讲《塔木德经》②。你一定要来啊。"

"哦,我会的,"第二位女士说,"但是什么也不能诱惑我成为一名正式会员。"

不管这个神秘的圈子是什么,兰塞姆同意第二位女士的观点,那就是正式的会员身份肯定很可怕,他钦佩她在这样一个虚伪的圈子里的独立。绝大多数人现在已经到里面的那个房间里了——人们开始在椅子上落座,面对空空的讲台。他来到几扇宽门前,看到里面是一个宽敞的音乐室,粉刷着黄、白两色,地板锃亮,作曲家们的大理石半身塑像放在托架上,托架连着精美的嵌板。然而,看到女士们正在先行落座,他因为不好意思就座就没有进去。他转身回到第一个房间,等着观众们聚集起来,意识到即使他站在最后一排也能伸长脖子看见前面的情景。突然,在这里的一个角落里,他的眼光停在了奥利夫身上。她稍微离开人群,坐在这间屋子的一个角落里,正在目不转睛地看他;不过她一发现他在看她就立即垂下眼睛,没有露出看见他的迹象。兰塞姆犹豫了一下,不过马上就向她径直走过去。他一直都认为维里纳·塔兰特在哪里,她就会在哪里,一种直觉告诉他,钱塞勒小姐不会允许她亲爱的朋友没有她陪伴就只身来到纽约的。她很可能会"伤害"他——特别是如果她知道前几周他在波士顿伤害过她的话,但是他的责任就是要想当然地认为她会和他说话,直到明确地证实相反的情况才肯罢休。尽管他只见过她两次面,但是他清楚地记得她是多么敏感害羞,他认为此刻她很可能正受这种情绪的支配。

当兰塞姆站在奥利夫的面前时,他发现自己的推测完全正确,由于强烈的自我意识,她的脸色苍白,她完全处在很不自在的状态。他主动和她握手,她却

---

① 高根海姆教授(Professor Gougenheim):并非真实的历史人物,不过在那个时代,这样一位教授给上流社会那些外行人讲解多卷犹太法律与学识,这是很常见的事。

② 《塔木德经》(the Talmud):关于犹太人生活、宗教、道德的口传律法集,全书分《米书拿》(Mishnah)及其注释篇《革马拉》(Gemara)两部分,是犹太教仅次于《圣经》的主要经典。

第二十六章

毫无反应,他发现她再也不会履行握手的礼节了。他和她说话的时候,她仰脸看着他,嘴唇在动,脸色非常严肃,眼睛几乎发出狂热的光芒。她显然陷入了困境,有些失态。他发现他们彼此都把对方看成一个闯入者。她坐的那张小沙发法国人称*椭圆形双人沙发*①,上面空出的地方刚好还可以坐一个人,兰塞姆带着愉快的口音问他能否坐在她身边。他坐下的时候,她向他转过身来但眼睛并不看他,她的扇子打开又合上等待那阵不自信过去。兰塞姆自己并没有等,他用打趣的语气对待他们的相遇,问她是否到纽约来煽动那里的人民。她扫视了一眼屋子,看到的多半是伯雷奇夫人的客人们的背影,一大束锥形鲜花摆放在奥利夫坐的沙发一头,部分挡住了他们坐着的位置,在空气中散发着芬芳。

"你管这些人叫'人民'吗?"她问。

"我根本就不知道。我根本就不知道他们是谁,甚至也不知道亨利·伯雷奇是谁。我只是收到了一张请柬。"

钱塞勒小姐对他提到的这一点没有任何反应,过了一会儿,她只是说:"你是不是哪里邀请就去哪里?"

"要是我可以在那里找到你的话,我就去。"年轻人殷勤地回答,"我的请柬上说塔兰特小姐要做报告,我知道无论她在哪里,你都不会离得太远。我听说你们形影不离,从卢纳夫人那里听说的。"

"是的,我们是形影不离。这正是我在这里的原因。"

"那么,你打算煽动的就是这个时髦的圈子了。"

有一会儿,奥利夫的眼睛直直地盯着地板,后来,她又突然把眼睛盯着她的对话者:"我们生活的一部分内容就是到处走动——到最需要的地方推进我们的工作。我们告诫自己要抑制住自己的厌恶和不喜欢。"

"噢,我认为这很有趣。"兰塞姆说,"这是一幢漂亮的房子,有许多漂亮的面孔。在密西西比,我们可没有这么辉煌的东西。"

对他说的任何话,奥利夫都是先报以片刻的沉默,不过她最糟糕的羞涩显然正在消失。

"你在纽约成功吗?你喜欢纽约吗?"她这会儿问,用一种无限忧郁的语气提出了这个问题,好像一直以来的责任感把这个问题从她的嘴里逼了出来。

"噢,成功!我可没有你和塔兰特小姐成功,因为(在我蒙昧的眼睛看来)成为像这样一种场合的女主角就是成功的一个重要标志。"

"我看起来像一种场合的女主角吗?"奥利夫·钱塞勒问,毫无幽默之意,不

---

① *Causeuse*:法语,椭圆形双人沙发。

177

> # 波士顿人
> The Bostonians

过却几乎有一种戏剧效果。

"如果你不把自己藏起来,你会的。你不打算去另一个房间听演讲吗?一切都准备好了。"

"人家叫我去的时候我才去——在我被邀请的时候。"

她的语气很庄严,兰塞姆发现有些不对劲,原来她感觉自己被冷落了。看到她对别人和对他一样容易动怒,他有些释然了,他说话的时候举止中有一种忘记他们之间有分歧的完美气质:"噢,时间尚早,房间里还不到一半人呢。"

她对此没说什么,不过她问候他的母亲和姐妹们,问他是否有来自南方的消息。"她们幸福吗?"她问,颇有些像在提醒他小心别假装她们是幸福的。他不在乎她的提醒,说她们一直都很幸福——也就是知道不要对幸福想得太多的那种幸福,知道充分利用她们的环境的那种幸福。她非常克制地听着,显然感觉他希望教训她一下,因为她突然开口说,"你是说你已经为了她们的缘故找到了一份工作,这就是你对幸福的所有理解吧!"

兰塞姆拿眼瞪着她,感到很吃惊。她现在发现自己总能让他很吃惊。

"啊,别这么粗暴地对待我。"他用南方人温柔的声音说,"难道你不记得我在波士顿拜访你的时候,你是怎么虐待我的吗?"

"你们用铁链子绑着我们,我们在痛苦挣扎的时候你们却说我们表现不好!"这位年轻女士用这些话答复他的恳求,不过并没有减少兰塞姆的惊讶。她看到他的确困惑了,他很快就会更加嘲笑她,就像一年半之前(她对此记忆犹新)他做的那样。为了不惜一切代价中途截住这种嘲笑,她赶快接着说:"如果你听一听塔兰特小姐的演讲,你就会明白我的意思。"

"噢,塔兰特小姐——塔兰特小姐!"巴兹尔·兰塞姆大笑起来。

她终究没逃脱那种嘲笑,她这会儿严厉地看着他,她的窘迫烟消云散:"你对她有何了解?你发现什么了?"

兰塞姆看着她的眼睛,有一会儿他们都在仔细打量着对方。她知不知道一个月之前他和塔兰特小姐见面的事,她的克制是不是只希望把负担加在他的身上,让他说出自从他们最后一次见面以来,他去过波士顿,不过没有到查尔斯街拜访?他觉得她的脸上有疑问,不过一旦涉及维里纳,她总是疑心重重。这样的时刻,如果他只是为了让自己满意去做事,他会对她说他对塔兰特小姐了解很多,最近还和她在一起长时间散步聊天呢;不过他克制住自己,想到如果维里纳没有出卖他的话,出卖维里纳将会是大错特错的。他得意地想,假如她知道

第二十六章

他到莫纳德诺克这个地方拜访，她应该会觉得这是值得保密的①，不过此刻他后悔无法让他可恶的表妹知道他已经不在乎她了，他的后悔中止了这个美妙的想法。"你还记得那天晚上在伯宰小姐家我听过她的演讲吧？"他这会儿说，"我第二天在你家里见过她，这你是知道的。"

"自那以后她进步很大。"奥利夫干巴巴地说。兰塞姆觉得他很有把握维里纳没有泄露秘密。

这时候，一位先生从伯雷奇夫人的客人们中间走到奥利夫面前。"如果你能赏光挽着我的胳膊，我会为你在另一个房间找一个好位置。塔兰特小姐亲自出场的时间快到了。我一直带她在画室里，她想看些东西。这会儿她跟我母亲在一起。"他说。钱塞勒小姐表情很严肃，好像在对她朋友的缺席要求解释。"她说她有点儿紧张，所以我就想我们可以走动走动。"

"我还是第一次听说呢！"奥利夫·钱塞勒说，准备让自己听从这位年轻人的引导。他对她说，他为她留着最好的位置，显然他渴望博得她的欢心，把她当作举足轻重的人物对待。在带她离开之前，他跟兰塞姆握了手，说很高兴见到他。兰塞姆看出他一定是这所房子的主人，尽管他几乎不可能会是门口那位胖夫人的儿子。他充满活力，讨人喜欢，长相帅气，举止优雅，待人友好。他建议兰塞姆马上到另一个房间就座，如果他从未听过塔兰特小姐的演讲，他将会体验平生最大的快乐之一。

"噢，兰塞姆先生只是来发表他的偏见的。"钱塞勒小姐在离开她的亲戚时说。他没有挤到人群前面去而是退了回来，这一群人正快速把音乐室挤满，他只是满足于在门口溜达，那里站着几位男士，除了一个空位置，其余位置都坐有人。他看见钱塞勒小姐和她的同伴猫着腰，慢慢穿过那些靠墙站着的人们径直往前走。那个座位很靠前，靠近那个小讲台，奥利夫过去的时候人们都看见了她，兰塞姆听身边的一位先生对另一位说："我猜她是一伙的。"他在找维里纳，但是她显然不在他的视野之内。突然他感觉有人把他的后背敲得刺痛，他转过身认出是卢纳夫人，后者正在用扇子捅他。

---

① 值得保密（Worth playing under the rose）：来自拉丁语 *sub rosa*，是英语"under the rose"的意思。在古代神话中，玫瑰是沉默的象征，有时候玫瑰被雕刻在宴会厅的天花板上，或者在忏悔室的上方，暗示隐秘不可外传，这里是"值得保密"的意思。

波士顿人
The Bostonians

第二十七章

"在我自己的屋子里你不和我说话——我几乎已经习惯了,不过我觉得你要是在公共场所冷落我,那可得事先告诉我一声。"这只是她的顽皮,他现在知道如何理解了。她穿着黄色衣服,显得很胖,很艳丽。他纳闷她是如何凭着自己万无一失的直觉找到他出现的地方的。外屋空着,她从比较远的那扇门进来,发现了这个可以任凭她自由支配的场所。他主动给她找了一个座位,好让她看得见、听得见塔兰特小姐的演讲,甚至如果她想在门口越过那些先生们的头看的话,他还可以给她找个椅子让她站上去。对这个提议她报以质疑:"你是说我来这里是为了听那个喋喋不休的人演讲吗?我难道没有对你说过我是怎么看待她的吗?"

"哦,你肯定不是为我而来的,"兰塞姆说,预见到了这种谄媚邀宠,"因为你不可能知道我要来。"

"我猜到了——预感告诉我的!"卢纳夫人大声说。她抬起头来,用探寻、责怪的目光看着他。"我知道你来干什么。"过了一会儿,她大声说,"你可从来没跟我说过你认识伯雷奇夫人!"

"我不认识——直到她邀请我才知道,我听都没听说过她。"

"那么,她到底为什么要邀请你呢?"

兰塞姆鲁莽地说了一点儿,很快就觉得他有很多原因最好别说。不过他几乎很快就掩饰住了自己的错误:"我想你妹妹真是太好了,为我要了一份请柬。"

"我妹妹?我奶奶吧!我可知道奥利夫有多爱你。兰塞姆先生,你深奥莫测啊。"她把他拉进屋里,拉出了门口那些人的听觉之外。他觉得如果她能实现自己的愿望,她会在外面的客厅为自己安排一个小型招待会,与塔兰特小姐唱对台戏。"请到这里来坐一会儿,我们不会被打扰的。我有些很特别的事情要跟你说。"她带路走到角落那张小沙发处,几分钟前他跟奥利夫一直在这里说话,他现在极不情愿地陪着卢纳夫人,不愿被逼着在她身上浪费时间。他完全忘记了他曾经还幻想和她过一辈子呢,他看了看手表,说道:

第二十七章

"我可不想错过那里的娱乐活动,你知道的。"

很快他就感觉也不该说那种话,不过他被惹恼了,很窘迫,他是情非得已。从根本上讲,一个侠义的密西西比人应该做一位女士要求他做的任何事,尽管这个要求可能显得很不简单,但是他从来都没有觉得这个要求和他本人这时候的愿望如此格格不入。这是一个新的困境,因为卢纳夫人显然想尽可能地留住他。她环视这间屋子,越来越为他们独占了这个地方感到高兴,这时候她不再提他在这里的不合常情了。相反,她重新变得诙谐起来,说现在他们抓住了他是不会轻易放他走的,他们会让他给他们点乐子,诱使他发表演说——关于"南方生活的光与影",或者"密西西比的社会特色"——在周三俱乐部面前。

"到底什么是周三俱乐部?我想女士们正在谈论的就是这个吧?"兰塞姆说。

"我不知道你所说的女士们是谁,不过周三俱乐部是这类货色。我并非指在这里的你我,而是另一间屋子里所有那些被骗的人们,是纽约在竭力效仿波士顿①,是大都市的文化和优美形式。你可能不以为然,不过的确如此。这是'一群安静的人',她们真是够安静的,你可以听见那里针掉到地上的声音。有人打算做祷告吗?奥利夫一定很幸福,被这么当回事!她们形成一个组织,每周在彼此的家里见面,有一些演出,或者读报纸,或者讲解某个专题。气氛越沉闷,主题就越可怕,她们就越觉得应该那样。她们觉得这是让纽约社会智力发达的途径。有一条节约法令——你们是不是这样说的?——有关晚餐的,她们让自己只喝一种斯巴达②肉汤。当这种肉汤是她们的法国厨师做的时候就很不错。伯雷奇夫人是主要成员之一——我相信她也是承办者之一,轮到她的时候,以前——冬天每人都轮一次——我听说她总有非常美妙的音乐。不过,这样做让人觉得是一种相当卑鄙的规避,就一个未经证明的假设③进行辩论,这帮庸俗之人很容易在音乐上跟上她们的步调。所以伯雷奇夫人才想出这个了不起的点子。"——听卢纳夫人发那个形容词的音真是一件妙事——"到波士顿去

---

① 是纽约在竭力效仿波士顿(It is New York trying to be like Boston):比如"周三晚俱乐部"(The Wednesday Evening Club)那时候就是波士顿的一个真实的社会机构。

② 斯巴达(Spartan):古代希腊最强大的城邦中,雅典第一,斯巴达第二。"斯巴达"原来的意思是"可以耕种的平原"。约在公元前11世纪,一个叫作多利亚人的希腊部落,南下侵入拉哥尼亚,他们毁掉原有的城邦,在这里居住下来,这就是多利亚人的斯巴达城——不过它既没有城墙,也没有像样的街道。斯巴达人就是指来到这里的多利亚人。这里喻指纪律性强或严于自律的生活习惯。

③ 未经证明的假设(a begging of the question):这是16世纪人们对拉丁语 *petitio principii* 的误译,实际上应该翻译为"假定初始点"。在现代用语中,"to beg the question"有时候用来指"提出问题"或者"回避问题",这些用法通常被认为是错误的。本文取的是后一种意思,也就是说,这里人讨论的问题没有任何事实根据。

波士顿人
The Bostonians

请那个女孩子。当然,这是她儿子给她脑子里灌输的想法。他在剑桥待过几年——维里纳就住在那里,你知道这个——他在那里跟她的关系很亲密,像你一样讨好她。既然他现在已经不在那里了,对他最合适的做法就是让她来这里。奥利夫走的时候,她要来拜访他的母亲。我叫她们来跟我住,奥利夫严肃地谢绝了,她说,她们想待在可以自由接待'有同情心的朋友'的地方。所以她们就住在第十大道一个很特别的新耶路撒冷供膳寄宿处①,奥利夫觉得去这样一些地方是她的职责。真没想到她竟然允许维里纳被带进这样一帮世俗的人群中,不过她告诉我说,她们决定不错过任何机会,在客厅里和研讨会上,她们可以播撒真理的种子,如果一个人被感化了,相信了她们的思想,那就证明她们来这里是正确的。她们在那里干的就是这个——播撒真理的种子,不过你不会被感化的。我会留意观望的。你看见我那令人愉快的妹妹了吗?看看她想反对夸夸其谈时自己又是怎么做的吧!她看起来好像觉得这里的土地很贫瘠,现在她来管理它了。我并不觉得你穿一套法国服装她就会赦免你。我必须说,伯雷奇夫人推出维里纳·塔兰特是一种非常卑鄙的逃避,这比那种虚夸的音乐还要糟糕。为什么她不干脆去请一位尼布拉斯的*芭蕾舞女演员*②?——如果她想让一个年轻女子在舞台上蹦蹦跳跳的话。他们根本不在乎可怜的奥利夫有什么想法,只是因为维里纳有一头奇怪的红头发,眼睛明亮,把自己打扮得像个魔术师的助手。我从来就不明白奥利夫是怎么让自己接受维里纳非常低俗的着装风格的。我猜只是因为她的衣服做得很可怕。你看起来好像不相信我——不过我可以向你保证,这剪裁样式是革命性的,这样可以让奥利夫的良心得到宽慰。"

兰塞姆吃惊地得知,他竟然显得不相信她,因为在经过开始的不自在之后,他发现自己饶有兴致地在听她关于塔兰特小姐正拜访纽约这个城市的情况介

---

① 第十大道的新耶路撒冷供膳处(New Jerusalem boarding house, in Tenth Street):这是当时的一个真实供膳寄宿处,由新耶路撒冷教会经营。新耶路撒冷教会建立在瑞典神学家伊曼纽尔·斯威登堡(Emmanuel Swedenborg, 1688—1772)的自然哲学思想基础之上。斯威登堡认为上帝的存在是不可描述的,上帝既是实体又是形式,我们可以从爱与智慧中理解上帝的本质。爱是上帝的温暖,智慧是上帝的光明。他抛弃了耶稣是上帝之子以及三位一体的教义,提出人的灵魂位于人的大脑,特别是位于大脑细胞的皮层。他的想象力和宗教思想一直是巴尔扎克、波德莱尔、爱默生、卡莱尔、老亨利·詹姆斯的灵感源泉。1784 年,他的一些信徒成立了新耶路撒冷教会,或称新教会(New Church)。新教会的成员被称为"斯维登堡教徒"(Swedenborgians),新教的基础是斯威登堡的信仰,即上帝是圣爱、智慧和行动三位一体的结合。地狱是邪恶灵魂的世界,他们企图进入人类的心灵,耶稣基督阻止了他们,上帝因此化身人形进入凡间。

② 尼布拉斯剧场(Niblo's):也称尼布拉斯花园剧场(Niblo's Garden Theatre),专门上演当时的流行剧:情节剧、(由白人扮演黑人的)走唱秀(也称黑人戏,或者江湖卖唱戏)以及诸如此类的节目。*Ballerina*:意大利语,指芭蕾舞女演员(尤指演主角的)。

绍。过了一会儿，由于某种私人考虑，他问了这样一个问题："这所房子的女主人，她的那位穿马甲的帅气儿子是不是很有礼貌啊？"

"我可不知道他的马甲颜色——不过他的举止倒是挺殷勤。所以维里纳就相信他爱上了她。"

"也许是吧，"兰塞姆说，"你说，这是他的主意让她来的。"

"噢，他喜欢调情，很可能就是他让她来的。"

"也许她已经说服了他呢。"

"我想还不至于像她想的那样。财产很多，有一天他会全部得到这笔财产的。"

"你是说她想把婚姻的担子压给他吗？"兰塞姆问，带着南方人的慵懒。

"我相信她会觉得婚姻是一种被破除的迷信，不过很多情况还是证明了他是最佳人选，当这位先生碰巧姓伯雷奇，而这位女士又碰巧姓塔兰特的时候。我自己并不怎么羡慕'伯雷奇'。不过我觉得如果不是奥利夫的缘故，她目前可能就把这个富家子弟给俘获了。奥利夫站在他们中间——她想让维里纳保持独身，把她完全据为己有。当然，奥利夫不会允许她结婚，而且她已经在这个车轮中放置了辐条。她已经把她带到纽约来了，这看起来可能跟我说的有些矛盾；不过这个女孩子拼命向外挣脱，奥利夫得迁就着她，有时候得让她率性而为，简言之，为了挽救大局，奥利夫得牺牲一些东西。关于伯雷奇先生，你可能会说一位绅士的品位真是奇怪，不过这也无可厚非。一位女士有这样的品位也是不可思议的，因为她，可怜的奥利夫就是一位举止文雅而且有教养的女士。今晚你就能看到这一点。她穿得像个图书代理商，不过她比这里的任何人都优秀。在她的旁边，维里纳看起来简直就像个走动的活广告。"

卢纳夫人停下来的时候，巴兹尔·兰塞姆意识到，在另一个房间里，维里纳的演讲已经开始了，她那清晰、欢快、响亮的嗓音，一种适用于公众的令人羡慕的声音从远处向他们飘过来。他急切地想站到能听得更清楚的地方去，而且想看见她。这种迫不及待的心情让他在自己的座位上坐立不安，这个动作在他的同伴那里引起了一阵嘲讽的大笑。不过她没说"去吧，去吧，被哄骗的男人，我可怜你！"她只是稍微有些鲁莽地说，他当然不会这么没有礼貌地当众冷落她了——卢纳夫人就这样高兴地利用了伯雷奇夫人的这间客厅——面对她的恳求，他得留下来跟她在一起。由于密西西比人的迷信行为，卢纳夫人占了可怜的兰塞姆的便宜。在他那单纯的信念中，晚会上在另一位男士来取代他之前，停止和一位女士的谈话并走开是很鲁莽的行为，这会被看作是对一位女士的欺侮。在伯雷奇夫人的家里，其余的男士都在忙着，他们根本不可能来解救他。他不能离开卢纳夫人，然而他也不可能跟她待在一起，失去他煞费苦心赶来所

波士顿人
The Bostonians

图的唯一东西。"至少让我在门口给你找个位子吧。你可以站在椅子上——你可以靠着我。"

"非常感谢,我宁愿靠在这张沙发上。再说了,我站在椅子上也很累。另外,我一点儿也不想让维里纳或者奥利夫看见我在众头之上伸着脖子——好像我对她们夸夸其谈的演说有多重视似的!"

"这样下结论还为时尚早。"兰塞姆有些生气,冷冰冰地说道。他向前倾着身子坐着,双肘放在膝盖上,眼睛看着地面,苍白的脸颊掠过一阵红晕。

"说这样的话才根本不是时候呢。"卢纳夫人说,整理着她的饰带。

"你怎么知道她在说什么?"

"我凭她声音的抑扬顿挫就可以判断。听起来愚蠢透顶。"

兰塞姆在那里又坐了五分钟——他感到记录天使①应该记下他的功劳——他问自己卢纳夫人怎么这么笨,竟然不明白自己正在让他恨她。不过她在什么事情上都很愚蠢。他试着表现冷淡,开始怀疑密西西比人的风俗②到底是否有道理,这些讲究肯定没预料到眼下这种情况。"显而易见,伯雷奇先生想跟她结婚——如果他能的话。"过了一会儿,他说,这是他能想起来的比较合适的一句话,用来掩饰他的真实想法。

这句话没有得到他同伴的回应,稍顷他略微转过头来瞥了她一眼。他们之间悄悄发生着的事情最终让她突然说道:"兰塞姆先生,我妹妹从来没有邀请你到这里来。是不是维里纳·塔兰特邀请你的?"

"我无可奉告。"

"因为你根本就不认识伯雷奇夫人,还能有谁邀请你呢?"

"如果是塔兰特小姐,我至少应该听一听她的演讲以感谢她的好意。"

"如果你从这个沙发上站起来,我就告诉奥利夫我的怀疑。她完全能够把维里纳带到中国去——或者任何一个你够不着的地方。"

"请问你在怀疑什么呢?"

"你们俩在保持联系。"

"你爱跟她说什么就去说吧,卢纳夫人。"这个年轻人说,严肃地表示让步。

"我看你没法抵赖了。"

"我从不反驳一位女士。"

"我们倒要看看我能不能让你说实话。你难道不是也一直在见塔兰特小

---

① 记录天使(Recording angel):在犹太教、基督教和伊斯兰教的天使学中,上帝派一位或更多天使到人间记录单个人的行为、事件或者祈祷。

② 密西西比人的风俗(The Mississippi system):这里主要是指兰塞姆一直崇尚的南方骑士风度,也就是以礼貌、勇敢和尊重的态度对待一位女士,在她需要的时候殷勤地服侍左右。

姐吗？"

"我能在哪儿见她呢？我不能一路看到波士顿去，像你前几天说的那样。"

"难道你没有去那里——秘密拜访她吗？"

兰塞姆明显有些诧异，但是为了掩饰，他立即站了起来。

"假如我告诉你，这些秘密拜访就不是秘密了。"

他低头看着她，发现她说的只是俏皮话，而不是真的知道什么。不过对他而言，她却显得自负，自私，贪婪，可恶。

"哦，我要发出警报，"她接着说，"也就是说，如果你离开我，我就要发出警报。一位南方绅士是这么对待一位女士的吗？遂了我的心愿，我就放你一马！"

"你是不会放我一马让我离开你的。"

"跟我在一起就这么*不堪忍受*[①]吗？简直是太粗鲁了，我闻所未闻！"卢纳夫人大声说，"尽管如此，如果我能做到，我就坚决不让你走！"

兰塞姆感到她一定有病，不过从表面上看，她好像（非常让人难以忍受）有自己的权力。整个时间里，维里纳的金嗓子，还有她那模糊的讲话都诱惑着他的耳朵，让他干着急。这个问题显然让卢纳夫人很烦。当一个女人为邪恶而邪恶，甚至很清楚这邪恶的种种后果时，她就利令智昏了。

"你昏头了。"他低头看着她，这么说让自己轻松一下。

"我想你最好去给我弄点茶。"

"你这么说只是想让我尴尬。"他刚一说完就听见一阵雷鸣般的掌声，许多人在拍手，五十个喉咙发出"好啊，妙啊！"的喝彩声，这声音飘进来又消失了。兰塞姆所有的脉搏都跳动起来，他把自己的种种顾虑统统抛进风里，在对卢纳夫人说——仍然是尽可能礼貌地——他恐怕必须得让自己痛失她这个良伴之后就离开了她，大步流星地向音乐室敞开的大门走去。"哦，我从来没有遭受这等侮辱！"他在离开她的时候听到她非常尖刻地大声说。他站在自己的位置上，回头瞥了她一眼，发现她仍然坐在沙发上——孤独地坐在有灯光的沙漠上——她的眼睛掠过那间空荡荡的房子，发出复仇的凶光。哦，如果她这么想得到他的话，她可以跟他来，兰塞姆可以扶她站在软垫搁脚凳上，让她容易看见一些。不过卢纳夫人是不肯通融的，他很快就发现，她已经庄严地从这个地方撤退了，那天晚上，他再也没有看见她。

---

① Corvee：法语，繁重的任务，家务活。

波士顿人
The Bostonians

第二十八章

兰塞姆站在那些虎背熊腰专心听讲的男人们身后,从这里可以对这间音乐室一览无余。维里纳·塔兰特站在那个小小的讲台上,身着白色服装,怀里捧着鲜花。摆放在讲台两侧高高的柱基上的灯散发出的光辉让她脚下的红布看起来丰富多彩,给她的身体一种背景色,使她的身材看起来越发纯洁醒目。她独自在那个显眼的讲台上活动自如,举止庄重;她的面前没有桌子,手里也没有讲稿,就像一个女演员站在脚灯前,或者一位歌手对着一根银线发声。一位纤弱乡气的姑娘,只凭给他们提供一些自己的想法就自称要吸引两百个*玩腻了的*①纽约人,这是很冒险的,肯定不会有什么好结果。几分钟之后,巴兹尔·兰塞姆就意识到自己非常激动地在看她,就像看她在头顶上方高高的秋千上表演节目一样。然而,人们在听的时候不可能不注意到她对自己的才能、演讲主题,以及在场的观众都成竹在胸。他清楚地记得在伯宰小姐家的那一次,能看出她后来走过的路。这次表演更完美,举止也更稳健,她似乎站在一个更高的地方讲话,纵览这里的一切;她的声音也有进步;他已经不记得她把声音提到最高时听起来有多美了。这样一种音调这么纯洁丰富,又这么年轻自然,本身就构成了一种才华。如果她让这样一种音乐充溢那个可恶的大会堂,他相信人们一定会在妇女大会上为她惊叹的。他以前读过意大利的*即兴演说作品*②,而现在眼前的维里纳是精装、现代的美国版,一位新英格兰的科里纳③,带着一种使命而不

---

① *Blasé*:法语,腻烦了的,厌倦了的。
② *Improvisatrice*:意大利语,即兴演说作品。
③ 新英格兰的科里纳(A New England Corinna):Corinna, or Korinna,公元前6世纪古希腊诗人,根据普鲁塔克和保萨尼亚斯的记载,她来自Boeotia的Tanagra,曾经是一位老师,是名气更大的迪拜诗人品达(Pindar)的竞争对手。科里纳是法国浪漫主义小说家斯塔尔夫人的小说《科里纳》(1807)的灵感,女主人公身边总是有一把里拉琴(Lyre)相伴。1903年,亨利·詹姆斯出版传记《亨利·韦特莫尔·斯托里及其朋友》,在其中,詹姆斯把波士顿的超验主义思想家,也是女权主义者玛格丽特·富勒(Margaret Fuller,1810—1850)描写为"一位新英格兰的科里纳""一个道德的即兴演说家"(a moral improvisatrice),但这里很难确定是指维里纳像富勒,还是后期的詹姆斯把富勒看成维里纳。

是带着一把里拉琴①。她最优雅的地方就是她的认真,她用愉快的眼睛扫视那些"时髦听众"的方式(她在这些人面前一点也不害羞),似乎她想把听众熔炼成一个有感知力的人,似乎在说生活中她唯一在乎的事就是把真理变成一种形式,这种形式让信仰难以抗拒。她的单纯恰似她的魅力,每一个眼神,每一个动作都构成了一种激情,这激情使她朝气蓬勃,纯洁无瑕,撩人心扉。事实上——很明显——她已经让这一帮人浑然一体,他们的注意力除了没有无精打采之外什么都有。她对他们微笑时,他们就回报她以微笑;她严肃的时候,他们就鸦雀无声,一动不动。显然,伯雷奇夫人很高兴给她的朋友们提供这种娱乐,这将载入星期三俱乐部的史册。想到维里纳发现他站在他的角落里,巴兹尔·兰塞姆就感到很愉快。她的眼睛在她的听众上方自由自在地移动着,你说不准它们是否停在一个地方的时间要比另一个地方的时间长一点;而且他认为,她只是迅速地看他一眼,这绝不会让她从自己的荒唐古怪又单纯可爱的观点中分心,这让他知道自己被牵挂着,现在成了特殊的听众。这一瞥充分证明了他的请柬是这个女孩子让发的。他想当然地认为她的演讲是荒唐可笑的。如果是荒唐可笑的,怎么才能避免呢?又有什么意义呢?即便如此,她仍然魅力不减,别人给她提供的那种妄想虽然具有她的个人魅力,但仍然是妄想。他站在那里一刻钟之后才意识到他无法重复她说过的任何一个字,他根本什么也听不进去,但也没有错过她声音的任何一次震颤。这会儿,他也看见了奥利夫·钱塞勒。她坐在左边第一排椅子的尽头,背对着他,不过他只能看见她的半个侧影,稍稍有些前倾,不过绝对是一动不动。他觉得即使在休息的长长间歇里,她的姿态也表示一种痴迷的安静,那种对成功的专注。听众几次爆发出情不自禁的掌声,很快就自行停下来,不过即便是最响亮的掌声也没有让奥利夫抬起头来,这样的镇静只能是强烈意志的结果。成功悬而未决,而她却在品尝成功了,她用自己的方式体会成功,就像她用自己的方式做任何事情一样。维里纳的成功就是她的成功,兰塞姆相信,她的成功唯一欠缺的就是本来应该把他置于她的视线之内,这样她也许就可以用他的尴尬和困惑让自己开心了,就可以用她那沉默、冷淡的目光对他说——"喂,你还觉得我们的运动算不了什么力量吗——喂,你还觉得妇女天生就是当奴隶的吗?"老实说,他并没有感到什么困惑,这也没有破坏他的异端思想。迄今为止,他仍然觉得维里纳·塔兰特对他的吸引力甚至比他想象的还要大。然而,他终于明白,她的讲话纯粹是越过花里胡哨的观点这

---

① 七弦琴(Lyre):古希腊的一种七弦琴。

波士顿人
The Bostonians

个障碍物直抵他的感觉深处,她就是以这种特有的方式抓住了他的注意力。某些短语对他具有了意义——她正在呼吁那些仍然在抗拒这个真理的善意影响的人们。他们似乎大多是一些冷嘲热讽、愤世嫉俗的男人,他们中的很多人都是游手好闲的浪荡子,没心没肺,没头没脑,所以他们对什么事怎么想都无关紧要。如果旧的独裁需要由他们支持,那么这种支持的方式就相当糟糕。不过也有另外一些人,他们的偏见更加强烈,更加文雅,这些人自称靠的是研究和辩论。她特别希望对这些人讲话,她想拦住他们问问,对他们说:"喂,你们全错了。我说服你们的时候,你们就会幸福得多。只需要给我五分钟时间。"她想说:"只需要在这里坐下,让我问一个简单的问题。你认为建立在错误基础之上的任何社会能达到美好状态吗?"维里纳就想提出这个简单的问题,巴兹尔觉得很好玩,他隔着这间屋子对她温柔地微笑着,觉得她把这个问题看成一个难题。不过即使她向他提出这个问题,他觉得自己也不会被吓倒,他会和她坐下来,她爱坐多久就坐多久。

当然,他是那些存心的嘲弄者之一,那些她要对他们讲这番话的人之一。"你认为你给我的印象如何?你让我觉得就像要饿死的人家里还有一个橱柜,里面放满了面包、肉和酒;或者像那些疯瞎子,他们让自己被投进债务人的监狱,而他们的口袋里却装着通往堆满金银的地窖和珠宝箱的钥匙。这酒肉和金银,"维里纳接着说,"便是被压抑和荒芜的力量,是珍贵的特效药,社会却不明智地让它消失了——妇女的天才、智慧和灵感。这种特效药正逐渐消失在由社会徒劳无益掀起的古老迷信中,然而它却掌握着生活的灵丹妙药。只要给它一口水喝,它便会再次绽放,它便会精神振作,光芒四射,它便会再一次青春焕发。这颗心,这颗心冷了,只有女人的抚爱才能将它温暖,让它跳动。我们是人类的心脏,让我们鼓起勇气,坚持这个观点!世界上的公共生活将会在同一个贫瘠、机械、恶性循环的圈子里进行——一个利己、残忍、暴行、嫉妒、贪婪的圈子,盲目地试图以一些人为代价追求另一些人的利益,而不是为全人类谋福利。全人类,全人类吗?如果我们不在场,谁敢说这是'全人类'呢?我们是平等、辉煌、不可估价的一部分。考验我们吧,你们会看到——你们会惊讶,没有我们,社会怎么会拖着自己走了这么远——与它本来应该前进的距离相比,这是多么可怜的一段距离啊——在它痛苦的世俗朝圣旅途中。我特别想让那些人们听到的就是这些话,他们仍然在直着脖子使劲重复那些空洞的方案。这些方案就像废弃在沙漠里的破葫芦一样干枯,没有生命力。即便是他们自私懒惰,患得患失,我还是会理解接受他们的。我在这里不是要反诉,也不是要加深已经在两性之间断裂的鸿沟,我并不接受这样的说法,认为他们是天然的敌人,因为我呼吁的是一种更加亲密的联合——以平等为条件——比以往任何时代的圣哲们所能梦想到的更加亲密。所以,我永远也不会讨论这样的话题,这就是,男人们最容易受到那些让他们最满意、对他们最有利的想法的影响;我只是觉得他们是如此受到影响,我要对他们说,如果他们的观点在那些甚至有关他们自身利益的事情上不是这么昏暗不明,遮遮掩掩,也许我们的事业在很久以前就取得了成功呢。如果他们也像妇女们那样有敏锐的洞察力,如果他们有这种心灵的智慧,这个世界现在可能就是另外一番天地了。我向你们保证,我们的命运中最普遍的痛苦就是看得清楚却无能为力!全体优秀的先生们,如果我能让你们相信,你们只需要让我们帮助你们恢复秩序,生活的花园对你们就会更明亮,更漂亮,更甜蜜!你们肯定会更喜欢在那里散步,你们会发现青草、绿树和鲜花会让你们感觉犹如置身伊甸园①。这就是我要亲自、单独对你们每一个人坚持到底的东西——给他提供世界的愿景,因为这道风景一直都呈现在我的眼前,一种新的道德风气拯救了我,使我的思想变得高尚。在现在这个只有暴力和竞争的肮脏地方,慷慨、温柔和同情将会诞生。但是,我真的觉得你们愚昧无知,即便是在有关你们自己的幸福这件事情上!你们有些人说,我们已经有了我们可能需要的一切影响,说得就像我们应该感激涕零似的,因为人家还允许我们呼吸呢。请问:如果不是我们自己,谁能判断我们需要什么?我们需要的只是自由,我们需要把装了我们许多个世纪的盒子的盖子打开。你们说这是一个很温馨舒适而且方便的盒子,侧面还是优质玻璃呢,我们可以从这里往外看,只需要轻轻把钥匙再转动一下。这很容易回答。好心的先生们,你们从来都不曾在这个盒子里待过,你们根本就不知道待在里面的滋味啊!"

收集这些文献的史学工作者并不觉得有必要对维里纳的雄辩提供更多的抽样,特别是巴兹尔·兰塞姆,通过他的耳朵我们正听着这个演讲,这时候已经有了明确的结论。他把她看作一个演说家,在讨论的领域,也就是在改革的事业中看待她的重要性。她的演讲本身的价值相当于一个聪明姑娘在"科学院"宣读一篇漂亮的回忆性文章,其内容模糊、空洞、杂乱无章,这些抽象笼统的表述在伯雷奇夫人家罩着的灯光中熠熠生辉。从任何一个严肃的角度看,这个演讲都不值得呼应,不值得考虑,巴兹尔·兰塞姆反思着这个时代的疯狂特色,这

---

① 伊甸园(Eden):亚当和夏娃在被上帝赶出乐园之前生活的地方。维里纳的演讲夹杂着《旧约》与《新约》的意象,比如"面包、肉和葡萄酒""装满金银的珠宝箱"等。

波士顿人
The Bostonians

类表演被当作一种智力上的努力,对一个问题的贡献。他问自己,如果钱塞勒小姐——或者甚至卢纳夫人——在讲台上,而不是维里纳这个真正的演讲人,他或者任何别人会怎么想呢。然而,部分原因恰好是,这不是奥利夫或者阿德利娜的声音,这个事实很重要。它的重要性在于,维里纳有不可言喻的吸引力,这一点对他更加重要,他站在那里静静地体会着这样一个事实,那就是他正在爱上她。这种感觉敲击着他的心房要求得到承认,他还没有来得及犹豫或者怀疑,门就已经打开了,房间里灯火通明。他表面上无动于衷,站在那里看一幅画,但是这间屋子却在他的眼前晃动,甚至维里纳的身体也有些舞动。这并没有让她接下来的讲话更加清晰一些,她的意思再一次遁入一种令人愉快的含混中,他只是感觉到她的在场,品味着她的声音。然而,他的思考并没有停下来,他发现自己愿意她的观点非常不堪一击,明显地冗长累赘。她很聪明,只是因为公众的思想杂乱无章她才显得很重要。这种想法不仅对他不是一种侮辱,而且还是一种愉悦。这就证明了她的使徒身份全是胡闹,是过眼烟云的时尚,是真正的错觉,她注定是为其他神圣的东西——为隐私,为他,为爱情而生的。他并不知道她的演讲持续了多长时间,只知道当演讲结束的时候后面就跟着掌声,乱哄哄的人声,拖拉椅子的声音,她的演讲非常糟糕,而她的个人成功给她的演讲罩上了迷人的魅力,就像瀑布笼罩在一层银雾里,让演讲的糟糕不至于成为爱她之人蒙羞的原因。这一帮人——这样的一帮人并没有立即围在维里纳的周围——而是排成一队走进另一个房间,他被卷入这股人流,被推到附近一张打开放午餐的桌子边,他在这里寻找卢纳夫人给他提到过的节约规则的种种迹象。这些迹象似乎主要体现在耀眼的水晶白银器皿、不知名的食品和果酱的光鲜色泽上,那些带着流苏的灯发出柔和的光,这些东西在其中看起来格外诱人。他听到瓶塞弹出的声音,感觉到胳膊肘的挤压,人越来越多,他发现有人对他怒目而视,那些竞争着的绅士们发现他霸占着空间,自己不吃也不帮助其他人吃,就把他挤在桌子边。他看不见维里纳,她已经被恭维的云雾改变了航道;不过他发现自己在想——几乎是父亲般地在想——她唠叨了这么多之后一定饿了吧,他希望有人给她弄点吃的。因为他对于自己要美餐一顿的机会并不是很上心,正当他准备尽快悄悄离开的时候,这个小小的愿景被突然具体化了——被塔兰特小姐的出现具体化了,她在人群中挽着一个年轻人的胳膊站在他面前,兰塞姆现在看出这个小伙子是这家人的儿子——这个年轻人面带微笑,轻松愉快,一个小时之前就是这个人打断了他和奥利夫的谈话。伯雷奇先生把维里纳带到桌子边,人们为他们让路,用语言和眼神向维里纳表示祝贺。

第二十八章

兰塞姆能看出,根据这时候奇怪地出现在他脑子里的一个短语,他以前从小说或者诗歌中读来的一个短语,她成了每一双眼睛关注的焦点①。她看起来很美,他们是美丽的一对。她一看到他,就把左手伸给他——另一只手在伯雷奇先生的胳膊中——并说:"啊,你不觉得这都是真话吗?"

"不,连一个字都不是真的!"兰塞姆回答,带着一种愉快的诚意,"不过,这没有关系。"

"噢,这对我关系可大了去了!"维里纳大声说。

"我指的是对我。我根本不在意自己是否同意你的观点。"兰塞姆说,斜视着年轻的伯雷奇先生,后者正离开,去给维里纳拿吃的。

"啊,好吧,你要是这么冷漠的话,我也没有办法!"

"不是因为我冷漠!"他的眼睛重新回来看着她的眼睛,这双眼睛在离开她的眼睛之前表情已经有所变化。她的同伴用盘子给她拿来了很精美的食品,她开始给她的同伴抱怨说兰塞姆先生"出局"了,他是她遇见的最顽固不化的人。亨利·伯雷奇微笑着看兰塞姆,意思是说他记得已经跟他说过话了。这个密西西比人对自己说,从表面上看,在这两个漂亮、成功的年轻人之间有爱情、婚姻这类事情不会奇怪,像卢纳夫人在闲聊时所说的那样。眨眼工夫,他就看出伯雷奇先生很成功,也许他并没有指挥的才能,或者很强的个性,而是富有,礼貌,帅气,幸福,亲切,就像他扣眼里插的一只灿烂的山茶花。无论如何,他认为那种轻松礼貌的语气、心满意足的眼神已经证明了维里纳的成功,伯雷奇先生就是带着这种想法大声说:"你不是说你没有被演讲打动吧!我的看法是,塔兰特小姐会把一切都带到她自己面前的。"他本人这么开心,这么坚信自己的信念,别人怎么想对他都无关紧要了,毕竟那只是巴兹尔·兰塞姆自己的思想状态。

"噢!我没说我没有被感动啊。"这个密西西比人说。

"被错误地感动了!"维里纳说,"没关系,你会掉队的。"

"如果我掉队,你会回头来安慰我的。"

"回头?我永远也不会回头的!"这个女孩子快活地回答。

"你会是第一个回头的!"兰塞姆继续说,现在他似乎感觉自己的精神氛围突然放晴了,不再有那种迁就让步的骑士气质,不过他意识到自己的话是一

---

① 引人注目(The cynosure of every eye):关注的焦点,引人注目。《牛津英语词典》列举了两种用法,一个是弥尔顿的 L'Allegro I. 80 ("The Synosure of Neighbouring Eyes")和卡莱尔的《法国大革命》(*The French Revolution*) Part I, Book II, Chapter 1 ('The fair young queen, in her halls of state, walks like a goddess of Beauty, the cynosure of all eyes')。但是,在19世纪晚期,这种表达已经失去了原来的意思,变成了一种情绪化的陈词滥调。

波士顿人
The Bostonians

种尊敬的表示。

"啊,我把这叫作自以为是!"伯雷奇先生说,转过身去给维里纳取一杯水,她拒绝香槟,说自己从来不喝这种东西,她把这种饮料与邪恶联系起来。奥利夫的屋子里没有葡萄酒(并不是维里纳解释的那样),只有她父亲陈酿的马德拉白葡萄酒和一点红葡萄酒,巴兹尔·兰塞姆跟奥利夫一起用餐的时候对她的前一种烈性酒评价很高。

"他相信那一切疯话吗?"他问,完全知道怎么对待伯雷奇先生有关他自以为是的指责。

"哎呀,他非常支持我们的运动,"维里纳回答,"他是我的一位最令人满意的皈依者。"

"你没有因为这一点看不起他吧?"

"看不起他?哎呀,你似乎觉得我经常改变主意!"

"哦,我有种感觉,我会看到你改变主意的。"兰塞姆说,如果亨利·伯雷奇听到这些话,兰塞姆的语气会让他觉得那种自以为是已经升级为昏庸愚蠢了。

然而,这些话在维里纳身上并没有留下什么印象,她没有任何怨恨,只是说:"哦,如果你指望让我倒退五百年,我希望你不要告诉伯宰小姐。"由于兰塞姆一下子没有搞明白她的意思,她继续说:"你知道她刚好相信相反的情况。你去剑桥之后我去看她——几乎是立即去了。"

"可爱的老太太——我希望她身体健康。"这个年轻人说。

"哦,她非常感兴趣。"

"她总是对任何事情都很感兴趣,不是吗?"

"哦,这一次的兴趣是在我们的关系上,你和我的关系。"维里纳回答,那种语气也只有维里纳在说话的时候才会用,"你应该看到她如何让自己卷入这些关系中。她相信一切朝相反的方向发展才对你有好处。"

"塔兰特小姐,一切什么?"兰塞姆问。

"哦,我给她说的事。她相信你会成为我们的一位领导人,你处理重大问题很有天分,也擅长影响群众,你会对我们的运动变得热情十足的,当你作为我们的一位拥护者达到顶峰时,这全都归功于我的力量。"

兰塞姆站在那里,微笑着看她,眼神中透出朦胧温柔的光辉,并没有准备接受这些荣誉,但这也证实了维里纳的影响。"你想的是我不应该毁掉她的幻想,对吗?"

"哦,我不想让你虚伪——如果你不应该和我们观点一致的话,但是我真的

第二十八章

觉得如果这个老太太只是坚持自己的幻想,那也挺好的。她也许活不了多长时间了,前两天她对我说,她已经为最后的休息做好了准备,所以这不会影响你的自由。你是一个南方人,自然不会赞成波士顿人的想法,你在街上见到她并介绍自己的方式——她觉得这一切都很浪漫。她深信我会感化你的。"

"别担心,塔兰特小姐,她会满意的。"兰塞姆笑着说,他可以看出她对他的笑一知半解。由于伯雷奇先生回来,他没能继续把自己的意思说得更清楚一些。伯雷奇先生不仅给维里纳端来一杯水,而且还带来一位没有胡须,满面红光和笑容的老先生,这个人穿着丝绒马甲,白发稀少,不过梳得很整齐。伯雷奇先生给维里纳介绍这位先生的名字,兰塞姆认出这是一位富有而且受人爱戴的公民,以公共精神和慷慨救济而闻名。兰塞姆在纽约住这么久,知道把这位老名人介绍给塔兰特小姐意味着她被受人尊敬的阶层接纳,表明她的成功不在庸俗之流。兰塞姆转过身去的时候轻轻叹息了一声,没有人听到,他感觉自己属于极少数的无名之辈。他走开了,正如我们所知道的,因为他受的教育是当一位先生在给一位女士说话的时候,若另一位先生出现他就必须离开;尽管他稍后回头去看,发现年轻的伯雷奇先生虽然支持这位德高望重的慈善家,但是,他显然并没有放弃维里纳的打算。他觉得自己最好回家,他不知道在这样的晚会上会发生什么,也不知道什么时候这些事情才能结束。不过稍微考虑了一下,他就打消了维里纳可能再发表演讲的想法。但是,如果他对这一点有点拿不准,那么先向伯雷奇夫人道别是他义不容辞的责任,这一点确凿无疑。他希望知道维里纳住在哪里,他想单独见她,而不是在挤满百万富翁的饭厅里。正当他环顾周围寻找女主人的时候,突然想到她会知道维里纳住哪里,如果他能抑制自己的羞涩去问她,她会告诉他的。这时候,他满意地发现她不在饭厅里,他就又回到客厅,这里的人这会儿少多了。他又看了一眼音乐室,里面只有六对夫妇,正在空椅子中间套近乎。在这里,在被维里纳的成功冷落的这个地方,他看见伯雷奇夫人正和奥利夫·钱塞勒坐着说话(后者显然一直没换地方)。他并没有要找奥利夫,所以看见她的时候就犹豫了一下。接着他鼓起勇气,带着密西西比人的勇敢走上前去。他感觉到奥利夫接待他的眼神,她看着他,似乎正是为了不想再看到他,她才一直坐在原地不动。当他跟伯雷奇夫人道别的时候,这位夫人站了起来,奥利夫也跟着站了起来。

"真高兴您能来。真是个了不起的人儿,是不是?她想干什么就能干什么。"

这些话从这位女性长辈的嘴里说出来,兰塞姆起初有保留地接受了,他相

波士顿人
The Bostonians

信这些话表达了极大的尊敬,他的沉默中有一种南方人的庄重,这也是实情。接着他说,语气同样表达着深思熟虑。

"是的,夫人,我觉得这种魅力是以前我在参观过的任何展览上或者参加过的任何娱乐活动中都不曾感受到的。"

"很高兴你能喜欢。我根本不知道应该准备点什么,这证明是一种灵感——对我,对塔兰特小姐都是这样。钱塞勒小姐一直对我说,她们如何共同努力,真的很不错。钱塞勒小姐是塔兰特小姐了不起的朋友和同事。塔兰特小姐向我保证假如没有她,自己什么也做不了。"伯雷奇夫人解释完这一点转向奥利夫,咕哝着说,"让我来介绍——先生——来介绍——先生。"

然而,她忘记可怜的兰塞姆的名字了,忘记谁让她给他发的请柬了。意识到这一点,他马上就给她解围说,他是奥利夫小姐的表兄,如果她不否认这一点的话。他知道这两位年轻女士之间的那种伙伴关系是多么了不起。"在我鼓掌的时候,我是为这种合作鼓掌——也就是说,也为你。"他对他的女亲戚微笑着说。

"你鼓掌?坦白说我不明白。"奥利夫迅速回答。

"哦,真的,以前我自己也不明白!"

"啊,对,当然,我知道,这就是为什么——这就是为什么——"伯雷奇夫人指这个年轻人和她同伴的关系,她想多说一点却又陷入模棱两可之中。她正要说这就是他在她屋里的原因,但又及时改变了主意,觉得这应该是理所当然的事。巴兹尔·兰塞姆能看出她是那种能处理这一类尴尬的女人,他觉得她很不简单。她的举止爽快,随意,稍显没有耐心。如果她说话不是这么快,而是多一点南方女性的温柔,她会让他想起以前见过的某一类妇女,在他自己的那一方天地发生变故之前——那种聪明、能干、好客的女庄园主,守寡或者未婚,一个人经营着一个大种植园。"如果你是她的表兄,那你一定要带钱塞勒小姐去吃点晚餐——而不是离开。"她接着说,她的脱口而出并不是很恰当。

奥利夫听到这句话又立即坐下来。

"不胜感激,我从来不吃晚餐。我不会离开这个房间的——我喜欢待在这里。"

奥利夫看着伯雷奇夫人,奇怪地恳求她说:"我很累,必须休息。这些场面让我筋疲力尽。"

"啊,是啊,可以想象。哦,那么你就得好好安静一下——我一会儿再来看你。"伯雷奇夫人微笑着向巴兹尔·兰塞姆道别,转身离开了。

第二十八章

巴兹尔逗留了一会儿,尽管巴兹尔看出奥利夫想摆脱他,但他还是逗留了一会儿。"我不会多打扰你的,我只想问一个问题,"他说,"你们住在哪里？我想过去看看塔兰特小姐。我不想说过去看你,因为我知道这不会让你开心的。"他想起来,他也许可以从卢纳夫人那里得到她们的住址——他只是模糊地记得是第十大道。尽管他让她很不开心,但她不能拒绝。直接向奥利夫提出申请,这样更简单,更坦率,尽管冒着看似不顾她的感受的危险,但这样的简单直率突然就到嘴边了。当然,他不能拜访维里纳又不让奥利夫知道,她迟早会不同意的(因为他不打算在乎她的反对)。从个人角度讲,他并没有发现她们住在一起的迹象,不过他突然感到钱塞勒小姐最不喜欢他的就是(在他们认识的一开始,她不是已经就有一种神秘的预感了吗？)他可能会干涉,他很有可能干涉。然而,尽管如此,问她而不是问别人还是得体的。他的干预应该具有骑士精神的一切形式,这样比较好。

他说自己的来访会如何影响到奥利夫本人,奥利夫并没有理会他的话,但她很快就问他为什么认为有必要拜访塔兰特小姐。"你知道自己并不赞成。"她补充说,带着非常动人的哀求语气,这让他甚至不能假装要证明自己赞成。

"我不知道巴兹尔是否被感动了,但他说,他看起来完全是想安慰她——"我希望去感谢她,为今天晚上她给我提供的所有有趣的信息。"

"如果你觉得来嘲笑她是一种慷慨行为,她当然无从防御了,你会很高兴知道这一点的。"

"亲爱的钱塞勒小姐,假如你不是一种防御——带着很多枪的炮台,那就好了！"兰塞姆大声说。

"哦,至少她不是我的！"奥利夫回敬说,立即站了起来。她环顾周围,似乎受到很大逼迫,像一只被追捕的动物一样气喘吁吁。

"你的防御就是你免受攻击。也许如果你不告诉我你们住在哪里,你会好心让塔兰特小姐本人告诉我。她能不能给我寄一张明信片说一下呢？"

"我们住在西区第十大街,"奥利夫说,并给出了门牌号,"你当然可以自由来。"

"我当然可以！我为什么不应该呢？不过我很感谢你给我提供这个信息。我会让她出来,这样你就不用看见我们了。"他转身离开,感觉真是难以忍受,她总是努力让他感觉自己错了。如果女人们打算在更有权力的时候就表现出这样一种态度,那简直太要命了！

波士顿人
The Bostonians

第二十九章

第二天卢纳夫人一大早就到场了,她妹妹不知道有什么荣幸让她在上午十一点来访。阿德利娜问她是不是她让巴兹尔·兰瑟姆得到去伯雷奇夫人家的邀请,她马上就明白了她的来意。

"我——为什么偏偏是我呢?"奥利夫问,感到某种剧烈的疼痛,这就暗示,如她所料,不是阿德利娜让他去的。

"我不知道——不过你这么把他当回事。"

"哎呀,阿德利娜·卢纳,我什么时候——?"钱塞勒小姐大声说,非常严肃地瞪着眼睛。

"你不是说你已经忘了一年半之前自己是怎么把他招惹来看你的吧!"

"我没有招惹他来——我说过,如果他碰巧在那里的话。"

"是啊,我记得那是怎样的情形:他的确碰巧在那里,而且你也碰巧讨厌他,努力想摆脱这件事。"

我说过,钱塞勒小姐明白阿德利娜为什么要在这个明知道她正在写信的时辰来看她。她已经在前一天把该给她的一切必要关心都给了她,她来只是为了让自己不招人待见,如奥利夫所知,在以前,这种情绪有时候让她忍不住这样做。她似乎觉得阿德利娜讨厌极了,竟没有把巴兹尔·兰瑟姆骗进婚姻里去,根据那次她很得意的、难忘的对各种可能性的盘算(她破例不喜欢旧事重提),那时候这两个人在查尔斯街她的眼皮子底下相识,卢纳夫人很喜欢他,正如奥利夫自己不喜欢他一样。她倒很愿意把他当姐夫,因为这种关系给人造成的伤害既明确又有限;不知道怎么回事,在她的生活中,这位年轻的密西西比人伤害她的能力似乎总是很大。"我写信给他——那一次——完全是有原因的。"奥利夫说,"我想,母亲如果健在,肯定会高兴我们认识他的,不过这是个错误。"

"你怎么知道这是个错误? 如果母亲健在,也许会喜欢他的,我敢说。"

"我是说,我做这件事是错误的,这是一种有关责任的想法,我太受制于这种念头了。我总是这么做。责任应该是显而易见的,人们不应该到处去寻找责任。"

"把你弄成这样不就是显而易见的吗?"卢纳夫人问,现在她已经完全变得严肃起来了。

有一会儿,奥利夫盯着她的鞋头。"以前我认为你这会儿应该已经和他结婚了。"她这时候说。

"你自己才和他结婚呢,亲爱的!你怎么会这么想呢?"

"起初你给我写信说了他那么多。你告诉我他特别殷勤,你喜欢他。"

"他想的是一回事,我想的是另外一回事。我怎么能随便跟一个在我身边转悠的男人——任何一个追求我的人结婚呢? 我也可能会马上变成一个摩门教徒①!"卢纳夫人带着一种宽容的表情说出这个观点,好像没法指望她妹妹像她一样看待这样一种情况。

奥利夫撇开这个讨论,只是说:"我想当然地觉得那个请柬是你给他的。"

"亲爱的,你是说我吗? 那可不是我阻拦的态度。"

"那便是她自己发的了。"

"你说的'她'指谁?"

"当然是伯雷奇夫人了。"

"我还以为你指维里纳呢。"卢纳夫人很随便地说。

"维里纳——给他? 到底为什么——?"奥利夫冷冷地瞪了她姐姐一眼,后者很熟悉这种眼神。

"到底为什么不呢——因为她认识他啊?"

"昨晚之前,她总共才见过他两次面,昨晚是第三次,她见他,并和他说话。"

"那是她跟你说的吗?"

"她什么都告诉我。"

"你敢肯定吗?"

"阿德利娜·卢纳,你是什么意思?"钱塞勒小姐咕哝着说。

"你敢肯定昨晚只是第三次吗?"卢纳夫人继续问。

奥利夫头朝后仰了仰,把她姐姐从头上戴的帽子到裙子下摆的荷叶边都扫视了一遍:"除非你知道什么,否则你无权对这件事暗示什么。"

---

① Mormon:Mormonism 正式名称为耶稣基督后期圣徒教会(The Church of Jesus Christ of Latter – Day Saints),在信仰上与基督教有别。主要基地在美国犹他州盐湖城。摩门教始建于 1830 年,从 1840 年代到 1890 年摩门教实施一夫多妻制,卢纳夫人在这里便是这个意思。

波士顿人
The Bostonians

"哦,我知道——无论如何,我知道的都比你多!"卢纳夫人和她妹妹,相当沉默寡言,坐在第十大街这间租住的房子里宽大、闷热、光线阴暗的客厅的一扇窗前。壁炉前有一小块地毯,上面的图案是一只纽芬兰狗正搭救一个落水儿童,墙上一排彩色石印画让她想起前天晚上的印象——这个印象就是巴兹尔·兰塞姆对维里纳·塔兰特很感兴趣。维里纳肯定让伯雷奇夫人给他发了邀请,而且没有告诉奥利夫她这么做——否则的话奥利夫怎么会不记得呢?她说伯雷奇夫人可能出于自己的动机发的邀请,这没有用,因为她根本就没有意识到他的存在,她为什么应该意识到呢?巴兹尔·兰塞姆亲口告诉她,他并不认识伯雷奇夫人。卢纳夫人知道他认识谁不认识谁,或者至少知道他是那种不属于星期三俱乐部的人。这就是她不在乎他有什么亲近关系的一个原因——他似乎根本就没有交好朋友的品位。奥利夫知道在这方面她的品位是什么,尽管跟这位年轻女士本人的品位不同,跟他的品位也不同。提议发请柬的只能是维里纳,这一点是肯定的。无论如何,奥利夫可以轻而易举地问,或者如果她担心维里纳撒谎,她可以问伯雷奇夫人。维里纳可能会让伯雷奇夫人提高警惕,可能会对这件事编出其他的解释;所以奥利夫最好只相信她相信的,也就是维里纳确保了他在这次晚会上的出现,这样做有私人原因。要担心的是,前天晚上巴兹尔对卢纳夫人说她昏了头和这个迹象比较接近;因为如果不是被自己的积怨气昏了头,她可能会猜到这种恐惧,她带着这种恐惧脱口而出,启发她妹妹说维里纳和伯雷奇夫人都在撒谎。卢纳夫人这样处境的人也这么撒谎吗?奥利夫的人生计划就是不撒谎,而且认为她喜欢的人也有同样的品质,她不可能相信维里纳有意欺骗她。卢纳夫人在一个更加冷静的时刻也可能会猜想,奥利夫会把巴兹尔·兰塞姆向维里纳的求爱,看成是因为阿德利娜拒绝了他而进行的报复行为,因为她现在就是这样给奥利夫解释这件事的。奥利夫做了两件事:她认真急切地听着,感到空气中有明显的危险(然而,她不想让卢纳夫人告诉她这一点,前天晚上她自己已经发现了);她看到可怜的阿德利娜正在可怕地捏造谎言,她所说的"拒绝"全是瞎编。显然,兰塞姆先生一心想着维里纳,不过他并不需要卢纳夫人的残酷才让他那么做。所以,奥利夫采取保留态度,她并没有直接说自己认为阿德利娜为了那些完全不为别人觉察的原因,一直想抓住巴兹尔·兰塞姆不放,她的努力失败了,看到维里纳被她器重的人宠幸而恼羞成怒(奥利夫记得*上次的侮辱*①),现在希望做一件对他和那个女孩子不利的事。如果她能诱使奥利夫干预,这个愿望就满足了。钱塞勒小姐意识到自己很愿意干预,不过不是因为她在乎阿德利娜所受的屈辱。我甚至不能肯定奥利夫是不是只把姐姐的*惨败*②看成阿德里娜总是没用的又一个例证,并为此很瞧不起她。奥利夫很快就全明白了,再没有比企图引诱一个男人上当受骗更卑鄙的事情了,并觉得由于做不到就不得不放弃也是非常可耻的。奥利夫默默地想着这些,对她姐姐只是说,她不明白这种"不满"因何而起。如果他要把注意力转向维里纳,又怎么会伤害到阿德利娜呢?维里纳对她算得了什么?

"哎呀,奥利夫·钱塞勒,你怎么能这么问呢?"卢纳夫人勇敢地应答,"维里纳不是对你意味着一切吗?你不是对我意味着一切吗?——难道一次尝试——一次成功的尝试——把维里纳从你的身边带走,可怕地伤害你,我就不痛苦,不同情了吗?你知道我会的。"

我已经说过,钱塞勒小姐的人生计划就是不撒谎;不过这样一个计划与她对这个事实的考虑是一致的,那就是在无聊的场合避免说真话。所以她没有说"天哪,阿德利娜,多可恨的骗子呀!你知道你恨维里纳,如果她淹死了,你才高兴呢!"她只是说"哦,我明白,不过这也太兜圈子了吧。"她真正明白的是,卢纳夫人特别想让她阻止巴兹尔·兰塞姆"往前挤",正如俗话所说。如果这种危险是真的,那么她的动机是恶意而不是对这两个波士顿人的柔情,这个事实并不会让她的帮助少受欢迎。她自己就很害怕,不过她没有不害怕的东西。阿德利娜也许已经看到什么了,她说维里纳有些秘密的会面到底是什么意思?当追问这一点时,卢纳夫人能说的只是她并没有佯称自己要提供确切消息,她毕竟不是间谍,不过前天晚上他肯定是当着她的面炫耀他对那个女孩子的爱慕之情,对维里纳站在那里的样子充满热情。当然,他不喜欢维里纳的思想,不过他很自负地相信,她会放弃这些想法的。也许这一切都是针对她的——好像她多在乎似的!这主要取决于这个女孩子本人,当然,如果有任何可能影响到维里纳的,她应该建议奥利夫当心。她最清楚该怎么做,把自己的印象告诉妹妹只是

---

① *sprete injuria forme*:拉丁语,见维吉尔(Virgil)在 *Aeneid*, I.26 – 27 中的原文,'manet altra mente repostum/ iudicium Paridis spretaeque injutia formae'.1983 年由罗伯特·菲茨杰拉尔德(Robert Fetzgerald)翻译成英语:'deep within her,/Hidden away, the judgment Paris gave,/ Snubbing her loveliness'.朱诺(Juno,Jupiter 之妻)仍然对帕里斯在那个有名的选择(在象征权力和统治的赫拉、象征智慧和力量的雅典娜与象征爱情的阿芙罗狄蒂之间进行选择,说出谁是最美的女神)中当着她的面选择阿芙罗狄蒂非常生气:这个选择最终导致特洛伊战争。像帕里斯一样,巴兹尔·兰塞姆也已经向维里纳而不是卢纳夫人赠送了金苹果(表达了爱意),因而他对后者的可爱之处视而不见。

② *fiasco*:法语,惨败。

阿德利娜的义务,不管自己是不是得到感谢。她只希望让妹妹保持警惕,偏偏奥利夫这种人就冷静地接受了这个消息,奥利夫是她见过的女人中最让人失望的。

钱塞勒小姐的冷静并没有因这种责备而减少,因为她感觉自己毕竟从来没有对阿德利娜那么敞开过心扉,从来不让她发现自己非常渴望把这类危险从维里纳那里挡开,而现在这种强烈的愿望却成了问题,不允许阿德利娜把她看成她朋友的监护人。所以,当卢纳夫人坦率地承认,她准备加入一场陷害并挫败那个女孩子的阴谋时,奥利夫大吃一惊,拿出所有的庄重来消除这种印象。总的说来,如果她不由自主地感到自己让卢纳夫人比开始的时候更愤怒,那么她觉得宁可让她失望也不会为了她牺牲自己——特别是当她心急火燎地要用警告来捞好处的时候!

第三十章

　　如果卢纳夫人知道自己提供的帮助换回了那个沉默寡言的年轻女子的多少知心话，她甚至会对奥利夫接受她帮助的方式感到更不满意的。现在，奥利夫的全部生活竟成了一件交头接耳的琐事，在和她姐姐见面之后，奥利夫单独在自己的房间里时意识到这一点。这会儿，她有了思考的工夫。维里纳和伯雷奇先生出去了，伯雷奇先生前天晚上约她早上这个时辰去骑马。她们下午还有其他一些约会——这些约会的主要目的是在当地一个发起人家里会见一批真诚人士。午饭后，奥利夫很快把维里纳直接打发到这些约会上。她为自己这样安排事情感到满意，这样一来，一天中连半个小时的时间也没有了，巴兹尔·兰塞姆得意扬扬地来访就不会发现屋子里有波士顿人了。在伯雷奇夫人家里，她被迫给他地址的时候就清楚地想到了这一点；她也想到让维里纳格外赏光，第二天一大早陪她回波士顿。关于维里纳与伯雷奇夫人住几天这件事，她们讨论了很多——在奥利夫走后她继续留下来，不过当维里纳发现这种想法让她的朋友很不安时就自动放弃了。奥利夫接受了这种牺牲，她们对纽约的访问现在有意减少到四天，钱塞勒小姐在明白巴兹尔·兰塞姆用意何在的那一刻又发誓要减去其中的一天。她还没有对维里纳说，她略微有些犹豫，对自己已经从朋友那里获得的让步稍微感到有些内疚。维里纳做出的这些慷慨让步让人因为钦佩而心疼。在需要维里纳的信任时，奥利夫从来没有觉得维里纳表现得这么好，维里纳在努力满足朋友的需要时没有一点讨价还价。维里纳已经为在伯雷奇夫人家待一个星期这个想法感到很开心了，她也说过，她母亲如果听说她有这样一段经历会高兴死的（这并不是说塔兰特夫人有什么要死的征兆）；然而她看到奥利夫对这件事这么认真，对这件事的前景这么恐惧，这么忧心忡忡，就主动放弃了，如果可能的话，她的微笑比任何时候都更加甜蜜。奥利夫知道这对维里纳意味着什么，知道她仍然具有多大的快乐潜力，尽管她们有共同目标的压力，有极其重要的工作压力，现在她们都共同感到已经进入了实现目标的阶段，进入了收获期。这就是为什么她在同意进一步放弃的时候，她的良心刺痛

波士顿人
The Bostonians

了她,特别是在已经如此崇高地牺牲了自己的这一方看来,她们的地位似乎已经相当稳固了。

虽然她们的地位可能稳固了,但奥利夫觉得自己简直就是一个轻率的傻瓜;尽管奥利夫开始的时候非常不情愿,但是她最后还是同意把维里纳带到纽约来了。维里纳对这个邀请欢呼雀跃,伯雷奇夫人能这么做真是出乎意料——到一个纯粹的世俗之徒家里来真是异想天开——还带着规劝的念头。奥利夫的第一个感觉就是本能地害怕,但是她后来觉得不值得就打消了那种顾虑。她决定(这种决定并不新鲜)在有关她们使命的问题上,她们应该面对一切。这样一个机会能极大地提高维里纳的声誉和威信,证明拒绝那些毕竟还是模糊不清的忧惧的召唤是没有道理的。在她们去欧洲之前,奥利夫的具体担心和危险已经烟消云散了;巴兹尔·兰塞姆已经很长时间没有音信了,亨利·伯雷奇无疑已经归入寂灭。如果他母亲认为自己能把维里纳变成大型晚会上充满活力的主角,她至少是抱着美好的信念在行动,因为她今天已经不像一年前那样希望他和塞拉·塔兰特的女儿结婚了。那么,她们应该为那些愚昧无知的人,那些最愚蠢的人,那些时髦的蠢人做些好事,也许她们会让他们恼羞成怒——其中总有些好东西。终于,奥利夫在这件事上意识到一种个人的诱惑:作为一名妇女代表,一位重要的波士顿人,作为时下最有创新意识的女孩子的鼓励者、同事与合作者,奥利夫不是没有意识到出现在一个著名的纽约社交圈子里的快乐。巴兹尔·兰塞姆是她在伯雷奇夫人家最没料到要见的人,她相信她们很容易在一个一百多万人的城市里住四天免去那种令人不快的事件。不过事情已经发生了,并且形势严峻。她因为跌入命运的圈套而气得咬紧牙关,心烦意乱。哦,也许她只是虚惊一场,能逃脱危险呢。亨利·伯雷奇很殷勤,不过不知为什么,她现在并不怕他。在她们同意被他母亲用那种世俗的方式利用之后,他感觉要尽可能地对她们礼貌,这本来就是情理之中的事。另一种危险最糟糕,在伯宰小姐家的晚会上,她感到的那种莫名其妙的恐惧心悸又回到她心里。事实上,伯雷奇先生似乎还是一种保护呢,她宽慰地想道,已经安排他早上带维里纳去公园骑马,参观艺术博物馆,然后她们要在晚上与他在戴尔莫尼科饭店①共进晚餐(他会邀请另一位先生),之后去听德国歌剧。如我所说,奥利夫把这一切都

---

① Delmonico's:该饭店以其老板瑞士人劳伦佐·戴尔莫尼科命名,这也是小说的时间线索之一。这家饭店于1834年开业,地点位于纽约曼哈屯下城,1860年代搬到联合广场(Union Square),1876年再次搬家,距麦迪逊广场(Madison Square)十个街区,越来越接近市中心——戴尔莫尼科饭店作为用餐地点的选择就在情理之中了。戴尔莫尼科饭店的迁移可以给我们提供一个小说的大致时间背景,1873—1875年或者再晚几年——可能就是本小说的时间范围。

第三十章

藏在心中,既没有对她姐姐说自己清楚地预见到巴兹尔·兰塞姆来到第十大道时会发现人去楼空,怅然若失,也没有向她表示自己急切希望搭乘去波士顿的火车。她在给兰塞姆先生门牌号的时候,就因为这个预见才撑了下来。

维里纳开饭前不久来到奥利夫的房间,让她知道自己已经回来了。她们坐在那里捂住耳朵不去听一位穿白色夹克衫的黑人在楼梯口打铃通报开饭时间,在等待的间歇,维里纳告诉她的朋友自己和伯雷奇先生的冒险经历——她详述了公园的美丽,博物馆的辉煌和趣味,那个年轻人对博物馆所有收藏品的熟悉令人称奇,他的那些轻快的马儿,他的柔软的英国马车,以那样的速度行驶在大理石般坚硬的马路上的快乐,他允诺她们那天晚上的娱乐活动。奥利夫严肃地默默听着,她发现维里纳完全忘乎所以了;当然,如果不知道那个阶段,奥利夫是不会和她一起走这么远的。

"伯雷奇先生努力向你求爱了吗?"最后钱塞勒小姐问,毫无笑容。

维里纳摘下帽子,理着羽饰,当她又把帽子戴到头上时,她举起的胳膊给她的脸做了一个框架,她说道:"是的,我猜那就是求爱的意思吧。"

奥利夫等着她再往下说,等她说自己是如何对付他的,如何给他一个下马威,让他觉得那个问题很久以前就结束了;不过维里纳并没有给她更多她没有坚持要问的消息,她总认为在她们这样的关系中,为了彼此的自由,她们应该相互尊重,她也从没有侵犯过维里纳的自由,当然她现在也不会开始。而且奥利夫现在这样问是想了解她,她感到自己必须小心谨慎。她不知道亨利·伯雷奇是否真的打算卷土重来,他母亲是否只是为了他的利益才让他们发展下去的。当然,这个前景的光明之处在于,如果她听伯雷奇先生的就不会听巴兹尔·兰塞姆的。昨晚他送她们坐进马车的时候,他已经告诉奥利夫本人,他希望向她证明他已经开始接受维里纳的福音了。不过当奥利夫问自己,维里纳到底为什么以同情的名义要听所有人的而不是听她奥利夫·钱塞勒的时候,以前那种厌恶感,那种模糊的沮丧感又潜回她的心里。当她看到这个女孩子带回来的那种快乐,那种幸福的目光,就像前几个月那样,这种感觉再次慑住她,最大的麻烦就是维里纳的那个弱点,那唯一的弱点和小瑕疵,在她们一起生活后不久,她就把这一点告诉了维里纳,奥利夫说(她记得维里纳也承认那种抹不掉的印象):"我要告诉你,你的问题出在哪里——你不把男人当作一个阶级去恨!"在这种情况下,维里纳回答说:"哦,是啊,他们讨人喜欢的时候我就不恨他们!"好像有计划的残暴能让人喜欢!即使在他们最讨人喜欢的时候,奥利夫也最不喜欢他们。目前,奥利夫稍停之后说,指的是亨利·伯雷奇:"在你让他感到他在剑

203

波士顿人
The Bostonians

桥的时候是多么让人讨厌，多么让你苦恼之后，他现在这样是不对的，是不正派的。""噢，那时候我没有任何表示。"维里纳快活地说，"我现在正学着掩饰呢，"她立即补充说，"我猜前进的时候必须这样。我假装没注意。"这时候午餐铃响了，两位年轻女士面对面捂着耳朵，维里纳笑声轻快，奥利夫脸色苍白，坚韧不拔。当她们能听见彼此说话时，奥利夫突然说道：

"伯雷奇夫人是怎么把兰塞姆先生邀请到她的晚会上去的？他对阿德利娜说自己以前从来没见过伯雷奇夫人。"

"噢，我让她给他发的邀请啊——在最后我们明确决定要来的时候，在她写信感谢我之后。在她的信中，她问我这个城市里有没有什么朋友我想让她邀请的，我就提到了兰塞姆先生。"

维里纳毫不犹豫地说，她表现出的唯一尴尬就是从椅子上站了起来，用那种方式稍微走出了奥利夫的审视。她很容易做到不支支吾吾，因为她对这个机会感到高兴。她想在她和朋友的关系中一切都简简单单，当然，她一旦开始隐瞒，事情就没有这么简单了。无论如何，她尽可能少地隐瞒，她在这么干脆地回答奥利夫的提问时感到好像在弥补一次渎职。"你从来没有告诉过我。"钱塞勒小姐说，语气低沉。

"我不想告诉你。我知道你不喜欢他，我想这会让你痛苦的。不过我想让他在那里——我想让他听到。"

"有什么意义呢——你为什么要在乎他呢？"

"哦，因为他这么可怕地反对！"

"你是怎么知道的，维里纳？"

维里纳这时候开始犹豫了。毕竟没有这么容易隐瞒哪怕一点点东西，好像是一个人要么什么都说出来，要么就隐瞒一切。前一种行动方针对她证明是非常残酷的，因为她似乎觉得巴兹尔·兰塞姆到莫纳德诺克这个地方的拜访这件事不能说，没法说，她最终决定保守秘密，这是她在这个世界上唯一的秘密——唯一的一件属于她自己的事。她很高兴把能说的都说出来了又没有暴露自己，她只是在说完之后才发现，奥利夫把她追问到这种地步是危险的，可以说为了自卫，她才不得不实施真正的欺骗，同时她意识到自己的秘密在受到威胁的时候变得更加宝贵。她开始默默地祈祷奥利夫不要再紧追不舍了，因为用谎言自卫是让人讨厌的，是不可能的。然而，与此同时，她又不得不回答，她快速而大声的回答方式让我觉得，她可能根本就没有经过思考："哦，你从他的外表是看不出来的！他是那种反动类型的人。"

第三十章

  维里纳到卫生间的镜子前把自己的帽子戴好,奥利夫慢慢地站了起来,看起来根本不着急吃饭。"他爱怎么做就怎么做——看在老天的份上别理他!"这是钱塞勒小姐的回答,维里纳感到这个回答并没有说出她的全部心里话。维里纳希望她能下去吃午饭,因为至少她是真饿了。她甚至怀疑奥利夫有一个不敢说出来的想法,这个想法造成了这种压抑。"哦,你知道,维里纳,这不是我们真正的生活——这不是我们的工作。"奥利夫继续说。
  "嗯,对,当然不是了。"维里纳说,并没有先要假装不明白奥利夫的意思。不过她马上就补充说:"你指的是与伯雷奇先生的这种社会交往吗?"
  "不仅指那个。"接着,奥利夫突然看着她问,"你是怎么知道他的地址的?"
  "他的地址?"
  "兰塞姆先生的——让伯雷奇夫人可以邀请他?"
  她们站了一会儿,相互打量着对方。"我收到过他的一封短信。"
  听到这里,奥利夫脸上的表情让她的朋友径直走到她的身边握住了她的手。不过当她带着冷冷的惊讶说"噢,你们保持通信吗!"她的语气保持着极大的克制,与维里纳期待的不一样。
  "他给我写过一次信——我从来没有跟你说过。"维里纳微笑着回答,感到她朋友冷淡而不安的眼睛搜寻得很深,再深一点就探到底了。哦,探到底就探到底吧,她毕竟对自己的秘密也不怎么在乎。然而,维里纳并不知道奥利夫此时发现了什么,因为奥利夫只是说真的该下楼去了。她们走下楼梯的时候,维里纳挽着奥利夫的胳膊,感觉她在发抖。
  当然,在纽约,有很多人对这个运动感兴趣,奥利夫事先已经有各种约会,整个下午都排满了。每个人都想见她们,也想让其他所有人见她们。维里纳发现,假如她们选择留下来运作那种势头,她们会轻而易举地创造一种时尚。奥利夫说很有可能,不过那不是她们真正的生活,这里的人们似乎不象波士顿人那样了解这项运动;不过空气中有种东西推动人前进,一座大城市让人感觉辽阔、丰富,有无限的可能性——维里纳几乎不知道是否应该对自己承认——这种感觉最终会弥补纽约所缺少的波士顿热情。当然,这里的人们似乎很有活力,由于几家报纸四通八达的电报宣传,这个地方到处可以看到欢欣鼓舞的报道,其他地方难望其项背。第五十六大街的克劳奇夫人家似乎就是主要的中心,这里有一个非正式的聚会,这些同情者们得知前一天晚上维里纳在他们并不熟悉的一个圈子里演讲似乎不能原谅她。当然,这些人与伯雷奇夫人家的那些听众很不一样,维里纳暗自发出一声轻微的叹息,表示某种无奈,她想到这是一个多么辽阔、多么复杂的世界啊,显然这里包罗万象。大家一致要求她在一

波士顿人
The Bostonians

种更投缘的氛围中把她的演讲再来一遍。她对此回答说,是奥利夫为她做安排,由于演讲的目的只是为了带领人们向前进,她觉得克劳奇夫人的朋友们也许已经达到了一种更高的境界。维里纳这么谨慎,因为她发现奥利夫现在正努力要从这个城市走开,维里纳不想说什么捆住她们手脚的话。当维里纳感觉到她在午饭前那样地浑身发抖,意识到她的朋友对她的全神贯注,她感觉很懊丧——哪怕有丝毫的偏离,奥利夫都会多么痛苦啊。在她们开始轮番约会之后,维里纳在车厢里提到的第一件事(在整个时间里,奥利夫总算开明地坐了一次马车)就是这个事实,如她的朋友所说,她与兰塞姆先生的通信在兰塞姆这一方总共只有一封,而且很短。她是在一个多月前收到的。奥利夫知道男士们给她写信,维里纳不明白奥利夫为什么要重视这封信。钱塞勒小姐正仰靠在马车里,头靠在柔软的垫子上,她只是很镇静、很严肃地看着这个女孩子。

"你自己才重视呢,不然你就会告诉我的。"

"我知道你不会喜欢的——因为你不喜欢他。"

"我并不关心他,"奥利夫说,"他对我一钱不值。"她接着又突然说:"你有没有注意到我害怕面对自己不喜欢的东西?"

维里纳不能说自己注意到了,不过,不能只听奥利夫这一方说,好像她是一个宽容温和的人,可以把这件事告诉她:她躺在那里的样子,苍白虚弱,像个受伤的动物,足以证明了情况刚好相反。"你忍受磨难的力量真是可怕啊。"过一会儿维里纳说。

钱塞勒小姐起初没有对此做出回应,不过她很快便以同样的态度说:"是的,你能让我受苦。"

维里纳拿起她的手握了一会儿:"我永远也不会的,除非我自己先吃尽苦头。"

"你生来不是受苦的——你是为快乐而生的。"奥利夫说,语气和她在告诉维里纳她最大的问题就是不把男人当作一个阶级去恨时一样——这样一种语气表示,如果维里纳能把他们当作一个阶级去恨的话,那会更自然,也许还会更高尚。也许是吧,但是维里纳无法反驳这种指责;她感到了这一点,当她从马车的窗子里向外看,看着这个辉煌、好玩的城市,这么丰富多姿,这么充满活力,商店这么明亮,女人们的穿戴这么醒目,她知道这些东西加速了她的好奇心,让她的脉搏跳动加快。

"哦,我觉得自己绝不能指望这个。"她说,轻松愉快地回头看着奥利夫,她的优雅没有任何矛盾之处。

那位年轻女士把手举到嘴唇边——在那里放了一会儿,这个动作似乎在

第三十章

说,"你这么纯洁乖巧,我怎么能不害怕失去你呢?"然而,奥利夫·钱塞勒并没有说出这个想法,当马车继续前行的时候,她说出来的是另外一句话。

"维里纳,我不明白他为什么要给你写信。"

"他给我写信因为他喜欢我。也许你会说你不明白他为什么喜欢我,"这个女孩子笑着继续说,"他第一次看见我的时候就喜欢我了。"

"噢,那一次!"奥利夫咕哝着说。

"第二次更喜欢。"

"他在信中告诉你的吗?"钱塞勒小姐问。

"对,亲爱的,他是这么给我说的。他只是表达得更优雅一些。"维里纳很高兴这么说,巴兹尔·兰塞姆写的一个短语足以证明她说得没错。

"果然应验了我的直觉——我的预感!"奥利夫闭着眼睛大声说。

"我还以为你说你没有不喜欢他呢。"

"这不是不喜欢——这只是害怕。你们两个之间就只有这些吗?"

"哎呀,奥利夫·钱塞勒,你以为呢?"维里纳问,明显觉得自己现在像个懦夫。五分钟之后,她对奥利夫说如果她高兴,她们可以第二天就离开纽约,不用待到第四天了。她这么一说立刻就感觉好多了,特别是当她看到奥利夫为了这个让步是如何感激地看着她,如何热切地接受这个提议,"哦,如果你真的感觉这不是我们自己的生活——我们自己的!"她用这些话,还有其他话,加上一个非常无力而含糊的吻,似乎想表示反对,毕竟一天也没有什么关系,不过还是接受了这种牺牲,而且还有点不好意思——这个立即让步的协议就用这种方式签署了。维里纳不可能对这个事实视而不见,这就是一个月以来,她没有以前坦率了,如果她想为她们在纽约省掉的快乐而苦修,即使这让她几乎完全失去巴兹尔·兰塞姆,那也比刚才告诉奥利夫那封信并不是一切要容易一些,她没法告诉她说还有一次长时间的拜访,一次谈话,外加一次散步,这几个星期她一直瞒着她。毕竟这种损失能有什么后果呢? 和一位只想让你知道——他为什么这么想,维里纳猜不到——他认为你很愚蠢的先生交谈难道就这么愉快吗? 奥利夫带着她从一个地方到另一个地方,最后她什么也记不起来了,只记得眼前这个小时以及纽约的辽阔和多样性,坐在铺有丝绒垫子的马车里到处行驶的快乐,会见新面孔,见识好奇心和同情心的新表达,相信她在被观赏,被追随。和这混合在一起的是一种愉快的意识,这种意识对这一刻足够了,那就是她还要去戴尔莫尼科饭店吃饭,去看德国歌剧呢。维里纳的性格中这种对奢侈享受的喜爱足以让她在某些情况下很容易只为眼前这个时辰活着。

波士顿人
The Bostonians

第三十一章

　　当维里纳和她的同伴回到第十大道的住处时,她看到大厅的桌子上放着两封信。她发现,一封是写给钱塞勒小姐的,另一封是写给她本人的。笔迹虽然不一样,但她都认得。奥利夫走在她后面的台阶上,正在给车夫说半小时后派一辆马车来接她们(她们只给自己留出了穿衣服的时间),于是,她只拿了自己的信上楼回到自己的房间。她这么做的时候感觉自己之前就知道这封信会在那里,由于没有为此做更好的准备而意识到一种背叛,一种不友好的任性。如果她能整个下午都行驶在纽约的大街上,忘记前面可能有的困难,那也改变不了有困难这个事实,而且困难甚至会变得很多——可能只靠她返回波士顿是解决不了的。半小时之后,当她和奥利夫一起行驶在第五大道上时(那一天似乎发生了很多事),维里纳把自己的羊皮手套抚平,希望自己的扇子再好看一些,带着响应的、熟悉的快乐看着窗外灯火通明的大街,不管对她的天才的来历和个人品质有什么说法,她证明了去听演讲、夜游的塔兰特家的血液肯定流进了她的血管里。我的意思是,这两个女孩子继续向前赶往那家著名的饭店,伯雷奇先生事先答应在饭店门口守候她们的马车。在路上,维里纳用非常欢快自然的口气对她的朋友说,在她们外出的时候兰塞姆先生来访过,留下一封短信,对钱塞勒小姐大加称赞。

　　"那完全是你个人的事,亲爱的。"奥利夫回答,忧郁地叹了口气,凝视着下面第十四大道的远景(她们刚巧非常激动地经过那里),这条街正对着高架铁路奇怪的护栏。

　　如果奥利夫生活中的艰苦奋斗是为了正义,那么在一些具体的情况下,她并没有达到这个目标,这对维里纳而言一点也不新鲜,就像奥利夫认为巴兹尔·兰塞姆的信只与他的通信者有关,她说得相当晚。那天下午,他的女亲戚在她们乘马车外出时不是已经把这件事变成维里纳自己的事了吗?现在维里纳感觉应该把信的所有内容都告诉她的同伴,她问自己,如果这时候她告诉奥利夫的比她想知道的还要多,是不是就可以弥补迄今为止自己没有把一切都告诉

第三十一章

她这个过错了。"他随身带来的那封短信,以防万一我出去了。他想明天来看我——他说有很多东西要对我说。他提议一个小时——说他希望早上十一点见面不会对我不方便,他觉得这么早我不会有别的约会。当然我们要回波士顿了,这件事就不说了。"维里纳平静地补充道。

有一会儿钱塞勒小姐什么也没说,接着她回答:"是啊,除非你邀请他和你一起坐火车。"

"哎呀,奥利夫,你也太尖酸刻薄了吧!"维里纳着实吃了一惊,大声说道。

奥利夫没法证明自己的尖酸刻薄,说她的同伴讲得好像她很失望,因为维里纳并没有这么讲。所以她只是说,"我不明白他能有什么要和你说的——值得你听。"

"哦,当然是相反的观点了,他脑子里想的就是这个!"维里纳笑着说,似乎要把整个事情降低到无关紧要的程度。

"如果我们留下来,你会在十一点见他吗?"奥利夫问。

"你为什么要这么问——在我已经放弃之后?"

"你认为这是一种巨大的牺牲吗?"

"不,"维里纳耐心地说,"不过我承认自己很好奇。"

"好奇——你是什么意思?"

"哦,听听另一面之词。"

"噢,天哪!"奥利夫·钱塞勒咕哝着,转过头来看她。

"你要知道我从来没有听到过。"维里纳微笑着,看着她朋友阴郁的注视。

"你是不是想听到全世界所有的恶行?"

"不,不是那样。不过,他说得越多,他就会给我越好的机会。我猜我可以见一见他。"

"生命是短暂的,让他爱怎么样就怎么样吧。"

"哦,"维里纳接着说,"有很多人我根本就不想去感动,对这些人我可能会比对其他人更感兴趣一些。不过让他只在两三点上做出让步——比干什么都让我高兴。"

"你没有责任进入一场不公平的竞争,和兰塞姆先生竞争是不会公平的。"

"不公平的地方可能是,我这一方是正确的。"

"对男人而言——那又怎么样呢?他们除了与生俱来的残忍之外,还能有什么呢?"

"我并不觉得他残忍,我倒想看看。"维里纳高兴地说。

波士顿人
The Bostonians

奥利夫看了一会儿她的眼睛,接着她毫无表情、神色茫然地转过身向马车的窗外望去,维里纳感觉她看起来很奇怪,不像一个要去戴尔莫尼科饭馆吃饭的人。奥利夫多么可怕地担心着一切啊,她的性格多么具有悲剧性啊;对那些微妙的影响她又是多么焦虑,多么怀疑啊!在她们长期以来的亲密关系中,维里纳对她朋友的大多数怪癖都非常敬畏。这些怪癖证明了她的内涵和忠诚与她心目中高尚的东西密切相关,所以她很少生气去单独批评它们。但是,此刻奥利夫突然的热忱好像一把破锯,开始显得与这个宇宙的计划不和谐了。维里纳很庆幸自己没有告诉奥利夫,兰塞姆在莫纳德诺克这个地方露过面。如果奥利夫对她知道的事都这么担心,又怎么不会对其他的事很担心呢!到现在为止,维里纳已经相信她与兰塞姆先生的相识是最偶然、最肤浅、最无关紧要的事。

那天晚上,奥利夫·钱塞勒密切关注着亨利·伯雷奇。她这样做有一个特别的理由,在接下来的几个小时里,她的快乐不是来自这位殷勤的皈依者在这所建筑物明亮的公共房间里招待她们的这个精美的小型宴会,在这里,法国使者在深色的地毯上轻轻地往来穿梭,邻座的那些聚会让人好奇;或者她的快乐甚至不是来自《罗恩格林》①美妙的音乐,而是来自现在要给读者解释的她的默默对比和论证过程。当奥利夫的公正可能遭到诽谤时,很高兴可以说,看戏回来的时候由于她认真考虑了公正——考虑了维里纳迅速告诉她巴兹尔·兰塞姆下午留下的那封信,奥利夫采取了一项措施。她拉着维里纳进了屋。这个女孩子在返回第十大街的路上只谈瓦格纳的音乐,说起那些歌唱家,乐队,那所巨大的房子以及自己的极大快乐。奥利夫可以看出她可能会很喜欢纽约,这里的空气中充满更多这样的快乐。

"哦,无疑,伯雷奇先生对我们很好——没有人比他更体贴了。"奥利夫说,她能用这种语言赞扬一个单身男子,维里纳对此表现出来的眼神让她感到有些脸红。

"我真高兴你对此印象深刻,因为我确实觉得我们对他有些失礼。"维里纳的"我们"说得简直可爱极了。"亲爱的,他特别对你殷勤,他都把我抛在脑后了。他那么可爱地看着你。最亲爱的奥利夫,要是你和他结婚——!"塔兰特小

---

① 《罗恩格林》('Lohengrin',1850):德国作曲家瓦格纳(Richard Wagner,1813—1883)年轻时代的最后一部歌剧,这是一部三幕浪漫歌剧,非常优美。虽然剧中有历史成分(10世纪前叶的布拉班特),但其性质属于童话歌剧。歌剧灵感来源于中世纪沃尔夫拉姆·冯埃森巴赫的诗篇《提特雷尔》和《帕西法尔》,是一个古代骑士传奇,一位神秘骑士(同名主人公)解救了一位少女,但是后来为了寻找自己的出身和名字的秘密失去了他的爱情。

姐情绪很激动,以拥抱她的同伴来抑制自己的傻气。

"他还是想让你留在那里。他们还没有放弃那个想法。"奥利夫说,转向一个抽屉,从中取出了一封信。

"请问,那是他告诉你的吗?关于这一点他可没有再对我说什么。"

"今天下午我们进来的时候,我看到了伯雷奇夫人的这封信,你最好自己读一读。"她把这封信打开交给维里纳。

这封信的目的是说,伯雷奇夫人真的不能听凭自己错失维里纳的拜访,她和儿子对此很殷切地期待着。她相信他们有能力让塔兰特小姐对这次拜访和他们一样感兴趣。另外,她,伯雷奇夫人觉得她很想知道塔兰特小姐的观点,但她好像还没听一半呢。那天下午(如钱塞勒小姐所看到的,一分钟也没有耽误)她家又来了很多人,来问他们到底怎么才能多学一点——他们怎么才能接近这位漂亮的演说家,问她一些细节性的问题。所以伯雷奇夫人希望这两位年轻女士能设法多待一阵子,即使她们不能改变自己拜访的决定,但至少也让她能为这些可怜的饥渴的灵魂安排一次非正式的会晤。难道她不能至少就这个问题跟钱塞勒小姐好好谈一谈吗?伯雷奇夫人让她小心,她也会在拜访这个话题上攻击她的。难道她就不能第二天见一见她,让她赏光在伯雷奇夫人自己的屋里来一次会面吗?她有些特别的事情要跟她说,就这件事而言尤其要考虑绝对保密,钱塞勒小姐一定会发现在伯雷奇夫人的屋檐下这会是最安全的。所以她会在钱塞勒小姐任何方便的时间派她的马车来接她。她真的觉得如果她们能有一次令人满意的交谈,那会是大有裨益的。

维里纳很谨慎地读了这封信,对她而言,这封信似乎神秘莫测,也证实了她前天晚上的想法——这个想法就是,她对这位聪明世故、好奇心很强的女人在剑桥拜访的时候留下的印象是不对的,那时候,她们在她儿子的屋里见过她。她在把信交回奥利夫的时候说:"这就是为什么他似乎不相信我们真的会明天离开。他知道她已经写了信,而且认为这封信会把我们留住。"

"哦,如果我说有可能——你是否也会觉得我变化无常呢?"

维里纳带着所有的坦率两眼圆瞪,这简直是太奇怪了,奥利夫现在竟然想犹豫不决,此刻这种奇怪感几乎覆盖了她的高兴。但她很快就非常真诚地说:"你不用为了前后一致把我拉走。如果我不喜欢这里,那才不合常情呢。"

"我觉得也许我应该去拜访她。"奥利夫若有所思地说。

"和伯雷奇夫人有个秘密一定很棒!"维里纳大声说。

"那也不会是不告诉你的秘密。"

波士顿人
The Bostonians

"最亲爱的人,除非你想告诉我,否则你用不着那么做。"维里纳接着说,想到自己尚未透露的秘密。

"我还以为我们的计划是一切都开诚布公呢。这当然是我的计划了。"

"啊,别谈计划了!"维里纳非常懊悔地大声说。"你看,如果我们打算明天留下来,计划会是多么愚蠢的事啊。她的信言犹未尽啊。"她补充说。这时候奥利夫似乎正在从维里纳的脸上研究她赞成和反对向伯雷奇夫人让步的那些原因,这让人很尴尬。

"整个晚上我把这件事想了又想——所以如果你现在同意我们就留下。"

"亲爱的——你是多么高尚啊!在享用那些精美小食品的整个过程中——在听《罗英格林》的过程中!我还没有想清楚,一定得由你来决定。你知道我怎么都可以的。"

"如果她跟我说的话似乎让人想留下来,你会去和伯雷奇夫人住吗?"

维里纳放声大笑:"你知道那不是我们真正的生活!"

有一会儿,奥利夫一言不发,接着她回答:"别以为我忘乎所以了。如果我提议偏离一次正道,也只是因为有时候我似乎觉得也许,毕竟,几乎任何事都可能比现实给我们呈现的形式要好。"这些话稍稍有些含混难解,说得也很忧郁。当维里纳的同伴很快说"你肯定觉得我的前后不一很奇怪"时,维里纳如释重负,因为这给她一个机会安慰地说:"哎呀,你不是觉得我盼着你总是神经不正常吧!我会和伯雷奇夫人住一周,或者两周,或者一个月,或者你随便喜欢多长时间。"她接着说,"你见到她之后,爱跟她说什么就说什么吧。"

"你把这件事都交给我了吗?你并没有给我很多帮助啊。"奥利夫说。

"帮助什么?"

"帮助我去帮助你啊。"

"我不需要任何帮助,我足够坚强了!"维里纳快乐地大声说。她很快就用半好玩半动人的恳求问:"亲爱的同事,你为什么让我说出这些自负的话呢?"

"如果你真的留下——连明天也算上——你会——在大部分时间里——和兰塞姆先生在一起吗?"

由于维里纳这会儿显得有反讽的意思,奥利夫这么问的时候,她可能会从那种战栗的、试探性的语气中找到一个令人愉快的新话题。但是效果并非如此,她初次表现出不耐烦的表情——在她们亲密的交往中——第一次,她实际上第一次使用了责备的语气。维里纳的脸红了,可以看出她的眼睛立刻就湿润了。

第三十一章

"奥利夫,我真不知道你一直都是怎么想的,也不知道你为什么似乎总不能相信我。从第一次我和那些男士们在一起你就不相信我。也许那时候你是对的——我就不说了,不过现在完全不同了。我觉得我不应该这样遭到质疑。你为什么总是表现得好像必须监督我,似乎我想跟与我说话的任何一个男人跑掉似的?我觉得我已经证明了自己是多么不在乎。我还以为你现在已经知道我是认真的,我已经献身了,对我而言,有某种不可言喻的宝贵东西。但是你又来了,每一次——你对我都不公平。我必须面对一切,绝对不能害怕。我还以为我们已经同意要在世界上干自己的事情,面对一切,勇往直前,永远运筹帷幄。既然这项事业非常壮丽地开始了,那么胜利就真正落在了我们的旗帜上,你怀疑我,认为我不像以前那样专注于我们过去的一切梦想了,这真是莫名其妙啊。我第一次见你的时候就跟你说,我可以放弃,也许今天更清楚这意味着什么,我准备再次重申。我能,我也会!为什么啊,奥利夫·钱塞勒。"维里纳哭了起来,有一会儿气喘吁吁,滔滔不绝,把一种思想推到了极致,"难道你现在还没有发现我已经放弃了吗?"

维里纳浸染其中的公共演说习惯,那种训练、那种实践使她能用最感人、最具有升级效应的方式把一系列错综复杂的论点铺展开来,甚至用于个人利益。奥利夫完全明白这一点,当这个女孩子说出一个又一个温柔、恳求的句子时,她习惯于让一个礼堂的听众都全神贯注地倾听,奥利夫就让自己保持这样的安静。她凝视着维里纳,感到自己已经被深深地打动了,维里纳非常激动而且认真,她是一个颤抖着的、纯洁忠诚的少女,她的确放弃了,她们两人都是安全的,她自己一直都很不公平,很不体贴。奥利夫慢慢地走到她身边,把她揽进怀里,久久地拥抱着她——默默地吻了她。维里纳从这种动作中知道奥利夫是相信她的。

波士顿人
The Bostonians

第三十二章

第二天一大早，奥利夫就在给伯雷奇夫人的信中同意了她们中午见面。选定一天中的这个时间是因为她预感到随后还有很多其他人来访。她在信中说，她不想让任何马车派来接她，她坐一辆剧烈摇晃、声音嘈杂，往返于第五大道的公共汽车。她提议十二点的原因之一是，她知道巴兹尔·兰塞姆十一点钟会到第十大道来拜访（如她所料，他并不打算待一天），这会让她有时间看着他的到来和离开。前天晚上，她们之间已经默默地达成协议，维里纳有坚定的信念接受他的来访，这种方针比逃避更有尊严。在我描写的那天晚上，她们在分开之前的那次默默的拥抱中，这种理解就从一个人传递给另一个人。中午前不久，奥利夫从屋里出来的时候，看着这间洒满阳光的双人客厅，上午，当所有丈夫们都外出工作，所有妻子和老姑娘们都进城吃饭的时候，一个年轻男子想和一个年轻女子展开辩论，他可以在一个无妨碍的场所享受一切便利。巴兹尔·兰塞姆还在那里，这个地方只有他和维里纳，他们正背对着门站在一扇窗子的隐蔽处。如果他站起来，他也许就是要走了。奥利夫把门轻轻又关上，在大厅里稍等了一会儿；如果她听到他出来，她就准备退回后面的屋子里。然而，她没听见任何声音，显然，他的确想在这里待一天，她回来的时候应该会发现他还在那里。她离开了这所房子，她知道当自己走下台阶的时候，他们会从窗户里看她，不过她觉得她不能忍受看巴兹尔·兰塞姆的那张脸。当她走在阳光普照的马路上转过脸去看第五大道时，她几乎没有意识到这美好的一天，完美的天气，万物沐浴在春天里，有时候，当三月的风平静下来，春天会降临纽约；她只是一门心思想着那个时刻，她自己站在一扇窗前（在波士顿，他第二次来看她）看着巴兹尔·兰塞姆和阿德利娜一起走出去——那时候阿德利娜似乎能控制他，不过已经证明了像在任何其他事情上一样，在这方面她很没用。奥利夫回想起跃动在眼前的那个场景，她看见这两个人有说有笑地一起穿过那条街，似乎这个场景本身就可以抵御这些恐惧——非常奇怪——这些恐惧那时候就已经困扰她了。她既然发现这没有任何结果——另外，维里纳确实出落得很优秀——她觉得有些惭愧；然而她模糊地联想到让卢纳夫人前天对她撒那么多谎的原因，其中不会有什么让人开心的事。至于其他那些原因，为什么她那个不消停的姐姐失败了，而兰塞姆先生却得逞了，钱塞勒小姐自然不愿意去想。

起初她不明白伯雷奇夫人究竟想说什么，费了半天劲才搞清楚。在这次会面中，奥利夫坐在一个相当漂亮的闺房里，里面有鲜花、彩陶①和法国小画，看着她的女主人绕着这个话题兜圈子，并努力掩饰自己的含糊其辞。奥利夫相信，伯雷奇夫人是一个永远不喜欢求助的人，特别是不喜欢求助于一位新思想的支持者；显然，伯雷奇夫人这会儿正在求她帮忙。她已经求助过一次了，不过已经为此付足了钱；维里纳回来的时候在第十大道发现，等着她的那封来自伯雷奇夫人的短信里装着一张支票，这位年轻女士从来没有为她的演讲接受过这么大数额的支票。当然，这个犹豫不决的要求也是有关维里纳的，无须提醒奥利夫就明白，她的朋友作为一个年轻人收钱会让伯雷奇夫人目前的努力非常惬意。她自己现在已经完全习惯了收钱（因为当这笔钱寄给维里纳的时候也像是寄给她的），钱是一种巨大的力量，当一个人想用一切武器对错误的东西发起攻击时，她会很高兴不缺少军费。今天早上，她比以前更喜欢她的女主人了，伯雷奇夫人愈发表现得把她们之间的各种感情和观点都看作理所当然之事；她的来访者坐在那里充满戒备，一动不动，既然伯雷奇夫人的确表现得很友好，奥利夫也就只能感到满意了。伯雷奇夫人说："哦，那么她过来的事就这么定了，一直住到她厌倦为止。"她的态度轻松，聪明，自然，用几句话就跨越了千山万水。

这件事没有任何定论，不过当奥利夫说"伯雷奇夫人，您为什么想让她拜访您呢？您为什么在社交上这么需要她呢？难道您没有注意到您儿子一年前就想和她结婚吗？"她没想到自己反倒帮了伯雷奇夫人一个忙（这一次）。

"亲爱的钱塞勒小姐，这正是我想和您说的事。我什么都注意到了，我不相信您曾经见过比我更敏感的人。"当伯雷奇夫人微笑着抬起她那智慧、骄傲、友善、成功的头时，奥利夫不得不相信这一点。"一年前我就知道我儿子爱上了您的朋友，我也知道他自从那以后一直在爱着她，所以他才想和她结婚。我敢说您根本不想让她结婚，这会中断一段对您来说充满兴趣的友谊（有一会儿，奥利夫怀疑她是不是要说'充满利益'了②）。这就是为什么我犹豫不决。不过既然您愿意谈谈，我也正想这么做呢。"

---

① Faiences：彩陶，彩釉陶器，最初与意大利的城市法恩扎（Faenza）有关联。
② 英语中 interest 既有"情趣"的意思，也有"利益"的意思，因此奥利夫在这里对 interest 的理解有些拿不准。也由于伯雷奇夫人的潜台词，让她不由联想到 profit 这个词，所以才有后面括号里的怀疑。

"我不明白这有什么用。"奥利夫说。

"如果不试一试,我们怎么会知道呢?在把一件事全面考虑清楚之前,我是不会放弃的。"

然而,伯雷奇夫人一直控制着话语权,奥利夫只是偶尔插入一个问题,提出一个抗议,做一点更正,突然喊出一句激动的反讽。这些丝毫没有阻止或者转移她的女主人的话题。奥利夫越来越明白,伯雷奇夫人想讨好她,争取她,想缓和事态,想用一种新的、独创的视角去看待这些事情。伯雷奇夫人很聪明(奥利夫逐渐承认了),绝对是肆无忌惮,不过奥利夫并不认为伯雷奇夫人聪明得足以理解她所从事的事业。首先,她只是在规劝钱塞勒小姐,她和她儿子对钱塞勒小姐为之奉献生命的事业怀有强烈的同情。不过在发现伯雷奇夫人和她所属的那一类人——大自然本身赋予这一类人一张朝后看的面孔,让他们与一切真诚、进步的东西背道而驰——奥利夫怎么能相信她说的话呢?像伯雷奇夫人这样的人,他们靠咒骂、中伤、偏见和优先权过活,以过去僵死、残酷的方式为生并飞黄腾达。然而,必须补充一点,如果她的女主人是个骗子,那么她也是最不让奥利夫生气的那种骗子;她是这样一个聪明、和蔼、优雅之人,胆大妄为,背信弃义,如果她欺骗不了你,她就会心甘情愿地贿赂你。如果奥利夫愿意让自己努力站在维里纳的立场上想一想,可能会使那个女孩子接受亨利·伯雷奇;为此,伯雷奇夫人似乎要把世上所有的王国①都拱手让给奥利夫。

"我们知道是您——整个这件事,您想做什么就能做什么。明天,您可以用一句话就能把事情定下来。"

伯雷奇夫人开始有些犹豫,而且也提到自己的犹豫,她好像需要全部勇气才能那样面对面地对奥利夫说,维里纳臣服于她。但是,她并不显得胆怯,她只是看起来像是很遗憾。奥利夫不能理解如果自己和伯雷奇家结成同盟,将会有多大的好处和报酬。奥利夫对此印象深刻,甚至满脑子想知道这些神秘的利益会是什么,归根结底,这些东西里是否还有种保护(抵御更坏的东西),某种她和维里纳可以派上大用场的资金,她们一旦得到这家人必须给的东西,就不用去理会这一对母子了——她对这个模糊的、令人眼花缭乱的幻想非常着迷,很喜欢看伯雷奇夫人丰满的双手和迫不及待的样子,以及她觉得有必要的吹捧安抚,不管伯雷奇夫人有什么样的借口和托词,奥利夫这时候几乎没有觉察到这

---

① 世上所有的王国(All the kingdoms of the earth):见《路加》4:5—7 中的基督:"魔鬼把他带进深山,刹那间向他展示世上的一切王国。魔鬼对他说,我把这一切权力都给你,赋予你所有的辉煌,因为这些都是我的,我可以随便送人。如果你敬奉我,这一切全都是你的。"

个女人莫名其妙的兜圈子原来是真心想和塔兰特家有瓜葛。实际上,伯雷奇夫人已经对此做了部分的解释,她说她儿子的情况正让她费尽心机呢,只要能让他更幸福,更好,她什么事都愿意做。此外,她喜欢他胜过喜欢整个世界,看着他渴望得到塔兰特小姐却要失去她,这对做母亲的简直是一种煎熬。在这件事上,她对奥利夫的权力提出了批评,这种批评方式似乎同时也是对她的人格力量所表达的敬意。

"我不知道您认为我和我的朋友是什么关系。"奥利夫非常严肃地回答,"在您提到的这样一种情况下,她想做什么尽管去做。她完全是一个自由人,瞧您说的,好像我是她的看守似的!"

于是伯雷奇夫人解释说,她当然不是说钱塞勒小姐有意独裁;不过只是维里纳对她无限尊敬,看着她的眼色行事,对她所有的意见和喜好都铭记在心。她断定如果奥利夫赞成她的儿子,塔兰特小姐会立即同意的。"这倒是真的,您可能会问我,"伯雷奇夫人微笑着补充道,"一个年轻人,他想跟这个世界上您最不愿意他与之结婚的人结婚,您怎么会赞成呢!"

当然,这样描述维里纳完全正确;不过奥利夫并不觉得愉快,这个有问题的事实被这么清楚地看明白,甚至是被一个人神气活现地说出来,伯雷奇夫人让人感觉到,在这个世界上没有她不能理解的东西。

"您儿子知不知道您打算跟我谈这件事?"奥利夫相当冷淡地问,不再谈她对维里纳的影响这个问题,以及伯雷奇夫人想让她继续置身其中的处境。

"噢,是啊,可怜的宝贝,昨天我们长谈了一次,我告诉他,我会为他竭尽全力的。您还记得去年春天我那次来去匆匆的拜访吗?那时候,我在他的房间里见到您。就是在那个时候,我开始明白风从何起,不过我们昨天才真正*明白*①。我起初并不赞成这件事,我也不介意告诉您,现在——既然我对这件事很上心。当一个女孩子像塔兰特小姐那样既迷人又新鲜时,她是谁就无关紧要了,她让自己成为标准,人们根据这个标准去衡量她;她创造了自己的位置,于是塔兰特小姐便前途无量了!"伯雷奇夫人补充得很快,好像最不能忽视的就是这件事。"现在整个问题再次呈现出来,亨利认为那种已经消失或者至少正在消失的感情复活了,通过——我不知道该怎么称呼它,但是我真的可以说,她出现在这里的效果真是出乎意料啊。星期三晚上她真是棒极了,偏见,习俗,一切反对她的想法都不得不落空。我期待过成功,不过并没有指望您给我们提供什么。"伯雷奇夫人微笑着继续说,奥利夫注意到她用的"您"。"总之,我那可怜的孩子又激

---

① *eclaircissement*:法语,启蒙,澄清,说明。

波士顿人
The Bostonians

动起来了,现在我明白他再也不会对任何女孩子像对这一个这么在乎了。亲爱的钱塞勒小姐,*我已经表明了自己的态度*①,也许您知道我做事的方式。我根本不善于顺从,不过我却善于重新拾起一种狂热。我并没有放弃,只是改变了立场。不管是支持还是反对,我必须做一个强硬的支持者。您难道不知道人的本性难移吗?亨利已经把这件事交到了我的手中,您看,我把它交到了您的手中。一定要帮帮我,让我们合作吧。"

伯雷奇夫人觉得自己的讲话已经很长,很清楚了,她通常都是说得简短而且委婉,她可能非常希望钱塞勒小姐能明白她讲话的主旨。事实上,钱塞勒小姐所做的只是插了一句话:"您为什么请我们来?"

如果伯雷奇夫人现在犹豫了,那么这犹豫也只持续了 20 秒钟:"只是因为我们对你们的工作很感兴趣。"

"真是出乎意料啊。"奥利夫说,若有所思。

"我敢说您不相信,不过这种认识是肤浅的。我相信我们在开价上证明了这一点。"伯雷奇夫人特别强调说,"有很多女孩子——毫无头脑——会很高兴嫁给我的儿子。他很聪明,而且富有。除此之外,他还是一个天使!"

千真万确,奥利夫越发感到这些幸运者的态度非常令人费解。对这些人而言,世界为他们安排妥当。不过当她坐在那里的时候,她想到人类精神的各种差异,真理的影响是伟大的,生活中有这样一些事,比如惊喜,但也有让人不喜欢的事情。当然,没有什么事逼迫这样的人去喜欢一个"催眠治疗师"的女儿;只是为了打击她,伯雷奇夫人才把维里纳从她的同龄人中挑选出来,这样做让人很费解。另外,她在戴尔莫尼科饭店对她们的年轻东道主的观察,在音乐学院②那个隐蔽、舒适的宽敞包厢里,她们的悄悄话并没有干扰邻座专心于舞台,没有让他们转过头来看她们——她对亨利·伯雷奇的态度的观察让她觉得,一年前她对他的认识还不够,他在这个感情比较脆弱的年龄尽情恋爱(因为尽管钱塞勒小姐相信人类的进步,但她还是认为我们所有人的血液中水分都太多了),他因为维里纳的稀罕,因为她的才能把她视若珍宝,所以才有兴趣去开发它;他是由非常柔软、优质的面团制成的,所以他的妻子可以随便对待他。当然,还要对付那位婆婆,不过除非她是厚颜无耻地在为自己做伪证,否则伯雷奇夫人是真心希望自己投身于那种新的氛围中,或者至少在做人方面厚道些;所

---

① *j'en ai pris on parti*:法语,我已经表明了自己的态度或者立场(英语是 I have chosen my side)。

② 音乐学院(Academy of Music):是纽约的主要剧院,建于 1854 年,这个地方的演出季成为当时纽约精英阶层社会生活的中心,一票难求。该剧院毁于一场大火。

218

第三十二章

以奇怪的是,奥利夫眼前最担心的事并不是这位高贵、率性的夫人会欺负她儿子的新娘,这个人因为聪明稍微有点让人恼火,同时因为富裕而显得好脾气,而是她有可能太喜欢拥有维里纳了。这是一种担心,可以被描述为一种被预感到的嫉妒。因此,钱塞勒小姐的良心立刻明白,在有些情况下,也许这个提议本身显得很复杂而且不恰当,但可能只是一个很好的机会呢,甚至是她为维里纳梦想的最好的发展呢。这就意味着需要一大笔钱——比她自己的财富多得多。与几个聪明人联合起来,不管他们是不是真的这么想,他们都假装对她们的事业深信不疑,他们有很多有用的世俗关系,她可能真的会在这种社会根基上光芒四射呢。我提到的那种良心因为想到要考虑这样的麻烦事,想到要经历这样的考验而感到非常难受。在这样一个偶然的事件面前,这个可怜的女孩子感到可怕而且无助,她只能隐约怀疑人们是否假借责任之名在要求她,让她成为她自己的精神磨难的帮凶。

"如果她嫁给他,我怎么能相信——以后——你们还会这么关心这个问题,她和我全神贯注的这个问题呢?"奥利夫飞快地想着,便不由自主提出了这个问题,不过即使她本人也觉得这个问题似乎问得有点草率。

伯雷奇夫人令人敬佩地接受了这个问题:"您认为我们幻想一种兴趣,只是为了要控制她吗?您这样可不好,钱塞勒小姐。不过,当然了,您要格外当心才是。我向您担保,我儿子告诉我,他坚信你们的运动是不久的将来的重大问题,它已经进入了一个新阶段,进入一个他叫什么的阶段来着?实用政治的领域。对我而言,您不是觉得我不想拥有我们可怜的妇女所能得到的一切或者我会拒绝提供给我的一切特权或者好处吧?对任何事我都不会大喊大叫,不过我有——就像我刚才告诉您的——自己悄悄的热心方式。如果您有我这样一个最糟糕的坚定支持者,您会做得很好的。我儿子跟我谈了很多你们的想法,即使只是因为他考虑了这些想法,我便要考虑这些想法,我也做得足够了。您也许会说,您不明白亨利·伯雷奇为什么要追求一个公众演说的妻子,不过我相信很多正在发生的事——也是非常快地——我们无法事先弄明白。亨利是一位百分之百的绅士,任何情况下他都会举止得体的。"

奥利夫可以看出他们确实非常想得到维里纳,她不可能相信如果他们得到她会不好好待她。她想到他们甚至会过分娇惯她,奉承她,溺爱她。这会儿,她完全能料想到维里纳很容易腐化堕落,显然她本人对维里纳一直都很严厉。她有很多抗议、反对和答复,她唯一的尴尬也许是自己应该先用哪种方式。

"我觉得您还从来没有见过塔兰特医生和他的妻子呢。"她说,带着一种她

波士顿人
The Bostonians

觉得效果很好的镇静。

"您是说他们非常可怕吗？我儿子已经跟我说过他们让人难以忍受，不过我已经做好了准备。您是问我们应该怎么和他们相处吗？亲爱的年轻女士，我会像您做的那样和他们打交道的！"

如果奥利夫有各种解答，伯雷奇夫人也有；当她的来访者觉得无论如何处理维里纳都是自己的权力时，伯雷奇夫人还有一个答复。奥利夫说，她不明白伯雷奇夫人为什么要把注意力放在她身上，塔兰特小姐像空气一样自由，她的未来掌握在自己手中，谁也不会想到去干预这样一件事。"亲爱的钱塞勒小姐，我们并不是要您干预。我们唯一要求您的只是不要干预。"

"您让我来就是为了这个吗？"

"为了这个以及我在信中暗示的东西。您可以对塔兰特小姐真正施加影响，劝她过来和我们住一两周。毕竟这才是我主要想说的。把她借给我们一小段时间，我们会照管其余的事情。这听起来有些自负——不过她会过得愉快的。"

"她并不是为这个活着。"奥利夫说。

"我的意思是她可以每天晚上做一次演讲！"伯雷奇夫人微笑着回答。

"我认为您想证明的太多了。您确实相信——尽管您假装不相信——我控制着她的行动，尽可能控制着她的愿望，我对她可能有的任何其他关系都很嫉妒。我可以想象也许我们看起来是这样，尽管这只是证明了像我们这样的关系多么不被理解，仍然多么肤浅"——奥利夫感到自己的"仍然"是真正历史性的——"对妇女活动的很多要素，人们的理解仍然多么肤浅；在妇女的问题上，公众的良知多么需要教育啊。关于我的态度，您的定罪不出我的所料，"钱塞勒小姐接着说，"我感到很惊讶，您竟然不明白我对把我的——我的牺牲品移交给您毫无兴趣。"

此刻，如果我们只瞥一眼伯雷奇夫人的内心（我们还没有冒险使用的一种自由），我怀疑我们会发现她对她的来访者的这种优越的口气是多么恼火，看到这个乏味、羞怯、固执、乡气的年轻女子认为自己浅薄无知是多么愤怒。如果她竭力说服钱塞勒小姐自己是多么喜欢维里纳，那么她意识到自己也许还没能向维里纳表示她是多么讨厌钱塞勒小姐。虽然她小心翼翼地控制着自己不要说得太多，但是一部分愤怒还是让她说道："当然，如果我们认为塔兰特小姐发现我儿子不可抗拒，特别是当她已经拒绝了他的时候，那会是没有道理的；不过即使她继续固执下去，还有其他人呢，难道您觉得自己就很安全吗？"

第三十二章

听到这些话,钱塞勒小姐从椅子上站起来的动作向她的女主人表明,如果她想用恐吓稍做报复的话,那么这个试验是成功的。"您指的是其他什么人?"奥利夫问,直挺挺地站着,似乎从一个很高的地方看着下面。

伯雷奇夫人——既然我们已经开始观察她的内心,我们可以继续进行下去——并没有特别指谁,不过这个女孩子仇恨的目光在伯雷奇夫人的心中突然引燃了一系列联想。她想起塔兰特小姐演讲之后在音乐室向她走过来的那位先生,那时候她正和奥利夫说话,这个年轻女子多么慢待他啊。"我并没有特别指哪一个人,不过,比如说维里纳让我邀请来参加我的晚会的那个年轻人,在我看来,他可能是一位崇拜者。"伯雷奇夫人也站了起来,她站了一会儿,离她的来访者更近了,"您难道不觉得她那么年轻,漂亮,吸引人,聪明,有魅力,您要完全留住她,排除其他感情,完全剔除生活的一个方面,保护她免遭危险——如果您把这些叫作危险的话——每一个年轻女子如果不是真的让人讨厌的话都会面临的危险,您不觉得这样的前景不容乐观吗?亲爱的年轻女士,我不知道是否可以给您三句忠告?"伯雷奇夫人没等奥利夫回答这个问题就很快接着说,带着那种对自己的想法很有把握的态度,同时也可能认为这种态度不错,说这句话的方式跟说很多其他事的方式一样,不值得大动干戈。"不要明知不可为而为之。您已经有了一件好事,不要把它扯得太开以至于把它弄坏了。如果您不选择比较好的,也许您就不得不选择比较糟的;如果您想要安全感,我会觉得她跟我儿子在一起要安全得多——因为跟我们在一起,您知道最糟的,这要比成为冒险家、剥削者或者另一些人的牺牲品要强得多,这些人一旦控制了她,就会把她完全禁闭起来的。"

奥利夫低下头,她不愿忍受伯雷奇夫人接近目标时那种可怕的表情,她那种世故的聪明眼神,那种由于经验丰富而自信的眼神。她感到在劫难逃,她必须坚持到底,也必须面对这种磨难,特别是当她的女主人的忠告中有一种可憎的智慧时。然而,她意识到并没有义务去立即承认它,她想离开,甚至带着伯雷奇夫人自以为聪明的话离开——赶快到一个她可以单独待着能思考的地方。"我不知道您为什么觉得把我叫来说这些话很合适。无论如何,我对您儿子——对他的成家立业毫无兴趣。"她转身离开的时候把斗篷拉得更紧了。

"您能过来真是太好了,"伯雷奇夫人镇静地说,"想想我说的话,我肯定您不会觉得浪费了自己的时间"。

"我有很多事情需要考虑!"奥利夫言不由衷地大声说,因为她知道伯雷奇夫人的想法会如影随形。

波士顿人
The Bostonians

"告诉她,如果她来拜访我们,整个纽约都会拜倒在她的脚下!"

这正是奥利夫想要的,然而,听伯雷奇夫人这么说好像是一种嘲笑。钱塞勒小姐撤退了,甚至当她的女主人再次对她的到来感激不尽时,她也没接腔。她走到街上的时候发现自己非常烦乱,但并没有感觉软弱。她匆匆地向前走着,激动而且沮丧,感到自己无法忍受的良心像个被激怒的动物一样毛发直竖。有人已经给维里纳提出了一个相当可观的报价,她无法说服自己对此保持沉默。当然,如果维里纳认为伯雷奇家这么重视自己并且受到诱惑,那么巴兹尔·兰塞姆控制她的危险就不会迫在眉睫了。奥利夫走在宽阔的第五大道上,心里想的就是这些,这让她心情紧张,满脑子只有这个麻烦事,晴朗的天气突然变得灰蒙蒙的,对从她身边经过的那些表情深奥莫测的人视而不见。这个麻烦先是由伯雷奇夫人前一天的信植入她的大脑,接着,如我们所知,她隐约觉得这个设想很好玩,问维里纳如果伯雷奇一家再次逼迫她们,她会不会去。当然,这是被逼迫的,现在在这个麻烦事的条款比看起来苛刻多了。她自己想的是,如果维里纳显得像是要顺从伯雷奇家的安排,巴兹尔·兰塞姆就可能会受挫——他可能会觉得自己穷困寒酸,与那些在财富和地位上都处于绝对优势的人们作对不会成功。她认为他不会善罢甘休的,她知道自己相信他不是那种优柔寡断的性格。这仍然是一次机会,任何对她有帮助的机会都值得考虑。目前,她看到这不是一个维里纳让自己顺从的问题,而是一个主动馈赠的问题,或者至少是一个交易的问题,在这笔交易中,这些条款的开价会是非常慷慨的。绝对不能把伯雷奇母子看作一个安全的避难所,因为他们一开始赞成她们的活动就已经变得很危险了,他们只给这个女孩子提供一次无限的机会就占领了阵地。这种想法一次又一次地回到奥利夫的脑子里,这也只能是痴心妄想;不过维里纳可能并不这么想,她可能仍然相信他们。当钱塞勒小姐有两个选择要考虑,有一个责任的问题要研究的时候,她投入了一种激情——她首先觉得,在生活中可能发生任何事情之前,这件事必须立即解决。目前,她似乎觉得在没有事先决定自己是否应该信赖伯雷奇一家之前,她不可能再走进第十大道那所房子了。她所谓的"信赖"他们,意思是相信他们无法赢得维里纳,同时他们让巴兹尔·兰塞姆失去了线索。奥利夫可以对自己说,他可能没有勇气把她推举到那些阔气的沙龙里,总之,那一对母子一旦发现他想要什么就会立即对他关闭这些沙龙的。她甚至问自己,在这些错综复杂的殷勤好客中,维里纳从纽约这个南方年轻人那里得到的保护是否比这个敌人在波士顿的表妹那里得到的保护更好。她继续走在第五大道上,没有注意那些交叉路口,过了一会儿,她发现自己快走到华盛顿广场了。这时候,她明显感到巴兹尔·兰塞姆和亨利·伯雷奇不可能都俘获塔兰特小姐,因此不可能有两种危险,只能有一种。这有利可图,而且她应该判断一下哪种危险是真正的现实,这样她就可以只对付那个真实的危险了。她来到广场上,正如全世界都知道的,这个广场非常大,一条环形大道围绕着它。树木和草地已经开始萌芽,喷泉在阳光下泼溅飞舞,这个地方的孩子们,广场南边来的比较脏一点的孩子们,他们胡乱坐在或蜷缩在过路人的脚边,他们玩的游戏需要用粉笔在人行道上画很多记号;还有那些卷发戴羽饰的孩子们,他们在法国保姆的照看下推着自己的铁环——所有的婴儿微弱的声音弥漫在春天的空气里,这些声音的质地淳朴而稚嫩,就像树叶和细草。奥利夫徘徊在这里,最后坐在和其他凳子相连的一张凳子上。她好久都没有做事这么犹豫不决,这么没有效率了。在纽约,她有很多该做的事情,但是她都忘记了,或者如果她想起来现在也觉得没有什么要紧的了。她在那里坐了一个小时,盘算着,颤抖着,对有些想法反复琢磨。她似乎面临命运中的一场危机,绝不能畏缩不前,要看清它的真面目。在她站起来回到第十大道之前,奥利夫已经明白巴兹尔·兰塞姆是最大的威胁,她从思想上已经接受了可以让她摆脱那种危险的任何安排。如果伯雷奇一家要把维里纳从奥利夫这里带走,他们把维里纳从她身边带走的可能性绝对要比他小;从他那里,他们从他那里把她带走的可能性最大。她走回寄宿处,问接待她的仆人维里纳是否在家,得到的回答是塔兰特小姐跟早上来访的那位先生出去了,还没有回来。奥利夫站在那里目瞪口呆,大厅里的时钟指向下午三点钟。

波士顿人
The Bostonians

第三十三章

"跟我出去吧,塔兰特小姐,跟我出去吧。一定要跟我出去。"这就是奥利夫看见他们站在窗口时巴兹尔·兰塞姆一直在跟维里纳说的话。当然,他几经周折才把话题引到这上面,因为这种口气甚至要比这些话更说明他们之间大大进展了的亲密关系。他说话的时候,维里纳注意到这一点。她稍微有些害怕,感到不自在,这可能是她从椅子上站起来走到窗口的一个原因——一个矛盾的举动,因为她的愿望是让他牢记她不可能按照他的要求去做。如果她一动不动地坐在自己的位置上,这个目的便能更好地实现。他让她紧张、烦躁,她开始觉得他对她有一种奇怪的影响。当然,他第一次到她家拜访她的时候,她就跟他出去了;不过她似乎觉得那时候她自己提议散步完全是另外一回事——只是因为一个人到莫纳德诺克这个地方来看你,这么做是最容易的事。

他们那次出去是因为她想,而不是因为他想。那时候,她和他在剑桥散步是一回事,由于在自己的地盘上,她熟悉那里的每一寸土地,她自信而且自由,那个非常自然的借口是想让他看看那里的那所大学,而现在跟他在这个陌生的大城市的街道上溜达却是另外一回事。这个城市虽然吸引人,让人愉快,却不算是他的家,不是他真正的家。他想给她看点东西,他想给她看一切,但是她现在没有把握——一个小时的谈话之后——她是否更想看他能给她展示的任何东西。他坐在那里的时候已经告诉了她很多,特别是他认为它——女人和男人平等的全部想法全是废话。他似乎就是为了这个而来的,因为他一直都围绕这个话题在说。他把话题拉回来问某个新真理,让她没法讲别的。他并没有说很多话,相反,他只是含沙射影,冷嘲热讽,假装相信她已经证明了的一切,比她想证明的还要多;不过他的夸张,他用各种方法提到她在伯雷奇夫人家的讲话的两三个观点的做法恰好证明,他是最大的嘲弄者。他什么也不做只是笑,他似乎觉得即使他整天笑话她,她也不会生气。哦,如果这样能让他开心,他会的;但是,她不明白自己为什么要跟他在纽约闲逛,让他有可乘之机。

她已经告诉过他,也告诉过奥利夫,她决定对他施加影响,不过现在她突然

第三十三章

不这么想了——她不再关心自己是否要施加影响。她不明白为什么自己要对他那么认真,而他并不认真对待她,也就是说,不认真看待她的思想。她以前猜想他是不想谈论它们,当她在剑桥对他说,他是对她这个人感兴趣而不是喜欢和她争论时,她是这么想的。那时候,她只是想,作为一名好奇的南方年轻人,他想看看一个聪明的新英格兰女孩子是怎么回事;不过从那时候起,情况已经对她变得更明朗了——在伯雷奇夫人家里,她跟兰塞姆的那次短暂的交谈使这个问题有些明朗了——一个南方年轻人(不管他只是多么好奇)对她的个人兴趣可能意味着什么。难道他也想向她求爱吗?这种想法首先就让维里纳很不耐烦,很厌倦。在这个世界上,她最不愿意做的事就是有人让她使奥利夫不开心;因为她当然让她有理由相信(不仅仅是在她们前天晚上的那次争吵中,那只是一次复发,而是一直以来,从一开始)她真的有兴趣,这种兴趣会超过任何这一类理由的诱惑。如果昨天她觉得自己还想和兰塞姆先生争辩,反驳并说服他,那么今天早上她走进客厅接待他的时候就在想,现在他们在一个安静有利的地方单独待在一起,也许他会一个接一个地重提她演讲中的不同观点,就像好几位男士在其他场合听她演讲之后所做的那样。再没有任何事比这更让她喜欢的了,而且奥利夫也从来没说过任何反对的话。不过他什么也没提,只是大声笑着,打着趣,把她在演讲中说的当女人们走出她们的盒子时她们将收拾局面的愉快方式等等一系列奇怪幻想都抖搂了出来。他不停地提这个盒子,他似乎不放过那个比喻。他说他来透过侧面玻璃看看她,如果不是担心伤着她,他会把那些玻璃都砸碎。他下定决心要找到打开这个盒子的钥匙,如果他不得不满世界去寻找的话,只能从钥匙孔里跟她说话真让人干着急。如果他不想重提这个话题,他至少想重新和她保持联系——尽可能长时间地抓住她。维里纳从第一天见到奥利夫·钱塞勒起就没有这种感觉了,当时她就感到自己被从地面抓起,被带入高空。

"今天天气很好,我很想带你看看纽约,就像你带我参观你们美丽的哈佛大学,"巴兹尔·兰塞姆接下来说,逼着她同意他的提议,"那时你说那是你在那里能为我做的唯一的一件事,所以这也是我在这里能为你做的唯一的一件事。如果看着你走,除了在一个供膳寄宿处的客厅里一次拘谨的短暂交谈之外,什么也没有给我留下,那会让人悔恨不已的。"

"哎呀,你怎么说这是拘谨的交谈呢!"维里纳大声笑着说,这时候奥利夫穿过屋子,当着她的面走下楼梯。

"我可怜的表妹很拘谨,她不会稍稍转过头来看我们一眼的。"这个年轻人说。对维里纳而言,奥利夫的身影在经过他们身边的时候充满奇怪的感人的悲剧意味,表达着多少熟悉而陌生的东西啊。巴兹尔·兰塞姆的伙伴私下里说,男人是多么不了解女人啊,或者不明白什么是真正脆弱的东西,所以他虽然不是有意无礼,却对这个可怜的化身充满讥笑之意,说一些粗鲁嘲讽的话。实际上,兰塞姆今天并没有打算很认真,他只是想摆脱奥利夫·钱塞勒,她的形象最终肯定会让他烦恼厌倦的。他很高兴看到她出去了,不过这还不够,她很快就会回来的,这个地方本身就有她的影子,表达着她的意志。因为今天他想拥有维里纳,想把她带到一个远一些的地方,稍微再现一下那天他拜访剑桥时他们享有的那种愉快情境。只能为了今天,这个事实理所当然地让他更想这么做,目的更明确。在过去的四十八小时里,他已经把这个问题反复掂量过了,他相信自己看事情绝对准确。他对她的兴趣比他对任何人的兴趣都大,不过他决定今天过后他就不会让这件事这么重要了。这恰好让目前这个有限的机会显得非常宝贵。他太穷,太寒酸,装备太差了,没有权力和维里纳这样一位特殊境遇中的女孩子谈婚论嫁。他现在明白,从世俗的角度看这个处境有多好。她在伯雷奇夫人家的演讲肯定给了他某种依据,向他表明她能做什么,人们会成千上万地涌来看这么迷人的一场表演(他们无可厚非);她可能很容易成就一番事业,就像一个著名的女演员和歌星那样,她可能会赚大钱,只是稍微比那类表演者赚得少一些。谁会不愿意为自己在伯雷奇夫人家度过的这样一个小时付半美元呢?她能做能说的这种事是人们越来越需要的一种商品——流畅、优美、三流的废话,有意或无意十足骗人的鬼话,那些愚蠢、爱交际、容易上当受骗的大众,在他的国家,这些接受了启蒙的民众可以吞下无数废话。他相信她能像那样走红好几年,她的肖像会挂在杂货店的橱窗里,她的广告会贴在篱笆上,这段时间她会赚到足够一生富裕的钱。如果我说这些对他而言似乎都是他向维里纳求爱不可逾越的障碍,那么我也许会让我们的这位年轻人遭到那些自命不凡之人的蔑视。他的顾虑无疑源自一种虚伪的骄傲,一种华而不实的道德情感,这种情感存在于有关南方骑士精神的思想中;不过,当他想到环绕在伯雷奇夫人的被保护人①头上的那一轮镀金光环时,他为自己的穷困感到惭愧,为自己处境的确实不景气感到汗颜。即使他明白关于人类的愚蠢所进行的交易是多么肮脏,他仍然摆脱不了这种羞耻感,一个人的自我哪怕是粗鄙、无名、受挫也要比这好得多。如果不是战后随之而来的那些艰难岁月,他本来天生就应该拥有一大笔财产,他也一直相信一位绅士想把自己和一个迷人的女孩子联系起

---

① Protegee:法语,被保护人。

第三十三章

来,就不能让她来和他生活在贫穷的环境中。另一方面,为了他的利益,如果维里纳继续从事她那有利可图的职业,就不可能有对他有利的婚姻基础;如果他成了她的丈夫,他就应该知道用什么方法让她保持沉默。这么想着的时候,一种不可遏制的渴望促使他要去深度体验一次他被迫失去的一切,或者至少是不允许他去努力争取的一切。跟她待上一天不再见她——他立刻感觉这件事本身是最不可能也是最有可能的。他甚至不需要提醒自己,年轻的伯雷奇先生能给她他所没有的一切东西,包括最亲切地附和她的观点。

"今天公园里一定很美。为什么不和我一起到那里溜达溜达,就像我和你在哈佛的那个小公园里一样?"奥利夫离开之后他问。

"噢,我已经把这个公园的每个角落都熟悉了一遍。昨天我的一个朋友开车带我去的那里。"维里纳说。

"一个朋友? ——你是说伯雷奇先生吧?"兰塞姆站在那里,用非常奇怪的眼睛看着她,"当然,我没有带你进去的交通工具,不过我们可以坐在凳子上聊天。"她没有说是伯雷奇先生,但是她也不能说不是,她脸上的某种东西向他表明他猜对了。所以他接着说:"你是不是只有跟他一起才可以出去?他是不是会不喜欢,你是不是只可以做他喜欢的事?卢纳夫人告诉我,他想跟你结婚,而且我在他母亲家里看到他对你那么忠诚。如果你打算嫁给他,你可以一年里天天和他一起开车出去,这正是一个理由让你给我一两个小时,趁现在还有可能。"他不太在意自己说什么——他今天的计划就是不要太在意——只要能让维里纳做他想让她做的事,他不太在意自己做了多少。但是,他发现他的话让她脸红了,她瞪大眼睛,对他的自由和随便感到很惊讶。他接着说,他意识到自己的口气中已经没有了冷酷和反讽:"我知道你跟谁结婚或者甚至你跟谁开车出去都和我没关系,如果我看起来有些轻率和冒失就请你原谅;不过我情愿做一切,为了把你稍稍与你的那些关系和你所属的那些东西分开一点,在一两个小时里感到就像——就像——"他停下来不说了。

"就像什么?"她很认真地问。

"就像没有伯雷奇先生这个人——没有钱塞勒小姐这个人——在整个世界上。"他不打算这么说,他说出来的是另外的话。

"我不明白你是什么意思,为什么要提到其他人。我完全可以想干什么就干什么。不过我不知道你为什么想当然地认为情况会是那样!"维里纳说这些话不是出于卖弄风情,或者让他再求她开恩,而是因为她正在思考,她想赢得时间。他提到亨利·伯雷奇让她很受触动,他相信她之前在公园里的情况比他猜

波士顿人
The Bostonians

想的要开心得多。她并不这么认为,不知道为什么,她想让他了解这一点。和一个同伴在那里溜达,慢慢地停下来,闲逛着,看着那些动物,就像她前天看到人们做的那样;有亨利·伯雷奇在身边,在某个僻静处坐下来,从她坐着的高处看到远处的风景——她不得不低着头往下看,她感到这样做有些过于讲究了:有些超出她的品位,超过了她对真正快乐的想法。她想到兰塞姆先生放弃了自己的工作,在这个时间来看她;他这类人早上总是忙于生计,只有伯雷奇先生才不觉得这些事重要,因为他没有职业。兰塞姆先生真诚地想献出自己的一整天时间,这使她很有压力;作为世界上最善良的女孩子,她的心太软,没法不感到人们为她做的任何牺牲,以前经常都是别人让她做什么她都去做。如果奥利夫为了她做了一次奇怪的安排到伯雷奇夫人家去,他会把这当作一个证据,证明她和那所房子的先生之间有些要紧的事情,尽管她可能说情况刚好相反;另外,如果她去了,就不可能在那里接待兰塞姆先生了。奥利夫相信她不会那么做,当然她将来也绝不会让奥利夫失望的,不会对她隐瞒什么,不管以前维里纳可能做过什么。再说,她也不想隐瞒,她认为最好不要隐瞒。她想着在纽约可能等待她的插曲,眼前的这位同伴竟然完全被排除在外,这个想法很快掠过她的大脑,对她产生了影响,督促她满足了他的要求,这样她应该就提前弥补了以后可能无法为他做的事情。不过,维里纳最不喜欢的就是兰塞姆先生认为她和谁订了婚。真的,她不知道自己为什么要在乎;实际上,这会儿我们这位年轻女士的感情连她自己也一点都不清楚。她不明白让自己和兰塞姆先生的认识变得越来越亲近有什么用(因为他的兴趣似乎真的是对她这个人);然而,此刻她却问他,他为什么想让她跟他出去,他是否有什么特别的事情要告诉她(没有人像维里纳那样让讲话显得很轻佻,却带着世界上最美好的信念和最纯真的意图)。似乎那不是一个很好的让她彻底摆脱他的理由。

"我当然有特别的事情要对你说——我有太多的东西要跟你说了!"这个年轻人大声说。"在这个势利、封闭的房间里,而且还是公共场所,随时都可能有人进来,我有太多话没法说。另外,"他诡辩地补充道,"我做一次三个小时的拜访也不合适。"

维里纳既没理会这个诡辩,也没问如果她跟他在这个城市里闲逛同样长的时间是否更合适,她只说"是不是我想听或者对我有好处的东西?"

"嗯,我希望对你有好处,不过我并不认为你想听。"巴兹尔·兰塞姆犹豫了一下,对她微笑着,然后说,"就是要一劳永逸地告诉你,我和你是多么不一样!"他冒险说出了这些,不过却是一个愉快的灵感。

第三十三章

　　如果只是这个,维里纳会觉得自己可以去,因为这不是针对她这个人的。"哦,我真高兴你这么在乎。"她若有所思地回答。不过她还有另外一个顾虑,这就是她很想让奥利夫进门的时候能找见她。

　　"这肯定没有问题,"兰塞姆回答,"不过她是不是觉得只有她才有权出去呢?因为她出去了,她就想让你看家吗?如果她在外面待的时间足够长,她进来的时候会找到你的。"

　　"她那样出去——证明她信任我。"维里纳说,坦率得一出口就吓了自己一大跳。

　　她的担心是有道理的,因为巴兹尔·兰塞姆立即打断她的话,带着极大的嘲讽和诧异:"信任你?她为什么不应该信任你呢?难道你是一个十岁小女孩而她是你的家庭教师吗?难道你没有任何自由,难道她一直在监督你、抓你的把柄吗?你是不是天性喜欢流浪,只有把你关在屋子里才觉得安全呢?"兰塞姆正要用同样的语气接着说,她曾经觉得有必要不让奥利夫知道他到剑桥的拜访——他们在伯雷奇夫人家的简短交谈中暗示过这个事实,不过他很快就发现自己已经说得够多了。至于维里纳,她已经说得比自己想说的要多了,而且不说的最简单办法就是拿起她的帽子和夹克衫,让他把她带到他想去的任何地方。五分钟之后,他在会客厅里走来走去,等着她做出去的准备。

　　他们来到高架铁路附近的中央公园①,在往前走的时候,维里纳想,也许奥利夫正在伯雷奇夫人家为她做安排呢,所以她只是稍稍自己做主出来转转也没什么大碍,特别是她只会在外面待一个小时——这正是奥利夫可能不在的时间。那个"高架"的好处就在于它能在几分钟之内把你带到公园再把你带回来,你可以利用其余时间一边走一边看这个地方。现在可以再看一次真是太让人高兴了。狭长的围墙矗立在四月的粗朴优雅中,在围墙的对面,街道两边的房屋对望着,窗子里熠熠生辉,尽管有假山石窟、隧道、亭子和雕像,有不计其数的小路和人行道,有对这片风景而言显得过大的湖,对这些湖而言显得过大的桥,但是它表达着一年中这个最美时刻一切的芬芳和新鲜。维里纳一旦被恰当地调动起来,这一天便情绪大好。她很高兴出来,她忘记了奥利夫,很享受和一个了不起的年轻人徜徉在一个大城市里的感觉,他会好好照顾她,而且在这个地方没有人知道她从哪里来。这种感觉跟她昨天和伯雷奇先生一起开车出去的感觉很不一样,不过更自由,更强烈,更充满令人愉快的事件和机会。她现在可

---

① 中央公园(Central Park):纽约的中央公园于1857—1876年设计建设,风景具有伦敦特色,在第三十四章中,詹姆斯把这个公园描写得具有城镇都市特色,与大自然形成鲜明对比。

波士顿人
The Bostonians

以停下来看任何东西,满足她的一切好奇心,甚至最幼稚的好奇心;她感到好像专门为这一天出来的,尽管她不是真的——因为自她的童年时代以来,她还从来没有这么做过,那时候在乡下有一两次,她的父母搬进夏季住宅区,像时髦人那样离开城市,她和一个偶然的玩伴走出去很远迷了路,在森林和田野里待了几个小时,寻找山莓,玩她扮演吉卜赛女孩的游戏。巴兹尔·兰塞姆开始煞费苦心地提议,她该去什么地方吃饭了,离西区第十大街开饭时间还有半个小时他就带她出来了。他坚持说,他得看着她吃饱喝足才能给她这个补偿,他知道一家很安静阔气的法国餐馆,在第五大道的尽头;他没有告诉她,他是因为曾经和卢纳夫人一起在那里用过餐所以才知道这家餐馆的。维里纳此刻拒绝了他的热情好客——说她不打算在外面很长时间,不用麻烦了,她不会饿的,对她而言午饭没什么要紧的,她回去再吃。他再督促的时候,她就说也许晚些时候她会看看自己是否想吃点什么。她本来会很乐意跟他到一家餐馆的,然而她又有些害怕,正像在愉快激动的时刻,实际上她很害怕整个这次冒险活动,不知道自己为什么来了,尽管这让她很高兴,她觉得兰塞姆先生真的没有什么与她相关的具体事情要跟她说。他知道自己想让她做什么,以某种方式与他一起共享午餐;他的一部分计划就是,她坐在他对面的一张小桌子旁,把她的餐巾从奇怪的褶皱中拿起来——他幻想着给她讲一些事情,听起来就像记忆的旋律嗡嗡作响,她坐在那里微笑地看着他,他们等着人们把从法国菜单 ① 中选出来的特别好、不知名的东西拿给他们。这个计划跟她似乎希望半小时之后就回家的愿望一点也不相符。他们在那个小动物园里看动物,这是中央公园的一个吸引人的地方;他们观赏人工湖中的天鹅,甚至考虑划半小时的船,兰塞姆说他们需要用这个活动让他们的参观圆满。维里纳回答说,她不明白为什么要圆满,他们穿过曲折的小道,让自己在迷宫中走失,观赏所有那些矗立在地上的雕塑和大人物的半身像,舒服地坐在一张僻静的长凳上。不过,在那里可以看到远处美丽的风景,不时地有一位散步者走过,鞋子在铺着沥青的人行道上发出咯吱咯吱的响声。

到现在为止,他们已经谈了很多,但是没有什么表明他对维里纳的观点是认真的。兰塞姆先生继续拿一切开玩笑,包括妇女解放;维里纳一直都和那些认真看待世界的人生活在一起,所以她从来没有遇到过这样一种轻蔑的力量,或者听到过这么多针对她的国家法律和时代趋势的讥讽话。开始的时候,她回答他,反驳他,表现出辩驳的高昂情绪,用他的傲慢攻击他。她非常聪明机智,

---

① carte:法语,菜单。

第三十三章

所以能想出话来进行反驳——用一种奇怪的语气反驳——几乎对他说的任何一件事都进行反驳。不过渐渐地,她变得厌倦了,很不高兴;虽然她受的教育就是敬慕新思想,批评人们随处可见的社会安排,不赞成很多事情,但是她从来没有想过兰塞姆先生会全部否定,如她所见,在他的夸张歪曲之下潜伏着这么多辛酸啊。她知道他非常保守,但是她不知道保守会让一个人如此寻衅无情。她认为保守的人只是自命不凡,倔强自满,以实际存在的东西为满足;但是,兰塞姆先生似乎对存在的东西还没有对她希望存在的东西感到满意呢。对那些她可能会觉得跟他本人意见一致的人,他随时都准备说些难听话,她认为这些话对谁说也不该对这些人说。过了一会儿,她不想再和他争辩了,想知道发生了什么事让他这么反常。也许他生活中出了什么差错——他遇到过什么不幸把他的整个世界观都给改变了。他是一个愤世嫉俗的人,她经常听说那种思想状态,尽管她从来没有遇到过,因为她见过的所有人,如果可能的话,都只会过分在意计较。关于巴兹尔·兰塞姆个人的经历,她只知道奥利夫告诉她的那些,而那只是一个大概,这就为个人的戏剧性事件、隐秘的失望和磨难留下很大的想象空间。她坐在他的身边想着这些事,她问自己,当他在说比如他讨厌一切有关自由的现代行话,对那些想要更多自由的人毫不同情的时候,他的脑子里是不是想的就是这些事情。为了这个世界好,人们需要更好地利用他们所拥有的自由。类似这样的声明让维里纳大为吃惊,她认为在十九世纪不会听到有人说出这种话,甚至最落后的人也不会说。这与他谴责教育的普及是一致的,他认为教育的普及简直是一个极大的讽刺——人们把自己的大脑塞满很多空洞的流行话,不能安静、诚实地干自己的工作。只有你在有智慧的时候才有权接受教育,如果你愿意以事物的本来面目去看待它们,你很快就会发现智慧是一种非常罕见的奢侈,只有百分之一的人才会有。无论如何,他对人性的看法很消极。维里纳希望他真的发生了什么不幸的事情——不是为了报复他在她心中激起的愤怒,而是为了帮助自己原谅他的很多蔑视和冷酷。她想原谅他,因为他们坐在凳子上半小时之后,他打趣的兴致有所减弱,所以他讲话更有所考虑了(似乎是这样的),更真诚了,一种奇怪的感觉掠过她的大脑,她完全愿意不再坚持自己的立场,希望不要仅仅为了强调他们之间的分歧就离开他。我说她的这些想法本质上是奇怪的,因为她在温暖、静谧的空气中被这座大城市远处嗡嗡作响的声音所打动,当她听他用深沉悦耳、清晰奇怪的嗓音,温柔亲切的笑声表达那些可怕的观点时,她的这些想法在静静地打架。当他向她侧转过身来,这种嗓音和笑声几乎触碰到了她的脸颊和耳朵。她似乎觉得把她带出来只

波士顿人
The Bostonians

是为了给她说一些虽然她可以自由反驳的话,虽然她一贯努力宽宏大量,但是这些话毕竟只能让她痛苦,这样做真是莫名其妙地粗鲁,而且几乎是残酷的;然而,她在听的时候几乎被迷住了,她的本性就是容易顺从,喜欢被人驯服。人们坚持的时候,她就应该沉默,不带怨毒地沉默。她和奥利夫的全部关系就是缄默体贴对激烈坚持的让步,如果这样可以让奥利夫愉快地轻易收场(实际上也不会是别的情况),那么就可以认为,她挣扎不了多久便会屈服于她认为比奥利夫的意志更强大的一种意志。兰塞姆的意志有种让她犹豫不决的效果,甚至当她知道这个下午正在流逝,奥利夫可能会回来,发现她还没有回来,肯定又会沉浸在焦虑的苦海中。实际上,她看见她这会儿肯定是这样,一动不动地站在第十大道她的房间的窗口,观察着她回来的迹象,听着楼梯上是否有她的脚步声,大厅里是否有她的嗓音。维里纳看着这种意象就像在看一幅画,看见了它代表的一切,每一个细节。如果这个画面没有让她更感动,让她站起身来飞快地离开巴兹尔·兰塞姆匆匆地回到她的朋友身边,那是因为她意识到自己使那位朋友遭受的折磨让她对自己说,这肯定是最后一次了。这是最后一次她可以坐在兰塞姆先生身边,听他用一种如此扰乱她生活的方式表白自己;这种折磨非常个人化,非常彻底,以至于她此刻忘记了这也是第一次发生。这种折磨可能会持续几个月。她完全明白这种折磨不会让他们有什么结果,因为一个人必须过自己的生活,不可能过另外一个人的生活,特别是另外一个人非常不同,非常武断,非常肆无忌惮。

第三十四章

"我觉得在这个国家,你是唯一的一个在行动的时候有感觉的人。"她最后说。

"不仅是唯一有感觉的人,而且很可能还是唯一有思想的人。我觉得我的信念在我的大多数同胞中也模糊不清、不成体系地存在着。如果有一天我能把它们充分表达出来,我应该只是把少数重要人物沉睡的本能呈现出来了。"

"我真高兴你承认这是少数人的!"维里纳大声说,"这是我们这些可怜之人的幸运。你认为的充分表达是什么意思呢?我觉得你是想当美国总统吧?"

"用热烈的启示向一个颤抖着的参议院说出我的观点?这才是我想做的,你很理解我的抱负嘛。"

"哦,到目前为止,你认为你已经在这方面取得了很大进展吗?"维里纳问。

这个问题加上刚好说出这个问题时的语气似乎向这个年轻人目前的窘迫状况投射了一束颇具讽刺意味的光,因此有一会儿他什么也没有说。在这一分钟里,如果他的同伴扫一眼他的面孔,她会发现他一下子脸红了。她的话对他有一种突然的、完全是合理的嘲讽效果,尽管在一位年轻女士这一方,她当然有一切权力保护自己。这些话似乎只是用另一种形式重复了(至少他那夸大了的南方骄傲,他热烈的情感都说明了这件事)这个想法,这就是,一位在际遇的道路上如此落魄的男人即便是为了让自己满意,他也无权占用一个聪明而成功的女子的时间,所以他就该放弃她。但是,这种提醒只能使他更加渴望让她觉得,如果他已经放弃了,那也只是因为同样可憎、偶然、外在的落魄;如果他没有放弃,他甚至恭维自己说他可能会战胜她的一切偏见——战胜所有那些让她变得臭名昭著的贿赂。对于她,兰塞姆心中最深刻的感情就是相信她是为爱情而生的,正如在伯雷奇夫人家听她演讲的时候他对自己说的那样。她完全没有意识到这一点,另一种粗俗的、浅薄的、矫揉造作的理想自行安插进来;但是,在她真正应该关心的男人面前,这种错误的、不堪一击的建筑会在她的脚边轰然倒塌,而奥利夫·钱塞勒的性别解放(天哪,这是什么性别啊?他过去常常无礼地自问)将会烟消云散,将会成为僵死的说辞。读者可以想象,本来巴兹尔·兰塞姆不得不相信努力向她求爱会失礼,现在这种印象是不是让他更惬意了。他本来应该非常讨厌自己所做的那一类诋毁的。"啊,塔兰特小姐,我在生活中的成功是一回事——我的抱负是另外一回事!"现在他大声回答她的提问,"再没有比我一生都会贫穷而且默默无闻更可能的事情了,那样的话,除了我本人就不会有人知道我已经抑制和埋葬的伟大思想了。"

"你为什么要谈论贫穷和默默无闻呢?难道你在这个城市里不如意吗?"

维里纳的这个问题使他来不及,或者至少没有足够的冷静想起他对卢纳夫人和奥利夫所隐瞒的自己的前程,这个女孩子对此可能有的任何印象都只是这些女士们所相信的东西的自然反映。在他听来,有一种微妙的嘲讽和挑战,包含着无意的伤害,他这时对此所做的唯一回答似乎就是伸出一只胳膊搂着她的腰,把她拉得离自己很近,以至于他可以用慎重的一吻把他的处境向她简明扼要地交代清楚。如果我提到的这个时刻再多持续几秒钟,我不知道这个过程会有多么可怕,描述这个过程会让我很难办。所幸,一位推着童车的保姆和一位蹒跚着紧随其后的小孩走过来,让这个场面免于发生。但是,这个保姆和她的同伴定定地看着坐在凳子上的这两个引人注目的人,兰塞姆甚至觉得他们的眼神很严厉。维里纳同时也很快去看这些孩子(她喜欢孩子),并继续说道:"你说自己会继续默默无闻,听起来太令人郁闷了。当然,你很有抱负,任何见到你的人都会发现这一点。一旦你的抱负在任何具体事情上得到激发,人们最好小心点。凭着你的意志!"她补充说,带着奇怪而嘲弄的坦率。

"关于我的意志,你知道些什么呢?"他问,有些尴尬地笑了笑,好像他刚才真的试图要亲她——在他第二次单独和她相见的时间里——而被断然拒绝了。

"我知道你的意志比我坚强。这意志让我在认为最好别出来的时候却出来了,它让我在这里坐这么久,我本来早就应该往回走。"

"给我一天时间吧,亲爱的塔兰特小姐,把这一天都给我吧。"巴兹尔·兰塞姆咕哝着说。她转过脸来看他的时候被他说话的声音感动了,他补充道:"来和我一起吃饭吧,因为你会吃不上午饭的。难道你真的没有虚弱、头晕吗?"

"你说的这一切可怕的东西才叫我感觉头晕眼花呢,我已经让深恶痛绝填饱了肚子。现在你想让我跟你一起吃饭吗?谢谢,我觉得你冷漠孤傲!"维里纳大声说,她的叙述人知道她的笑声表达着某种尴尬,尽管巴兹尔·兰塞姆并不知道。

"你必须记住我已经在两种不同的场合听过你一个小时的演讲了,默默地

第三十四章

洗耳恭听,我也许还要多听几次呢。"

"你既然讨厌我的思想,为什么还要再听我演讲呢?"

"我听的不是你的思想,我听的是你的声音。"

"啊,我跟奥利夫说过!"维里纳很快说道,似乎他的话印证了过去的一种担心;然而,这种担心却很笼统,与他没有特别的关系。

兰塞姆仍然有一种印象,他并没有向她求爱,特别是当他还能带着一个男人所有的优越感在观察的时候。"我不知道你是不是听懂了我给你说的十句话?"

"我觉得你已经说得够清楚了——你已经让我刻骨铭心了!"

"那么你明白些什么呢?"

"哎呀,你想把我们拉回比任何时候都更落后的地方。"

"我一直在开玩笑,我一直都变本加厉啊。"兰塞姆说,对这个女孩出乎意料地让步了。他经常会有一种放松自己的神态,一种茫然的神态,像是不再关心讨论了。

她能注意到这一点,很快便问:"你为什么不把自己的想法写出来呢?"

这再次触及他的失败这件事,真奇怪她为什么就不能丢开这个话题呢,总要去碰它。"你是说为公众吗?我已经写了很多东西,就是发表不了。"

"似乎没有很多人——像你刚才所说的那么多人——同意你的观点。"

"哦,"巴兹尔·兰塞姆说,"编辑们全都是一帮自私懦弱的家伙,总是说他们欢迎原创的东西,但是一旦有了又怕得要死。"

"是写给报纸杂志的吗?"维里纳更深切地感到,这位了不起的青年的投稿遭到了拒绝——显然,这些稿子对她所相信的一切都会冷嘲热讽——她感到一种奇怪的同情和悲哀,一种不平感。"真遗憾你不能发表。"她说得这么单纯,他用手杖正在沥青路上画图,这时候不由抬起头来看了她一眼,看看与这样一个事实相关的那种语气有没有被"表演"。不过这种语气显然是真诚的,维里纳补充说,她觉得发表总是很难;虽然她没说,但是她记得她父亲在努力的时候就很少成功。她希望兰塞姆先生会坚持下去,他肯定最终会成功的。接着她微笑着继续更加反讽地说:"如果你愿意可以指名谴责我。只是拜托你千万不要说奥利夫·钱塞勒什么。"

"你多么不了解我的理想啊!"巴兹尔·兰塞姆大声说,"我早就这么说过——你们女人——到处都一样,你们总是为自己打算,总是关心个人的事,总认为别人也这么说过!"

235

波士顿人
The Bostonians

"是的,这就是他们的责难。"维里纳愉快地说。

"我不想触犯你或者钱塞勒小姐,或者法林达夫人,或者伯宰小姐,或者伊莱扎·莫斯利的幽灵,或者地球上任何其他聪明、有名气的人——或者天堂里的那些人。"

"噢,我认为你想用忽视、用缄默毁灭我们吧!"维里纳大声说,带着同样的快乐。

"不,我既不想毁灭你们,也不想拯救你们。有关你们的谈话已经太多了,我想把你们完全丢开。我的兴趣在我自己的性别上,你们的性别显然可以照顾自己。那才是我想拯救的。"

维里纳明白他现在比刚才认真了,他并没有再继续嘲讽,而是在认真说话,稍微有些累,似乎因为说话太多而突然感觉累了。"从什么中拯救呢?"她问。

"从最可恶的女性化中!我的想法与你那天晚上表达的观点不同,我并不觉得我们的生活中没有足够的女性,而是一直都深切地感觉女性太多了。整个一代人都女性化了,阳刚之气正从这个世界上消失,这是一个女性化、神经质、歇斯底里、闲言碎语、言不由衷的时代,一个充满空洞言辞、假斯文、过多关怀和情感泛滥的时代,如果不尽快警惕,我们就会为平庸所控制,被迄今为止最脆弱、最无聊、最虚伪的东西所统治。阳刚之气,敢于承担和忍耐的能力,了解却不怕现实的能力,敢于直面世界并接受它本来面目的能力——世界是一种非常奇怪,甚至部分还很卑鄙的混合物——这才是我想保留的东西,更确切地说,就像我可以说的,这才是我想恢复的东西。我必须告诉你,在我做这种努力的时候,我根本就不在乎你们女人会怎么样!"

这个可怜的小伙子带着低沉、温柔的真挚语气讲着这些狭隘的思想(那些主要期刊拒绝这些观点当然就不奇怪了),对她倾着身子,以便说出他的全部想法。显然他这会儿忘记了自己用那种冷静、严厉的方式把这些想法清楚地表达出来,不允许有任何夸张,她听起来一定会非常反感。维里纳本人并没有想到这一点,她被他的态度深深打动了,被一个男人对这样一项事业所采取的新颖的宗教口吻深深打动了。这让她当场就完全明白了,给她留下那种印象的人是永远也不会接受别人的观点的。她感到冷,稍微有些伤感,尽管她回答说,他现在用这样一种清晰易懂的方式总结他的信条让人舒服多了——人们知道自己在干什么;她的声明与事实有很大出入,因为维里纳在生活中从来没有感觉这么不舒服。她的同伴对信念这么充满致意的表白让她发抖,让她难以想象还有什么比他的说法更粗鲁、更亵渎的东西。然而,她决心不暴露任何软弱战栗的

第三十四章

迹象,她能想出掩饰自己情绪的最好办法就是,用一种尽管不是故意报复却真正是最有效的报复口气说,既然这总能在兰塞姆身上(维里纳觉得这在女人们中间并不罕见)产生一种愤怒的无助效果:"兰塞姆先生,我向你保证这是一个有良知的时代。"

"那是你言不由衷的一部分。这是一个不可言喻的赝品时代,如卡来尔所说①。"

"哦,"维里纳回答,"你想丢下我们不管,你说得多轻巧啊。但是你不能丢下我们不管。我们在这里,我们必须得到安置。你得把我们放到一个地方。假如没有位置留给我们,社会体制该多妙啊!"这个女孩子继续说,带着她的那种非常迷人的笑声。

"在公共场所没有位置。我的计划是让你们待在家里,和你们在那里共度更幸福的时光。"

"我真高兴这样会更幸福,还有余地。当你为了让女人更多地待在家里——你喜欢那样——而发动一场运动时,美国妇女就要倒霉了!"

"天哪,你真是被滥用了。你,真正的天才!"巴兹尔·兰塞姆咕哝着说,用最温柔的眼神看着她。

她根本没有注意这一点而是接着说:"那些没有家庭的人(你知道,有数百万),你打算怎么处理她们?你必须记住妇女结婚——为婚姻而生活的妇女——越来越少了,事实上,那已经不再是她们的职业了。当她们没有丈夫和孩子需要照顾的时候,你不能让她们去照顾自己的丈夫和孩子吧。"

"噢,"兰塞姆说,"那是一个细节问题!就我本人而言,我承认在私人生活中我对你们的性别无限欣赏,所以我完全准备提倡一个男人有六个妻子。"

"那么你觉得土耳其人的文明是最高级的了?"

"土耳其人的宗教是二流的,他们是宿命论者②,这限制了他们的发展。另外,他们的女性远远没有我们的女性迷人——或者说如果驱除了这种现代恶性传染病,我们的女性会很迷人。想一想,当你说婚姻中越来越找不到女性的时候,这是怎样的招供啊,怎样的证据啊,证明这种愚蠢的骚乱对她们的举止、她

---

① 这是一个不可言喻的赝品时代,如卡莱尔所说(It's an age of unspeakable shams, as Thomas Carlyle say):这句话似乎并不是卡莱尔直接说的话,而是具有卡莱尔语言的风格,"赝品"(sham)是卡莱尔特别喜欢用以描述现代世界的单词,具体可以见卡莱尔的《法国大革命》最后一章的话:"赝品被烧光;不仅如此,迄今为止法国的毛病是什么,一切言不由衷的话全被烧光。"以及《过于与现在》第5章中的话:"我曾经放弃真实法律,也称上帝之法,错把魔鬼之法当作赝品与假象之法律;所以我才在这里!"

② Fatalist:宿命论者,接受命运,把所有事情和事件都看作不可避免的现象,人力无法改变,有点近似于命定论(predeterminism)。

· 237 ·

们的人品、她们的本质产生了多么有害的影响啊。"

"这真是对我的恭维啊!"维里纳轻快地打断他说。

但是兰塞姆泉涌的论点没有被她打断:"她们有一千种办法找到工作,任何妇女,所有妇女,不管是结婚的还是单身的,她们可以在创造社会的愉快环境中找到工作。"

"当然是让男人愉快了。"

"请问还能让谁呢?亲爱的塔兰特小姐,最让女人愉快的事情男人也喜欢!这真是人类自古以来的真理,不要让奥利夫·钱塞勒诱导你,说她和法林达夫人已经发明了能取代这个真理的任何东西,或者比这更深刻、更持久的东西。"

维里纳不再讨论这个观点,只是说:"哦,我很高兴听说你打算看到这个地方挤满老姑娘!"

"我不反对昔日的老姑娘,她们非常令人愉快,她们有很多事要做,没有在这个世界上闲逛,大喊大叫着要找工作。我情愿摈除的是你们发明的那种新式的老姑娘。"他并没说自己指的是奥利夫·钱塞勒,但是维里纳看着他,似乎怀疑他就是这个意思。为了让她摆脱那种印象,他捡起她刚才的话题继续往下说:"至于说那不是对你的恭维,我说的那种有害的疯狂对妇女自身所产生的影响,亲爱的塔兰特小姐,你千万不要紧张。你不是这样,你独一无二,与众不同,你自成一体。在你身上,这些因素已经很恰当地融合在一起,所以我觉得你是不会被腐蚀的。我不知道你来自何处,也不知道你是怎么成为现在这个样子的,但是你置身事外,超越了一切庸俗化的影响。另外,你应该知道,"这个年轻人继续说,用同样冷静、温柔、深思熟虑的语气,好像他在演示一个数学答案,"你应该知道,你与所有这一切夸夸其谈和胡言乱语之间的关系是世界上最不真实、最偶然、最虚幻的东西。你认为你在乎它们,但你根本就不在乎。它们是环境加在你身上的产物,是不幸的关系强加在你身上的东西,由于你天性善良,你接受它们就像你接受任何其他负担一样。你总想讨好别人,现在你全国到处跑着做报告,努力鼓动示威游行,就是为了取悦钱塞勒小姐,就像以前你这么做取悦你的父母一样。这根本不是你,而是一个膨胀的小角色(客观来讲,这也很了不起),你发明的那个小角色,你提着绳子拉它站起来,你站在它后面让它移动,让它说话,而你却在努力掩藏和消解自己。啊,塔兰特小姐,如果这是个讨好的问题,那么就打翻这个荒谬可笑的傀儡吧,以你的自由和可爱站出来,你会让另一个人多开心啊!"

在巴兹尔·兰塞姆讲话的时候——他以前没有用过那种方式讲话——维

第三十四章

里纳坐在那里,眼睛看着地面,全神贯注地听着,不过他的话刚停下来,她就立即跳了起来——某种东西让她觉得他们待在一起的时间太久了。她转过身好像要离开他,事实上,她正打算这么做。她现在不想看他,甚至不想再和他说话了。我说"某种东西"让她这么想,但是,部分是他奇怪的举止——如此安静、明确,似乎他对整个事情都绝对有把握——这让她又害怕又生气。她开始朝公园门口的路上走,似乎认为他们应该立即离开这个地方。他把一切都计划得这么清楚,假如他有一个启示,他便是用这种方式表达出来了。把她本人描述得跟她努力成为的人不一样,攻击她不现实,这些都让她心痛;无论如何,她相信她的真实自我现在跟他待在她不应该待的地方。他很快又在她的身边跟她一起走了,他们一边走着,她在想他跟她说的有些事远远超出了奥利夫所能想象到的最坏的可能性。被遗弃的可怜的朋友啊,如果有些事情能通过空气的声音传送给她,那么她现在的情况会怎么样呢?维里纳的同伴说的话对她的影响很大(他的态度变化很大,这种态度似乎要表达很不一样的东西),这让她放弃了讨论,决定一旦他们走出公园,她就自己一个人走开;但她仍然有足够的才智认为,自己不能表现出任何不安的迹象,不能承认自己被赶出了这个领域,这一点很重要。她似乎觉得自己注意到并足以回应了他的那些非同寻常的观点,并没有接受太多。她一边快速地走着,一边对走在她身后的兰塞姆说:"从你的话中,我猜你并不认为我有什么能力。"

他在回答前犹豫着,他的长腿很容易赶上她加快的步伐——她那可爱的、让人心疼的、急匆匆的脚步表达着她渴望掩饰的所有不安。"能力非凡,但不是在你最努力争取获得它的那个行业中,而是在完全不同的行业中,塔兰特小姐!能力是无法用语言表达的,那是天才!"

她感到他的眼光落在她的脸上——如此强烈而执着地停在那里——在他选择那样回答她的问题之后。她开始脸红了,如果他再多看她一会儿,要是任何其他人,她会觉得这种凝视很无礼。由于维里纳"在面对几百双眼睛的注视时"泰然处之,奥利夫以前还为此表扬过她;但是变化发生了,现在她不能承受一个人的注视。她希望跟他分开,再次让他跟她保持一般关系;为此目的,一分钟之后,她提出另外一个要求:"那么我是不是可以把你最后的一句话理解为你认为我们低人一等?"

"就公共事业、公民事业而言,绝对是——完全是软弱、次等的。当我们发现有很多男人假装从别的方面去看你们,这个时代的情感就非常混乱不堪了。但是,私下里,从个人角度讲,这是另外一回事。在家庭生活和家庭情感

波士顿人
The Bostonians

方面——"

　　说到这里,维里纳带着一种紧张的笑声插话:"别这么说,这只是一种辞令!"

　　"哦,这比你的那些辞令要好。"巴兹尔·兰塞姆说,和她一起从一个小门走出来——他们来到的第一个大门。他们出现在由标有门牌号码的街道组成的广场上,这条街构成了这个公园的最南端,第六大道的尽头。万物沐浴在下午灿烂的阳光里,这一天对兰塞姆而言为时尚早。凉亭和灌木丛在他们的后面伸展开去,那些人工湖和带有伦敦特色的风景让整个地区宽敞明亮,空气清新,大自然的色彩很丰富,植被太矮了无法形成树荫。一排排高大、崭新的褐色房屋俯瞰着这一片天地,街车嗒嗒地行驶在公园门前的马路上吞吐着旅客,马儿快速地一边奔跑一边换车,啤酒吧的外侧凸出来,形成了如画的纽约风景,画家们欣赏的"一丁点儿"特色用很大的字母标记向天空展示着自己。成群的失业人员,来自海外失意的年轻人靠在低矮、洒满阳光的公园墙上。另一边,第六大道的商业景象绵延不绝,遮天蔽日。

　　"我必须回去了,再见。"维里纳突然对她的同伴说。

　　"回去? 你不去吃饭了吗?"

　　维里纳知道人们在中午用餐,也知道另外一些人在晚上用餐,还有一些人仍然没有用餐;不过,她不知道有人在下午三点半用餐。所以兰塞姆的这种想法让她觉得奇怪而且不合适,她觉得这表现了密西西比人的习惯。但这并没有让她觉得可以接受,尽管他看起来很失望——他的眼睛暗淡无光——这会儿他没有注意,和她返回第十大道相关的那个主要事实是,她希望一个人走。

　　"我必须马上离开你,"她说,"请不要叫我留下。如果你知道我非常不愿意留下就不会这么做了!"现在她的态度很不同了,她的脸色也是,尽管她愈发微笑着,但她似乎对他严肃到了极点。

　　"你是说一个人走吗? 真的,我不能让你这么做,"兰塞姆回答,完全被这种正在要求他做出的牺牲震惊了,"我把你带了这么远,我要对你负责,我必须把你放在我见到你的地方。"

　　"兰塞姆先生,我必须一个人走,我要一个人走!"她大声说,用一种他从未听她使用过的口气。所以他很吃惊,很困惑,也很痛苦,他明白如果自己再坚持就会犯错。他知道他们的出行一定是以不愉快地分手而告终,但是他还是指望自己能达成某种谅解。当他表示希望她至少允许他把她送进车里时,她回答说她不想要车,她想步行。他估计她即使独自"飞跑"也于事无补,但是,面对她突

第三十四章

如其来的紧张不安,他感到这便是女性的秘密所在,他必须允许这种秘密顺其自然。

"我付出的代价比你可能料想的要大,但是我投降。上帝保佑你,塔兰特小姐!"

她迫不及待地转过脸去,好像在一条拴狗的皮带上使劲向外挣脱。接着,她用最出人意料的方式说:"我非常希望你能发表。"

"发表我的文章吗?"他有些惊讶,马上说,"噢,你这个可爱的人!"

"再见。"她又说,她现在向他伸出手。他握了一下,问她是否真的要这么快离开这座城市不再见他,她回答:"即使我留下,也是待在一个你绝对不能来的地方。他们不会让你见我的。"

他并没有打算向她提出那个问题,他给自己定有底线。但是,这个底线突然向前推进了一步:"你是说,在我听你演讲的那所房子里吗?"

"我可能去那里住几天。"

"如果不允许我去那里看你,你为何要给我发请柬呢?"

"因为那时候我想让你改变信仰。"

"现在你放弃我了吗?"

"没有,没有,我想让你保持自己本来的样子!"

她看起来很陌生,微笑也更机械了,他不知道她在想什么。她已经离开了他,但是他在她身后大声说:"如果你真的留下,我会来的!"她既没有转身也没有回应他,他唯有看着她,直到她消失在视野里。她的背影,那迷人的年轻身影似乎在重复着最后的那个困惑,这困惑几乎是一种挑战。

然而,维里纳·塔兰特并非有意为之。尽管耽误了很久,尽管奥利夫会像以前那样怀疑,她还是想走回去,因为这给她时间想想,再想想,她是多么高兴(真的,千真万确,现在),兰塞姆先生在错误的一边。假如他在正确的一边呢——!她没有想完这个假设。她发现奥利夫完全是用她预料的态度在等她,她进来的时候,奥利夫向她转过身来,表情非常可怕。维里纳立即对自己的行为做了解释,准确讲述了她一直在做什么。接着,没有给她朋友提问或评论的时间就继续说:"你——你去拜访伯雷奇夫人了吗?"

"去了,我已经做完了。"

"她坚持我到她那里的事了吗?"

"事实上,非常坚持。"

"你是怎么说的?"

波士顿人
The Bostonians

"我没说什么,不过,她给了我一些保证——"

"所以你就觉得我应该去吗?"

奥利夫沉默了一会儿,然后说:"她表示他们忠于这项事业,纽约会拜倒在你的脚下。"

维里纳双手搂着奥利夫的肩膀,默默地和她对视了一会儿。接着,她带着一种激情打破沉默:"我不想要她的保证——我不想要纽约!我不会去他们那里的——我不会——你明白吗?"维里纳的声音突然变了,她用胳膊搂着自己的朋友,把脸埋在她的脖子里。"奥利夫·钱塞勒,把我带走吧,带我走吧!"她继续说。奥利夫很快就发现她在呜咽,问题解决了,她本人在两个小时之前还痛苦辩论的那个问题解决了。

第三十五章

八月,夜色渐浓,吃过晚饭后,巴兹尔·兰塞姆来到这家小旅馆的小广场上。这是一家很小的旅馆,一所结构松散的建筑物,一个高个子密西西比人踩在楼梯上发出吱嘎的声音,窗子在框架里嘎嘎作响。他到的时候很饿,在波士顿换乘车时几乎没有一分钟时间吃这一小口,在早餐一杯咖啡和晚餐一杯茶之间,他习惯了以这一小口饭为生。他现在已经喝了茶,很糟糕的茶。给他端茶的是一位脸色苍白、背部浑圆的年轻女子,长着赤褐色的长卷发,系一条奇特的腰带,对一位不能在煎鱼、煎牛排和烘豆之间很快做出选择的绅士表情很不耐烦。到马米恩①的火车下午四点离开波士顿,慢腾腾地开往南边这个海角。这时候,阴影在多石头的牧场变长,斜阳把古老蔓生的树枝、水塘和湿地笼罩在金色的光辉里。虽然夏季的成熟覆盖着大地,但是巴兹尔·兰塞姆经过的这个地方却似乎看不出任何成熟景象,什么都没有,除了这些稠密的小果园里的苹果,让人想起零星分散各处的歉收和光秃的石坝底部高大明亮的黄色竿子。没有黄色谷粒覆盖的田野,只有分散在各处的褐色干草。但是这道风景中却有一种柔和粗朴,低低的地平线,温和的空气,可能还有夏天的薄雾,在八月的清晨不受注意的水湾的水一定是鲜蓝色的,这一切都产生一种美妙的感觉。兰塞姆以前听说过这个海角,这里可以说是麻省的意大利。人们给他描述的是那个昏昏欲睡、无精打采的海角,那个没有风暴,只有永久安详的海角。他知道在炎热的几周时间里,这些波士顿人被它镇静的效果吸引到那里去了,她们相信它的沉闷空气有助于最好的休息。在如此紧张激动的事业中,她们不希望在出城的时候还喘不过气来;一直以来,她们已经被自己的性别所有人所经历的那种感觉憋闷得够苦的了。她们想悠闲地活着,轻松自在地躺在吊床上,也想躲开众人,奔向这个海滨度假胜地。兰塞姆一到马米恩就发现,这里没有拥挤的人群,尽

---

① 马米恩(Marmion):虚构的地点,美国有一个真实的地方叫马里恩(Marion),在马萨诸塞州的科德角(Cape Cod)的西南角鹰湾(Buzzard's Bay)的一个小镇。1870年代,这里的整个地区因其渔村、度假胜地和划船俱乐部而闻名。科德角一直都是新英格兰海岸备受喜爱的度假胜地。

波士顿人
The Bostonians

管的确有一股人流急急地涌向唯一的一辆交通工具,这辆车等在那个小小的、冷清的、像棚屋一样的火车站外边,车站离村子很远。如果人们顺着那条沙子铺成的应该是通向村子去的模糊小路看去,只会看到路两边的空地。六个或者八个穿着"轻便斗篷"①的男子拿着包裹和提包,坐在唯一的一辆摇摇晃晃的轻便四轮马车②上,兰塞姆由此看清了自己的命运。这辆马车的司机很瘦,不苟言笑,死气沉沉,脖子很长,下巴上留着山羊胡子,这个人觉得自己要想在黄昏之前到达旅馆就得尽力开车。兰塞姆的旅行袋放在这辆马车的后面很不安全。当兰塞姆对它的不安全位置提出抗议时,司机不高兴地说:"哦,我要碰碰运气"。兰塞姆觉察到自己南方人的那种独特的宿命气质——认为如果钱塞勒小姐和维里纳·塔兰特听凭这个地方的这位天才摆布,她们肯定会彻底放松下来的。这就是上路的时候他所希望和指望的,他是下火车的这群人中唯一的步行者,紧跟在那辆超载的马车后面。这有助于他享受很多个月——岂止是很多个月,而是很多年——已经没有的乡间漫步。去的时候,他不得不想(温馨朦胧的景色正开始随暮色变得黯淡下来,他每走一步都感觉到这一点)这两位年轻女士在马米恩构成了他对社交圈的全部想象,他相信她们一定正在这样一个地方享受自己定期的度假。在这里,她们一定要对所有错误加以纠正的感觉肯定没有在波士顿那么强烈。这个热心的年轻人这会儿有一种真诚的愿望,希望她们把自己的观点留在了波士顿那座城市。他往前溜达的时候很喜欢泥土的味道。在大路的拐弯处,傍晚凉爽柔和的空气迎接他,这条路的视野并不是很开阔——除非可能是一带树木垂直的林地稍稍透出西天的红光,或者(当他继续前行时)一座稍稍有些塌陷的灰色老屋,顶部全部由木瓦板覆盖着,从一个陡峭堤岸的木制台阶顶端俯视着他。他已经恢复了精神,呼吸到了大自然的气息,想着他在纽约漫长而乏味的生活没有假期,在那个狭长笔直、让人发疯的城市里,每天上午重复着同一个动作,就像井里的篮子或织机里的梭子。

他在旅店的办公室里点着一支雪茄——在门右边的一个小房间里,一个登记客人不多的"登记簿"在这个光秃秃的小桌子上经历着一种可怕的公共生活,登记簿的页面还没有合上就卷起了角。兰塞姆第二天发现,当地身份不明的要人常常在那里懒洋洋地打发时间。他们把椅子斜靠在墙上,很少说话,他们聚精会神的眼睛可能会被认为正从窗户里向外看着什么,如果马米恩这个地方有

---

① "轻便斗篷"('dusters'):在美国,人们外出旅行时喜欢穿轻便斗篷用以遮挡灰尘,以保持衣服干净。
② 轻便四轮马车(Carry-all):这个单词是法语单词cariole的变体,指一种载人的轻便四轮马车。

第三十五章

什么东西值得看的话。有时候,他们中有一个人站起来走到桌子边,他把两个胳膊肘支在桌子上,耸起两个倾斜的肩膀,看着一个衬衣没有领子的人。他第十五次仔细阅读着这一页肮脏的登记簿,上面的名字一个挨一个地跳换着日期。他这么做的时候其他人都看着他——或者默默地注视着走进这家客栈里的某个"客人"。由于这所房子里的人一贯缺少信赖感,虽然他带着一种恳请的神态却找不到人说话,只能与村子里的这些智者倾诉自己的心声。这是一座由看不见的、神出鬼没的代理机构经营的房子,他们在餐厅里有个据点,除了圣礼时辰,其余时间全都锁着。通常有一个"男孩"对破旧的登记簿负监管的责任,不过每当问及他的时候,总是从办公室这个不偏不倚的圈子里得到答复说,他要么在附近某个地方,要么钓鱼去了。那个傲慢的女服务员,就是刚才提到给兰塞姆端晚饭的那一位,她只在吃饭的时间从神秘隐居地出来,这个难以捉摸的年轻人是这里唯一的服务人员。人们看到那些裹在披肩里,面色焦虑的女寄宿者们坐在那个公共小会客厅里那些马鬃摇椅上正在等着这个男孩,好像他是医生;其他人从后门和窗户里偷偷地、茫然地往外看着,心想如果他在附近的某个地方,他们是可以看见他的。有时候,人们到餐厅门口胆怯地轻轻摇门,看看能不能打开,发现门锁得很紧。如果观察他们,你会发现他们在走开的时候眼睛看着同伴,很害羞,备受冷落的样子。他们有的甚至说,这不是一家好旅馆。

然而,兰塞姆并不太在乎旅馆好不好,他到马米恩来不是为了喜欢这个旅馆的。不过虽然他到了这里,但并不确切知道自己要干什么,他的路线似乎远没有前天晚上他突然觉得对纽约的空气厌倦了,渴望度假的时候那么清晰。于是,他决定乘第二天早上到波士顿的火车,从那里换乘另一辆到鹰湾去的车。这个旅馆本身提供不了什么娱乐,里面住的人不多,客人们在外面,在那个小广场和夹在房子和大路之间的那个简陋的院子里稍微活动一下,就完全消失在黄昏中了。这种自然环境只在两三个地方接触到远处一道微弱的光,成为兰塞姆唯一的消遣。尽管新英格兰的夏夜空气里弥漫着奇怪、干净的泥土味,但是兰塞姆觉得这个地方对那些不是像他一样来征服维里纳·塔兰特的人们而言可能还是会有点乏味。这个不友好的客栈可怕地让兰塞姆(他鄙视这种习惯)想起早早上床的时间,它似乎跟什么事都没关系,甚至跟它自己也没关系;不过他问一位同住的房客,后者告诉他村子就在附近。巴兹尔这时候走在寻找村子的小路上,他在星光下抽着一根上好的雪茄,这是他唯一的奢侈品。他认为那天晚上就开始他的进攻可能不行,他应该通知一下那些波士顿人,就说他出场了。事实上,他认为她们可能特别喜欢和公鸡、母鸡一起"就寝"的坏习惯。他相信,

波士顿人
The Bostonians

只要自己留在这里,奥利夫·钱塞勒要做的事情之一就是早睡早起——故意刁难他;她会让维里纳·塔兰特在非正常的时间上床,只是为了剥夺他的夜生活。他走了好远还没有碰见一个人,也没有发现任何住宅;不过他喜欢这泛着清辉的月光,这宁静的月夜,还有蟋蟀凄厉的悲鸣,这种忧郁似乎让他周围朦胧的乡村景色颤抖起来了。经过过去两年的紧张和纽约最近闷热的几周之后,他一下子感觉精神焕发。十分钟之后(他的散步速度一直很慢),一个人影朝他走过来,起初不清晰,但是现在看出来是一个女子。显然,她和他一样在漫无目的地散步,或者说除了看星星没有别的目的。当他走得离她更近一点的时候,她略停片刻向后仰起头来凝视着这些星星。他很快就走到了她的身边,在他们擦肩而过的时候,透过清澈的月光,他发现她在看他。她很瘦小,他看清了她的头和脸,发现她剪得很短的头发露出了耳朵。他感到以前见过她,发现她走过的时候和他一样也回头来看他,她的举止好像认出了他。于是他相信在别的地方见过她,当她继续往前走远的时候,他突然停下来从后面看着她。她注意到他停了下来,自己也停了下来。有一会儿,他们面对面站着,在黑暗里隔着一段距离。

"请问——你是普兰斯医生吧?"他发现自己在问。

有一会儿没有人回答,接着他听见这位小夫人的声音说:"是的,先生,我是普兰斯医生。旅馆里有人生病了吗?"

"但愿没有,我不知道。"兰塞姆说着笑了起来。

他于是向前走了几步,说出自己的名字,想起很久以前(快两年了)在伯宰小姐家见过她,表示希望她没有忘记。

她仔细想了一下——显然她既不沉迷于空洞的言辞,也不痴迷于未经考虑的判断。"我猜你指的是塔兰特小姐初出道的那天晚上吧。"

"正是那天晚上。我们有过一次有趣的交谈。"

"啊,我记得我当时错过了很多。"普兰斯医生说。

"哦,我不知道,我觉得你当时用其他办法弥补上了。"兰塞姆回答,仍然在笑。

他发现她明亮的小眼睛和自己的眼睛对视着。她显然住在村子里,晚上不戴帽子出来散步,如果能够想象普兰斯医生感到厌倦了,需要娱乐,她在那里溜达似乎很愿意再来一次谈话,那么这种散步的方式就向巴兹尔·兰塞姆暗示了这种状态。"哎呀,你难道不觉得她的事业很棒吗?"

"噢,是啊,目前一切都很棒,我们生活在一个充满奇迹的时代!"这个年轻人很高兴地发现,自己在一条僻静的乡间小路上,和一位短发女医生在黑暗中随意谈论着他爱慕的对象。普兰斯医生和他这么快就又成了朋友,这真让人吃惊。"顺便说一句,我猜你知道塔兰特小姐和钱塞勒小姐住在这里吧?"

"哦,是的,我想我知道。我正在钱塞勒小姐家做客呢。"这位干巴巴的小夫人补充说。

"噢,真的吗?我真高兴听到这个!"兰塞姆大声说,感到在这个阵营里他或许有个朋友,"那么你可以告诉我这些女士们住在哪里。"

"好的,我猜我可以摸黑告诉你。如果你愿意,我现在就可以带你过去。"

"我会很高兴看到那所房子,尽管我不知道是否应该立即进去。我必须先侦察一下。见到你真是让我太高兴了,我觉得真是太棒了——你认识我。"

普兰斯医生并没有拒绝这个恭维,不过她现在想起来了:"你没有完全从我的记忆里消失,因为我后来从伯宰小姐那里听说过你。"

"啊,对,我春天见过她,希望她健康幸福。"

"她一直都很幸福,不过不能说健康。她很虚弱,她越来越衰弱了。"

"真遗憾啊。"

普兰斯医生停顿了一下,这停顿表明她好像觉得事情之间根本没有任何联系,接着便说:"她也在钱塞勒小姐家做客呢。"

"哎呀,我的表妹已经把所有杰出的妇女都弄到手了吗?!"巴兹尔·兰塞姆大声说。

"钱塞勒小姐是你表妹吗?你们没有太多的家族相似嘛。伯宰小姐下来是为了乡下有益的空气,我下来是看看能不能从中帮她找到一些对健康有好处的东西。如果是她自己,她才不会来呢。伯宰小姐很善良,不过她太不懂保健了。"显然,普兰斯医生越来越愿意聊天了。兰塞姆说希望她也从乡间空气中受益——他说恐怕她在波士顿非常忠于职守,她对这一点的回答是——"哦,我只是沿着这条路稍微锻炼一下。我猜你不知道四位女性聚在一个小木板房里是什么感觉。"

兰塞姆记得以前是怎么喜欢普兰斯医生的,他感觉,按通常的说法就是,他打算再一次喜欢她。他想向她表示友好,如果能随便给她递只雪茄,他会很高兴的。除了邀请她跟他坐在一个围栏上,他不知道给她点什么或者为她做点什么。的确,他完全明白那间小木板房里的必然情形,而且立即同情起普兰斯医生的那些感受来,正是这些感觉把她自己与这个圈子分开,让她在繁星下溜达,他相信她明白这一切。他请求她允许他陪她散步,不过她说她不打算往前走得

波士顿人
The Bostonians

太远,她准备往回走。他就和她一起往回走,一起转身朝村子走去,他终于在村子里发现了某种共同的特色,村里的房子大致看起来就像是按照一个计划修建的。蜿蜒曲折的天然小路穿插其中,甚至还有些交叉街道,角落里还有一个油灯,随处都有一个关了门的小店标志,带着模糊、土气的刻字。现在有些房子的窗户里还亮着灯,普兰斯医生向她的同伴提到这个小镇的好几位居民,他们似乎全都喜欢船长的称呼。他们是退休的船长,这些名人有一个相当舒适的安乐窝,可以看到其中两三位在他们昏暗的门廊里溜达,好像知道没有什么让人晚睡的鼓励,不过却记得那些远在海上的夜晚,那时候他们绝不会想到睡觉。马米恩号称是个小镇,不过自从造船生意萧条以来,这里也衰落了不少;在战前的兴隆时期,这里每年生产很多船只。目前仍然有些船坞,不过已经长满了草,海水冲刷着它们,赤裸裸地暴露在外面,你几乎可以在这里捡到一些旧刨花、旧钉子和铆钉。一条狭长的海湾延伸出来,以某种方式向上伸展,这里不是真正的大海,但特别安静,像一条河,对一些人而言更具有吸引力。普兰斯医生并没有说这个地方风景如画或者古怪神秘,不过他可以看出,当她说它正在衰败腐朽的时候,她正是这个意思。甚至在夜幕下,他自己也感觉到它曾经有着更广阔的生活,见证过更好的时期。普兰斯医生根本没有用话探问他来马米恩的目的,她既没有问他什么时间到的,也没有问他打算待多久。他提到他和钱塞勒小姐的表兄妹关系也许给她提供了一个理由,不过从另一方面看,她可能很奇怪,如果他来看这两位从查尔斯街来的女士们,他为什么不急着出现呢。显然,普兰斯医生并没有进行那种分析。如果兰塞姆对她抱怨嗓子疼,她会认真询问他的症状,但是她不会用社会关系来问他任何问题。然而,他们却很友好地继续漫步,穿过这个小镇的主要街道,高大而古老的榆树让这条街的一些地方很阴暗,抬头看不见天。空气中有一种咸味,他们似乎离海更近了。普兰斯医生说,奥利夫的房子就在村子的另一头。

"如果你不提今晚碰巧见我的事,我会把这看作是一种好意。"兰塞姆过了一会儿说,他已经改变主意不通知她们了。

"哦,我不会提的。"他的同伴回答,在说闲话方面,她似乎不需要任何提醒。

"我想明天给她们一个惊喜。我会很高兴见到伯宰小姐的。"他很虚伪地继续说,好像他觉得那才是马米恩的真正吸引人之处。

不管他怎么想,普兰斯医生并没有对这个提醒表示任何个人的评价,她只在犹豫之后说:"哦,我觉得那位老夫人会对你来这里很感兴趣的!"

"我不怀疑,她甚至能做到慈悲为怀的程度。"

第三十五章

"哦,她对所有人都有慈悲心肠,不过她的确——甚至她——也偏爱自己的一方。她把你看作一大收获。"

想到自己成为谈话的主题,兰塞姆只能感到很荣幸——正像这一点所表明的——在钱塞勒小姐家的那个小圈子里,不过他这会儿却想不起来他迄今做了什么取悦了这个团队中的这位长者。"我希望我在这里待几天之后她会发现我是一种收获。"他笑着说。

"哦,她认为你是一个最重要的皈依者。"普兰斯医生不带任何感情色彩地应答,她好像并没有假装要解释原因。

"一个皈依者——我?你是说我是塔兰特小姐的皈依者吗?"他想到,事实上,他们在波士顿见面之后,在他和伯宰小姐道别的时候,她已经答应他保密(这首先让她觉得有些不地道)的要求了,保密的理由是,维里纳会让这个浪子回头的。他不知道这个年轻女子是否告诉了她的老朋友,她已经成功地赢得了他。他觉得这不可能,不过也没有关系,他愉快地说:"哦,我能轻而易举地让她这么想的!"

显然,让普兰斯医生对一个诡计开处方还没有让她给她的那位德高望重的病人开处方容易,不过她竟然回答说:"哦,我希望你不会让她觉得你还是上次我和你谈话时的样子。我知道你那时候的立场!"

"那时候你也持同样的看法,不是吗?"

"哦,"普兰斯医生说,稍稍叹了口气,"恐怕我已经退步了,如果有什么进步的话!"她的叹息告诉他很多,这似乎是对钱塞勒小姐室内活动的一种轻微、自制的抗议,她目前有幸成为其中的一部分。她徜徉在暮色中的表情模糊难辨,她似乎不喜欢回到她在那里的位置,这让他完全感到这个小女医生有她自己的航线。

"至少,这肯定会让伯宰小姐很苦恼的。"他有些责怪地说。

"不要紧,因为我无足轻重。虽然她们相信男女平等,但是一个男性的加入会比一个女性的加入更让她们高兴。"

兰塞姆对普兰斯医生的洞察事理表示钦佩,于是他说:"伯宰小姐真的有病吗?她的情况很危险吗?"

"哦,她很老了,非常——非常虚弱,"普兰斯医生回答,她犹豫片刻在寻找形容词,"在那种情况下,一个人生命的火焰会熄灭的。"

"我们必须呵护这盏灯,"兰塞姆说,"我会很高兴轮岗看护这神圣的火焰。"

"如果她不能活到见证塔兰特小姐的伟大努力,那会是一种遗憾。"他的同伴继续说。

"塔兰特小姐?那是什么呢?"

"哦,这是那所房子里人们的主要兴趣。"普兰斯医生现在头稍微动了一下,模糊地示意一所白色的小房子,它离周围的房屋很远,坐落在这些房子的左边,背朝水域,离大路不远。它比任何其他房子都有生气,最明显的是,那些底层窗户对温暖的夜晚敞开着,一束宽阔的灯光投射在房子前面的草坪上。兰塞姆决心要谨慎,拦住他的伙伴不让她往前走了,她现在简短而收敛地笑着说:"你可以看出就是这个样子,从那种努力上!"他听着,想弄明白她是什么意思,很快一个声音便传到他的耳朵里—— 一种他已经很熟悉的声音,维里纳·塔兰特的声音,间隔时间很长,抑扬顿挫,传入八月夜晚的静寂中。

"天哪,多美妙的声音啊!"他情不自禁地大声说。

普兰斯医生看了他一眼,幽默地说(她让人很放松):"也许伯宰小姐是对的!"因为他没有回答,只是听着从房子里飘出来的宛转变化的声音,她便接着说:"她正在练习自己的演说呢。"

"她的演讲?她打算在这里发表演说吗?"

"不,她们一回到城里就——在音乐厅。"

此刻,兰塞姆的注意力转向他的同伴:"所以你把这叫作她的伟大努力吗?"

"哦,我相信她们是这么想的。她每天晚上都这么练,她把一些段落大声读给钱塞勒小姐和伯宰小姐听。"

"这个时候你就选择出来散步吗?"兰塞姆微笑着问。

"哦,这个时候我的老夫人最不需要我,她太投入了。"

普兰斯医生说的是事实,兰塞姆已经发现了这一点,她说的有些事实很有意思。

"音乐厅——是不是你们那所伟大的建筑物?"他问。

"哦,那是我们最大的建筑物,很雄伟,不过也没有钱塞勒小姐的思想宏大。"普兰斯医生补充说,"她已经租到了这个地方,她要把塔兰特小姐带到公众面前——她从来没有在波士顿那么隆重地露过面。她希望她能引起很大轰动。那会是一个不平凡的夜晚,她们正在为此做准备。她们把这当成她真正的开始。"

"这是在做准备吗?"巴兹尔·兰塞姆问。

"是,就像我说的,这是她们的主要兴趣。"

兰塞姆听着,他在听的时候若有所思。他原以为维里纳的原则可能被他在纽约的信仰表白动摇了,不过看起来情况似乎并不是这样。有几分钟,普兰斯医生和他默默地站在那里。

"你听不进去这些话。"医生说,在黑暗中带着一抹墨菲斯特斯的微笑①。

"哦,我明白这些话!"当这个年轻人向她伸出手道别的时候,他几乎是呻吟着说。

---

① 墨菲斯特斯的微笑(Mephistophelean):墨菲斯特斯是魔鬼,他诱惑浮士德把灵魂出卖给他,以换得浮士德渴望的无上权力。墨菲斯特斯曾经出现在两位西方作家的作品中,第一个是克里斯托弗·马娄(Christopher Marlowe)的剧本《浮士德博士的悲剧历史》(1588年首演),第二个是歌德(Goethe)的剧本《浮士德》。普兰斯医生的一瞥具有怂恿和暗示之意,更接近歌德的魔鬼墨菲斯特斯。

波士顿人
The Bostonians

第三十六章

　　某种谨慎让他决定把他的拜访推迟到第二天早上,他认为那个时候他应该更有可能单独见到维里纳,而在晚上,这两个年轻女子肯定是坐在一起。不过第二天破晓,巴兹尔·兰塞姆一点也没有为自己的拖延感到不安;虽然他不知道等待他的接待将会是什么,他还是朝着前一天晚上普兰斯医生指给他的那栋小房子走去,步伐坚定,对自己的目标胸有成竹,对可能遇到的障碍懵懂无知。在路上,他想着晚上第一次去看一个地方就像读一本外国作家的译著,而在这个时辰——快十一点了——他感觉自己正在看原版小说。这个集凌乱松散于一体的小镇坐落在一个蓝色的海湾旁边,另一边的海滩种植了低矮的树木,白色的沙子在接触水面的地方闪着光。这个狭小的海湾把视野带向一幅似乎既明亮又模糊的画面——夏季的大海闪烁旖旎,昏昏欲睡,遥远环形的海岸线在八月的阳光下显得朦胧而柔和。兰塞姆把这个地方看作一个小镇,因为普兰斯医生说它是一个小镇;不过它是一个你可以在街上闻到干草味的小镇,能在中心广场采到黑莓。房屋隔草地相望——房屋低矮、生锈、变形、膨胀,门面干枯破裂,镶有小块玻璃的窗户很难拉动,而且透视不清。房前的庭院里长满了繁茂过时的花,大部分是黄颜色的。在海滨之外的地区,田野逐渐向山坡上延伸,不久就消失在树林里,这片树林俯瞰着小镇的屋顶。插销和门栏不是马米恩家用机械装置的一部分,在门口接待这位来访者的是一位反应灵敏的仆人,在这样一个小镇,人们需要仆人但不一定能拥有这样一个人。巴兹尔·兰塞姆发现钱塞勒小姐的房门大开着(就像他前一天晚上见到的那样),甚至没有门环或者拉铃手柄。从他站立的门廊上可以看见大厅左侧的小会客厅的全貌——一直看到它的后窗,这间会客厅墙上装点着外国艺术品的图画,一架钢琴和其他一些即兴做成的小装饰,就像心灵手巧的女士们对她们租住几个星期的房子所做的过分装饰那样。维里纳后来告诉他,奥利夫布置了她的小屋,不过桌椅和床架却很少,她们几个人只能轮换坐着或者躺下。另一方面,她们却有乔治·爱略特的所有作品,两张西斯廷教堂的圣母①像。兰塞姆用手杖敲着门楣,不过没有人出来接待他;所以他朝会客室走去,在那里他发现他的表妹奥利夫散放着的很多德语书。根据他的习惯,他很快就沉浸在这种文学里了,后来才想起他不是来阅读文学作品的。当他等在刚才看见的那扇门旁时,从大厅另一端敞开的门里,他看到这所房子的另一头像是连着一个小游廊。想到这些女士们可能聚在那里乘凉,他拉开后窗的麦斯林纱帘,看见钱塞勒小姐的夏季住所在这个地方的优越之处。事实上,一个宽大的拱形花格凉亭,上面覆盖着古老的藤蔓,成为游廊的延伸部分。凉亭那边有一个荒凉的小花园,花园那边是一块开阔、朦胧、树木葱茏的空地,放着一些旧木材。他后来从普兰斯医生的描述中得知这是造船时代的遗迹。再往外看,是他已经羡慕不已的像湖一样迷人的河口。他的眼睛没有停留在远方,而是被坐在凉亭下面的一个身影吸引了过去。在那里,太阳在藤蔓叶子的空隙间投下方格形的图案,落在一块铺展在地上的色彩鲜艳的地毯上。这个粗制的游廊地板很低,事实上,地板与平地没有差别。兰塞姆很快就看出那是伯宰小姐,尽管她背对着房子。她一个人一动不动地坐在那里(她的膝盖上放着一张报纸,她的姿势不像在阅读),看着波光粼粼的海湾。她可能睡着了,所以兰塞姆穿过房子来到她身边的时候放缓了两条长腿的节奏。这种警惕体现着他仅有的顾忌。他穿过游廊,站在离她很近的地方,不过她好像没有注意到他。显然她是在打盹,或者可能有点像是在打盹,因为她的头埋在一顶褪色的旧草帽里,草帽遮住了脸的上半部分。她身边还有另外两三把椅子,一张桌子上有六本书和期刊,与这些东西放在一起的还有一个盛着无色液体的杯子,杯子上面横放着一个汤匙。兰塞姆只想尊重她的休息,所以就在一把椅子上坐了下来,等着她发现他的在场。他觉得钱塞勒小姐的后花园是一个令人愉快的地方,他的疲惫感沐浴在和风里——这慵懒、漫游的夏风——

---

① 乔治·爱略特所有的作品和《西斯廷圣母》的两张照片(All George Eliot's writings and two photographs of the Sistine Madonna):这里指的主要是乔治·爱略特的小说(她也写诗歌和评论),与本小说相关的意思应该与《亚当·彼得》《弗洛伦斯河上的磨坊》《费力克斯·霍尔特》《米德尔马契》《丹尼尔·德隆达》更接近。从这些作品中可以看出,爱略特(1819—1880)并不是一个女权主义作家,但是她在女权史上的地位不容否认。爱略特崇拜孔德和其他同时代进步的社会和哲学思想家,她的小说刻画了维多利亚时代英国年轻妇女如何处理复杂的性爱与社会道德问题(困难重重,有时候是悲剧性的结果)。因此,奥利夫·钱塞勒在度假的时候带着她的作品就可以理解了。有意思的是,《亚当·彼得》(1859)中有一位红头发的唯理公会牧师(Methodist preacher)蒂娜·莫里斯,她最后放弃了自己的职业,嫁给同名主人公,这里也暗示维里纳后来的变节。the Sistine Madonna:意大利文艺复兴三杰画家之一的拉斐尔(1483—1520)的名画《西斯廷圣母》(1513),保存在德累斯顿(Dresden)的 Gemaldegalerie 博物馆,是意大利文艺复兴时期刻画圣母与圣子的杰作之一,既充满人性又体现理想。画中的玛利亚看起来几乎就是一位站在家门口的妇女形象——奥利夫和维里纳很可能想象着自己就是这个样子,既有亲切世俗的一面又有崇高理想的一面。

波士顿人
The Bostonians

摇曳着他头顶的藤蔓叶子。河口的另一边雾蒙蒙的海滨景色比纽约的街景更雅致(它们似乎镀上了一层银色,一种仲夏的光),让他想起一片梦幻之地,画中的一个国家。巴兹尔·兰塞姆看过的画不多,密西西比没有这种东西;不过有时候他希望某种比真实的世界更精美的东西,他现在发现自己置身其中的这种情景就像一幅令人惊叹的艺术品让他高兴。正如我说的,他看不出伯宰小姐是否通过睁开的或者只是借助于想象力(她的想象力很丰富)靠闭着的疲惫、昏花的双眼在欣赏这一片风景。他坐在她旁边,时间过去了几分钟,对他而言,她似乎是应得休息的化身,是耐心谦卑、领养老金退休的体现。在她辛苦工作了长长一段时间之后,她被安置在那里享受这条平静的河流朦胧的景色,闪烁的海滨,她无私的一生使她有资格进入天堂,显然天堂之门很快就向她敞开了。过了一会儿,她温和地说,身子并没有转过来:

"我猜又到吃药的时间了吧。似乎她真的找对了东西,你不觉得吗?"

"你是指那个平底玻璃杯里装的东西吗?我会很高兴拿给您,您得告诉我,您吃多少。"巴兹尔·兰塞姆站起身来,拿起桌子上的玻璃杯。

听到他的声音,伯宰小姐以她熟悉的动作把草帽往后推了推,把她裹着的身子稍稍转过来一下(甚至在八月她还感到冷,坐在外面的时候必须裹得很严实),用揣摩但并不吃惊的眼睛凝视着他。

"一匙——两匙?"兰塞姆问,微笑着搅着药。

"哦,我猜这次要喝两匙吧。"

"当然,普兰斯医生总能找到正确的东西。"兰塞姆在送上药的时候说。她吃药的时候脸拉得很长,动作越发像个孩子。

他放下杯子,伯宰小姐又坐回自己的椅子里,似乎正在思考。"是顺势疗法①。"她很快说。

"噢,我对此确信无疑,我想您也不会用别的方法。"

"哦,现在一般都认为这是真正的疗法。"

兰塞姆坐得靠她近一些,把自己置于她能看得更清楚的地方。"有这种真正的疗法真是不错,"他说,友好地向她前倾着身子,"我相信您把它用在所有事

---

① 顺势疗法(Homoeopathic):舒适疗法(Homeopathy)在 1870 年代很常见,其原理产生于 1796 年,从 1830 年代在英语国家开始实践,1870 年代与 1880 年代可能是顺势疗法的鼎盛时期。顺势疗法的理论基础是"同样的制剂治疗同类的疾病",意思是为了治疗某种疾病,需要使用一种能够在健康人中产生相同症状的药剂。例如,毒性植物颠茄(也被称为莨菪)能够导致一种搏动性的头痛、高热和面部潮红。因此,顺势疗法药剂颠茄就用来治疗那些发热和存在痉挛性搏动性头痛的病人。目前医学界一般认为,没有任何足够强的证据证明顺势疗法效果强于安慰剂。

情上。"他并不总是虚伪,不过,一旦虚伪就非常彻底。

"哦,我不知道大家都有权那么说。我还以为你是维里纳呢。"她马上补充说,再次用她温和、审慎的目光接纳了他。

"我一直在等您认出我,当然,您并不知道我会在这里——我昨天夜里才到的。"

"哦,真高兴你现在来看奥利夫了。"

"您还记得我上次见您的时候没有那么做吗?"

"你叫我别对她提起我见你的事,我主要记得这一点。"

"难道您不记得我对您说我想做什么吗?我想去剑桥看塔兰特小姐。谢谢您好心给我提供的信息,我做到了。"

"对,她给我讲过不少你的到访。"伯宰小姐微笑着说,嗓子里发出一种含糊的声音——让人想起一种忧郁、私密的笑声——兰塞姆根本不知道这种声音意味着什么,尽管他后来很长时间都记着这位老夫人当时友好体贴的举止。

"我不知道她是否喜欢我的到访,不过对我却是极大的快乐;您看我非常开心,所以就又来看她了。"

"那么我认为她已经让你动摇了?"

"她已经让我大大动摇了!"兰塞姆笑着说。

"哦,你会是一个重要的补足,"伯宰小姐应答着,"这一次你也是来看钱塞勒小姐的吧?"

"那要看她是不是接待我了。"

"哦,如果她知道你动摇了,那会大有益处的,"伯宰小姐若有所思地说,好像即便是对她那样并不复杂的大脑,情况也已经表明他与钱塞勒小姐的关系可能比较麻烦,"但是,她现在不能接待你——她能吗?——因为她出去了。她去邮局取波士顿来的信了。每天她们都收到很多信,所以她不得不带上维里纳去把它们提回来。她们想留下一个人陪我,因为普兰斯医生出去钓鱼了,但是我说,我想我还是可以单独待上七分钟的。我知道她们很喜欢在一起,似乎没有另一个这一个就不能出去似的。她们到这里来就是为了这一点,因为这里很安静,好像没有任何其他人能吸引她们。所以我跟她们来破坏了这种安静,真是遗憾啊!"

"恐怕我要破坏这种安静了,伯宰小姐。"

"噢,哦,一位先生。"这位老夫人咕哝着说。

"是啊,人们能从一位先生那里指望什么呢?如果我能,我肯定要破坏的。"

255

波士顿人
The Bostonians

"你最好跟普兰斯医生去钓鱼吧。"伯宰小姐说,她的安详说明她并没有明白他刚刚发表的这个声明所包含的不祥内容。

"我绝对不会反对的。这里白天肯定很长——有很多时间。您把那位医生也带来了吗?"兰塞姆问,似乎他根本不知道这位医生的事。

"是的,钱塞勒小姐邀请了我们两个人,她很体贴。她不仅是一位理论上的慈善家——而且还付诸实践。"伯宰小姐说,指着自己在椅子里的宽大身体,似乎她本人只是一件物品,"似乎只有在八月份,波士顿才不太需要我们。"

"而您坐在这里,享受着微风,欣赏着风景。"这位年轻人说,不知道两位信差什么时候能从邮局回来,她们的七分钟肯定早就过去了。

"对,我很喜欢这个古老的小地方的一草一木,我没有想到自己会满意得这么懒散。这和我以前的行动形成鲜明对比。不过,好像这里也没有什么麻烦或错误,即使有,也有钱塞勒小姐和塔兰特小姐她们去处理。她们似乎觉得我最好抄起手什么也不干。另外,当有益而慷慨的思想从你的家乡开始大量涌入的时候。"伯宰小姐继续说,从她的变形、褪色的帽檐下面慈祥地看着他,这种慈祥使他愉快选择的这个想法变得很圆满。

这时候,他觉得自己很不诚实,他保证不打击她的乐观主义。在未来的日子里,他可能得好好地掩饰,不过现在某些警示性的声音使得免除进一步耍小聪明,告诫他为了一个更急迫的目的,他必须保持智慧。这所房子的大厅里有声音,有他熟悉的声音,很快就离他更近了,他还没来得及站起来,一个人就大声喊着走进来了:"亲爱的伯宰小姐,这里有您七封信!"事实上,这些话还没有被清楚地表达出来就停住了。兰塞姆站起来,转过身看见奥利夫·钱塞勒站在那里,手里拿着从邮局取回来的包裹。她突然惊恐地盯着他,此刻,她的自制力完全背弃了她。她的脸上除了沮丧几乎没有任何问候的表示,他认为自己跟她没有什么好说的,没有什么能减少他在那里这个可憎的事实。他只能让她接受这个事实,让她预测这一次他是无法摆脱的。立刻——为了缓和气氛——他伸出手去接伯宰小姐的信,奥利夫把信交给他,证明她已经有气无力了。他把包裹交给那个老太太,这时候,维里纳出现在房门口。她一看见他,脸一下子就红了,不过她不像奥利夫那样什么也不说地站着。

"哎呀,兰塞姆先生,"她大声说,"你到底被冲到岸上哪个地方去了?"与此同时,伯宰小姐接过自己的信,好像没有发现奥利夫和她的来访者的这次见面是一次冲击。

维里纳缓和了气氛。她快乐的挑战立即脱口而出,似乎她没有理由尴尬。

第三十六章

即使在她脸红的时候也没有慌乱,她的机敏也许可以由她公众演讲的习惯来解释。在她走上前来的时候,兰塞姆对她笑了笑,不过他先跟奥利夫说话,奥利夫已经把眼光从他身上移开去凝视湛蓝的海景,似乎她想知道自己到底会遇到什么事。

"当然,你见到我很意外,不过我希望能说服你不要完全把我当成一个闯入者。我看见你的门开着就进来了,伯宰小姐似乎觉得我可以留下来。伯宰小姐,我仰仗您的保护,我恳求您,我求您了,"这个年轻人继续说,"收留我吧,替我说句话吧,把我罩在您仁慈的披风下面吧!"

伯宰小姐从信上抬起眼睛,似乎她只是刚刚才模糊地听到他的请求。她把眼睛从奥利夫转向维里纳,然后说:"是不是我们每个人似乎都有进步的余地?当我想起在南方的见闻时,兰塞姆先生到这里来让我觉得简直就是一次伟大的胜利。"

奥利夫显然不明白,维里纳急切地插话:"当然,由于我的信,你才知道我们在这里。奥利夫,就是我们走前我写的那封信。"她继续说:"你不记得我给你看过吗?"

她朋友的这一方提到自己给她看信的做法使奥利夫感到吃惊,她奇怪地瞥了她一眼;接着她对兰塞姆说,她不明白他为什么要对自己的到来做这么多解释,谁都有权来。这是个非常迷人的地方,对谁都有好处。"不过,对你而言会有一种欠缺,"她补充道,"夏天里四分之一的居民都是妇女!"

钱塞勒小姐的一方这种刻意的诙谐轻松,这么出乎预料,这么不协调,她用苍白的嘴唇和冰冷的眼神说出来这些话让兰塞姆感到非常奇怪,以至于他不禁和维里纳交换了一个困惑的眼色,如果有机会的话,维里纳也许会给他解释这种现象。奥利夫恢复了理智,提醒自己她是安全的,她的同伴在纽约已经正式拒绝了他,抛弃了她的追求者。为了证明自己有安全感,也为了给维里纳留下的一个感人的印象,现在,在已经出了事情之后,她并没有担心,觉得某种轻微的嘲讽可能会有效果。

"啊,奥利夫小姐,别佯称我不爱你们的性别,当你知道你真正反对我的是,我对这个性别爱得太多了!"兰塞姆并非厚颜无耻,他也没有粗鲁,他实际上是一个很谦虚的人;不过,他明白不管他说什么,做什么,他现在注定都显得很鲁莽,他内心争辩说,假如她们觉得他可耻,他可能会感到安慰些。事实上,他根本不在乎人家怎么看他,或者他可能怎么惹人讨厌;他的目标让他吞下了这些浅薄的判断,他对自己的目标这么全神贯注,以至于他变得态度坚定、心平气和了,他的这种厚脸皮很容易与冷静超脱混为一谈。"这个地方会对我有好处的,"他继续说,"我有两年多没有假期了,我不可能另找时间,我累坏了。我本应该来之前先给你写封信,但是我只是几小时前才接到通知,所以就动身了。我突然觉得这正是我所需要的,我想起了塔兰特小姐在她的短信中说的这个地方,人们可以躺在地上,而且穿着他们的旧衣服。我喜欢躺在地上,而且我的所有衣服都是旧的。我希望能住上三四个星期。"

奥利夫听他把话说完,她略微多站了一会儿,接着没说一句话,没有再看一眼,就冲进了屋里。兰塞姆发现伯宰小姐沉浸在自己的书信里,于是他就径自走向维里纳,站在她面前,深深地看着她的眼睛。他现在不笑了,不像刚才和奥利夫说话时那样:"你能不能出来一下,我可以单独和你谈谈?"

"你为什么要这么做?你来是不对的!"维里纳看起来很温柔,好像脸都红了,不过兰塞姆意识到他必须考虑到她被太阳暴晒过。

"我来是因为需要——因为我有很多重要的事情要对你说,很多事情。"

"还是你在纽约说的那些事情吗?我不想再听了——太可怕了!"

"不,不是一样的——是不一样的东西。我想让你跟我出去,离开这里。"

"你总是想让我出去!在这里,我们不能出去,我们已经在外面了,完全彻底地出来了!"维里纳笑了起来。她尽力转移话题——感觉真的有什么事要逼近了。

"到花园里,从那里出去——到河边去,我们可以在那里说话。我来就是为了这个,而不是我告诉奥利夫小姐的那个理由!"

他压低了声音,似乎奥利夫小姐会听见他们的话,很奇怪,有某种庄严的东西——事实上非常庄重——在这种语气中。维里纳看了看四周,看着这明媚的夏天,看着伯宰小姐裹得严实而没有轮廓的身体,把她的信放在了她的帽子里。"兰塞姆先生!"她清楚而简单地喊出这个称呼,当她的眼睛再次与他的眼睛相遇时,他看见她眼中有泪水。

"我真诚地相信这不是为了让你痛苦。我不想说任何伤害你的话。当我这么在乎你的时候,我怎么会伤害你呢?"他继续说,带着自制力。

她不再说什么了,但是她的整个面部表情都在恳求他放过她,饶了她。当这种表情很强烈时,一种突然的得意和成功感开始在他心头跳动,因为这种表情确切地告诉他,他想知道什么。这种表情告诉他,她害怕他,她不再相信自己了,他对她的本性理解对了(她完全不设防,她是为爱而生的,为他而生的),他实现自己的愿望只是一个时间问题。这种幸福的感觉让他对她非常温柔,他在微笑和低语中尽可能地带着安慰,他说:"只给我十分钟,不要把我拒之门外。这是我的假期——我可怜的短假,不要破坏它。"

　　三分钟之后,伯宰小姐从她的信上抬起头来,看到他们一起穿过花园,穿过那个围着公园另一边的旧围墙的豁口。他们经过那个破旧的船坞,现在这里只是一条杂草丛生,通向水边的模糊小径,到处都是一些废弃木材的残余。她看见他们漫步向海湾边走去,站在那里,脸上承受着和暖的微风。伯宰小姐看了他们一会儿,那位在正义学校接受教育的新英格兰女儿俘虏了这位脖颈僵直的南方人,她要把自己的观点融进他们的共识中,伯宰小姐看到这一点心中倍觉温暖。考虑到他肯定有偏见,他现在的表现当然是不错的。他请她坐在一堆低低的因风吹日晒而变黑的木板上,这些木板构成了这个地区的主要设施,即使离得这么远,伯宰小姐也能隐约看出,他邀请维里纳·塔兰特的方式很谦卑,维里纳的举动也许有点过于表现正义的胜利了,这个女孩子对这个提议置之不理,站在自己喜欢站的地方,有点骄傲地和他拉开距离。伯宰小姐能看到的就是这些,但是她听不见,所以不知道他说了什么让维里纳突然向他转过身来。假如伯宰小姐知道,她就不会觉得他的观点有什么奇怪的了——这两个年轻人在这种情况下见面——读者可能会觉得他的观点有些奇怪。

　　"他们接受了我的一篇文章,我认为是最好的一篇。"这些话是两个人尽可能远地避开(在那个方向)那所房子的时候,巴兹尔·兰塞姆首先说的。

　　"噢,发表了吗——什么时候出版?"维里纳立即问了这个问题,这个问题从她嘴里脱口而出,这种方式完全证明了她几分钟之前想和他保持距离的那种姿态是不真实的。

　　这一次,他没有告诉她,没有像他们一起在纽约散步时他告诉她的那样;那一次,她对他作为一位被拒绝的撰稿人表达了不切题的希望,希望他的命运会有转机——他没有再对她说,她是一个可爱的人儿,他只是继续(似乎她的反感是当然之事)尽可能地解释着各种事情,这样她就可以尽快地多了解他,就会明白她可以完全信任他。"这才是我来这里的真正原因。这篇被说到的文章是我努力用一种文学的方式写出来的最重要的东西,我决定放弃这个游戏或者坚持下去,那要看我是否能把它发表出来。前两天,我收到《理性评论》[①]编辑的一封信,他告诉我很愿意发表我的文章,他觉得那是一篇了不起的文章,他会很高兴再收到我的来信。他会再收到我的来信嘛——他用不着担心!这篇文章里

[①] 这个杂志并非真实,而是一个虚构的杂志,这里的"理性"二字似乎有反讽的意思,兰塞姆极端保守激烈,他的观点和文章以前都被主要的杂志拒绝,很难说表现了什么"理性的"评论。

波士顿人
The Bostonians

有我给你讲过的很多观点,另外还有很多别的观点。我真的相信它们会引起注意。无论如何要发表了,这个简单的事实开创了我生活的新纪元。你肯定会觉得这微不足道,你发表的是自己,许多年来一直在世界面前,因各种成功而生气勃勃;但对我而言,这简直就是一件了不起的事,它完全改变了我看待自己未来的方式。我一直在建造空中楼阁,而且把你放在最大、最好的一层里。这是一个巨大的变化,如我所说,这才是我来这里的真正原因。"

维里纳对这一番优雅、抚慰、清晰的陈述听得真切,她觉得这陈述充满了惊喜,兰塞姆刚停下,她就问:"哎呀,难道你以前对自己的前途感到不满意吗?"

她的语气让他感到,她很少怀疑他还会有沮丧这个弱点,有一天他会在自己飘忽不定的事业中取得成功,她一定觉得这似乎都不会成为问题。这是他所接受的对他可能有的能力的最好称赞,《理性评论》[①]编辑的信无关紧要。"是的,我曾经非常沮丧,我以前似乎根本就不清楚这个世界上会有我的位置。"

"天哪!"维里纳·塔兰特说。

一刻钟之后,伯宰小姐又开始读她的信了(她在弗莱明翰有位通信者总写十五页的信),她注意到维里纳这会儿一个人正在进屋。伯宰小姐在半路拦住维里纳,说希望维里纳没有把兰塞姆先生推下水。

"噢,没有,他走了——从另一条路走的。"

"哦,我希望他很快就准备替我们说话。"

维里纳犹豫了一下:"他用笔说话。他已经写了一篇很好的文章——为《理性评论》。"

伯宰小姐心满意足地看着她的年轻朋友,她那封长信的纸页在风中沙沙作响:"哦,看到事情的进展真让人开心,不是吗?"

维里纳不知道说什么,接着她想起了普兰斯医生告诉过她,有一天她们可能会失去她们亲爱的老伙伴,巴兹尔·兰塞姆刚才说的某些东西——《理性评论》是季刊,那位编辑已通知他,他的文章只能在下下期发表——这么多个月之后,她想,伯宰小姐也许就不会在那里看到,这个可能会成为她配偶的人表达什么观点了。这样便可以让她相信她喜欢相信的东西,不用担心对账的日子了。维里纳觉得没有什么事能比一个吻更好地确认自己的想法了,这位老夫人帽子歪戴,让维里纳可以在她的前额印上一个吻,然而这个举动却让伯宰小姐大声说:"哎呀,维里纳·塔兰特,你的嘴唇好冷啊!"维里纳听说她的嘴唇很冷并不

[①] The "Rational Review":《理性评论》,这是一个虚构的杂志名,暗含反讽之意,因为兰塞姆的观点极端保守,根本谈不上"理性"。

第三十六章

吃惊,一阵致命的寒战传遍她的全身,因为她知道这一次她要和奥利夫大闹一场了。

她发现奥利夫在她自己的屋里,她一离开兰塞姆先生就逃到这里来了。她坐在窗前,显然一进来就坐在一把椅子里,从这个位置上,她肯定看到了维里纳穿过花园,与那位闯入者走到河边。她在崩溃的时候总是很憔悴,她的态度跟上次维里纳发现她在纽约等她时一样。这个女孩子不知道奥利夫会先跟她说什么,无论如何,她在全身心地想着自己的事情。维里纳径自走向她,在她面前跪下来,拿起钱塞勒小姐放在膝上那双非常紧张地交叉在一起的手,扬起头看了她一会儿说:

"现在有些事我想告诉你,一刻也不拖延;有件事在发生的时候我没告诉你,后来也没有对你说。兰塞姆先生曾经来剑桥找过我,在我们去纽约前不久。他和我在一起两个小时,我们一起散步,并参观了那些学院。在那之后,他写信给我——接着,我给他回信,就像我在纽约跟你说的那样。那时候,我没有告诉你他的来访。我们谈过他很多,而我没有提到这一点。我是有意这么做的,我无法解释为什么,只是不想告诉你,我觉得这样会更好。不过现在我想让你知道一切,你知道了,你就会什么都明白了。那只是一次拜访——大约两个小时。我很喜欢——他似乎也很感兴趣。我不告诉你的一个原因是,我不想让你知道他到波士顿来过,到剑桥来拜访我而不去看你。我认为你可能会不高兴。我觉得你会认为我欺骗了你,当然,我给你留下一种错误的印象。不过我现在想让你知道一切—— 一切!"

维里纳上气不接下气,快速而急切地说着,她在努力弥补她过去不够坦率的行为时有一种激情。奥利夫听着,目瞪口呆,她起初好像不理解。不过维里纳发现奥利夫完全理解,她突然说:"你欺骗了我——你欺骗了我!哦,我得说比起这种可怕的坦率,我宁愿你欺骗!现在他来追你的时候又有什么要紧的呢?他想要什么——他来干什么?"

"他来要我做他的妻子。"

维里纳同样急切地说出了这个,态度坚定,认为这次不会招致什么指责。但是,她一说完就把头埋在奥利夫的膝间。

奥利夫并没有努力把维里纳的头抬起来,也没有对她的手的压力做出任何回应,她只是静静地坐了一会儿。这么多个月之后,剑桥的插曲才浮出水面,维里纳知道奥利夫想到这一点一定会承受最深的伤害。这会儿,维里纳发现刚刚发生的可怕事情把她从这种想法中拉了出来。奥利夫最后问道:"这就是他在

波士顿人
The Bostonians

河边告诉你的吗?"

"是的"——维里纳扬起脸——"他想让我马上知道。他说他应该把意图说清楚才对你公平。他想试试,并让我喜欢他——他是这么说的。他想多见我,他想让我多了解他。"

奥利夫向后靠在椅子上,双目圆睁,嘴巴大张。"维里纳·塔兰特,你们之间是什么明堂啊?我能把握什么?我能相信什么?在我们去纽约之前,两个小时,在剑桥?"想到维里纳在那里的不忠——她的沉默中的背信弃义——现在这种感觉开始让她喘不过气来。"天哪,你是怎么做到的!"

"奥利夫,那是为了不让你生气。"

"不让我生气吗?如果你真的不想让我生气,他现在就不会在这里了!"

钱塞勒小姐突然粗暴地制止了维里纳的话,一阵发作让她推开维里纳,站了起来。有一会儿,这两位女士面对面站着。在那一刻,见到她们的人可能会把她们当作敌人而不是朋友。不过,任何这种对峙都只能持续几秒钟。维里纳回答,声音带着一种颤抖,不是激情的颤抖,而是慈悲的战栗:"你是说我在等他,我把他带来的吗?我从来没有比现在看到他在这里更吃惊的了。"

"难道他没有奴隶主的文雅吗?难道他不知道你讨厌他吗?"

维里纳庄严地看着她的朋友,对她而言,这种庄严不是常有的。"我不讨厌他——我只是不喜欢他的观点。"

"不喜欢!噢,天哪!"奥利夫向敞开的窗户转过身去,把前额靠在拉起来的窗玻璃上。

维里纳犹豫了,接着走近她,用胳膊搂着她。"别责骂我!帮帮我吧——帮帮我吧!"她咕哝着说。

奥利夫用眼角看着她,然后打断她的话,再次看着她说:"你愿意坐下一班火车离开吗?"

"再次从他身边逃掉,像我在纽约做的那样吗?不,不,奥利夫·钱塞勒,那不是办法,"维里纳继续讲着道理,似乎几个时代的全部智慧都在她的嘴皮子上了,"我们怎么能在这种情况下离开伯宰小姐呢?我们必须待在这里——我们必须在这里解决矛盾。"

"为什么不诚实一点,如果你一直都错了——完全诚实而不是半推半就?为什么不干脆告诉他你爱他呢?"

"爱他,奥利夫?哎呀,我几乎不了解他呢。"

"你会有机会了解的,如果他在这里待一个月的话!"

第三十六章

"我当然不像你那样不喜欢他了。不过,当他告诉我,他想让我放弃一切,我们的所有工作,我们的信仰,我们的未来,永远不要再做演讲,不要在公共场合张嘴,我怎么能爱他呢?我怎么能同意呢?"维里纳继续说,奇怪地微笑着。

"他让你放弃,用那种方式吗?"

"不,不是那样。很亲切的方式。"

"很亲切?天哪,别痴迷了吧!他难道不知道这是我的房子吗?"奥利夫立刻补充道。

"当然,如果你不让他进来,他是不会来的。"

"这样你就可以在别的地方见他了——在沙滩上,在村子里,对吧?"

"我当然不会躲着他,藏起来不见他,"维里纳骄傲地说,"我觉得我在纽约就让你相信了,我真正关心的是我们的理想。我的做法就是见他,让他感受我的力量。要是我真的喜欢他怎么办?那有什么要紧的呢?我更喜欢我在这个世界上的工作,我更喜欢我相信的一切。"

奥利夫听着,想起在第十大道那所房子里维里纳批评她的怀疑,重申她自己的信仰,带着一种力量回到她身边,这种力量稍微让目前的情况少了一些精彩。然而,她根本不同意这个女孩子的逻辑,她只是回答:"但是你在那里并没有再见他,在我想让你留下来之后,你却匆匆离开了纽约。他在那里对你产生了很大影响,那一次,你从公园回到我身边的时候并没有现在装得这么平静。为了离开他,你曾经放弃了后面的所有活动。"

"我知道我那时没有这么平静。但是我已经用三个月来想这件事——想他在那里影响我的方式。我很平静地对待它。"

"不,你并没有平静地对待它,你现在也不平静!"

维里纳沉默了一会儿,奥利夫的眼睛继续审视着她,批评着她,责备着她。"这就更说明你不应该一次又一次地伤害我。"她回答,带着无限感人的温柔。

这对奥利夫突然产生了影响,她放声大哭,扑进朋友的怀中。"噢,别抛弃我——别抛弃我,否则你会把我折磨死的。"她呻吟着,颤抖着。

"你一定要帮我——你一定要帮我!"维里纳也哭着恳求道。

波士顿人
The Bostonians

第三十七章

巴兹尔·兰塞姆在马米恩几乎住了一个月,在宣布这个事实的时候,我非常清楚它非同寻常的效果。可怜的奥利夫可能会被他在那里的出现弄得惊慌失措,因为她从纽约回来以后就坚信,维里纳已经真正与他断绝了关系。在反感的冲动下,维里纳不仅要求她们立即离开第十大道,这似乎向她证明了她的年轻朋友亲自触摸到兰塞姆的道德质地,可以说,这足以让她永远撤离;而且奥利夫也从她的同伴那里了解到他本人的种种表现,他明显决定要放弃这场游戏,也增加了奥利夫的安全感。他对维里纳说过,他们那次短暂的出行是他最后的机会,他让她知道他并没有把它看作一种更加亲密的关系的开始,而是把它看作他们之间甚至已经存在的某种关系的结束。他放弃了她,原因他自己最清楚;如果他想吓唬奥利夫,他认为自己已经把她吓得够惨了,他的南方骑士精神提示他,也许他应该在没有让她担心死之前放她一马。毫无疑问,他也发现想让维里纳放弃这么牢固建立起来的信仰是徒劳的;尽管他很喜欢她,希望凭自己的条件拥有她,但是他还是从未来会等待他的耻辱中退缩了——发现六个月的追求之后,尽管她满心同情,希望做人们想让她做的事,但是她还是像第一天一样不喜欢他的观点。从某种程度上讲,奥利夫·钱塞勒能相信自己希望相信的,这就是为什么她在刚刚允许她的朋友看一下自己能在这个杯子里畅饮多少才可以做黄粱美梦①的时候,却改变了维里纳从纽约出发的航班。如果她少一些担心,她可能会把事情了解得更清楚一些,她会明白,除非我们害怕那些人,否则我们是不会从他们身边逃跑的;除非我们知道我们没有武器防备,否则我们是不会害怕他们的。维里纳现在害怕巴兹尔·兰塞姆(尽管这一次她拒绝逃跑),但是她现在已经拿起武器,她告诉奥利夫自己已经暴露了目标,她要求她做她的保护。可怜的奥利夫从来没有遇到过这样的打击,不过她的极度危险也给了她孤注一掷的勇气。她的处境中唯一的安慰就是,这一次维里纳承认了自己的危险,让自己听凭她的安排。"我喜欢他——情不自禁地——我真的喜

---

① 黄粱美梦(A fool's paradise):愚人的天堂,虚幻的乐境。

欢他。我不想跟他结婚,我不想接受他的那些难以形容的错误和可怕的观点;但是,在我见过的男士中,我还是最喜欢他。"我刚才描述的这个对话刚一开始,这个女孩子就对她的朋友说了这么多,而且你可以相信,以后几天的谈话中总是很快就说到这一点。这便是她的说话方式,她说自己的生活中已经发生了一场严重的危机,这种说法无须解释:只是知道这是一个羞涩的宣言,承认她也屈服于常人的激情了。奥利夫以前有自己的怀疑和恐惧,不过她现在发现,她们过去是多么没用,多么愚蠢啊,这件事与她焦虑地关注着事态发展的任何一个"阶段"都不一样。如我所说,她觉得所幸维里纳的态度是坦诚的,因为这给了她某种可以把握的东西。她已经不再相信那种谬论,觉得为了使维里纳有机会说服他们改变立场,就可以接受一些漂亮无节操的男人来访。因此她带着激情和愤怒坚守阵地,当兰塞姆的到来所引起的震惊过去之后,她决心不让他发现她已经害怕到沉默屈服的地步了。维里纳告诉过她,她想让奥利夫把她抓紧,拯救她;不用担心她会在岗位上有片刻的疏忽了。

"我喜欢他——我喜欢他,不过我希望恨——"

"你想恨他!"奥利夫插话。

"不,我想恨我的喜欢。我想让你把所有那些我应该恨的理由都摆在我的面前——有很多理由非常重要。别让我忽视了任何一件事!别担心你在提醒我的时候我会不知好歹。"

在她们不断谈论这个可怕的问题期间,这便是维里纳奇怪的说法之一,必须承认她有很多说法。最奇怪的是她反对她们以撤退求安全的想法,她一次又一次地反对奥利夫这么做。她说这样做缺少尊严——后来她为自己从纽约逃跑感到很惭愧。在维里纳这一方,这种对自己的道德形象的关心是很新鲜的事;因为尽管以前她也表示过那个意思——坚持说她有责任面对生活的意外事件和惊恐——在很可能的一场灾难面前,她还从来没有树起这样一个标准。不管是讨论还是思考她的尊严都不是维里纳的习惯。当奥利夫发现她采取那种口气,她比任何时候都感觉到现在的情况最可怕、最不祥、最致命的部分仅仅是,在她们整个神圣的友谊史中第一次维里纳不真诚了。当维里纳告诉她,她需要有人帮助去反对兰塞姆先生时,她是不真诚的——在她那样劝说奥利夫抓住眼前一切有利的东西并增强防御的时候。奥利夫还不至于去相信她在扮演一个角色,在用一些话敷衍她,掩饰自己的背叛行为,这样做只能更残酷;她也许就会承认那种背叛到现在为止都不是故意的,维里纳首先是自欺欺人,认为自己真的希望得到拯救。她有关自己尊严的说法并不真诚,她说她们必须留下

波士顿人
The Bostonians

来照顾伯宰小姐的托词也一样不真诚:似乎普兰斯医生没有足够的能力担当此任,不会乐意让她们离开这所房子似的!到目前为止,奥利夫完全明白普兰斯医生对她们的运动并不赞成,她没有什么思想,她只是局限于生理科学和她自己职业范围内的一些小问题。这个医生冷淡地与她们所有的讨论、阅读和演讲训练保持距离,她经常去钓鱼,采集研究野生植物,这样便能躲开她们;如果她事先知道这一点,她是绝对不会邀请她到这里来的。她很狭隘,不过她似乎更了解伯宰小姐那些奇怪的身体病症——这些症状非常奇怪——比任何别人的病症都奇怪,有时候当这位受人尊敬的女性似乎在遭受失去生命力的痛苦时,普兰斯医生的在场就是一种安慰。

"重要的是未来的某个时间还必须面对,问题解决了才能真正松口气。他决心跟我战斗到底,如果今天没有赢得战斗的胜利,我们就得战斗到明天。我不明白为什么这一次不如其他时间好。我为音乐厅演讲已经准备好了,也没有其他事可做,所以我可以全力以赴投入个人战斗。如果你知道他多会说话,你就会承认我们绝对不能掉以轻心。如果明天我们离开这个地方,他会到下一个地方去找我们。他会到处跟着我们。不久前我们还能逃掉,因为他说那时候他没有钱。他现在也没有多少,不过他的钱足够付路费了。《理性评论》编辑接受了他的文章,他很受鼓励,所以他相信自己的笔将来会成为一种财力。"

巴兹尔·兰塞姆到马米恩三天之后,维里纳说了这些话,说到这里的时候,她的同伴用一个问题打断了她:"他是不是答应用——他的笔养活你?"

"噢,是的,当然,他承认我们会很穷。"

"那么,这种对文学生涯的想法完全是建立在一篇尚未看到希望的文章上吗?我不明白一个有教养的男人怎么会以这样穷困的处境去接近一个女子。"

"他说他不会的——他会很惭愧——这就是为什么,三个月之前,我们在纽约的时候,他觉得甚至在那个时候——哦(他是这么说的)他现在只是感觉,他那时候决定不再坚持了,让我走。不过,只是最近才有了变化,因为那位编辑给他写的那封关于他投稿的信并很快付了稿酬,他的思想状态在一周之内完全改变了。那明显是一封恭维信。他说他现在相信自己的未来,他看到自己在未来的优秀、影响和好运,也许不是很大,不过足够维持生计了。他觉得,从根本上讲,生活并不是令人满意的,不过一个男人在生活中能做的最好的事就是抓住某个他能拉到身边的女子(当然,她必须让他快乐,让这件事合算)。"

"抛头露面的女子不计其数,除了你——难道他就不能抓住其他人吗?"可怜的奥利夫发着牢骚,"当他知道你的一切都表明你根本不是合适人选时,他为

第三十七章

什么一定要选中你呢?"

"这正是我问他的,他只说这种事情没有什么道理可言。他第一天晚上在伯宰小姐家就爱上了我。所以你看,你的那些不可思议的忧虑还是有根据的。似乎我比任何人都让他喜欢。"

奥利夫猛地扑在沙发上,把脸埋进坐垫里,她绝望地拍打着这些垫子,呻吟着说他不爱维里纳,他从来就没有爱过她,只是因为他仇恨她们的事业,他才假装爱她,他想破坏这项事业,想尽可能地破坏它。他不爱她,他恨她,他只想压迫她,制服她,杀死她——像她一贯都明白的那样,如果她听他的,他就会那么做。因为他知道她的声音有魔力,从他听到它的第一个音符开始,他就决心毁掉它。不是温柔打动了他——而是极端的恶毒,温柔不可能让他大言不惭地要求这样的牺牲,不可能让他要求她背信弃义,行为侮慢,放弃她为之呕心沥血的工作和兴趣,让她认为她的整个过去,她最纯洁、最神圣的抱负都是不对的。奥利夫不会为自己,至少不会首先就个人的损失,就她们被损害的合作抱怨一个字;她认真考虑的只是背叛她们的原则这种难以言说的悲剧,维里纳的一方不能履行她所肩负的责任这个难以言说的悲剧,眼见她光明的前途就要被黑暗和泪水所淹没的恐惧这个难以言说的悲剧,她们所有的对手将会看到这个最明显、最好的证据,证明女人反复无常,徒劳无益,命中注定奴性十足,因此便会满心喜悦,这个难以言说的悲剧。男人只用对她吹一声口哨,她这个最能装腔作势的人就会高高兴兴走过去跪在他的脚边。奥利夫最激烈的抗议被她概括为,如果维里纳抛弃她们,妇女的解放将会被推迟一百年。在这些可怕的日子里,她没有不停地说话;她总是脸色苍白,极度焦虑,保持警惕性的沉默,偶尔爆发激烈的争论,恳求,祈祷。是维里纳在不停地讲话,维里纳处在一种她感到十分奇怪的状态,谁都可以看出维里纳处在一种非常不自然的、夸张的状态。如果她在欺骗自己,像奥利夫所说的,那么她的努力和机敏中也有非常感人的东西。在她对巴兹尔·兰塞姆的态度上,如果她努力想在奥利夫面前显得公平、明智、冷静,最后却只能焦虑地发现为了这件事道德上的得体,作为一个情人,他本人是多么善于自圆其说,多么打动她易受影响的气质,她甚至更认真地努力欺骗她自己的想象。维里纳可以充分地证明如果她被压服,她会绝望的,她想到了一些如果可能的话比奥利夫的话更有说服力的证据,证明她为什么要抱着自己过去的信仰不放,为什么即使以暂时剧烈的痛苦为代价她也要反抗。维里纳滔滔不绝,能说会道,兴奋活跃,她一直都在提这个话题,好像要鼓励她的朋友,表明她有自己的判断力,她一直都很独立。

波士顿人
The Bostonians

在这一点上,不能想象比这些了不起的年轻女士们更奇怪的情况了;特别是维里纳这一方的不可思议,我无法向读者呈现这种真实氛围。为了理解它,我们必须记住她奇怪的坦率既是天生的,也是后天习得的,她习惯于在演讲室和降神会①的氛围中讨论问题、情感、道德,以及她的教育,她对情感词汇以及"精神生活"的神秘了如指掌。她学会了在稀薄的空气中呼吸和行动,就像如果她在生活中的成功有赖于汉语,她就会学说汉语一样。但是,这种让人眼花缭乱的诡计以及所有她的那些拙劣机灵的技巧都不是她本质的一部分,也不能表现她内心深处的偏爱。她的部分本质就是她的极端慷慨,她就是带着这种慷慨,为了满足一个人对她提出的要求,暴露自己,牺牲自己,将自己和盘托出。如我们所知,奥利夫认为维里纳是最不在乎自尊的人,尽管她把这一点看作她们留在这里的一个理由,事实上,必须承认她根本就不想让自己前后一致。奥利夫满怀热诚地致力于培养维里纳的天才,但是现在我却不敢冒险去想,在奥利夫私下的苦思冥想中,关于培养滔滔不绝的口才的结果,她会说些什么呢。她是不是可以说,维里纳现在正在努力用她自己的措辞窒息她?她是不是沮丧地看到了对一切都要努力给出答案的致命后果?在这令人伤心的几周时间里,从奥利夫的情况看,有一种得体——因尊重不幸而产生的优雅——让我们避免产生情绪。她既不吃也不睡,一说话就放声大哭;她感觉自己被人暗中加害,她的困惑无法安慰。她记得那种高尚行为,她就是带着这种高尚谢绝(前年冬天)接受那个永不结婚的誓言,她最初要求那个誓言,后来认为那种考验太粗鲁了就放置一旁;但是,在一个恰当的时刻,时光流逝,维里纳那时候本来会一直愿意接受这个考验的。她为此痛苦而愤怒地懊悔,接着她甚至更加绝望地问自己,即使她守着那个誓言,在真正错综复杂的形势面前,她是否有足够的勇气去执行它。奥利夫相信,如果自己有权力说"不,我不会放过你的。我有你的庄严誓言,我不会的!"维里纳便会听从那个法令,跟她在一起;不过那种魔力会永远从她的精神中消失,那种甜蜜会从她们的友谊中消失,那种效力会从她们的工作中消失。奥利夫一遍又一遍地对维里纳说,自从那天上午在纽约她跟兰塞姆先生在一起之后回到她身边,她就完全变了,她哭着说她们必须赶快离开。之后她就被伤害,被凌辱,感到厌恶,在这期间,除了一次书信交流之外什么事也没有发生,这是她所知道的,这封信说服她改变主意,接受一种无耻的自由主义观点。尽管维里纳也承认这种观点是无耻的,她一直都同意这种说法并解释说,每次都像第一次那样急切地解释,已经发生了什么事,什么说服了她。她只

---

① 降神会(seances):招魂术士搞的降神会,通灵会。

是突然感到她喜欢他,这才是真正的想法,人们只能用这个观点去考虑情况,这是一个她称作真正的解决途径——一种永久的安宁。尤其是在这一点上,维里纳的回答总是用我提到的那种慷慨方式郑重声明,她在这个世界上最渴望的东西就是(奥利夫一开始就描述了那种形势)要证明,一个女人信守一种伟大而富有生机的救世思想,能在没有男人的帮助下坚强地活下去。为了彻底证明那种陈腐的迷信——一切不幸的根源——这种迷信认为男人是不可或缺的,就像他们自己站在屋顶上宣布的那样——她强烈反对这种迷信,在目前这种令人悲痛的危机中,她的这种观点和以前一样是一种鼓舞人心的思想。

奥利夫从这些压抑的恐惧中获得的唯一一点安慰就是,现在她知道了最糟糕的;自从维里纳在这么长时间、这么可怕的沉默之后告诉她,在剑桥那段令人讨厌的插曲之后,她就明白了。对她而言,这似乎就是最糟糕的,因为这是晴天霹雳。几个月之前,当一切征兆似乎都消失了的时候,这件事却突然从一个地方冒出来。尽管维里纳现在尽一切所能反复提起她和兰塞姆先生在莫纳多尼克坐在一起,或者跟他在那所大学里漫步的时候他们之间发生的一切,以弥补她背信弃义的缄默,但是这反而让奥利夫觉得,这个事件就是此后发生的所有事情的关键,从此他不可挽回地控制了她。如果维里纳那时说了,她绝不会让她去纽约的。对那个可恨的错误唯一补救的办法就是,这个女孩子完全承认了它,现在明显觉得她很爱说话。八月的一些下午,漫长、美丽而可怕。当人们觉得夏天正在过去,在金色的斜阳里,树上茂盛的叶子在和暖的微风中沙沙作响,这声音似乎是正在到来的秋天的声音,是生活的危险和警告的声音——在许多个不祥的难以忍受的时刻,她和伯宰小姐坐在摇曳的葡萄藤攀爬的凉亭下,为了让自己的神经镇静下来,她努力大声给她的客人朗读,她自己颤抖的声音使她更多想到剑桥那个可怕的日子,而不是维里纳和兰塞姆在那个时刻"离开"这样的一个事实——和他一起做短暂的日间散步,他们在一起的这种快乐根据安排应该减少。我说,安排,不过这个词并不能准确描述她们用眼泪汪汪的恳求和紧紧的拥抱而达成的妥协。兰塞姆对维里纳明确表示,他确实打算要住一个月,她答应他,她还不至于拙劣到用回避和逃跑的办法(他对她说,这对她没用),而是会给他一个机会,每天听他说几分钟。他坚持这几分钟应该是一个小时,度过这个时间的方式是显而易见的。他们沿着河边溜达到一个坚硬的、灌木覆盖的海角,这里形成一条距离适中的人行道。这个地方那种十足的家常懒散,那种温和、芬芳的海角优势,清新的白沙,安静的水面,低低的海角,小簖属

波士顿人
The Bostonians

植物①之间有一些小路,太阳落山时海潮的水洼波光粼粼——这里,盛夏午后的一切活力似乎都悬浮在空气中。也有一些林间小道,有时它们紧接着矮树丛生的高地,这些偶然在一起的树给人一种奇怪的印象"风格"。在长草的区间和芬芳隐蔽的休息处,他们走出来会突然发现一片又一片的世外桃源。在这样一些地方,维里纳手里拿着表,听着她同伴的讲话,很真诚地想知道他怎么会在意一个让求爱的条件变得如此苛刻的女子。当然,他一开始就发现,他不能再把自己强塞给钱塞勒小姐了,在那次我描述的尴尬的上午拜访之后,在他留在马米恩的最初三周里,他没有再走进那个小木屋,这个屋子的后窗俯瞰着那个废弃的船坞。可以想见,这种情况下,由于要像个淑女或者为了不让他公然侮辱她,奥利夫并没有抗议。他们之间的形势已经是非常严峻了,这是你死我活的搏斗,这是一个应该拼尽全力的问题。所以维里纳跟这个年轻人约会,好像她是一个女仆,而巴兹尔·兰塞姆则是一个"情人"。他们在离这所房子不远的地方见面,在这所房子那边,在村子附近。

---

① 小檗属植物(Barberries):生长在欧洲的一种灌木,移植到美国,结酸红色果子。

第三十八章

　　如我们所看到的,奥利夫认为她知道了最糟糕的;但是有些最糟糕的事情实际上她是不可能知道的,因为到现在为止,维里纳只在这一点上尽可能少地向她坦白,在其他任何方面尽量多地向她招认。自纽约那个插曲以来,巴兹尔·兰塞姆残忍地热爱着的对象身上已经发生了变化,简单地说,就是这个变化——他在那里告诉她,她的真正使命和她的家庭以及她与奥利夫·钱塞勒的关系加给她的那种空洞虚假的理想是不一样的——这些话,他说的这些最有效、最具有穿透力的话深入她的灵魂,在那里生效,发酵。她最终相信了它们,这就是改变,是转化。这些话点亮了一盏灯,她从中重新看到了自己,说来奇怪,她比在昔日演讲大厅的耀眼灯光下更喜欢自己了。然而,她不能把这个告诉奥利夫,因为这关系到事情的根本,这种可怕又愉快的感觉简直让她的心中充满了它所暗示和预兆的敬畏之情。她要烧毁她喜欢的一切,她要喜欢她烧毁的一切。这件事的奇特之处在于,尽管她感到形势非常严峻,但是她并不为这种背叛感到羞愧,她——是的,毫无疑问,到现在这个时候,她必须对自己承认这一点——她仔细思量。只是真理改变了立场,那个光辉形象开始从巴兹尔·兰塞姆富有表情的眼睛中看着她。她爱着,她在恋爱——她在自己的每一次心跳中都感觉到爱。显然,她天生不是为了尽可能少地(这是她的整个改革运动的意义,是她以前主动向奥利夫提出弃绝的理由)去满足这种感情,而是最大可能地、最强烈地去满足它。实际上,总是激情,不过现在目标却是别的。以前她相信她的精神火焰是双重的,总的来说,一半是和一位最了不起的人物之间心有灵犀的友谊,另外一半用于同情女性的遭遇。维里纳目瞪口呆地看着无色的尘土,在这短短的三个月中(从纽约的那个插曲算起),这样一种信念在这尘土中化为乌有,她感到一定是奇幻的触碰才能带来这突然降临的大灾难。为什么巴兹尔·兰塞姆被命运指派来实施这个咒语,她说不清——可怜的维里纳,前不久还洋洋自得,相信她自己的口袋里装着魔术师的魔棒呢。

　　当她在五点钟——她通常出去见他的时间——在不远处看见他的时候,他

波士顿人
The Bostonians

在一条路的拐弯处等着她,这条路蜿蜒曲折了一两公里之后消失在这个缩进去的隔绝"地带"。在这里,在炎热的时刻,蜜蜂在暮色里莽撞地四处嗡嗡乱飞着。她感到他身后低低的地平线衬托出他高大、警惕的身影,恰好代表了他在她心目中的重要性,那种极大的权威——代表着这样的事实,也就是,在她眼里,刚才他就是世界上最明确、最正直、最好的对象。如果她期待他在自己的岗位上的时候他没有在那里,她就会因为虚弱而不得不停下来靠在什么东西上,她的整个身体都会比现在更加痛苦地战栗着,尽管看到他在那里让她很紧张。他是谁,他是干什么的?她问自己。除了以一种引人注目的方式给她提供一次机会(在这个机会中既没有辉煌也没有时髦作为补偿),去篡改迄今为止她所有的希望和誓言之外,他能给她什么呢?当然,在她作为他妻子将面临的命运这个话题上,他不允许她有任何幻想,他没有强加允诺的鲜花和安逸;他让她知道她会受穷,会默默无闻,她将成为他在斗争中的伙伴,与他一起恪守艰苦卓绝、独一无二的禁欲主义。他在谈论这一类事情的时候眼睛总是盯着她,这让她不禁泪流满面,她感到那种把她投入到他的生活中去的东西(此刻空泛而没趣)对她而言就是幸福的状态。然而,障碍也是可怕而无情的。绝对不能认为她心中正在发生的这场革命就没有伴之以痛苦。当然,她没有奥利夫那么痛苦,因为在那个方面她的癖好与她朋友的不一样;但是当她的经验车轮在转动时,她感觉到自己实际上被碾磨得很小。由于她本性轻松快乐,她引以为豪的机敏,她性情温和优雅,光彩照人,当她感到一种前所未有的力量促使她让自己开心的时候,她希望能继续讨好别人,可怜的维里纳这些天生活在一种道德张力中——感到被撕扯的痛苦——她并没有更多地表现这种痛苦,因为她绝对不会表现得绝望无助。她心中对奥利夫怀有极大的同情,她问自己,在自我牺牲的道路上一个人需要走多远。犯这个错误什么也不欠缺,她索性一不做二不休,直到最后一分钟她还在骗她,只是在三个月前,她还带着全部的忠诚和热情再次重申她的誓言,做出保证。有些时候,维里纳似乎觉得她真的不能再进一步追问了,但是又满足于下结论说自己像一个女人一样深深地爱着,而且这没有什么关系。她感到奥利夫的控制太紧,太可怕了。她对自己说她永远也不敢放弃,但她迟早会放弃的,最终她将无法面对这个场面,她没有权力去毁灭那个可怜之人的整个未来。她能想象到那些可怕的岁月,她知道奥利夫将永远不会从这种失望中恢复过来。那会触及奥利夫最敏感的神经,她会孤独无助,受到极大羞辱。这是一件非常奇怪的事情,她们的友谊。这友谊具有的因素可能会使它和任何(女人之间)既有的友谊一样完美。当然,奥利夫这一方付出的比她要多,维里纳一直都明白这一点,不过这仍然没有什么不同。她告诉自己,奥利夫已经真正开始了,而她起初只是出于一种被吸引的礼貌才对一种巨大的吸引力做出反应,但是她这样告诉自己也没用。她已经奉献了自己,完全献出了自己,她本来应该更清楚自己是不是真想遵从它。三个星期之后,她感到自己的调查已经完成,除了对巴兹尔·兰塞姆的观点有极大兴趣以及那种将会永远令人心痛的前景之外,毕竟她什么也没有得到。他告诉她,他想让她了解他,现在她对他了解得已经很透彻了。她了解他,喜欢他,但这没有什么区别。放弃他还是放弃奥利夫——放弃奥利夫会让她觉得更难一些。

如果巴兹尔·兰塞姆有这种优势,像以前在纽约时那样,打动了一个有呼应的心灵,很容易想见他还能继续这么做。如果他在维里纳的思想中重新输入一束光,让她觉得把自己交给一个男人而不是献身一场改革运动的想法更令人愉快,那么他找到了强化这种光亮的办法,把她以前的价值观拉下了水。实际上,他处在一种很奇怪的形势中,双手被捆绑着继续进行自己的围攻。由于他不得不在一天中把一切事情都压缩在一个小时之内,他觉得必须只说那些最重要的事。最重要的事就是向她表明他有多么爱她,然后进攻、进攻、再进攻。除了经常不知道早晚该干些什么,他还得严格服从管制,只能在钱塞勒小姐的住所外面徘徊进不去,不能再见到伯宰小姐,他也为此感到遗憾。幸亏他带来了很多书(在纽约书摊上捡来的装订粗糙的书),在这样一件事中,对他的禁止越多,他能得到的就越少。有些上午,他和普兰斯医生一起消遣,他们两人很多次在船上游玩。她特别喜欢划船,一个热情的渔妇,他们常常一起把船划进海湾,抛下鱼线,说了不少离经叛道的话。她"在近郊"见他,像维里纳见他一样,但是心情不同。他觉得她的态度非常好玩,他发现,如他所描述的,在这个世界上,不可能有什么事情让她眨眨眼睛。她永远也不会害怕或者吃惊,她的态度是把一切不正常的事情都看作理所当然,对兰塞姆的奇怪处境似乎毫无察觉,没有说什么表示她注意到钱塞勒小姐处于狂怒中或者维里纳每天都在约会。从她的态度中,你可以感觉兰塞姆坐在半英里之外的围栏上,和坐在钱塞勒小姐后凉台的一把红色摇椅里,或者坐在一张叫作"摇动器"的东西上一样正常。我们这位年轻人唯一不喜欢普兰斯医生的就是她留给他的印象(他几乎不知道这种印象是如何从她沉默寡言的缝隙中泄露出来的),她认为维里纳很低劣,没有价值。她对任何形式的求爱都持反讽态度,他可以看出她毫不怀疑,不管女人们交什么样尖刻暴躁的傻瓜朋友,只要她们能让男人来为她们坐在围栏上,这些女人就都是轻率之辈。普兰斯医生告诉他,伯宰小姐什么也没有注意到,她在

波士顿人
The Bostonians

几天之内衰弱下去,变得很迟钝,似乎不知道兰塞姆先生是否还在附近。她猜伯宰小姐可能认为他只是下来住一天就又走了,她也许觉得他只想被塔兰特小姐稍稍提高一下格调。有时候,在外面的船上,在等鱼上钩的时候,她带着暧昧,友善地默默看着他(她喜欢鱼上钩),她的表情里有一种精明很让人恼火。兰塞姆不在她身边冷嘲热讽的时候(他不在乎麻省的太阳),他就漫步在沙滩外侧这一片田园牧歌般的土地上(高度很适中)。他的口袋里总是装着一本书,躺在叶子沙沙作响的树下,无所事事,想着下次把维里纳带到哪边去。两星期之后,他成功了(至少他这么相信),比他希望的要成功得多。从这个意义上讲,这个女孩子现在看起来好像是更轻视她的"才能"了。她这么轻易就扔掉了它,不再相信这种才能宝贵而有用,他的确感到很惊讶。那一直是他想让她做的,她不费吹灰之力就做出这种牺牲(她曾经看好它),这个事实只是证实了他的论点,她没必要为了自己的幸福把生命的一半都花在公众场所的夸夸其谈上(不管讲得多么漂亮),这一点显而易见。尽管如此,他还是对自己说,为了弥补她在这件事上失去的荣誉和快乐,他一定要在未来的岁月里加倍对她好。他在马米恩的第一周,她给他提的第一个问题就触及了这一点。

"哦,如果这纯粹是一场误会,那么为什么这种天分给了我呢?——我为什么要有一种多余的才能呢?我并不很在乎它——我不介意告诉你这个,不过我承认我想知道我的这一部分会变成什么,如果我遁入私人生活,像你说的,活着只是为了取悦你。我会像一个有副好嗓子的歌手(你告诉过我,我的声音很美)接受某种永远也不能发声的判决。这岂不是一种极大的浪费,岂不是很违背自然规律吗?赋予我们的才能难道不是要加以利用,我们是否有权扼杀这些才能,剥夺这些才能可能赋予我们的同胞这样一种快乐呢?在你提议的这种安排中(这是维里纳谈论他们的婚姻问题的方式),我不明白你为这位被解雇了的可怜而忠实的仆人[①]制定了什么规章。吸引你就行了,可是有些人告诉我,我一旦站到讲台上会吸引全世界的。我这样说也不要紧,因为你自己就是这么给我说的。也许你打算在我们的前厅里搭一个讲台,我可以在那里每天晚上给你演说,在你工作之后送你入眠。我说我们的前厅,好像我们肯定会有两个客厅!好像我们的条件不允许——如果我们的起居室里有一个讲台的话,我们还得有

[①] 这位被解雇的可怜而忠实的仆人(The poor faithful, dismissed servant):见《马太福音》25:14—30中基督关于天资的无情寓言。雇主给了三个仆人每人一笔钱,雇主不在的时候,两个仆人找到了扩大财富的方法,雇主回来的时候祝贺了他们,而第三个仆人因为害怕失去它把自己的钱埋了起来,又把钱还给了雇主。也就是说,第三个仆人并没有像上帝期待的那样充分利用自己的所得。他的雇主愤怒之下既收回了钱又辞掉了他的工作,把他赶出家门,让他流离失所:"将会有哭泣与冷战"。

个地方吃饭呢。"

"我亲爱的年轻女士,这个难题很容易解决:饭桌可以成为我们的讲台,你可以站到上面去。"巴兹尔·兰塞姆对他的同伴非常自然地恳求光明回答得并不认真。读者会说,如果这让她不再多问,她很容易就满足了。然而,在他接下来的讲话中,我们会看到他对一种非常神秘难解之事更多的讨论和赞赏:"吸引我,吸引这个世界? 你的魅力会变成什么? ——你是不是想知道这个? 这种魅力会比现在大五千倍,那就是它要变成的样子。我们会为你的才能找到很大的用武之地,它会滋润我们的全部生活。相信我,塔兰特小姐,这些东西会顺其自然地发展。你不去音乐厅唱歌,而是给我唱歌,你会给任何一个认识你、走近你的人唱歌。你的才能是不可磨灭的,别讲得好像我要消灭它或者要让它少一点神圣似的。我当然想让它改变方向了,不过我并不想终止你的活动。你的才能是表达的才能,我会为你的表现力赴汤蹈火的。它不可能在一个特定的时辰和一个特定的日子喷涌而出,而只需要灌溉施肥,那会让你的交谈熠熠生辉。想一想,当你真正产生了社会影响,那该多让人开心啊。你的资质,像你所说的,只会让你在交谈中成为美国最有魅力的女人。"

事实上,要担心的是,维里纳很容易满足(我是说,她不是相信自己应该服从他,而是相信他那一方还有一些可爱的、被忽略了的、几乎还没有被怀疑的真理)。在这个事实中,同样的想法还有进一步的证明,即在开始的一两次之后,关于她的变节将会给奥利夫造成的残酷后果(她对自己说的可不少)她没有什么可以给他说的了。当她发现这让他非常恼火,他几乎是带着残暴痛斥这个站不住脚的理由时,她克制住自己不为那个理由辩护了。他想知道从什么时候开始,与一个病态的老姑娘的密切交往比和一个体面的年轻男士的亲密来往更合适。当维里纳说出友谊那个神圣的字眼时,他问是什么狂热的谬见把他排除在同样的特权之外。在放松警惕的时刻(维里纳相信她非常警惕,不过她的警惕很容易被削弱),她告诉他,在奥利夫看来,他到马米恩的拜访对他的骑士精神投射了一束了不起的亮光,她宁可把他对维里纳不屈不挠的追求看作对她本人的暗中迫害。维里纳刚一出口就后悔不该进一步传播这种奚落,但她马上就发现这并没有造成什么危害,巴兹尔·兰塞姆欣然接受了奥利夫对他的圆滑所做的评价,让这些评价成了很多无拘无束的笑声的主题。她不可能知道他在离开纽约之前已经在这个问题上做出了决定,因为在他的戏谑中,这个年轻人并没有静下心来告诉她——早在他给她写那封信的时候(她离开那个城市之后),已经被提到的这封信只是他去剑桥拜访后写给她的那封信的追加:一种友好、尊

波士顿人
The Bostonians

重,却又意味深长的表示。进一步考虑后,分开对他而言显然并不意味着打算沉默。对他的重新考虑我们略知一二,尽管多了解是很有必要的,特别是突然出现的这个重新考虑如何成了一位编辑的鼓励这个意外的结果。对巴兹尔的想象力而言,他想重新开始自己已经坚决放弃(虽然机会很小)了的行为的方式,这个愿望无疑成了一个借口,增加了编辑鼓励的重要性。实际上,这个鼓励远没有他想的那么重要,但就他对自己处境的认识而言,这仍然是一次令人满意的革命,让他问自己(从最讲究的南方观点看)在他认真追求维里纳的这件事上,他对钱塞勒小姐到底有多少欠考虑。他很快就相信他什么也不欠她的。骑士精神与一个所恨之人有关,而不是与一个所爱之人。他并不恨可怜的奥利夫小姐,尽管她可能会让他这么做。即使他恨她,为了让他的远房表妹看看他有多勇敢就得放弃他喜欢的女子,这种骑士精神完全是痴心妄想。骑士精神是对弱者的宽容和慷慨,而奥利夫小姐并不软弱,她是个战斗型的女人,她会把他置于死地,不给他任何让步。他感到她一天到晚都在那里战斗,在她的村舍堡垒里,她的对抗在他呼吸的空气中,有时候维里纳从这种争斗中走出来见他,非常虚弱,脸色苍白。

奥利夫认为一个密西西比人应该达到的那种标准,他觉得很好玩,他也是带着同样的玩笑态度跟维里纳谈起她正准备在音乐厅做一次大展其风采的演讲。他从她那里了解到,她扛着一杆巨枪,打算用法林达夫人的那种方式在冬季战役中夺取阵地。她的签约都做好了,她的演讲路线都标出来了,她希望在大约五十个不同的地方重复她的演讲。演讲题目是"妇女的理性"①,奥利夫和伯宰小姐都认为就她们所能预见到的,这是她最有希望的努力。这一次,她不打算依靠灵感,她不想在不知道自己的处境时去面对一大批波士顿听众。而且灵感似乎已经消失了,由于奥利夫的影响,她已经阅读研究了很多,现在似乎一切都提前变得很清楚了。奥利夫是一位出色的批评家,不管他喜不喜欢她,她已经让维里纳把演讲的每一个字都重复了二十遍。没有一个语调奥利夫没有让她练习过,这跟以前她父亲唤起她情绪的老办法很不一样。如果巴兹尔认为女人浅薄,那么他没能看到奥利夫准备的标准有多高或者看到她们晚上在小客厅里的预演,这真是一种遗憾。关于在音乐厅演讲这件事,巴兹尔的想法只是——如果他能的话,他决心用计战胜它。在对维里纳谈到这一点时,他可以看出,他极尽奚落的尖刻批评让她感觉他夸大了他对它的不满。事实上,他不

---

① 妇女的理性"('A Woman's Reason'):詹姆斯用这样一个标题借用的是他的文学朋友威廉·迪恩·豪威尔斯于1883年出版的一部同名小说的标题,这本小说也是以波士顿的女性为主题。

会言过其实的,一想到她不久就要投入到一项她更着迷的事业中去,他感到讨厌极了。如果她成功了(她会成功的——他毫不怀疑,她有能力在音乐厅引起轰动),那种新的开始就会不可避免地把她交给报纸的喝彩,他对自己发誓绝不能让她有那种开始。他不在乎她的签约、她的战役或者她朋友们的一切期望,他心中最迫切的愿望就是一举歼灭这一切。对他而言,歼灭这一切会标志着他本人的胜利,象征着他的成功。他对此坚定不移,并且一次又一次地警告她。当她大笑着说,她不知道他怎么能阻止她,除非他把她绑架了的时候,他真的可怜她,在他不祥的诙谐打趣的背后,她竟然没有发现他的坚定决心。他感到几乎可以绑架她。很明显她会变得"名扬四海",那种想法简直让他恶心。他对这一点的感觉跟马迪厄斯·帕顿的感觉完全不同。

一天下午,当他和维里纳完全在规定的条件下完成了一次散步回来,他老远就看见普兰斯医生从房子里没戴帽子出来,用手遮挡着落日的红光在大路上张望。他们在一起有一项纪律规定,兰塞姆要在到那所房子之前与维里纳分开,他们刚停下来互相道别(这些话每天都比其他事更使情况升级),这时候普兰斯医生开始非常激动地招呼他们。他们急忙往前走,维里纳把手捂在胸口,因为她立刻感到有些可怕的事情发生在奥利夫身上了——由于这残酷的紧张情绪,奥利夫已经精疲力竭昏过去了,可能已经死了。这位医生看到他们过来,脸上的表情很奇怪,不是微笑而是一种不自觉的夸张暗示。她立刻告诉他们是怎么回事。伯宰小姐突然衰竭,突然说自己要死了,她的脉搏果然没有了。她是在和奥利夫以及普兰斯医生坐在游廊上的时候倒下去的,她们尽力把她扶到床上。但是,伯宰小姐不让她们动她,她正在离开,她想在这样一个令人愉快的地方,坐在她平常坐的椅子里看着落日离去。她问起塔兰特小姐,钱塞勒小姐告诉她出去了——和兰塞姆先生出去了。于是,她想知道兰塞姆是否还在那里——她还以为他已经走了呢。(通过维里纳,兰塞姆先生知道,除了这一次,他的名字从那天早上他看见她到现在一直都没跟那个老夫人提起过。)她表示想见见他——她有话要跟他说。钱塞勒小姐告诉她,他很快就会和维里纳回来的,她们会把他带进来。伯宰小姐说,她希望他们不会太久,因为她越来越衰竭了。普兰斯医生现在像一个人对自己的话很有把握似的补充说,实际上这就是最后时刻了。有两三次她冲出来找他们,他们必须马上进去。维里纳没等她把话说完就已经冲进了屋里。兰塞姆跟普兰斯医生进去的时候发现,对他而言,这种场合格外庄严;因为仿佛他将看到可怜的伯宰小姐交出自己慈悲的灵魂,另一方面,他无疑将接受钱塞勒小姐的一个提醒,那就是,她无意退出这场

波士顿人
The Bostonians

游戏。

他这么想着的时候已经站在他的表亲和她的那位尊贵的客人面前了,后者就坐在这间小木屋的游廊上他以前见到她的地方,身上裹着毯子,头上戴着帽子。奥利夫·钱塞勒在一边握着她的一只手,维里纳跪在另一边,离她很近,在那位老夫人的膝盖上方弯着身子。"您在找我——您想见我吗?"这个女孩子温柔地问,"我永远也不会离开您了。"

"哦,我不会耽误你太久。我只想再见你一次。"伯宰小姐的声音很低,像个呼吸困难之人的声音;但是这声音既没有痛苦也没有抱怨——只是表达了愉快的疲倦,这是她整个生命的最后一段时间的标志,这种快乐的倦意似乎让人感觉她现在的离去既是幸福的也是适宜的。她的头靠在椅子顶端,那条系在她的破帽子上的丝带松垮地垂着,午后的阳光照着她八旬的面孔,给它一种美丽和加倍的安详。对兰塞姆而言,在她深信不疑的放弃表情中,几乎有某种令人敬畏的东西。似乎有东西透过这种表情在说,她早就准备好离开了,只是由于时机还不成熟,她就带着一贯的信念等待着,她相信一切都是为了最好的结果;但是眼下条仲成熟了,她不禁感到这样的离开简直是一种极大的奢侈,她所能体验的最大奢侈。兰塞姆明白为什么维里纳抬头看着她生病的老朋友时满眼泪水。在最近三周时间里,她经常对他说,伯宰小姐给她讲自己生活中那一项伟大事业的故事,一年又一年,她在南方黑人中间履行自己的使命。她非常谨慎地到他们中间去教他们阅读和书写,她给他们带去了《圣经》,并告诉他们,他们北方的朋友在为他们的解放而祈祷。兰塞姆知道,维里纳并没有编造这些神话让他为自己的南方出身感到惭愧,让他为和那些离过去还不太遥远的人们的关系感到惭愧,这些人让这种使徒行为很有必要。他明白这个,因为她听他说过他对整个这一段历史的看法。关于奴隶制的问题,他给她一种历史性的总结,让她没法说他对人类愚蠢行为的具体例子没有像对任何其他事情一样痛心。不过她已经告诉过他,这就是她本来想要做的事——她本想做一件善事,自由自在地独自漫游在一个地区,这里的整个社会对她群起而攻之。如果不只是从新英格兰讲台上煤气灯照耀的有利地位谈论人权的话,她会更喜欢这项事业的。兰塞姆只是回答说"废话",这是他的理论,如我们所知道的,他对维里纳的自然秉性比这个年轻女子本人知道得更多。然而,如他完全明白的,这并没有妨碍她认为,她来得太迟了,没赶上新英格兰生活的这个英雄时代,也没有妨碍她把伯宰小姐看作这个时代的一个破损、古老的纪念碑。兰塞姆也可以有这种尊敬,特别是在这个时刻,他曾不止一次对维里纳说,他希望战前在卡罗莱纳

第三十八章

或佐治亚州见到这位老夫人——带着她在黑人中到处走动,跟她讨论新英格兰的思想。现在有很多东西他都不太关心了,但是那时候这些思想一定是非常振奋人心的。伯宰小姐的一生已经非常慷慨大方地献出了自己,她为这至高的屈服[1]还能剩下点什么是非常不可思议的。当他看着奥利夫时,发现她故意当他不存在,他在那里的几分钟,他的女亲戚从没有和他对视过一次。事实上,当普兰斯医生在伯宰小姐的身体上方倾斜着身子刚说完"我已经把兰塞姆先生给您带来了。您不记得您想见他了吗?"的时候,奥利夫就把身子转过去了。

"很高兴又见到您,"兰塞姆说,"您真好,还想起我。"一听到他的声音,奥利夫就站起来,离开了她的位置。她坐进游廊另一头的一把椅子里,转过身去,两只胳膊放在椅子背上,把头埋进胳膊里。

伯宰小姐比以前任何时候都更加茫然地看着这位年轻人:"我还以为你走了呢。你没有再来过啊。"

"他把所有的时间都花在散步中了,他非常喜欢这里的农村。"维里纳说。

"哦,很漂亮,我从这里看到的那些东西。从刚来到现在,我就一直没有健康得能到处逛逛。不过,我现在想活动一下了。"当兰塞姆做出好像要帮她的动作时,她微笑了,而且补充说:"哦,我不是说我打算离开我的椅子去活动。"

"兰塞姆先生已经跟我一起坐船出去好几次了。我一直在教他怎么放线。"普兰斯医生说,她似乎要反对多愁善感的倾向。

"噢,好,那么你已经是我们中的一员了,似乎你有各种理由让自己觉得你是属于我们的。"伯宰小姐带着一种朦胧的渴望看着她的来访者,好像希望能和他继续交谈。接着,她的眼光慢慢向旁边看过去,想看看奥利夫怎么了。她发现钱塞勒小姐已经撤退了,于是就闭着眼睛徒劳地想着她无法明白的奥秘,巴兹尔·兰塞姆和她的女主人之间的奇特关系。她显然太虚弱了,所以不能让自己去积极关心这件事,她只是觉得自己现在似乎真的要走了,有一种要和解,让一切和谐的愿望。但是,她这会儿却轻轻发出一声叹息——一种承认,也就是说,这太复杂了,她放弃了。兰塞姆有一会儿担心伯宰小姐要表达她对奥利夫的喜爱,努力要让他和那个年轻女士握手言和,以此给她自己一个最大的满足。不过他发现她没有力气了,另外她对很多事情也变得越来越模糊不清了。他大大松了一口气,因为尽管他不会反对握手言和,但是钱塞勒小姐的身体和那张扭到一边去的脸以及它们绝望的崩溃都向他清楚地表明,她会怎样面对这样一个提议。伯宰小姐以她善良的倔强坚持认为,可能只是因为奥利夫这一方嫉妒

---

[1] the supreme surrender:英语指的是死亡,最终向上帝的屈服。

波士顿人
The Bostonians

她的朋友所有的私人关系,所以兰塞姆才被排除在这个圈子之外,维里纳已经把他吸引进来了,已经让他对这项伟大的改革产生了同情,并希望为之奋斗。兰塞姆不明白为什么这种幻想对伯宰小姐很重要,他过去与她的接触非常短暂,所以无法解释她为什么对他的观点感兴趣,为什么有兴趣让他在这件事上采取正确的态度。这是在她心中骚动的那种追求正义的部分愿望,对进步的激情,从某种程度上讲,也是她对维里纳的兴趣——一种怀疑,单纯而浪漫的怀疑,伯宰小姐的怀疑一定是这样的,他们之间有某种关系,一切联合中最亲密的联合(伯宰小姐至少认为是这样)正在形成。于是,他作为一个南方人对整个这件事就具有了意义,对一个已经明白棉花州的思想状况的人来说,即使在她已经成为一个老妇人的时候,让一个南方人改变思想也会是一种真正的鼓励。兰塞姆不想打击她,他清楚地记得普兰斯医生让他小心别毁了她最后的信念。他只是谦卑地低下头来,不知道自己做了什么有幸成为她们谈话的主题。当维里纳从跪在伯宰小姐脚边的位置抬起头来看他的时候,他的眼光和她的相遇了,他发现她正在理解他的想法,正投入这种想法中,正努力向他表达一种愿望。这个愿望让他很感动。她特别害怕他会向伯宰小姐出卖她——让伯宰小姐知道她已经冷静下来了。维里纳现在对此很内疚,被那种暴露的危险吓得发抖,她的眼睛恳求他小心自己说的话。她的颤抖使他也反过来稍微有些兴奋,因为对他而言,这似乎是她最充分地承认了他的影响。

"我们一直是一个非常幸福的小圈子。"她对这位老夫人说,"这些日子里,您能跟我们在一起真是太让人高兴了。"

"这一直都是一种很好的休息。我很累,我不能说很多话。我过得很愉快。我已经做了很多——很多事情。"

"我想我就不多说了吧,伯宰小姐。"普兰斯医生说,她现在蹲在她的另外一边,"我们知道您做了多少。您难道不觉得大家都知道您的生平吗?"

"不是很多——只是我努力把握住的那一点。当我从这里回首往事时,从我们坐着的地方,我可以感觉到这个进步。这就是我想对你们和兰塞姆先生说的——因为我马上就要走了。紧紧地握住我的手,这就对了,不过你们不能留住我。我现在不想留下,我觉得我要加入到我们很久以前失去的另外一些人当中去了。他们的面孔现在都回到了我的眼前,历历在目。似乎他们正在等着我呢,似乎他们都在那里,似乎他们想听到。你们绝不能因为没有马上看到进步就认为没有进步,这正是我想说的。只有当你们走了很长的路,你们才能感到做了什么。这就是当我在这里回首往事的时候所看到的,我看到在我年轻的时候,社会还没有一半人觉醒呢。"

"伯宰小姐,您比任何人都激励了这种进步,我们为此都尊敬您!"维里纳突然感情爆发地哭了起来,"如果您能活一千年,您也只是想着别人——您只想着帮助人类。您是我们的女英雄,您是我们的圣人,从来没有像您这样的人!"维里纳现在不看兰塞姆,她的脸上既没有轻视,也没有恳求。一阵对羞耻的悔过传遍她的全身——由于重新认识到伯宰小姐这样高尚的生活,她想马上为自己悄悄地偏离方向而赎罪。

"噢,我并没有产生很大影响,我只是关心和希望而已。你们会比我干得多——你和奥利夫·钱塞勒,因为你们年轻聪明,比我那时候聪明多了。另外,一切都已经开始了。"

"哦,您已经开始了,伯宰小姐。"普兰斯医生扬起眉毛说,干巴巴却善意地表示不同意,带着一种毕竟也没有多大关系的神态,表现出她的权威已经被上帝取代了。这个能干的小妇人纵容她的病人的方式足以说明这个好夫人马上就不行了。

"我们会永远记起您的,您的名字对我们是神圣的,会让我们保持专注和奉献精神。"维里纳用同一种口气继续说,仍然没有再看兰塞姆一眼。她说着话,好像努力不要让自己停下来,在用誓言把自己绑住。

"哦,这些年你和奥利夫牺牲你们的生活为之奋斗的事业极大地吸引了我,我真的想看到正义得以伸张——对我们女性。我还没有看到,但是你们会看到的。奥利夫会的。她在哪里——她怎么不在我身边给我道别呢?兰塞姆会的——他会因为助了一臂之力而感到自豪的。"

"噢,哎呀,天哪!"维里纳哭了起来,把头埋在伯宰小姐的大腿上。

"如果你认为我最想做的就是保护你的虚弱和慷慨,您也没有错。"兰塞姆说得相当含糊,但是带着明显的尊敬。"我会把您作为一个能干的妇女榜样记住您的。"他补充说,尽管他认为可怜的伯宰小姐根本就没有一点女性的线条,但是他后来也没有为这些话感到后悔。奥利夫·钱塞勒发出歇斯底里的呻吟,算是对这些话做出的回应,伯宰小姐说的这些话显然让奥利夫觉得是一种侮辱性的嘲讽。这时候,普兰斯医生给兰塞姆递了一个眼色,恳请他走开。

"再见,奥利夫·钱塞勒,"伯宰小姐咕哝着说,"我不想停留了,尽管我想看到你们将会看到的东西。"

"除了羞耻和毁灭,我什么也不会看到!"奥利夫尖叫着向她的老朋友扑过去,兰塞姆谨慎地退出了这个场面。

波士顿人
The Bostonians

第三十九章

第二天早上,他一看见普兰斯医生就知道,在钱塞勒小姐家要发生的事情已经发生了。并不是她的情况有多么悲伤,而是这种情况似乎在说,目前她再没有心思去钓鱼了,伯宰小姐安静地离去了。那天晚上,在兰塞姆来访一两个小时之后,她们把她的轮椅推进屋里,什么也没做,只是等着她最后咽气。钱塞勒小姐和塔兰特小姐一动不动地坐在她的身边,她的双手放在她们的手中,将近八点钟的时候她慢慢地离去了。这是一种令人愉快的离世,普兰斯医生说她从来没有见过这么合时宜的离开。她补充说她是一个好女人——一个旧式妇女,这是巴兹尔·兰塞姆注定要听到的关于伯宰小姐的唯一致辞了。他心头一直萦绕着她临终时的简朴场面,在后来的一些日子里,他不止一次地想,她的事业没有盛况和仪式,怀念她的祭奠仪式也这么简单。她几乎出了名,她主动,认真,比任何人都无所不在,把自己完全奉献给了名目繁多的慈善、信念和事业。然而,因为她的死而真正感到悲伤的人显然只有科德角这个小"木屋"里的三个年轻女子。兰塞姆从普兰斯医生那里了解到,她的遗体将被安葬在马米恩的小公墓里,在水手和渔民们长满苔藓的旧墓碑中间,在这里她可以看到她喜欢凝望的美丽海景。她第一次来的时候就看过这个地方,当时她还能稍稍坐车外出,她说过她觉得躺在那里一定会很开心。这不是命令,不是明确的要求。伯宰小姐在她生命的晚期,在八十年的岁月里从来没有想过采取明确的策略,或者提出一次个人的要求。奥利夫·钱塞勒和维里纳对这位疲倦的慈善事业的朝圣者的心愿做出了自己的解释,在这个辛劳、苦难的世界上,她可能会喜欢自己看到的这个最安静的角落。

在这一天当中,兰塞姆收到维里纳写有五行字的短信,目的是告诉他,目前他绝对不能指望再见到她,她希望安静地把事情想清楚。她又提议他应该离开这里三四天,那个地区有很多奇妙古老的地方可以看。兰塞姆认真考虑了一下这封信的内容,发现如果他没有马上离开,他就会因为不怀好意而心存内疚。他知道,在奥利夫·钱塞勒看来,他的举止已经带上了那个污点,所以不管他觉得惹她不高兴是更多还是更少都没有用。不过他想给维里纳留下这样的印象，那就是在整个世界上，除了不能放弃她，他可以做一切让她满意的事。他在装行李箱的时候，觉得自己既表现得体又体现了最高的外交智慧。对他本人而言，离开证明他是多么有安全感，他相信不管她怎么在他的控制中挣扎，他都已经紧紧地把她抓牢了。当他站在那里的时候，在可怜的伯宰小姐的面前，她表达的感情只是她扭曲的天性。他充分注意到了这一点——并对自己说，她在安静之前有可能还会有很多次挣扎。古话说得好，一个女人在倾听的时候就迷失了①。维里纳在最后三周所做的除了倾听还有什么呢？——每天的时间虽然不长，但都很专注，她没有从马米恩撤退就是证明。她并没有告诉他，奥利夫想尽快把她带走，但是他不需要这个秘密就知道如果她继续留在这个地方，那是因为她更喜欢这么做。也许她觉得自己正在战斗，不过如果她现在没有过去战斗得起劲，那么他仍然觉得自己成功了。她要求他离开几天，并感觉这种要求很有说服力，不过他显然并没有感受到这个打击。他喜欢认为自己对女人很有手腕，他相信维里纳会被他给她回信的内容所打动，他在信中告诉她说，他决定去普罗温斯敦。因为在那个无法给他遮风挡雨的屋檐下，他不能把这封短信委托给任何人——在马米恩的这家旅馆里人们不得不自己当差——他步行到那个村的邮局，要求把他的信放在钱塞勒小姐的信箱里。那天，他在这里第二次碰见了普兰斯医生，她来帮奥利夫寄信，奥利夫用这些信通知伯宰小姐的几个朋友葬礼的时间和地点。那位年轻女士和维里纳闭门不出，普兰斯医生为她们代办一切事宜。想到普兰斯医生将会最快、最准确地让自己履行这些受委托的责任，兰塞姆觉得自己不会指责她以某种方式所属的这个性别了。他告诉她，他打算离开几天，友好地希望他回来的时候在马米恩能见到她。

她用锐利的眼睛打量了他一会儿，看他是否在开玩笑，接着她说："哦，我想你认为我想干什么就干什么。不过我不能。"

"你的意思是你必须回去工作吗？"

"哦，是啊，我在城里的位置空着呢。"

"其他地方也需要你。你最好待到这个季节结束再走。"

"对我而言只有一个季节。我想看到我的办公室工作记录。除了伯宰小姐，我不会为任何人待这么长时间的。"

---

① 一个女人在倾听的时候就迷失了（A woman that listens is lost）：这应该是一个古老的格言，文学渊源也许是英国剧作家约瑟夫·艾迪生（Joseph Addison, 1672—1719）的悲剧《卡托》第五幕第一场，其中有类似的句子："一个女人行为刻意就迷失了。"（'the woman that deliberates is lost'）

波士顿人
The Bostonians

"噢,那么再见吧,"兰塞姆说,"我会永远记住我们的那些短途旅行。祝你事业兴旺!"

"这正是我想回去的原因。"普兰斯医生干脆果断地回答。他耽误了她一会儿,想问一下维里纳的事。就在他犹豫着怎么提出他的问题时,普兰斯医生说话了,显然是想给他点时间以便让他记起她的意气相投:"哦,我希望你能继续坚持自己的观点。"

"我的观点,普兰斯小姐?我相信我从来没有跟你说起过啊!"

兰塞姆继续补充说:"塔兰特小姐今天好吗?她平静一些了吗?"

"哦,不,她一点也不平静。"普兰斯医生非常肯定地回答。

"你是说她很激动,很情绪化吗?"

"哦,她不说话,她非常安静,钱塞勒小姐也一样。她们像两个守灵者一样一声不吭——她们不说话。不过你可以听见这种沉默的颤动。"

"颤动?"

"哦,她们非常紧张不安。"

如我所说,兰塞姆很自信,他尽力从普兰斯医生对小木屋里的这两位女士所做的描述中挑选一个好的征兆,然而这种努力并不完全奏效。他本来想问普兰斯医生她是否认为维里纳终究是不能信赖的,但是他太不好意思,所以就没有问,他们两个人还没有说起过他和塔兰特小姐之间的关系这个话题,另外他也不想让自己提出一个多少有些暗示怀疑的问题。所以他放弃了,并无诚意地随便问了一下奥利夫的情况,这个问题也许会帮助他了解事态的进展:"你觉得钱塞勒小姐怎么样——她给你的印象如何?"

普兰斯医生想了一下,显然知道他想问的不只是这些。"哦,她越来越瘦了。"她马上回答。兰塞姆离开了,他并没有得到更多消息,无疑他觉得这个小女医生最好还是回到她的本职工作中去。

他把这件事做得很漂亮,在普罗温斯敦①待了一周,呼吸着甜美的空气,抽了很多雪茄,在古老的码头间漫步,那里青草茂盛,对那种衰落的伟大印象仍然要比在马米恩时强烈得多。像他的波士顿朋友们一样,他也很紧张不安,有些日子里他感觉必须冲回那个温馨的小港附近,空气中有许多声音对他耳语,他不在的时候有人正在用计战胜他。然而他还是待够他决定在那里的时间,他想她们怎么做也无法躲避他,除非她们也许再出发去欧洲,不过她们也不可能那么做,他用这种想法让自己平静下来。如果奥利夫小姐努力要把维里纳在美国

---

① 普罗温斯敦(Provincetown):那时候科德角(Cape Cod)东北角的一个小村庄。

藏起来,那么他就保证去把她找出来——尽管他不得不承认她们逃往欧洲就会难住他,因为他没钱去追。她们会计划好,在维里纳在音乐厅的*首场演出*①的前夜横渡大西洋,不过这是根本不可能的事。在他返回马米恩之前,他给这位年轻女士写信通知她,他要在那里再次露面,让她知道他希望她能在第二天早上出来见他。这封信表明了这个决心,那就是他打算尽可能利用这一天的时间。他已经多次用这种方法磨蹭时间,直到天黑前的时间所剩无几,无论如何他回去后不能再久等了。下午的火车把他从普罗温斯敦带了回来,晚上他了解到那些波士顿人还没有离开这个地方。榆树下的那所房子窗户里有灯光,他站在那天晚上跟普兰斯医生一起站过的地方,那时候他听着维里纳在预习演讲时抑扬顿挫的声音。现在除了灯光,没有抑扬顿挫,没有声音,没有任何生命的迹象,显然这个地方仍然处在普兰斯医生描述的那种感觉得到的沉默中。兰塞姆感到自己没有让维里纳立即见他足以证明他的骑士精神了。她没有回复他最后一封信,但是第二天她在他提议的时间准时赴约。他看见她穿着白色连衣裙走在马路上,打着一把很大的遮阳伞,再次觉得自己非常喜欢她走路的样子。然而他对她的脸色以及这脸色预示的东西感到惊愕。她脸色苍白,眼睛通红,看起来比以往任何时候都严肃,好像他不在的时候她痛哭过。不过不是为他而哭,这一点她一开口说话就明白了。

"我只是出来明确地告诉你,这是不可能的!我已经把一切都想清楚了,花了很长时间—— 一遍又一遍地想。这是我最后明确的答复。你必须接受——你没有别的选择。"

巴兹尔·兰塞姆凝视着她,担心地皱着眉头:"请问为什么不可能?"

"因为我不能,我不能,我不能,我不能!"她很激烈地反复说着,表情纠结扭曲。

"真该死!"这位年轻人咕哝着说。他抓住了她的手拉到自己的胳膊下,强迫她跟他一起沿着这条路走下去。

那天下午,奥利夫·钱塞勒走出她的房子,在海边溜达了很久。她上下打量着这个海湾,看着那些在蓝色水面上闪烁的船帆,这些船帆在微风和光亮中移动着,它们从来没有像现在这样成为她兴趣的焦点。这是一个她注定难忘的日子,她感到这是她生命中最伤心、最具有杀伤力的事情。焦虑和挥之不去的恐惧现在还没有控制住她,而在纽约这些情绪却把她折磨得够呛,那时候巴兹尔·兰塞姆把维里纳带走,在公园里把她据为己有。然而,无限的痛苦重担似

---

① *debut*:法语,初次露面,初次表演,首次出场。

波士顿人
The Bostonians

乎压在她的心灵上,由于苦涩的悲哀而疼痛,由于绝望而麻木冷漠。她已经没有了强烈的惊恐,没有了那种急切的痛苦,她现在太累了,无法与命运抗争了。当她漫无目的地在那个美丽的下午往前溜达的时候,她明白了,维里纳告诉她那天早上她想给兰塞姆先生的"十分钟"突然变成了一天的投入,她似乎感觉自己几乎已经接受了命运。他们一起坐船走了,从村子里一个重要人物那里租到了一艘小船,在维里纳的要求下,打发这个人的小儿子把这个消息带到钱塞勒小姐的木屋里,她不知道他们是否带着这个船老大一起离开了。甚至当这个消息到来的时候(它在一个非常宽慰的时刻到达),奥利夫的神经还没有像他们那一次在纽约出行时那样受折磨,她能计算出从那一刻起自己已经走了多远的路。这消息并没有让她立即跑出来在海滨狂乱地走动,去查问每一艘过往的船只,恳求那位正和一个长头发、肤色黝黑的男子在海湾某个地方扬帆的年轻女子,求她立即返回。相反,在最初这个消息带给她的痛苦战栗之后,她还是能控制住自己,料理自己的房间,书写上午的信函,把脑子里装了一段时间的账目处理好。她本想推迟思考,因为她知道那会让她再一次面对那些非常讨厌的认识。这些东西用一个事实来概括就是,现在连一个小时也不能信任维里纳了。前天晚上维里纳还对她发誓,表情活像一张受到伤害的天使的脸,她做出了选择,她们的联合、她们的工作对她比任何其他生活都重要,她深信如果她抛弃这些神圣的东西,最终她只能带着懊悔和耻辱死去。维里纳只要再见兰塞姆先生一次,十分钟,给他讲一两个至关重要的真理,然后她们就会再次重温往日那些幸福、活跃、卓有成效的日子,就会将她们自己全身心投入到她们伟大的奋斗中去。奥利夫已经看到伯宰小姐的死是如何打动了维里纳,那位不同寻常的女性高贵而简朴地走下了舞台。在这个舞台上,她的确认为每一种庸俗的愿望、每一种世俗的标准和诱惑都太一文不值了,这个女孩子在看到这一切之后是如何再一次被她们最自信时刻的那种精神所感动,如何被这样的信念点燃了热情,也就是说,没有任何狭隘的个人享受能比那种想要为那些一直在受苦并仍然在等待着的人们做点事更有意义的了。这有助于奥利夫相信自己也许可以再次相信维里纳,同时也意识到维里纳被自己可恶的考验奇怪地扭曲了,变得优柔寡断了。噢,奥利夫知道,维里纳爱他——她知道这个可怜的女孩子不得不与之斗争的是什么感情。奥利夫对维里纳很公平,相信她的表白是真诚的,她的努力是真实的。由于她受到折磨,在受苦,奥利夫·钱塞勒仍然让自己严守公正,这就是为什么她现在带着一种难以言说的同情在理解维里纳,把她看作一个可怕的符咒的牺牲品,把她的所有诅咒和蔑视都留给她们共同痛苦的制造者。如果维里纳说她能用二十个字就把他打发掉,之后半小时就跟他上了船,那是因为他和其他男人一样有办法找一些不容置疑的理由,用更强烈的痛苦威胁迫使她做她非常不情愿做的事。但是,尽管如此,现在清清楚楚摆在她面前的是,即便维里纳恢复如初,即使她能像伯宰小姐去世后的那些日子一样情绪激昂,也不能再相信她了。在奥利夫的处境中,她倒是想了解她本来会很害怕遭受的那种苦行折磨,她倒是想看见她不会设法强行打开的那扇上了锁的门!

归根结底,这种难以名状的悲哀感就是,尽管维里纳周到体贴,慷慨大方,但她只是被派来证明毕竟女人自古以来就是自私贪婪的男人们的玩物,奥利夫整个下午的散步都伴着这种凄凉的想法,从中感到一种悲剧性的慰藉。她走得很远,待在那些无人的地方,把脸暴露给灿烂的阳光,这明亮的光辉似乎在嘲笑她精神的阴暗和痛苦。有一些沙质小海湾,那里的岩石干净,她在那里久久徘徊,跌坐在沙滩上好像再也不想站起来了。伯宰小姐去世后,除了那次和波士顿来的十二位支持者一起站在那位疲倦的老妇人墓前,这是她第一次出来。从那时候起,有三天她都一直在写信,给那些没来的人们叙述讲解。她认为有些人本来是可以安排过来的,而不是寄给她几页零碎的回忆,并要求她回信讲述一切细节。塞拉·塔兰特和他的妻子冒冒失失地来了,她是这么看,因为他们从来没有和伯宰小姐有过很多交往,如果只是为了维里纳的缘故,维里纳自己在那里就足以表达哀悼了。塔兰特夫人显然希望钱塞勒小姐会挽留她继续住在马米恩,但是奥利夫觉得自己根本无意做出这种好客的英雄壮举。完全是为了自己不必要那么做,她才在一年当中两次给塞拉两笔数目可观的钱。如果塔兰特夫妇想换换空气,他们可以到全国各地去旅游——他们现在的收入也允许他们这么做,如果他们喜欢,他们可以去萨拉托加或者纽波特。[①] 他们看起来好像可以把手伸进自己的口袋(或者她的口袋),至少塔兰特夫人的表情是这样的。塞拉还在炫耀他那件旧雨衣(在八月的一个热天),但是他的妻子却穿着沙沙作响的衣服走过马米恩低矮的墓碑(在着装方面,她很不在行),奥利夫可以看出这些衣服价格不菲。另外,普兰斯医生走后(这一切结束的时候),奥利夫松了口气,感到自己和维里纳总算可以单独待在一起了——带着已经出现在她们俩之间的一个可怕的、逐渐升级的问题单独待在一起。天哪,那种相聚真够劲!她还没有摆脱普兰斯医生这样一个同住者,又把塔兰特夫人放到她的位置上了。

---

① 萨拉托加或者纽波特(Saratoga or New Port):分别位于纽约上州(北部地区)和罗得岛州的旅游胜地。

波士顿人
The Bostonians

在这个特殊的日子里,难道维里纳的反常行为对奥利夫不是意味着努力是没有用的,这个世界纯粹是一个大陷阱或者大诡计,女人在其中永远是容易上当受骗者,所以落在她们头上最坏的诅咒就是,她们必须最大可能地侮辱那些把她们的事业最放在心上的人吗?难道她不是对自己说过,她们的软弱不只可怜而且可恶——她们命中注定要可恶地屈服于男人更强大、更粗野的强求吗?难道她不是问过自己,她为什么她要放弃自己的生活去拯救一个根本就不想被拯救的性别吗?这个性别甚至在沐浴着真理的黎明曙光之后还拒绝接受这个真理,还假装被人供养和保护。有些秘密我不想费力介入,有些推测我也无意为之,一切人类的努力对她来说从未像这个致命的下午显得如此苍白徒劳,我们知道这一点就够了。她的眼睛盯着远处能看见的那些船只,想知道维里纳是不是正划着其中的一只驶向她的命运。不过,奥利夫不想冲向前去呼唤她回家,而是几乎希望她永远溜掉,这样她就不用再看见她了,再也不用面对一次非常刻意的、可怕的分手这个细节了。在过去的两年时间里,奥利夫在可怕的沉思中苦熬时日,她又一次明白她的计划是多么高尚,多么美丽,但是这个计划又是如何建立在一个幻想之上。一想到这一点,她就感到头晕恶心。现在摆在她面前的是这样的现实,美丽而冷漠的天空正对这个现实倾注着漠不关心的光辉。这个现实就是,维里纳对于她比她对于维里纳要重要得多,这个女孩子具有精湛的自然技巧,她关心她们的事业只是因为现在还没有其他更大的兴趣和诱惑。她的天才,那种将会创造奇迹的才能对她无关紧要,一切轻易到手所以她根本就不珍惜,就像她几个月可以不打开钢琴,只有奥利夫才珍惜这种才能。维里纳已经顺从,她已经做出了回应,已经参与了奥利夫的鼓动和劝导,因为她有同情心,她年轻,精力充沛又耽于幻想,但是这是一种温室里的忠诚,仅是一种榜样力量的感染,从她内心迸发出来的一种自然感情很容易在上面哈出一股寒气。奥利夫有没有问过自己,她的同伴这几个月是不是最无意识又最成功地在欺骗她?这里我必须再次声明我没有能力回答。可以肯定的是,她已经穷尽了对一个白日梦的所有归纳判断,这些判断似乎能蒸发掉生活的迷雾和含糊不清。这些回首往事一目了然的时刻男女都遇到过,至少有过一次,当他们带着事情的原因从现在去看过去,就像没有被注意到的指路牌,突出在那里而他们却从未看见。他们身后的旅程在地图上标出,错误的足迹,错误的观点,所有那些让他们迷失,欺骗他们的地形都已经被标示出来。他们像奥利夫一样明白,但是他们可能很少像她那样遭罪。那种后悔的感觉,那种被欺骗的感觉像烈火一样在她胸中燃烧,现在悲哀的帷幕已经落下,这个壮观的场面使她的眼睛慢

第三十九章

慢地、悄悄地涌满泪水,这泪水一滴一滴往下落,既没有缓解她的神经,也没有减轻她的痛苦负担。她想到了与维里纳无数次的谈话,她们相互之间交换的誓言,她们认真地学习,她们忠诚地工作,她们的某种回报,灯下度过的那些冬天的夜晚,她们带着公正的预见和高昂的激情,因为在人类的两个心灵中发现了避难所而兴奋不已。很多次,这个可怜的女孩子从心不在焉的游荡中茫然地停下来,对失去这个避难所的痛惜,翱翔之后的跌落让她唯有发出沮丧模糊的痛苦呻吟。

下午渐渐消失,随之而来的是夏末轻微的凉意,白天开始变得越来越短了。她向家的方向看去,这时候她感觉到,如果维里纳的同伴还没有把她带回那里,她就会有理由担心他们发生了什么事。她似乎觉得所有驶入这个小村庄的船只几乎都要经过她的眼前,向她展示所载何人。她已经看见十二艘载着男人的船。完全可能出事故(他这个来自种植园的人,以他的气质,兰塞姆能对操作船帆懂些什么呢?),一旦那种危险隐约出现在她的眼前——眼前明显的好天气也没有引起她的注意——奥利夫的想象力就会变得非常活跃,很快便触及最坏的结果。她看到那只船翻了,向大海飘去,(在一周难以名状的恐惧之后)一具无名的年轻女尸面目全非,难以辨认,不过还可以看出红褐色的长发和白裙子被冲到某个遥远的海湾。一小时之前,她还带着一种宽慰在想,如果维里纳永远沉入地平线以下,她们就永远不会再有大麻烦了;不过现在由于天色渐晚,一种剧烈的、直觉的焦虑替代了那种打算好的听天由命。她加快步伐,心跳加速。最重要的是,只有在这个时候她才感到她是如何理解友谊的,如果永远也看不到那张她曾经贴近心灵之人的面孔,那将是一个致命的打击。她到达马米恩的时候暮色已经变浓,她在房前驻足片刻,长在青草路边的榆树笼罩着房顶,她似乎觉得这些榆树比以前挂上了一层更黑的幕布。

窗户里没有烛光,她推门进来站在大厅里听了一会儿,她的脚步没有惊起任何回声。她有些失望,维里纳从早上十点到夜幕降临一直待在外面的船上,这太不正常了,她冲进低矮昏暗的客厅里大哭了起来(在那个时辰,客厅的一边已被浓密的树叶遮蔽,另一边被游廊和凉亭挡在黑影里),这只是个人情感的一种狂乱表达,一种不惜任何代价要把她的朋友再次揽入怀中的渴望,哪怕条件对她是最苛刻的也在所不辞。紧接着,她又换成另一种惊讶,因为维里纳一动不动地站在这间屋子的一个角落里——她在进屋时坐的第一个地方——静静地看着她,在黑暗中她的表情似乎奇怪而不自然。奥利夫马上停止哭泣,有一会儿这两个女子站在各自的位置上,在暮色苍茫中相互凝视着。之后,奥利夫

波士顿人
The Bostonians

仍然没说什么,她只是向维里纳走过去,在她身边坐下。她不知道如何理解她的举止,她以前从来没有那样过。她不愿说话,她似乎被压碎了,威风扫地。这几乎是最糟糕的——如果以前发生的事还不至于这么糟糕的话。奥利夫带着一种难以抵御的同情冲动和安慰拿起维里纳的手。这只手主动放进奥利夫的手中,她从这种举动猜到了维里纳的全部感情——看到那是一种后悔,为她上午的软弱,她的迅速投降,她不明智的动摇而感到的羞愧。维里纳不反抗也不解释,以此表示这种羞愧,她甚至都不愿意听到自己的声音。维里纳的沉默本身就是一种恳求——恳求奥利夫不要问任何问题(她可以相信,奥利夫是不会用语言指责她的),只等着她能再次抬起头来。奥利夫理解,或者认为自己理解,这沉默的悲哀只会显得更深刻。奥利夫只是坐在那里握着维里纳的手,这就是她能做的一切,除此之外,她们现在谁也帮不了谁。维里纳头向后扬着,双眼紧闭,当夜幕降临到这间屋子里时,这两个年轻女子有一个小时谁也没有说话。显然,这是一种羞愧。过了一会儿,客厅女仆手里端着一盏灯,以马米恩仆人的方式随意出现在门口,不过奥利夫狂暴地示意她走开。她想保持这黑暗。这是一种羞愧。

第二天上午,巴兹尔·兰塞姆用他的手杖把钱塞勒小姐的房门横梁敲得很响,这扇门天气晴朗的时候总是开着的。无须等待,仆人已回应了他的传唤。奥利夫有理由相信他会来的,为了一种个人的目的,她一直潜藏在客厅里,现在移步到小厅里来。

"对不起,打扰你了。我希望—— 一会儿——我可以见一见塔兰特小姐。"这句话就是他对走上前来的女亲戚的问候(一种谨慎的致意)。她看了他一眼,眼里闪烁着奇异的绿光。

"这不可能。你可以相信我的话。"

"为什么不可能?"他问,尽管内心不悦但还是微笑着。由于奥利夫没有理他,只是带着一种他以前在她身上没有见过的冰冷的无畏看着他,他稍微做了一些解释:"我只是走前见一下她——跟她说几句话。我想让她知道从昨天开始——我已经下定决心——离开这个地方。我坐中午的火车。"

他决定离开或者告诉她这个并不是为了让奥利夫·钱塞勒满意,然而他很吃惊,他的话并没有给她的脸上带来任何高兴的表情。"我觉得你离开与否已经没有什么要紧的了。塔兰特小姐本人已经走了。"

"塔兰特小姐——已经走了?"这个通知跟维里纳前一天晚上的那些明显意向很不相符,所以他突然说出来的激动话既表达了懊悔也表达了惊讶,这么做给奥利夫一种暂时的优势。这是她仅有的一次优势,这个可怜的女孩子即使为这个优势感到高兴也是可以原谅的——如果她高兴得起来的话。巴兹尔·兰塞姆显而易见的挫败比长期以来的任何事情都让她开心。

"我亲自送她去赶的早班火车,我看着火车离开车站的。"奥利夫目不转睛地看着他,以便从他接受这个消息的举止中获得满足。

必须承认他接受得相当糟糕。他决定最好离开,不过维里纳的离开是另外一回事。"她去哪儿了?"他皱着眉头问。

"我认为没有必要告诉你。"

"当然没有!请原谅我这么问。最好由我自己去找,如果你给我提供这个信息,我可能会因为受益而感到你的某种优雅。"

"天哪!"钱塞勒小姐大声说,想到兰塞姆所谓的优雅。接下来,她更加有意地补充道:"你自己是找不到的。"

"你认为我找不到吗?"

"我深信不疑!"她深深感觉到这种形势带给她的快乐,嘴里突然发出一种刺耳的、不常有的、混乱的声音,这声音发挥着笑声的作用,一种代表成功的笑声,不过从远处听的话,这种声音几乎也可以被当成一种绝望的悲鸣。在兰塞姆迅速离开的时候,他的耳边就萦绕着这种笑声。

波士顿人
The Bostonians

第四十章

卢纳夫人接待了他,就像他第一次到查尔斯街来访的时候她接待他一样。我并不是说她用同样的态度。那时候,她对他知之甚少,然而今天,她为了自己的幸福已经知道得太多了,现在她对他的态度稍微有些怀恨在心,鄙夷不屑,好像他说什么或者做什么都只能证明他的可恶的欺骗和刚愎自用。她认为他待她很卑鄙,他明白这一点——我并不是说事实就是这样,而是说这是他的推测。这种揣测让他觉得,她的憎恨和她的观点一样浅薄,因为假如她真相信自己的痛苦,或者如果这痛苦有什么尊严的话,她就不会同意见他。如果没有一个很好的理由,他是从来不会登钱塞勒小姐的门的,他现在这么做是因为这屋子里有个人他可以问话,所以他才不会转身离开。有人告诉他卢纳夫人住在那里,于是他就把名字通报给她,想碰一下运气,看她能否接待他;因为他认为她在过去四五个月里写给他的那些信,其结果很可能是她拒绝见他——那些信他几乎都没有看,全是暗示他以往的做法中那些最伤害人的东西,无论是什么,他对这些东西都统统记不起来了。他对此很不耐烦,因为他满脑子想的都是别的事情。

"我不怀疑你的品位很差,很粗鲁。"他一进屋她就说,用一种他不相信她可能会有的严厉目光看着他。

他发现这意味着自从她妹妹到纽约拜访之后,他一直都没有去看她。在伯雷奇夫人家的那次晚会上,他感觉自己很讨厌她,所以就不再理她了。他没有笑,而是满腹忧患,心事重重。但是,他用一种显然是惹她生气的口吻,夹带着不恰当的高兴回答她说:"我还以为你不会见我呢。"

"如果我心血来潮,我为什么不见你呢?难道你以为我很在乎见不见你吗?"

"从你的信中,我还以为你想见我呢。"

"那你为什么又认为我会拒绝呢?"

"因为女人总是反复无常嘛。"

第四十章

"女人——女人！你对她们了解不少嘛！"

"我每天都多了解一点。"

"显然你还没有学会给她们回信呢。我真是觉得奇怪,你竟然没有撒谎说没收到我的信。"

兰塞姆现在可以微笑了,他一直被愤怒折磨着,有机会释放这种情绪几乎让他恢复了自己的好脾气:"我能说什么呢?你让我喘不过气来。再说,我确实回了一封信。"

"一封?你说得好像我给你写了很多信似的!"卢纳夫人大声说。

"我还以为你就是这个意思呢——你赏光给我写了那么多。它们铺天盖地,当男人被压垮的时候,一切都完了。"

"是啊,你看起来好像已经被压成碎片了！永远不再见到你才让我高兴呢。"

"我现在可以看出你为什么接待我——就为了给我说这个。"兰塞姆说。

"这是一种快乐。我打算回欧洲去。"

"真的吗?为了牛顿的教育吗?"

"啊,我怀疑你竟然还有脸提起这件事——在你那样抛弃他之后!"

"咱们别谈这个话题了,之后我就告诉你,我想干什么。"

"我根本就不在乎你想干什么,"卢纳夫人说,"你甚至都没有通情达理地问我,我要去哪儿——到那边。"

"一旦你离开这个国家——你去哪儿对我有什么不同呢?"

卢纳夫人站了起来。"啊哈,骑士精神、骑士精神!"她大声说着,走到窗口——兰塞姆第一次就是在奥利夫的安排下从这个窗口欣赏后湾的风景。卢纳夫人向前倾着身子看着这一片景色,丝毫不像一个要失去这个美景的人那样表情悲哀。"我决定告诉你我要去哪儿,"她立即说,"我要去佛罗伦萨。"

"别担心!"他回答,"我会去罗马。"

"那你就会把鲁莽带到那里,自古老的帝王以来最大的鲁莽。"

"古老的帝王,他们除了其他邪恶之外还有鲁莽吗?从我个人的情况讲,我决定让你知道我为何而来。"兰塞姆说,"如果我能问任何其他人,我也不会问你;但是我很苦恼,不知道谁能帮助我。"

卢纳夫人对他转过身来,脸上带着最坦率的嘲笑:"帮助你?你还记得最后一次我让你帮助我吗?"

"在伯雷奇夫人家的那天晚上吗?那时候我当然没有什么不周之处了,我记得我督促你要一把椅子,那样你就可以站在上面一边看一边听了。"

"请问看什么,听什么?你那令人恶心的迷恋吗?!"

"我想对你说的正是这一点,"兰塞姆继续说,"既然你已经什么都知道了,你也就不会再感到惊讶了,所以我冒昧地问你——"

"今天晚上她的演出到哪里去弄票,对吧?她没有给你送一张,这可能吗?"

"我向你保证,我来波士顿不是来听演讲的,"兰塞姆悲哀地说,卢纳夫人显然觉得这是一种文明的愤怒,"我想弄明白的是,这时候到哪里能找到塔兰特小姐。"

"你认为这对我是个体贴的问题吗?"

"我不明白为什么不是,不过我知道你并不这么想,像我说的,我给你说这件事只是因为我真的想不到任何人能帮助我。我已经去过剑桥塔兰特小姐的父母家,但是房门关着,房子是空的,没有一个人影。今天早上我一来就先去了那里,只是在我白跑了一趟莫纳德诺克的时候,我才按响了这里的门铃。你妹妹的仆人告诉我,塔兰特小姐没有住在这里,不过她补充说卢纳夫人住在这里。你肯定不会为自己和塔兰特小姐相提并论感到高兴的,我没有告诉自己——或者告诉仆人——说你也会高兴,我只是在想我至少可以在你这里试一试。我甚至没有要见钱塞勒小姐,因为我肯定她无论如何都不会给我透露任何消息的。"

卢纳夫人听着这个年轻人对这个过程的坦率描述,稍微扭过头去,从肩膀上方看着他,她的眼睛尽可能毫不同情地盯着他的眼睛。"那么,像我所理解的,你的意思是说,"她马上补充道,"我应该把我妹妹出卖给你。"

"比这还糟,我认为你应该出卖塔兰特小姐本人。"

"塔兰特小姐对我算老几?我不明白你在说什么。"

"难道你真的不知道她住哪里吗?你难道没有在这里见过她吗?奥利夫和她不是经常在一起吗?"

卢纳夫人听到这里身子完全转向他,双臂交叉,头向后扬着大声说:"听着,巴兹尔·兰塞姆,我从来没有觉得你是个傻瓜,不过我感到自从我们上次见面以来,你已经失去了理智!"

"毫无疑问。"兰塞姆微笑着说。

"你是想告诉我,你根本不知道塔兰特小姐在哪里吗?"

"过去十周我既没有见过她,也没有听说过她,钱塞勒小姐把她藏了起来。"

"在波士顿所有的墙上和篱笆上都闪耀着她的名字的情况下,有人竟然把她藏了起来吗?"

第四十章

"噢,对,我已经注意到这一点,我不怀疑等到今天晚上我也能见到她。但是,我不想等到今天晚上,我现在就想见她,不是公开地——而是私下里。"

"你真的想吗?——真是太有意思了!"卢纳夫人大声说,轻轻地笑着,"请问你想拿她怎么样?"

兰塞姆稍微犹豫了一下:"我想最好不告诉你。"

"那么你那可爱的坦率也是有限的了!我可怜的表弟,你也真是太天真① 了。难道你认为这对我很重要吗?"

兰塞姆没有回答这个问题,但是稍后他突然问:"老实说,卢纳夫人,你不能给我提供一点线索吗?"

"天哪,你的眼神好可怕啊,你的用词好可怕啊!'老实说',瞧他说的!难道你认为我很喜欢这个人所以就想把她完全据为己有吗?"

"我不知道,我不理解。"兰塞姆说得又慢又轻,但是眼神仍然很可怕。

"你认为我就更理解吗?你不是一个令人愉快的年轻人,"卢纳夫人继续说,"不过我真的认为你应该拥有更好的命运,而不是被那个阶级的女孩子抛弃,扔掉。"

"我没有被抛弃。我喜欢她,但是她从来没有鼓励过我。"

听到这里,卢纳夫人再次爆发出清晰的嘲笑:"真奇怪,你在这样的年纪,却不通世故!"

兰塞姆没有说别的,只是若有所思,而且颇为心不在焉地说:"你妹妹真的很聪明。"

"我想你的意思是说我不聪明!"卢纳夫人突然改变了腔调,以最大的甜蜜和谦卑说,"天知道,我从来也没有假装过聪明!"

兰塞姆看了她一眼,猜到了这种拿腔作调的含义。卢纳夫人突然想到,半数商店的橱窗里都有她的肖像,所有体面的地盘上都有她的广告。她要在全国人民面前登台亮相的大好时机近在眼前,维里纳对自己的辉煌前程心知肚明,所以她亲爱的朋友的南方亲戚对她而言真的也就算不了什么了。所以她就可以被认为已经抛弃了他。如果是这样,也许卢纳夫人最好还是等一等。巴兹尔的归纳很快,不过他也有时间做出决定,这时候,他给自己的对话者说得最好的一句话就是:"你哪天动身去欧洲?"

"也许我根本就不会启程。"卢纳夫人看着窗外回答。

"那样的话——可怜的牛顿,他的教育怎么办呢?"

---

① *naif*: 法语,天真。

波士顿人
The Bostonians

"我应该努力让自己对一个给了你教育的国家感到满意。"

"这么说,你不想让他成为一个通晓世故的人了?"

"啊,世故,世故!"她咕哝着说,看着暮色渐浓的黄昏,后湾开始映照出一个城市的灯光,"我通晓世故就幸福了吗?"

"也许吧,无论如何我可以去佛罗伦萨!"兰塞姆笑着说。

她再次看着他,这一次她慢慢地表示,她从来没有见过比他的想法更奇怪的东西了——如果他能对此有个解释,她会很高兴的。考虑到他说过的那些观点(她因为这些观点才喜欢他——她不喜欢他的性格),他到底为什么要追求一个五流的*装腔作势的女人*①?为什么要这么狂热地拥有她?他也许说这不关她的事,她当然对此无话可说了;所以她承认只是出于智力上的好奇心才问,因为一个人见到令人痛苦的矛盾总是挺受折磨的。因为她听过他讲的那些信念和理论,他对生活的观点以及对未来提出的那些不同凡响的见解,她本来应该想到他会明白塔兰特小姐的装腔作势绝对令人作呕。她的观点和奥利夫的观点不是一样的吗?奥利夫和他不是很明显总闹不到一块儿吗?卢纳夫人只是因为真的觉得很困惑才问:"你难道不知道有些头脑,当它们见到谜团时除非破解了这个谜团,否则就不会消停吗?"

"我的困惑并不比你少。"兰塞姆说,"显然把这个准则倒过来也可以得到解释,就像你刚才那么好把这个准则用在我的身上。你喜欢我的观点而对我的性格却另有看法。我对塔兰特小姐的观点感到有些遗憾,不过她的性格嘛——哦,我喜欢她的性格。"

卢纳夫人瞪着眼似乎在等待,这个解释当然不全面。"不过,跟那一样多吗?"她问。

"和什么一样多?"兰塞姆微笑着说。他接着补充道:"你妹妹已经把我打败了。"

"我还以为她最近打败了谁呢。她看起来好像很开心,很幸福。我并不觉得这完全是因为我要离开的缘故。"

"她看起来似乎很开心?"兰塞姆问,心在往下沉。他在问这个问题的时候脸拉得很长,卢纳夫人又激动得可以听见自己的快乐了,她接着解释道:"当然,我是说对她而言这是件开心的事,一切都是相关的。因为她对她的朋友今晚的演讲心情很迫切,她处在一种难以言说的状态中!她连三分钟都坐不住,一天出去十五次,为了把军队安置在阵地上,她已经有足够的安排、接见、讨论、电报

---

① *Poseuse*:法语,装腔作势者。

和广告了,已经有足够的幕后操作和奔波了。在欧洲,他们经常是怎么布置军队的?——组织调动他们吗?哦,维里纳已经被调动起来了,这里一直是大本营。"

"今晚你去音乐厅吗?"

"你把我看成什么人了?我根本不想忍受一个小时的尖叫。"

"当然,当然,奥利夫小姐一定情绪很激动,"兰塞姆继续说,颇为心不在焉。接着,他突然换一种不同的口气问:"如果这所房子像你所说的一直是大本营,你怎么会没有见过她呢?"

"见过奥利夫吗?我除了见她还能见谁!"

"我是说塔兰特小姐。她肯定在某个地方——这里的某个地方——如果她今晚要演讲的话。"

"你是不是想让我出去找她?*你就差这么说了!* ①"卢纳夫人大声说。"你怎么了,巴兹尔·兰塞姆,你想要什么呢?"她相当尖刻地问。她已经试过了傲慢,也试过了谦卑,但是它们都让她面对一位她不能认真对待却非常讨厌的竞争者。

假如没有遇到什么障碍,我不知道兰塞姆是否准备努力回答她的问题。无论如何,在她说话的这一刻,门口的窗帘被拉到一边,一位来访者跨过门槛。"哎呀,真烦人!"卢纳夫人大声说,这个人完全听得见。她没有离开自己的位置,不善地看了一眼这位闯入者,兰塞姆觉得以前见过这位先生。这个年轻人有一张生动的面孔,浓密的头发过早地白了。他站在那里,对卢纳夫人微笑着,完全不在意自己的不受欢迎。她看起来好像不认识他,兰塞姆打算离开,让他们在一起去处理这件事。

"恐怕你不记得我了吧,尽管我以前见过你。"这个年轻人很亲切地说,"一周前,我在这里,钱塞勒小姐把我介绍给你。"

"哦,对,她现在不在家。"卢纳夫人茫然地说。

"我是这么听人说的——不过这并不妨碍。"这位年轻人同时也对巴兹尔·兰塞姆微笑着,卢纳夫人似乎有意让他不受欢迎,但他这样做让自己稍微受欢迎些,也似乎让人注意到他的优越性。"有件事我特别想得到一点消息,我不怀疑你这个好人一定会告诉我的。"

"我想起来了——你跟报纸有些关系,"卢纳夫人说。兰塞姆这会儿也把这

---

① *Il ne manquerait plus que cela*!:法语,字面意思是,"就差这一点了";符合语言习惯的意思是,"我正需要这个"。

波士顿人
The Bostonians

位年轻人放进他的记忆中。他曾参加过伯宰小姐那次有名的晚会,普兰斯医生在那里把他描述成一个聪明的记者。

就是带着这样一位名人的姿态,他接受了卢纳夫人的身份界定,他一边继续对兰塞姆递眼色(他似乎反过来也想起了他的面孔),一边自信地说出了这句表达一切的话:"《威斯帕晚报》①,你不知道吗?"他继续说:"喂,卢纳夫人,我不介意,我不打算放掉你!我们想有维里纳小姐的最新消息,必须从这所房子里得到。"

"哦,天哪!"兰塞姆轻声咕哝着,拿起了自己的帽子。

"钱塞勒小姐已经把她藏起来了,我搜遍全城一直在找她啊,她自己的父亲也一周没见她了。我们已经有了他的看法,他的观点很容易得到,不过这不是我们想要的。"

"你想要什么?"兰塞姆现在不得不问,既然帕顿先生(这时候他甚至想起了他的名字)好像已经充分介绍了自己。

"我们想知道她今天晚上有什么感受,她对自己的紧张和期望有什么说法,到六点钟,她看上去是什么样子,她穿什么衣服。哎呀!要是我能见到她,我就会知道自己想要的东西了,她也会告诉我的,我猜!"帕顿先生大声说,"你肯定知道些什么,卢纳夫人,你不知道是不可能的。我不会进一步问她在哪里,因为那有可能显得鲁莽,假如她确实想低调——尽管我不得不说,我觉得她犯了一个大错,我们本来可以为她精心策划最后这几个小时的!但是,你难道不能讲一点花边新闻吗?——人们喜欢这种事。她晚饭打算吃什么?或者她打算演讲——哦——事先不用些营养品吗?"

"真的,先生,我不知道,我也根本不在乎,我跟这件事毫无关系!"卢纳夫人愤怒地大声说。

这位记者瞪着眼,接着很急切地说:"你跟这件事没有关系——你采取不赞同的立场,你反对吗?"他已经在旁边的一个口袋里摸记事本了。

"饶了我们吧!你要把这也登在报纸上吗?"卢纳夫人大声问。兰塞姆最希望避免的一切现在都正在快速把这个女孩子淹没,尽管他很厌恶,但他还是发出了嘲讽的笑声。

"啊,不过,夫人,你一定要反对,起码让我们有这个花边新闻吧!"帕顿先生接着说,"这所房子里有反对意见,这会是一则令人愉快的新闻。我们一定得有这个新闻——我们别的什么也没有得到!公众对你妹妹几乎和对维里纳小姐

---

① 《威斯帕晚报》(*The Vesper*):一家虚构的晚报名字。

第四十章

一样感兴趣,他们知道她在多大程度上支持了她。我会非常高兴(我从这里得到这个标题,真是太吸引人了!)只用写上'钱塞勒小姐的家庭对这件事的看法!'"

卢纳夫人呻吟了一声,双手捂住脸坐进身边的一把椅子里:"上帝帮助我吧,真高兴我要去欧洲了!"

"这是另外一个花絮——全都有用。"帕顿先生说,很快在他的记事本上写下了一条,"我是否可以问一下,你去欧洲是不是因为你不同意妹妹的观点才去的?"

卢纳夫人"腾"地站起来,几乎把记事本从他手里抓了过来:"如果你胆敢发表有关我的一个字或者在报纸上提到我的名字,我就到你的办公室里像这样大闹一场!"

"最亲爱的夫人,那会让人喜出望外的!"帕顿先生大声热情地说,不过他还是把记事本放回了口袋里。

"你是不是竭尽全力在找塔兰特小姐?"巴兹尔·兰塞姆问他。帕顿先生听到这样问,突然带着惯有的狡猾,富有竞争意味地看着他。兰塞姆补充道:"你不用担心,我不是记者。"

"除了知道你从纽约来,我对你一无所知。"

"我从纽约来——不过不是作为一家杂志的代表。"

"真想不到他把你当成——"卢纳夫人生气地咕哝着。

"哦,我能想到的地方都去过了,"帕顿先生说,"我一直在追踪你妹妹的代理人,不过我还是没能追上他,我想他自己那一方也在找吧。钱塞勒小姐告诉过我——卢纳夫人可能记得——这一周她肯定不会在这里,在这个重大夜晚之前,她宁愿不告诉我在哪里以及如何度过她的时间。当然,我要让她知道,如果我能我就会找到的,你可能记得,"他对卢纳夫人说,"我们关于这个主题的谈话。我曾经坦诚地说,如果她们不小心,他们会把这种安静做得过火。塔兰特医生已经对此感到情绪不高了。然而,我已经对我掌握的材料做了最好的处理,《威斯帕晚报》已经让公众知道,她的下落是这个季节最大的秘密。想绕开《威斯帕晚报》是很难的。"

"有你在场,我几乎不敢开口,"卢纳夫人插话,"但是我必须说,我认为我妹妹真是不可思议地健谈。她给你说了那么多,我都喘不过气来了。"

"我真想试着问你一些你知道的事!"马赛厄斯·帕顿沉着地应答,"因为你不知道,所以这是一种不公平的盘问。钱塞勒小姐想通了——明显地想通了,

波士顿人
The Bostonians

这是毫无疑问的,一两年前,她非常难以接近。如果我已经抚慰了她,夫人,我为什么不能抚慰你呢?她明白我现在可以帮她,由于我不计前嫌,愿意对她鞠躬尽瘁。问题是她并不给我足够的机会,她好像不能信任我。无论如何,"他接着说,尤其是对兰塞姆说,"半小时之前,在音乐厅,人们对塔兰特小姐还一无所知,除了知道大约一个月前她和钱塞勒到那里试声,她的声音银铃般地响彻整个大厅,钱塞勒小姐担保她今晚准时到场。"

"哦,要的就是这个效果,"兰塞姆冒昧地揣测,他伸出手向卢纳夫人道别。

"你已经要抛弃我了吗?"她问,扫了他一眼,这眼神除了《威斯帕晚报》的记者之外,足以让任何一个外人很难为情。

"我还有很多事要做,你一定得原谅我。"他紧张不安,他的心比平时跳得更快了,他不能站着不动,为了摆脱帕顿先生,无论如何他对撇下她一个人没有任何愧疚。

这位先生继续纠缠在这个对话里,他可能希望假如拖延下去,或者塔兰特小姐,或者钱塞勒小姐可能会露面。"音乐厅的每个座位都卖出去了,观众会很多。在我们的波士顿观众真正接受思想的时候!"帕顿先生大声说。

在这种情况下,兰塞姆只想离开,通过暗示他还会再见到她以便让自己容易逃脱,他在门口对卢纳夫人虚伪地说:"真的,你今晚最好过来!"

"我不像波士顿的观众——我不接受思想!"她答道。

"您是说您不去吗?"帕顿先生目瞪口呆地大声说,又急忙把手伸进口袋里,"你难道不认为她是一个了不起的天才吗?"

卢纳夫人遭到了痛苦的考验,令人恼火的是眼看满脑子装着维里纳的兰塞姆要从她这里溜走,把她留下来去面对那个讨厌的新闻记者,这个人的在场让任何激烈的抗议都不可能——让人恼火的是,看到所有事、所有人都在嘲笑她而她却没有得到任何补偿,这让她有些不知所措,鲁莽的话从她的嘴里脱口而出,她突然心急火燎地回答说:"当然不,我觉得她是个庸俗的白痴!"

"啊,夫人,我永远也不会允许自己发表你的这句话!"兰塞姆放下起居室的*门帘*①时听到帕顿先生责怨地回答。

---

① *portiere*:法语,门帘。

第四十一章

接下来的两个小时,他在波士顿到处徘徊,溜达,没有留意自己的路线,只是感觉不愿返回他住的旅馆,他吃不下饭,也无法歇歇他那疲惫的双腿。他在离开纽约前的很多天就是这样绝望地到处漫游,很急切但是没有目的,他知道自己的激动和悬念肯定迟早会消耗殆尽。目前这种感觉变得异常剧烈,让他很苦恼。十一月中下旬的黄昏,天色已经暗淡下来,但暮色尚好,华灯初上的街道有着冬天的生机和丰富,这个冬天开始变得绚丽多彩了。商店的门面透过霜玻璃闪闪发光,人行道上的过客步履匆匆,市内有轨电车的车铃在冷空气里发出叮当声,报童兜售着晚报,剧院前厅的两侧被彩色海报和女演员们的照片照亮,富有魅力地展示着它们点缀着小铜钉的红皮子旋转门或者台面呢旋转门。在巨大的玻璃板内侧,旅馆内部的设施清晰可见,大理石地面的穿堂在电灯和柱子的映衬下泛着白光,坐在长沙发上的西部人伸着长腿,一排期刊和平装小说把柜台上面的空间分开。柜台后面,少年老成的小男孩正在展示剧场的演出计划,提供剧本,高价兜售剧场正厅前座的座位。兰塞姆不时地停在一个街角,不知道往哪个方向溜达,他停下来抬头看天,发现轮廓清晰的星星在这个城市的上空明亮地闪烁。对他而言,波士顿似乎很大,很清醒,充满着夜生活,正在为一个愉快的夜晚做准备。

他一次又一次地走过音乐厅,看到维里纳被广告极大地宣传着,他俯视着一道狭长的远景,这是一条步行街,这条路从学院街一直延伸下来。他觉得这条路看起来充满期待,预示着不祥。人们还没有开始往里进,不过这个地方已经做好了准备,灯火通明,房门大开,演出一定是马上就要开始了。兰塞姆似乎觉得是这样,同时又非常希望这场危机过去。他周围的一切都让他脑子飞快地转动着思考这个问题,那就是他是否还要阻止这个女孩子跳进深渊。他相信整个波士顿都会去听她演讲,至少他在街上见到的每个人都是这样。这种想法中有一种刺激和鼓舞。把她从强大的人群里抢走,这种想法再次让他激动起来,他大步流星地穿过那群可以为她打架的人。一切还不太晚,因为他感到自己很

波士顿人
The Bostonians

坚强;即使她已经站在那里,在几千只聚精会神看着她的眼睛面前也不会太晚。他早上就拿到了门票,现在时间正在过去。后来,他回到旅馆待了十分钟,整理了一下衣服,喝了一杯葡萄酒让自己恢复精神。接着,他再次走上去音乐厅的路,发现人们正开始往里进—— 一股巨大的浪潮最初的几滴,很多都是妇女。从七点钟开始,时间越过越快——在那之前,感觉拖拖拉拉的——现在只有半小时了。兰塞姆和其他人一起进来了,他很清楚自己的座位在什么地方,他一到波士顿就从剩下的几个座位中挑选了一个,他相信自己是煞费苦心选了这个座位。不过现在,当他站在高高的镶着护墙板的屋顶下面时(这屋顶在装饰线上面延伸开去,小火苗状的装饰线连接着四面墙),他觉得这没有多大关系了,因为他肯定不打算到自己的座位上就座。他不是一名观众,他置身事外,独一无二,完全是为一个特殊的目的而来。如果他事先根本没有弄到座位,直到最后只能买个站票也没有关系。人群蜂拥而入,很快就只剩下站位了。兰塞姆没有明确的计划,他主要是想进入这所建筑物,这样在看到这个场面时他也许会下定决心。他以前从来没有到过这个音乐厅,它那高大的拱顶和一排排高悬的楼座让他觉得这所建筑物壮阔而显赫。有两三分钟,他感觉自己可以想象一个年轻男子的感觉:这个年轻人正等在一个公共场所,为了自己的种种原因已经下定决心向国王或者总统开枪了①。

  这个位置给他的印象是罗马的壮阔,通向上层楼座的门随着观众和领座员的经过,不断地来回旋转,打开又关上,这让他想起自己读过的有关古罗马竞技场的*出入通道*②的描述。那架作为舞台背景的巨大管风琴——舞台上全是一排排为合唱队和城市名流准备的座位——向穹顶竖立起闪亮的琴音管和带有刻纹装饰的小尖顶,某个音乐天才或者演讲天才巨大的青铜雕像矗立在基座上。这个音乐厅相当宽敞肃穆,观众这么快涌入并没有把它填满。兰塞姆感到,如果这个大厅装满了它能容纳的人数,面对如此严峻的考验,这两个年轻女子的勇气在他面前确实显得很崇高,特别是可怜的奥利夫那种焦虑不安,她本来根本不需要遭受这些焦虑和战栗的,根本不需要预见事故或者思虑失败的。舞台的前方是一张细长的高桌子,像一个乐谱架,上面盖着红丝绒罩子,旁边是一把做点缀用的浅色椅子,他相信维里纳肯定不会坐在上面,尽管他可以想象

---

  ① 向国王或者总统开枪(Discharge a pistol at the king or the president):毫无疑问,这里指刺杀林肯总统。美国总统亚伯拉罕·林肯(Abraham Lincoln,1809—1865)于1865年4月14日在华盛顿福德剧场(Ford's Theatre)看演出的时候被约翰·威尔克斯·布斯(John Wilkes Booth)暗杀。在布斯离开现场的时候,有人听见他大喊:"为南方报仇了!"
  ② *vomitoria*:意大利语,指古罗马竞技场的大通道。

第四十一章

她会不时地靠在椅子的后背上。这个半圆形的舞台后面放着十二把扶手椅,显然是为这位演讲者的朋友们——她的赞助人和监护人安排的。这个大厅越来越充满演出开始前的各种声音,人们打开拴在铰链上的座椅,弄出噼里啪啦的声响,往来穿梭的男孩子们在叫卖"塔兰特小姐的照片——她的生活特写!"或者"演讲人的肖像——有关她事业的故事!"他们的声音在这个巨大的空间里听起来很小,却感觉是歇斯底里地尖叫。兰塞姆还没来得及注意,这些扶手椅里已经坐上了人,还有几个椅子空着,即使隔着这么远的距离,他也很快认出了其中的三位。那位身材挺直的妇女,头发乌黑油亮,眉毛修剪整齐,即使在远处也能看出只能是法林达夫人,正如她身边的那位先生,身穿白色外套,手拿一把雨伞,神色茫然,可能就是她的丈夫阿马利亚的。在这一排座位的另一头是另外两个人,虽然兰塞姆对维里纳的某些历史篇章还不熟悉,但是当他看见伯雷奇夫人和她那位殷勤的儿子时也不会吃惊。他们显然对塔兰特小姐的兴趣不只是暂时的狂热,因为——像他自己一样——他们已经从纽约过来听她演讲。这个半圆形舞台的附近还坐着另外一些人,我们的年轻人不认识他们,不过好几个地方仍然空着位置(当然其中一个位置是为奥利夫留的),即使在他全神贯注的时候,兰塞姆也能想到一个座位应该留着不要坐人——应该为伯宰小姐留着,以象征她精神的在场。

他买了一张维里纳的照片,觉得它出奇地糟糕,也买了她生活的素描,好多人好像都在读,不过他把它折起来塞进口袋里等以后再考虑。他根本没有把维里纳和这种带有冒险性质的计划展览以及广告宣传联系起来,他看到的是奥利夫,斗争,妥协,为了获得最多的听众牺牲掉一切品位,让自己向一个极大的流行体制妥协。不管她是否挣扎过,整个这件事都让人感觉很低劣,让他脸红,使他希望自己有钱把这些叫嚣的孩子们手里的存货全都买下来。突然,那架管风琴的音符响彻整个大厅,他意识到前奏曲或者序曲已经开始了。这对他似乎也是一种应景的行为,不过他没有等到去想它就立即侧身挤出了自己的座位,他之前选择坐在一排座位的尽头,目前已经站在了一扇门旁边。如果他原来没有明确的计划,现在他至少有种不可抑制的冲动,因为他为自己片刻的犹豫感到羞耻刺痛。他默默地推测,仍然被同伴秘密藏着的维里纳只会在演讲前的几分钟出现在演出现场,所以到目前为止,他等在演讲台前并没有错失什么。不过,他现在必须抓住机会。在走出大厅进入休息室之前他停了下来,背对着舞台,看了一眼这个挤满人群的礼堂,这里已经是人头攒动了,里面均匀地挂满了煤气灯,这些灯从很高的地方垂下来,在这样的地方,气氛总是非常热烈,这种热

波士顿人
The Bostonians

烈的氛围似乎自行聚集起来,堆得高高的,看起来充满模糊的期待,令人望而生畏。他因为自己想私下里阻止这件事的娱乐和牺牲品而感到激动不安——模糊地感觉到潜藏在一帮失望的群氓之中的残暴。但是,想到那种危险只能让他更快地穿过这些充满敌意的通道。他感到自己目前的计划足够明确了,他发现自己甚至无须去问通往某一扇小门(一扇或者更多扇门)的路,他想推开的那一扇小门。早上,他在就座的时候就弄明白了这所房子(通向演讲台的一边)里歌唱家和演说家们的休息室所在的那一边。他在这个区间挑选了自己的座位,他现在可以轻而易举地到达讲台那里。没有人注意他或者盘问他,塔兰特小姐的听众仍然在潮涌而入(这个场面显然能极大地满足好奇心),领座员在全神贯注地招待他们。兰塞姆推开走廊尽头的一扇门,走进一个叫前厅的地方,这里空荡荡的,只有对面的第二道门前站着一个人,他一看见这个人便从前进中收住了脚步。

这个人只是一个身材健壮的警察,带着头盔,衣服上缀着铜扣———兰塞姆一眼就看出这个人在等着对付他。同时他也明白奥利夫·钱塞勒已经听说他来了,申请了这个工作人员的保护,这个人现在正把守着入口,准备保护它不让任何人进去。这一点稍稍出乎意料,因为他推断他的紧张的女亲戚这一天——都不在她的家中,不管把维里纳藏在哪里,她一直都和她在一起。然而,这种惊讶并没有片刻中断他的行动,他穿过前厅,站在这个系武装带的警卫面前。有一会儿他们谁也没有说话,狠狠地盯着对方,兰塞姆听到隔壁管风琴的声音传遍大厅。这个警察是一个高个子、瘦脸型、面色灰黄的男人,双肩下垂,小眼睛坚定沉着,嘴里含着个东西让他鼓着腮帮子。兰塞姆可以看出他很强壮,不过他相信自己体格也不逊色。然而他不是来这里表演体能格斗的——为维里纳公开打斗,这个想法并不好玩,除非从奥利夫新的宣传方式来看,也许他终究会吃亏的,何况也根本没有这个必要。他仍然什么也没有说,那个警察也一直保持沉默,时光流逝,我们的年轻人意识到他和维里纳之间只隔着两块薄薄的木板,这让他觉得她也在盼着他,只不过是从另一种意义上。她与这种对抗的阵势毫无关系,她很快就会凭直觉知道他在这里,她正在祈祷得到营救和保护。在和奥利夫面对面的时候她没有勇气,但是如果她把手放在他的手里,她就会勇敢起来。他想到,在那一刻,这个世界上再没有人比奥利夫·钱塞勒更对自己的事情心里没底的了。他从这扇门里似乎可以看到她眼睛盯着维里纳的可怕样子,她手里拿着表,维里纳把头扭了过去。如果在这个时辰之前她开始演讲,奥利夫会感激不尽的,不过那当然是不可能的了。兰塞姆没有提出

第四十一章

任何问题——那样做似乎是浪费时间,片刻之后,他只是对警察说:"我非常想见塔兰特小姐,如果你可以好心把我的名片递进去的话。"

这位维持秩序的人稳稳地站在他和门把手之间,从兰塞姆那里接过他递过来的名片,慢慢地读着写在上面的名字,又把它翻过来看看背面,然后把它交还给他的对话者。

"你是怎么知道的?你无权拒绝我的请求。"

"哦,我猜你有权提出要求,我就有权拒绝你。"他补充道,"你正是她不想让进去的那个人。"

"我认为塔兰特小姐是不想把我拒之门外的。"兰塞姆回答。

"我不大了解塔兰特小姐,她没有租这个音乐厅。是另外一个人——钱塞勒小姐,是她经营这次演讲。"

"是她叫你把我挡在外面的吗?真是荒唐!"兰塞姆机智地大声说。

"她告诉我,你根本不适合一个人待在附近,你对这件事很上心。依我看,你最好安静点。"这个警察说。

"安静?还有可能比我更安静的吗?"

"哦,我见过的疯子都很像你。如果你想见演讲人,你为什么不去和其他听众一起坐在礼堂等着呢?"这个警察一动不动,若有所思,明智地等待这个问题的回答。

兰塞姆马上就有了一个回答供他使用:"因为我不只是想见她,我还想和她说话——私下里。"

"是啊——总是私下里。"这个警察说,"现在如果我是你,我就不会错过这场演讲。我猜这会对你有好处的。"

"这场演讲?"兰塞姆重复道,大笑起来,"不会有了。"

"是的,会有的——管风琴一停就开始。"这个警察好像对自己补充说,"到底为什么不会有呢?"

"因为塔兰特小姐已经给那位管风琴手递了条子,让他继续演奏。"

"你认为她让谁帮着送去的?"兰塞姆刚认识的这个人被带进他的诙谐幽默中,"我猜钱塞勒小姐不是她的仆人。"

"她派她父亲,或者甚至也许是她母亲吧。他们也在那里。"

"你是怎么知道的?"这个警察若有所思地问。

"哦,我什么都知道。"兰塞姆微笑着回答。

"噢,我猜人们不是来听管风琴的。如果他再不停下来,我们很快就会听到

波士顿人
The Bostonians

另外的东西了。"

"你很快就会听到更多。"兰塞姆说。

他的平静自信最终似乎留给他的对手一种印象,这个人稍稍低下了头,像个用头撞人的动物一样从浓密的眉毛下面看着这个年轻人:"啊,自从我来到波士顿,我已经听到了很多。"

"哦,波士顿是一个了不起的地方,"兰塞姆心不在焉地说。他现在没有在听这个警察,也没有在听管风琴,因为他听见门的另一边有声音。这个警察并没有注意到这个,只是交叉着双臂靠在门板上。又过了一会儿,这两个人都没有说话,这期间管风琴的演奏停了下来。

"如果你允许,我就在这里等着,"兰塞姆说,"马上就会有人叫我。"

"你认为谁会叫你呢?"

"哦,我希望是塔兰特小姐。"

"她得先和另一个人把账结清。"

兰塞姆拿出他的表,几个小时之前他已经有意把它调到了波士顿时间①。他发现在这次会面中时间过得越来越快,此刻表针指向八点五分。"钱塞勒小姐得和这些观众把账结清,"兰塞姆马上说,这些话远非空洞的安全感表白,因为他已经蛮有把握,尽管他被排除在外,他却是这场戏里的演员,这个戏已经在里面的套间里上演了一段时间,他被拒绝进去,那里的局面异常紧张,如果不求助于他,这个局面就难以收场——他一旦发现甚至现在维里纳还在让观众等着,这种抽象的假设就给了他无穷的力量。她为什么不继续下去呢?除非她知道他在那里,除非她在争取时间,否则她为什么不继续下去呢?

"哦,我猜她已经出场了。"这位守门人说,在他这一方,他坚定不移的态度不含任何偏见,他与兰塞姆的讨论现在似乎已经进入了友好的闲聊阶段。

"如果她已经出场,我们应该听到欢迎和掌声。"

"哦,他们在那里广播呢,他们正打算给她掌声。"警察声称。

他说对了,他的样子真讨厌,因为他们好像真的在那里——他们正在给她鼓掌。大厅的底层和顶层楼座一片喧哗,几千人的跺脚声,敲打雨伞和手杖的声音。兰塞姆感到眩晕,有一小会儿,他站在那里,目光和那个警察的目光交织在一起。突然一阵凉意似乎要把他淹没了,他大声说:"亲爱的伙计,那不是掌声——那是不耐烦。那不是欢迎,那是喊叫!"

---

① 波士顿时间(Boston time):1884年在华盛顿召开国际经度会议时,为了克服时间上的混乱,规定将全球划分为24个时区,波士顿属于东部时区。

第四十一章

　　这个警察既没有同意这种推测,也没有否认它,他只是把那个腮帮子里鼓着的东西从一边①转移到另一边,然后说:"我猜她是身体不舒服。"

　　"哦,但愿不是吧!"兰塞姆轻声说。这种跺脚声和敲击声有一会儿越来越响,接着寂静下来。但是在平息之前,兰塞姆对它的解释完全应验了。这种状态虽然表示好脾气,不过并不是表示祝贺。他又看了一下表,发现又过去了五分钟,他想起在查尔斯街那个新闻记者说过,奥利夫保证维里纳会准时出场。真奇怪,就在这个人的形象再次出现在他的脑海中的这一刻,这位绅士本人从对面的那扇门里冲出来,情绪非常激动。

　　"她到底为什么不上场? 如果她想让他们大声喊她,他们已经做得够多了!"帕顿先生急切地从兰塞姆转向那个警察,又回头看着兰塞姆,在他的全神贯注中,似乎没有任何迹象表明,他以前见过这个密西西比人。

　　"我猜她是身体不舒服。"警察说。

　　"观众会很腻烦的!②"这位苦恼的记者大声说,"如果她身体不舒服了,她为什么不请医生呢? 整个波士顿都挤在这个大礼堂里,她必须得有个交代。我想进去看看。"

　　"你不能进去。"警察冷冰冰地说。

　　"我想知道我为什么不能进去? 我想代表《威斯帕晚报》进去!"

　　"代表什么也不能进去。我也正在拦着不让这个人进去呢。"警察亲切地补充道,似乎让帕顿先生不要为自己进不去而太生气。

　　"哎呀,他们应该让你进去啊。"马赛厄斯看了兰塞姆一眼说。

　　"也许他们应该,不过他们不肯。"警察说。

　　"哎呀!"帕顿先生气喘吁吁地说,"我从一开始就知道钱塞勒小姐会把这件事搞得一团糟! 菲勒先生在哪里?"他急切地问,显然是对另外两个人中的一位说的,或者同时对他们两个人说。

　　"我猜他在门口数钱呢。"警察说。

　　"哦,如果他不小心,他就得把钱退回去!"

　　"也许他会的。如果他来,我会让他进去的,不过他是唯一的例外。她现在出场了。"警察不动声色地补充道。

　　他的耳朵先是听到爆发出另外一阵模糊的嗡嗡声。这一次显然是掌

---

　　① 腮帮子上鼓着的东西(a protuberance in his cheek):这里有讽刺的意味,这个警察正在嚼口香糖,一副满不在乎的样子,有点像卡夫卡笔下临危不惧的人物。
　　② 这里 sick 有两个意思,警察说的是维里纳身体不舒服,帕顿先生说的是观众的情绪会很腻烦,但他们用的都是 sick 这一个词,语言表达效果很好。

波士顿人
The Bostonians

声——很多鼓掌喝倒彩的声音和很多噪音混杂在一起。然而,这种示威尽管声势相当大,但也不是人们可能期待的,很快也就销声匿迹了。帕顿先生站着听了一会儿,表情很警惕。"仁慈的上帝啊!难道他们除了这样做就不能给她点别的东西吗?"他喊道,"我这就尽快绕过去看看!"

帕顿先生再一次匆匆离开的时候,兰塞姆问警察:"菲勒先生是谁?"

"噢,他是我的一个老朋友。他就是经营钱塞勒小姐的人。"

"经营她的人?"

"就跟她经营塔兰特小姐一样。他经营这两个人,就像你可能说的。他做演讲生意。"

"那么他最好自己去给听众演讲。"

"噢,他不会演讲,他只会当老板。"

对面的门这会儿又被推开了,一个高大恼怒的男人,下巴上长着一小撮硬胡子,风衣飘在身后,骂骂咧咧地大步走过来:"到底——她们在休息室里干什么呢?这种事已经过时了!"

"她现在不是站在上面了吗?"警察问。

"那不是塔兰特小姐。"兰塞姆说,他似乎什么都知道。他很快就明白这就是菲勒先生,奥利夫·钱塞勒小姐的经纪人。随着这个推断之后,他马上想到,这个人可能已经得到他的女亲戚的警告要提防他,无疑会努力把他抓住,或者终止他的影响,这种影响可以用来解释维里纳为什么出乎意料地拖延。然而菲勒先生只是瞥了他一眼,让兰塞姆吃惊的是,菲勒先生似乎并没有琢磨他的身份;事实证明,钱塞勒小姐已经考虑过,要倍加小心(除了告诉警察),坚决不让任何人知道他。

"在上面?是她的那个傻瓜父亲在上面吧!"菲勒先生大声说,手放在门的弹簧锁上,警察允许他靠近这个地方。

"他需要请医生吗?"警察无动于衷地问。

"如果他不是那个女孩子的父亲,我看你才是他想找的那一类医生呢!①你不是想说,她们一直把自己锁在里面吧?她们到底在制造什么麻烦呢?"

"他们有另一边门的钥匙。"警察说。菲勒先生一阵激烈地敲门,同时猛烈地摇晃着门把手。

"既然门是锁着的,你站在那里有什么用?"兰塞姆问。

"为了不让你那么干。"警察对着菲勒先生点头。

---

① 菲勒先生对警察说警察才是他要找的最好的医生,言外之意是,塞拉·塔兰特真是欠揍。

第四十一章

"你看你的干预也没有什么用。"

"我不知道,不过她得出来。"

与此同时,菲勒先生继续砰砰啪啪地拍着门,摇着门把手,要求立即放他进去,问她们是不是要让观众把房子推倒。又一阵掌声响起,看得出来这一次是针对塞拉·塔兰特的某种道歉,某些庄严的绕弯子的话。掌声淹没了这个代理商的声音,也淹没了从休息室里传出来的一个模糊、撕裂的回应。有一会儿,什么也听不清。门仍然关着,马赛厄斯·帕顿再次出现在前厅里。

"他说她只是有点儿头晕——因为紧张而有点头晕。估计再有三分钟她就准备妥了。"这个通报是帕顿先生对这场危机的贡献。他补充说观众是可爱的,是真正的波士顿观众,绝对好脾气。

"我猜这里也有一群可爱的观众和一个真正的波士顿人!"菲勒先生现在猛烈地砰砰敲着门,"我对付过音乐会的女歌手,对付过天生的好奇心,不过,我还从来没有见过什么事能抵得上这个。当心我说的话,女士们,如果你们不让我进去,我就砸掉这扇门!"

"你看起来好像会把事情弄得更糟,不是吗?"警察对兰塞姆说,溜达到一边儿,好像被撤职的样子。

波士顿人
The Bostonians

第四十二章

兰塞姆没有回答,他正在密切地关注着门,这时候这扇门从里面打开了。维里纳站在那里——显然门是她开的——她的眼睛直直地看着他的眼睛。她穿着白色服装,脸色比衣服还苍白,头发像火焰似的在闪烁。她往前走了一步,但是还没有迈出第二步,他已经走到她的身边,站在门口。她满脸痛苦,他没有试图——在众目睽睽之下——去拉她的手,他只是低声说:"我一直在等你——等了很长时间!"

"我知道——你在座位上的时候我就看见你了——我想和你谈谈。"

"哦,塔兰特小姐,难道你不觉得你最好站到讲台上吗?"菲勒先生喊道,挥舞着双臂,好像要当着他的面把维里纳从这个休息室拽到听众面前。

"我马上就准备好了。我父亲很快就把事情处理好了。"让兰塞姆吃惊的是,维里纳用她所有的可爱对这个情绪激动的经纪人微笑着,好像真诚地希望能让他安心。

这三个人一起走进了休息室,在那里,在屋子的最里边,在庸俗、廉价的桌椅那边,在耀眼的煤气灯下,他看见塔兰特夫人非常刻板地坐在一张沙发上,一张压抑扭曲的大脸涨得通红,奥利夫·钱塞勒的身体悲哀地平躺在塔兰特夫人身边,头枕在维里纳母亲的大腿上。兰塞姆无法知道奥利夫让自己扑进塔兰特夫人的怀抱,这个举动在多大程度上证明了刚刚发生在这扇锁着的门背后的骚动场面。他当着这位记者和警察的面猛地又把门关上,同时塞拉·塔兰特结束了他与公众简短的对话,穿过那个通向讲台的缝隙走下来了。一看见兰塞姆,他就立即停了下来,拉紧了身上的雨衣,从头到脚打量着这个年轻人。

"哦,先生,也许你愿意去解释一下我们的故障,"他说,他的微笑非常夸张,两个嘴角几乎要在后面连在一起了,"我相信你比任何人都能更好地给他们解释一下我们的困难!"

"爸爸,安静点。爸爸,马上就可以了!"维里纳气喘吁吁地低声哭着说,像一个浮出水面的潜水员。

第四十二章

"有一件事我想知道:难道我们打算用半小时的时间讨论家务事吗?"菲勒先生问,抹了一把那张愤怒的脸,"塔兰特小姐是打算去演讲呢,还是不去演讲了?如果不去的话,就请她说明原因。她知不知道此刻每15秒都大约值500美元?"

"我知道——我知道,菲勒先生,我马上就开始!"维里纳继续说,"我只想和兰塞姆先生谈一谈——只说三句话。他们非常安静——你难道看不出他们有多么安静吗?他们相信我,他们相信我,爸爸,难道他们不是吗?我只想跟兰塞姆先生谈一谈。"

"究竟谁是兰塞姆先生?"愤怒而困惑的菲勒问。

维里纳对其他人说话,不过看着她所爱的人,哀求的眼神无比动人。她由于紧张的激情而发抖,声音里满是呜咽和恳求,兰塞姆纯粹出于对她痛苦的同情而红了脸——她的不可避免的痛苦。但是,他同时有另一种抵消同情心的想法,他明白他想做什么就可以做,她的整个人都在恳求他放过她,不过并不明白如果他不同意,她就会顺从,无助。鉴于此,他想做的事情在眼前闪耀,向他的阳刚之气提出全面挑战,把他的决心抛向高空,他从这个高度往下看,不仅塔兰特医生、菲勒先生和处在无形无声的羞耻中的奥利夫,而且这个宏大的、充满期待的大厅和处在焦灼不安的等待状态中的听众不时保持的安静,屏住愤怒的呼吸——他从这个高度看,只有在这一刻,所有这一切才都显得微不足道,显得容易对付了。然而他至今还不太明白,他发现维里纳并没有拒绝而是暂时同意了那个加在她身上的符咒——由于这个咒语,他应该还能拯救她——这个符咒就是,她知道他就在附近。

"离开吧,离开吧。"他急促地悄声说,把双手伸给她。

她抓住了他的一只手似乎要申诉,而不是同意:"噢,放了我吧,放了我吧——为了她,为了其他人!太可怕了,这不可能!"

"我想知道的是为什么兰塞姆先生不在警察的手上!"塔兰特夫人在沙发上咆哮着。

"夫人,过去的十五分钟,我一直都在警察的手上。"兰塞姆越来越觉得自己可以应付了,只要他能保持冷静。他温柔地低头看着维里纳,在这种温柔里,他现在已经不注意观察了。"最亲爱的,我告诉过你,我警告过你。我让你单独待了整整十周的时间,不过,那能让你怀疑它的到来吗?你绝对不能把自己献给那一群喧嚣的听众。别让我在乎他们,或者在乎任何人!他们除了目瞪口呆、

波士顿人
The Bostonians

露齿而笑、胡言乱语之外还在乎你什么呢？你是我的，不是他们的。"

"这个人到底在说什么呢？最高尚的听众汇集在一起！整个波士顿城都在这个大厅里！"菲勒先生气喘吁吁地插话。

"该死的波士顿城！"兰塞姆说。

"兰塞姆先生对我的女儿很感兴趣。他不同意我们的观点。"塞拉·塔兰特解释说。

"这是我见过的最可怕、最邪恶、最无耻的自私！"塔兰特夫人怒吼着。

"自私！塔兰特夫人，你以为我假装不自私吗？"

"那么你想让我们大家全都被那群暴徒杀死吗？"

"他们可以收回自己的钱——你们不能把钱还给他们吗？"维里纳哭喊着，狂乱地环视着这一群人。

"维里纳·塔兰特，你不是想说你要打退堂鼓吧？"她的母亲厉声喊道。

"天哪！我竟然让她遭受这等痛苦！"兰塞姆自言自语。为了结束这可恶的场面，他本来应该把维里纳搂到怀里，冲到外面的世界中去，假如不是奥利夫听到塔兰特夫人最后一句大声的挑战，"忽"地一下子从沙发上站起来，插在他们中间，用力让这个女孩子松开抓住兰塞姆的手。让他吃惊的是，她受到惊吓的憔悴面孔上，那双看着他的眼睛，像维里纳的眼睛一样，带着极大的哀求。有一会儿，奥利夫几乎打算跪下来求他，以便可以使演讲继续进行下去。

"如果你不同意她的意见，那就把她带到讲台上去吧，在那里把它说出来，观众会喜欢的，非常好！"菲勒先生对兰塞姆说，好像他认为这个建议很可行。

"她已经准备好了一场精彩的演讲！"塞拉好像在对全体在场的人悲伤地说。

好像没有人注意这句话，不过他的妻子又爆发了："维里纳·塔兰特，我真想扇你一耳光！你把这样一个人当绅士吗？我真不知道你父亲的勇气到哪里去了，竟然让这个人留在这里！"

与此同时，奥利夫实际上在恳求她的男亲戚了："让她出场一次吧，就这一次，不要毁灭，不要羞辱！你难道没有同情心吗？你想让我遭到辱骂吗？只一个小时。你难道没有灵魂吗？"

她的脸和声音都让兰塞姆觉得可怕。她扑向维里纳，紧紧地抓住她，他可以看出她的朋友的痛苦和奥利夫本人的痛苦相比很小。"如果这完全是错误的，该死的，为什么还要一个小时呢？一小时和十年一样糟糕！她是不是我的？

如果是我的,就全部是我的!"

"你的!你的!维里纳,想一想,想一想你在干什么吧!"奥利夫呜咽着,低头看着她。

菲勒先生现在正在用叱责和咒骂发泄他的本能,对这两个犯人——维里纳和兰塞姆——炫耀着法律的严厉惩罚。塔兰特夫人一阵猛烈地歇斯底里发作,塞拉面无表情地在屋子里转圈子,声称更好的日子好像要被推迟很长一段时间了。"你难道没有看见他们有多好、多可爱——给我们这么多时间吗?你难道不觉得这样表现的时候——五分钟的鸦雀无声——他们应该得到奖赏吗?"维里纳问,对兰塞姆庄严地微笑着,再没有比她以纯粹的宽容和善良为理由向那些热心的、好脾气的、幼稚的观众呼吁的方式更温柔、更赏心悦目的事情了。

"钱塞勒小姐可以用她喜欢的任何方式奖赏他们。把他们的钱还给他们,给每个人一份小礼物。"

"钱和礼物?我真想枪毙了你,先生!"菲勒先生怒吼道。这些观众的确很有耐心,他们的忍耐使维里纳的表扬当之无愧;但是,现在早已过了八点钟,种种愤怒的迹象——喊叫、呻吟和嘘声——又开始从大厅里传出来。菲勒先生本人冲向通往舞台的过道,塞拉也跟着他冲过去。塔兰特夫人伸开身子躺在沙发上呜咽,奥利夫在这场风暴中颤抖着,问兰塞姆他想让她干什么,他造成了多大的羞辱,多大的破坏,多大的牺牲啊。

"我会做一切——我会很可怜——我会很卑微——我会堕入尘埃的!"

"我对你没有任何要求,我跟你没有任何关系,"兰塞姆说,"也就是说,我最多要求你别指望她去演讲,因为想让维里纳成为我的妻子,我应该对她说'哦,好的,维里纳,你可以从中抽出一两个小时!'"他继续说,"所有这一切就是从中抽出的时间——非常可怕,非常可恶——这简直是太过分了!来吧,尽可能地离开这个地方,我们会解决剩下的问题!"

显然,菲勒先生和塞拉·塔兰特联合安抚观众的努力并没有该有的那么奏效,这所房子里的骚乱继续着,声音越来越大。"让我们单独待一会儿,让我们单独待一小会儿吧!"维里纳大声说,"只要让我跟他说句话就好了!"她冲到母亲那里,拉她,把她从沙发上拽起来推到门口。在路上,塔兰特夫人再次让自己和奥利夫联合(这种可怕的场面至少对她有种补偿)起来,她们相互依靠,一起蹒跚着,这两个心烦意乱的女人被维里纳推了出来,走到前厅里,如兰塞姆所看到的,现在那个警察和新闻记者已经顾不上她们了,他们早已冲到战斗最激烈

波士顿人
The Bostonians

的地方去了。

"噢,你为什么要来呢?为什么,为什么?"维里纳转过身来扑到他身上,带着完全是屈服的反抗。在那种责备的举动中,她从来没有对他这么顺从过。

"你肯定刚才自己不是在等我吗?"他问她,站在那里对她微笑着,直到她走到他身边。

"我本来还不知道——太可怕了——太糟糕了!你进来的时候,我就在这个房子里看见你在座位上。我们一到这里,我就走到通往舞台的那些台阶处,我和父亲一起往外看——从他的身子后面——我马上就看见了你。于是我紧张得说不出话来!如果你在那里,我就永远、永远也不能演讲!我爸爸没有看见你,我什么也没说,不过我一回去奥利夫就猜到了。她朝我冲过来,看着我——噢,她看我的那种眼神啊!她猜到了。她无须亲自出去看,当她看到我如何发抖,她自己就开始发抖了,她像我一样开始相信我们输了。听听他们吧,听听他们吧,这所房子里的人们!我现在想让你走开——如果你愿意,我明天再见你。我现在就想这样,如果你真的能走开,还不算太迟,一切都会好起来的!"

虽然兰塞姆只想把她从这个地方带走,但他也注意到了她那奇怪而动人的语调以及她的那种相信真的可以说服他的神态。显然,她现在已经放弃了一切——对另一种信仰的所有伪装和忠于她的事业的所有借口,她一旦感到他在附近,所有这一切都从她身上消失了。她让他走开,就像任何一个处在困境中的少女会求助于她的爱人那样。不过这个可怜的女孩子的不幸就在于,不管她做什么或者说什么,或者没有说出来的东西,结果都只能让他觉得她更加可爱,那些吵闹着要见她的听众似乎越来越像一群疯狂的暴徒。

他根本就不答应她的要求,只是说"当然,奥利夫肯定相信,肯定知道我会来的。"

"在我离开马米恩之后,如果你没有突然变得这么出奇地安静,她会相信的。你似乎同意并愿意等待。"

"有几周我是挺安静的。不过,那种安静的日子昨天就结束了。你走的那天早上我气坏了,当我知道你逃跑了,接下来的一周,我两三次都努力想找到你。后来我停下来了——我想这样会更好。我发现你被藏得很好,我甚至决定不写信了。我本来以为我可以等——想到在马米恩的最后一天。另外,把你最后一次留给她一段时间似乎也更得体一些。也许你可以告诉我,这段时间你在什么地方。"

"我跟父母在一起。那天早上,她把我和一封信送给了他们。我不知道信封里装着什么。可能是钱吧。"维里纳说,显然她现在可以告诉他一切了。

"他们把你带到哪里去了?"

"我不知道——去过很多地方。有一次,我在波士顿待过一天,不过只是在马车里。他们和奥利夫一样害怕,他们一定要营救我!"

"那么他们今天晚上就不应该把你带到这里来。你怎么会怀疑我来呢?"

"我不知道自己是怎么想的,我不知道,我一看见你,所有我想要的力量一下子就都消失了,如果我努力演讲——有你坐在那里——我就会遭受最丢人的失败。我们在这里闹了一场令人讨厌的别扭——我恳求推迟,要求时间以便恢复演讲能力。我们等啊,等啊,当我听到你在门口跟警察说话,对我而言似乎一切都消失了。不过,假如你离开我,我的灵感还会回来。他们又平静下来了——父亲一定是引起了他们的兴趣。"

"但愿如此吧!"兰塞姆大声说,"如果钱塞勒小姐吩咐了警察,她肯定对我有所防备。"

"只是当她知道你在这所房子里之后,她和父亲飞快跑到大厅里,他们抓住那个人,让他在那里站岗。她把门锁上了,她似乎觉得人们会把门损坏。我倒没有那么想,不过自从我知道你在门外的一刻起,我就不能继续下去了——我失去了演讲能力。和你说话让我感觉好多了——现在我可以出场了。"维里纳补充说。

"亲爱的孩子,难道你没有披巾或者披风什么的吗?"兰塞姆回应,看着周围,寻找全部答案。他在一把椅子上翻找,发现一条毛皮长斗篷便拿起来,还没等她反抗就披在了她身上。她甚至站在那里听凭他的安排,把她从头到脚裹在斗篷里,过了一会儿,她只是让自己满足于说:"我不理解——我们要去哪里?你要把我带到哪里啊?"

"我们去赶纽约的夜班车,明天一早我们就结婚。"

维里纳仍然用泪汪汪的眼睛凝视着他:"人们会做什么呢?听啊,听啊!"

"你父亲马上就会让他们失去兴趣。就他们的本性而言,他们会嚎叫,会跺脚。"

"啊,他们的本性是好的!"维里纳申辩道。

"最亲爱的,这便是我必须说服你放弃的一个错觉。听听他们吧,这些疯狂

波士顿人
The Bostonians

的畜生!"这场风暴现在正在这所大厅里汹涌激荡,其激烈程度让维里纳带着最大的恳求转向他。

"我能用一句话安慰他们!"

"把你那些令人安慰的话留给我吧——在我们未来的日子里,你全都会用得上的。"兰塞姆大声笑着说。他又把门拉开了,这扇门通往大厅,不过他和维里纳被塔兰特夫人愤怒的袭击逼退回来。看到女儿装扮好要离开,塔兰特夫人向她猛扑过来,一半出于愤怒,一半出于要抓住她的盲目冲动,涕泪四溢,责骂,祈祷,奇怪地唠叨争辩着,反复说着道别的话,紧紧地把她抱住,半是爱抚怜惜,半是苦口良药,三分钟之前她还希望能教育她,这会儿完全是在制止女儿逃走了。

"妈妈,最亲爱的,这都是为了最好的,我没有办法,但是我依然爱你,让我走吧,让我走吧!"维里纳结结巴巴地说,再次吻着母亲,挣扎着解脱自己,把手伸给兰塞姆。他现在发现维里纳只想走开,把一切甩在身后。奥利夫近在咫尺,站在房门口,兰塞姆一看见奥利夫就发现,她刚才表现出来的软弱已经消失了。她又挺起了腰板,笔直地站在她的孤立无援中。他永远也忘不了她脸上的表情,不可能想象比这种希望被围困、高傲被伤害更生动的表情了。冷淡,绝望,固执,不过她在颤抖,似乎没有了主张,她苍白、闪闪发光的眼睛直视着前方,似乎在寻找死亡。甚至在那个紧张的时刻,兰塞姆也可以想象到,如果她面临刀山火海的场面,她也会无所畏惧地立即像女英雄一样冲上前去。这一阵子,大厅里充满了此起彼伏的极大骚乱,汹涌澎湃,似乎塞拉·塔兰特和那位经纪人正在和听众们讲话,努力让他们安静下来,一会儿成功了,接着又控制不住了。一位女士和先生,兰塞姆瞥一眼就认出是法林达夫人和她的丈夫,他们被一阵喧闹声很快逼下舞台,从通道里涌了出来。

"哦,钱塞勒小姐,"那位更成功的女士很粗暴地说,"倘若这就是你打算解放我们性别的方式!"她很快穿过这个房间,后面跟着阿马利亚,他在经过的时候说这件事好像缺少管理。这两个人迅速撤退,这位女士根本就不去注意维里纳,后者还在那里和她母亲继续争执着。兰塞姆由于对塔兰特夫人一切必要的顾忌,正努力把她俩分开,一句话也没有对奥利夫说;对他而言,那是她的终结,他既不明白她铁青的脸怎么会突然放光,好像法林达夫人的话是一条鞭子,也不明白她怎么会冲向通往讲台的通道,似乎她突然有了灵感。如果兰塞姆观察她,他也许会发现,她似乎希望找到自己一直在寻找的那种残忍的赎罪,暴露在

第四十二章

几千个她欺骗和令其失望,让自己被撕成碎片,被践踏致死。她也许让他想起了巴黎革命中站在街垒上的某个煽动叛乱的女性,或者海帕西娅牺牲的身体[①]被亚历山大城愤怒的暴徒抛扔着。奥利夫因为看见伯雷奇夫人和她儿子过来就稍停了片刻,他们一看到法林达夫妇撤退就离开了舞台,他们用人们在一场雷电交加的风暴中寻求避风港的方式迅速走进了这间屋子。这位母亲的脸上表现出有教养人的惊讶,像是被请出来吃饭却看见桌布从饭桌上被撤了下来。这个年轻人用胳膊挽着他的母亲,一看见维里纳就一时忘情,此刻维里纳正挣脱塔兰特夫人,最后只能当着那个不期而至的密西西比人的面再次被她母亲制服。伯雷奇先生漂亮的蓝眼睛从一个人转向另一个人,看起来非常生气,很困惑。他甚至想到,也许他可以有效地干预,不是自夸,显然他倒愿意说,他至少可以让这件事不至于变成一场骚乱。但是维里纳被包裹着正要逃脱,根本不听他的,兰塞姆看起来也不像能听进去这种话的合适人选。奥利夫从伯雷奇夫人身边快速经过,这两个人迅速交换了一个眼色,在一方意味着敏锐的反讽,在另一方意味着任性的对抗。

"噢,您打算去演讲吗?"从纽约来的这位夫人问,带着毫不掩饰的笑意。

奥利夫已经消失了,但是,兰塞姆听见她的回答飘进她身后这间屋子里:"我打算去接受嘘声、呵斥和侮辱!"

"奥利夫,奥利夫!"维里纳突然尖声喊道,她刺耳的哭喊声可能前台的人都听见了。不过,兰塞姆已经用男性的力量把她猛烈地扭走了,他把她匆匆地带出来,把塔兰特夫人留在伯雷奇夫人的怀里喘息。兰塞姆相信伯雷奇夫人在那一分钟里会动人地善待她,让她想起贵族的支持和聪明的镇定都注定是有价值的。在外边的迷宫中,一批又一批性急的人们稍稍有些害怕,他们放弃了这场游戏,正在离开大厅。兰塞姆往外走的时候,把维里纳披着的长斗篷的帽兜拉下来盖住她的头部,遮住了她的脸和身份,谁也认不出来她,当他们混在涌出来的人群中时,他感觉到大厅里的那种暂时的、彻底的、巨大的沉默已经接待了冲

[①] 巴黎革命的某个女性煽动者……海帕西娅牺牲的身体(Some feminine firebrand of Paris revolutions…the sacrificial figure of Hypatia):也许詹姆斯心中有一个具体的煽动叛乱者。海帕西娅(Hypatia,约370—415),出生在埃及,是古希腊著名数学家、天文学家、哲学家。人称世界上第一位女数学家。这位聪慧的女性以她的才华和贡献跻身于古代世界最优秀的学者之列。而她惨死在野蛮的教徒手下实为千古悲剧。412年,来自耶路撒冷的西瑞尔当上了亚历山大的大主教,这是一个狂热的基督徒,他在全城系统地推行所谓反对"异教"和"邪说"的计划,但海帕西娅不向基督教示弱,拒绝放弃她的哲学主张,坚持宣传科学,提倡思想自由,对那些找麻烦的基督徒,海帕西娅毫不退让,415年3月被希瑞尔派来的刽子手残忍杀害。她的故事被查尔斯·金斯利(Charles Kingsley)写进自己的历史小说《海帕西娅》(1853)中,詹姆斯非常熟悉这部小说。

波士顿人
The Bostonians

向前台的奥利夫·钱塞勒。突然,一切声音都静了下来,这种安静是恭敬的,这些了不起的观众在等待,不管她会对他们说什么(事实上,他认为她可能会很尴尬),他们显然不会朝她扔凳子。兰塞姆因为自己的成功而颤抖,现在有点可怜她,欣然得知即使在愤怒的时候,波士顿的观众也不会不慷慨。他们来到大街上的时候,维里纳说:"啊,我现在开心了!"然而,兰塞姆发现尽管她现在很开心,她却在兜帽下面泪流满面。由于她将要进入的这种结合远没有尽如人意,在她注定要流的眼泪中,这些眼泪恐怕不是最后的。

附录：

论亨利·詹姆斯的《波士顿人》中的商品意识与交往伦理[①]

亨利·詹姆斯（Henry James）在一八八三年四月八日的笔记中写下一部新小说的创作计划：

> 两个女孩子的关系将成为一种友谊的研究——女性之间的友谊，如今在新英格兰非常普遍。整个故事完全是美国本土的，富有波士顿色彩：这是一种尝试，证明我*能*写一个美国故事。有一类报纸人一定不能少——这个人的理想是成为精力充沛的记者。我想*嘲笑*它的庸俗与可恶——对隐私肆无忌惮的侵犯——一切隐私感的消失，等等。……我希望写一个非常*美国的*故事，一个非常体现我们的各种社会状况的故事，我问自己，我们的社会生活中最突出、最独特的特点是什么，答案是：女性的处境，性别意识的下降，以及代表她们的骚动不安。（Edel & Powers：19-20）

侨居欧洲近十年，书写欧美文化冲突主题小说也长达十年之久的詹姆斯在这则笔记的三个地方都用了斜体加以强调，"能"、"嘲笑"和"美国的"表现出他对美国主题的信心，对美国文化的态度。《波士顿人》（Bostonians）从一八八五年至一八八六年间在《世纪》杂志上连载十三个月，读者反应冷淡，詹姆斯大受挫折，出版商懊悔不已（Edel：137），足以说明这部小说与当时美国主流价值观的相悖。实际上，这个美国故事并没有把人物关系局限在两个女孩子之间，而是围绕一个女孩子的名利争夺战，在这场没有硝烟的战争中，卷入其中的有催眠师、女权主义者、记者、南方保守派、纽约时髦社会的代表等，在这些明争暗斗的交换与较量中，詹姆斯把美国内战后的商业社会和消费文化对社会生活的危

[①] 这篇文章收录于论文集《触碰现实：英语文学研究新发展》，张剑主编，外语教学与研究出版社2016年版，第257—272页。

波士顿人
The Bostonians

害表现得淋漓尽致,"女性的处境"明显只是美国社会名利场中的一个借口,詹姆斯在这部小说中揭示和思考的问题已经变成一个社会交往的伦理问题。

1. 美国内战后的社会状况

《波士顿人》的故事时间是十九世纪七十年代的美国,是一部美国的《名利场》和《双城记》:像萨克雷的小说一样,所剩不多的好人已经退居幕后,像狄更斯的《双城记》一样,故事发生在波士顿和纽约两个城市之间。一八七三年,马克·吐温(Mark Twin)与查尔斯·沃纳(Charles D. Warner)合著的小说《镀金时代》把内战后的美国价值观从战前以书中人物克莱母亲所相信的"要老老实实工作,不要一心总想发财"(吐温和沃纳:44)定格在战后政治腐败、商业欺诈、法律荒谬的"镀金时代",詹姆斯的《波士顿人》同样把镜头对准这个时代,聚焦新英格兰道德价值观在商业化社会的蜕变:性别意识的下降,理性与良知的分离,公共生活与私人空间界限的模糊,家庭观念的淡漠构成美国内战后的社会状况特征。

在小说主人公之一巴兹尔·兰塞姆的眼中,十九世纪七十年代的美国是"一个夸夸其谈、爱发牢骚的时代,歇斯底里,感情脆弱,充满错误思想和奢侈挥霍习惯的不健康的细菌"(975),"一个无法用语言表达的欺骗时代"(1112)。兰塞姆对时代的主要不满在于它的女性化:"整个一代人都女性化了;阳刚之气正在从这个世界消失;这是一个女人气、紧张、歇斯底里、喋喋不休的伪善时代,一个言语空洞、假装优雅、夸大关怀、情感溺爱的时代,如果我们不小心,就会被平庸统治。"(1111)兰塞姆对时代女性化的批评回应其作者詹姆斯的"性别意识的下降"的针砭,因此詹姆斯的传记作家里昂·埃德尔说:"兰塞姆有时候成为詹姆斯代言的工具——特别是在他担心美国生活的女性化上。"(Edel:140)

兰塞姆与他的作者的相似之处还在于,他因为自己不合主流口味的思想而在报刊编辑那里的碰壁,他对托克维尔的精英文化意识和卡莱尔的英雄救世情怀的青睐,他对自己思想的自信,认为自己不是"生得太迟而是生得太早",也都透着他的作者面对商业化社会和民主泛滥时代而保持的冷静慎思。然而,兰塞姆与詹姆斯的近似也仅在思想方面,在知行合一的关键点上,他与他的作者就分道扬镳了。兰塞姆的表妹,书中的另一位主人公奥利夫·钱塞勒也同样是一位思想清高、行为鄙俗的伪善者。奥利夫以解放女性同胞为人生大业,却鄙视伯宰小姐无私的奉献精神;以为女性同胞争取自由与权利为己任,却用金钱收买维里纳的拥有权,用个人意志限制对方的自由。思想与行动的分离,良知与理性的脱节是战后美国社会道德滑坡的一个重要表现。

正如詹姆斯计划的那样,新闻媒体侵犯个人隐私也是他在这部小说中揭露批判的社会痼疾之一,马赛厄斯·帕顿和塞拉·塔兰特便是这种粗俗文化的代表人物。唯利是图的帕顿是詹姆斯毫不留情"嘲笑"的报纸人,还不到三十岁头发就白了,是一副未老先衰的相貌;而塞拉·塔兰特这位催眠师作为报纸宣传的忠实信徒,则是一位"没有道德感的道德主义者"。小说对这两个人物都进行了不留情面的挖苦嘲讽,帕顿第一次在伯宰小姐的家里听维里纳演讲,就发现这个女孩子的演说才能有利可图,"那个女孩可以为人赚钱,你看她大有运营的潜力!"(859)帕顿和塔兰特都秉持这样的信念:

> 与报纸保持密切接触,开发宣传效用的伟大艺术。对他这位时代坦率的子民而言,一个人与艺术家之间的一切区别都不复存在;……任何事、任何人都是别人的事。对他而言,什么事情都可以登报,登报只是意味着无限的报道,迅速地公布,如果需要,或者甚至不需要,都可以骂骂他的同胞。他用世界上最好的良知攻击他们的私人生活和他们的个人长相。他和塞拉·塔兰特的信念是一样的——那就是上报纸是人生最幸福的事,如果质疑这个特权的细则,那就是挑剔。(915)

叙述人说,帕顿"对得体或品质没有任何感觉,在他心中,最新的东西就是最值得尊敬的东西,也是近乎激动人心的情感"。帕顿成为塞拉·塔兰特"最佩服的对象,塔兰特相信他掌握了成功的所有秘密……女孩子如果能有这样一个丈夫,同时兼有记者、采访者、经理、代理人的角色,能在主要的'日报'上科学地报道、经营她——这一切的吸引力显而易见,无须督促"(916)。

小说的最后,维里纳在音乐厅举行演讲的那天晚上,帕顿作为记者没有找到演讲人,就到奥利夫的家中采访她的姐姐,他与卢娜夫人的一段对话生动地揭示了媒体琐碎、无聊、侵犯隐私权的卑劣行径。

"……你能不能告诉我一点个人的事情——就是人们想知道的那一类事情?她晚上打算吃什么?她演讲前——不事先来点营养吗?"

"先生,我真的不知道,也根本不关心,我跟这件事毫无瓜葛!"卢娜夫人愤怒地大声说。

这位记者干瞪眼,急切地问:"你跟这件事没关系——你不同意,你反

波士顿人
The Bostonians

对吗?"

他已经开始在侧面口袋里摸笔记本了。

"见鬼!你会把这个也登报吗?"卢娜夫人喊道……"老天保佑,很高兴我要去欧洲了!"

"这是另一桩小事——任何事情都有价值,"马赛厄斯·帕顿说,立即在他的小本子上记下来,"我能不能问一下是不是因为你不同意你妹妹的观点才去欧洲?"

卢娜夫人腾地跳了起来,几乎把他手里的备忘录抓了过来:"如果你竟敢鲁莽地把我的任何一句话登出来,或者在报纸上提到我的名字,我会到你们办公室大闹一场!"

"亲爱的夫人,那敢情好!"帕顿应声说道。(1193)

同样,在塞拉·塔兰特的心中,公共领域和私人空间也没有任何分别,"他理想的至福就是成为报纸日常不可分割的部分……他对那种宣传效用魂牵梦绕,他情愿为此牺牲一切最隐秘的家庭神圣性。事实上,人的存在对于他就是一个巨大的公共宣传,在这种公共性中,唯一的错误就是有时候不够有效"(895)。塔兰特夫人在家里就体会到丈夫公私空间不分的滑稽言行:"即便是家庭的私密交谈,他的用词、托辞、解释方式,她感觉,仅仅对她本人也是过于高尚了,这些表达就像塞拉的本性一样都完全被定格在公共生活的基调上。"(867)

家庭隐私感的消失带来了家庭关系的危机,这也表现在奥利夫姐妹之间。她们本来是一对没有父母的亲姐妹,是世界上最相依为命的人,但是,她们互相敌视,没有任何亲情。奥利夫觉得她的姐姐庸俗,自私,自鸣得意,"没有良知",根本不关心妇女的命运,这种狭隘、保守的个人生活无异于"精神死亡"。(949)而她的姐姐则认为,"如果奥利弗和她的朋友们掌管了政府,那么她们比历史上最臭名昭著的独裁者更专制"。卢娜夫人觉得她妹妹只是一个"毁灭性的、无信仰的激进分子"(950)。

根据温迪·马丁(Wendy Martin)的观点,美国女诗人艾米丽·迪金森(Emily Dickinson)曾在十九世纪上半叶赞美家庭的神圣性,"家是上帝的象征",她认为家庭生活"庇护了爱和友谊",家是展示"同情和忠诚的地方",二者都高于商业和政治,绝对不可以用金钱去衡量(埃利奥特:506)。而到内战之后,随着商品意识深入人心,消费文化和报刊媒体侵犯私人生活领域,家庭这个本应该超越商业、政治的亲情港湾在《波士顿人》中却被卷入消费文化的旋涡中,家庭和社会一样都成了充满交易与竞争的名利场。

2. 交换价值

谈到内战后美国传统价值观的跌落,中国学者毛亮说:"牟利的冲动消解了个人主义本身所内涵的一切个人实现和发展的可能性,个人主义由一种民主社会的理想变成了一种资本主义的意识形态。"(毛亮(b):90)这种资本主义的意识形态在美国文学家西德尼·拉尼尔看来就像一张铺天盖地的蜘蛛网,笼罩了社会生活的各个领域。一八七五年,拉尼尔在给文学界一位朋友的信中写道:

> 现在我们在穿越树林中的小路时,我们的嘴、鼻、眼总会缠上商业的丝网……商业就像一只老蜘蛛,爬遍了我们的现代生活,扯下轻而薄的丝网,把现实遮盖起来。我们的宗教、政治、社会生活、宗教慈善事业、文学,上帝啊,还有我们的音乐,几乎我们的整个生命都被商业那轻飘虚幻又肮脏的丝网遮盖掩饰起来了。(威尔逊:373)

无处不在的商业意识弥散在美国生活的每一个角落,这正是詹姆斯在《波士顿人》中着意刻画的美国社会生活特征,它的表现形式可以用"交换价值"和"竞争意识"来概括。詹姆斯出版于1876年的小说《美国人》以美国企业家纽曼在巴黎求亲的失败讽刺了美国交换价值面对深厚的欧洲文化底蕴时的苍白无力(郑达:100—108)。不过,在《美国人》的结尾,当法国勋爵厄尔本问纽曼有没有可能出售那张记录他们母子杀害老侯爵的罪证的便条时,纽曼说:"永不可能!"纽曼最后把便条投入火中,也象征性地烧掉了他固守的交换价值的信仰(用金钱购买一个代表历史和文化的老婆),从而使自己从交换价值观的怪圈中跳了出来,在道德上取得了优势。纽曼从自己的失败和屈辱中认识到交换价值观的不足,在道德与个人利益冲突的关键时刻,他选择做一个正人君子,这对于企业家身份的主人公不啻一次革命性的进步。

然而,十年后,当詹姆斯写一部真正的美国小说,来考察在欧洲人面前美国人时常保持的道德优势时,他却发现交换价值观已经成为美国社会的主导意识,纽曼的道德行为已经成为一个浪漫主义的神话,交换价值甚至已经渗透到家庭这个最隐秘的私人领域,塔兰特夫妇为了自己的社会野心,可以把女儿作为商品拿到名利场上去交换。被自己的父母出售是比奴隶市场更残酷的人身买卖,詹姆斯研究者米莉森特·贝尔(Millicent Bell)说:"奥利夫实际上把他们的女儿从他们那里买了过去。"(Bell：132)。为了延长和保护维里纳的拥有权,奥利夫一次又一次给维里纳的父亲开支票,而这一对名利至上的父母也甘愿听凭一个性格乖戾的女孩支配自己女儿的命运,乐于在利益面前交出自己天然的监护权,正如维里纳的母亲在女儿拜访奥利夫之后心里想的那样:"维里纳缺的就是有人经营她(她父亲至今除了催眠治疗还没有成功经营过任何事情)。"(892)塔兰特夫人心中盘算的这个"经营"与帕顿先生口中的那个"运营"一样,都带着强烈的商品意识,把维里纳作为一种有利可图的社会资源,而不是有感情、有尊严的人。奥利夫在这笔交易中取胜,仅仅三个月时间,就可以让维里纳完全臣服在她的意志之下。叙述人说:"她现在完全在奥利夫的手中了,为了向她的女恩人证明她不是鲁莽行事,没有什么牺牲是她不同意做的。"(953)在奥利夫与维里纳的雇佣与被雇佣关系中,如弗洛姆所分析的资本主义社会中人的异化现象那样,"一个人,一个活着的人,不再是自身的目的,而变成了为他人或者自己获得经济利益的工具,或是一个非人的巨大的经济机器的工具"(弗洛姆：84)。

奥利夫与记者帕顿有关维里纳的交涉也体现着赤裸裸的交换价值:帕顿主动提出与钱塞勒"共同开发"维里纳,共享利益,帕顿建议"在音乐厅举行一次讲座,一张票五块钱,不让她父亲参加,让她独立演讲"(919)。帕顿认为维里纳"是一张牌,得有人玩"(932)。他问奥利夫"是否愿意分享——哦——他应该把这叫作责任吧？他们能不能一起经营维里纳？"当奥利夫问他希望赚多少钱时,帕顿回答:"为维里纳小姐吗？那得看时间。她至少能运行十年。"奥利夫直瞪瞪地看着他:"我不是说为维里纳,我是说你能赚多少？""噢,你让我赚多少我就能赚多少。"帕顿笑着说。叙述人对比评价道:"美国出版业的全部滑稽都包含在他的笑声里。"(933)虽然钱塞勒极端鄙视塔兰特夫妇和帕顿的贪婪市侩,但她自己显然也没有任何道德上的优势,他们唯一的区别是一方愿意与别人共享利益,而另一方只想独吞利益。

奥利夫与伯雷奇母子有关维里纳的交易对交易对象维里纳同样缺少起码的人文关怀。当奥利夫带着维里纳来到纽约的社交圈,在伯雷奇夫人的沙龙里发表演说后,奥利夫从伯雷奇夫人手中接过"一张最大的支票",这时候,奥利夫的心理活动是,"金钱是巨大的力量,当一个人想全力攻击错误的一方时,他会很高兴不缺少战争器材"。这时候,伯雷奇夫人作为出资方明显占着交易的优势,她告诉奥利夫"就这么定了,她可以过来,住到不想住为止。她用几句话就轻而易举、聪明熟练地跨越了一段巨大的距离"(1081)。金钱驯服了奥利夫狂傲的心,维里纳成为波士顿人奥利夫与纽约人伯雷奇夫人交易的对象,而且交易的双方都明显意识到她们这种行为的商业性质,伯雷奇夫人对奥利夫说:"我敢说你非常不喜欢她结婚的想法,那将会中断一种充满兴趣(interest)的友谊(奥利夫有一会儿觉得她是不是要说'充满利益')。"(1082)

伯雷奇夫人在和奥利夫交涉维里纳的占有权时,明确告诉她,她也可以像奥利夫一样用金钱与维里纳庸俗的父母达成交易,并且说"把她借给我们一段时间,我们会处理剩下的事情"(1088)。出资雇佣维里纳就是要充分地利用她的商业价值,伯雷奇夫人说,"她要每晚演讲一次!"奥利夫对伯雷奇夫人说,"我并没有兴趣把我的——我的牺牲品让给你。"(1089)小说的讽刺和批判在这个破折号的运用中,奥利夫犹豫着不知道用什么词更合适,终于还是诚实而不顾体面地说出了那个令人恐怖的"牺牲品"来,将自己统治者的动机暴露无遗。

小说的最后,钱塞勒为了摆脱兰塞姆的纠缠,孤注一掷地把维里纳交给她的父母,也是给了他们一笔钱委托他们把女儿藏到兰塞姆找不到的地方。总之,小说中围绕维里纳的交易都是用金钱作为交换媒介。在商业化的社会里,不仅亲情和友情成为交换的对象,而且爱情也成为一笔有利可图的社会资源。帕顿先生向维里纳求婚时对她说,她只需要交出感情,他会处理剩下的事,"她的每一分钟都很值钱"(936)。伯雷奇先生喜欢维里纳"就像他喜欢那些古老的搪瓷和刺绣,当她说看不出她跟这些东西有什么相似时,他回答说因为她也很独特,很精致"(937—938)。一个趣味高雅的哈佛大学高才生只能用鉴赏物品的感知力去感受一个女孩子的优秀,这是人的物化、工具化、商品化现象的必然后果。通过交换价值在社会交往中的主导作用,詹姆斯似乎指出了这样一个令人忧虑的社会现象:在商业意识充斥的美国社会里,人的解放只是奢谈,更不用说女性的解放了。

3. 竞争意识

《波士顿人》的人物关系中透出一股强烈的竞争意识,这是商业社会交换价值的必然产物,也是内战后美国社会的主要特色,在文学、文化领域里,不同力量之间的竞争角逐是小说的现实基础。理查德·布罗德赫德在《文学与文化》一文中说,在工业化发展控制美国经济生活的时代(1869—1900),廉价的杂志通过刊登商业广告牟利,从而"把读者的注意力引导到一个形象化的商品世界","这些新的出版物从一开始就同纯文学的高雅文化所掌握的也是它最为珍惜的权力展开了争夺与竞争:它们互相争夺对于一般民众的阅读习惯的控制权,以便设法形成一种集体价值观念"(埃利奥特:388—389)。乔治·桑塔亚纳(George Santayana)也在《美国哲学中的斯文传统》('The Genteel Tradition: Nine Essays', 1911)中指出:"在国民的思想意识上,那种咄咄逼人的追求物质利益的进取心和心境高雅、超然物外的精神气质之间,出现了尖锐对立和根本分歧。"(埃利奥特:404)然而,《波士顿人》中的"占有争夺战"(Edel: 139)已经不再是高低文化之间的竞争,而是简化为权力的争夺,埃德尔说:"他们发现争夺权力令人着迷:他们残酷、利己,对他人的感情茫然无知,只知道自己的需要。"(同上:141)

沃纳·伯索夫在《文化与意识》一文中更具体地描写了美国内战之后不同利益集团之间的竞争意识,"在美国的现实生活中,在那些既得利益者和未得利益者之间已经出现了新的裂痕,各个阶级、各个利益集团的日常相互关系,从来也没有像现在这样被紧紧地笼罩在恐惧与怀疑之中"(埃利奥特:397)。严格来讲,《波士顿人》中的人物关系可以概括为交易与竞争的关系,女权主义者奥利夫与法琳达夫人之间为影响力展开的明争暗斗,奥利夫与帕顿之间的意志较量,奥利夫与伯雷奇母子之间的心智对垒,最激烈的竞争是作为既得利益者的北方代表奥利夫和未得利益者的南方代表巴兹尔·兰塞姆之间围绕维里纳展开的角逐,集中体现了伯索夫所说的那种"笼罩在恐惧与怀疑"之中的"日常相互关系",展示了人际关系的危机。

首先,是钱塞勒小姐与法琳达夫人之间的明争暗斗。在小说开始和结束的两个场面中,主要人物都聚集一堂,主要演讲人都是维里纳。不同的是,故事开始时,在已经功成名就的演说家法琳达夫人眼中,初出茅庐的维里纳只是个骗子,而奥利夫则是一个诚惶诚恐的无名之辈。也许正是不甘下风的好胜心,奥利夫才奋起直追,竭力培养维里纳作为向那个忽视她的女强人和社会奋力还击的武器。随着奥利夫对维里纳占有程度的加深,她的自信心也逐渐增加,"仅仅三个月时间,她对法琳达夫人就由尊敬的感情变为竞争"(953),她感觉到可以与法琳达夫人平起平坐,甚至有希望超过她。小说的最后,法琳达夫人来到音乐厅,其目的也是被邀请来见证奥利夫的成功时刻。

如果奥利夫与法琳达夫人的竞争只是一种精神和荣誉上的较量,没有面对面的直接冲突,那么奥利夫与其他人的竞争则更多的是一场又一场利益的争夺战。在用金钱把维里纳据为己有之后,她先后用不屈的意志吓退了记者帕顿的威胁,用"出其不意"的行动把维里纳带离纽约的社交圈,摆脱了伯雷奇母子的纠缠,她一路占有着维里纳的意志和人身自由,直到她的表兄兰塞姆再次出现在这个名利场中,她才算真正遇到了对手。如果奥利夫占有维里纳依靠的是后者的善良慷慨,那么兰塞姆对维里纳的追求就诉诸她的单纯和爱情本能,这种感情更隐秘、更具体、更势不可挡,让维里纳不能自已,这时候奥利夫充满意识形态色彩的演讲事业在兰塞姆的启发和批驳下就显得空洞而遥远,逐渐对维里纳失去了吸引力,也决定了奥利夫在这场竞争中的不利地位。

面对兰塞姆的爱情引诱和伯雷奇母子的利益诱惑,奥利夫真是腹背受敌,深感竞争的压力,她能想到的是用一方牵制另一方,自己坐享渔人之利。为此,她挖空心思,仔细斟酌双方的实力,如何对自己最有利。同样,站在敌对方的兰塞姆也寸步不让,不择手段,"只要他能让她按照他的想法去做,他不在乎采取什么方法"(1098)。兰塞姆追求维里纳已经不是爱情的需要,而表现为一个男人对女性的征服和控制,让她为自己的政治思想代言,让她为实现自己的政治野心出力。维里纳变成了兰塞姆在战争中失去的成功机会的替代品,成为他恢复荣誉的象征物。

小说的反讽意味在于,奥利夫的占有欲被粉饰掩盖在她要拯救维里纳和女性同胞这个美丽的借口之下。第一次去维里纳家拜访,面对她庸俗的父母和那些玩世不恭的哈佛大学学生,奥利夫就暗下决心"拯救"维里纳于水火之中,觉得她的人生意义并非如此(922)。然而,被奥利夫"解救"出来的维里纳又做了些什么事情呢?奥利夫培养她阅读历史书籍,无非是在书本中寻找仇恨男人的证据,最终在波士顿的音乐厅举行演讲,也无非是和一个专门经营演说,只图赚钱的生意人分享演讲所得的利益,奥利夫对维里纳的"救赎"实际上是让她"出离火坑又进油锅"。

同样,兰塞姆在看到维里纳被剥削利用时,也立即产生了"拯救"她的强烈愿望,并把对维里纳的救赎看作是在纠正一个时代的错误。实际上,他只是想独占维里纳,把她送回厨房,让她为他一个人演讲。从奥利夫和兰塞姆的思想与行为的脱节中,我们可以看出埃德蒙·威尔逊(Edmund Wilson)在《爱国者之血》(*The Patriot's Gore*)一书中提到的美国社会中始终存在着的那种虚伪、贪婪的传统在小说中的表现。威尔逊写道,在内战时期,北方把他们的神圣事业看成对奴隶的解放,是对天意制定的合众国的维护;而南方也有其理由:"假如北方人是在执行上帝的意志,那么南方人就是在从商业化的北方社会的物质享受主义和市侩庸俗中拯救他们的神圣理想——骑士精神、贵族式的自由、优雅的举止和豪华奢侈的生活。"(威尔逊:357)

兰塞姆和奥利夫正体现了南北方的这个虚伪传统,里昂·埃德尔说:"兰塞姆与奥利夫都是彻底的利己主义者。他们谁都不爱维里纳本人。她只是某种东西,作为一种个人想法的工具被获得、占有和利用。"(Edel:141)詹姆斯最初安排兰塞姆从纽约观察波士顿女权运动(Gard:161),但兰塞姆并非只扮演了一个旁观者的角色,他是这个名利场中积极的、不甘落伍的参与者,他与奥利夫互为镜像,映衬出南北文化的历史痼疾。虽然他们都理性地批评自己时代的问题,但是,从他们身上体现出来的残酷无情的竞争意识看,他们并不比他们的时代好到哪里,甚至他们的竞争掠夺行为更处心积虑,更具有破坏性。

4. 自由的社会交往

关于社会交往的伦理,启蒙思想家威廉·葛德文(William Godwin)和现代社会心理学家艾利希·弗洛姆(Erich Fromm)都有十分相似的论述,可以用来帮助我们透视《波士顿人》中的人际关系危机的问题所在。葛德文在他的政治哲学著作《政治正义论》(An Enquiry Concerning Political Justice,1793)中强调社会交往中天真的危害,"天真并不是道德!道德要求人们满怀激情地运用智慧去增进大众福利"。葛德文对"大众福利"的解释是,帮助人类"增进自由、知识和道德"。葛德文强调独立判断的重要性,"个人判断的权力是人们行使其他一切权力的基础","我只对一个权威表示衷心的服从,那就是我自己理解力的判断,我自己良心的指示","永恒的理性才是真正的立法者,理性的知识才是我们应该研究的。孟德斯鸠说:'在一个自由的国度里,每个人都是自己的立法者。'"[葛德文(b):71-167]葛德文的这些断言像一面镜子映衬出《波士顿人》中三个主要人物的性格缺陷。作为政治哲学家,葛德文最懂得统治是自由的天敌:"每一个人都应该足够地明智,以便管理自己,而不需要强制束缚的干涉;并且,政权即使在最好的情况下也是一股邪恶的势力,所以我们所抱的主要目的就应该是:在人类社会的普遍和平所允许的情况下尽可能少地统治。"[葛德文(b):180]"要促使人类获得最大利益,主要依赖自由的社会交往。"(212)

无独有偶,以研究十九世纪至二十世纪资本主义异化现象见长的社会心理学家艾利希·弗洛姆也强调独立个体与社会结合的重要性:"只有一种情感能够满足人们与世界结合的需要,同时又能使人获得整体性与个性的统一,这种情感就是爱。爱就是在保持自身完整性与独立性的前提下,与外在的某人某物的结合。"(弗洛姆:34)用葛德文和弗洛姆的标准去看《波士顿人》中的人物,我们就会发现他们的社会交往之所以会出现专制主义或者被他人利用的情况,根本原因就是他们都没有完整的人格和独立精神。弗洛姆在《逃避自由》(Escape *from Freedom*)中把这种与他人不健康的结合所产生的病态关系称为"共生关系":

> 他们彼此依赖,满足自身与他人联合的欲望,并因缺乏以自由独立为基础的内在力量与自信而饱受痛苦,更甚的是会受到由共生关系而滋生的自觉或不自觉的敌意的经常的威胁。臣服(受虐狂)或统治(施虐狂)的实现永不能带来满足,因为他们都有自我推动力,而且,由于没有任何自我确定和认同感,于是,人们追求臣服和统治的欲望就越发强烈,这些情感的最终结果就是失败。……被这些情感驱使的人都变得依附他人而不是发展自己的个性,他依赖于他所臣服的人或他所统治的人。(弗洛姆:34)

奥利夫与维里纳的关系便是这种"共生关系",奥利夫以维里纳为"形式"实现自己的理想,维里纳以奥利夫为"良知"实现她们的"自由联合",都必然以幻灭告终。施虐与受虐的共生关系根本不是詹姆斯理想的人际关系,只是商业意识对人的精神的异化。托尼·泰纳(Tony Tanner)指出,詹姆斯在《波士顿人》中刻画的美国生活意在表明:

> 一种专制主义的心理损害了生活的操守,这在我们的私人和公共经验领域具有道德和哲学的重要性。从道德上讲,它意味着在我们的行动中,专制主义的形式带来了精神死亡的危险。从哲学上看,它意味着,把现实与真理局限在我们狭隘的经验中,我们会把它们变成谬误,招致危险。让生活"开放",把我们从这些东西中解放出来是詹姆斯提倡的切实可行的解决办法。(Tanner:165)

针对泰纳的观点,我们可以补充说,詹姆斯不仅提倡在人际交往中要避免专制主义的心理,而且也和葛德文与弗洛姆一样,强调在社会交往中独立精神与个人判断力才是避免专制主义的关键。《波士顿人》中的普兰斯医生便体现着这样一种不被腐蚀的独立人格,她以工作与社会进行结合——她对伯宰小姐的医护便是与社会的一种健康联系。作为一个职业女性,她虽然置身狂热的改革者中间,但经济上的独立和思想上的自由让她超然自处。她说,只要有时间,她可以充分享受自己的自由与权利,她认为两个性别都需要提高,都没有达到标准。当兰塞姆问她这标准是什么时,她说,"他们应该生活得更好,这才是他们应该做的。"(838)因此,在兰塞姆看来,"不管这场运动结果如何,普兰斯医生自己的小小革命就是一种成功。"(844)葛德文说,"能够在自己处境所允许的情况下,创造出最大程度的利益的人就是真正有道德的人。"(葛德文《政治正义论》,何慕李译:167)兰塞姆也说,"为了世界的好,人们应该更好地使用他们拥有的自由。"(1104)普兰斯医生便是这样一个有德之人,最好地利用了自己处境所允许的自由为社会服务。

另一方面,奥利夫和法琳达夫人都相信,公共演说可以唤醒大众沉睡的女权意识,然而,葛德文却告诉我们,"真理是无法在挤满了听众的大厅里和嘈杂的争辩中获得的","真理寓于沉思……除非在幽静的隐蔽之中,或者两个人之间安静的意见交流之中","一个具有'最健全的判断力'的人是'最有道德的人',也是一个理想的交往对象","最完善的人不总是依靠社会,而是把社会生活当作不常有的乐趣,快活天真地享受。……在与人交往中,他会找到快乐,他的性情使他能够接受友谊和爱情。但是他以同样的热情甘于独处,找到最大的满足和最纯的快乐"(葛德文:《政治正义论》,郑博仁译:209,707,226,707)。普兰斯医生与兰塞姆"个人之间安静的意见交流",她的独立精神和健全的判断力使她成为一个理想的交往对象,在她与社会的交往中没有统治和屈从,只有尊重、理解与关爱。

在现实生活中,美国历史学家亨利·亚当斯深感十九世纪的美国理想与现实的脱节,在给詹姆斯的信中表达这种失落感,詹姆斯给亚当斯的回信表达自己对自由意识的信念:

> 当然,我们都是孤独的幸存者,当然,构成我们生活的过去在深渊的底部……我仍然觉得我的意识很有意思——在对这种乐趣的开拓中。和我一起开拓意识吧,亲爱的亨利——这就是我想让你做的——开拓你和我都有的那种意识吧……你看在生活面前我还有反应——尽可能多的反应……我觉得这可能是因为我是那种奇怪的怪物,艺术家,一个固执的定局,一种永不枯竭的敏感性。因此,这些反应——各种现象,各种记忆,很多东西带着要义不断作用于这种敏感性。这值得一试——我就是这么做的。我相信我还会做——这也是一种生活的表现。(Lubbock:373—374)

在一个价值观混乱的商业化社会中,詹姆斯提倡开拓意识,对生活的多样性尽可能多地做出反应,这便是他为时代疾病提供的解毒剂。具体来讲,作为

一位小说艺术家和文学批评家,詹姆斯希望以文学的审美方式达到与世界创造性的结合。在《小说的未来》中,詹姆斯写道:

> 在一个文学鉴赏能力已经得到了高度发展的社会里……在一个文学批评表现得敏锐的成熟社会里……一个醉心于思考并且喜欢思想的社会群体,人们会努力用"故事"作为试验,而在另一个人们主要是热衷于旅行、射击、大搞交易和玩足球的社会群体中,对于这样的试验却不会尝试。……生活的无边无际和丰富多彩,其领域一直到处延展,向着四面八方,……在我们自己中间,今天最有意义的事情是:我们在何种程度上能够指望看到上述那种自由意识可以得到培养并结出果实来。[James(b):106—107]

可见,对于詹姆斯而言,"故事"展示了生活的无边无际和丰富多彩,这种丰富的复杂性可以培养和锻炼人"对于自由的意识",而一个具有自由意识和独立判断力的人不仅懂得尊重他人、尊重生活的客观性,而且也会与他人进行正常的交往。正如布罗德赫德所说,詹姆斯"对于以超越地域和国家偏见的唯美创作为崇高的道德归宿的集体伦理观,对于艺术想象的感化教育力量,都抱有一种炽热而真诚的信念"(埃利奥特:386—387)。毛亮在研究詹姆斯的文学共同体思想时也说:"对詹姆斯而言,文学不仅是主观意识的自我表达,而且是作为现代性的诸多社会形式的一种,能通过主体间的交往,使自我得以摆脱极端个人主义理念中的唯我论的心理与伦理困境。"[毛亮(a):6]

詹姆斯本人在生活中身体力行自己的交往行为准则,据詹姆斯的打字员西奥多拉·博赞基特(Theodora Bosanquet)回忆,"他本人非常小心,从不把个人意志强加于别人。他允许自己对朋友提出的唯一建议就是'让你自己的灵魂活着'……他的乌托邦是一种无政府状态,在那里任何人除了只对自己的文明素质负责之外,不对任何其他人负责。"(Zacharias:67—68)在詹姆斯的晚年,他唯一的娱乐就是与朋友的通信与交往,无论是给朋友写信还是接待他们,詹姆斯都表现出极大的热情与慷慨,"他爱他的朋友,但是他必须受制于他的生活规律,避开人类情感和勒索的非常交缠的网"(Bosanquet:102—103)。保持独立精神,又不拒绝与社会进行友好交往,这正是葛德文所说的"自由的社会交往",是弗洛姆提倡的个人与社会的健康结合。

波士顿人
The Bostonians

参 考 文 献

1. Bosanguet, Theodora. "Henry James at Work". In Henry James' Interviews and Recollections. Ed. Norman Page. London: Macmillan, 1984.

2. Bell, Millicent: Meaning in Henry James. Cambridge: Harvard University Press, 1991.

3. Edel, Leon & Lyall H. Powers (Eds.). The Complete Notebooks of Henry James. New York: Oxford University Press, 1987.

4. Edel, Leon. Henry James: The Middle Years: 1882 – 1895. New York: J. B. Lippincott Company, 1962.

5. Gard, Roger (Ed.). The Critical Heritage: Henry James. London, Henley and Boston: Routledge & Kegan Paul, 1968.

6. James, Henry. (a): Novels 1881 – 1886: Washington Square, The Portrait of a Lady, The Bostonians. New York: The Library of America, 1985.

7. James, Henry. (b): "The Future of the Novel". Literary Criticism. Vol. I. New York: The Library of America, 1984.

8. Lubbock, Percy (Ed.). The Letters of Henry James. Vol. II. London: Macmillan, 1920.

9. Tanner, Tony (Ed.). Henry James: Modern Judgments. London: Macmillan, 1968.

10. Theodora Bosanquet. "Henry James at Work". In Henry James' Interviews and Recollections, Ed. Norman Page. London: Macmillan, 1984.

11. Walker, Pierre A. (Ed.). Henry James on Culture: Collected Essays on Politics and the American Social Scene. Lincoln: University of Nebraska Press, 1999.

12. Zacharias, Greg W. Henry James and the Molarity of Fiction. New York: Peter Lang, 1993.

13. 埃默里·埃利奥特(主编).哥伦比亚美国文学史.朱通伯等(译).成都:四川辞书出版社,1994.

14. 艾利希·弗洛姆.健全的社会.王大庆等(译).北京:国际文化出版公司,2007.

15. 马克·吐温,查尔斯·沃纳.镀金时代.李宜燮,张秉礼(译).上海译文出版社,1979.

16. 毛亮(a).文学阅读模式的伦理想象:亨利·詹姆斯的《阿斯彭文稿》与《地毯中的图案》刍议.外国文学评论,2007(1).

17. 毛亮(b).美国民主的"形式"问题:亨利·詹姆斯的《美国游记》.外国文学,2007(1).

18. 威廉·葛德文(a).政治正义论.郑博仁,钱亚旭,王惠(译).北京:中国社会科学出版社,2011.

19. 威廉·葛德文(b).政治正义论(第一卷).何慕李(译).北京:商务印书馆,2007.

20. 埃德蒙·威尔逊.爱国者之血:美国南北战争时期的文学.胡曙中等(译).上海:上海外语教育出版社,1993.

21. 郑达.交换的经济——评亨利·詹姆斯的《美国人》.外国文学评论,1997(2).

波士顿人
The Bostonians

后　　记

　　《波士顿人》的翻译历时五年之久(1998.7—2003.9),翻译完之后又搁置了十多年(2003.9—2015.6),十个月前的一次偶然的出版机会才让我回过头来逐字逐句对译文进行了揣摩和修改润色,最终成为目前这个样子。尽管如此,内心仍然惴惴不安,译事之难在一本小说的语言转换中被我尝遍。巴兹尔·兰塞姆初到海边小镇马米恩时有这样一句感想:"晚上第一次去看一个地方,就像阅读一本外国作家的译著——在早上十一点——他感觉自己是在阅读原著了"。我读到这句话的时候就明白,詹姆斯深知文学作品在翻译过程中的损失。在语言的转换中,我不得不羞愧地承认,我没有能力传达他原著中丰富的头韵和尾韵的乐感,无法准确传达小说的双关语和文化宗教方面丰富的喻指内涵。这里粗略记下个人的几点翻译体会,算是与读者切磋分享,也算是为自己可能有的理解误差事先做一点忏悔。

　　《波士顿人》的翻译始于1998年9月我开始写博士论文的日子,当时翻译的唯一动机就是不想浪费时间的边角料。在论文写作思路不畅或者枯竭的时刻,也许翻译正在研究的小说是一种增进理解、有效利用时间的补偿吧?于是,我就拿起手头正在研究的《波士顿人》开始翻译。这是我翻译长篇小说的第一次尝试(可能也是最后一次尝试),面对的却是亨利·詹姆斯创作中期冗长繁杂的文体,含蓄委婉的语气,有时候一段话有两三页的内容,有时候一句话有十几行的长度,句子中套句子,插入语套插入语,双否定加上虚拟语气再加上各种时态的混杂,进入一个句子的感觉如置身迷宫,常常头昏脑涨却找不到出来的路径,更不用说把这些段落和句子转化成流畅、准确的汉语了。选择詹姆斯这一时期的作品来翻译不仅是对我治学的耐心和勇气的挑战,更是对我中英文语言基本功的检验。但刚开始我并不是很清楚自己面临的诸多困难,只希望能把时间的边角料熔铸成一道美丽的文学风景,没想到这件事一做就是五年,直到2003年夏天我才正式翻译完这部长达二十八万余字的著作。当时翻译完合上英文原著,心中最大的体会就是:学习英语文学专业的人只有翻译一本英语经

后 记

典小说,才算是真正深度体验了一次英语语言的魅力。

2003年翻译完这本小说似乎已经对自己有了一个交代,也以翻译过程中学到的东西为满足,没有多想出版的事,顺手把译稿存入A盘便又投入到紧张的教学科研工作中。生活的浪潮推着我马不停蹄地继续前行,直到我把这件事彻底遗忘干净。2015年9月底,女儿出国前收拾东西在一个铁盒子里发现了这个搁置十多年的蓝色A盘,十几年的IT行业发展之快让我甚至找不到一台能打开A盘的电脑!幸亏我的爱人抱着一试的心态把这个A盘拿到单位的电脑中心去求助,正大集团总部的于永华先生,这位电脑高手帮我成功地恢复了A盘里的全部文档,让这个完全被遗忘的译稿有了修改完善乃至出版的可能,所以我在此首先叩谢于先生的鼎力相助,大恩大德尽在不言中。

十二年前的译稿失而复得,就像找回了一个失散多年的孩子,除了这孩子自身的价值,她还同时记载着蕴蓄、生养她的人曾经的一段铭心刻骨的求学岁月。那时候刚到而立之年的我抛家舍业从青岛到北京来读书,女儿只有三岁,母亲已经年迈,爱人在外企工作非常辛苦。读书的三年一家人身心两处,思念成疾。在学习上,由于受当时自己读书与生活阅历所限,在理解詹姆斯作品时所经历的困惑、挣扎、焦虑都似乎随着找回的译稿一起回到眼前,才知道岁月的年轮不仅带走了我的青春,也带走了青年时代的迷惘与苦涩,有些事只能自己面对,有些苦只能自己体会,值得告慰自己的是:我曾经认真、真诚地生活过!我曾经努力、艰苦地探索过!这本译著就是在时间的夹缝中,在人生的苦境里,在许多个无法与世界交流的孤独时刻转而与自己内心对话,与文学大师的作品对话的结果,是我分秒必争抢出来的一点点学业收获,是我惜时如金的一个证明,就像自己生养的孩子,无论美丑,毕竟自己都是视若珍宝的。

1916年2月28日,美国伟大的小说艺术家亨利·詹姆斯去世,他走在一个人类互相残杀的疯狂时代。整整一百年过去了,人类似乎并没有因为惨痛的历史教训而变得明智起来,战争的硝烟每天都在世界的很多地方燃烧着,生灵涂炭,生存危机四伏。他在1886年的《波士顿人》中淋漓尽致地刻画、揭露、批判的商品意识和权力意志从某种程度上也解释了人类由于政治和经济的贪欲所酿成的第一次世界大战这样的人祸。从这个意义上讲,詹姆斯的小说并没有过时,反而适时地给我们提供了一面反思当今世界的政治问题和社会问题的镜子,它把我们的价值观直接拉回西方启蒙运动和启蒙理性,在整个19—20世纪对启蒙理性的反思批判之后,在经过了数不胜数的战争、改革、革命之后,詹姆斯的小说让我们重新思考启蒙理性对于人类的必要性,并且是在一个新的层面

波士顿人
The Bostonians

上。如果 18 世纪的启蒙思想家希望把人类从宗教迷信中解放出来,那么今天詹姆斯的作品似乎在帮助我们破除金钱与权力的迷信,这种迷信远比宗教迷信危害更大,因为它直接导致人际关系的相互残害,让人类生存环境变成一个人间地狱。《波士顿人》在书写物欲与权欲对交往关系和人的异化方面远远走在现代主义和后现代主义文学的前列。

从 1916 年到 2016 年,亨利·詹姆斯离开我们整整一百年了,在这个百年祭的重要岁月里,美国、英国、法国等地都多次举行纪念詹姆斯的学术活动。詹姆斯成就了我的博士梦,詹姆斯的作品培养了我从文学的角度看待人性和生活的复杂性的审美辨别力。虽然时至今日,我对于他的理解还远远没有应该有的那么好,但是我可以告慰自己的是:我一直都没有停止努力去理解他、走近他,这本译著就算是我在这个非同寻常的年份里对这位伟大的思想家和小说艺术家所表达的敬仰和感恩,算是敬献给他的一份卑微的百年祭品吧。

在将近一年的修改、润色过程中,对于作品中语言点和知识点的一些困惑,我主要请教于美国塞勒姆州立大学的 Peter Walker 教授,这位相识近十五年的亨利·詹姆斯同仁不管是在期末繁忙的阅卷时间,还是在今年 7 月份到上海大学紧张的一周教学间歇,对于我在文化和语言理解方面的一些疑惑都给予了耐心周详的讨论和解答。不管是作为朋友,还是作为学者,他的真诚与治学精神都令我深为感佩,在此特别鸣谢。我的研究生郝晨璐、张晓萌、杨丽萍、管悦、王娜同学利用宝贵的寒假休息时间阅读了我最初的译稿,并指出了不少有待完善的地方,这让我后期的修改工作更有目标,更具成效,在此一并感谢。这本译稿得到中国人民大学"统筹推进世界一流大学和一流学科建设"专项经费的支持,否则出版之事便无从谈起,对学校的资金支持我心怀感恩。黑龙江人民出版社的梁玉梅主任对译稿的出版伸出了及时的援助之手,使这部尘封多年的稿子最终得以面世,在此深表谢意。任何一种形式的人生相遇对我都是一种宝贵的缘分。我要特别感谢本书的责任编辑崔冉女士,在译稿最后的编校阶段,我们两个人并肩作战,苦乐与共,虽然未曾谋面,但感觉似是神交已久了。

我八十八岁的老母亲自强不息,每日用她规律的作息时间和饮食习惯确保自己的身体健康,让我把本来应该在医院照顾她老人家的大量时间可以用在自己的文字工作上。已经在我家帮助精心照顾我母亲八年和我情如姐妹的高红侠女士责任心强,自律能干,八年来,她的在场成为我节假日继续工作的后勤保障。我的丈夫和女儿,尤其是最近一段时间我全力以赴修改书稿没有时间给他们做饭,荒疏了家务,他们对我表示了最大的谅解和支持,很多次,丈夫辛苦了

后　记

一天下班回来或者女儿从实验室回来都直接进入厨房洗菜做饭,然后温馨地叫我出来吃饭。身边这四个人的理解、关爱和付出是大海,伴着他们,我才能在浩渺的文字之海上乘风破浪,我为拥有这份踏实、温暖的亲情和友情倍感幸运和珍惜。

代显梅

2016 年 6 月 16 日于北京金榜园家中